LES DERNIERS LIBERTINS

LE LIBERTINAGE AU XVIIᵉ SIÈCLE

(Série complète)

I. — Le Procès du poète Théophile de Viau (11 juillet 1623-1ᵉʳ septembre 1625), publication intégrale des pièces inédites des Archives nationales; portr. et fac-simile, 2 vol. in-8, de XLVI, 592 et 448 pp. Tiré à 500 exempl. numérotés.

Ouvrage honoré d'une souscription du Ministère de l'Instruction publique. Prix Saintour, (Académie française), 1910.

II. — Disciples et Successeurs de Théophile de Viau. La Vie et les Poésies libertines inédites de Des Barreaux (1599-1673) et de Saint-Pavin (1595-1670). In-8 de XIV et 551 pp. Tiré à 500 exempl. numérotés.

III. — Une seconde révision des OEuvres du poète Théophile de Viau (corrigées, diminuées et augmentées), publiée en 1633 par Esprit Aubert, chanoine d'Avignon, suivie de pièces de Théophile qui ne sont ni dans l'édition d'Esprit Aubert (1633) ni dans celle d'Alleaume (1855), In-8 de 155 pp. chiff. Tiré à 205 exempl.

IV. — Les recueils collectifs de poésies libres et satiriques publiés depuis 1600 jusqu'à la mort de Théophile (1626). Bibliographie de ces recueils et bio-bibliographie des auteurs qui y figurent donnant : 1° L'historique et la description de chaque recueil. — 2° Les pièces de chaque auteur (titre et premier vers). — 3° Une table générale des pièces anonymes avec le nom des auteurs pour celles qui ont pu être attribuées. Suivie du dépouillement de plusieurs recueils imprimés et manuscrits, etc., etc. In-4 de 8 ff. et 601 pp. chif. Tiré à 305 exempl. numérotés.

Mention très honorable (Prix Brunet, 1915) de l'Académie des Inscriptions et Belles-Lettres.

Id., id. Supplément. Additions et corrections, 1922. In-4 de 97 pp. Tiré à 255 exempl.

V. — Les OEuvres libertines de Claude Le Petit, parisien, brûlé le 1ᵉʳ septembre 1662 : *L'Escole de l'Intérest, L'Heure du berger, Le Bordel des Muses (Paris ridicule, etc.)*, précédées d'une notice biographique. In-8 de LVII et 242 pp. Tiré à 200 exempl.

VI. — Les Chansons libertines de Claude de Chouvigny, baron de Blot-L'Eglise, avec leur musique, notice biog., etc. In-8 de XLVIII et 145 pp. Tiré à 280 exempl.

VII. — Mélanges : Trois grands procès de libertinage : Geoffroy Vallée (1573), Jean Fontanier (1621), Michel Millot et Jean L'Ange (1655). — Beaumont-Harlay et mademoiselle de La Haye, 1607. — Claude Belurgey et les *Quatrains du Déiste* (1620), etc., etc. In-8 de 315 pp. Tiré à 227 exempl.

VIII. — Les OEuvres libertines de Cyrano de Bergerac, précédées d'une notice biographique. Tome premier. *L'Autre Monde* : I. *Voyage dans la Lune*; II. *Histoire comique des Estats et Empires du Soleil.* Première édition contenant les passages supprimés d'après les Mss. de Paris et de Munich. — Tome second. *Le Pédant joué*, texte du Ms. de la Bibl. Nat. ; *La Mort d'Agrippine, Mazarinades, Lettres,* texte du Ms. de la Bibl. Nat. ; etc. 2 vol. in-8 de CLIX, 205 et 335 pp. Tirés à 502 exempl.

Prix Saintour (Académie française), 1922.

IX. — Disciples et successeurs de Théophile de Viau. Les OEuvres de Jean Dehénault, parisien (1611 ?-1682). précédées d'une notice et suivies de *Mélisse,* tragi-comédie. In-8 de LII et 135 pp. Tiré à 227 exempl.

X. — Les Successeurs de Cyrano de Bergerac : Gabriel de Foigny et *La Terre australe connue,* 1676 : Denis Veiras et l'*Histoire des Sévarambes* (1677-1679); Claude Gilbert et l'*Histoire de Calejava* (1700), etc., etc. In-8 de XVIII et 279 pp. Tiré à 302 exempl.

XI. — Disciples et successeurs de Théophile de Viau. Les Derniers Libertins : François Payot de Lignières ; Madame Deshoulières et ses poésies libertines, etc. ; Chaulieu, ses poésies libertines, etc. ; La Fare, ses poésies libertines en partie inédites, — avec notices bio-bibliographiques, suivies des Lettres libertines en vers de Claude de Chaulne. In-8 de XVI et 412 pp. Tiré à 277 exempl.

LE LIBERTINAGE AU XVIIᵉ SIÈCLE

(Disciples et successeurs de Théophile de Viau)

LES DERNIERS LIBERTINS

François Payot de Lignières. — Madame Deshoulières, l'élève de Dehénault : ses poésies libertines, philosophiques et chrétiennes. — Chaulieu : ses poésies libertines et philosophiques. — La Fare : ses poésies libertines, en partie inédites. Avec notices biographiques et bibliographiques. — Appendice : Les Lettres libertines en vers (1644-1659) de Claude de Chaulne, président du Bureau des finances de Dauphiné, publiées d'après le manuscrit de la Bibliothèque de Grenoble et précédées d'une notice biographique.

PAR

Frédéric LACHÈVRE

PARIS

LIBRAIRIE ANCIENNE HONORÉ CHAMPION

Edouard Champion

5, Quai Malaquais

1924

LE LIBERTINAGE AU XVIIᵉ SIÈCLE

(Disciples et successeurs de Théophile de Viau)

LES DERNIERS LIBERTINS

François Payot de Lignières. — Madame Deshoulières, l'élève de Dehénault : ses poésies libertines, philosophiques et chrétiennes. — Chaulieu : ses poésies libertines et philosophiques. — La Fare : ses poésies libertines, en partie inédites. Avec notices biographiques et bibliographiques. — Appendice : Les Lettres libertines en vers (1644-1659) de Claude de Chaulne, président du Bureau des finances de Dauphiné, publiées d'après le manuscrit de la Bibliothèque de Grenoble et précédées d'une notice biographique.

PAR

Frédéric LACHÈVRE

PARIS

LIBRAIRIE ANCIENNE HONORÉ CHAMPION

Edouard Champion

5, Quai Malaquais

—

1924

TIRÉ

à 277 exemplaires

dont

2 sur papier de luxe

AVANT-PROPOS

*En terminant la série des grands Libertins du XVIIe siècle, notre
devoir est d'expliquer pourquoi nous avons abordé ce sujet et dans quel
esprit il a été traité.*

*La vérité, c'est que nous n'y pensions pas, il s'est imposé de lui-même.
Notre première publication, la* Bibliographie *des recueils collectifs de
poésies publiés de 1597 à 1700, excluait de parti pris les recueils libres.
Les titres et les premiers vers obscènes de certaines pièces étaient diffi-
ciles à imprimer.*

*Une petite découverte allait bouleverser ce beau programme. Un
recueil, imprimé à l'étranger, révélait une série remarquable de sonnets
philosophiques, d'élégies, etc.*[1]*, avec cette bonne fortune que le titre de
trois stances*[2] *nous mettait sur la piste du nom de leur auteur : le fameux
Des Barreaux dont on connaissait un seul sonnet, celui du « Pénitent ».
La réimpression de ces pièces exigeait des commentaires et une notice
biographique. Celle-ci s'annonçait intéressante ; on avait là, sous les
yeux, en dehors de sonnets d'une exécution parfaite, les élégies de
l' « Illustre Débauché » à la fameuse Marion de L'Orme qu'il disputait
alors sans succès au cardinal de Richelieu. Notre essai, publié dans le*
Bulletin du Bibliophile, *en mettant en pleine lumière l'influence prépon-
dérante de Théophile sur les jeunes écervelés de la Cour de Louis XIII,
incitait à étudier de plus près ce personnage considéré jusqu'ici comme
une victime des Jésuites.*

*Nous fûmes surpris en parcourant les pièces originales de son procès,
conservées aux « Archives nationales », de constater qu'il s'était agi non
d'une mauvaise querelle cherchée par les Révérends Pères à un poète,
d'une persécution littéraire, comme l'avait écrit et répété Mr Alleaume*[3]*,
mais bien d'un véritable procès d'Etat, celui du libertinage, porté devant
le Parlement de Paris par un magistrat de haute conscience, le procureur général Mathieu Molé, assisté d'un jésuite non moins perspicace,*

---

1. *Recueil de quelques pièces nouvelles et galantes, tant en prose qu'en vers....
Seconde partie. A Cologne, Chez Pierre du Marteau, M.DC.LXVII (1667), pp. 204 à
232.*

2. « Sur ce que l'auteur estoit mieux auprès de sa Maistresse que Monsieur le
Cardinal de Richelieu qui estoit son rival. »

3. *Une persécution littéraire sous Louis XIII. Revue de l'Instruction publique,
1859, n°s 45 et 46.*

le Père Garassus. Tous deux, sans concert préalable, en ayant l'unique souci de défendre les intérêts de l'Etat et de l'Eglise, s'étaient rendu compte des dangers que le coryphée des libertins Théophile et la propagande sournoise menée avec les « Quatrains du Déiste[1] » faisaient courir à la France. Notre curiosité, éveillée, se posait cette question : Comment un recueil libre : Le Parnasse satyrique, était-il à la base des poursuites ? Pour y répondre, il fallait établir l'importance de ce recueil et son rôle à l'égard de ceux qui l'avaient précédé et suivi. Après avoir essayé d'établir la chronologie de ces florilèges de 1600 à 1700, nous arrivions à cette conclusion que la première condamnation de Théophile, en 1623, coïncidait avec leur disparition presque complète. Il y avait eu là une relation de cause à effet. L'initiative de Molé et de Garassus se justifiait.

Cette condamnation par contumace de Théophile était donc une date à retenir dans l'histoire du libertinage, ou, si on aime mieux, de la libre-pensée. La valeur morale de Des Barreaux et de Théophile contrastait singulièrement avec le prestige dont ces libertins avaient joui à leur époque; leurs vies reconstituées les montraient comme des esprits inconsistants, dominés par leurs passions, n'ayant nulle conviction, mais aussi, disons-le à leur décharge, sans le moindre désir de prosélytisme; en un mot ils apparaissaient de simples déséquilibrés. S'ils formaient deux des anneaux de la chaîne qui relie l'incrédulité du XVIe siècle à celle du XVIIIe où le libertinage triomphe définitivement, ces anneaux étaient de peu de poids! Cette constatation infirmait les conclusions des Libertins en France au xviie siècle de Perrens.

En lisant ce livre, l'abondance des petits faits qui y sont relatés vous accable. On se trouve en présence, non d'une étude approfondie, mais d'une accumulation de citations, de phrases prises çà et là au hasard des lectures, relevant plutôt de boutades que de réflexions. Il semblerait, à en croire Perrens, que le Siècle de Louis XIV, sauf les points de comparaison qui manquent, a été le plus irréligieux de l'histoire de France! Cependant, en regardant de près, on s'aperçoit que ses sources sont de peu d'autorité. Extraits de lettres, médisances de seconde main de Tallemant, quatre ou cinq vers pris entre des milliers, etc., etc., suffisent pour transformer un personnage quelconque en libertin accompli. Quel est l'homme qui n'a pas eu dans sa vie des intempérances de langage motivées par le lieu, le moment ou l'occasion? Perrens a fait, à l'exemple du naturaliste Cuvier, de la paléontologie en histoire littéraire, avec cette différence que ses reconstitutions, sans base sérieuse, sont d'une absolue fantaisie. La comparaison de nos monographies de Théophile, de Des Barreaux, et de Saint-Pavin[2], avec les notices qu'il leur a consacrées nous engageait à poursuivre l'étude des libertins les plus représentatifs du XVIIe siècle : Claude de Chouvigny, baron de Blot, Claude Le Petit, Cyrano de Bergerac, etc., etc...

---

1. Nous avons publié ces quatrains dans le T. II du *Procès de Théophile*, p. 91.
2. Voir la vie de Théophile en tête du *Procès de Théophile de Viau*, Paris, 1909. T. I; *Disciples et successeurs de Théophile de Viau, Des Barreaux (1599-1673), Saint-Pavin (1595-1670)*, Paris, 1911.

Le résultat a été celui qu'on pouvait prévoir : en complet désaccord avec l'opinion de Perrens, et nos conclusions à l'opposé des siennes[1]. Est-ce à dire que nous apportons une solution définitive? Telle n'est pas notre pensée. Ce problème du libertinage si important reste entier, mais avec la documentation indispensable préparée par nous.

---

1. Voulons-nous dire que la moralité particulière a été plus grande au xviie siècle qu'au xviiie ou que dans les siècles précédents? Non, la seule différence, et elle est capitale, réside dans le fait que les débauchés du xviie siècle ne se faisaient pas un titre de gloire de leur libertinage, ils le dissimulaient. Et cette attitude prouve qu'ils acceptaient une certaine discipline, discipline dont le libertin fait litière.

LE TRIOMPHE DU LIBERTINAGE
AU XVIIIᵉ SIÈCLE

Au xvıᵉ siècle, la société française était fondée sur deux
principes incontestés jusque là : l'autorité et la tradition,
représentés dans le domaine spirituel par l'Eglise catholique et
dans le domaine temporel par la monarchie. Trois mots résu-
maient la devise nationale : *Une foi, une loi, un roi.* Calvin
dénonçant l'Eglise catholique, vieille de quinze siècles, comme
superstitieuse, blasphématoire et idolâtrique et répudiant la
Papauté, ruinait le principe d'autorité. En appuyant la foi
exclusivement sur la Bible et le Nouveau-Testament, en tenant
pour nul et non avenu le travail des individus et des siècles
qui avait constitué l'Eglise et fixé ses dogmes, le Réformateur
ruinait également le principe de tradition. Cette substitution de
l'individu à la collectivité transformait le christianisme, de
religion universelle qu'il était, en religion individuelle ou indi-
vidualisée. Enfin la négation du libre-arbitre de l'homme, le
fait de lui prêter une conscience infaillible, et de l'enrégimen-
ter par une simple adhésion à la doctrine calviniste (la prédestination) au nombre des élus de Dieu, dotait cet homme d'un
orgueil incommensurable et le désolidarisait de ses frères.

Mais le travail de destruction du calvinisme devait aller plus
loin que ne l'avait voulu son fondateur[1].

Le soin laissé aux fidèles d'interpréter le texte de la Bible
créait le libre-examen en matière de foi[2], il le créait si bien que

---

1. Nous renvoyons sur cette question du calvinisme à l'ouvrage si remarquable
de Mʳ Albert Autin : *L'échec de la Réforme en France au XVIᵉ siècle. Contribu-
tion à l'histoire du sentiment religieux. Paris, 1918.* Nous ne mettons nullement
au compte de Mʳ Autin notre appréciation de la Réforme française.

2. Calvin pensait si peu au libre-examen qu'il n'aurait jamais admis un seul instant l'étude des origines de la *Bible.* Quand nous parlons du libre-examen, il s'agit
bien entendu, du libre-examen du christianisme, religion révélée et des bases de
la Société.

l'essence même du calvinisme, la prédestination, a complètement disparu. Aujourd'hui protestantisme et libre-examen sont, en quelque sorte, synonymes.

La scission protestante était doublement fatale au christianisme. Elle le dépouillait de la plus grande partie de son influence sur les âmes et faisait cesser l'Eglise romaine d'être, aux yeux de tous, dépositaire de la vérité absolue. La suppression des entraves, telles que la confession, mises à la fougue des passions, créait une nouvelle catégorie d'incrédules. Les gens areligieux ou irréligieux, il y en a toujours eu, se contentaient du scepticisme. Dégagés, croyaient-ils, des erreurs populaires, ils s'estimaient supérieurs au vulgaire; leur nombre s'est accru de tous ceux qui ont ajouté à l'incrédulité la débauche ou passé de la débauche à l'incrédulité[1]. Montaigne au xvi⁰ siècle, Naudé, La Mothe Le Vayer, Saint-Evremond, etc., au xviie, sont restés des sceptiques, alors que Théophile de Viau, Des Barreaux « l'Illustre Débauché », Saint-Pavin « le roi de Sodome », Claude de Chouvigny, baron de Blot, Claude Le Petit, Lignières « l'athée de Senlis », Dehénault, Chaulieu et La Fare ont été des libertins. Les sceptiques, en s'abstenant de tout prosélytisme, apparaissaient peu dangereux pour l'ordre public, mais les libertins, quoique tenant beaucoup plus à scandaliser qu'à faire des adeptes, constituaient un réel péril que la Royauté et l'Eglise catholique ont endigué dans la mesure de leurs forces.

A côté de ce libertinage d'esprit et de mœurs, un autre libertinage infiniment plus nocif, découlant du libre-examen, naissait vers 1650. Son initiateur, Cyrano de Bergerac, est un libre-penseur dans le sens complet de ce mot : il attaque la Bible, la royauté, la famille, etc., mais n'ose faire imprimer son « Autre Monde[2] ». Ses successeurs, le moine défroqué Gabriel de Foigny, réfugié à Genève, et Denis Veiras, le suivent en faisant moins de part aux critiques et plus de part aux projets de reconstruction de la Société[3]. Ils ébauchent de véritables

---

1. Les débauchés ont existé de tout temps et leur nombre n'a peut-être pas sensiblement varié d'un siècle à l'autre. Le débauché dont nous parlons ici est celui qui prend plaisir à étaler ses mauvaises mœurs ou qui ne fait rien pour les dissimuler. Les attaques contre la confession ont certainement augmenté le nombre de ces derniers : tant de demi-débauchés ont été si heureux d'avoir une raison de taire leurs turpitudes.

2. Voir les *OEuvres libertines de Cyrano de Bergerac*, 2 vol.

3. Voir *Les Successeurs de Cyrano de Bergerac*.

utopies. Ces utopies passent inaperçues en France, il ne vient à personne l'idée de les prendre au sérieux. Ce n'est qu'en pays protestants : Angleterre, Pays-Bas, Allemagne, qu'elles seront traduites et commentées.

Les querelles religieuses entre jésuites et jansénistes avaient ajouté un nouvel élément de faiblesse au catholicisme en troublant les esprits simples. Parallèlement le calvinisme n'avait pas progressé. Corps sans tête, il vivait par l'orgueil de ses adhérents et le zèle de ses pasteurs. Louis XIV venait de lui porter un coup fatal avec la révocation de l'Edit de Nantes.

La noblesse et la bourgeoisie formaient encore un rempart solide autour du trône.

Telle était la situation en France, au point de vue religieux et social, à la fin du xviie siècle. Elle se présentait dans des conditions meilleures que dans les dernières années du xvie siècle. Le libertinage des Théophile, des Des Barreaux, etc., s'effondrait avec Chaulieu et La Fare dans l'épicurisme. L'esprit dit philosophique ou de libre-examen, l'esprit antichrétien[1] en un mot, naissait à peine. Le terrain sur lequel reposait la royauté était résistant, rien ne permettait d'entrevoir un cataclysme prochain.

Les idées, comme les plantes, nous l'avons dit précédemment, ne peuvent se répandre et fructifier qu'à la condition de rencontrer un milieu propice. Ce milieu, chez l'homme, n'est autre, pour les abstractions, qu'une certaine débilité cérébrale manifestée par l'absence de toute discipline intellectuelle. Celui qui est incapable de maîtriser ses passions, se trouve dans l'impossibilité de distinguer le chimérique du réel. L'équilibre de l'esprit naît, en effet, de la maîtrise de soi, de la subordination des sens à la raison, d'une discipline volontairement consentie; il a son expression dans l'être normal qui prend pour guide le bon sens et l'expérience.

Le déséquilibre de l'esprit se manifeste par la domination

---

1. Le christianisme représenté par le catholicisme est l'ennemi que l'esprit philosophique vise à abattre. La lutte n'a cessé contre la Papauté depuis deux siècles et la laïcisation n'a d'autre but que de déchristianiser complètement la France. Le christianisme est l'adversaire de tous les bateleurs et de tous les marchands d'orviétan qui, sous des formes diverses, exploitent la bêtise humaine.

des sens sur la raison, par le refus de toute discipline, le mépris de la tradition et de l'expérience, en un mot par le dilettantisme. Il a son expression dans l'homme qu'on qualifiait au xviie siècle de « libertin ».

Comme la tête commande le corps, les souverains commandaient l'esprit public. Avec une tête saine, un corps sain.

Henri IV, Louis XIII et Louis XIV ont été des esprits équilibrés. Sous leurs règnes la noblesse — sauf pendant la régence d'Anne d'Autriche — a été consciente de son rôle : aussi le xviie siècle peut-il être considéré comme le siècle de l'ordre et de la mesure. Boileau en quelque sorte le synthétise.

Le régent Philippe d'Orléans et Louis XV ont été des déséquilibrés. En étalant avec cynisme leur libertinage de mœurs, ils ont entraîné dans cette voie néfaste les classes dirigeantes : la noblesse et la haute bourgeoisie[1]. Le xviiie siècle a été le siècle du dilettantisme ou du libertinage.

Le germe de mort que contenait le calvinisme a pu alors se développer sans entrave, le libre-examen s'est exercé sur tout ce qui constituait les valeurs acquises et a mis en cause l'existence de la société comme celle de la religion[2]. Ni la royauté, ni la noblesse ne se sont sérieusement défendues. Au contraire les philosophes, aux gages des grands seigneurs, ont sapé l'édifice social et un gentilhomme du roi, Voltaire, s'est donné la mission d'écraser l'Eglise : *L'Infâme*. Les ministres de Louis XV et Louis XVI ont protégé les philosophes contre les défenseurs de l'autorité et de la tradition.

---

1. Avant la Révolution seules les classes dirigeantes comptaient : clergé, noblesse et bourgeoisie. Le peuple, en dehors de quelques grandes villes où se concentrait la vie intellectuelle, ne possédait aucune influence. Le paysan, comme l'arbre des forêts, vivait et mourait aux lieux où il avait pris naissance.

2. Pour ce qui est du protestantisme, le résultat n'est pas douteux : Aujourd'hui à Genève même — la Rome calviniste — il est interdit de demander au candidat au pastorat, s'il croit à la divinité de Jésus-Christ. Au pays de Luther, la négation est encore plus radicale. Le pasteur Lepsius écrit dans la *Christliche Welt* (1905, p. 738). Que nous « reste-t-il du Jésus de l'histoire ? Tout d'abord le fait qu'un » juif pieux, du nom de Jésus, a réellement existé. fait que la science ne saurait » infirmer; puis quelques propos, fables et anecdotes, qu'on ne peut dérober à ce » Monsieur; enfin l'épisode scientifiquement établi. que cet homme a été exécuté, » enseveli, et que son corps repose encore dans sa tombe. Il y a aussi quelque » chose à ajouter sur les causes de sa mort, par-dessus tout qu'il n'en a pas été » lui-même innocent. Une erreur enthousiaste l'a fait chuter; ç'a été une part de » cette illusion qui renferme l'idée du Messie et qui s'est étendue à lui, Par là, » malgré la piété de sa vie. Jésus a été la victime du conflit entre le contenu et la » forme de sa conscience! Paix à ses cendres. ! »

En fait nombre de protestants ne croient plus à la Divinité du Christ sans cesser, pour cela, d'appartenir à la religion réformée.

Cet affaiblissement de la moralité générale s'est manifesté par une littérature si perverse — de Crébillon fils à Restif de la Bretonne — qu'elle n'a pas même été égalée au xixᵉ siècle. La philosophie est devenue ouvertement matérialiste avec d'Holbach, La Mettrie, etc., l'art lui-même n'a pas échappé à l'ambiance. Un génevois, Rousseau, a attaqué la propriété, base de l'ordre social, et imaginé une religion intérieure qui n'est plus le résultat d'une adhésion consciente à la révélation, mais la conséquence d'une hypertrophie de la sensibilité.

Le résultat de cette transformation intellectuelle, c'est l'éclipse de notre génie national et la main-mise progressive de l'Allemagne sur la pensée française. L'esprit germanique, en évinçant ce que nous tenions de notre formation grecque et latine, nous a complètement désaxés.

De 1789 à 1870 les Français acceptent et renversent sept gouvernements. Ils ne savent plus sur quels principes s'appuyer. La haine et l'envie, grâce à la liberté illimitée accordée aux mauvais bergers[1], se déchaînent sous toutes les formes, les pouvoirs publics perdent complètement le sens des réalités[2]. L'anarchie n'est évitée jusqu'ici que grâce à l'atavisme qui maintient encore un peu de bon sens dans un grand nombre d'esprits. La civilisation est menacée d'une régression qui nous ramènerait au collectivisme des peuplades sauvages des premiers âges de l'humanité. Seule l'Eglise catholique reste debout attendant patiemment la restauration des deux principes d'autorité et de tradition sans lesquels aucune société ne peut subsister.

---

1. Cette liberté absolue de parole et de propagande qui maintient une nation en état de guerre civile permanente est le fait du libre-examen poussé jusqu'à l'absurde. Les gouvernements essayent de lutter contre les maladie du corps humain. telles que la tuberculose, la syphilis, le cancer, etc., mais ils restent absolument indifférents aux épidémies qui frappent l'esprit, à l'intoxication des cerveaux par des doctrines nocives bien plus dangereuses pour l'humanité que la syphilis, le cancer et la tuberculose.

2. En voici quelques exemples récents: la politique africaine de Mʳ Hanotaux qui aboutit à une menace de guerre de l'Angleterre, mais ce jour-là la France n'a pas de marine; la politique de Mʳ Delcassé qui aboutit à une menace de guerre de l'Allemagne, mais la France n'a pas d'armée; le traité de paix de 1918 qui permet à l'Allemagne d'organiser sa banqueroute et laisse subsister, au centre de l'Europe, une nation prolifique de plus de soixante millions d'habitants, avec pour voisine une France de trente-neuf millions d'habitants, Mʳ Poincaré dont l'admirable politique extérieure est paralysée et finalement annihilée par sa politique intérieure, etc., etc.

*
* *

Nous venons de dire que le XVIIIe siècle a vu l'éclipse de l'esprit français d'origine gréco-latine, c'est-à-dire, de notre génie national auquel s'est substitué le génie allemand qui se rattache intimement à la Réforme. Notre exposé serait incomplet si nous n'expliquions clairement ce qui différencie ces deux génies.

Le génie français est l'antipode de la mentalité libertine. En voici la définition d'après Mr L. Reynaud[1] :

« Le génie français a exprimé une conception de l'homme et de la société sensiblement analogue sous des divergences extérieures. L'homme, tel qu'il aime à le représenter est l'être pleinement développé, dans lequel dominent la raison et la volonté conscientes, l'homme maître de lui, qui impose silence à ses instincts matériels et égoïstes, pour se plier à une règle supérieure d'ordre et d'harmonie : la « courtoisie » là-bas, l' « honnêteté » ici. Dans la société, de même, il s'efforce d'établir le règne de la grâce et de la délicatesse, de la « retenue », des conventions altruistes, sur la fougue individuelle. Et, ces besoins, il les transporte du mieux qu'il peut dans son art et sa littérature. Le gothique est aussi bien que l'architecture de Versailles le triomphe de la logique, de l'idée abstraite sur la matière. Dans la statuaire de Reims, comme dans les belles divinités qui ornent le jardin du Grand Roi, c'est la noblesse des sentiments, l'idéale tenue de l'âme que le sculpteur vise à traduire, plutôt que la réalité mouvante et variée avec ses singularités. A leur tour, le roman de chevalerie entre les mains d'un Chrétien de Troyes, la tragédie, telle que la comprennent un Corneille et un Racine, ont pour loi suprême le « style », la généralisation des cas particuliers ramenés à leur signification humaine, l'étude de l'âme dans ses traits universels et immuables, soustraits au caprice des temps et des lieux, élevée par l'éducation aristocratique jusqu'à ce niveau où chacun de ses mouvements s'accompagne de mesure et de distinction. Qu'une pareille conception de l'homme et de la société, de la littérature et de l'art, suppose une croyance profonde à la dignité éminente de l'esprit et de la raison, à une organisation de l'Univers fondée sur le rôle primordial de l'intelligence et de la volonté, on pourrait l'admettre *a priori*, même si l'on ne savait déjà combien la France du temps de saint Louis et de Louis XIV a été ardemment spiritualiste.

» Incontestablement le génie français a mis sur cette conception sa marque ineffaçable, quelque chose de fin et d'élégant comme la grâce de ses ogives, et l'a ainsi faite sienne à tout jamais. Cependant ce n'est pas lui qui l'a introduite pour la première fois dans le monde. Il l'a reçue

---

1. *L'Influence allemande en France au XVIIIe et au XIXe siècle. Paris, Hachette, 1922.* Ce livre d'un intérêt capital, est peut-être le plus important et le plus remarquable qui ait été publié en France depuis la dernière guerre.

lui-même de ses deux grandes initiatrices à la haute civilisation : Rome et la Grèce...

» Dans ses rapports avec les peuples voisins, la France a donc essentiellement continué la tâche de la civilisation antique. Partout où son génie a pénétré, elle a très visiblement apporté la notion de l'ordre et de la discipline, aussi bien dans la vie pratique et dans les manières que dans la littérature et dans l'art. Elever l'homme au-dessus des appétits quotidiens, lui inculquer le goût des plaisirs de l'esprit, éveiller son sens de la beauté, telle est la première partie de son œuvre en Espagne et en Italie, en Angleterre, en Allemagne, et même dans les lointaines contrées scandinaves, au Moyen-âge ; la seconde a été d'y hausser ces sentiments jusqu'à la compréhension de la règle, des conventions qui font la société polie et la littérature élégante, qui donnent à l'art un cachet aristocratique. Cet apostolat, elle l'a renouvelé au xviie et au xviiie siècle[1] avec le même succès, et jamais le monde moderne n'a été plus près de la civilisation antique, par le dedans, qu'aux périodes où a dominé le clair et humain génie de la France, avec son sens du général, du rationnel, son perpétuel besoin d'idéalisation, son éloignement pour la réalité brute, pour l' « individuel », le particulier, pour la « nature. »

Ces prémices établies, par le fait même du triomphe du libertinage, l'Allemagne devait logiquement pénétrer la France et l'amener à accepter ses propres conceptions. C'est le spectacle que notre pays a donné au lendemain de la secousse révolutionnaire, pendant le xixe siècle et jusqu'en 1914. Exagérons-nous quand nous disons que le génie allemand, dont voici les caractéristiques, a détrôné notre génie propre?

« A peine les peuples germaniques ont-ils pris conscience de leurs besoins propres, qu'on les voit s'orienter dans un sens très différent (du génie français). Les derniers siècles du Moyen-âge, qui leur appartiennent, montrent l'avènement du réalisme, de l'individualisme et du mysticisme conjugués, c'est-à-dire de la partie antirationnelle de l'âme. La société qu'ils organisent n'est plus aristocratique mais bourgeoise, et ce ne sont plus les conventions qui y tiennent la première place, mais les intérêts, les affaires. La personnalité, chez eux, ne se laisse plus brider par des règles extérieures et abstraites. Dans l'art et la littérature des Pays-Bas, de l'Allemagne, de l'Angleterre, c'est le réel non plus l'idéal qui est au premier plan. Le drame de Shakespeare et de ses contemporains, qui

---

1. M' L. Reynaud a pris le soin de nettement préciser sa pensée : « Quand on parle du libre et plein épanouissement du génie français au xviiie siècle, il est à peine besoin de faire remarquer que l'on veut désigner exclusivement ce qui, à cette époque continue, en l'affinant, la tradition du xviie. Mad. de Staël savait déjà que le matérialisme qui y apparaissait venait d'Angleterre, et nous avons appris depuis que « la sensibilité » et la religion de la « nature » avaient la même origine. »

vient ensuite, est tout plein du débordement d'individualités effrénées, transcrites dans toute leur crudité native. A la fin du XVIIᵉ siècle, un Anglais encore, Locke, formule un système suivant lequel l'esprit humain se ramène à un agrégat de sensations, ce qui équivaut à lui retirer sa dignité avec son indépendance et à le subordonner aux choses. Un peu plus tard, la sensibilité, la partie de l'âme par laquelle nous subissons ces choses, entre victorieusement dans la littérature, avec les romans de Richardson, au moment où naissent en Angleterre, derechef, ces sciences de la nature, qui peu à peu feront descendre l'homme avec Darwin et Spencer, de sa situation privilégiée, le replongeront dans la série des êtres vivants privés de raison et expliqueront son développement par l'action du milieu sur ses organes. L'Allemagne, en transposant ces conceptions dans le domaine de la métaphysique et en créant le panthéisme évolutif, c'est-à-dire la doctrine qui dégage ou semble dégager de la matière toute réalité, y compris l'esprit et Dieu, n'a fait, en somme que donner à la tendance naturaliste des peuples germaniques son complément philosophique indispensable... »

Tout commentaire serait superflu !

LIGNIÈRES

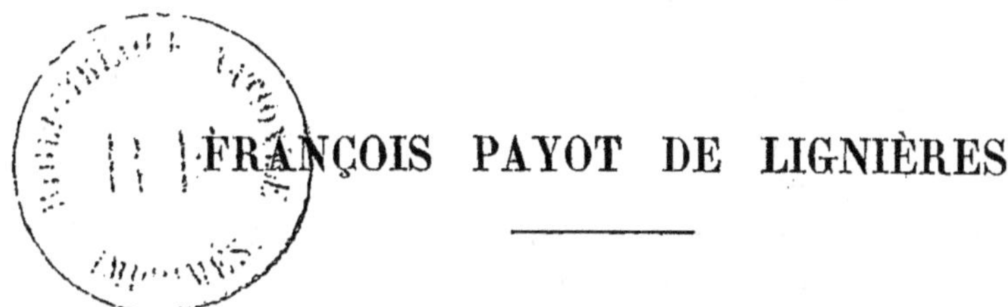

FRANÇOIS PAYOT DE LIGNIÈRES

Si nous plaçons ce nom en tête de ce volume — le dernier que nous publions sur les libertins du XVIIe siècle — c'est simplement pour le rappeler. L'Athée de Senlis eût mérite une notice importante; malheureusement le seul manuscrit de ses poésies libertines qui soit mentionné a été brûlé par le fils du Grand Condé[1]. On ne sait donc pas exactement ce qu'elles étaient.

La vie de Lignières, peu mouvementée du reste, a été racontée par M. Emile Magne[2] avec les déductions qu'y ajoute sa brillante imagination, mais le côté libertin y est un peu négligé[3]. Nous nous bornerons, après avoir donné un résumé de la biographie de Lignières, à reproduire son portrait en vers : par lui-même, par madame de Montbel et par madame Deshoulières, A défaut d'une analyse psychologique de sa mentalité faite en se servant de ses œuvres libertines, on aura une idée de la personne physique et morale de Lignières, et ce, au bel âge : vingt-deux ans!

François Payot naquit le 2 novembre 1626 de François Payot, conseiller du roi en son Grand Conseil, et de Marie Lesage, sa première femme[4]. Après la mort de son oncle

1. Voir plus loin la *Bibliographie* de Lignières.
2. Une première version a paru dans *Le Temps présent, 1914 : Un ami de Cyrano de Bergerac : Le Chevalier de Lignières*, pp. 390 à 423, pp. 569 à 604, pp. 780 à 803; un seconde version, corrigée et augmentée, a un titre différent : *Un ami de Cyrano de Bergerac : La plaisante histoire du chevalier de Lignières.*
3. Nous nous excusons de ne pas partager l'opinion de M. E. Magne sur le rôle du libertin(?) Gassendi et sur le groupe qu'il aurait formé avec Cyrano, Molière, etc. Il n'existe aucune raison sérieuse qui permette d'affirmer l'existence de ce groupe; aussi la documentation si abondante de M. Magne au bas des pages de son *Lignières* est, cette fois, inexistante. Cependant Paul Lacroix a probablement inspiré M. Magne : voir la note 2 des *Entretiens pointus (OEuvres comiques, galantes et littéraires de Cyrano de Bergerac*, Paris, 1858).
4. Nous avons publié dans : *Le Libertinage au XVIIe siècle. Mélanges, Paris, 1920,*

Charles (1641) il prit le titre de sieur de Lignières. Son frère
cadet Jacques, sieur de Morangles, gentilhomme de Gaston
d'Orléans, a été aussi impie et aussi débauché que lui; ses
deux sœurs épousèrent : Marie, Charles Trouillart, seigneur
de Baron, et Marguerite, Jehan de Moussy, trésorier de
France à Châlons.

Lignières avait à peine sept ou huit ans quand il perdit sa
mère : son père n'était guère un modèle à imiter, ce qui
excuse en partie sa mentalité.

Il a dû passer son enfance dans le manoir familial de
Lignières et à Senlis; on ignore où il a terminé ses humanités.
Encore adolescent, il ne sait retenir sa langue, déjà fort médi-
sante. Un noble personnage en ayant été la victime résolut de
se venger du jeune drôle : Il fit poster cent (?) hommes[1] sur
le fossé de la porte de Nesles où Lignières devait passer, avec
mission de le tuer. Heureusement, ce jour-là, Cyrano de
Bergerac accompagnait son ami : il se jeta sur les spadassins,
en tua deux et en blessa sept.

Une autre fois Lignières, moins heureux, reçoit un soufflet
d'un sieur de Saint-Michel auquel déplaisaient ses assiduités
près d'une comédienne. Sa pusillanimité manifeste le décon-
sidère un peu aux yeux des hommes, mais ses qualités
physiques lui assurent d'innombrables succès féminins[2]. Son
esprit satirique lui crée des ennemis acharnés. Il attaque pour
se venger d'une légère blessure d'amour-propre[3], de concert
avec quelques envieux, Chapelain l'auteur du poème de *La*

le contrat de mariage de Hélène Boutrays, veuve de Bertrand Soly, seconde femme
du père de Lignières, daté du 9 décembre 1636. Cette union fut stérile et Hélène-Bou-
trays convola en troisièmes noces avec Jean Bouer, sieur de Villermont, conseiller à
la Cour des Aydes, en septembre 1646.

1. M. E. Magne a tiré un parti extraordinaire de ce combat qu'il décrit en *huit pages
de texte* et qu'il termine par ce mot épique de Cyrano à Lignières : « Ton cocu,
chevalier, ne se réjouira pas de sa vengeance ». Voici d'ailleurs le texte complet de
Lebret : « Je t'en particulariserois quelques combats (de Cyrano) qui n'étoient point
des duels, comme fut celuy où de cent hommes attroupez pour insulter en plein jour
à un de ses amis sur le fossé de la porte de Nesle, deux par leur mort et sept autres
par de grandes blessures, payèrent la peine de leur mauvais dessein ». — C'est
Ch. Nodier qui a, *pour la première fois*, désigné Lignières comme étant l'ami que
défendit Cyrano (*Bulletin du Bibliophile*, 1838, p. 145).

2. Dans l'épître à M. Hoteman, capitaine de la marine, qui est au plus tard de 1657,
il parle déjà de sa seizième maîtresse (*Rec. de Sercy, T. IV*, p. 283).

3. Lignières étant venu soumettre ses vers à Chapelain, celui-ci, après les avoir
lus, lui dit franchement : « Vous avez de l'esprit et des rentes, c'est assez, croyez-
moi, ne faites point de vers. La qualité de poète est mesprisable dans un homme
de qualité comme vous. »

Pucelle. Gombauld, Pellisson, Ménage, etc., frappés à leur tour, attirent à Lignières l'hostilité de leurs protecteurs : le marquis de Coislin, le duc de Montausier, etc. Il entre peut-être, grâce à l'intermédiaire de Charles Sorel, sieur de Souvigny, dans la maison de madame de Montbel à laquelle, malgré sa réputation d'inconstance, il plaît beaucoup. Madame Deshoulières, moins aveuglée, tout en lui accordant sa sympathie, ne tient nul compte de ses déclarations amoureuses.

Sa renommée dans les ruelles[1] lui vaut de participer à la seconde édition du fameux recueil de *Portraits* de mademoiselle de Montpensier[2].

On le voit se rencontrer un instant avec Boileau dans la lutte de celui-ci contre Chapelain : *Le Chapelain décoiffé* et la *Métamorphose de la perruque de Chapelain en astre*, paraissent au même moment.

A partir de cette époque il conserve de rares amis, l'abbé de Marolles, par exemple, et son prestige diminue auprès des précieuses. Il en est réduit à se contenter de Catherine de la Mothe[3], mariée à Jacques Louchault, orfèvre à Senlis. Lui fait-il partager son libertinage, ou cette femme le rend-elle encore plus agressif contre la religion? Nous ne savons. Voici un sixain dont elle est l'auteur :

> *Parlant aux sots de Lucifer,*
> *Au diable celuy qui raille,*
> *Ils craignent tous sa fourche de fer*
> *Avec sa grosse tenaille.*
> *On a bien fait d'inventer l'Enfer*
> *Pour étonner la canaille.*

Le Législateur du Parnasse oubliant son ancien allié commence dès 1669 à le cingler ouvertement, De temps à autre,

---

1. Lignières figure sous le nom de Léonce dans le *Dictionnaire des Précieuses*. Voici ce qu'en dit Somaize : « Léonce est un fort galant homme qui passe pour fort inconstant et qui s'est peint luy-mesme avec tant d'art que je ne voudrois pas gaster sa peinture par aucun de mes traits ; aussi seroit-ce luy faire tort, puisqu'assez de belles ont pris ce soin pour m'empescher de le faire quand je serois persuadé d'y réussir parfaitement. Il suffit de dire qu'il voit quantité de précieuses des plus jolies et des plus spirituelles d'Athènes à qui il sert d'alcoviste par quartier. »

2. Dans cette seconde édition on trouve son portrait par lui-même, et de lui également ceux de : madame Deshoulières (3 port., dont celui sous le nom d'Amarante), madame de Montbel, mademoiselle Petit, mademoiselle de Villaine (vers et prose).

3. Voir dans nos *Mélanges* : *François Payot de Lignières. Les deux mariages de son père. Lignières et le ménage Louchault, etc. Son frère : Payot de Morangles.* Paris, 1920.

Lignières lance encore quelques mordantes épigrammes allon-
geant ainsi indéfiniment la liste de ses adversaires. En 1674, le
Grand Condé l'invite à Chantilly sur la recommandation
de son médecin Pierre Bourdelot, mais bientôt Lignières
délaissé, sinon méprisé — il n'avait jamais été très sobre —
verse dans l'ivrognerie[1]. A de longs intervalles, il envoie une
pièce insignifiante au *Nouveau Mercure galant*[2], c'est le seul
signe de vie qu'il donne de 1675 à 1703. Sa mort en 1704 passe
inaperçue[3], on en ignore même la date exacte. Le libertin
s'est-il converti à ses derniers instants? L'abbé Irailh dit qu'il
mourut ferme dans ses principes, mais ce témoignage est de
peu de poids[4].

**

Nous avons, à la date de 1658, trois portraits de Lignières :
par lui-même, par madame de Montbel et par madame
Deshoulières.

Le portrait qu'il a tracé de sa personne morale et physique
concorde généralement avec ceux dûs à la plume de madame
de Montbel et de madame Deshoulières. La question ne se
pose pas de savoir si, à vingt-deux ans, il était déjà libertin. Il
s'étend longuement sur ses agréments extérieurs et insiste sur
son inconstance en amour, avouant, non sans orgueil, qu'il en
est déjà à sa soixante-cinquième maîtresse ! « Sa religion n'a

---

1. « Le seigneur Lignières boit, et c'est dommage. Quand on va pour voir le
bonhomme Vaumorière et le gaillard Lignières et qu'on ne les trouve pas dans leurs
cabanes, on n'a qu'à aller au premier cabaret borgne de leur rue et on les y trouvera
assurément trinquant avec quelque porteur ou quelque crocheteur. » (*Richelet, Dictionnaire, 1710*).
   Voici une épigramme antérieure de Sanlecque, tout aussi catégorique, qui répond
à une chanson de Lignières :

> *Ouy Lignières, enfant d'Epicure,*
> *Quand tu me chanteras injure*
> *J'en riray, je le dis tout net.*
> *Se fasche-t-on contre un pourceau qui grogne?*
> *Selon toi, je serois parfait*
> *Si tout ce que j'ai jamais fait*
> *Comme tes vers sentoit l'ivrogne !*

2. Voir à la *Bibliographie*.
3. *Le Nouveau Mercure galant* n'en fait pas mention.
4. L'abbé Irailh n'a pas connu Lignières dont la mort, nous le répétons, est passée
inaperçue. Sa notice sur le libertin est de 1761.

rien qui l'embarrasse » d'autant « qu'il se rit du scrupule et hait la grimace. » Voilà de la franchise! Madame de Montbel, tout en ne s'illusionnant guère sur la valeur morale de son héros, évite ce terrain brûlant; par contre, elle est lyrique sur sa « beauté ». Madame Deshoulières, moins indulgente, accuse ce bourreau des cœurs d'avoir ravagé les villes de Rennes et de Paris et rappelle qu'on a mis à son compte le suicide d'une jeune fille! Elle confirme ses railleries sur les articles de foi, ajoutant, à sa décharge, qu'il changera d'humeur à l'heure de la mort. Madame Deshoulières a-t-elle été bon prophète[2]? C'est probable.

PORTRAIT PHYSIQUE DE LIGNIÈRES

La taille de Lignières était moyenne, il marchait les jambes en dedans :

> Et je diray d'abord que ma taille est moyenne :
> Avec quelque raison je ne hais point la mienne,
> Puisque je ne suis point ny bossu, ny boiteux,
> Et l'on dit seulement que je parois cagneux;
> Mais cela n'est point vray, c'est une médisance,
> A cause que je marche avecque nonchalance
> Et que je n'ouvre pas les jambes en dansant.
> On a tenu de moy ce discours offensant,
> Et par mes envieux ma taille est méprisée;
> A parler franchement, je ne l'ay point aisée ;
> Je la devrois avoir, ayant le corps menu.
> On m'accuse, en marchant, de tendre un peu le cu,
> C'est de quoy fort souvent un jeune objet me raille,
> Et je ris avec luy des défauts de ma taille...
>
> [Lignières]

> *Il te faut prendre en gros, et dans ta forme entière,*
> *Ton corps est composé d'une belle manière,*
> *Tu n'es pas des plus grands, mais tu te tiens fort droit;*
> *En tout ce que tu fais tu parois fort adroit :*
> *La grandeur ne fait pas toûjours la bonne mine,*
> *Ton port est agréable et ta grâce est divine...*
>
> [Mad. de Montbel]

Il est droit, assez grand ; et pourtant sur sa taille,
Quoiqu'on soit éloquent, on ne dit rien qui vaille...

                               [Mad. Deshoulières]

Ses cheveux châtains, forts beaux, commençaient à s'éclaircir :

J'ay les cheveux chastains, ils sont épais et longs,
Je puis me comparer avec les Absalons ;
Et quand je suis poudré, en toute la Nature
On ne voit rien de beau comme ma chevelure ;
Hélas ! ces beaux cheveux se sont bien éclaircis.
Que j'en ay de tristesse et de cuisants soucis...
J'espère avoir pourtant toûjours la teste belle.
Je voudrois l'avoir bonne et pleine de cervelle...

                               [Lignières]

Ton visage est ovale, et fait en écusson,
Tel l'avoit Adonis, c'estoit un beau garçon ;
Tes cheveux qui sont blonds ornent fort bien ta teste ;
Leur éclat pourroit faire une grande conqueste ;
Si l'Amour travailloit à des nœuds gordiens,
Il prendroit tes cheveux pour faire des liens ;
Mais ce Dieu ne fait plus qu'un lien fort commode,
Et tous ceux que tu fais sont des nœuds à la mode.
Comme ce sont des nœuds d'un prompt engagement,
Ils sont faits à la haste, et rompent aisément.
Enfin tes beaux cheveux parent bien ton visage
Et ton front en reçoit un parfait avantage...

                               [Mad. de Montbel]

Des cheveux longs et fins, où le Zéphir se jouë,
Ne valent-ils pas bien la peine qu'on les louë ?
Ils sont d'un beau chastain, et ces charmans cheveux
Sont, sans trop le flatter, l'objet de mille vœux ;
Ils ternissent l'éclat des plus belles perruques ;
Ils sont toûjours épais, et ne sont point caduques :
Au Louvre, au Cours, au bal et dans mille autres lieux,
Ils font des mécontents, ils font des envieux...

                               [Mad. Deshoulières]

Les yeux vifs, mais petits et enfoncés, « commençaient à rougir sur les bords » dit madame Deshoulières :

Hà ! si mes yeux estoient un peu moins enfoncez,
S'ils estoient moins petits, ils me plairoient assez ;

Ils sont noirs, ils sont vifs, ils ont quelque finesse,
Ils sont spirituels, et remplis de tendresse.
Si quelqu'un me soutient qu'ils ne sont point ainsi
Et s'il me dit que non, je luy diray que si....

[Lignières]

Tes yeux sont creux, petits, mais vifs et fort ardans,
On voit beaucoup d'esprits qui se logent dedans
Et qui forment les feux dont une Ame se touche...

[Mad. de Montbel]

Son teint est assez vif, et ses yeux enfoncez
Et rouges sur les bords nous font connoître assez
Qu'il est accoustumé de répandre des larmes;
Cette occupation leur oste bien des charmes;
Il leur en reste encor assez passablement:
Ils sont fins, ils sont doux, voilà leur agrément....

[Mad. Deshoulières]

Son nez, grand et aquilin, ressemblait un peu à celui d'un Satyre :

Mon nez, mon nez qu'ici par deux fois je répète,
Est grand comme celuy de Nason le Poëte,
Ou du bon Roy François[1]; il est fort aquilin
Et par lui l'on croiroit que je serois malin,
Que je serois moqueur, que j'aimerois à rire
Et que je pencherois beaucoup vers la satyre;
J'y penche un peu beaucoup, et pour ne celer rien,
Autrefois je disois plus de mal que de bien.
J'ai quitté depuis peu cette humeur satyrique,
Et j'ai quelque regret d'avoir esté critique.
Quand on rit de mon nez je ne me fâche pas,
Je tiens que les grands nez ne sont point sans appas,
Et jamais un grand nez n'enlaidit un visage
Suivant un quolibet qu'authorise l'usage;
On aime ceux qui sont de ce beau signe ornez.
C'est un peu trop longtemps demeurer sur mon nez....

[Lignières]

Ton nez est aquilin, grand, de belle figure,
Et pour toy l'on en doit tirer un bon augure.
On pourroit comparer le lustre de ton teint
Aux plus vives couleurs dont l'Aurore se peint....

[Mad. de Montbel]

1. Nason le poète : Ovide; le roi François : François Ier.

> *Sur tous les autres nez, son nez a l'avantage,*
> *Et jamais un grand nez n'orna mieux un visage....*
>
> [Mad. Deshoulières]

Une bouche moyenne et des lèvres vermeilles, dont l'inférieure était un peu avancée. Ses dents n'avaient plus d'éclat;
madame de Montbel en proclame la blancheur, contestée par
madame Deshoulières!

> Ma bouche est assez belle, elle est rouge à merveille.
> La divine Philis ne l'a pas plus vermeille,
> Cette rare beauté dont j'aime la fraischeur;
> Mes dents, dans peu de temps n'auront plus de blancheur;
> Les froter d'opiat, ou de quelque racine,
> C'est ce qui nous les gaste et qui nous les ruine;
> Mes dents étoient jadis un balustre perlé,
> Maudit soit l'opiat, avec le pain brulé;
> Je les ay toutefois blanches et bien rangées
> Je voudrois les avoir un peu mieux ménagées....
>
> [Lignières]

> *Descendons de tes yeux pour venir à ta bouche :*
> *Elle a des agrémens, et de certains souris,*
> *Dont le Ciel aujourd'huy marque ses Favoris.*
> *Tes dents se montrent peu; ce qu'on en voit fait croire*
> *Qu'elles peuvent tenir la blancheur de l'yvoire.*
> *Ton parler est charmant, et l'on croit que ton cœur*
> *Est remply comme luy d'une extrême douceur...*
>
> [Mad. de Montbel]

> *Sa bouche, à ce qu'on dit, ne manque point d'appas,*
> *Elle a ce beau vermeil que tant d'autres n'ont pas,*
> *La lèvre de dessus est pourtant enfoncée,*
> *L'autre par conséquent est assez avancée;*
> *Elle est d'une grandeur fort agréable; et pour*
> *Ses dents, hélas! Iris, sont dessus le retour :*
> *Il dit que l'opiat, la guimauve et le reste,*
> *Ont été pour ses dents un remède funeste....*
>
> [Mad. Deshoulières]

Sa voix agréable n'a été mentionnée que par madame de
Montbel :

> *Ta voix est agréable et forme des accens*
> *Qui s'accordent fort bien à des airs languissans.*

Tu peins les passions ; et lorsque tu dis : J'aime !
Une Ame en t'écoutant voudroit faire de mesme,
Elle croit en tes yeux voir beaucoup d'amitié,
Et pour tes feins soûpirs elle a de la pitié,
L'amour est dans ton sein de mesme qu'une rose
Dont la vigueur se perd si-tost qu'elle est éclose...

[Mad. de Montbel]

PORTRAIT MORAL DE LIGNIÈRES

Après le portrait physique, le portrait moral. Lignières se reconnaît de l'esprit, mais point de jugement ; il s'en félicite, estimant que qui est sage est malheureux, et se fait un titre de gloire de son oisiveté. Sa vie passe à conter des douceurs et à faire l'amour : il aime cinq ou six femmes à la fois ; quelquefois, par loyauté, il descend jusqu'à trois. Sa constance ne saurait dépasser un mois. Promesse de mariage, signature d'un contrat régularisant cet engagement, ne le gênent nullement pour arriver à ses fins. Fourbe et excellent comédien, il sait pleurer au moment voulu, tout en ayant à l'occasion des accès de franchise. Sa discrétion sur ses bonnes fortunes est absolue à la condition que les femmes auxquelles il s'adresse ne lui refusent rien. Son humeur est changeante, enjouée et fort agréable par moments, dans d'autres bilieuse et insupportable, etc., etc. Enfin Lignières nous apprend qu'il savait le latin, l'espagnol, l'italien, nombre de mots grecs, mais pas de philosophie, de théologie ni de géographie. Pour la philosophie et la théologie, on s'en doutait bien un peu !

J'ai de l'esprit, dit-on, assez passablement,
Je ne me pique pas d'avoir du jugement,
Je ne souhaite pas d'en avoir davantage,
Et l'on est malheureux souvent quand on est sage.
Si j'avois quelque charge ou quelque illustre employ,
Ou si j'estois admis dans le Conseil du Roy
Au lieu d'estre toûjours auprès d'une Maistresse,
Je tâcherois d'avoir une extrême sagesse :
J'étudierois Tacite, avec Machiavel ;
Tibère, Louis onze, et l'illustre Cromvel
Auroient moins de prudence et moins de politique ;
Je serois circonspect, grave et mélancolique.

On me demandera pourquoy je ne fais rien,
C'est que cela me plaist, et je m'en trouve bien;
Chacun sçait ses raisons; chacun sçait ses affaires;
Celles de mon voisin sont pour moy des mystères.
S'il se moque de moy, je me riray de luy,
—Il faut vivre pour nous, et non pas pour autruy.
Je vis de cette sorte, et je passe ma vie
Tantost près de Philis, tantost près de Silvie.
Je suis né fort galant, et ne puis être un jour
Sans conter des douceurs, et sans faire l'amour.
La charmante Vénus préside à ma naissance
Et sur moy cette estoile a beaucoup de puissance,
Mon cœur est à présent plus stable et plus constant;
Autrefois mon amour ne duroit qu'un instant.
Plus léger que le vent, plus changeant que la Lune,
J'allois en un moment de la blonde à la brune.
C'estoit longtemps pour moy de soûpirer un mois
Et j'en aimois au moins cinq ou six à la fois;
Je faisois des Contracts, je donnois des promesses,
Et je taschois toujours de tricher mes Maistresses.
O Dieu que j'estois fourbe et bon Comédien!
Que je sçavois bien feindre, et que je pleurois bien!
On connoist qu'à présent je suis plus honneste homme,
Et pour ma Loyauté par tout on me renomme;
Car au lien d'en aimer cinq ou six à la fois,
Je me suis contenté de n'en aimer que trois :
Je n'aime toutefois que la jeune Climeine,
Elle sera toûjours le sujet de ma peine.
A propos d'inconstance et d'infidélité,
Je me souviens qu'un jour cette jeune Beauté
Qui fait tous mes plaisirs et toutes mes tristesses;
Me demanda combien j'avois eu de Maistresses;
Je luy nommé Silvie, Amarante, Philis,
Aminte, Célimène, Olimpe, Amarillis;
J'en dis d'autres encor, et cet objet que j'aime
Fut à ce compte-là le soixante-cinquième.
Cet adorable objet a fixé mes soûpirs.
Et pour luy seulement je forme des désirs.
Rendre fixe mon cœur, c'est fixer le Mercure,
Et c'est de ses beaux yeux la plus belle avanture.
On me reproche assez que je suis indiscret,
Et que je dis par tout les faveurs qu'on me fait.
Je sçaurois fort bien faire une bonne fortune,
Et ma discrétion ne seroit point commune,
Si quelque jeune objet récompensoit ma foy,
Et me faisoit l'honneur de coucher avec moy.
Voilà sur quelques poincts ce que j'avois à dire,
Il faut entièrement me peindre et me décrire.

Je suis fort libéral, et quelques-uns m'ont dit
Que je l'estois beaucoup, et trop pour mon profit.
Je ne danse pas mal, mais c'est devant mon Maistre;
Car lors que dans un Bal il s'agit de paroistre,
Et que je ne suis pas du costé du Buffet,
Je me décontenance, et je suis fort défait.
J'ay de certains moments où je suis admirable,
Et je suis d'une humeur tout à fait agréable;
J'ay des jours en échange où je ne parle point,
Où je suis bilieux et morne au dernier point...
On me croiroit d'abord ignorant et stupide,
Je rougis aisément et je suis fort timide;
Devant des inconnus je parois interdit
Et je n'ay pas le don de bien faire un récit.
Quoy qu'on me pousse à bout, et quoy que l'on me die,
Je ne m'emporte pas, et j'entens raillerie.
Je ne chante pas mal, et j'aime fort les Vers,
On ne les prise guère en ce Siècle pervers.
Ha! faut-il qu'un Autheur devienne mercenaire,
Et que l'Ode à la main, il demande salaire?
Je me suis promené dans le sacré Valon
Pour braver les Neuf Sœurs, et l'orgueil d'Apolon.
J'ay fait quelques Chansons, et quelques Epigrammes,
Pour prier des Philis de soulager mes flammes.
Si j'ay choqué quelqu'un, c'est sans malignité,
Et je ne suis, dit-on, meschant que par bonté;
C'est ce qu'a dit de moy Madame de la Suse[1],
Et l'on ne comprend pas le mot de cette Muse.
La lecture a rendu mon Esprit assez fort
Contre toutes les peurs que l'on a de la Mort,
Et ma Religion n'a rien qui m'embarasse.
Je me ris du scrupule, et je hais la grimace;
Quoy que je n'aime pas à prier nuit et jour
Les heureux habitans du céleste séjour,
Je ne prétendrois pas avoir l'Ame moins bonne,
Et je ne voudrois pas faire tort à personne.
J'aime une chère honneste, et non pas un festin,
Je bois par complaisance, et sans aimer le vin.
Quoique prompt, je suis doux, je suis bon et facile;
Lors que l'on me reprend, je suis assez docile.
Je recherche avec soin les Hommes excellens,
J'aime les Curieux, les Doctes, les Vaillans,
Je hay le Fanfaron, le Pédant, l'Hipocrite,
Et dans mon ennemy j'adore le mérite.

---

1. Nous n'avons pas rencontré la pièce de Madame de La Suze à laquelle Lignières
fait allusion.

J'ay leu beaucoup d'Autheurs, et je sçais assez bien
Le Latin, l'Espagnol, avecque l'Italien;
Je sçay force mots Grecs, peu de Philosophie,
Point de Théologie et de Géographie.
Je finy mon Portrait, il sera singulier,
Et l'on doit me trouver un gentil Cavalier.

Madame de Montbel regrette de ne pouvoir lire dans l'âme
et le cœur de Lignières, elle s'en console en constatant mélan-
coliquement que nous suivons les ordres du destin. Le cœur est
sourd à la voix de la raison, il change d'objet, quand il n'a
pas rencontré ce qu'il lui faut. Elle est d'accord avec Lignières
sur le portrait qu'il a tracé de lui-même sauf sur un point
capital : elle l'accuse nettement de dévoiler le nom de sa dernière maîtresse le jour où il n'a plus rien à en attendre. Voilà
notre libertin pris en flagrant délit de mensonge :

*Quand pouray-je trouver un pinceau délicat
Pour tracer ton esprit, pour montrer ton éclat?
Tes vers font mieux que moy le Portrait de ton Ame,
Ils font voir ton génie, et l'objet de sa flâme :
Pour peindre au naturel ta véritable humeur,
Il faudroit que mes yeux vissent dedans ton cœur;
L'Ame par ses regards ne se fait point connoistre,
Souvent pour se cacher elle feint d'y paroistre;
Tel la peindroit par là qui s'y pouroit tromper.
C'est en vain qu'on la cherche, on ne peut l'atraper;
Mesme celuy qui veut dépeindre sa personne,
N'est pas bien asseuré dans les traits qu'il se donne.
Les quatre qualitez qui composent le sang,
Ne sont jamais d'accord de l'ordre de leur rang;
L'une règne aujourd'huy, l'autre demain l'emporte,
Et l'âme qui les suit dépend de la plus forte.
Nous suivons malgré nous les ordres du destin,
Qui ne sait que rouler du soir jusqu'au matin;
Le cœur qui va jurer une ferme constance,
Est pour le changement bien plus qu'il ne le pense;
Nostre Esprit suit toûjours ce qui plaist à nos yeux,
La raison luy devient un obstacle ennuyeux,
Alors qu'elle luy dit qu'elle est une infidelle;
Il cède aux doux attraits d'une beauté nouvelle.
Qu'un cœur a sous les Cieux de peine à se loger!
Jusqu'à ce qu'il soit bien, il doit toûjours changer.
Tirsis en use ainsi, son Ame est difficile.
Il change, comme on voit, souvent de domicile,*

Il fait en moins d'un an plus de douze maisons ;
Il est plus agissant que le Dieu des Saisons ;
Un mois est son quartier auprès d'une Maistresse :
Et lors que son ardeur l'inquiète et le presse,
Il luy dit que son feu pour elle est si puissant,
Qu'il doit faire en un jour plus que d'autres en cent ;
Et pour faire avancer le fruit de son servage,
Il luy fait des Contracts, il promet mariage,
Et quand elle l'appelle à la conclusion,
Lors il s'évanoüit comme une illusion ;
Puis son Amante dit, toute désespérée,
En suivant cet Ardant, je me suis égarée ;
Si ce n'est qu'un Démon qui m'a ravy le cœur,
Il faut que tout au moins ce soit un Enchanteur.
J'avois dans un papier son cœur et sa parole,
De même que le vent l'un et l'autre s'envole ;
On luy répond qu'Amour agit comme les Rois,
Et qu'il se feroit tort s'il connoissoit des Lois.
Je trace son humeur comme je l'entens dire ;
La vérité me plaist, et j'aime à la décrire ;
On le tient bon Amy, de plus fort libéral,
C'est une qualité qui montre un cœur Royal.
Pour ne te point flater, et dire toute chose,
Un peu de vanité dans ton âme est enclose :
La médisance aussi se glisse dans tes Vers ;
Les traits les plus piquans y sont si bien couverts,
Que celuy qui les sent, ignore s'il doit feindre
Et connoist à la fin qu'il n'oseroit s'en plaindre.
Pour te montrer entier en ce vivant Tableau,
Il faut dire Tircis, que tu te trouves beau.
Tu ne te trompes point, on te trouve de mesme,
Tu te plais à nommer partout celle qui t'aime,
Et l'on dit qu'à l'instant qu'elle t'a satisfait
Que tu vas publier le bien qu'elle t'a fait...

Madame Deshoulières reproche à Madame de Montbel de
peindre Lignières « comme il est dans son cœur » ; cependant
toutes deux se rencontrent sur plus d'un point en faisant
son éloge. Une seule nuance les sépare : Antoinette Du Ligier
de La Garde se refuse à prendre au sérieux les déclarations
de l'inconstant, elle le dit sans ambages :

Puisque vous le voulez, je vay faire l'image,
D'un aimable imposteur, d'un illustre volage,
Dont le cœur balançant sans pouvoir faire un choix,
Adore pour le moins trois beautez à la fois...

Il paroist ingénu, bon et sans artifice,
Mais son art est trompeur, il a de la malice,
Il aime la satyre et croit qu'il est permis
De railler fortement de ses meilleurs Amis,
D'aimer en divers lieux, de faire des promesses,
De signer des Contracts pour fourber ses Maistresses.
Il sçait en amitié tromper de cent façons,
Et sur ce beau sujet il feroit des leçons
A Thésée, à Pâris, au fugitif Enée,
Et jamais son amour ne paroist obstinée.
Quoy que brusque, il est doux, et dans un entretien
Il n'est pas de ces gens qui se piquent pour rien.
En de certains momens son Esprit est suprême,
Mais en d'autres il est diférent de luy-même;
On le voit inquiet, chagrin, morne, resveur,
En deux heures vingt fois il changera d'humeur;
Mais qu'il soit enjoué, qu'il soit mélancolique,
Il ne peut s'empescher d'estre toûjours critique.
Pour l'Esprit de Tircis, il est grand, il est beau,
Sa vivacité plaist; et si dans ce Tableau
Je dis qu'il sçait beaucoup, qu'il a peu de constance,
Qu'il est dissimulé, qu'il a de l'éloquence,
Qu'il écrit bien en Vers satyriques et doux,
Qu'il se croit beau Garçon, qu'il est fin et jaloux,
Qu'il parle et qu'il écrit quatre sortes de Langues,
Qu'il est fort indiscret, qu'il fait mal des Harangues,
C'est que je sçay bien l'art de peindre au naturel,
Et que je ne suis pas Madame de Montbel.
Dans le portrait qu'a fait cette nouvelle Muse,
Tircis est fort flatté, mais hélas! je l'excuse.
Le Dieu qui fait aimer peut estre est son vainqueur,
Elle peint cet Amant comme il est dans son cœur,
Mais on ne doit jamais croire pour la peinture
Cet Enfant contre qui tant de monde murmure;
Il est aveugle, Iris, et selon son désir
Ce Dieu fait tous les jours des portraits à plaisir;
Il ne m'a jamais fait dire une menterie,
Et je ne gagne point de cœurs par flaterie;
Je dis naïvement et le bien et le mal.
Tirsis est fort galant, il est fort libéral,
Cette Royale humeur en tous lieux l'accompagne;
Elle a beaucoup paru dans toute la Bretagne:
Il donnoit en ces lieux des cadeaux, des bijoux,
Il déroboit des cœurs, il faschoit des Espoux;
Sa libéralité, son esprit, et sa teste,
Firent dans ce Païs bien plus d'une conqueste,
Mille jeunes Beautez quittèrent leur fierté,
Et firent des desseins dessus sa liberté.

On accabloit Tirsis de faveurs et de plaintes,
On donnoit à son cœur de sensibles atteintes;
Ces aimables Cloris approuvoient sa langueur,
Elles n'avoient pour luy ny mépris, ny rigueur.
Pour arrester Tirsis que par tout on engage,
Rien ne fut épargné, tout fut mis en usage,
Et l'on se pressa tant, qu'avant un mois entier
On força cet Amant de demander quartier.
Ce n'est pas seulement dans la ville de Rennes
Que d'aimables Cloris ont soulagé ses peines;
Trois ans sont écoulez depuis qu'à Luxembour
On vit pour luy la Mort triompher de l'Amour.
Tout Paris a bien sceu cette tragique histoire,
Et tout Paris a bien de la peine à la croire;
On m'a dit qu'elle est vraye, et je ne le croy pas.
Pour un volage Amant se donner le trépas
Au plus beau de ses ans, ô Dieux! quelle innocence!
Non, l'Amour sur les cœurs n'a point tant de puissance.
Mais à propos de cœurs, je n'ay rien dit du sien,
Je luy ferois grand tort de le compter pour rien.
Qu'en diray-je? on n'a pas le temps de le connoistre;
Un objet ne l'a pas, qu'un autre en est le maistre;
Il forme cent desseins sans les pousser à bout,
Et ce cœur inconstant commence et manque tout.
Quoy qu'il s'aime beaucoup, son Ame est généreuse;
A parler franchement, il ne l'a point peureuse.
Quoy que dans ses écrits il ait raillé de Mars,
Comme un autre il iroit affronter les hazards;
Et bien qu'il passe icy pour un Héros paisible,
Je soustiens qu'à l'honneur il n'est pas insensible;
Il aime les Vaillans, et toutes les Vertus.
Par des sentiers secrets, des chemins peu battus,
Depuis assez longtemps Tirsis cherche la gloire;
Il a leu les Autheurs, il a bonne mémoire,
Il les cite souvent assez mal à propos;
— Il est fort paresseux, il aime le repos,
Il ne peut se passer d'avoir des amourettes;
Sans avoir de l'amour, il conte des fleurettes :
C'est pourquoy l'on le voit si souvent dans ses Vers
Blâmer mes cruautez, vouloir briser ses fers,
Recourir au trépas pour terminer ses larmes,
Et se plaindre par tout du pouvoir de mes charmes.
Voilà ce que Tirsis me répète souvent;
Mais, belle Iris, autant en emporte le vent.
A de si doux propos je suis accoustumée,
Ma tendresse n'en est point du tout alarmée,
Mon cœur ne connoist point ce Dieu qu'on nomme Amour,
Et si malgré mes soins il le connoist un jour,

Ce doit estre en faveur d'un Amant plus fidèle.
En vain Tirsis me dit que je suis jeune et belle,
Que j'ay beaucoup d'esprit, qu'il meurt pour mes apas;
Tirsis est inconstant, et je ne le crains pas.
On le croit indévot; mais quoy que l'on en die,
Je croy que dans le fond Tirsis n'est pas impie;
Quoy qu'il raille souvent des articles de Foy,
Je croy qu'il est autant Catholique que moy.
Pour suivre aveuglément les conseils d'Epicure,
Et croire quelquefois un peu trop la Nature;
Pour vouloir se mesler de porter jugement
Sur tout ce que contient le Nouveau Testament,
On s'égare aisément du chemin de la Grace;
Tirsis y reviendra; ce n'est que par grimace
Qu'il dit qu'on ne peut pas aller contre le Sort.
Il changera d'humeur à l'heure de la mort.

BIBLIOGRAPHIE

I° IMPRIMÉS

I. Lettre d'Eraste à Philis sur le poème de la Pucelle (de Chapelain) (en vers et en prose). Paris, Chàmhoudry, 1656. In-4.

Le seul exemplaire connu est à la Bibliothèque de Troyes. Chapelain ou plutôt Jean de Montigny répondit à cette attaque par la *Lettre à Eraste pour réponse à son libelle contre la Pucelle. Paris, Courbé*, 1656. In-4.

II. Le Chapelain décoiffé, comédie en un acte et en vers, dédié à MM. de l'Académie françoise. Paris. Nicolas Thibaut, 1666. In-12.

Boileau n'aurait écrit que quatre vers du *Chapelain décoiffé* et Furetière, suivant Charpentier, serait l'auteur des stances.

III. Critique (en prose) de M. de Linières sur le passage du Rhin de M. Despréaux (Ms. Nouv. acq. fr. 22337, de la Bibl. Nat. f. 137).

Les poésies diverses de Lignières ont été imprimées dans un certain nombre de recueils collectifs. Voir notre *Bibliographie des recueils collectifs de poésies publiés de 1597 à 1700, T. II, III et IV.* Cette *Bibliographie* indique également les ouvrages, autres que les florilèges, qui renferment des pièces de Lignières.

II° MANUSCRITS

Au xviii° siècle, il existait encore plusieurs manuscrits des vers libertins de Lignières. Jusqu'ici on n'en a pas retrouvé. Bruzen de La Martinière nous apprend qu'un Prince (Henry Jules de Bourbon, fils du Grand Condé) en possédait un qu'il a dû détruire :

« Ses vers libertins (de Lignières) ont été conservés parmi les personnes » du même goût qui se les communiquent en manuscrit. J'en ai vu un gros

» recueil qui était tombé entre les mains d'un Prince qui le païa fort cher,
» apparemment pour le brûler[1]. »

Voici ce que cette indication est devenue sous la plume de M. Magne ;
elle termine son *Lignières* :

« *Peu de temps après sa disparition* (de Lignières), Henry Jules de Bourbon,
» fils du Grand Condé, *s'emparait de ses poésies et les livrait au feu.* Il
» paraissait ainsi venger *la religion sans cesse assaillie par le satirique senli-*
» *sien. En réalité, il détruisait aux yeux de Louis XIV et de la marquise de*
» *Maintenon, tombés dans la bigoterie, la preuve qu'un Condé avait, de son*
» *vivant, commandé les cohortes[2] de l'athéisme.* »

** * **

M. Emile Magne, dans la seconde version de son livre : *Un ami de
Cyrano de Bergerac : Le Chevalier de Lignières*, a dressé une table des
poésies de Lignières divisée en deux parties. La seconde partie mentionne
les pièces inédites dont :

Sonnet (contre Boileau) : *Despréaux, grimpé sur Parnasse.*

Ce sonnet, si connu et si souvent cité, quoique attribué à Lignières par
Irailh : Querelles littéraires[3], est incontestablement de Saint-Pavin ; il se lit en
bonne place dans le recueil des poésies de ce dernier publié par Paulin Paris :
(*Silvandre, monté sur Parnasse*). Ces quatorze vers jouent d'ailleurs de
malheur : René Kerviler, l'abbé Fabre[4] et M. Colas les ont mis au compte de
l'auteur de *La Pucelle* parce qu'ils figurent dans un Ms. des poésies de Chapelain déposé à la Bibliothèque nationale.

A Mgr le Prince de Condé : *Prince en parlant de vos exploits.*

Ce dizain est également de Saint-Pavin, malgré l'attribution à Lignières du
Ms. de Bordeaux. On le trouve également dans l'édition Paulin Paris, p. 48 :
Quand on parle de vos exploits.

1. *Bruzen de La Martinière : Nouveau recueil des épigrammatistes français et
modernes, Amsterdam,* 1724, t. I, p. 372.
2. Il ne faut pas prendre ce mot à la lettre. Les cohortes de Condé se composaient
probablement des quelques libertins qui se trouvaient parmi ses nombreux amis :
Miton, Saint-Pavin, Des Barreaux, etc., etc.: une ou deux douzaines au maximum !
3. Voici le texte de l'abbé Irailh : « Est-il étonnant qu'il (Boileau) ait si peu
» ménagé Saint-Pavin et Linière. Ils cherchèrent à s'en venger ; l'un fit contre lui
» des couplets infâmes, et l'autre un sonnet où l'on disait de Boileau :
» S'il n'eût mal parlé de personne
» On n'eût jamais parlé de lui. »
On ne connaît pas de couplets infâmes de Saint-Pavin sur Boileau et d'ailleurs ce
poète si spirituel a fait très peu de chansons et beaucoup de sonnets ; au contraire
Lignières passe pour avoir composé beaucoup de chansons et fort peu de sonnets et
on sait que ses poésies sont perdues en grande partie. N'y aurait-il pas là tout simplement de la part d'Irailh une rédaction trop hâtive, nous croyons qu'il faut lire :
Est-il étonnant qu'il ait si peu ménagé Linière et Saint-Pavin...
4. *Les Ennemis de Chapelain,* par l'abbé Fabre.

A la liste de M. Magne il faut ajouter les pièces de Lignières insérées dans le *Nouveau Mercure galant* dont voici les principales:

Juillet 1680. Epître : A Madame de Maintenon (pour lui recommander l'épître « au Roy » qui suit) (28 vers) : *Quand je me vante de connoistre | La marquise de Maintenon*; Epître : Au Roy (90 vers) : *Grand Prince on aperçoit que nos plus beaux esprits.*

Novembre 1680. Epître à la duchesse de Bellegarde[1] (86 v.) : *Digne et beau rejetton du sang de Bellegarde* (suivie de la Rép. de la duchesse de Bellegarde (84 v.) : *Si tu n'es pas le Dieu qu'on dit qui fait rimer.*

Décembre 1680. Rép. à la duchesse de Bellegarde[2] (206 vers) : *Si l'on m'avoit crû, l'on auroit interdit.*

Juin 1683. Compliment de Lignières à un jeune seigneur anglais[3] (55 v.) : *On me demande un compliment | Pour deux sujets pleins d'agrément.*

Septembre 1690. Sonnet : *Cédez fiers ennemis, nostre tonnerre gronde.*

Mai 1691. Sonnet sur la prise de Mons[4] : *Ton héros va finir la guerre.*

----

1. Dans cette épître, Lignières soutient que la Nature ne fait pas de poètes, il faut l'intervention de l'art. Il cite dans cette pièce Horace, Virgile, Malherbe, Voiture, Racine, Despréaux, Molière et son « Tartuffe », Corneille et ses tragédies du « Cid » et de « Cinna », Théophile, Plaute et Térence. La duchesse de Bellegarde a mis en vers sept Pseaumes de David.

2. Dans cette réponse à la duchesse de Bellegarde, Lignières fait l'éloge de Despréaux. L' « Athée de Senlis », n'avait pas de rancune puisqu'il fréquentait alors chez ce dernier :

> L'autre jour chez Boileau que sans cesse on consulte,
> Et dont les vers limez ne craignent point d'insulte...

Voici les noms qu'il cite : le chevalier de Nantouillet, la comtesse de La Suze, Maître Adam, Ovide, Virgile, Théophile et Cicéron.

3. Cette pièce a été composée pour obtenir quelques écus.

4. Voici le dernier tercet :

> A voir ce qu'il fait en tout lieu,
> Louis est au dessus de l'homme,
> Et c'est le chef-d'œuvre de Dieu !

MADAME DESHOULIÈRES

MADAME DESHOULIÈRES

La vie de madame Deshoulières, dix années après son mariage, se partage en deux périodes distinctes, insuffisamment délimitées par ses biographes :

La première, de 1662 à 1682, est celle de son libertinage d'esprit. Élève docile de Dehénault elle ne s'éloigne pas trop de la mentalité de Des Barreaux, de Saint-Pavin, de Miton, etc., avec toute la différence qui existe entre le cynisme de ces libertins et la réserve d'une femme bien élevée, de mœurs irréprochables. Cette période est caractérisée par un fait brutal et indiscutable : son fils Jean Alexandre n'est ni ondoyé, ni baptisé, et par la publication de ses idylles : les Moutons, les Fleurs, etc., visiblement inspirées de Des Barreaux.

La seconde période s'étend de 1683 à sa mort : Madame Deshoulières vient de voir s'éteindre son maître Dehénault, réconcilié avec l'Eglise en pleine liberté d'esprit et dont l'ardeur combative n'avait jamais été bien grande ; une cruelle maladie la frappe et sa fille subit l'influence de Fléchier. Son éducation chrétienne se réveille alors ; elle fait baptiser son fils et applaudit à l'Edit de Nantes. Des souffrances de plus en plus vives, supportées avec courage, la ramènent définitivement à Dieu. Il ne reste rien de la libertine intellectuelle de jadis, ses poésies religieuses en font foi.

Madame Deshoulières a parcouru les mêmes étapes que les libertins ses amis. La dignité de sa vie lui fait une place à part dans ce groupe de déracinés et c'est ce qui l'honore grandement.

Antoinette, fille de Melchior Du Ligier[1], seigneur de la Garde, chevalier des ordres du roi, et de Claude Gaultier[2],

1. La Boissière de Chambors, capitaine dans le régiment Colonel-Général de Cavalerie, membre de l'Académie des Belles-Lettres, mort en 1743, qui avait été des amis de mademoiselle Deshoulières, dit dans son *Eloge historique de madame et mademoiselle Deshoulières* que Melchior Du Ligier avait été d'abord Maître d hôtel de Marie de Médicis et ensuite d'Anne d'Autriche ; cependant il ne figure pas avec ce prénom de Melchior dans les états qui subsistent des maisons de ces deux Reines. Nous avons seulement trouvé un Josué Du Ligier, sieur de la Garde, échanson d'Anne d'Autriche jusqu'en 1625.

2. Claude Gaultier était nièce de M. de Videville, intendant des finances sous Henri III, et président de la Chambre des Comptes.

vit le jour le 31 décembre 1637[1] et fut baptisée le 2 janvier 1638. Elle eut deux frères : Mr de Fontaine et l'abbé de La Garde.

Mademoiselle Du Ligier de La Garde, douée d'une vive intelligence, reçut une brillante instruction : elle apprit le latin, l'italien, l'espagnol et se familiarisa avec les grands auteurs dans ces trois langues. Au point de vue physique, elle était également favorisée : « La nature avait pris plaisir à rassembler chez elle les agréments du corps et de l'esprit à un point qu'il est rare de rencontrer : beauté peu commune, taille au-dessus de la moyenne, maintien naturel, manières nobles et prévenantes; quelquefois elle montrait un enjouement plein de vivacité, quelquefois du penchant à cette mélancolie douce qui n'est pas ennemie des plaisirs; elle dansait avec justesse, montait bien à cheval et ne faisait rien qu'avec grâce[2]. »

A treize ans et demi, elle est demandée en mariage par un gentilhomme poitevin, Guillaume de La Fon de Bois Guérin[3], seigneur Deshoulières, de la suite du prince de Condé, et lieutenant-colonel de son régiment dit *Le Petit Condé*. Bien qu'ayant dix-sept ans de plus qu'Antoinette, sa recherche fut agréée par Melchior Du Ligier et leur union, grâce à une dispense de l'Official[4], célébrée le 18 juillet 1651 en l'église Saint-Eustache. En présence d'une si jeune, trop jeune femme, Des-

---

1. L'année de sa naissance a été contestée. La Boissière de Chambors la fait naître en 1633 ou 1634 et mourir à 60 ans. Nous avions tout d'abord accepté les dates de La Boissière (voir notre notice sur Dehénault (Œuvres, p. xii) mais en serrant la question de plus près pour composer cette biographie, l'acte de baptême et l'acte de décès qui concordent nous ont paru péremptoires.

2. La Boissière de Chambors.

3. On rencontre un Boisguerin, maître d'hôtel de la maison de Louis XIII en 1627, remplacé en 1635 par Charles-Emmanuel des Rues. — La Boissière dit que Deshoulières était petit neveu de M. de Bois-Guérin, gouverneur de Loudun, qui refusa le bâton de maréchal de France que lui offrait Henri IV, à condition de quitter la religion réformée.

4. Cette dispense de l'Official visait probablement l'âge de mademoiselle Du Ligier, treize ans et demi. Voici la copie de son acte de mariage :

« Le 17e juillet 1651 ont été fiancés au logis de M. de La Garde, rue Saint-Hon., avec dispense de M. l'Official. Mre Guillaume de La Fon, seigneur des Houllières, conseiller, maistre d'hôtel du Roy, gentilhomme ord^{re} de M. le Prince de Condé, fils de feu Messire René de La Fon et de deffuncte dame Anne Féron, et de d^{lle} Antoinette du Ligier, fille de Mre Melchior Du Ligier, seigneur de la Garde, chevallier de l'Ordre du Roy, et de dame Claude Gaultier, en présence de Jacques Gervais de La Fon, frère dud. fiancé, du Révérend Père Mornet, prédicateur du Roy, religieux Augustin, son cousin, des parents susd. de la d^{lle} du Ligier, et aultres amis. Mariez le lendemain 18e. » (Saint-Eustache).

houlières la laissa demeurer chez ses parents et se contenta de la présenter à ses amis dans l'Hôtel de Condé où il résidait. Antoinette vit fort peu de temps son mari. Moins d'un mois et demi après la cérémonie du 18 juillet, le lieutenant-colonel est à Bordeaux (22 septembre); il ne rentre à Paris, avec le Prince, qu'au début de juillet 1652[1]. Encore a-t-il à peine l'occasion de rencontrer sa femme; il accompagne Condé le 5 septembre à Ablon où campait l'armée espagnole commandée par le duc de Lorraine. Le Prince ayant été nommé généralissime de cette armée le 13 novembre 1652, Deshoulières combat avec lui en Picardie et assiste à la capitulation de Rocroy (7 septembre 1653).

Antoinette, d'un esprit naturellement réfléchi, vivement contrariée de voir son mari au service d'un rebelle, cherche, sinon à se consoler, tout au moins à distraire sa pensée de cette situation pénible, en étudiant la philosophie, particulièrement dans les œuvres de Gassendi, et en entretenant quelques amitiés sérieuses. Le charme qui se dégageait de sa personne avait séduit plusieurs des hôtes de l'Hôtel de Condé; ils prirent bientôt le chemin de son logis de la rue Saint-Honoré. Au premier rang d'entre eux se trouvait Jean Dehénault, auteur d'un admirable sonnet qui lui avait valu la faveur du Prince[2]. Elle reçut aussi les visites de Des Barreaux et du spirituel et égrillard Saint-Pavin. Si elle leur parla philosophie, *l'Illustre Débauché* ne manqua pas de l'entretenir de sa marotte « L'Ame du Monde », mais *le Roi de Sodome* dut éviter ce terrain dangereux, il se contenta de lui déclarer son enthousiasme pour sa beauté. Aimant la poésie madame Deshoulières admira les vers de Dehénault — celui-ci les récitait à l'occasion — souvent marqués sinon d'athéisme tout au moins d'épicurisme; ils répondaient d'ailleurs à ses sentiments intimes et à la philosophie sensualiste de l'archiprêtre de Digne. Demanda-t-elle à Dehénault de lui apprendre la prosodie ou ce dernier, voyant ses heureuses dispositions, lui offrit-il spontanément de l'en instruire? Peu importe. Il se laissa aller à lui faire un brin de cour, la cour d'un homme ayant dépassé la quarantaine à une

1. Après le combat du faubourg Saint-Antoine.
2. *Le Libertinage au XVII* siècle (*Disciples et successeurs de Théophile de Viau*). *Les OEuvres de Jean Dehénault, parisien, 1611 ?-1682*, p. xi : A messeigneurs le Prince de Condé et Duc d'Anguien. Sur la naissance de M. de Bourbon : *Princes, le plus pur sang n'est pas le plus fertile.*

adolescente de quinze ans. Nous en avons la preuve dans la
lettre suivante :

A SAPHO

« *Tout le monde vous admire, jeune Sapho, mais personne ne s'avise
de vous plaindre. Pour moy, je vous plains du moins autant que je vous
admire. Les faveurs d'Apollon vous coûtent si cher, que je ne sçaurois
croire qu'on soit sage quand on vous les envie. Jamais la Phébade[1] ne
fut plus tourmentée de ce Dieu que vous l'estes. J'avoue que vous ne faites
pas des vers avec autant de peine qu'elle rendoit des Oracles : Mais
avouez aussi qu'elle ne rendoit point des Oracles aussi souvent que vous
faites des vers. Elle n'estoit travaillée qu'un quart-d'heure en plusieurs
jours, et vous n'estes pas un quart-d'heure le jour sans travailler... Dites-
moi (je vous prie) toute vostre jeunesse se passera-t-elle entre la rime et
la raison ? N'estes-vous point rebutée d'avoir si souvent la peine de les
mettre bien ensemble; et faut-il que pour les accorder, vous vous brouil-
liez avec l'amour et le plaisir?*

> *Dites-moy, Sapho la cadette,*
> *N'est-ce que pour rimer que le Ciel vous a faite?*
> *Que vous sert ce beau port, ce beau sein, ces beaux yeux?*
> *Quoy! n'en ferez-vous rien de mieux?*

> *Sapho vostre aînée, à vostre âge,*
> *Pouvoit se contenter des faveurs d'Apollon :*
> *Mais les caresses de Phaon*
> *La contentoient bien davantage!*

> *La galante sçavoit sans peine*
> *Ménager entr'eux son amour,*
> *D'Apolle à toute heure elle n'estoit pas pleine,*
> *Phaon avoit son tour.*

> *Que ne l'imitez-vous, ma belle?*
> *Pour estre Muze vierge a-t-on le chant plus doux?*
> *Sapho fit des vers comme vous,*
> *Faites l'amour comme elle.*

*» Si je vous en veux croire, je suis bien loin de mon compte. Il ne s'agit
que d'avoir du plaisir dans la vie : et les Vers (me dites-vous) vous en
donnent plus que l'Amour ne vous en sçauroit donner. Mais, Sapho,
n'estes-vous capable que d'un plaisir? Ceux-là sont bien bizarres ou bien
malheureux qui n'en peuvent prendre qu'un? On a dans le monde tant*

1. Var. de 1670 : Pythonisse.

de différentes douleurs à souffrir, le moyen de s'y sauver si on n'avoit qu'un plaisir à prendre? Croyez-moy, il y a quelque justice que nous ayons autant de dédommagemens que nous recevons de dommages :

> *Que sçavez-vous si quelque jour*
> *Et la haine et l'envie,*
> *Ne troubleront point vostre vie;*
> *A tout hazard, Sapho, munissez-vous d'amour.*

» Mais vous vous contentez peut-estre de faire une grande provision de gloire ; et vous croyez que vous serez par là au comble de la félicité :

> *Le renom, ce fameux pipeur,*
> *Vous fait pour un peu de vapeur*
> *Renoncer pour jamais au plaisir d'estre aimée ;*
> *Ah! Sapho, consultez-vous.*
> *L'Amour est un bien si doux ;*
> *Moquez-vous de la Renommée,*
> *Un peu de feu vaut mieux que beaucoup de fumée.*

> *Mais vous écoutez peu cet avis salutaire,*
> *Près du grand Apollon, l'Amour vous semble un nain ;*
> *Et vous n'avez que du dédain*
> *Pour tous les biens qu'il vous peut faire.*
> *Vous verrez quelque jour comme il vous en prendra.*
> *Sapho vostre beauté dans le Cabinet s'use.*
> *Si malgré le plaisir la gloire vous amuse,*
> *Le temps que vous perdez, luy mesme vous perdra ;*
> *Et sur vostre retour l'Amour vous apprendra*
> *Ce que c'est qu'une vieille Muse...*

» Apprenez à vivre à mon exemple, Sapho, si vous voulez vivre heureuse. Renoncez aux Vers et à la gloire qu'ils vous ont acquise, puisqu'après que les Vers vous ont donné bien de la peine, la Gloire vous en donne encore davantage. Mais j'ay bien peur de ne vous pouvoir persuader sans le secours d'Apollon. Ecoutez donc ce que je vais arracher à sa bonne foy.

> . . . .
> *Ce brillant des grandeurs, cet éclat du sçavoir,*
> *La Gloire enfin a pris sur vous tant de pouvoir,*
> *Qu'elle exige de vous un tyrannique hommage,*
> *Et dérobe aux plaisirs le plus beau de vostre âge.*
> *Cependant pourroit-elle exciter un désir.*
> *Si l'on ne la croyoit elle mesme un plaisir ?*
> *C'en est un (il est vray) pour quelques âmes vaines ;*
> *Mais hélas! c'en est un qui donne mille peines.*
> *Il en est, ô Sapho, qui n'ont rien que de doux.*
> *Si vous les connaissez, que ne les cherchez-vous ?*

> *S'ils vous sont inconnus, vous manque-t-il un Maistre ?*
> *La Nature et l'Amour vous les feront connaistre.*
> *Ils vous rendront tous deux sçavante en moins d'un jour.*
> *Ecoutez donc Sapho, la Nature, et l'Amour.*
> *Je vous viens de leur part révéler leur mystère ;*
> *Je n'en parle pas mal ; et je sçais bien m'en taire.*

» Vous voyez, Sapho, qu'Apollon renonce à son intérest pour vous apprendre en quoi consiste le vostre. Ne négligez pas ses avis. Il a déjà contribué à vous rendre la fille du monde la plus aymable. Il veut contribuer encore à vous rendre la fille du monde la plus aymée. C'est pour cela qu'il vous détrompe de la Gloire, et qu'il vous conseille de vous attacher au Plaisir. Il ne tiendra plus à sa sincérité que vous ne sçachiez que ce n'est pas luy, mais l'amour seulement, qui peut rendre les filles parfaitement heureuses. Vous estes plus faite pour gagner des cœurs, que pour charmer des esprits ; et vous n'aurez jamais de plaisirs plus touchans, que quand vous vous donnerez aux choses pour lesquelles vous estes faite. La Poësie doit estre vostre jeu ; et l'amour doit estre vostre exercice. Je vous en ay dit assez pour vous y faire penser tout de bon ; mais si ce que je vous ay dit vous fait un jour envie de prendre un amant, n'oubliez pas, Sapho, qu'il me reste encore quelque chose à vous dire[1]. »

Antoinette résista à cette argumentation spécieuse. Dehénault eut le bon sens de s'apercevoir assez vite de la vanité de ses espérances et assez à temps pour s'éviter une humiliation.

Deshoulières, nommé major de la place de Rocroy, sous l'autorité du comte de Montal, pressa sa femme de venir le rejoindre. Arrivée dans cette ville à la fin de septembre 1653, elle y séjourna près de deux années et résida ensuite quelques mois à Bruxelles où un nouveau gouverneur des Pays-Bas, Don Juan d'Autriche, fils de Philippe IV, venait de s'installer. Sa connaissance des langues italienne et espagnole, sa beauté et son esprit, l'estime qu'on témoignait à son mari, la firent compter au nombre des personnes de marque auxquelles don Luis de Benavidès, marquis de Caracène, faisait les honneurs de son somptueux hôtel. Le succès de madame Deshoulières y fut si grand que Condé prit rang parmi ses soupirants. Elle le revit à

---

1. Nous n'avons certainement pas là le texte primitif adressé à madame Deshoulières. Dehénault l'a remanié et complété pour l'édition de ses *OEuvres diverses*, 1670, mais il nous en donne une idée. Cette lettre n'est pas de 1649 comme l'indique l'éditeur des *OEuvres de madame Deshoulières* de 1647, elle est très postérieure à cette date : nous la plaçons en 1653 pendant l'absence de son mari qui combattait avec l'armée de Condé contre les troupes de Louis XIV. On trouvera le texte complet de cette lettre : *OEuvres de Dehénault*, p. 15.

Malines où il se montra très empressé. De retour à Rocroy, elle
mit au monde dans les derniers jours de mai 1656 une première
fille, immédiatement ondoyée[1], Antoinette-Thérèse, dite plus
tard mademoiselle Deshoulières, le seul de ses enfants appelé à
lui survivre. Cette maternité n'eut aucun effet réfrigérant sur
le désir du Prince de conquérir le cœur de madame Deshoulières : il écrivait le 30 septembre 1656 du camp de Maubeuge à
Guitaut[2] alors à Rocroy : « Mandez-moi un peu de vos diver-
tissements et si madame la Majore est toujours belle et cruelle
comme à Bruxelles et à Malines. Faites-luy pourtant mes amitiés. »

L'avenir de sa fille et de sa petite fille étant lié au sort de la
rébellion de Condé, Melchior Du Ligier s'en préoccupa : il sou-
haitait que son gendre bénéficiât de l'amnistie promise à tous
les officiers qui rentreraient dans le devoir. Antoinette pres-
sentie, agit aussitôt dans ce sens sur l'esprit de son époux.
Celui-ci écouta les propositions des agents de Louis XIV tendant à livrer Rocroy aux troupes du roi. Dans l'espérance de
gagner du temps et d'endormir la vigilance de Condé, madame
Deshoulières eut l'air de répondre à sa passion. Elle le vit à
Charleville et même lui écrivit. Atteinte de la petite vérole,
elle s'empressa, à peine en convalescence, d'accord avec son
mari, d'assurer à nouveau le Prince de son « amitié ». On
remarquera les termes ambigus de sa lettre du 22 décembre :

22 décembre 1656.

« Ma petite vérole m'a fait différer mon voyage ; mais, malgré mon mal
et les menaces des médecins, je ne laisserai pas de partir dans six jours.
On m'assure qu'il y aura du danger pour ma vie, mais elle m'est si peu
considérable quand il s'agit de vos intérêts, que je la hasarderai avec toute
la joie dont est capable une personne qui a pour vous une tendresse infinie. C'est une vérité dont je sais que vous doutez ; mais quelque difficile
que vous soyez à persuader, je m'engage à vous faire dédire, et à faire,
pour peu que vous ayez de reconnoissance *pour mon amitié*, que vous en
aurez autant que moi. J'espère, l'hiver qui vient, vous dire des douceurs
plus à mon aise. Si vous voulez que cela soit, il faut être secret et vous
garder de faire connoître à M. M. (mon mari ?) que je vous aie jamais parlé

---

1. Cet ondoiement est confirmé par un acte du 23 juin 1685 (voir p. 57, note 1).
2. Le Guitaut de madame de Sévigné, son voisin à Paris, son seigneur pour la terre
de Bourbilly en Bourgogne (E. Angot). Sur cette intrigue de Rocroy il faut lire le
travail si curieux et si intéressant de M. E. Angot, auquel nous nous référons pour
cette période de la vie des époux Deshoulières, qui a été publié dans la *Revue
d'histoire littéraire de la France*, 1920, pp. 371-393.

ni écrit à Charleville; car, s'il en savoit quelque chose, cela vous mettroit en mauvaise intelligence, et feroit cesser celle que vous savez. Il faut encore que vous empêchiez une chose, qui est que cent contes que quelques méchants railleurs de votre cour font de moi ne soient sus par la personne qui y a intérêt, car cela feroit le même effet que le reste. Vous pouvez y mettre ordre, et nos intérêts sont si fort mêlés qu'on ne peut me faire une affaire, sans détruire celle qui vous donne tant d'impatience, et qui se terminera bientôt. Pour celle de Paris, continuez à faire arrêter les lettres de Mons. J'en ai reçu qui m'asseurent des choses si effroyables, que je ne veux pas en rien mander que je n'en aie des preuves tout à fait assurées ; car ce sont des choses qu'il ne faut pas dire à demi, quand elles sont d'une personne importante. Quand j'aurai l'esprit plus libre, je vous ferai des reproches des conseils que vous donnâtes icy au maréchal de La Ferté[1] sur mon sujet. Le pauvre homme n'y a pas trouvé son compte, et il m'avoua toute votre confidence sur cela : c'est être bien malicieux, et si j'avois loisir de vous quereller, je le ferois avec la plus grande joie du monde. Cela ne m'empêchera pas de vous conjurer d'avoir *de l'amitié* pour une personne de qui vous êtes chèrement aimé. *Brûlez ma lettre :* il est important pour moi[2]. »

Il n'est pas certain que cette lettre ait été expédiée par Madame Deshoulières; en tout cas, elle serait arrivée trop tard, Condé avait déjà été avisé le 6 décembre, par le comte de Montal, de certains propos du maréchal de La Ferté assez compromettants pour le Major[3]. Ces propos se précisèrent au point

---

1. Le maréchal de La Ferté avait été fait prisonnier à Valenciennes le 15 juillet 1656 et interné à Rocroy. « Louis XIV (c'est-à-dire Mazarin) avait payé la rançon du Maréchal dont le départ se trouva retardé par quelques formalités sans doute. Le Prince de Condé n'avait pas dû se faire beaucoup prier pour rendre contre espèces sonnantes dont le généralissime de Philippe IV était fort mal pourvu, un homme de guerre si dangereux aux siens par son impéritie et son entêtement... Inhabile, outrecuidant, La Ferté avait de la droiture, et il se tira honnêtement d'un cas de conscience très embarrassant. Il avait pénétré les desseins du major Deshoulières, ou, ce qui paraît plus vraisemblable, en avait été instruit par le major lui-même et sollicité de les servir dès que, libéré, il aurait repris contact avec la Cour et les Ministres. Où était le devoir ? D'un côté l'intérêt du Roi et de la France, de l'autre la répugnance à s'associer à une manœuvre reprouvée par l'honneur et surtout par l'honneur militaire... » (E. Angot. *Mme Deshoulières et l'intrigue de Rocroy. Revue d'histoire littéraire de la France, 1920,* N° 3).

2. Si Condé a reçu cette lettre, *il ne l'a pas brûlée.* Il est probable que c'est cette lettre qui a été saisie le 25 décembre dans les papiers de Deshoulières et de sa femme. (Lettre de Montal à Condé, du 26 décembre).

3. « M. le Mareschal, écrit le comte de Montal au prince de Condé, le 6 décembre 1656, attend avec beaucoup d'impatience la permission de V. A. S^me pour s'en aller. M. du Mont (gouverneur pour Condé de la petite place de Linchamp près de Charleville) et Mme sont encore icy, et par conséquent ceux qui les doibvent accompagner (le major Deshoulières et sa femme)... J'ai eu une longue conversation avec M. le M. (maréchal de la Ferté) seul comme il s'allait coucher, et, tombant sur le détail de cette place, il m'a dit qu'il en trouvait l'ordre beau et bien réglé, qu'il croyait les officiers braves gens, mais que le major n'était pas ce qu'il fallait ici, qu'il me le

que, le 18 décembre, le comte de Montal écrivait à Condé :
« Enfin Monseigneur, s'il se peut défaites-moi, s'il vous plaît,
de ces deux personnes (le Major et sa femme), car hors de là,
votre place (de Rocroy), n'est pas en sûreté...». A cette sugges-
tion, Condé répondit par des instructions dont la rigueur allait
bien au delà de ce que le gouverneur de Rocroy avait osé
réclamer à l'égard du Major et de sa femme. Deshoulières fut
immédiatement arrêté, ses meubles forcés, ses papiers saisis,
ses lettres et celles de sa femme lues; cette dernière gardée
à vue et soumise à un interrogatoire humiliant auquel elle
n'était nullement préparée. Elle reconnut avoir été conférer à
Amiens avec le gouverneur de Bar sur les moyens à employer
pour faire abandonner à son mari la cause du Prince. Le 27
ou le 28 décembre, en route pour Bruxelles, le Major tenta de
se suicider. Le 5 janvier 1657, il était incarcéré sur l'ordre du
marquis de Caracène dans la forterese de Vilvorde[1]. Traité
néanmoins avec générosité et douceur grâce à la pension payée
par le Prince aux Espagnols, l'ex-major s'y trouvait encore le
23 mai quand sa femme l'y rejoignit. On lui assigna une
chambre d'où il lui était impossible de communiquer avec le
prisonnier. Un peu plus de trois mois après, le 31 août, ils
s'évadaient tous deux de Vilvorde, le châtelain de cette Bastille
leur en ayant obligeamment fourni les moyens.

Les fugitifs réussirent à gagner la France. Le Tellier, secrétaire d'Etat à la Guerre, les présenta au jeune roi, à Anne d'Autriche et à Mazarin. Deshoulières rentré en grâce Louis XIV
le nomma gouverneur de Cette.

Madame Deshoulières ne suivit pas son mari à Cette, elle usa
de la liberté qu'il lui laissait pour tenir, en quelque sorte,
bureau d'esprit. Sa maison devint le rendez-vous de lettrés
comme Pellisson, Conrart, Lignières, etc., de seigneurs taqui-
nant la Muse, comme le comte de Saint-Aignan[2], etc. Des
Barreaux et Saint-Pavin lui amenèrent Miton et le chevalier de

disait en ami. J'ai essayé d'en savoir davantage mais il m'a dit seulement : « Cet
homme là n'est pas ce qu'il vous faut » et a changé de discours. J'ai cru le devoir
écrire à V. A. S^m^e » (E. Angot).

1. Les instructions de Condé portaient de le tenir au secret le plus absolu.

2. Le comte puis duc de Saint-Aignan a rimé de nombreuses pièces; il écrivait
souvent en vers à ses amis. Voyez les œuvres de madame Deshoulières, les recueils
collectifs de poésies du xviiᵉ siècle, etc., etc., et à l'*Appendice* de ce volume : *La
Correspondance rimée de Claude de Chaulne.*

Méré. En un mot, le petit groupe des libertins de l'hôtel de
Condé y fréquenta presque au complet. Dehénault, alors receveur des tailles en Forez, lui écrivait régulièrement de Montbrison ou de Saint-Etienne. Du jour au lendemain madame
Deshoulières joua un rôle actif dans la société du temps. Malheureusement l'équipée de Rocroy avait entraîné des réper-
cussions graves sur les ressources du ménage. Les biens du
Major avaient été saisis et ses créanciers poursuivaient le
recouvrement de leur dû avec tant d'ardeur que sa femme, au
lendemain de la mort de son père : Melchior Du Ligier, obtint
en 1658, sa séparation de biens. A bout d'expédients, Deshoulières leur abandonna, pour en finir, ce qu'il possédait en
propre. Heureusement la mode des portraits, inaugurée par
mademoiselle de Montpensier, apporta dans ces moments diffi-
ciles une opportune diversion. Dehénault lui ayant envoyé un
sonnet[1] où il peint son ancienne élève :

POUR MADAME (DESHOULIÈRES)

Peintre des Corps et des Esprits,
Dieu des Vers voicy ton ouvrage,
Pour ta gloire fais une image
Digne de la charmante Iris.

Prens chez les Grâces et les Ris
De quoy composer son visage ;
Mets les plus doux traits en usage,
Et le plus brillant coloris.

Mais pour la peindre toute entière,
De traits de flamme et de lumière
Forme un Esprit si relevé.

Fais de la fine intelligence
Et de l'adroite complaisance
Le Portrait le plus achevé.

madame Deshoulières amusée se risqua à tracer le portrait
de mademoiselle de Villennes et celui du chevalier de Lignières[2]
dont les œillades intéressées la faisaient sourire. Il lui était
difficile, après avoir écarté un Prince, d'accueillir les déclarations d'amour d'un don Juan qui en était déjà, il le proclamait

---

1. *Recueil dit de Sercy*, T. IV, 1658 sig. H. L'achevé d'imprimer est du 2 janvier 1658.
2. Voir le portrait physique et moral de Lignières, pp. 7 et 11.

bien haut à sa soixante-cinquième maîtresse[1]. Lignières prit
gaiement son parti de sa déconvenue et, sans espoir de fléchir
la cruelle, rima à son tour trois portraits[2] d'Antoinette, Voici
le second :

> *Tout ce qu'a de plus beau la Peinture parlante*
> *Doit estre mis en œuvre au portrait d'Amarante,*
> *Amour secondera ce glorieux projet,*
> *Et ce Dieu doit m'aider à peindre cet objet.*
> *Il a si bien gravé dans mon cœur son image,*
> *Que je crois réüssir en ce second ouvrage.*
> *Quand je fis le portrait de ses charmes divers*
> *Personne devant moi n'en avoit fait en vers.*
> *A moins que ce ne soit une excellente chose,*
> *Je ne sçaurois souffrir ceux qui se font en prose.*
> *Ils sont meilleurs en vers et l'on les retient mieux;*
> *La prose est languissante, et je trouve ennuyeux*
> *Ces portraits copiés sur ceux de la Clélie[3],*
> *Quoique ce roman soit une pièce accomplie;*
> *Je les blâme pourtant d'un ton fier et hardi.*
> *On en a fait un beau de l'illustre Vandy[4] :*
> *On sait que ce portrait est de Mademoiselle;*
> *Je ne le vante pas, à cause qu'il vient d'elle :*
> *Si j'en ai dit du bien et si je l'ai loué,*
> *C'est parce qu'il est bon et qu'il est enjoué.*
> *Je n'aime pas non plus ceux que l'on fait en rime,*
> *Quand ils sont ampoulés et d'un air trop sublime.*
> *Selon l'avis des gens qui s'y connoissent bien,*
> *Ce n'est qu'un beau langage ou plutôt un beau rien.*
> *J'en ai lu naguère un, plein de lis et de roses,*
> *Qui pour la rime étoient tout fraîchement écloses,*
> *Je perdis patience et jettois ce portrait*
> *En disant : « Maudit soit le peintre qui l'a fait. »*

1.   *A propos d'inconstance et d'infidélité,*
>   *Il me souvient qu'un jour cette jeune beauté*
>   *Qui fait tout mes plaisirs et toutes mes tristesses,*
>   *Me demanda combien j'avois eu de Maistresses;*
>   *Je luy nommé Silvie, Amarante, Philis,*
>   *Aminte, Célimène, Olimpe, Amarillis,*
>   *J'en dis d'autres encor, et cet objet que j'aime,*
>   *Fut à ce compte-là le soixante-cinquième.*
>   (Portrait de Lignières par lui-même).

2. Le premier commence : *Je vay peindre Philis jusques au moindre trait* ; le
second que nous reproduisons, et un troisième : Portrait d'Amarante, par M. de Lignières, envoyé par Mme Deshoulières : *Que les poètes sont ingrats.*

3. *Clélie,* roman en dix volumes de mademoiselle de Scudéry.

4. Mademoiselle de Vandy « la Princesse de Paphlagonie » dont Mademoiselle de
Montpensier a tracé un portrait remarquable dans le roman qui porte ce titre. Voir
Cousin : *La Société française au XVIIᵉ siècle, I, p. 224.*

C'est un peu trop longtemps s'ériger en critique,
Et peignons cet objet dont la beauté me pique :
Elle a les cheveux noirs, longs, épais, deliez,
Et ce sont de beaux nœuds dont les cœurs sont liez.
On trouve que son teint est plus blanc que l'albastre,
Et c'est une fraischeur dont je suis idolastre.
On ne sçauroit aymer ny vanter à demy
Cet aymable incarnat qui se mesle parmy,
Son extrême blancheur emporte la victoire
Sur la neige et le lait, les perles, et l'yvoire[1].
Son nez est un peu long, sa figure me plaist,
Et quoy qu'il luy déplaise, on l'aime comme il est[2].
Quoy que ses yeux ne soient pas trop à fleur de teste.
Ha! qu'ils sont bien instruits à faire une conqueste!
Ils volent la franchise et les cœurs en tous lieux,
Ils sont brillants et fins; qu'ils sont malicieux[3],
Et qu'ils sont doux! Hélas, à propos de franchise,
La mienne en les voyant fut impunément prise,
Je criay vainement. « Au secours, aux voleurs »,
Ma raison fut pour eux et rit de mes douleurs.
Je désirerois bien qu'elle fût moins farouche,
Pour me laisser cueillir un baiser sur sa bouche;
Sa bouche est adorable, riche, propre à baiser[4],
La timidité nuit, rien n'est tel que d'oser.
Quoy que ce procédé luy dût paroistre brusque,
Et quand je recevrois cinq ou six coups de busque,
Lors que cette beauté ne s'en doutera pas,
Je veux baiser sa bouche où l'on voit mille appas.

1.
    Disons que ses cheveux sont longs, et d'un beau noir,
    Et qu'ils sont aussi fins que l'on en sçauroit voir.
    Pour son teint, je soûtiens qu'il a le privilège,
    D'effacer la blancheur des lys et de la neige;
    Elle n'a pas besoin de plastre ni de fard,
    Et son teint est plus beau qu'un teint blanchy par art.
        (Portr. de Mme Desh. par Lignières : *Je vay peindre Philis...*)

2.
    Je ne hais point son nez...
    Quoy que son nez soit long, il n'en est pas moins beau...
                (Id.   Id.)

3.
    On ne sçauroit jamais assez vanter ses yeux,
    On n'en découvre point de plus vifs sous les cieux;
    Par eux il est aisé de voir ce qu'elle pense,
    Ils sont remplis de feu, d'esprit et d'éloquence :
    Ces yeux qui ne sont pas sombres et languissans,
    Engagent puissamment la raison et les sens,
    C'est là qu'un petit Dieu ses traits dangereux forge....
                (Id.   Id.)

4.
    Sa bouche est très vermeille, et son éclat m'enflame...
               (Id.   Id.)

Ses dents[1]... mais j'ayme mieux icy loüer sa gorge.
Je croy tous les matins qu'on luy monde de l'orge
Pour nourrir l'embonpoint de ses petits tétons[2].
Ha! qu'ils sont potelez! qu'ils sont blancs! qu'ils sont ronds!
Son sein n'est qu'un enfant, il commence à paroistre,
Il ne fait tous les jours qu'embellir et que croistre.
Ha! j'aurois du plaisir plus que tous les humains,
Si j'avois le bonheur de contempler ses mains[3],
Et si par charité ces mains pleines de charmes
Vouloient un jour aider à essuyer mes larmes.
Ces admirables mains ne sont guères sans gans,
C'est pour faire enrager et jurer ses Amans.
Sa taille est grande, libre, et tout à fait aisée,
Par les plus envieux elle seroit prisée[4].
Diray-je que son port noble et respectueux
Imprime du respect aux plus impétueux?
Je soûtiens hardiment que sa jambe est bien faite.
Pour discourir du reste, il faudroit un Prophète.
On voit ses pieds, sa jambe, on ne voit pas plus haut,
Et ce haut, comme on croit, est sans aucun défaut.
Faut-il que tout cela me soit un Sanctuaire?
Oüy puis qu'elle est toûjours insensible et sévère.
Rien n'égale Amarante, et ces rares trésors;
Avoir un beau visage, enté sur un beau corps,
Avec je ne sçay quoy qui plaist, de la jeunesse,
Une haute conduite, une grande sagesse,
Des charmes infinis et doux au dernier point,
C'est ce qu'a cet objet, et que beaucoup n'ont point.
Mille autres qualitez l'embellissent encore,
Et pour mille raisons je l'aime et je l'adore;
Pour elle on n'aura pas de légères amours,
Puisqu'elle a des beautez qui dureront toûjours.
Elle a beaucoup d'Esprit, et celuy qui l'anime
N'est pas de ces Esprits que l'ignorance opprime,

---

1. *Pour ses dents, on en peut rencontrer d'aussi belles,*
    Et je ne diray point de bien ni de mal d'elles.
        (Portr.... par Lignières : *Je vay peindre Philis...*)

2. *Mais ne diray-je pas qu'on adore sa gorge,*
    Qu'elle est ronde, bien faite, et blanche au dernier poinct?
    Asseurer que la sienne a manqué d'embonpoint,
    Comme elle nous l'écrit dans sa lettre charmante,
    N'est-ce pas estre injuste, et même un peu méchante?
        (Id.   Id.)

3. *Ses mains sont tout de bon propres à prendre un cœur.*
        (Id.   Id.)

4. *Son port est noble et haut, sa taille est droite et grande,*
    Facile, dégagée, et comme on la demande.
        (Id.   Id.)

C'est un esprit brillant, il est ferme, élevé,
Et pour dire en un mot, le sien est achevé ;
C'est un Esprit guéry des erreurs populaires,
Et qui viendroit à bout des plus grandes affaires [1].
Elle gouverneroit aussi bien un Estat
Que le plus grand Ministre, et qu'aucun Potentat.
Elle n'ignore rien, elle sçait le langage
Des habitans du Tibre, et des peuples du Tage.
Elle sçait le latin bien mieux que mon Rival,
Et presqu'autant que moy ; je ne l'entens pas mal.
Je me viens de citer, et ce n'est que pour rire,
Je suis un ignorant, à peine sçay-je lire,
Amarante vaut mieux que l' « Infante d'Utrec » [2]
Avec tout son Hébreu, son Arabe, et son Grec.
Qu'elle me grondera! justes Dieux, que feray-je ?
J'ay dit qu'elle sçavoit la langue du Collège :
Ha! malheureux Tirsis, où te cacheras-tu ?
Le sort en est jetté, deussay-je estre battu,
Je diray qu'elle sçait la Bible toute entière ;
Et pendant qu'elle estoit en Flandre prisonnière,
Pour se désennuyer le soir et le matin,
Elle a leu Saint-Ambroise, avec Saint-Augustin.
Elle ne laisse pas de parler de dentelle,
De jupes, de rubans, et d'une bagatelle.
Elle est humble, modeste, et dans son entretien
Elle a de la douceur, elle ne cite rien :
Mais parmy tant d'attraits, de grâces et de charmes,
Qui font à tous momens que je verse des larmes,
Et qui s'en vont bientost me donner le trépas,
Elle n'a qu'un défaut, c'est qu'elle n'aime pas [3].

[1]   *D'un aimable sçavoir son Esprit est orné,*
Ce n'est point un Esprit qui soit foible et borné;
Le sien est éclairé, délicat, et solide,
Toûjours le jugement l'accompagne et le guide.
     (Portr. de Mad. Desh. par Lignières. *Je vay peindre Philis...*)

[2]. Mademoiselle Anne-Marie de Schurmann née le 5 novembre 1607 à Cologne, morte le 5 mai 1678 à Wiewert (Frise); elle résida une notable partie de sa vie à Utrecht, et jouissait d'une grande réputation ; elle fut en correspondance avec les plus illustres savants de son temps en France et à l'étranger. Elle a publié plusieurs ouvrages en latin.

[3]. *Recueil des portraits et éloges en vers et en prose. Dédié à son Altesse Royale Mademoiselle. A Paris, Au Palais, chez Charles de Sercy... et Claude Barbin... M. DC. LIX (1659),* II p., p. 30. Le premier portrait de madame Des Houlières par Lignières (I. p. p. 290) : *Je vay peindre Philis jusques au moindre trait* est différent de celui-ci. Nous en avons indiqué quelques variantes. Il nous apprend que Mad. D. H., se plaisait « à resver quelquefois... près d'un rocher affreux, ou dans un triste bois », qu'elle avait « souvent la fièvre et la migraine », qu'elle aimait « la danse, la course, les jeux, les balets, les ris, etc., etc. » Voici la fin de ce portrait :

     Que de cœurs de héros, elle a réduits en cendre?
     Et que ses yeux ont fait de fracas dans la Flandre!

De son côté, Condé se souvenait de la courageuse femme qui avait fait évader son mari de Vilvorde, après avoir essayé de jouer un instant avec lui la comédie de l'amour. Il voulut savoir si madame Deshoulières était toujours aussi attrayante et chargea le spirituel chevalier de Grammont[1] de lui déclarer sa passion. Le tact du Chevalier est admirable; non seulement la trahison du major de Rocroy est oubliée, mais elle est prétexte à exalter la vaillance de sa femme :

> *« Vous de qui la vertu, l'esprit, et la beauté,*
> *Rendra le nom fameux dans la Postérité,*
> *Et dont les actions ont effacé la gloire*
> *Des Héros de Romans, des Héros de l'Histoire,*
> *Vous qu'on a veu forcer d'effroyables prisons,*
> *Et que huit mois entiers la mort en cent façons*
> *N'a pu faire trembler; adorable inhumaine,*
> *On a mille plaisirs, et l'on n'a point de peine,*
> *Quand on est obligé de parler des trésors*
> *Qui parent vostre Esprit, vostre Ame et vostre Corps;*
> *Quand on fait le Portrait d'une beauté commune,*
> *Ou d'un de ces Esprits sujets de la Fortune,*
> *Pour peu que l'on en ait on s'en peut acquiter,*
> *Où la matière manque on joint l'art de flater :*
> *Mais quand il faut dépeindre une jeune Héroïne,*
> *Sçavante, fière, belle, éloquente, divine,*
> *Cette entreprise est grande, et mon foible pinceau*
> *Ne sçauroit qu'ébaucher un si charmant Tableau.*

> *» Je ne l'aurois pas commencé sans le commandement d'un grand Prince,*

> *Qui malgré vos mépris soûpire pour vos charmes,*
> *Et qui depuis long-temps, grâce à vostre rigueur,*
> *Brûle pour vos appas, et verse force larmes*
> *Sans pouvoir toucher vostre cœur.*

> *» Je ne croy pas qu'il soit besoin de vous le nommer; c'est assez de vous*

> *Elle jure qu'elle a de la dévotion,*
> *J'en doute, et je voudrois en avoir caution...*
> *Elle rit de l'Amour, et ses cuisantes flèches,*
> *Ne feront en son cœur que de légères brèches,*
> *Puisque le feu d'un grand et fameux Conquérant,*
> *Pendant deux ans entiers luy fut indifférent,*
> *Que ses soins, ses respects, n'ont pû toucher son âme*
> *Et qu'elle a méprisé une si belle flamme.*

1. Philibert, chevalier et plus tard comte de Grammont ou Gramont, le héros des *Mémoires d'Hamilton*, marié à Elisabeth Hamilton, mort à 86 ans en 1707. Il avait d'abord servi comme volontaire sous Condé et sous Turenne.

dire que c'est le plus grand Conquérant qui fut jamais et que sa Nais-
sance, sa Valeur et son Esprit, le rendent assez remarquable pour le
faire discerner dans cette foule d'adorateurs qui vous suit par tout. Il
veut que je fasse connoistre à toute la Terre la cause de ces grands efforts
qui luy ont donné de l'étonnement ; et vous ne devez pas douter que je ne
luy obéïsse avec joye, puis qu'il s'agit de vostre gloire. Vous avez le plus
beau teint qui sera jamais ; sa blancheur n'a rien de comparable ; il n'est
pas seulement meslé des plus belles couleurs du monde, il est encore uny
et délicat, et il a en tout temps cette aimable fraischeur que la jeunesse
donne. Vos yeux ont un feu, contre lequel on oppose vainement tout ce
qui sert à deffendre un cœur ; ils sont bruns, bien ouverts ; et quoy
qu'ils soient tout à fait brillans, ils ne laissent pas d'avoir quelquefois
une certaine langueur qu'ils communiquent à ceux qui osent en souste-
nir les regards ; ils ne s'amusent pas à prendre un cœur par les formes,
sans luy donner loisir de se consulter, ils s'en rendent bien tost les
maistres. Enfin, divine Personne, c'est de vous seule que l'on peut dire
avec justice :

Le teint d'Amarillis efface toute chose,
Il fait jaunir les Lys, il fait pâlir la Rose,
Et l'éclat immortel du bel Astre des Cieux
N'a rien qui soit égal à celuy de ses yeux.

» *Vostre bouche est naturellement belle aussi bien que vostre teste ;*
elle a ce beau vermeil qui est le charme des yeux, elle est d'une agréable
grandeur, assez élevée ; et par vostre façon de rire, quand mesme vous
ne parleriez pas, on ne laisseroit pas de connoistre que vous estes tout à
fait spirituelle. Vous avez le nez un peu long, et sa forme ne dément pas
les agrémens de vostre bouche. Vos dents sont bien rangées ; et quoy
qu'elles n'ayent pas la dernière blancheur, on peut dire qu'elles sont
plus belles que laides. Le tour de vostre visage est admirable, il est rond
et jamais joués ne se sont mieux soustenuës que les vostres. Vos cheveux
sont noirs, longs, épais, lustrez, et fins, et ils s'accommodent si bien aux
différentes coiffures que les Femmes inventent tous les jours, qu'on diroit
qu'elles ne sont faites que pour eux. Tout cela est suffisant pour faire
une très-belle Personne ; et il semble que l'on ne peut rien souhaiter de
plus. Vous avez pourtant davantage ; car vous avez la physionomie fine,
et des agrémens qu'on ne peut décrire, et auxquels rien ne résiste. Vous
avez la gorge bien taillée, pleine, et d'une blancheur qui ébloüit. Vos
bras sont ronds et unis, et vos mains sont longues et potelées. Ce ne seroit
pas une petite entreprise de vous peindre depuis les pieds jusques à la
teste ; car vostre taille est fort au dessus de la médiocre grandeur : l'em-
bonpoint vous l'auroit sans doute gastée si Dieu ne vous avoit donné les
plus petits ossemens qui ayent jamais esté ; ce qui ne nuit pas à la beauté
du Corps. On ne sçauroit parler de celle du vostre que par conjecture.
Ha! charmante Amarillis, que la blancheur et la délicatesse de vostre
peau, vostre gorge, vos bras, vos mains, vostre taille, vostre air, et la
façon dont vous marchez, donnent de belles idées ! Vostre port a quelque

*chose de celuy d'une Déesse. Toutes vos actions ont un charme inexpli-
cable. Vostre modestie imprime le respect aux plus audacieux; et
l'aimable enjoüement qui s'y mesle, force les plus insensibles à vous
aimer. Vous n'estes point contrainte dans tout ce que vous faites. Vostre
air est libre, et a quelque chose de fort engageant. Enfin toutes les apparences sont belles, et vostre chère Iris asseure qu'elles ne sont pas trompeuses. Vous devez estre persuadée qu'on a beaucoup de foy pour ses discours, et qu'ils font faire mille souhaits inutiles. On voudroit vous pouvoir peindre de vostre haut aussi bien qu'elle le peut faire; mais c'est
une gloire réservée pour elle seule, et à moins que d'avoir perdu la raison, on ne doit pas y songer :*

> *Aussi mon but n'est pas de l'oser entreprendre,*
> *A de si hauts desseins je ne dois pas prétendre,*
> *Et quand je le pourois, je n'achèverois pas*
> *Vostre aimable Portrait, il auroit trop d'apas;*
> *Il aura le destin de la Vénus d'Apelle,*
> *Que cet Homme fameux représenta si belle,*
> *Qu'après luy on ne sçeut pas un Peintre trouver*
> *Quelque habile qu'il fût, qui le pût achever.*

*» Je jurerois bien que quelque adroit que soit un Homme, qu'il n'en
viendra pas à bout; je connois vostre humeur et vostre vertu, et c'est sur
cela que je me fonde : elles sont d'accord pour faire enrager les gens,
et pour les rendre malheureux, et vostre Esprit les seconde fort bien : Il
est grand, propre pour la Ruelle, et pour le Cabinet; car vous estes de
ces Personnes qui ont du jugement et de la mémoire, de la prudence, et
mesme de la politique. Vous estes prévoyante, vous avez du brillant et du
solide, l'imagination vive, quelque chose de fier, de la douceur quand
vous le voulez. Vous vous accommodez à l'humeur de ceux à qui vous
voulez plaire; et vous n'avez point d'orgueil, quoy que vous possédiez au
souverain degré ce qui en doit donner, et tout ce qui peut le rendre excusable. Vous avez de la bonté, quoy que vous ayez un air fin et malicieux
qui ne le persuade pas. Vous estes généreuse et bonne Amie : il est vray
qu'il est difficile d'acquérir vostre amitié, car vous n'en avez que pour les
gens qui ont un véritable mérite. Rien ne vous préoccupe. Vous connoissez en un moment le foible de ceux que vous voyez; mais vous usez bien
de vostre discernement, car vous n'insultez pas, et vous supportez les
défauts des Personnes que vous pratiquez avec beaucoup de patience.
Quoy que vous paroissiez enjouée, vous avez pourtant un grand penchant
à la resverie, vous aimez tout ce qui l'entretient; mais malgré vostre
mélancolie vous ne haïssez pas le Bal et le Cours, et vous avez raison;
vous vous faites admirer dans l'un et dans l'autre. Vous estes née pour les
divertissemens; le grand monde n'a rien qui vous embarasse, et l'on
peut dire que sans estre Coquette, vous aimez tous les plaisirs. Je sçay
bien que vous m'allez gronder, et que vous ne trouverez nullement bon
que je dise que vous sçavez la langue des Sciences, et que vous avez leu
tous les bons Livres qui sont écrits en celle-là, aussi bien que les Espa-*

*gnols, les Italiens, et les François ; que vous faites miraculeusement bien
des Vers, et avec beaucoup de facilité ; que jamais personne n'a mieux
écrit que vous ; que vous avez trouvé le secret de faire de grandes Lettres,
sans qu'elles ennuyent ceux qui les lisent, et que vos Billets doux ou
fiers, sont toûjours admirables. Vous faites mystère de tout cela, et c'est
vostre seule foiblesse. Vostre conversation est douce ; et sans estre médi-
sante, vous dites les choses qui plaisent à tout le monde. Quoy que vous
soyez sçavante, vous craignez si fort de le paroistre, que si l'on vous
croyoit on ne parleroit que de rubans et de bagatelles. Voilà seulement
en quoy vous estes blâmable ; mais je me trompe, vostre cruauté l'est aussi.
J'ay résolu de n'en rien dire, non plus que de vostre courage : toute la
terre sçait bien que l'une et l'autre ne vous manquent pas ; et vouloir en
parler ce seroit dérober les plus beaux endroits de l'Histoire du Siècle
où nous sommes. Vous vous moquez de l'Amour ; et quoy qu'il se soit
servi de toutes ses flèches pour vous blesser, il n'a pas réussy[1]. Vous estes
Tygresse pour vos Amans, et vous avez une tendresse extrême pour vos
Amis. C'est tout cela ensemble qui vous a rendue illustre et qui vous
fait aimer partout où il se trouve des gens raisonnables. Aimable Amarillis, seray-je assez heureux pour m'estre bien acquité de la glorieuse
commission qu'on m'a donnée ? Ay-je bien décrit tous vos charmes ? et
n'ay-je rien oublié de tout ce qui vous rend victorieuse ? Ha ! quelque
exactitude que j'aye je ne sçaurois tout dire ; et vous avez tant d'appas
que quelque abondance qu'il s'en trouve dans ce Portrait, je suis assuré
que tout ce que vous en avez n'y est pas. On ne laissera pas de vous y
reconnoistre : par tout où il paroistra, tout le monde dira : c'est la belle
Amarillis. Ne vous étonnez pas si je n'en excepte personne, c'est que je
sçay bien asseurément,*

> *Qu'il n'est point de pays, de lieu si retiré,*
> *Où vostre aimable nom ne soit presqu'adoré ;*
> *Les neuf Sœurs l'ont gravé au Temple de Mémoire,*
> *L'héroïque Pallas dans celuy de la Gloire.*
> *Là se conservera dans les temps à venir*
> *De toutes vos vertus l'éternel souvenir,*
> *Par des traits immortels leur image tracée*
> *Ne se verra jamais par le temps effacée,*
> *Et l'on se souviendra toûjours d'Amarillis,*
> *Et de tous les lauriers que ses mains ont cueillis.*

Cette délicate attention de Condé changea-t-elle les sentiments de Madame Deshoulières et répondit-elle au Prince ? On
ne sait. Quelle qu'ait été sa réponse — si elle en a fait une et
c'est peu probable — elle a perdu toute importance, le vain-

---

1. « On la croit rivale de *Mélise* (madame de Montbel) mais pour moy qui ne crois
pas qu'elle soit fort sensible à l'amour, je m'imagine que comme elle estime *Léonce*
(Lignières) la jalousie qu'elle a de lui n'est qu'une jalousie galante qui ne met ni
haine ni division entre elle et *Mélise*. » (Somaize : *Dictionnaire des Précieuses*).

queur de Rocroy ayant encore au moins deux années à passer à l'étranger avant d'obtenir le pardon de Louis XIV. Deux années! L'attente, trop longue pour un homme auquel rien ne résistait, était suffisante pour prendre philosophiquement son parti d'un refus.

Quand les exigences de son service lui permettaient d'obtenir un congé, Deshoulières accourait à Paris : sa femme l'accueillait avec joie. Une seconde fille Antoinette-Claude[1] leur naissait le 2 ou 3 novembre 1659. Baptisée le 4, elle tint son premier prénom de sa mère et le second de sa grand'mère maternelle Claude Gaultier; son parrain fut Jean Du Ligier, sieur de La Garde, son oncle maternel.

Dans les premiers mois de 1661, Baudeau de Somaize publie la seconde édition de son *Dictionnaire des Précieuses*[2]; madame Deshoulières y figure, en bonne place, sous le nom de *Dioclée*.

Une correspondance suivie s'échangeait entre Dehénault et son ancienne élève et il la visitait durant ses déplacements assez fréquents. Un édit proposé par Colbert, appliqué dès le 15 septembre 1661, supprimait sa charge de receveur des tailles en Forez. Presque dénué de ressources, forcé de rentrer définitivement à Paris, ayant perdu du jour de l'arrestation de Foucquet la pension de 1200 livres qu'il tenait de la générosité du Surintendant et l'espoir d'un dédommagement, Dehénault n'eut d'autre consolation que de vivre près de sa chère Antoinette et de prendre vigoureusement la défense de son protecteur[3]. Madame Deshoulières se garda de suivre son ami sur un terrain dangereux, mais subissant désormais son ascendant, elle deviendra un véritable esprit fort.

Sa tranquillité, sa quiétude — elle aimait son mari — sont

---

1. « Le 4 nov. 1659 a été baptisée Anthoinette Claude, fille de Mre Guillaume de la font seigneur des Houllières, ayde camp des armées du Roy, major de Dixmude, et de dame Anthoinette du Ligière (*sic*) sa femme; le parrain Jean du Ligière, s^r de la Garde, la marraine dame Claude Gaultier, veuve de Mre Melchior du Ligière, s^r de la Garde, chevalier des ordres du Roy » (Saint-Sulpice). Cité par Jal. — Antoinette Claude a dû mourir jeune; elle n'existait plus en 1685.

2. *Le Grand Dictionnaire des Prétieuses, Historique, Poétique, Géographique : où l'on verra leur Antiquité, Coustumes, Devises, Eloges, Etudes, Guerres, Hérésies, Jeux, Langages. Comme aussi les Noms de ceux et de celles qui ont jusques icy inventé des mots Prétieux, par le sieur de Somaize. — La Clef du Grand Dictionnaire historique des Prétieuses. Paris, Jean Ribou, 1661, 3 parties in-8.*

3. Dehénault a adressé au Roi en faveur de Foucquet une admirable élégie : *Muses dont l'amitié fidèle et généreuse* (*OEuvres de Dehénault*, p. xvi) et écrit contre Colbert, l'adversaire acharné de Foucquet, un sonnet : *Ministre avare et lasche, esclave malheureux.* Voir *OEuvres de Dehénault.*

mises à l'épreuve en 1664. Deshoulières s'embarque le 23 mai
comme brigadier chef d'ingénieurs sur la flotte commandée
par le duc de Beaufort, amiral de France, affectée au transport
du corps expéditionnaire chargé de châtier dans leurs repaires
les pirates barbaresques. Débarqué à Gigery, ce corps après
plusieurs mois de combats meurtriers est obligé de se rembar-
quer. Sa bonne étoile avait préservé Deshoulières de toute
blessure. Le roi le mit ensuite à la disposition de Vauban déjà
occupé à doter la France de la ceinture de places fortes qui ont
longtemps assuré sa sécurité.

Après Somaize, Jean de La Forge cite madame Deshoulières dans le *Cercle des femmes sçavantes*[1] : *Dioclée* s'est muée
en *Hésione*. Cette double consécration, les éloges qu'elle per-
çoit autour d'elle, la société choisie qui l'entoure d'hommages,
lui font-ils illusion? Voulut-elle montrer une intelligence vraiment supérieure, dégagée des « erreurs populaires » et affirmer d'une manière tangible son incrédulité en ne tenant nul
compte des coutumes ancestrales? Peut-être. Elle ne présente
ni à l'ondoiement ni au baptême son troisième enfant, un fils
Jean Alexandre, né le 25 novembre 1666[2]. Cette résolution,
inouïe pour l'époque, constituait une véritable provocation :
elle eût pu entraîner des conséquences graves. Madame Deshoulières en a senti le danger, et y a paré dans la mesure du
possible. Nul ne sut, si ce n'est probablement Déhénault,
qu'elle s'était dérobée à cette obligation impérieuse; personne
n'a été à même de soupçonner la vérité jusqu'en 1685. Ses
absences assez fréquentes sous le prétexte, exact d'ailleurs, de
rencontrer son mari, lui donnaient toutes facilités à cet égard.

Elle eut, pendant sa grossesse, l'occasion de montrer sa fermeté de caractère. Si l'incident considéré en lui même est peu
de chose, il prouve à quel point elle dominait ses nerfs :

« Etant à vingt lieues de Paris on lui dit qu'un Fantôme avoit coûtume

---

1. *Le Cercle des femmes sçavantes, dédié à Madame la comtesse de Fiesque. Par
M. D. L. F. A Paris, chez Jean Baptiste Loyson.... M.DC.LXIII (1663). Avec privilège
du Roy.* In-12 de 10 ff. n. chiffr., 15 pp. chiff. et 7 ff. n. chiff. Le privilège pour
sept ans est daté du 28 juin 1663 avec achevé d'imprimer du 6 juillet. L'épître dédic.
est signée I. de la Forge. Les poésies liminaires sont signées : marquis Du Bois de
la Musse, Guéret, advocat au Parlement, Du Pelletier, advocat au Parlement, De
Villiers, Du Vau Foussard. M. Clercelier, A. L., advocat au Parlement, Boursault,
François Boulanger, D. L. F. D.

2. On trouvera son acte de baptême en 1685, p. 57, note 2.

de se promener toutes les nuits dans l'un des appartemens du Château;
et que, depuis bien du tems personne n'osoit y habiter. Comme elle
n'étoit ni superstitieuse, ni crédule, elle eut la curiosité, quoique grosse
alors, de s'en convaincre par elle-même, et voulut absolument coucher
dans cet appartement. L'aventure, outre son état, étoit assez téméraire et
délicate à tenter pour une femme jeune et aimable. Au milieu de la nuit
elle entendit ouvrir sa porte. Elle parla; mais le spectre ne lui répondit
rien. Il marchoit pesamment, et s'avançoit en poussant des gémissemens.
Une table qui étoit aux pieds du lit fut renversée, et les rideaux s'entrou-
vrirent avec bruit. Elle prêtoit à tout cela une oreille attentive. Un moment après le guéridon qui étoit dans la ruelle, fut culbuté et le Fantôme
s'approcha d'elle. Elle, de son côté, peu troublée, allongeoit ses deux
mains pour sentir s'il avoit une forme palpable. En tâtonnant ainsi, elle
lui saisit les deux oreilles, sans qu'il y fît grand obstacle. Ces oreilles
étoient longues et velues et donnaient beaucoup à penser. Elle n'osoit retirer une de ses mains pour toucher le reste du corps, de peur qu'il ne lui
échappât, et pour ne point perdre le fruit de ses travaux, elle persista
jusqu'à l'Aurore dans cette pénible attitude. Enfin au point du jour elle
reconnut l'auteur de tant d'allarmes pour un gros chien assez pacifique
qui, n'aimant point à coucher à l'air avait coûtume de venir chercher de
l'abri dans ce lieu dont la serrure ne fermoit pas. Le lendemain elle railla
de leurs frayeurs ses hôtes, étonnés de sa bravoure[1]. »

Deshoulières pendant la campagne de 1667, rendit de
grands services aux sièges de Charleroi, de Tournai, de Lille;
il fut chargé ensuite des fortifications de Tournai et en cons-
truisit la citadelle avec le concours de M. de Mesgrigny. Le
24 décembre 1668, le roi le nomma lieutenant de la ville et
citadelle de Dourlens. A Tournai, comme à Dourlens, madame
Deshoulières lui conduisit ses enfants. Il semble que ce
ménage, nous le répétons, était des plus unis autant, bien
entendu, que les nécessités de l'existence le permettaient.

Après avoir été intendant des ouvrages de Fort Louis et de
Belle-Isle, Deshoulières fut envoyé à Bayonne où, pendant
plus de dix années il s'occupa des fortifications de Guyenne.

On ne sait qui présenta le jeune Brienne à madame Deshoulières. Après sa disgrâce en 1662, l'ex-secrétaire d'Etat était
entré à l'Oratoire le 24 janvier 1664 et sa vocation déjà chancelante, loin de s'affermir, devait encore faiblir au contact de
cette femme toujours jeune et belle. Il en tomba follement
amoureux. Si Gomberville avait appris à versifier à Henri de

<hr>

1. *Eloge historique de madame et de mademoiselle Deshoulières par M. de Chambors.*

Loménie, madame Deshoulières lui fit apprécier le charme de
la poésie. Il la proclamera sa Muse et ne cessera toute sa vie de
soupirer pour elle — inutilement d'ailleurs — en prose et en
vers :

> *Je l'ai vu, tu le sais Iris, à toutes heures,*
> *La nuit qui fut souvent témoin de notre amour*
> *Ne t'ôte point l'éclat que te donne le jour*
> *Lorsqu'il fait le circuit de ses douze demeures.*
> *C'est là que ton génie épris d'un feu nouveau*
> *Anime les beaux vers qu'enfante ton cerveau ;*
> *Et durant que tout dort, ton adresse féconde*
> *Polit sur ton chevet les galantes chansons*
> *Qu'Apollon pour modèle offre à ses nourrissons*[1]...

Apollon et la poétesse troublèrent tout à fait le cerveau du
malheureux Brienne dont les affaires allèrent de mal en pis. Le
Père Sénault l'invita le 16 février à se retirer de l'Oratoire et
le 12 juin suivant Henri de Loménie quittait définitivement
cette Compagnie.

La crainte des critiques empêchait madame Deshoulières de
laisser imprimer ses petites pièces de poésie que ses amis
déclaraient admirables. Un journaliste, le véritable créateur du
petit journal, Jean Donneau de Visé, en insère deux[2] dans le
T. I de son *Mercure galant* de 1672. Cette tentative n'eut
aucune suite jusqu'en 1677.

Au printemps de 1672, elle partit pour le Dauphiné où elle
devait rester près de trois années : laissons la parole à M. de
Chambors :

« Elle prit la route de Lyon avec Mesdemoiselles de la Charce et d'Urtis
qui étaient ses amies intimes. Avant que d'entrer dans cette Ville elles
séjournèrent dans le Forez chez des personnes de qualité de leur connoissance. La joie qui faisoit l'âme de cette société, et la proximité du pays
les engagèrent à faire une espèce de pèlerinage sur les bords du Lignon,
dans ces vallées délicieuses que M. d'Urfé a rendues si célèbres ; et Madame
Deshoulières alla recueillir sur la tombe d'Astrée et de Céladon ces sentimens tendres et délicats, que l'on a admirés si longtemps dans le récit de
leur amour.

---

1. Ces vers sont extraits de la « Dédicace en vers irréguliers » à Madame Deshoulières, de ses *Mémoires* terminés à Saint-Lazare, le 20 février 1684 où il était interné
depuis 1674. Ces *Mémoires* ont été publiés par M. Paul Bonnefon pour la *Société
de l'Histoire de France*.

2. Lettre de Gas, espagneul de madame Deshoulières A monsieur le comte de T :
Pour vous marquer mon couroux ; id. à Courte oreille, tourne-broche de M... :
J'apprens de tous cotez que malgré le destin.

» Ensuite on passa le Rhône; et après avoir traversé le Dauphiné, elles arrivèrent dans les terres de la maison de la Charce, qui sont situées près de la ville de Nyons. Ce fut dans ces lieux environnés de hautes montagnes, dont une partie sépare le Dauphiné d'avec la Provence, que Madame Deshoulières s'arrêta près de trois ans. La vue de ces Monts, qui conservent en toutes saisons les neiges et les glaces dont leurs sommets sont couverts, et qui sont accompagnés de vallées profondes, où tombent des torrens, et où l'on voit des précipices affreux, augmenta le goût qu'elle avoit naturellement pour la solitude, et pour tout ce qui tient du champêtre. La même curiosité qui l'avoit portée sur les bords du Lignon, la conduisit vers la Fontaine de Vaucluse, la Rivière de Sorgues et tous les beaux endroits qui environnent Avignon. Madame Deshoulières visita ces lieux consacrés en quelque manière par les Amours de Pétrarque et de Laure, et cette vue lui rappella tout ce qu'elle avoit vu de beau dans les Vers de ce grand Poëte. Elle mit depuis au jour dans une Epître à Mademoiselle de la Charce[1] ce qui lui était alors venu dans l'esprit sur une matière aussi susceptible des ornemens de la Poësie. »

De retour à Paris, en septembre 1674, madame Deshoulières apprit que les membres de l'*Académie des belles-lettres*[2] de l'abbé d'Aubignac avaient eu la pensée de se compléter en s'adjoignant plusieurs académiciennes. Trois noms furent retenus : ceux de madame de Villedieu[3], de la marquise de Guiberminy et le sien. La mort de d'Aubignac, en entraînant la dissolution de l'Académie, coupa court à cette velléité; mais la renommée de madame Deshoulières avait grandi pendant son absence. Ses amis la revirent avec joie. On rencontra chez elle des grands seigneurs cultivant et protégeant les lettres : le duc de La Rochefoucauld, le duc de Montausier, le duc de Saint-Aignan, les maréchaux de Vivonne et de Vauban, le duc de Nevers, le comte de Bussy-Rabutin, Le Pelletier de Souzi, etc., des prélats, Fléchier, Mascaron, etc. et l'élite des écrivains (sauf Racine et Boileau) : les deux Corneille, La Fontaine, Char-

---

1. Pour la Fontaine de Vaucluse : *Quand vous me pressez de chanter* (Poésies, 1688, p. 33).

2. En 1664, l'abbé D'Aubignac adressa au roi un « Discours sur l'établissement d'une seconde Académie » pour consacrer l'existence de l'*Académie des Belles-lettres* qu'il avait fondée auparavant, dont les membres se réunissaient chaque semaine chez lui et tous les mois en séance publique à l'Hôtel Matignon. Un des membres prononçait d'abord un discours…. Après ce discours, on lisait des ouvrages de poésie composés par les académiciens. Le bureau comprenait : l'abbé D'Aubignac, directeur, Vaumorière, sous-directeur, Guéret, secrétaire. Voici la liste des membres : marquis Du Chatelet, marquis de Villaine, marquis D'Arbaux, Pérachon, avocat, l'abbé de Villars, de Saint-Germain, Richelet, de Launay, Carré, Du Perrier, Baurin, Baralis, médecin, etc.

3. Madame de Villedieu, la célèbre mademoiselle Desjardins.

pentier, Benserade, Ch. et Cl. Perrault, Pellisson, Conrart,
Quinault, Ménage, les deux Tallemant, le jeune de La Mon-
noye, mademoiselle de Scudéry, l'abbé de Lavau, etc.

Elle ne pouvait manquer de dire son mot dans le débat qui
s'ouvrit au sujet de l'inscription à mettre sur un arc de triomphe
à élever à la gloire de Louis XIV, arc de triomphe resté à
l'état de projet. Cette inscription serait-elle latine ou française? L'abbé de Bourzéis et le Père Lucas, savant jésuite, se
prononcèrent — on devait s'y attendre — en faveur du latin;
Charpentier et l'abbé Tallemant soutinrent la prédominance
du français; ils objectèrent qu'autrement cet arc de triomphe
répondrait mal au but proposé, nombre de gens ignorant la
langue de Cicéron. Louis XIV trancha la question en exigeant
que les incriptions de la Galerie des glaces à Versailles com-
mencées en latin seraient effacées et remplacées par des inscriptions en français. Madame Deshoulières marqua sa joie de
la victoire de notre langue en adressant à Charpentier la ballade suivante[1] :

> Fameux Auteur, de tous auteurs le cocq :
> Toi, dont l'esprit agréable et fertile,
> Des Latineurs a soutenu le choc
> Par un écrit dont sublime est le stile,
> Plus éloquent que ne fut feu Virgile :
> Tu leur fais voir qu'on doit les mettre au croc;
> Pour chaque trait tu leur en rends deux mille;
> *Quand tu combats, la victoire t'est hoc.*
>
> Dans leurs discours et ab hac et ab hoc,
> Ils ont crié qu'à Paris la grand'ville,
> Où l'étranger est en proie à l'escroc,
> Inscription Françoise est inutile.
> Latinité moins serait difficile,
> Disent-ils tous, pour la Gent vuide-broc.
> On prêche en vain un si faux évangile,
> *Quand tu combats, la victoire t'est hoc.*
>
> Du grand Louis, qui de taille et d'estoc,
> De l'Univers fera son domicile,
> Et dont le cœur s'ébranle moins qu'un roc,
> Pourquoi les faits, par une erreur servile,

1. Voici le titre de cette pièce : Balade à M. Charpentier, sur son livre intitulé:
Défense de la Langue Françoise pour l'Inscription de l'Arc de Triomphe, qui parut
en 1676 :

Mettre en Latin? Non, non, troupe indocile,
D'inscriptions nous allons faire troc.
Par toi, Damon, Pédans vont faire gile;
Quand tu combats, la victoire t'est hoc.

ENVOI

Grands Sçavantas, nation incivile,
Dont Calepin est le seul ustencile,
Plus on ne veut ici de votre affroc.
François langage est or; le vôtre argile,
Bon seulement pour gens qui portent froc.
Poursuis, Damon, ils n'ont plus d'autre asyle :
Quand tu combats la victoire t'est hoc[1].

La tournure d'esprit de madame Deshoulières la rapprochait beaucoup plus de Corneille que de Racine; elle professait la plus vive admiration pour le grand tragique. A ses yeux la volonté l'emportait sur la passion. Bien accueillie par la charmante duchesse Anne Mancini, nièce de Mazarin, et par son frère le duc de Nevers, elle voyait avec chagrin la renommée de Corneille l'aîné pâlir devant celle de son jeune rival. Nombre des hôtes de l'Hôtel de Bouillon et de l'Hôtel de Nevers partageaient ce sentiment. De là naquit — il y a des amis maladroits — le projet de nuire à une tragédie de Racine : *Phèdre et Hippolyte*[2], annoncée depuis quelques mois, projet auquel s'associa madame Deshoulières. Parmi les habitués de sa maison elle avait distingué un jeune rouennais, Jacques Pradon, auteur de deux tragédies : *Pyrame et Tisbé* (1674), *Tamerlan* (1676), elle lui suggéra la pensée de traiter le même sujet. A ce titre elle le présenta à l'Hôtel de Bouillon. Pradon — un auteur a-t-il jamais douté de son talent? — se sentant soutenu, accepta et bâtit en trois mois une pièce[3] qu'il crut, à tort, pouvoir l'emporter sur la tragédie de Racine. Ce dernier, informé de la machination tramée contre lui, fit ou fit faire des démarches tendant à obtenir l'interdiction[4] de la pièce de Pradon. Le duc de Nevers en appela au roi et l'interdiction fut levée. Cet

---

1. *Poésies de madame Deshoulières*, 1688, p. 97.
2. *Phèdre et Hippolyte. Tragédie. Par M. Racine. Paris, Claude Barbin*, 1677. In-12. Frontispice. Edition originale en 74 pp., représ. à l'Hôtel de Bourgogne.
3. *Phèdre et Hippolyte. Tragédie. Par M. Pradon. Paris, Jean Ribou*, 1677. In-12. Représ. à l'Hôtel Guénégaud. L'épître dédic. est adressée à la duchesse de Bouillon.
4. Cette interdiction est précisée par Pradon dans ses *Nouvelles remarques sur*

incident avait créé l'atmosphère de bataille dans laquelle se
déroula la première représentation des deux *Phèdre et Hippolyte*. Du côté de Racine, une sorte de dépression due à
l'intervention royale ; du côté de Pradon, la mobilisation con-
fiante des forces cornéliennes sous la direction d'Anne Mancini
et de madame Deshoulières. Les amis de Racine ayant un
pied dans les deux camps et les indifférents s'abstinrent le
1er janvier 1677 de paraître à l'Hôtel de Bourgogne de peur
de contrarier la duchesse de Bouillon et le duc de Nevers ; le
3 janvier, au contraire, à l'Hôtel Guénégaud, la certitude de
la victoire. Le résultat : échec complet de Racine et vif succès
de Pradon. On connaît l'esprit moutonnier du public. Point
n'est besoin d'expliquer l'incompréhension momentanée d'un
chef-d'œuvre par l'anecdote de la duchesse de Bouillon louant,
pour les six premières représentations des deux *Phèdre et Hippolyte*, les premières loges de l'Hôtel de Bourgogne dans l'intention d'y faire le vide et celles de l'Hôtel Guénégaud afin d'y
acclamer Pradon. La version de Louis Racine et le récit de
mademoiselle Deshoulières se contredisant formellement, sont
à rejeter. Quoiqu'il en soit, dès la troisième représentation de
Phèdre et Hippolyte à l'Hôtel de Bourgogne le sonnet suivant,
attribué au duc de Nevers, circulait dans les ruelles :

> Dans un Fauteuil doré, Phèdre tremblante et blême,
> Dit des vers où d'abord personne n'entend rien ;
> Sa nourrice lui fait un sermon fort chrétien
> Contre l'affreux dessein d'attenter à soi-même,
>
> Hippolyte la hait presque autant qu'elle l'aime ;
> Rien ne change son cœur ni son chaste maintien ;
> La nourrice l'accuse, elle s'en punit bien ;
> Thésée a pour son fils une rigueur extrême.
>
> Une grosse Aricie[1], au cuir rouge, aux crins blonds,
> N'est là que pour montrer deux énormes tétons,
> Que, malgré sa froideur, Hippolyte idolâtre.

*tous les ouvrages du sieur D***. La Haye*, 1685. — En tête de sa tragédie : *Régulus,*
qui resta trente ans à la scène, il dit :

> *Phédre qu'on étouffoit même avant que de naître*
> *Par l'ordre de Louis sut se faire connaître*

Voilà une affirmation dont il serait ridicule de ne tenir aucun compte. Louis XIV
n'était pas mort en 1700 et Pradon n'aurait jamais osé rappeler l'interdiction de 1677
si cet acte du roi était une invention de sa part.

1. Mademoiselle d'Ennebault jouait ce rôle.

> Il meurt enfin traîné par ses coursiers ingrats ;
> Et Phèdre, après avoir pris de la mort-aux-rats,
> Vient en se confessant, mourir sur le théâtre[1].

Ces quatorze vers, improvisés[2] en réalité par madame Deshoulières, étaient certes une action blâmable, mais dans
l'ardeur de la bataille on frappe sans regarder où portent les
coups. La riposte outrageante faisait encore moins d'honneur
à son auteur :

> *Dans un Palais doré, Damon, jaloux et blême,*
> *Fait des vers où jamais personne n'entend rien,*
> *Il n'est ni courtisan, ni guerrier, ni chrétien,*
> *Et souvent, pour rimer, il s'enferme lui-même.*

> *La Muse par malheur le hait autant qu'il l'aime ;*
> *Il a d'un franc poète et l'air et le maintien ;*
> *Il veut juger de tout et ne juge pas bien.*
> *Il a pour le Phébus une tendresse extrême.*

> *Une sœur vagabonde aux crins plus noirs que blonds,*
> *Va par tout l'Univers promener deux tétons,*
> *Dont, malgré son pays, Damon est idolâtre.*

> *Il se tue à rimer pour des lecteurs ingrats ;*
> *L'Enéide, à son goût, est de la mort-aux-rats,*
> *Et, selon lui, Pradon est le roi du Théâtre[3].*

Il était difficile de grouper un faisceau aussi serré de perfi-
dies en reprochant au duc de Nevers d'éprouver, quoiqu'italien, un amour incestueux pour sa sœur, une coureuse, et de
n'être ni courtisan, ni guerrier, ni chrétien.

Nous jugeons inutile de nous étendre sur cette querelle[4]. Elle

---

1. Ce sonnet a été imprimé pour la première fois, croyons-nous, dans le *Porte-feuille de L. D. F. Carpentras, Dominique Labarre*, 1694, in-12 et il se lit seulement en 1705 dans l'édition des *Poésies de Madame Deshoulières. Paris, Jean Villette*, 2 vol. in-8.

2. Elle les fit, d'après sa fille, au souper qu'elle donna dans son logis, à quelques amis (dont Pradon), au sortir de la première représentation de la pièce de Racine.

3. Ce sonnet a été imprimé pour la première fois, croyons-nous, dans *Le Porte-feuille de L. D. F..* Est-il de Racine ou de Boileau ? En tout cas, ils l'ont désavoué ; Brossette en a attribué la paternité à plusieurs de leurs amis : le marquis d'Effiat, de Manicamp, le comte de Fiesque étant à table tournèrent les huit premiers vers et d'autres (que Brossette ne nomme pas) les deux derniers tercets.

4. Le dernier article publié sur cette querelle est celui de M. G. Mongrédien (*Revue Bleue*, 15 janvier, 5 février 1921) ; c'est incontestablement le moins exact. M. Mongrédien affirme que Pradon ment quand il dit que sa pièce a tenu trois mois ; c'est M. Mongrédien qui abuse du droit de se tromper. Elle a bien été représentée

se termina en mettant aux prises l'Hôtel de Bouillon et l'Hôtel de Condé. Trois ans plus tard madame Deshoulières en subira le contre-coup. On a exagéré en attribuant à la chute de *Phèdre* la détermination prise par Racine de renoncer à la tragédie. Son mariage et l'influence de Port-Royal l'éloignèrent de la scène.

Le Nouveau Mercure galant de 1677 publie de madame Deshoulières les idylles des *Moutons* et des *Fleurs*, toutes deux imprégnées des idées de Des Barreaux contre la Raison [1] et sur la Mort :

CONTRE LA RAISON (Les Moutons)

Cette fière raison dont on fait tant de bruit,
Contre les passions n'est pas un seur remède.
Un peu de vin la trouble, un enfant la séduit,
Et déchirer un cœur qui l'appelle à son aide,
    Est tout l'effet qu'elle produit.
    Toûjours impuissante et sévère
Elle s'oppose à tout et ne surmonte rien.
    Sous la garde de vostre chien
Vous devez beaucoup moins redouter la colère
    Des loups cruels et ravissans,
Que sous l'autorité d'une telle chimère,
    Nous ne devons craindre nos sens...

pendant trois mois, etc., etc... Il attribue à Pradon l'*Epître à Alcandre* qui est du duc de Nevers. La thèse de M. Mongrédien est d'une simplicité qui désarme. Racine a le génie et toutes les vertus, Pradon est un imbécile, un sot, un calomniateur, etc., etc..., il l'accable sous les qualificatifs les plus durs. Par moments l'indignation de M. Mongrédien est telle à l'égard du pauvre poëte qu'il s'écrie « Est-il bête? ». Le public seul, suivant M. Mongrédien, est capable de discerner le chef-d'œuvre; il applique *le suffrage universel* aux productions littéraires.

1. Voici un sonnet de Des Barreaux sur la raison :

> *L'Homme a dit dans son cœur sot et audacieux,*
> *Je suis maistre absolu de la terre habitable,*
> *Des plus fiers animaux je suis victorieux,*
> *Et la raison sur tous me rend considérable.*
>
> *Que pour te regarder tu prens de mauvais yeux,*
> *Animal fastueux autant que misérable!*
> *Connois tes propres maux, et plus judicieux*
> *Ne te vante point tant d'estre si raisonnable.*
>
> *Le regret du passé, la peur de l'avenir,*
> *Le chagrin du présent, penser qu'il faut finir,*
> *Qui nous livre en vivant les assauts les plus rudes.*
>
> *Les crimes que commet le fer et le poison,*
> *Les larmes, les soûpirs et les inquiétudes,*
> *Ce sont les beaux présents que te fait la raison.*

SUR LA MORT (Les Fleurs)

Quand une fois nous cessons d'estre,
Aimables Fleurs, c'est pour jamais !
Un redoutable instant nous détruit sans réserve :
On ne voit au-delà qu'un obscur avenir.
A peine de nos noms un léger souvenir
Parmi les hommes se conserve :
Nous rentrons pour toûjours dans le profond repos
D'où nous a tirez la Nature[1],
Dans cette affreuse nuit qui confond les héros
Avec le lâche et le parjure...

Sans passer inaperçues, ces idylles ne suscitèrent aucun commentaire fâcheux.

Ce même *Nouveau Mercure galant* apporte une touchante élégie de Dehénault à madame Deshoulières[2] :

Je suis vieux, belle Iris, c'est un mal incurable,
De jour en jour il croist, d'heure en heure il accable,
La mort seule en guérit, mais si de jour en jour
Il me rend plus mal propre à grossir vostre cour,
Je tire enfin ce fruit de ma décrépitude,
Que je vous voy sans trouble et sans inquiétude,
Sans battement de cœur, et que ma liberté
Près de tous vos attraits est toute en seureté.
Tel est l'heureux secours que reçoit des années
Une âme dont vos loix régloient les destinées.
Non que je sois encor bien désaccoutumé
Des douceurs que prodigue un cœur vrayment charmé ;
A ce tribut flatteur la bienséance oblige,
Le Mérite l'impose, et la Beauté l'exige.
Nul âge n'en dispense, et fût-on aux abois,
Il faut en fuir la veuë, ou luy payer ses droits ;
Mais ne me rangez point, alors que j'en soûpire,
Parmy les Soûpirans dont il vous plaist de rire.
Ecoutez mes soûpirs sans les compter à rien,
Je suis de ces Mourans qui se portent fort bien,
Je vis auprès de vous dans une paix profonde,
Et doute quand j'en sors, si vous estes au monde.

---

1.   *D'un sommeil éternel, ma mort sera suivie*
              J'entre dans le Néant quand je sors de la vie...
Sonnet de Des Barreaux : *Mortels qui vous croyez quand vous venez à naistre.*
2. *Le Nouveau Mercure galant* de janvier 1678 reproduit un sonnet de Dehénault adressé également à madame Deshoulières : *A des cœurs délicats, l'Amour fait trop de peine* ; et celui de juillet 1679, la réponse de madame Deshoulières : *Généreux Licidas, Amy sage et fidèle.* Voir *Les Œuvres de Jean Dehénault*, p. xxxiii et xxxv.

> *Pardonnez-moy ce mot qui sent le révolté,*
> *Avec le cœur peut-estre il est mal concerté;*
> *Vos regards ont pour moy tousjours le mesme charme,*
> *M'offrent mesmes périls, me donnent mesme alarme,*
> *Et je n'espérerois aucune guérison,*
> *Si l'âge estoit chez vous mon seul contrepoison.*
> *Mais grâces au bonheur de ma triste avanture,*
> *A peine ay-je loisir d'y sentir ma blessure.*
> *Grâces à vingt Amans dont chez vous on se rit,*
> *Dès que vostre œil m'y blesse, un autre œil m'y guérit.*
> *Souffrez que je m'en flatte, et qu'à mon tour je cède,*
> *Au chagrinant Rival qui comme eux vous obsède,*
> *Qui leur fait presque à tous déserter vostre Cour,*
> *Et n'ose vous parler ny d'Hymen ny d'Amour.*
> *Vous le dites du moins, et voulez qu'on le croye,*
> *Et mon reste d'amour vous en croit avec joye;*
> *Je fay plus, je le voy sans en estre jaloux,*
> > *A vostre tour, m'en croyez-vous[1] ?*

Elle sollicite et obtient, sans l'utiliser, le 19 juin 1678 un
privilège pour la publication de ses œuvres. Travaillant alors à
la composition de sa tragédie *Genséric*, représentée sur le
théâtre de l'Hôtel de Bourgogne le 20 janvier 1680, elle négli-
gea de les réunir. Cette tragédie de *Genséric* fit-elle quelque
bruit? Baron a parlé de quarante représentations, nous n'ose-
rions l'affirmer. Reconnaissons-le, au point de vue dramatique,
madame Deshoulières est inférieure à Pradon! Racine s'empressa de lui rendre la monnaie de son sonnet sur sa *Phèdre* :

> *La jeune Eudoxe est une bonne enfant,*
> *La vieille Eudoxe une grande diablesse;*
> *Genséric est un Roi fourbe et méchant,*
> *Digne Héros d'une méchante Pièce.*
>
> *Pour Trasimond, c'est un grand innocent;*
> *Et Sophronie en vain pour lui s'empresse.*
> *Huneric est un homme indifférent*
> *Qui comme on veut et la prend et la laisse.*
>
> *Sur tout cela le sujet est traité,*
> *Dieu sçait comment. Auteur de qualité,*
> *Vous vous cachez en donnant cet ouvrage[2];*
> *C'est fort bien fait de se cacher ainsi :*

---

1. *Le Nouveau Mercure galant contenant les nouvelles du mois de may,* 1677,
t. III, p. 97, anonyme. Il n'est pas douteux que cette pièce appartienne à Dehénault.
2. *Genséric, tragédie, par madame* ***. *Paris, Claude Barbin,* 1680. In-12.

> *Mais, pour agir en personne bien sage,*
> *Il nous falloit cacher la Pièce aussi[1]!*

Après avoir commencé une seconde tragédie, *Jule-Antoine* dont le sujet était pris dans *Cléopâtre[2]*, roman de G. de Coste de La Calprenède, elle eut la sagesse d'y renoncer. Il en subsiste des fragments.

La naissance du duc de Bourgogne, petit-fils de Louis XIV, fournit à madame Deshoulières l'occasion d'attirer l'attention du Roi et du Dauphin. Son Idylle sur cet heureux événement fut particulièrement appréciée par la Dauphine; mais un envieux ou un ennemi lui décocha, à ce propos, cette épigramme :

> *Pour immortaliser l'Enfant qui vient de naistre;*
> *Et qui gouvernera dans soixante ans peut-estre,*
> *La Deshoulières a fait cent vers tant mal que bien.*
> *Que lui donnera-t-on pour un si long ouvrage?*
>   *Si j'en estois cru, ma foi, rien.*
> *Pour immortaliser et sa Chatte et son Chien,*
>   *Elle en a fait bien davantage[3].*

En 1682 elle voit mourir, réconcilié avec l'Eglise, après avoir reçu le viatique la corde au cou[4], son ami Dehénault. Une telle conversion ébranle ses convictions libertines et la prépare à revenir à la foi de son enfance.

En janvier 1684 madame Deshoulières dans une ballade dont le refrain était : *On n'aime plus comme on aimait jadis* s'attaque aux nouvelles mœurs de la Cour. Cette ballade, coïncidant avec l'opéra d'*Amadis[5]* occasionna une véritable joûte poétique : La Fontaine, de Losme de Montchesnay, Pavillon et le duc de Saint-Aignan y répondirent. Ce dernier s'avoua vaincu.

En achevant le 20 février 1683, dans la maison de Saint-

---

1. Ce sonnet a paru, pour la première fois, dans le *Portefeuille de M. L. D. F.*, 1694.

2. *Cléopâtre. Paris, Guillaume de Luyne*, 1647-1658, 12 vol. petit in-8, par Gautier de Coste de La Calprenède.

3. Allusion aux pièces de madame Deshoulières sur son épagneul *Gas* et sur sa chatte *Grisette* publiées dans le *Mercure galant* et dans le *Nouveau Mercure galant*. L'extraordinaire du *Nouveau Mercure* du 15 janvier 1679 avait reproduit *L'Histoire des Amours de Grisette, chatte de madame Deshoulières.*

4. Voir dans les *Œuvres de Dehénault*, la fin de la notice biographique.

5. *Amadis de Gaule, tragédie lyrique en 5 actes et un prologue par Quinault*, musique *de Lully*, 15 janvier 1684.

Lazare, la première partie de ses *Mémoires*, précédée d'une épître dédicatoire en vers à madame Deshoulières, Loménie de Brienne y ajoutait un « Epilogue » également à son adresse. N'est-il pas touchant ce double hommage de l'ancien Secrétaire d'Etat chez qui dix années d'internement n'avaient pu effacer le souvenir des jours heureux ?

Voici l'Epilogue :

> *J'ai fini ce volume avez assez de peine,*
> > *Belle Iris, le vingt février*
> *Cette année bissextile où je traînai ma chaîne*
> *Encor à Saint-Lazare en attendant Berrier*
> *Qu'on y doit amener, dit-on, cette semaine.*
> *Vous savez qu'il est fou, mais fou non comme moi,*
> *Mais autant que Barré, Girard et Saint-Mélenne,*
> *Dont l'un se croit un prince et l'autre un sage roi,*
> *Le troisième l'esprit de Dieu même en personne.*
> *Pour moi bien qu'insensé, belle Iris, je raisonne*
> *Encore de bon sens en dépit de mes fers*
> *Et dis ce que je veux en prose ainsi qu'en vers,*
> *Mais avec tout cela je n'en suis pas plus sage.*
> *Lors que je vous dédie un ennuyeux ouvrage*
> *Et pouvant dans la cour me choisir des patrons*
> *Tels que sont les Fléchiers ou bien les Mascarons,*
> *Je préfère à ces noms si connus dans la France*
> *Une simple bergère en qui j'ai confiance,*
> *Et qui jugera mieux que tous ces fanfarons*
> *Du mérite du livre où son nom est en tête.*
> *Vous me verrez demain dans mon habit de fête*
> *Enfler ma cornemuse à l'entour du hameau,*
> *Iris, où vous menez paître votre troupeau.*
> *Mais pour cela je voudrois être libre*
> *Pour vous servir ainsi que je faisois*
> *Quand vous m'aimiez et que je vous plaisois*
> *Autant et plus que le pasteur du Tibre,*
> *Que quelquefois vous trouviez fort plaisant*
> *Quand Saint-Réal[1], ce faune bien disant,*
> *Vous expliquoit les vers de l'Arioste,*
> *Et moi Pétrone, assez semblable à lui,*
> *Qui des garçons bien plus souvent s'accoste*
> *Que du beau sexe, hélas! qui n'est plus aujourd'hui*
> *Si l'on l'en croit, dans la Cour à la mode,*
> *Excepté vous et l'aimable Chloris*

------

1. L'abbé de Saint-Réal.

Qui toutes deux savez mieux faire une ode
Que tous Messieurs les beaux esprits
Qui sont fort peu prisés maintenant à Paris ;
Et comme l'on m'a dit que j'en étois du nombre,
Moi qui seul ai fait plus d'écrits
Pour me désennuyer dans cette prison sombre
Qu'eux tous mis bout à bout fussent-ils quatre cents
Et que le nom d'auteur est un nom offensant ;
Je vous prie humblement, charitable bergère,
D'effacer de leur liste un nom qui vous est cher
Car encor que je sçache un clavecin toucher
D'une main sçavante et légère,
Je ne veux point pourtant être au rang des Conrarts,
Des Malherbes et des Ménards,
Des Gombaulds et des Gombervilles.
Des Segrais et des Mallevilles,
Mais seulement, Iris, au rang de vos bergers
Qui plus que tous ces grands poètes
Sont dans vos parcs et vos vergers
Couronnés en tout temps de bouquets d'orangers,
Et font mieux résonner leurs champêtres musettes
Que ces maîtres de l'art bouffis de leur sçavoir
Ne font bourdonner leurs trompettes
Quand ils ont l'honneur de vous voir.

Loménie a-t-il fait passer à madame Deshoulières une copie de la « Dédicace » et de l' « Epilogue » et, dans l'affirmative, comment y a-t-elle répondu ? On ne sait.

Par une délibération du 14 septembre 1684, *l'Académie des Ricovrati* de Padoue l'admet au nombre de ses membres et Charles, le fils du mordant Guy Patin, est chargé de l'en aviser.

En juin 1685 elle décide sa fille — ondoyée en 1656 — à recevoir solennellement le baptême[1], et cela pour permettre à son frère Jean-Alexandre, âgé de dix-neuf ans d'être, à son tour, baptisé[2]. La cérémonie a dû se passer dans une stricte inti-

---

1. « Du 23 juin 1685. Antoinette Thérèse, *a reçu les cérémonies du baptême*, fille de M⁰⁰ Guillaume de la Fon de Boisguérin, Ch⁰⁰ seigneur des Ouillères et de dame Antoinette de la Garde, son épouse ; née le dernier de mai de l'an mil six cent cinquante six à Rocroy, en Thierasche, et baptisée le lendemain par le curé dudit lieu ; le parrain Pierre du Ruisseau, gagne denier, la marraine Françoise Œuillet, tous deux pauvres mendiants, demeurans tous Saint-Honoré en cette paroisse, lesquels ont déclaré ne savoir signer. » (Registre des baptêmes de la paroisse Saint-Roch pour l'année 1685, cité par l'abbé A. Fabre).

2. « Du 23 juin 1685, Jean Alexandre *a été baptisé*, fils de messire de La Fon de Boiguérin, chevalier, seigneur des Oulières et de dame Antoinette de la Garde, son épouse, né le vingt cinq novembre de l'année mil six cent soixante six ; demeurant rue

mité. Le parrain et la marraine de mademoiselle Deshoulières furent deux pauvres mendiants et ceux de Jean-Alexandre, son oncle maternel et sa sœur.

Ces deux actes constituent le désaveu de son incrédulité de jadis, un gage en quelque sorte intérieur et familial de son nouvel état d'esprit ; elle offre un autre témoignage de son attachement à la religion catholique et celui-là public, en félicitant Louis XIV de la révocation de l'Edit de Nantes :

> L'Erreur féconde en attentats
> Qui traînoit la discorde et l'orgueil à sa suite,
> Ne répand plus enfin dans tes vastes Etats
> Le poison dont l'arma l'Enfer qui l'a produite ;
> Ta piété, grand Roi, pour jamais l'a détruite.
> Quelle Hydre viens-tu d'étouffer ?
> En vain tes grands Ayeux osèrent la combattre ;
> Ces Héros ne purent abattre
> Le Monstre dont sans peine on te voit triompher.
> Par combien de forfaits, de batailles, de sièges,
> Son orgueil s'est-il signalé ?
> Que d'Autels ont senti ses fureurs sacrilèges !
> Le Trône où l'on te voit en fut même ébranlé.
> Tu le sçais, et tes soins toujours prompts, toujours sages,
> Préservent nos neveux d'un désastre pareil ;
> Tu finis les discords que formoient ses orages.
> Ainsi voyons-nous le Soleil,
> Pour faire de beaux jours, dissiper les nuages.
> Le plus rude sentier sous tes pas s'applanit.
> Prince heureux, les Destins sont pour Toi sans caprices.
> Contre une Hydre indomptée un seul ordre suffit,
> A ta voix sont tombés les nombreux édifices
> Où se nourrissoient ses fureurs ;
> A ta voix elle rentre en ce gouffre d'horreurs
> Destiné pour punir les vices.
> A de si grands succès tout le Ciel applaudit ;
> De longs gémissemens l'Abîme retentit ;
> Que d'âmes ton secours dérobe à ses supplices ?
> Ah ! pour sauver ton peuple, et pour venger la Foi,
> Ce que tu viens de faire est au-dessus de l'homme.
> De quelques grands noms qu'on te nomme,
> On t'abaisse ; il n'est plus d'assez grands noms pour Toi,

Royale, en cette paroisse. Le parrain, messire Jean du Ligier de la Garde, chevalier, seigneur de Fontaine, abbé de Saint-Léger, la marraine, demoiselle Antoinette-Thérèse de Boisguérin, fille du dit seigneur des Oulières, demeurant tous susdites rue et paroisse. » (Cité par l'abbé A. Fabre).

> Mais dans les bras de ta victoire
> Plains-toi de ton bonheur, crains l'excès de ta gloire,
> Vois le sort qu'à ton peuple elle va préparer.
> Ta main puissante et secourable
> Tire ce peuple aimé d'une erreur déplorable,
> Et par une autre erreur tu le vas égarer.
> Instruit par cent et cent exemples
> Qu'à de moindres Mortels on a bâti des Temples,
> Contre ta modestie on ose murmurer.
> Oui, si ta piété n'y mettoit des obstacles,
> Tes jours fertiles en miracles,
> Nous forceroient à t'adorer[1].

Madame Deshoulières traduisait, en 1685, le sentiment de la quasi-unanimité des Français[2]!..

Les fortifications de Guyenne terminées (vers 1682), Vauban avait envoyé son mari dans les villes de Flandres. Leur proximité relative permettait à ce dernier de venir assez souvent visiter sa femme. Comme les deux frères de Madame Deshoulières lui étaient fort attachés, que si son fils lui causait du souci, sa fille l'entourait d'une profonde affection, elle eût été heureuse sans les vives souffrances d'un cancer au sein. Cette terrible maladie avait débuté quatre années auparavant.

Elle ressent une grande joie à la nouvelle que l'Académie française décerne à mademoiselle Deshoulières le prix du concours de poésie de 1687 : *Sur le soin que le Roi prend de l'éducation de sa Noblesse dans ses places et dans Saint-Cyr.* Au début de l'année suivante, elle se décide à publier ses propres œuvres sous la sauvegarde du privilège du 19 juin 1678 et réserve au *Nouveau Mercure galant* ses productions d'actualité.

En mars 1689 l'Académie d'Arles l'appelle à remplir une de ses places vacantes et, en 1690, l'Académie française décide à l'unanimité, moins la voix de l'abbé Testu, que son *Epître à Mgr le duc de Bourgogne sur la prise de Mons* sera lue dans la séance du 25 août. Racine, sur l'ordre du Roi, fut chargé de ce soin. Ne voulant pas être agréable à madame Deshou-

1. *Poësies de madame Deshoulières*, 1688, p. 105.
2. On a considérablement exagéré les conséquences regrettables de la révocation de l'Edit de Nantes : il est enfantin d'affirmer que la Prusse leur doit sa prospérité. Les Germains pouvaient se passer du concours des Français et certes il leur a été utile et profitable, mais il n'était pas indispensable. L'Allemagne d'hier n'aurait été ni plus ni moins puissante si l'Edit de Nantes était resté en vigueur.

lières — on en sait la raison — il pria Dangeau de le remplacer et de retrancher le passage de l'*Epître* en l'honneur de Louvois. Nous avons l'écho de ce curieux incident[1] dans la chanson suivante dont les deux derniers couplets figurent seuls, et pour la première fois, dans les *OEuvres de madame Deshoulières* de 1747 :

> *De l'Epistre de Deshoulières*
> *On fait icy beaucoup de bruit,*
> *Auprès de ces vives lumières*
> *Aucune lumière ne luit.*
>   *Par ce qui suit*
>   *Par ce qui suit*
> *On voit que sur quelques matières*
> *Trop bien louër quelquefois nuit.*
>
> *De par l'abbé Testu qu'en mitre*
> *Ne verront jamais ses amis,*
> *On a convoqué le chapitre*
> *De nosseigneurs les Beaux Esprits*
>   *Qu'il a repris*
>   *Qu'il a repris*
> *Moins pour avoir lû ceste épistre*
> *Que pour n'en avoir rien obmis.*
>
> *Ce jour-là d'humeur si mutine*
> *Se trouva le docte troupeau,*
> *Qu'à sa fatuité blondine*
> *On cria dans chaque bureau :*
>   *Dans le panneau*
>   *Dans le panneau*
> *Qu'a tendu le dévot Racine*
> *Il a donné comme Dangeau.*
>
> *Lors qu'un vent de cabale souffle,*
> *Il est bon et demeure droit,*
> *Testu, ce doucereux maroufle,*
> *Se trompera s'il ne me croit.*
>   *Mieux luy vaudroit*
>   *Mieux luy vaudroit*
> *Qu'encor de quelque autre pantoufle*
> *On luy couvrist certain endroit.*

1. Le récit de cet incident est-il exactement rapporté par la chanson? Nous ne savons. Racine a t-il osé résister à l'ordre du roi et se permettre d'attaquer ouvertement Louvois, le puissant ministre? Le doute est de rigueur.

Cette histoire est trop ridicule
Pour ne la pas faire sçavoir.
Il offrit à dame incrédule
Sa chandelle et la faisoit voir.
    Sans s'esmouvoir
    Sans s'esmouvoir
La follette tira sa mule
Et la fit servir d'esteignoir.

Au lieu de venger cette injure
Les amours, à malice enclins,
Riaient entre eux de l'aventure
Du doyen des abbés blondins.
    Ces dieux badins
    Ces dieux badins
Se disoient, vois-tu la coiffure
Qu'on a mise au Dieu des jardins?

Un ami de Testu ou de.... Racine y répondit en termes peu
galants :

De cette chanson que l'on chante,
Testu, l'on ne fait pas grand cas;
Elle est sotte, elle est impudente
Et sent le Diable de cent pas,
    Et les esbats
    Et les esbats
Que cette vieille impertinente
Se donnoit du temps de Galas[1].

La grande renommée de madame Deshoulières, les distinctions de tout genre dont elle avait été l'objet tout en honorant
son caractère et en proclamant son talent, suppléaient insuffisamment à la mpdicité de ses ressources. Son mari — il contribuait dans une faible mesure aux charges du ménage, s'il y
contribuait — meurt le 3 janvier 1693[2]. Ses enfants renoncèrent

1. Mathias Gallas, général de l'Empereur, né à Trente en 1589, mort à Vienne en
1647. Il se rendit célèbre par sa cruauté dans la guerre de trente ans.
2. « 5 janvier 1693. Mre Guillaume de la font (*sic*) de Bois Guérin chevalier, seigneur
des Houliers (*sic*) ancien lieutenant du Roy de la ville et citadelle de Doulan (*sic*),
âgé de soixante et onze ans et demy, décédé le trois du présent mois, rue de la Sour-
dière a été inhumé en cette église, presens Mre Jean Alexandre de la font de Bois
Guérin fils dud. deffunt, Mre Jean de Ligiaire (*sic*) de la Garde, chevalier seigneur
de Fontaine, beau-frère dud. deffunt dem. tous deux susd. rue. (Signé) Deshou-
lierres (*sic*), Duligier de la garde » (Saint-Roch). Cité par Jal.
Mademoiselle Deshoulières a composé sur la mort de son père des stances qu'elle
a intitulées : Réflexions chrétiennes : *Au milieu des ennuis, au milieu des allarmes,*
dans l'édition de 1695, et postérieurement : Réflexions chrétiennes sur la mort de
M. Deshoulières, Maréchal de bataille, et lieutenant du Roy de la Ville et Citadelle
de Dourlans, 1693.

aussitôt à sa succession en faveur de leur mère. Six jours après,
le 9 janvier, Louis XIV lui accorda une pension de 1.000 livres[1].
En novembre 1693 mademoiselle Sophie Chéron[2], peintre et
poète, fit son portrait. Il ne porte nulle trace d'une déchéance
physique quelconque ; elle avait cependant cinquante-six ans et
devait succomber moins de trois mois après. Les stances
qu'elle adresse à cette demoiselle Chéron : *Réflexions morales
sur l'envie immodérée de faire passer son nom à la Postérité*
s'inspirent des admirables vers que Dehénault lui adressait
en 1653 sur le néant de la Renommée[3]. Ce retour sur le passé
est significatif, c'est tout ce qu'elle avait gardé des enseigne-
ments de son ancien maître. Ayant réclamé elle-même les
sacrements de l'Eglise, elle meurt en bonne chrétienne le
17 février 1694. Son corps fut inhumé dans l'Eglise Saint-
Roch. Sa fille lui consacra les stances touchantes que voici :

> *Icy, Muses, icy, que venez-vous chercher?*
> *Sous ces sombres Cyprès hélas! qui vous appelle?*
> *Vous n'y trouverez point cette illustre Mortelle,*
> *Dont les doctes Chansons avoient sceu vous toucher.*
>   *La Déesse sourde et cruelle,*
>   *De mes bras vient de l'arracher.*

> *En vain pour garantir une teste si chère,*
> *J'ay mille fois du Ciel imploré le secours;*
> *Au précieux devoir de sauver une Mère,*
>   *J'ay sacrifié mes plus beaux jours;*
> *Mais le cruel Destin qui m'accable toújours,*
> *Des larmes que produit une douleur amère,*
>   *Redouble sans cesse le cours.*

> *Le Ciel à mes ennuis n'a point marqué de terme,*
> *Et du plus foible espoir j'ignore les douceurs,*
>   *Sans cesse en proye à de vives douleurs,*
> *J'appelle à mon secours cette âme grande et ferme,*
> *Et qui, d'un œil égal au milieu de mes pleurs,*
> *Envisagea la mort sans craindre ses horreurs.*

1. Le Roi étant à Versailles, le 9 janvier 1693, « voulant gratifier et traitter favorablement la d⁰ Des Houliéres, tant en considération des services de son mari que
de son mérite personnel » lui accorde une pension de mille livres (Bibl. nat. Ms.
Clair., n° 560, pièce 24).

2. Elisabeth-Sophie Chéron était peintre et poète ; elle avait publié : *Psaumes nou-
vellement mis en vers françois, enrichis de figures. Paris*, 1693.

3. Lettre à Sapho. *OEuvres de Dehénault*, p. 17.

Mais que me sert, hélas! de l'invoquer sans cesse,
De me représenter ce qu'elle a combatu,
Et dans tous ses malheurs quelle fut sa sagesse?
        Je m'abandonne à ma foiblesse,
        Et je n'ay rien de sa vertu.

Muses, ne cherchez plus cet esprit admirable,
L'honneur de nostre siècle et du sacré vallon.
        De cette perte irréparable,
        Chargez les fastes d'Apollon;
        Allez aux bords de l'Hypocrene,
Par des torrents de pleurs célébrer son trépas,
        Et si ma douleur vous rameine,
Respectez mes soupirs, ne me consolez pas.

Louis XIV accorda à mademoiselle Deshoulières le 5 mars 1694, en mémoire des services rendus à l'Etat par son père, une pension de 400 livres, portée le 29 août suivant à 600 livres[1]. Son frère était mort le 12 août précédent.

La disparition de madame Deshoulières ne passa pas inaperçue. La manifestation la plus éclatante est celle de mademoiselle Lhéritier; elle composa une plaquette, dédiée à mademoiselle de Scudéry, sous le titre : *Le Triomphe de madame Deshoulières reçue dixième muse au Parnasse*[2].

Madame Deshoulières, dixième Muse, la postérité s'est montrée moins enthousiaste!

---

1. 5 mars 1694. Brevet et ordonnance de 400 livres de pension pour D[ll] Antoinette des Houlières, en considération des services de son père. » (Ms Clair., 561, p. 180). Le 29 août 1694 le Roi augmenta de 200 l. la pension de Mlle Des Houlières » (Ms. cité, p. 655).

2. *Le Triomphe de madame Des-Houlières, receue dixième Muse au Parnasse. Dédié à Mademoiselle De Scuderi. Par Mademoiselle Lhéritier. A Paris, chez Claude Mazuel, Imprimeur et Libraire, ruë S. Jacques, proche la ruë de la Parcheminerie, au Bien-Aimé. M.DC. XCIV* (1694). In-8. Titre et 24 pp. chiffr. (en vers et en prose).

POÉSIES LIBERTINES, PHILOSOPHIQUES ET CHRÉTIENNES

DE

MADAME DESHOULIÈRES

I. — POÉSIES LIBERTINES ET PHILOSOPHIQUES

LES MOUTONS

Idylle.

Hélas, petits Moutons, que vous estes heureux,
Vous paissez dans nos champs, sans soucy, sans alarmes,
    Aussitost aimez qu'amoureux!
On ne vous force point à répandre des larmes ;
Vous ne formez jamais d'inutiles désirs.
Dans vos tranquilles cœurs l'amour suit la Nature,
Sans ressentir ses maux vous avez ses plaisirs.
L'ambition, l'honneur, l'interest, l'imposture,
    Qui font tant de maux parmi nous,
    Ne se rencontrent point chez vous.
Cependant nous avons la raison pour partage,
    Et vous en ignorez l'usage.
Innocens animaux n'en soyez point jalous,
    Ce n'est pas un grand avantage.
Cette fière raison dont on fait tant de bruit,
Contre les passions n'est pas un seur remède.
Un peu de vin la trouble, un enfant la séduit;
Et déchirer un cœur qui l'appelle à son aide,
    Est tout l'effet qu'elle produit.
    Toûjours impuissante et sévère,
Elle s'oppose à tout, et ne surmonte rien.
    Sous la garde de vostre chien
Vous devez beaucoup moins redouter la colère
    Des loups cruels et ravissans,
Que sous l'autorité d'une telle chimère
    Nous ne devons craindre nos sens.
Ne vaudroit-il pas mieux vivre comme vous faites
    Dans une douce oisiveté ?
Ne vaudroit-il pas mieux estre comme vous estes
    Dans une heureuse obscurité,
    Que d'avoir sans tranquillité
    Des richesses, de la naissance,
    De l'esprit et de la beauté?
Ces prétendus trésors dont on fait vanité,
    Valent moins que vostre indolence.

Ils nous livrent sans cesse à des soins criminels :
   Par eux plus d'un remords nous ronge.
   Nous voulons les rendre éternels, —
Sans songer qu'eux et nous passerons comme un songe.
   Il n'est dans ce vaste Univers —
   Rien d'assuré, rien de solide ; —
Des choses d'ici-bas la Fortune décide —
   Selon ses caprices divers.—
   Tout l'effort de nostre prudence
Ne peut nous dérober au moindre de ses coups.
Paissez Moutons, paissez sans règle et sans science :
   Malgré la trompeuse apparence
Vous estes plus heureux et plus sages que nous[1].—

VERS IRRÉGULIERS SUR LES MESMES RIMES
DE L'IDYLLE DES MOUTONS

Hélas, petits Moutons, que vous seriez heureux,
Si paissant dans nos Champs, sans soucis, sans alarmes,
   Aussitost aimez qu'amoureux,
   Sans qu'il vous en couste des larmes,
Vostre cœur ressentoit la pointe des désirs,
Et si des mouvemens que donne la Nature
Assaisonnant les maux avecque les plaisirs,
Vous pouviez pénétrer cette heureuse imposture
Qui fait de ce mélange un grand bien parmy nous,
   Et ne se trouve point chez vous !
Il vous faudroit un peu de raison pour partage,
Vous en feriez sans doute un très utile usage.
Innocens Animaux, vous en estes jaloux,
Et vous nous enviez cet heureux avantage ;
Mais si vous m'en croyez n'en faites point de bruit,
   Ce mal pour vous est sans remède,
   Tout vous trompe et tout vous séduit
   Quand vous appellez à vostre aide
   L'aveugle instinct qui vous conduit.
   La Nature pour vous sévère
   Ne vous comptant presque pour rien,
   Vous abandonne à vostre Chien
   Pour vous garder de la colère
   Des Loups cruels et ravissans,
Et pour toute raison vous donne une chimère _
   Qui suit l'appétit de vos sens.—
   Si vous sçaviez ce que vous faites
   Dans cette indigne oisiveté,

1. *Nouveau Mercure galant,* juillet 1677.

> *Si vous sçaviez ce que vous estes*
> *Dans cette triste obscurité,*
> *Vous maudiriez cent fois cette tranquillité,*
> *Et les défauts de la naissance*
> *Qui vous a refusé l'esprit et la beauté,*
> *Et ne feriez pas vanité*
> *De vostre funeste indolence.*
> *Si par elle affranchis des soucis criminels*
> *Vous n'avez point de remords qui vous ronge,*
> *Vous perdez les biens éternels,*
> *Et passez icy comme un Songe.*
> *Tout est dans ce vaste Univers*
> *De la sainte Sagesse un ouvrage solide,*
> *De son destin elle décide*
> *Selon ses jugemens divers.*
> *A l'Homme elle a donné l'esprit et la prudence, —*
> *Pour éviter du Sort le caprice et les coups ; —*
> *Et vous, petits Moutons, qui vivez sans science,*
> *D'une informe raison, vous avez l'apparence,*
> *Mais vous estes soumis à nostre dépendance*
> *Et vous ne vivez que pour nous* [1].

LES FLEURS

Idylle.

> Que vostre éclat est peu durable
> Charmantes fleurs, honneur de nos jardins !
> Souvent un jour commence et finit vos destins,
> Et le sort le plus favorable
> Ne vous laisse briller que deux ou trois matins.
> Ah ! consolez-vous-en Joncquilles, Tubéreuses :
> Vous vivez peu de jours, mais vous vivez heureuses !
> Les médisans, ni les jaloux
> Ne gesnent point l'innocente tendresse
> Que le Printemps fait naistre entre Zéphire et vous :
> Jamais trop de délicatesse
> Ne mesle d'amertume à vos plus doux plaisirs.
> Que pour d'autres que vous il pousse des soûpirs,
> Que loin de vous il folâtre sans cesse :
> Vous ne ressentez point la mortelle tristesse
> Qui dévore les tendres cœurs,
> Lors que pleins d'une ardeur extrême
> On voit l'ingrat objet qu'on aime
> Manquer d'empressement, ou s'engager ailleurs.

---

1. Ces vers ne sont pas signés dans le *Nouveau Mercure galant*, octobre 1677. On n'en connait pas l'auteur.

Pour plaire, vous n'avez seulement qu'à paroistre :
Plus heureuses que nous, ce n'est que le trépas
    Qui vous fait perdre vos appas.
Plus heureuses que nous, vous mourez pour renaistre,
Tristes réflexions, inutiles souhaits,
    Quand une fois nous cessons d'estre,
    Aimables Fleurs, c'est pour jamais !
Un redoutable instant nous détruit sans réserve :
On ne voit au-delà qu'un obscur avenir.
A peine de nos noms un léger souvenir
    Parmi les hommes se conserve :
Nous rentrons pour toûjours dans le profond repos
    D'où nous a tirez la Nature,
Dans cette affreuse nuit qui confond les Héros
    Avec le lâche et le parjure,
Et dont les fiers destins, par de cruelles loix,
    Ne laissent sortir qu'une fois.
    Mais hélas ! pour vouloir revivre,
    La vie est-elle un bien si doux ?
    Quand nous l'aimons tant, songeons-nous
De combien de chagrins sa perte nous délivre?
Elle n'est qu'un amas de craintes, de douleurs,
    De travaux, de soucis, de peines [1].
Si nous voulons gouster ce qu'elle a de douceurs,
    De nos plaisirs on fait nos peines [2].
Pour qui connoist les misères humaines,
Mourir n'est pas le plus grand des malheurs !
    Cependant, agréables fleurs,
Par des liens honteux attachez à la vie
    Elle fait seule tous nos soins,
    Et nous ne vous portons envie
Que par où nous devons vous envier le moins [3].

RÉPONSE DES FLEURS A MADAME DESHOULIÈRES

Si nous naissons souvent, c'est pour mourir de mesme,
    Et pour mourir d'abord.
Un matin passager nous voit changer de sort,
Plaignez, Amarillis, nostre malheur extrême.
En est-il un plus grand pour de jeunes appas,
Que d'estre le butin d'un si soudain trépas?
La loy de mourir tost est une Loy trop dure,
Où nous assujettit l'inégale Nature.

---

1. *Nouveau Mercure galant* : gesnes.
2. Ce vers et le précédent qui se lisent dans le *Nouveau Mercure galant* ont été supprimés dans l'édition originale de 1688.
3. *Nouveau Mercure galant*, novembre 1677.

On fait plus de pitié qu'on ne fait de jaloux,
Quand on dure aussi peu que nous.
Il faut que nous mourions à la fleur de nostre âge
En attendant le retour du Printemps.
On se console peu d'un futur avantage,
Quand on peut se passer d'attendre un autre temps.
Que nous sert-il que le Zéphire
Si délicatement auprès de nous soûpire,
Qu'il soit insinuant, que son esprit soit doux,
Si dans le temps qu'il nous caresse,
Et nous marque de la tendresse,
La mort vient, et finit tout commerce entre nous?
Vous dites cependant : « Jonquilles, Tubéreuses,
Vous vivez peu de jours, mais vous vivez heureuses »,
Quand on a de beaux jours
Il n'est pas bon qu'ils soient si courts.
Nulle de nous pourtant ne conserve l'envie
De se voir prolonger la vie;
Quand il s'en faut priver pour parer vos Moutons
De Guirlandes et de Festons.
Sans peine et sans regret chacune alors se donne
Avec ses plus vives couleurs.
Pour qui peut en mourant leur servir de Couronne
Mourir bientost n'est pas le plus grand des malheurs[1]

LES OISEAUX

Idylle.

L'air n'est plus obscurci par des broüillards épais,
Les Prez font éclater les couleurs les plus vives,
Et dans leurs humides Palais
L'Hyver ne retient plus les Nayades captives.
Les Bergers accordant leur musette à leur voix,
D'un pied léger foulent l'herbe naissante :
Les troupeaux ne sont plus sous leurs rustiques toits :
Mille et mille oiseaux à la fois
Ranimant leur voix languissante,
Réveillent les Echos endormis dans ces bois :
Où brilloient les glaçons, on voit naistre les roses.
Quel Dieu chasse l'horreur qui régnoit dans ces lieux?
Quel Dieu les embellit? Le plus petit des Dieux
Fait seul tant de métamorphoses;
Il fournit au Printemps tout ce qu'il a d'appas.
Si l'Amour ne s'en mesloit pas,
On verroit périr toutes choses.

1. Ces vers ne sont pas signés dans le *Nouveau Mercure galant* (septembre 1677).
On en ignore l'auteur.

Il est l'âme de l'Univers,
Comme il triomphe des hivers
Qui désolent nos champs par une rude guerre,
D'un cœur indifférent il bannit les froideurs.
L'indifférence est pour les cœurs,
Ce que l'Hyver est pour la Terre,
Que nous servent, hélas, de si douces leçons!
Tous les ans la Nature en vain les renouvelle,
Loin de la croire, à peine nous naissons,
Qu'on nous apprend à combattre contre elle.
Nous aimons mieux par un bizarre choix,
Ingrats, esclaves que nous sommes,
Suivre ce qu'inventa le caprice des Hommes,
Que d'obëir à nos premières loix.
Que vostre sort est différent du nostre,
Petits Oiseaux qui me charmez,
Voulez-vous aimer? Vous aimez :
Un lieu vous déplaist-il? Vous passez dans un autre,
On ne connoist chez vous ni vertus, ni défauts :
Vous paroissez toûjours sous le mesme plumage,
Et jamais dans les Bois on n'a vû les corbeaux
Des rossignols emprunter le ramage :
Il n'est de sincère langage,
Il n'est de liberté que chez les animaux.
L'usage, le devoir, l'austère bienséance,
Tout exige de nous des droits dont je me plains ;
Et tout enfin du cœur des perfides Humains
Ne laisse voir que l'apparence.
Contre nos trahisons la Nature en couroux,
Ne nous donne plus rien sans peine,
Nous cultivons les vergers et la plaine,
Tandis, petits Oiseaux, qu'elle fait tout pour vous,
Les filets qu'on vous tend sont la seule infortune
Que vous avez à redouter :
Cette crainte nous est commune,
Sur nostre liberté chacun veut attenter :
Par des dehors trompeurs on tâche à nous surprendre.
Hélas, pauvres petits Oiseaux,
Des ruses du chasseur songez à vous défendre!
Vivre dans la contrainte est le plus grand des maux[1].

LE RUISSEAU

IDYLLE.

Ruisseau, nous paroissons avoir un mesme sort ;
D'un cours précipité nous allons l'un et l'autre,

1. *Nouveau Mercure galant*, mai 1679.

Vous à la mer, nous à la mort.
Mais, hélas, que d'ailleurs je voy peu de rapport
Entre vostre course et la nostre !
Vous vous abandonnez sans remords, sans terreur,
A vostre pente naturelle ;
Point de loy parmi vous ne la rend criminelle.
La vieillesse chez vous n'a rien qui fasse horreur.
Près de la fin de vostre course,
Vous estes plus fort et plus beau
Que vous n'estes à vostre source ;
Vous retrouvez toûjours quelque agrément nouveau.
Si de ces paisibles Bocages
La fraischeur de vos eaux augmente les appas,
Vostre bienfait ne se perd pas ;
Par de délicieux ombrages
Ils embellissent vos rivages.
Sur un sable brillant, entre des prez fleuris,
Coule vostre onde toûjours pure.
Mille et mille poissons dans vostre sein nourris,
Ne vous attirent point de chagrins, de mépris :
Avec tant de bonheur d'où vient vostre murmure?
Hélas, vostre sort est si doux !
Taisez-vous : Ruisseau, c'est à nous
A nous plaindre de la Nature.
De tant de passions que nourrit nostre cœur,
Apprenez qu'il n'en est pas une
Qui ne traisne après soy le trouble, la douleur,
Le repentir, ou l'infortune.
Elles déchirent nuit et jour
Les cœurs dont elles sont maistresses.
Mais de ces fatales foiblesses
La plus à craindre, c'est l'Amour.
Ses douceurs mesmes sont cruelles :
Elles font cependant l'objet de tous les vœux,
Tous les autres plaisirs ne touchent point sans elles.
Mais des plus forts liens le temps use les nœuds, —
Et le cœur le plus amoureux
Devient tranquille, ou passe à des amours nouvelles.
Ruisseau, que vous estes heureux !
Il n'est point parmi vous de ruisseaux infidelles.
Lors que les ordres absolus
De l'Estre indépendant qui gouverne le monde
Font qu'un autre Ruisseau se mesle avec vostre onde ;
Quand vous estes unis, vous ne vous quittez plus,
A ce que vous voulez jamais il ne s'oppose ;
Dans vostre sein il cherche à s'abismer :
Vous et luy jusques à la mer
Vous n'estes qu'une mesme chose.

De toutes sortes d'unions
Que nostre vie est éloignée !
De trahisons, d'horreurs et de dissensions,
Elle est toûjours accompagnée.
Qu'avez-vous mérité, Ruisseau tranquille et doux?
Pour estre mieux traité que nous?
Qu'on ne me vante point ces biens imaginaires,
Ces prérogatives, ces droits —
Qu'inventa nostre orgueil pour masquer nos misères :—
C'est luy seul qui nous dit que par un juste choix
Le Ciel mit, en formant les hommes,
Les autres Estres sous leurs loix.
A ne nous point flatter nous sommes
Leurs Tirans plutost que leurs Rois.
Pourquoi vous mettre à la torture,
Pourquoy vous renfermer dans cent canaux divers?
Et pourquoy renverser l'ordre de la Nature,
En vous forçant à jaillir dans les airs?
Si tout doit obéir à nos ordres suprêmes,
Si tout est fait pour nous, s'il ne faut que vouloir,
Que n'employons-nous mieux ce souverain pouvoir?
Que ne régnons-nous sur nous-mesmes?
Mais hélas ! de ses sens esclave malheureux —
L'homme ose se dire le maistre —
Des animaux, qui sont peut-estre –
Plus libres qu'il ne l'est, plus doux, plus généreux,
Et dont la foiblesse a fait naistre
Cet empire insolent qu'il usurpe sur eux.
Mais que fais-je! où va me conduire
La pitié des rigueurs dont contre eux nous usons?
Ay-je quelque espoir de détruire
Des erreurs où nous nous plaisons ?
Non, pour l'orgüeil et pour les injustices
Le cœur humain semble estre fait.
Tandis qu'on se pardonne aisément tous les vices,
On n'en peut souffrir le portrait.
Hélas, on n'a plus rien à craindre !
Les vices n'ont plus de censeurs;
Le monde n'est rempli que de lasches flatteurs :
Sçavoir vivre, c'est sçavoir feindre.
Ruisseau, ce n'est plus que chez vous
Qu'on trouve encor de la franchise :
On y voit la laideur ou la beauté qu'en nous
— La bizarre Nature a mise,
Aucun défaut ne s'y déguise;
Aux Rois comme aux Bergers vous les reprochez tous :
Aussi ne consulte-t-on guère
De vos tranquilles eaux le fidelle cristal.

On évite de mesme un ami trop sincère :
Ce déplorable goust est le goust général.
Les leçons font rougir, personne ne les souffre,
Le fourbe veut paroistre homme de probité ;
    Enfin dans cette horrible gouffre
    De misère et de vanité,
    Je me perds ; et plus j'envisage
La foiblesse de l'homme et sa malignité,
    Et moins de la Divinité
    En luy je reconnois l'image.
Courez, Ruisseau, courez ; fuyez-nous, reportez
Vos ondes dans le sein des mers dont vous sortez,
Tandis que pour remplir la dure destinée —
    Où nous sommes assujettis, —
Nous irons reporter la vie infortunée —
    Que le hazard nous a donnée —
Dans le sein du Néant d'où nous sommes sortis. —

LA SOLITUDE

Idylle.

    Charmante et paisible retraite, —
Que de vôtre douceur je connois bien le prix !
    Et que je conçois de mépris
Pour les vains embaras dont je me suis défaite !
Que sous ces chesnes verds je passe d'heureux jours ! —
Dans ces lieux écartez que la Nature est belle ! —
Rien ne la défigure ; elle y garde toûjours —
La même authorité, qu'avant qu'on eust contre elle —
Imaginé des Loix l'inutile secours ; —
Icy le Cerf, l'Agneau, le Pan, la Tourterelle,
Pour la possession d'un champ ou d'un verger,
    N'ont point ensemble de querelle,
    Nul bien ne leur est étranger.
Nul n'exerce sur l'autre un pouvoir tirannique ;
Ils ne se doivent point de respects ni de soins ;
Ce n'est que par les nœuds de l'Amour qu'ils sont joints,
Et d'Ayeuls éclatans pas un d'eux ne se pique.
Hélas ! pourquoy faut-il qu'à ces sauvages lieux
Soient réservez des biens si doux, si précieux ?
Pourquoy n'y voit-on pas d'Avare, de Parjure ?
N'est-ce point qu'entre vous, tranquilles Animaux, —
Tous les biens sont communs, tous les rangs sont égaux, —
Et que vous ne suivez que la seule Nature ? —
Elle est sage chez vous qui n'êtes point contraints —
    Par une loy bizarre et dure. —
Quelle erreur a pû faire appeller les Humains, —

Le chef-d'œuvre accomply de ses sçavantes mains ! —
Que pour se détromper de ces fausses chimères
        Qui nous rendent si fiers, si vains,
On vienne méditer dans ces lieux solitaires.
            Avec étonnement j'y voy
            Que le plus petit des Reptiles,
            Cent fois plus habile que moy,
Trouve pour tous ses maux des remèdes utiles !
Qui de nous dans le temps de la prospérité
            A l'active Fourmy ressemble ?
            A voir sa prévoyance, il semble
Qu'elle ait de l'avenir percé l'obscurité ;
Et qu'étant au-dessus de la foiblesse humaine,
            Elle ne fasse point de cas
            De tout ce qu'étale d'appas
            La volupté qui nous entraîne.
            Quels Etats sont mieux policez
            Que l'est une Ruche d'Abeilles ?
C'est là que les abus ne se sont point glissez,
Et que les volontez en tout temps sont pareilles.
De leur Roy qui les aime elles sont le soûtien ;
On sent leur aiguillon dès qu'on cherche à luy nuire ;
            Pour les châtier il n'a rien.
            Il n'est Roy que pour les conduire,
            Et que pour leur faire du bien.
            En vain nôtre orgueil nous engage
A ravaller l'instinct qui dans chaque saison,
            A la honte de la raison,
Pour tous les Animaux est un guide si sage.
Ah ! n'avons-nous pas dû nous dire mille fois,
        En les voyant être heureux sans richesse,
Habiles sans étude, équitables sans loix,
        Qu'ils possèdent seuls la sagesse ? —
Il n'en est presque point dont l'Homme n'ait reçu
Des Leçons qui l'ont fait rougir de sa foiblesse,
Et quoy qu'il s'aplaudisse, il doit à leur adresse
Plus d'un Art que sans eux il n'auroit jamais sceu.
Innocens Animaux, quelle reconnoissance —
        Avons-nous de tant de bienfaits ?
Des présens de la Terre, hélas ! peu satisfaits,
Nous vous sacrifions à nôtre intempérance :
Quelle inhumanité ! quelle lâche fureur !
Il n'est point d'Animal dont l'Homme n'adoucisse
        La brutale et farouche humeur,
Et de l'Homme il n'est point d'Animal qui fléchisse
        Le cruel et superbe cœur.
De quel droit, de quel front, est-ce que l'on compare —
Ceux à qui la Nature a fait un cœur barbare, __

Aux Ours, aux Sangliers, aux Loups? —
Ils sont moins barbares que nous. —
Font-ils éprouver leur colère,
Que lorsque d'un chasseur avide et téméraire
Le fer ennemy les atteint,
Ou que lorsque la faim les presse et les contraint
De chercher à la satisfaire?
Vaste et sombre Forest leur séjour ordinaire,
N'est-ce en vous traversant que leur rage qu'on craint?
Hélas, combien de fois cette nuit infidelle
Que vous offrez contre l'ardeur
Dont au milieu du jour le Soleil étincelle,
A-t-elle esté fatale à la jeune pudeur?
Hélas, combien de fois complice
Et de meurtres et de larcins
A-t-elle dérobé de Brigans, d'Assassins,
Et d'autres Scélérats aux yeux de la Justice?
Combien avez-vous veu de fois
Le frère armé contre le frère,
Faire taire du sang la forte et tendre voix,
Et dans l'héritage d'un père
Par le crime acquérir de légitimes droits?
Parlez, Forests : jadis une de vos semblables [1]
Daigna plus d'une fois répondre à des Mortels :
Quelles fureurs aussi coupables
Pouvons-nous reprocher à vos hôtes cruels?
Si quelquefois entr'eux une rage soudaine
Les porte à s'arracher le jour,
Ce n'est point l'intérest, l'ambition, la haine
Qui les anime : c'est l'Amour!
Luy seul leur fait troubler vôtre sacré silence;
Amoureux, rivaux et jaloux,
Leur cœur ne peut souffrir la moindre préférence;
La mort leur semble un sort plus doux.
D'une si belle excuse au dur siècle où nous sommes,
On ne peut déguiser les maux que nous faisons.
Non, des meurtres sanglans, des noires trahisons
L'Amour ne fournit plus aux Hommes
Les violents conseils ni les tendres raisons.

IDYLLE

Tombeau, dont la veuë empoisonne
Les plus agréables plaisirs,

---

1. Les chênes de la forêt de Dodone.

Confond l'orgueil humain, et toutefois ne donne
Ny frein aux passions, ny bornes aux désirs.
Le cœur débarassé de ces vives alarmes
        Que cause le plus tendre amant,
Je venois dans ce bois rêver tranquillement.
De son ombrage, hélas ! que tu gastes les charmes !
Près de toy, quelque loin qu'on porte l'enjouëment,
        Rêve-t-on agréablement !
Quelle réflexion accablante, importune,
Fait-on, lors que sur toy l'on porte ses regards ?
La Mort par une route au vulgaire commune
A conduit dans ton sein un homme tel que Mars,
        Et tel que le Dieu des Beaux-Arts
Qui jamais n'éleva d'autels à la Fortune,
Et qui pour le mérite eut toujours des égards.
        Ailleurs tu caches aux cœurs tendres
Les restes précieux, les adorables cendres
D'un objet dont les soins, ny les ardens souhaits,
        Ny les appas, ny la jeunesse,
        Ne purent garantir des traits
        Que lance la sourde Déesse.
Dans cette affreuse nuit dont on ne sort jamais,
Combien renfermes-tu de dépoüilles mortelles,
De Héros, de Sçavants, de Monarques, de belles ?
Abîme où tout se perd, si ce n'est que pour toy —
Que nous fait voir le jour la Nature inhumaine,
Que d'inutiles soins ! que d'abus ! et pourquoy,
Pour orner un tombeau se donner tant de peine ?
Pourquoy, pour arriver aux brillantes grandeurs,
Estre dévot par mode, et flatteur par bassesse ?
        Par une criminelle adresse
Pourquoy des mécontens faut-il sonder les cœurs,
Et suivre un heureux fat qu'un Ministre caresse ?
        Vous coûtez trop, tristes honneurs,
Et vous disparoissez avec trop de vitesse
        Pour avoir des adorateurs.
        Insatiable et dur Avare
Qui par la faim, la soif, fais souffrir à ton corps
        Tout ce que l'Enfer te prépare,
Que te sert de te rendre à toy-même barbare ?
        Emporteras-tu tes trésors ? —
Et vous, jeunes amans, dont la tendresse extrême
        Semble vous faire un sort heureux,
Ah ! pourquoy cédiez-vous à ce pouvoir suprême
        Beaucoup moins doux que dangereux ?

. . . .

Hélas ! faut-il quitter trop tost tout ce qu'on aime,
Le moins d'attachement est toûjours le meilleur. —

Lors que l'heure fatale sonne,
On souffre moins par la douleur,

. . . .

Que parce qu'il faut que le cœur
Dans ce triste état abandonne.

ODE

A M. L. D. D. L. R. (duc de La Rochefoucauld)
1678

Quel spectacle offre à ma veuë
L'état où vous paroissez?
Ah, que mon âme est émeuë,
Et que vous m'attendrissez!
Mais d'où vient ce dur silence?
Pourquoy porter la constance
Jusqu'à ne point soupirer?
Victime d'un fol usage,
Vous croyez que le vray Sage
Doit souffrir sans murmurer.

On règne sur la Nature
Avec assez de succès,
Quand on fait que le murmure.
Ne va point jusqu'à l'excès.
Je ris de ce fier Stoïque,
Qui dans les tourmens se pique
D'avoir un visage égal,
Qui, tandis qu'il en soupire,
A l'audace de nous dire,
La douleur n'est point un mal.

Je sens que de la machine
Les invisibles ressorts,
Bien que l'âme soit divine,
L'unissent avec le corps.
A-t-elle quelque amertume?
Le corps s'abat, se consume,
Et partage son ennuy.
Aux douleurs est-il en proye?
L'Ame ne sent plus de joye,
Et s'affoiblit avec luy.

Tels, dans les transports qu'inspire
Cette agréable saison

Où le cœur à son empire
Assujettit la raison :
Tels, dis-je, dans la jeunesse,
Pleins d'une vive tendresse
On voit deux parfaits amans
Que la sympathie assemble,
Faire et partager ensemble
Leurs plaisirs et leurs tourments.

Damon, dans tout ce qu'on nomme
Vulgairement un malheur,
On s'abuse; il n'est pour l'Homme —
De vray mal que la douleur. —
L'exil, l'obscure naissance,
La servile dépendance,
Le mépris, l'oppression,
La pauvreté qu'on déteste,
Le trépas, et tout le reste,
Sont des maux d'opinion. —

Dans l'heureux siècle où sans guide —
On laissoit aller les mœurs,
L'Homme n'estoit point avide
De richesses ni d'honneurs :
Il vivoit de fruits sauvages,
Dormoit sous les frais ombrages,
Buvoit dans un clair ruisseau;
Sans bien, sans rang, sans envie,
Comme il entroit à la vie
Il entroit dans le tombeau.

Ce penchant pour les délices,
Qui nous suit jusqu'au cercueil,
Est ainsi que tous les vices
L'ouvrage de nostre orgueil.
Dans une douce retraite —
Q'avec plaisir il s'est faite, —
Le Sage est heureux sans bien :—
De quoy pourroit-il se plaindre, —
Luy qui ne voit rien à craindre, _
Et qui ne désire rien? _

Que sur luy la foudre gronde,
Que les fougueux Aquilons
Sous sa nef ouvrent de l'onde
Les goufres les plus profonds :
Qu'un tranchant acier s'apreste
A faire tomber sa teste,

Rien ne le peut émouvoir : —
Il est toujours impassible
Sous quelque forme terrible —
Que la Mort se fasse voir.

Mais qu'intrépide il affronte,
Tant qu'il voudra, cet instant
Qui n'est rien, et qu'à leur honte —
Tous les hommes craignent tant.
Une douleur, qui ne cède
Au temps non plus qu'au remède,
Triomphe de son repos :
Il soupire en ce rencontre,
Et, malgré sa force, il montre
L'homme à travers le Héros.

Vous qui marchez sur ces traces,
Vous que les Cieux ennemis,
A de si longues disgrâces
Ont injustement soumis ;
Quittez ces dures contraintes,
Adoucissez par des plaintes —
De vos maux la cruauté : —
Songez qu'insensible aux vostres,
On vous croira pour les autres —
Peu de sensibilité. —

Pour le divorce qu'amènent
Ces contrastes douloureux,
Où les élémens reprennent
Tout ce qu'on a receu d'eux,
Réservez ce front tranquille : —
C'est là qu'il est inutile —
De se plaindre de ses maux ;
C'est là que l'orgueil succombe ;
C'est là que le masque tombe
Qui couvroit tous nos défauts.

Oüi, soyez alors plus ferme
Que ces vulgaires Humains,
Qui, près de leur dernier terme,
De vaines terreurs sont pleins.
En Sage que rien n'offense,
Livrez-vous sans résistance
A d'inévitables traits,
Et d'une démarche égale
Passez cette onde fatale
Qu'on ne repasse jamais.

Tout ce qu’on a veu de Sages
Aux plus renommez climats,
Ont cherché dans tous les âges
Ce que c’est que le trépas.
En vain ces esprits sublimes
Sondent de profonds abysmes
Pour nous en entretenir :
Pas un seul dans leur grand nombre
N’a pû percer la nuit sombre
Qui nous cache l’avenir.

Plein d’une austère sagesse,
L’un fait de sçavans efforts
Pour établir que sans cesse
Les âmes changent de corps.
L’autre, osant donner atteinte
A la salutaire crainte
Qu’on a du divin couroux,
Nous asseure que la vie
De rien ne sera suivie,
Et que tout meurt avec nous.

Le plus fort de ces grands maistres
Se sert de tout son esprit
A soûtenir que des estres
La seule forme périt,
Que le corps se décompose,
Qu’il se fait de chaque chose
Des arrangemens divers ;
Et que toujours la matière
Infinie, active, entière,
Circule dans l’Univers.

D’autres croyent qu’au Tartare
Et qu’aux Champs Elisiens
Un juste Arrest nous prépare
De grands maux, ou de grands biens :
Mais quand nostre âme éclairée
Ne seroit pas asseurée
Que c’est là le bon parti,
L’amour-propre feroit suivre
Une loy qui nous délivre
Du sort d’estre anéanti.

D’autres.... Mais à quoy m’engage
Le soin de vous consoler ?
Il est un certain langage
Que je ne dois point parler :

Par une aveugle manie
On borne nostre génie
A suivre un triste devoir;
On veut qu'aux erreurs sujettes
La Nature nous ait faites
Pour plaire, et non pour sçavoir.

Finissons donc un ouvrage
Ecrit pour vous seulement,
Pour vous, Damon, de nostre âge
La gloire et l'étonnement;
Pour vous sur qui l'éloquence
A répandu dès l'enfance
Ses trésors à pleines mains,
Pour vous de qui la sagesse
Passe celle dont la Grèce
Donna l'exemple aux Romains.

RÉFLEXIONS DIVERSES

I

Homme, contre la mort quoy que l'art te promette,
Il ne sçauroit te secourir.
— Prépares-y ton cœur; dis-toy, c'est une dette
Qu'en recevant le jour j'ay faite,
Nous ne naissons que pour mourir.

II

Esclaves, que rien ne rebute,
Vous qui, pour arriver au comble des honneurs,
Aux caprices des Grands estes toujours en butte,
Vous, de tous leurs deffauts lâches adorateurs,
— Sçavez-vous le succez de tant de sacrifices?
Quand par les grands emplois on aura satisfait
A vos soins, à vos longs services,
Hélas! pour vous qu'aura-t-on fait
Que vous ouvrir des précipices?

III

— Est-ce vivre! et peut-on sans que l'esprit murmure
— Se donner toute entière au soin de sa parure?
Se peut-il qu'on arrive à cet instant fatal
Qui termine les jours que le Destin nous prête,
Sans avoir jamais eû d'autres soucis en tête
Que de ce qui sied bien ou mal!

Faire de sa beauté sa principale affaire
        Est le plus indigne des soins.
        Le dessein général de plaire
        Fait que nous plaisons beaucoup moins.

IV

Lors que la mort moissonne à la fleur de son âge
        L'Homme pleinement convaincu
        Que la foiblesse est son partage,
Et qui contre ses sens a mille fois vaincu :
On ne doit point gémir du coup qui le délivre ;
Quelque jeune qu'on soit, quand on a sceu bien vivre, —
        On a toujours assez vécu.

V

        Que les ridicules efforts
        Qu'on fait pour cacher la vieillesse
        Sous l'éclat d'un jeune dehors,
Marquent dans un esprit d'erreur et de foiblesse !
Pourquoy faut-il rougir d'avoir vécu longtemps ?
        Si nos discours, si nos ajustemens,
Si nos plaisirs conviennent à nostre âge
        Nous ne blesserons point les yeux.
Les mesures qu'on prend pour paroître moins vieux
        Font qu'on le paroît davantage.

VI

Non, de quelques côtez qu'on porte ses désirs, —
On ne sçauroit goûter de plaisirs véritables ; —
        Mais tous faux que sont les plaisirs
        Encore s'ils étoient durables !
On plaindroit un peu moins ces cœurs infortunez
        Qui, par leur penchant entraînez,
        Sont en quelque sorte excusables.
Quel bonheur quand du Ciel les aspects favorables
Font qu'il n'en coûte rien pour estre vertueux !
        Et qu'il faut de raison, de force, —
        Quand on est né voluptueux —
Pour faire avec les sens un éternel divorce ! —

VII

De quel aveuglement sont frappez les humains !
        Contre les malheurs incertains
        Tels que la perte d'une femme,
D'un enfant, d'un amy, des trésors, des grandeurs,

On croit faire beaucoup de préparer son âme,
Et l'on n'aura peut-estre aucun de ces malheurs !
—Mais sans doute on mourra. Cent et cent prépicices
Sont ouverts sous nos pas pour nous faire périr,
    Cependant au milieu des vices
Nous mourons, sans songer que nous devons mourir.

RÉFLEXIONS DIVERSES (1686)

I

Que l'Homme connoist peu la mort qu'il appréhende,
    Quand il dit qu'elle le surprend !
Elle naist avec luy : sans cesse luy demande
Un tribut dont en vain son orgueil se défend.
Il commence à mourir, longtemps avant qu'il meure,
    Il périt en détail imperceptiblement. —
Le nom de mort qu'on donne à nostre dernière heure —
    N'en est que l'accomplissement.—

II

Estres inanimez, rebuts de la Nature, —
    Ah, que vous faites d'envieux !
    Le temps loin de vous faire injure
    Ne vous rend que plus précieux.
On cherche avec ardeur une Médaille antique :
D'un Buste, d'un Tableau le temps hausse le prix,
Le voyageur s'arreste à voir l'affreux débris
D'un Cirque, d'un Tombeau, d'un Temple magnifique;
Et pour nostre vieillesse on n'a que du mépris !

III

De ce sublime esprit dont ton orgueil se pique,
    Homme, quel usage fais-tu ?
Des plantes, des métaux, tu connois la vertu,
Des différens païs les mœurs, la politique,
La cause des frimats, de la foudre, du vent,
    Des Astres le pouvoir suprême :
    Et sur tant de choses sçavant —
    Tu ne te connois pas toy-mesme !—

IV

La pauvreté fait peur, mais elle a ses plaisirs. —
Je sçay bien qu'elle éloigne aussitost qu'elle arrive,
La volupté, l'éclat, et cette foule oisive
Dont les jeux, les festins remplissent les désirs.

Cependant, quoy qu'elle ait de honteux et de rude
Pour ceux qu'à des revers la Fortune a soumis,
Au moins dans leurs malheurs ont-ils la certitude
De n'avoir que de vrais amis.

V

Pourquoi s'applaudir d'estre belle ?
Quelle erreur fait compter la beauté pour un bien ?
A l'examiner, il n'est rien
Qui cause tant de chagrins qu'elle.
Je sçay que sur les cœurs ses droits sont absolus,
Que tant qu'on est belle on fait naistre
Des désirs, des transports et des soins assidus :
Mais on a peu de temps à l'estre,
Et long-temps à ne l'estre plus.

VI

Misérable jouët de l'aveugle Fortune, —
Victime des maux et des loix,
— Homme, toy qui par mille endroits
Dois trouver la vie importune,
D'où vient que de la mort tu crains tant le pouvoir ? —
Lâche, regarde-la sans changer de visage,
Songe que si c'est un outrage,
C'est le dernier à recevoir.

VII

Que chacun parle bien de la reconnoissance :
Et que peu de gens en font voir !
D'un service attendu la flatteuse espérance
Fait porter dans l'excès les soins, la complaisance :
A peine est-il rendu qu'on cesse d'en avoir.
De qui nous a servi la veuë est importune ;
On trouve honteux de devoir
Les secours que dans l'infortune
On n'avoit point trouvé honteux de recevoir.

VIII

Quel poison pour l'esprit sont les fausses loüanges !
Heureux qui ne croit point à de flatteurs discours !
Penser trop bien de soy fait tomber tous les jours
En des égaremens étranges.
L'Amour-propre est, hélas, le plus sot des Amours !
Cependant des erreurs il est la plus commune.
Quelque puissant qu'on soit en richesse, en crédit ;

Quelque mauvais succès qu'ait tout ce qu'on écrit,
        Nul n'est content de sa fortune,
        Ni mécontent de son esprit.

IX

        On croit estre devenu sage,
Quand après avoir veu plus de cinquante fois
        Tomber le renaissant feüillage,
On quitte des plaisirs le dangereux usage :
        On s'abuse. D'un libre choix
        Un tel retour n'est point l'ouvrage;
Et ce n'est que l'orgüeil dont l'homme est revestu,
        Qui tirant de tout avantage,
        Donne au secours de la vertu
        Ce qu'on doit au secours de l'âge.

X

En grandeur de courage on ne se connoist guère,
Quand on élève au rang des hommes généreux
Ces Grecs et ces Romains dont la mort volontaire
        A rendu les noms si fameux.
Qu'ont-ils fait de si grand ? Ils sortoient de la vie
        Lors que de disgrâces suivie
Elle n'avoit plus rien d'agréable pour eux.
Par une seule mort ils s'en épargnoient mille :
Qu'elle est douce à des cœurs lassez de soupirer !
        Il est plus grand, plus difficile,
De souffrir le malheur que de s'en délivrer.

XI

        L'encens qu'on donne à la prudence
        Met mon esprit au désespoir.
A quoy donc nous sert-elle ? A faire voir d'avance
        Les maux que nous devons avoir;
        Est-ce un bonheur de les prévoir ?
Si la cruelle avoit quelque règle certaine
        Qui pust les écarter de nous,
Je trouverois les soins qu'elle donne assez doux :
Mais rien n'est si trompeur que la prudence humaine.
Hélas ! presque toûjours le détour qu'elle prend
Pour nous faire éviter un malheur qu'elle attend,
        Est le chemin qui nous y meine.

XII

        Palais, nous durons moins que vous !
Quoy-que des Elemens vous soûteniez la guerre,

Et quoy-que du sein de la terre
Nous soyons tirez comme vous :
Fresles machines que nous sommes,
A peine passons-nous d'un siècle le milieu !
Un rien peut nous détruire ; et l'ouvrage d'un Dieu —
Dure moins que celuy des hommes ! —

XIII

Homme, vante moins ta raison ;
Voy l'inutilité de ce présent céleste
Pour qui tu dois, dit-on, mépriser tout le reste.
Aussi foible que toy, dans ta jeune saison,
Elle est chancelante, imbécile.
Dans l'âge où tout t'appelle à des plaisirs divers,
Vile esclave des sens, elle t'est inutile ;
Quand le sort t'a laissé compter cinquante hivers,
Elle n'est qu'en chagrins fertiles,
Et quand tu vieillis, tu la perds.

XIV

Les plaisirs sont amers d'abord qu'on en abuse : —
Il est bon de joüer un peu,
Mais il faut seulement que le jeu nous amuse.
Un joueür, d'un commun aveu,
N'a rien d'humain que l'apparence ;
Et d'ailleurs il n'est pas si facile qu'on pense
D'estre fort honneste homme et de joüer gros jeu.
Le désir de gagner qui nuit et jour occupe
Est un dangereux éguillon.
Souvent, quoy-que l'esprit, quoy-que le cœur soit bon,
On commence par estre dupe,
On finit par estre fripon.

XV

Souvent c'est moins bon goust que pure vanité,
Qui fait qu'on ne veut voir que des gens de mérite :
On croiroit faire tort à sa capacité,
Si du monde vulgaire on recevoit visite.
Cependant un esprit solide, éclairé, droit,
Du commerce des sots sçait faire un bon usage.
Il les examine, il les voit,
Comme on fait un mauvais ouvrage.
Des défauts qu'il y trouve il cherche à profiter :
Il n'est guères moins nécessaire
De voir ce qu'il faut éviter
Que de sçavoir ce qu'il faut faire.

XVI

Qui dans son cabinet a passé ses beaux jours
A pâlir sur Pindare, Homère, Horace, Plaute,
    Dévroit y demeurer toûjours.
S'il entre dans le monde avec un tel secours,
    Il y fera faute sur faute;
    Il portera par tout l'ennuy.
    Un ignorant qui n'a pour luy
Qu'un certain sçavoir-vivre, un esprit agréable,
A la honte du Grec et du Latin, fait voir
    Combien doit estre préférable ⌣
    L'usage du monde au sçavoir. ⸺

XVII

    Que l'esprit de l'Homme est borné ! ⸺
    Quelque temps qu'il donne à l'étude,
    Quelque pénétrant qu'il soit né,
Il ne sait rien à fond, rien avec certitude :⸺
De ténèbres pour luy tout est environné; ⸺
La lumière qui vient du sçavoir le plus rare
N'est qu'un fatal éclair, qu'un ardent qui l'égare,
Bien plus que l'ignorance elle est à redouter.
    Longues erreurs qu'elle a fait naistre,
Vous ne prouvez que trop que chercher à connoistre
    N'est souvent qu'apprendre à douter.

EPITRE A MONSIEUR THÉVART[1]

    D'où vient Damon que la Nature
A mis dans nos plaisirs la source de nos maux?
. . . .
. . . .
Est-ce de sa sagesse une preuve visible,
Ou de son ignorance est-ce le triste effet
    De nous porter comme elle fait
    Vers tout ce qui nous est nuisible?
Ne dissimules point, tu connois les raisons
    Que l'Homme a de se plaindre d'elle.
Toy qui voy de si près la souffrance cruelle
    Où le jettent ses trahisons.

    Loin du tumulte des affaires,
Réfléchis avec moy sur ses égaremens ⸺

1. Savant médecin.

Qu'honora du nom de Mistères
L'ignorance des premiers temps.—
Pourquoy dans tous les Alimens
Qui sont à la santé contraires
A-t-elle mis tant d'agrémens?
Et pourquoy dans ces fleurs, ces racines, ces gommes,
Ces bois, ces métaux qu'elle a faits
Pour le soulagement des hommes,
A-t-elle imprudemment mis un goust si mauvais?

Par plus d'une agréable route
L'infidelle conduit à la fièvre, à la goutte,
A la pierre, aux vapeurs, et pour s'en retirer,
Elle n'a qu'un chemin ennuyeux, difficile;
Un chemin où le plus habile
A chaque pas qu'il fait risque de s'égarer.

Ce n'est pas seulement dans tout ce que la Terre
Produit pour nos besoins d'herbes, de fruits, de fleurs,
Que la sçavante Nature erre;
L'Homme, que de lâches flateurs
Ont appelé dans tous les âges
Le plus parfait de ses ouvrages,
Est le comble de ses erreurs.

. . . .

SUR LA MORT DE M. LE DUC DE MONTAUSIER

IDYLLE.

Sur le bord d'un ruisseau paisible
Olimpe se livroit à de vives douleurs,
Et malgré ses autres malheurs
Au sort de Montausier attentive et sensible,
Disoit en répandant des pleurs :
Qu'allez-vous devenir, belles infortunées
Muses, qu'il protégea dès ses jeunes années?

Qu'allez-vous devenir, héroïques Vertus,
Vous qui tremblantes, éplorées,
Après vos Temples abattus
Chez luy vous estiez retirées?
Les titres précieux dont furent revestus
Ces Grecs et ces Romains, ornemens de l'histoire,
Sont deus à ce héros d'immortelle mémoire,
Qui par des sentiers peu battus,
Marcha d'un pas égal vers la solide gloire.

Muses, Vertus, hélas! qui sera vôtre appuy?
Et qui regardera comme d'affreux spectacles
     Vôtre misère et vôtre ennuy?
Qui vous écoutera? qui voudra comme luy
Vous conduire à travers d'innombrables obstacles
     Au grand Roy qui règne aujourd'huy?
Ah! qu'une telle perte ouvre de précipices!
Qu'elle va vous livrer à d'injustes caprices!
     Que de dédains, que de dégousts!
Muses, Vertus, hélas! l'Ignorance et les Vices
Peut-estre par sa mort triompheront de vous.

     Injustice de la Nature!
Les arbres, dont l'ombrage embellit ces costeaux,
Ne craignent point des ans l'irréparable injure;
Leur vieillesse ne sert qu'à les rendre plus beaux:
Après avoir d'un siècle achevé la mesure,
Ils passent bien avant dans des Siècles nouveaux :
     Où voit-on quelqu'homme qui dure
Autant que les sapins, les chesnes et les ormeaux?

Mais pourquoy m'amuser dans ma douleur mortelle
A faire à la Nature une vaine querelle?
     Arbres, qui vivez plus que nous, —
     Joüissez d'un destin si doux ;
J'ay bien d'autres sujets de murmurer contr'elle.
Puis-je voir sans blâmer des ordres si cruels,
     Qu'un de ces indignes Mortels
     Que dans sa paresse elle forme
     De ce qu'elle a de plus mauvais,
     Plus tard que Montausier s'endorme
De ce fatal sommeil qui ne finit jamais?

Un excès de douleur et de délicatesse
     Porte ma colère plus loin.
Tout homme quel qu'il soit, dont elle a pris le soin
De conduire la vie à l'extrême vieillesse,
     Quand il s'offre à mes yeux les blesse :
     Non, je ne sçaurois plus souffrir
Que de la fin d'un siècle icy quelqu'un approche,
     Sans lui faire un secret reproche
     Du long-temps qu'il est à mourir.

     Vous qu'avec une ardeur sincère
J'invoquois pour sauver une Teste si chère,
     Dieux quelquefois ingrats et sourds!
Seize lustres entiers ne firent pas le cours

D'une vie également belle
Et qui devoit durer toûjours,
Si le mérite estoit un assuré secours
Contre une loy dure et cruelle.
Vous ne vouliez pas que son cœur
Eust le plaisir de voir ce Prince dont l'enfance
Fut confiée à sa prudence,
Une seconde fois Vainqueur
Des fières Nations que l'Envie et l'Erreur
Osent armer contre la France.

Vous êtes satisfaits. Les barbares efforts
De la Déesse qui délie
Les invisibles nœuds qui joignent l'âme au corps,
Ont fait que sur les sombres bords
Montausier a rejoint sa divine Julie[1].
Tous deux, malgré cette eau qui fait que tout s'oublie,
Sentent encor de doux transports ;
Et tous deux sont suivis de ces illustres Morts,
Qui dans une saison aux Muses plus propice,
Firent de leurs charmans accords
Retentir si long-temps le Palais d'Arténice,
Tandis que des grands noms du Héros que je plains
Aux siècles à venir on transmet la mémoire,
Et que les plus sçavantes mains
Elèvent à l'envi des Temples à sa gloire[2].

EPISTRE CHAGRINE AU R. P. DE LA CHAISE

Sous le débris de vos attraits
Voulez-vous demeurer toujoûrs ensevelie?
M'a dit quelqu'un, d'un nom que par raison je tais,
Qui s'est imaginé que ma mélancolie
Vient moins d'une santé dès longtemps affoiblie,
Que du reproche amer qu'en secret je me fais
De n'estre plus assez jolie
Pour faire naître encor quelque tendre folie ;
Frivole honneur, sur quoy je ne comptay jamais.

Apprenez, me disoit ce quelqu'un Anonime,
Que lors que ce qu'on a de beau
Est du temps ou des maux devenu la victime,
Il faut pour acquérir une nouvelle estime,
Se faire un mérite nouveau ;

1. Julie-Lucine d'Angennes, duchesse de Montausier.
2. *Nouveau Mercure galant*, septembre 1690.

Que c'est ne vivre plus que de vivre inutile ;
    Qu'il faut dans quelque rang qu'on soit,
Que jusqu'au dernier jour une personne habile
    Tienne au monde par quelqu'endroit.
Vous ne répondez point! d'où vient vôtre silence?
Il vient, luy dis-je alors, exprès pour découvrir
Où tendoit cette belle et sage remontrance.
    De ce qu'en moy-même je pense
Quel mérite nouveau je pourrois acquérir.
    Je n'en vois point, tant je suis sotte,
Abus, s'écria-t-t'il ! hé, devenez dévote.
Ne le devient-on pas à la Ville, à la Cour?
Moy dévote! qui, moy? m'écriay-je à mon tour,
L'esprit blessé d'un terme employé d'ordinaire
Lors que d'un Hypocrite on parle avec détour?
Oüy, vous, répliqua-t'il, vous ne sçauriez mieux faire.
De la dévotion ayez moins de frayeur :
    Elle est rude pour le vulgaire,——
Mais pour vous il ne faut qu'un peu d'extérieur.——
Allez, pour soûtenir le dévot caractère,
    Il n'en coustera pas beaucoup à vôtre cœur.

Tout ce que la Fortune a pour vous d'injustices
    Par là pourroit se réparer.
Regardez vos Parents vieillir sans Bénéfices ;
Songez qu'à vôtre Epoux cinquante ans de services
    N'ont encor pu rien procurer ;
Qu'un tas de Créanciers à vôtre porte gronde,
Et que chez les Dévots, biens, honneurs, tout abonde ;
Que la mode est pour eux, et peut longtemps durer,
Et qu'outre ces raisons sur quoy chacun se fonde,
    Vous aurez droit de censurer
    Les actions de tout le monde.

    Allons doucement, s'il vous plaist,
Luy dis-je, et supposé qu'à vos leçons fidelle,
Je prenne aux yeux du monde une forme nouvelle
    Par une raison d'intérest,
    Louis, éclairé comme il est,
    Quoy que vous osiez me promettre,
    Connoîtra ma fourbe ; il pénètre
    Au delà de ce qui paroist.
A quoy m'aura servi ma dévote grimace
    Qu'à m'en faire moins estimer?
    Malheur dont la simple menace
    Plus que la mort peut m'alarmer.

Quand, me répliqua-t-il, on est à vôtre place,
Il ne faut pas avoir tant de précaution ;
Mais dût pour vous le sort ne changer point de face,
     Certain air de dévotion,
Lorque l'on n'est plus jeune, a toûjours bonne grâce,
     Redoublez vôtre attention.
Voyez quel privilège au nôtre peut atteindre.
Avec des mots choisis, aussi doux que le miel,
     Sur les gens d'un mérite à craindre
     On répand à grands flots le fiel.
On peut impunément, pour l'intérest du Ciel,
Etre dur, se venger, faire des injustices.
Tout n'est pour les Dévots que péché véniel.
Nous sçavons en vertu transformer tous les vices :
De la dévotion, c'est là l'essentiel.

Taisez-vous, Scélérat, m'écriay-je irritée,
Tout commerce est fini pour jamais entre nous.
     J'en aurois avec un Athée,
     Mille fois plûtost qu'avec vous.
Mais tandis qu'en discours ma colère s'exhale,
     Ce faux, ce dangereux Ami,
Sort de mon cabinet, traverse chambre et salle
D'un air brusque et confus, d'un pas mal affermi,
Et me laisse une horreur, qu'aucune horreur n'égale.
     Ah ! c'est un Dévot de cabale,
Mais qui ne sçait encor son métier qu'à demi.
Il faut de l'art au choix des raisons qu'on étale,
     Aussi les habiles Dévots
     Selon les gens ont leur morale.
Et ne se livrent pas ainsi mal à propos.

Qu'ils sont à redouter! Sur une bagatelle
     Leur donne-t-on le moindre ennui ?
     Leur vengeance est toujours cruelle.
On n'a point avec eux de légère querelle.
Fâche-t'on un Dévot? c'est Dieu qu'on fâche en luy.
Ces Apôtres du temps, qui des premiers Apôtres,
     Ne nous font point ressouvenir,
     Pardonnent bien moins que nous autres.
     Contr'eux veut-on se maintenir,
Empêcher qu'à leurs biens ils ne joignent les nôtres,
C'est une impiété qu'on ne peut trop punir.
De la Religion c'est ainsi qu'ils se joüent,
Ils ont un air pieux répandu sur le front
     Que leurs actions désavoüent,
     Ils sont faux en tout ce qu'ils font.

Le métier de Dévot ou plûtost d'Hypocrite,
Devient presque toujours la ressource des gens
Qu'une longue débauche a rendus indigens,
        Des femmes que la beauté quitte,
Ou qui d'un mauvais bruit n'ont pu se préserver,
        Et de ceux qui, pour s'élever
        N'ont qu'un médiocre mérite.
Dès que du Cagotisme on fait profession,
De tout ce qu'on a fait la mémoire s'efface.
        C'est sur la réputation
        Un excellent vernis qu'on passe.
Si je pouvois trouver d'assez noires couleurs,
Que j'aimerois à faire une fidelle image
        Du fond de leurs perfides cœurs !
        Moy qui hais le fard dans les mœurs
        Encor plus que sur le visage,
Et qui sçais tous les tours que mettent en usage
        Nos plus célèbres imposteurs !
        Quel plaisir pour moy ! quelle joye
        De démasquer ces scélérats,
A qui le vray mérite est tous les jours en proye,
Et qui, pour l'accabler par une seure voye
De l'intérest du Ciel couvrent leurs attentats !

        Mais, me pourra dire un Critique,
        Vôtre esprit s'égare, arrêtez.
Quand pour les faux Dévots vôtre haine s'explique,
Songez bien contre vous quelles gens vous mettez.
Pour affoiblir les coups que sur eux vous portez,
Ils vous peindront au Roy comme une libertine.
Je frémis des ennuis que vous vous apprestez.
Croyez-moy, contre vous que rien ne les chagrine.

        Non, non, dirois-je à ce Censeur,
Je suis leur ennemie, et fais gloire de l'être,
Et s'ils osoient sur moy répandre leur noirceur,
        Quelque ouvrage pourroit paroître,
Où je les traiterois avec moins de douceur,
Et par leurs noms enfin je les ferois connoître.
        Hé quoy donc, parce que le Roy
De toutes les vertus donne de grands exemples,
Que pieux, charitable, assidu dans nos Temples,
Il aime le Seigneur, le sert de bonne foy ;
Que pour ses intérests il soûtient seul la guerre,
Qu'il a planté la Croix aux deux bouts de la Terre,
Et que des libertins il fut toûjours l'effroy,
On n'osera parler contre les Hypocrites ?
Hé, qu'ont-ils de commun avec un tel Héros ?

Censeur, sur ce que vous me dites
J'ay l'esprit dans un plein repos.

O vous, qui de Louïs heureux et sacré guide,
Luy dispensez du Ciel les célestes trésors,
        Vous, dont la piété solide,
Loin d'étaler aux yeux de fastueux dehors,
        Et d'avoir d'indiscrets transports,
Est pour juger d'autruy toûjours lent et timide ;
        Vous enfin dont la probité
Du sang dont vous sortez égale la noblesse,
Daignez auprès du Prince aider la vérité,
        Si quelque Hypocrite irrité !
        En luy parlant de moy la blesse.
De ma foy, de mes mœurs vous êtes satisfait,
        Vous ne l'êtes pas tant, peut-être,
De ma soumission pour le Souverain Etre,
Dans les maux que souvent la Fortune me fait ;
Mais si je ne suis pas dans un état parfait,
        Je sens que j'y voudrois bien être.
Oüy, je voudrois pouvoir, comme vous le voulez,
Sanctifier les maux qui me livrent la guerre.
Ah ! que mon cœur n'est-il de ces cœurs isolez,
Qui par aucun endroit ne tiennent à la terre,
Qui sont à leurs devoirs sans réserve immolez,
A qui la Grâce assure une pleine victoire,
        Et qui d'un divin feu brûlez,
A la possession de l'éternelle Gloire
        Ne sont pas en vain appellez[1] !

RÉFLEXIONS MORALES

sur l'envie immodérée de faire passer son nom à la postérité.

La sçavante Chéron par son divin pinceau,
        Me redonne un éclat nouveau,
        Elle force aujourd'huy les Graces,
Dont mes cruels ennuis et mes longues douleurs,
Laissent sur mon visage à peine quelques traces,
        D'y venir reprendre leurs places ;
Elle me rend enfin mes premières couleurs.
        Par son art la race future
Connoîtra les présens qui me fit la Nature.
Et je puis espérer qu'avec un tel secours,
Tandis que j'erreray sur les sombres rivages
Je pourray faire encor quelque honneur à nos jours,

____

1. *Nouveau Mercure galant*, mars 1692.

Oüy, je puis m'en flater, plaire et durer toûjours
      Est le destin de ses ouvrages.

      Fol orgueil ! et du cœur Humain
      Aveugle et fatale foiblesse !
      Nous maîtriserés-vous sans cesse,
Et n'aurons-nous jamais un généreux dédain
Pour tout ce qui s'oppose aux loix de la Sagesse ?
Non ; l'amour-propre en nous est toûjours le plus fort,
Et malgré les combats que la Sagesse livre ⏤
On croit se dérober en partie à la Mort ⏤
      Quand dans quelque chose on peut vivre.⏤

Cette agréable erreur est la source des soins
      Qui dévorent le cœur des Hommes.
Loin de sçavoir jouir de l'état où nous sommes
      C'est à quoy nous pensons le moins.
Une gloire frivole et jamais possédée
      Fait qu'en tous lieux, à tous momens,
      ⏤L'avenir remplit nôtre idée.
Il est l'unique but de nos empressemens.
Pour obtenir qu'un jour nôtre nom y parvienne,
Et pour nous l'assurer durable et glorieux,
Nous perdons le présent, ce temps si précieux,⏤
      Le seul bien qui nous appartienne,⏤
Et qui, tel qu'un éclair, disparoit à nos yeux !
Au bonheur des Humains leurs chimères s'opposent.
      Victimes de leur vanité,
Il n'est chagrin, travail, danger, adversité,
      A quoy les Mortels ne s'exposent
Pour transmettre leurs noms à la postérité !

      A quel dessein, dans quelles vuës,
      Tant d'Obélisques, de Portraits,
      D'Arcs, de Médailles, de Statuës,
De Villes, de Tombeaux, de Temples, de Palais,
      Par leur ordre ont-ils esté faits ?
D'où vient que pour avoir un grand nom dans l'Histoire,
Ils ont à pleines mains répandu les bienfaits ?
Si ce n'est dans l'espoir de rendre leur mémoire
      Illustre et durable à jamais?

      Il est vray que ces espérances
Ont quelquefois servy de frein aux passions.
Que par elles les loix, les Beaux-Arts, les Sciences,
Ont formé les esprits, poli les Nations,
Embelli l'Univers par des travaux immenses,
Et porté les Héros aux grandes actions,

Mais aussi combien d'impostures,
De Sacrilèges, d'attentats,
D'erreurs, de cruautez, de guerres, de parjures,
A produit le désir d'estre après le trépas
L'entretien des races futures !
Deux chemins différens et presque aussi battus
Au Temple de Mémoire également conduisent :
Le nom de Penelope et le nom de Titus
Avec ceux de Médée et de Néron s'y lisent,
Les grands crimes immortalisent
Autant que les grandes vertus.

Je sçay que la Gloire est trop belle
Pour ne pas inspirer de violents désirs.
La chercher, l'acquérir, et pouvoir jouïr d'elle
Est le plus parfait des plaisirs.
Oüy, ce bonheur pour l'Homme est le bonheur suprême.
Mais c'est là qu'il faut s'arrester,
Tout charmé qu'il en est, à quelque point qu'il l'aime,
Il a peu de bon sens quand il va s'entester
De la vanité de porter
Sa gloire au delà de luy-mesme,
Et quand toûjours en proye à ce désir extrême
Il perd le temps de la goûter.

Encor si dans les champs que le Cocyte arrose,
Dépouillé de toute autre chose,
Il étoit permis d'espérer
De jouïr de sa Renommée,
Je serois bien moins animée
Contre les soins qu'on prend pour la faire durer,
Mais quand nous descendons dans ces demeures sombres
La Gloire ne suit pas nos ombres,
Nous perdons pour jamais tout ce qu'elle a de doux.
Et quelque bruit que le mérite
La valeur, la beauté, puissent faire après nous;
Hélas ! on n'entend rien sur les bords du Cocyte.

Par où donc ces grands noms d'illustres, de fameux,
Après quoy les mortels courent toute leur vie
Avides de laisser un long souvenir d'eux
Doivent-ils faire tant d'envie?
Est-ce par intérest pour d'indignes neveux
Qui seuls de ces grands noms joüissent?
Qui ne les font valoir qu'en des discours pompeux,
Et qui toûjours plongez dans un désordre affreux
Par des lâchetez les flétrissent ?

De ces heureux Mortels qui n'ont point eû d'égaux,
    Tel est l'ordinaire partage.
Traitez par la Nature avec moins d'avantage
    Que la plûpart des Animaux,
Leur Race dégénère, et l'on voit d'âge en âge
En elle s'effacer l'éclat de leurs travaux.
Des choses d'icy bas c'est le vray caractère,
Il est rare qu'un fils marche dans le sentier
    Que suivoit un illustre père.
Des mœurs comme des biens on n'est pas héritier,
    Et d'exemple on ne s'instruit guère.

Tandis que le Soleil se lève encor pour nous,
    Je conviens que rien n'est plus doux
    Que de pouvoir sûrement croire,
Qu'après qu'un froid nuage aura couvert nos yeux,
    Rien de lâche, rien d'odieux,
    Ne soüillera nôtre mémoire.
    Que regrettés par nos amis
    Dans leur cœur nous vivrons encore ;
Pour un tel avenir tous les soins sont permis.
C'est par cet endroit seul que l'amour-propre honore ;
Il faut laisser le reste entre les mains du sort.
Quand le mérite est vray, mille fameux exemples
Ont fait voir que le temps ne luy fait point de tort ;
    On refuse aux vivans des Temples
    Qu'on leur élève après leur mort.

Quoy, l'Homme, ce chef-d'œuvre à qui rien n'est semblable !
Quoy, l'Homme pour qui seul on forma l'Univers !
Luy, dont l'œil a percé le voile impénétrable
Dont les arrangemens et les ressorts divers
    De la Nature sont couverts !
Luy, des Loix et des Arts l'inventeur admirable,
Aveugle pour luy seul, ne peut-il discerner,
Quand il n'est question que de se gouverner,
    Le faux bien du bien véritable ?

Vaine réflexion ! inutile discours !
    L'Homme malgré vôtre secours
Du frivole avenir sera toûjours la dupe,
Sur ses vrais intérêts il craint de voir trop clair ;
Et dans la vanité qui sans cesse l'occupe
Ce nouvel Ixion n'embrasse que de l'air.
    N'être plus qu'un peu de poussière
    Blesse l'orgüeil dont l'Homme est plein ;
Il a beau faire voir un visage serein,

Et traitter de sang-froid une telle matière,
Tout dément ses dehors, tout sert à nous prouver
Que par un nom célèbre il cherche à se sauver —
    D'une destruction entière. —

Mais d'où vient qu'aujourd'huy mon esprit est si vain?
Que fais-je? et de quel droit est-ce que je censure
        Le goût de tout le genre humain,
        Ce goût favory qui luy dure
        Depuis qu'une immortelle main
Du ténébreux chaos a tiré la Nature?

Ay-je acquis dans le monde assez d'authorité
        Pour rendre mes raisons utiles,
Et pour détruire en luy ce fond de vanité
Qui ne luy peut laisser aucuns momens tranquilles?
        Non, mais un esprit d'équité
A combattre le faux incessamment m'attache,
Et fait qu'à tout hazard j'écris ce que m'arrache
        La force de la vérité.

        Hé! comment pourrois-je prétendre
De guérir les Mortels de cette vieille erreur
        Qu'ils aiment jusqu'à la fureur,
Si moy qui la condamne, ay peine à m'en deffendre?
Ce portrait dont Appelle auroit esté jaloux,
Me remplit malgré moy de la flatteuse attente
Que je ne sçaurois voir dans autruy sans courroux.
        Foible raison que l'Homme vante,
Voilà quel est le fond qu'on peut faire sur vous!
— Toûjours vains, toûjours faux, toûjours pleins d'injustices,
        Nous crions dans tous nos discours
Contre les passions, les foiblesses, les vices,
        Où nous succombons tous les jours[1].

A MONSIEUR CAZE, POUR LE JOUR DE SA FESTE

        On dit que je ne suis pas Beste.
Cependant n'en déplaise aux donneurs de renom,
        Quand il faut chanter vôtre Feste,
Je ne sçaurois tirer un seul vers de ma teste.
Jean! que dire sur Jean? c'est un terrible nom,
Que jamais n'accompagne une Epithète honneste.
Jean des Vignes, Jean Logne.... où vais-je? trouvez-bon

1. *Nouveau Mercure galant*, novembre 1693.

Qu'en si beau chemin je m'arreste,
Et que pour comparer vous et vôtre Patron,
Je prenne sur un autre ton,
Ce que la Légende me preste.
M'y voilà. Commençons par le Saint qu'aujourd'huy
Notre Mère la sainte Eglise
Ordonne que l'on solemnise,
Et voyons quel rapport vous avez avec luy.
Ou je m'y connois mal, ou vous n'en avez guêre,
Point du tout même à parler franc
L'Evangéliste et vous; plus je vous considère,
Et plus je vais du noir au blanc.
Avoir pû de Sathan éviter tous les piéges,
Avoir esté d'un Dieu le Disciple chéry,
Jusqu'à la fin des temps voir les glaçons, les neiges,
Faire place au Printemps fleury.
Privilége, qui seul vaut tous les priviléges,
N'est pas, selon moy, ce qui fait
De l'Apôtre et de vous toute la différence :
Et l'Apocalipse est un trait
Qui, fussiez-vous un Saint parfait,
Gâteroit fort la ressemblance.
O ! qu'heureuses auroient esté
Quantité de doctes cervelles,
Si Saint-Jean eût écrit avec la netteté
Qui, jointe au tour charmant, aux grâces naturelles,
Rend vos tendres Chansons si belles !
Mais que fais-je ! où m'emporte un enjouement outré ?
Comparer un Livre sacré
A de prophanes bagatelles !
De telles libertés trouvent plus d'un censeur
Qui, charitablement, en fait un mauvais conte.
Evitons un danger qui n'est jamais sans honte.
Peut-être chez le Précurseur
Trouverons-nous mieux nôtre compte.
Essayons. Ah ! c'est encor pis.
Vous n'êtes en rien parallèles :
Il preschoit au désert, et vous dans les ruelles,
Une peau de chameau faisoit tous ses habits,
Vous donnez volontiers dans les modes nouvelles;
Il se désaltéroit dans un coulant ruisseau,
Se nourrissoit de sauterelles :
Vous ne quitteriez point les ortolans pour elles :
Et je me trompe fort, ou vous n'aimez que l'eau
Que boivent à longs traits les neuf doctes pucelles.
Vous le voyez, j'ai beau chercher,
Tourner, approfondir, passer d'un Saint à l'autre,

Nous n'avez rien du tout, soit dit sans vous fâcher,
    Du Précurseur ny de l'Apostre.
J'enrage cependant avec mon bel esprit.
Aussi pourquoy faut-il, tourné comme vous êtes,
    Porter un nom qui ne fournit
Rien d'agréable à dire aux plus sçavans Poëtes ;
Et sur qui, si j'osois en croire mon dépit,
    Je reviendrois aux Epithètes ?
Demeurez-en d'accord, ce n'est pas sans raison
    Que de vôtre nom effrayée,
    Je me suis d'abord écriée :
    Que dirois-je sur un tel nom ?
J'ay prévu l'embarras ; quand je fais quelque ouvrage
    Je tâte toujours le terrain.
    Ah ! que maudit soit le parrain
Qui vous alla donner ce beau nom en partage.
    Il étoit sans doute en courroux,
    Et vouloit vous faire une injure.
Fut-il jamais un nom d'un plus mauvais augure ?
    Croyez-moi, débaptisez-vous !

BALADE

A caution tous amans sont sujets.
Cette maxime en ma tête est écrite.
Point n'ai de foi pour leurs tourmens secrets ;
Point auprès d'eux n'ai besoin d'eau bénite ;
Dans cœur humain probité plus n'habite.
Trop bien encore a-t'on les mêmes dits
Qu'avant qu'Astuce au monde fût venue :
Mais pour d'effets, la mode en est perdue.
On n'aime plus comme on aimoit jadis,

Riches atours, tables, nombreux valets,
Font aujourd'hui les trois quarts du mérite,
Si des amans soumis, constans, discrets,
Il est encor, la troupe en est petite.
Amour d'un mois est amour décrépite.
Amans brutaux sont les plus applaudis.
Soupirs et pleurs feroient passer pour grue.
Faveur est dite aussi-tôt qu'obtenue.
On n'aime plus comme on aimoit jadis.

Jeunes beautés en vain tendent filets ;
Les Jouvenceaux, cette engeance maudite
Fait bande à part ; près des plus doux objets
D'être indolent chacun se félicite.

Nul en amour ne daigne être hypocrite ;
Ou si parfois un de ces étourdis
A quelques soins s'abaisse et s'habitue ;
Don de merci seul il n'a pas en vûe.
On n'aime plus comme on aimoit jadis.

Tous jeunes cœurs se trouvent ainsi faits.
Telle denrée aux folles se débitent.
Cœurs de barbons sont un peu moins coquets.
Quand il fut vieux le Diable fut hermite ;
Mais rien chez eux à tendresse n'invite.
Par maints hivers désirs sont refroidis.
Par maux fréquens humeur devient bourrue ;
Quand une fois on a tête chenue.
On n'aime plus comme on aimoit jadis·

ENVOI

Fils de Vénus, songe à tes intérêts ;
Je vois changer l'encens en camouflets :
Tout est perdu si ce train continue.
Ramène-nous le siècle d'Amadis.
Il t'est honteux qu'en Cour d'attraits pourvüe,
Où politesse au comble est parvenue,
On n'aime plus comme on aimoit jadis[1].

RONDEAU A UNE DE SES AMIES

Contre l'Amour voulez-vous vous défendre ?
Empeschez-vous et de voir et d'entendre
Gens dont le cœur s'exprime avec esprit.
Il en est peu de ce genre maudit,
Et trop encor pour mettre un cœur en cendre.

Quand une fois il leur plaist de nous rendre !
D'amoureux soins, qu'ils prennent un air tendre,
On lit en vain tout ce qu'Ovide écrit
        Contre l'Amour.

---

1. Cette ballade (*Nouveau Mercure galant*, janvier 1684) a donné lieu à : Réponse de M. le Duc de S. Aignan (ballade) : *A caution tous ne sont pas sujets* ; une Réponse à M. le duc de S. Aignan de madame Des Houlières (ballade) : *Duc, plus vaillant que les fiers Paladins* ; Réponse de M. le duc de S. Aignan (ballade) : *O l'heureux temps, où les fiers Paladins* ; Réponse du marquis de La Fare ou de Pavillon à la ballade de Madame Des Houlières (*A caution tous amans sont sujets*) : *Dans les siècles passés, quand l'amoureuse flamme*, etc., etc.

De la raison on ne doit rien[1] attendre :
Trop de malheurs n'ont sceu que trop apprendre
Qu'elle n'est rien dès que le cœur agit ;
La seule fuite, Iris, nous garantit,
C'est le party le plus utile à prendre
      Contre l'Amour.

RONDEAU

Entre deux draps de toile belle et bonne,
Que très souvent on rechange, on savonne,
La jeune Iris au cœur sincère et haut,
Aux yeux brillans, à l'esprit sans défaut,
Jusqu'à midy volontiers se mitonne.

Je ne combats de goûts contre personne,
Mais franchement sa paresse m'étonne,
C'est demeurer seule plus qu'il ne faut
      Entre deux draps.

Quant à rêver ainsi l'on s'abandonne,
Le traître Amour rarement le pardonne ;
A soûpirer on s'exerce bien-tost,
Et la vertu soutient un grand assaut,
Quand une fille avec son cœur raisonne
      Entre deux draps.

AIR

    Tandis que vous estes belles,
    Des cœurs soûmis et fidelles
    Ecoutez les doux soûpirs ;
    Riez, charmante jeunesse,
    Des Leçons que fait sans cesse
    Contre les tendres désirs
    La Raison aux airs sévères.
    Hé ! sont-ce là ses affaires ?
    Se connoît-elle en plaisirs ?

---

1. *Mercure galant*, octobre 1677 ; il ne faut rien.

II. — POÉSIES CHRÉTIENNES

ODE

Hélas, Seigneur, quel est l'effet
Des remèdes cruels où je me suis livrée !
Ont-ils de mes tourmens accourci la durée?
Non, ton juste courroux n'estoit pas satisfait.
Tant que tu voudras prendre une pleine vengeance
De mon ingratitude et de mon indolence,
A quoy me servira tout le secours humain ?
Ah ! Seigneur, fais-moy grâce, et que d'heureuses larmes
    Puissent faire tomber les armes
Que mes égaremens t'avoient mis dans la main.

    Seigneur, ne m'abandonne pas,
Daigne te souvenir que je suis ton ouvrage,
Et que pour me sauver d'un asseuré naufrage
Tu t'es livré toy-mesme au plus honteux trépas.
Quand tu me mets en proye aux douleurs violentes,
Soûtiens dans ces instants mes forces chancelantes;
Fais que souffrant pour Toy mes maux me semblent doux.
Depuis que sous leur faix languissante, abattue,
    Je n'attens qu'un coup qui me tüe,
Quatre fois le Soleil s'est éloigné de nous !

    Dans ces longs et cruels travaux
Je n'ay point fait entendre un insolent murmure ;
Avec soumission, Seigneur, je les endure.
Hé! n'as-tu pas pour moy souffert de plus grands maux?
Peut-estre si ma vie eust esté plus heureuse,
Elle eust pour mon salut esté plus dangereuse;
On ne te connoist point au milieu des plaisirs.
Dans ce gouffre où se perd et ta crainte et ta grâce,
    En vain ta voix crie et menace,
Le cœur sourd à ta voix n'entend que ses désirs.

    Par mille et mille vœux ardens
Ma famille tremblante en tous lieux t'importune :
Elle a contre une triste et cruelle fortune
Besoin de mon secours encor pour quelque temps;
Dans la crainte où me met l'état où je la laisse,
Je te demande à vivre, exauce ma tendresse.
Si je ne puis par moy mériter ta bonté,
A tes loix ma famille est soumise et fidelle.
    Ah ! Seigneur, par pitié pour elle
A ce coupable corps redonne la santé !

Mais en remplissant mes souhaits,
Donne-moy tant d'amour, tant de foy, tant de force,
Que le monde pour moy n'ait qu'une vaine amorce,
Et que de ma santé je n'abuse jamais.
Oste-moy, pour me rendre et plus forte et plus pure,
Ces dons empoisonnez que m'a fait la Nature;
L'innocence avec eux se trouve rarement :
Oste-moy cet esprit dont ma foy se défie.
　　Oüy, Seigneur, je te sacrifie
Tout ce qui peut de Toy m'éloigner un moment.

　　Je ne t'ay jamais bien connu :
Hé! quel cœur sçait le prix de ces douceurs charmantes
Que tu fais icy-bas gouster à tes amantes,
S'il ne s'est avec Toy souvent entretenu !
T'aimer semble un parti triste et bizarre à prendre.
Tant qu'à quelques plaisirs on peut encore prétendre,
On croit ne te devoir que la fin de ses jours ;
Encore est-ce à regret qu'en ces instans funestes
　　On te donne les affreux restes
D'une vie employée à t'offenser toûjours.

　　S'imagine-t-on t'éblouïr?
L'Homme te conçoit-il comme un estre qu'on trompe ?
On renonce aux plaisirs, on renonce à la pompe
Dont, quand on le voudroit, on ne peut plus joüir.
Loin de suivre un chemin qu'on me montre sans cesse,
Je n'attends pas, Seigneur, qu'une froide vieillesse
Ne me laisse à t'offrir que ces chagrins divers.
Encor dans ces beaux jours où l'Automne commence
　　Grâces à ta juste vengeance,
Seigneur, sur mon néant mes yeux se sont ouverts.

　　Humble dans mes tristes accens,
Je ne viens pas à Toy sur de fausses maximes
Excuser mes erreurs, ni rejetter mes crimes
Sur la foiblesse humaine et le pouvoir des sens.
Mon cœur est pénétré d'un remords véritable,
Je m'avoüe à tes yeux infiniment coupable.
C'est l'unique secours que je veux contre Toy,
Au pardon (tu le sçais) ce repentir m'engage :
　　J'en ay ta parole pour gage.
Puisse ce repentir durer autant que moy !.

PARAPHRASE DU PSEAUME XII : *USQUEQUO, DOMINE*

Vous du vaste Univers et l'autheur et le maître,
Vous seul de qui j'attens un asseuré secours.

Jusques à quand Seigneur passeray-je mes jours
Dans les cruels ennuis que le malheur fait naître ?
Avez-vous résolu de m'oublier toûjours ?
     Pour rendre mes peines légères,
Et pour me garantir des plus affreux hazards
N'estes-vous plus ce Dieu qu'ont adoré nos pères ?
     Jusques à quand de mes misères
     Détournerez-vous vos regards ?

Mes crimes seroient-ils plus grands que vos tendresses ?
Hélas ! jusques à quand voulez-vous que mon cœur
Soupire et soit plongé dans d'amères tristesses ?
     Ne vous souvient-il plus, Seigneur,
     De vos magnifiques promesses ?
Jusques à quand enfin ces mortels ennemis
Qui répandent sur moi le venin de leurs haines,
Et qui pour m'opprimer se sont cru tout permis,
Repaîtront-ils leurs yeux de l'excès de mes peines ?

     Daignez écouter mes soupirs
     Et les vœux ardens que je forme,
Eclairez mon esprit ; réglez tous mes désirs ; ——
Que jamais dans les maux, jamais dans les plaisirs,
D'un dangereux sommeil mon âme ne s'endorme.
Que l'Esprit ténébreux de vos Autels jaloux,
     Luy, que vôtre juste couroux
Précipita du Ciel dans le fond de l'abîme,
Ne puisse se vanter d'avoir eu pour victime .
     Un cœur qui n'est fait que pour vous.

Au milieu des fléaux que vôtre main m'envoye,
Cette crainte me trouble et me glace d'effroy.
     Ah ! si je devenois sa proye,
Ceux que mon infortune élève contre moy
Goûteroient à longs traits une maligne joye.
     Ma perte est l'objet de leurs vœux.
Mais Seigneur, auriez-vous des oreilles pour eux ?
     Non, elles ne sont attentives
Qu'aux cris des malheureux, qu'aux soupirs des pécheurs,
Et c'est de là, Grand Dieu, qu'au fort de mes douleurs
     Viennent ces espérances vives
Qui m'aident à porter le faix de mes malheurs.

     Quand vôtre bonté que j'implore,.
Aura mis à couvert mes jours infortunez
Des puissans ennemis à me nuire obstinez ;
Quand elle aura calmé l'ennuy qui me devore,

Mon cœur qu'un noir chagrin a presque consumé
      Sera par la joye animé.
      Seigneur, il fera plus encore,
Dans ma bouche il mettra de ces airs éclatans
Qui du Nord au Midy, du Couchant à l'Aurore,
A la gloire du Dieu que l'Univers adore
Les peuples chanteront jusqu'à la fin des temps.

PARAPHRASE DU PSEAUME XIII : *DIXIT INSIPIENS...*

— Non, il n'est point de Dieu. Ses foudres redoutables
      Ne sont que de grossières fables
Dont les foibles esprits se sont toujours repus,
Disent ces insensez, ces hommes corrompus,
      Dont les crimes abominables
Jamais par les remords ne sont interrompus.
      De l'obscur instinct qu'ont les brutes
      Leur raison ne diffère en rien.
Frappez d'aveuglement tous leurs pas sont des chutes;
      Et nul d'entr'eux ne fait le bien.

Du séjour où pour eux se forme le tonnerre
L'Eternel a porté ses regards icy-bas,
Pour voir s'il trouveroit dans les divers climats
      Que la profonde mer enserre
Quelqu'un qui le connût, quelqu'un qui ne fît pas
A son culte, à son nom, une insolente guerre.
      Quelque soin qu'ait pris le Seigneur,
      Il n'a pu trouver sur la terre
      Un seul homme selon son cœur.

Dans les lieux opposez à la pompe des villes
      Comme sous les lambris dorez,
Du sentier de la grâce ils se sont égarez;
Tous sont pour le Seigneur devenus inutiles !
      Leur bouche est un Sépulchre ouvert
D'où sort un air impur fatal à la sagesse;
      Jamais leur langue ne leur sert
      Que pour tromper avec adresse;
Que pour faire à l'honneur en secret, en public,
      De ces incurables blessures
      Plus à craindre que les piqûres
      Que fait le venimeux Aspic.

Leurs cœurs ne sont remplis que de haines mortelles,
      Que d'attentats qui font horreur :

Toûjours une implacable et brutale fureur
    Les presse et leur prête des ailes,
Pour aller dans le sang tremper leurs mains cruelles.
Loin qu'entre eux se cultive une innocente paix,
    Ils ne travaillent qu'à se nuire,
Et la crainte du Dieu qui de rien les a faits,
    Et qui peut à rien les réduire,
    Ne les inquiète jamais.

Ne parviendrois-je point à me faire connoître
    (A dit le Seigneur irrité)
    De ces hommes d'iniquité
Qui, pleins d'ingratitude, osent nier mon Estre?
Qui, nourris dans le crime et l'endurcissement,
Ont dévoré mon peuple avec mesme alégresse
    Que ceux qu'une extrême faim presse
Dévorent l'ordinaire et grossier aliment.

    Bien qu'ils ne puissent par eux-mêmes
    Quels que soient leurs soins, leurs travaux,
    Se garantir des moindres maux,
Daignent-ils m'invoquer dans les périls extrêmes?
Fiers de ma patience, ils en sont devenus
    A m'offencer moins retenus,
Prononcent-ils mon nom que dans d'affreux blasphêmes?
Ils pâlissent de crainte, ils tremblent; mais pourquoy?
    Pour des biens faux et périssables;
    Tandis que sans aucun effroy
Ils perdent pour toûjours des biens vrays et durables
    Dont l'unique source est en moy!

Ils ne redoutent point mes jugemens sévères.
Ils osent plus encore, et leur impiété
    M'outrage jusques dans leurs frères.
Parce que la justice et que l'humilité
    Sont des vertus qui me sont chères,
    Ils ne cessent dans leurs discours
Qu'à leurs déréglemens leur insolence ajuste,
    De railler de l'Humble et du Juste
    Qui n'espèrent qu'en mon secours.

    Mais pour confondre l'imposture,
Pour convaincre l'impie et luy faire sentir
Qu'il est un Dieu vengeur qui peut anéantir
    D'un seul mot toute la Nature,
Quelle main de Sion pourra faire sortir
    Une lumière vive et pure?

Celle du Tout-puissant, luy qui plus d'une fois
En a fait à Jacob la promesse authentique.
Vous qui vous estes mis au-dessus de mes loix,
Frémissez, troublez-vous à sa terrible voix;
Vostre perte s'approche et son courroux s'explique.
    Quand j'auray, dit-il, dégagé
    Mon peuple de la servitude
Ils recevront le prix de leur ingratitude;
En vain ils gémiront de m'avoir outragé;
A leurs yeux Israël d'une gloire asseurée
    Verra payer ses longs ennuis,
Tandis que par un feu d'éternelle durée
Ces hommes tout de chair connoistront qui je suis.

PARAPHRASE DU PSEAUME CXLIV : *LAUDA, ANIMA MEA, DOMINUM*

    Mon âme, loüons le Seigneur,
    Ne nous lassons jamais de dire
    Quelle est sa bonté, sa grandeur.
Que le temps qu'à ma vie il a voulu prescrire
Se passe tout entier à chanter sur ma Lyre
    Des Cantiques en son honneur.

Ne nous asseurons point sur les enfans des hommes
    Non plus que sur leurs Souverains.
Malgré l'or et le rang qui les rendent si vains
    Ils ne sont que ce que nous sommes;
    Comme nous ils retourneront
    Dans la terre leur origine;
Et les vastes projets où leur orgüeil s'obstine
    Avec eux s'évanoüiront.

Au milieu des malheurs qui nous livrent la guerre,
Heureux, cent fois heureux qui n'attend de secours
Que du Dieu qui d'un mot fit le Ciel et la Terre,
    Qui des saisons, des nuits, des jours,
    A reglé l'immuable cours,
Et dont la seule main peut lancer le tonnerre.

Heureux qui met enfin son espoir le plus doux
En ce Dieu plein d'amour et de bonté pour nous,
    Invariable en ses promesses;
Qui n'attend pour calmer son plus ardent courroux
    Qu'un repentir de nos foiblesses;
    Qui par d'intarissables soins
Soustient les malheureux que l'injustice opprime,

Et qui, malgré l'horreur que luy donne le crime,
        Pourvoit sans cesse à nos besoins.

De ceux dont l'esclavage offre d'affreux spectacles,
        Sa puissante main rompt les fers;
Des autres dont les yeux ignorent les miracles
        Qu'estale ce vaste Univers,
Il dissipe aisément les ténébreux obstacles;
De celuy qui chancelle il affermit les pas.
        Tout est facile à sa sagesse.
Mais quand pour l'homme juste il fait voir sa tendresse,
        Quel prodige ne fait-il pas?

Pour quiconque l'implore il est un seur azile;
        Des pièges qui luy sont tendus
Il garde l'estranger à tromper si facile.
Les cris dont frappent l'air la veuve et le pupile,
        Par luy sont toujours entendus.
Il punit les méchans; et par sa Providence,
        De leur inhumaine prudence
        Tous les desseins sont confondus.

        Cependant, Sion, soit certaine
Que le Dieu d'Israël, ce Dieu de vérité,
        De qui toute la terre est pleine,
        Règnera dans l'Eternité;
        Et que les Hommes et les Anges
De l'éclat de son Nom, du bruit de ses loüanges
        Rempliront la postérité.

TABLE DES PIÈCES DE MADAME DESHOULIÈRES

AUTRES AUTEURS ET PIÈCES ANONYMES

DESHOULIÈRES (Mademoiselle).

DEHÉNAULT (Jean).

DES BARREAUX (Jacques Vallée).

GRAMMONT (Chevalier de).

LIGNIÈRES (François Payot de).

LOMÉNIE DE BRIENNE (Henri-Louis de).

BIBLIOGRAPHIE
DES ŒUVRES DE MADAME DESHOULIÈRES

A). ŒUVRES

I. Poësies | de madame | Deshoulières. | A Paris, | chez la Veuve de Sébastien Mabre-Cramoisy, | Imprimeur du Roi, ruë Saint-Jacques, | aux Cigognes. | M. DC. LXXXVIII (1688). | Avec Privilège de Sa Majesté. In-8. (N.)

Titre, 220 pp. chiffr., et 6 ff. n. chiffr. de table. Le Privilège pour six années est du 19 juin 1678, enregistré le 27 juin 1678 et l'achevé d'imprimer du 30 décembre 1687. Cette édition contient 76 pièces environ.

Il existe deux contrefaçons de cette édition sous la même date, imprimées sur mauvais papier; la table seule diffère, elle n'a que 5 ff. L'une ne porte pas au titre la marque de Cramoisy *Les Cigognes*; p. 33 on lit *Mlle de la Charge* au lieu de *La Charce*; p. 111, lig. 2, *ces amans fières* au lieu de *ces âmes fières*, et le privilège est tout entier au verso du dernier feuillet; dans l'autre, la signature A n'a que 3 ff., le troisième paginé 7-8, etc., etc. Toutes deux ont *l'achevé d'imprimer pour la première fois le 30 janvier 1690*, et ce doit être la date exacte.

Id. Seconde édition. | A Paris, | chez Jean Villette, rue S. Jacques, | au dessus des Mathurins, à la Croix d'or | M. DC. XCIII (1693 ou 1694). | Avec Privilège du Roy. In-8. (N.)

Titre, 228 pp. chiffr. et 6 ff. de table. Privilège de l'édition précédente. Cette édition est augmentée de *l'Epitre à Mgr le duc de Bourgogne sur la prise de Mons : Toy, chez qui la raison devance les années.* A la fin du privilège de 1678 on lit : Les droits de privilège pour ce livre dont l'Extrait est cy-dessus ont esté vendus et adjugez à Jean Villette fils, par Michel Lion, Sergent à verge au Chastelet de Paris, en la Vente publique du Fonds de Librairie de la Veuve du sieur Sébastien Mabre-Cramoisy, à Paris le 9 juin 1691.

Les | poësies | de | Madame | Des-Houlières. | Edition Nouvelle. | Augmentée d'un tiers. | A Amsterdam. | Chez Henri Wetstein 1694. | In-8. (A.)

5 ff. n. chiffr. pour le titre, le blason gravé des Resteau de Beaufort, l'épître dédicatoire à madame de Famars, née Resteau de Beaufort, signée H. Wetstein, dix vers latins A Nobilis e ingeniosae Matronae, A. Hulleriae, signé Janus Broukhusius, pp. 1 à 224, 4 ff. n. chiffr. pour la table.

Cette édition, si la date est exacte, ce qui est douteux, contient 89 pièces dont soixante-quinze environ de l'édition de 1688, treize de l'édition ci-après de 1695 et la lettre du comte de Grammont au prince de Condé, du *Rec. de divers portraits*, 1659.

II. Poësies | de madame | Deshoulières | Seconde partie. | A Paris, | chez Jean Villette, rue S. Jacques, au dessus | des Mathurins, à la Croix d'or | M. DC. XCV (1695). | Avec privilège du roy. In-8. (N.)

4 ff. pour le titre, la préface, 284 pp. et 6 ff. de table. Le privilège du 3 décembre 1693, est accordé pour six années. L'achevé d'imprimer est du 26 juillet 1695. Cette édition qui contient 69 pièces a été donnée par sa fille, mademoiselle Deshoulières. Les poésies de cette dernière commencent à la page 225.

Id. (Première et seconde partie). Lyon, 1703, 2 vol. in-12 (Grenoble).

III. Poësies | de madame | Deshoulières. | Nouvelle édition | Augmentée de toutes ses Œuvres Postumes (sic). | Tome premier (et second). | A Paris, | chez Jean Villette, ruë S. Jacques, | à la Croix d'or, | M. DCC. V (1705). | Avec privilège du roy. In-8. (N.)

4 ff. dont le portrait peint par Elisabeth Chéron, gravé par Van Schuppen et daté de 1695. Titre et privilège du roy daté du 28 août 1701, 280 pp. chiffr. et 4 ff. pour la table; à la p. 221 : Œuvres posthumes et à la p. 252 : Poésies de Mlle Deshoulières, pour le T. I. — Titre, 296 pp. chiffr. pour le T. II. Ce T. II. n'est autre que la *Seconde partie*, 1695.

Cette édition contient 13 pièces nouvelles[1], en dehors du contenu des deux volumes de 1688 et 1695.

Voici le texte du privilége du roi :

« Louis, par la grâce de Dieu Roi de France et de Navarre. A nos amez et féaux Conseillers les gens tenans nos Cours de Parlemens, Maistres des Requestes ordinaires de nôtre Hotel, grand Conseil, Prévost de Paris, Baillifs, Sénéchaux, leurs Lieutenans civils et autres nos Justiciers, qu'il apppartiendra; Salut, nôtre amé Jean Villette, Libraire à Paris, nous aïant fait remontrer que le Privilége que nous lui avons accordé le troisième Décembre mil six cent nonante trois pour les Poésies de la Dame Deshoulières, étant prêt à expirer il auroit présenté dès le mois de Janvier dernier ledit Livre avec des augmentations pour une nouvelle Edition; mais aïant eu quelques contestations avec la Demoiselle Deshoulières qui n'ont pû être terminées qu'à la fin du mois de Juillet dernier, il auroit vû expirer son Privilége avant que d'en pouvoir obtenir la continuation à quoi nous aïant fait supplier de pourvoir en lui accordant la permission de réimprimer *Les Poësies de ladite Dame Deshou-*

---

1. Sur ces treize pièces nouvelles comprises dans les œuvres de madame Deshoulières, dix lui appartiennent et trois sont de sa fille. Voici la liste des 10 de madame Deshoulières : *Ce marquis, adorable brune; Dans un fauteuil doré, Phèdre tremblante et bléme; Déesse en volupté féconde; Ha, que le colonel Stop; Je vous avertis qu'Amour; Lettres en chansons sont à la mode; La jeune Iris en me donnant à vous; Les Ombres blanchissoient et la mourante Aurore; Quand vous me cédez la victoire; Un illustre et galant berger;* — Et des trois de mademoiselle Deshoulières : *Fuyons ce désert enchanteur; J'ay perdu ce que j'aime et je respire encore; Quel sort au mien est comparable.*

lières, nouvelle Edition augmentée, attendu qu'il n'est pas tombé dans la contravention à nos Reglemens, sur le fait des Privilèges : Nous avons permis et accordé, permettons et accordons par ces présentes audit Villette de réimprimer ou faire réimprimer par tel Imprimeur qu'il voudra choisir, les dites Poésies, en un ou plusieurs volumes en telle forme, marge, caractère, et autant de fois que bon lui semblera pendant le temps de six années consécutives, *à compter du jour de la datte des présentes*, et de les vendre ou faire vendre, et distribuer par tout nôtre Roïaume ; Faisant défense à tous Libraires et Imprimeurs et autres, d'imprimer, faire imprimer, vendre et distribuer les dites Poësies sous quelque prétexte que ce soit, même d'impression étrangère ou autrement, sans le consentement de l'Exposant, ou de ses aïans cause, sur peine de confiscation des Exemplaires contrefaits : de quinze cent livres d'amande contre chacun des contrevenans, applicable un tiers à nous, un tiers à l'Hôtel-Dieu de Paris, l'autre tiers audit Exposant, et de tous dépens dommages et interests : A la charge de mettre avant de les exposer en vente deux Exemplaires des dites Poësies en nôtre Bibliothèque publique, un autre dans le cabinet des livres de nôtre Château du Louvre, et un en celle de nôtre très cher et feal Chevalier, Chancelier de France, le Sieur Phelyppeaux, Comte de Pontchartrain : Commandeur de nos Ordres, de faire réimprimer lesdites Poësies dans nôtre Roïaume, et non ailleurs, en beau caractère, et papier, suivant ce qui est porté par les Règlemens des années 1618 et 1686 et de faire enregistrer les présentes ès Registres de la Communauté des Marchands Libraires de nôtre bonne Ville de Paris, le tout à peine de nullité d'icelles, du contenu desquelles, Nous vous mandons et enjoignons de faire joüir l'Exposant, ou ses aïans cause pleinement et paisiblement, cessant et faisant cesser tous troubles et empêchemens contraires. Voulons que la copie des dites présent (sic), qui sera imprimez au commencement ou à la fin des dites Poësies, soit tenue pour duëment signifiée, et qu'aux copies collationnées par l'un de nos amés et féaux Conseillers et Secrétaires, foi soit ajoûtée comme à l'original. Commandons au premier nôtre Huissier ou Sergent de faire pour l'exécution des présentes toutes significations, défenses, saisies et autres actes requises et nécessaires, sans demander autre permission et nonobstant clameur de Haro, Chartre Normande, et lettre à ce contraires. Car tel est nôtre plaisir ; Donné à Versailles le vingt-huitième jour d'Aoust. L'an de grâce mil sept cent un, et de nôtre règne le cinquante neuvième. Par le roi en son conseil (Signé) Lecomte.

Registré sur le Livre de la Communauté des Imprimeurs et Libraires, conformément aux Reglemens, à Paris, le 14 septembre 1701 (Signé), P. Traboüillet. Syndic.

IV. Id. Nouvelle édition, | Augmentée de plusieurs ouvrages qui n'ont, | point encore paru. | Tome premier. | A Paris, chez Jean Villette, ruë S. Jacques, | à la Croix d'or, | M. DCC. VII (1707). | Avec privilège du roy. In-8. (N.)

277 pp. chiffr. et 3 ff. A la page 172. OEuvres posthumes.

Id., id. Tome second. A Paris, chez Jean Villette..... M. DCCXI (1711). In-8. (N.)

262 pp. chiffr. et 7 ff. n. chiffr. A la page 171 : Poésies de mademoiselle Deshoulières. Privilège du 28 août 1701. — Cette édition 1707-1711, copie celle de 1705, mais elle a, en plus, au T. I, la tragédie *Genséric*.

Poësies | de madame | et de | mademoiselle | Deshoulières. | Nouvelle
édition | Augmentée de plusieurs Ouvrages qui n'ont | pas encore paru. |
Tome premier (et second). A Bruselle, | chez Foppens, | 1708. In-12.

Portrait et deux vignettes n. sig. Cette édition que nous n'avons pas ren-
contrée, doit copier celle de 1705.

Id., id. Tome premier (et second). A Amsterdam, | Chez Henri Des-
bordes, dans le | Kalver-Straat. | M. DCC. IX (1709). In-8. (N.)

Portrait, 230 pp. chiffr. et 2 ff. pour le T. I.; 242 pp. chiffr. et 6 ff. pour le
T. II. — Cette édition reproduit le T. I. de l'édition de 1707 et le T. II. de
1705.

V. Poësies | de madame | Deshoulières. | Augmentées dans cette der-
nière Edition d'une | infinité de Pièces qui ont été trouvées | chez ses Amis.
| Tome premier. | A Paris, | Chez Jean Villette, ruë S. Jacques, | à la
Croix d'or. | M. DCC. XXV (1725). Avec privilège du roi. In-8. (N.)

4 ff., 297 pp. chiffr. et 4 ff.

Poësies | de madame | et de | mademoiselle Deshoulières. | Nouvelle
édition, | Augmentées de plusieurs Ouvrages qui n'ont | point encore paru.
| Tome second. | A Paris, | Chez Jean Villette.... M. DCC. XXIV
(1724). | Avec Approbation et Privilège du Roy. In-8. (N.)

284 pp. chiffr. et 6 ff. — Les poésies de mademoiselle Deshoulières commencent à la p. 193. Le privilège du roi donné pour huit années est daté du
18 mai 1724 et l'approbation, signée Danchet, du 29 octobre 1723. Cette édition, dans la partie réservée à madame Deshoulières, renferme environ
25 pièces de plus que celle de 1707-1711 dont vingt de madame Deshoulières,
une du comte de Saint-Aignan, une de Saint-Gilles, deux de Du Perrier
(1 n'est pas à la table), et une de Moreau de Mantour sur la mort de mademoiselle Deshoulières.

Poësies | de madame | et | de mademoiselle | Deshoulières. | Nouvelle
édition. | Augmentées dans cette dernière Edition d'une infinité de |
Pièces qui ont été trouvées chez ses amis. | Tome premier. | A Paris, |
Chez Villette, père, ruë Saint-Jacques, | à la Croix d'or | M. DCC. XXXII
(1732). Avec Approbation et Privilège du Roy. In-8. (N.)

Faux-titre, 297 pp. chiff. y compris le titre et 6 ff.

Id., id. Augmentée de plusieurs Ouvrages qui n'ont | point encore paru.
| Tome second. | A Paris, chez..... In-8.

284 pp. chiffr. et 6 ff. dont un pour le privilège.

Poësies | de madame | et | de mademoiselle | Deshoulières. | Nouvelle
édition, | Augmentée d'une infinité de Pièces qui ont été trouvées | chez
ses amis. | Tome premier (et second). | A Paris, | chez Villette, ruë
S. Jacques vis à vis la rue | des Mathurins à la Croix d'or. | M. DCC.
XXXIX (1739).... In-8. (N.)

Portrait par Sophie Chéron, 2 ff. dont 1 pour le faux-titre et le titre,

295 pp. chiffr. et 4 ff. pour le T. I.; titre, 284 pp. chiffr. et 6 ff. (un pour le privilège), pour le T. II. Le privilège pour six années est daté du 20 mars 1739 et l'approbation, signée Danchet, du 6 septembre 1738. Même édition que la précédente avec seulement un nouveau privilège substitué à l'ancien.

Id., id. Augmentée de plusieurs ouvrages.... Bruxelles, 1740, 2 vol. in-8 (British Museum).

Id., id., augmentée d'une infinité de pièces.... Tome premier (et second). A Bruxelles, chez François Foppens, 1745. In-12 (N.).

297 pp. chiffr. et 4 ff. pour le T. I; 284 pp. chiffr. et 6 ff. pour le T. II. Copie des éditions précédentes. Même édition sous la date de 1750 : 295 pp. chiffr. et 4 ff. pour le T. I; 284 pp. chiffr. et 6 ff. pour le T. II (N.).

VI. Œuvres | de madame et de mademoiselle | Deshoulières. | Nouvelle édition. | Augmentée de leur Eloge Historique et de plusieurs | Pièces, qui n'avoient pas encore été imprimées | Tome premier (et second.) | A Paris, | chez David l'aîné, libraire, rue Saint-Jacques, | à la Plume d'or. M.DCCXLVII (1747). | Avec Approbation et Privilège du Roi. In-12 (N.).

Portrait, 306 pp. chiffr. et 2 ff. pour le T. I. Privilège du 18 sept. 1745 pour 9 ans. Approbation de Fontenelle du 12 août 1745; — 6 ff. prél. et 340 pp. chiffr. pour le T. II (Quatre en-têtes d'Eisen).
Cette édition renferme 14 pièces nouvelles. On rencontre des expl. avec les adresses de Prault, veuve Brocas et Durand. La notice est de La Boissière de Chambors.

Id., id., id. Tome premier (et second). A Paris, chez les libraires associés audit Privilège. M.DCC.LIV (1754). Avec Approbation et Privilège du Roi. In-12 (N.).

Portrait, LX, 248 pp. pour le T. I; XII, 294 pp. chiff. et 2 ff. pour le T. II. (Quatre en-têtes de Sève).

Id., id., id. 1764, 2 vol. in-12.

Id., id., id. Nouvelle édition... Basle, 1770, 2 vol. in-12 (British Museum).

Œuvres | de madame et de mademoiselle | Deshoulières. | Nouvelle édition, | Augmentée de leur Eloge Historique et de plusieurs | Pièces qui n'avoient pas encore été imprimées. | Tome premier (et second) | . A Paris, chez les Libraires associés audit Privilège | M.DCC.XC (1790). In-12 (N.).

XXX et 200 pp. chiffr. pour le T. I; VIII et 223 pp. chiffr. pour le T. II.

Œuvres | de madame | Des Houlières. | Nouvelle édition, | Dédiée au sexe amateur de la poésie | agréable. | Tome premier (et second) | De l'imprimerie de Crapelet | A Paris, | chez Desray, rue Haute-feuille, n° 36 | An VII (1799). In-8 (N.).

3 ff. dont le portrait d'après Sophie Chéron gravé par Tardieu, LII et 328 pp. chiffr. pour le T. I; 2 ff. et 378 pp. chiffr. pour le T. II.

Id., id., id. Paris, Lemarchand, 1802, 3 vol. in-12.

Œuvres | de madame et de mademoiselle | Deshoulières. | Tome premier (et second). | Paris, Stéréotype d'Herhan, an XI, 1803. In-12 (N.).

Portrait d'après Sophie Chéron, gravé par Saint-Aubin, XXXIX et 288 pp. chiffr. pour le T. I; 275 pp. chiffr. et 2 ff. dont 1 blanc pour le T. II.

Id. Tome premier (et second). Paris, de l'imprimerie de A. Belin. 1813. In-12 (N.).

Cette édition reproduit la précédente; même collation; de même pour les deux suivantes :

Id. Paris, Dabo, Tremblay, Féret et Gayet... 1819, 2 vol. in-12 (N.).

Id. Paris, Vve Dabo, 1821, 2 vol. (*Collection des poètes françois*, 17 et 18) (N.).

Poësies | de madame | Deshoulières. | Paris, | Théophile Berquet, libraire | quai des Augustins, n° 29 | 1824. In-16 (N.).

Portrait anonyme. VII, 209 pp. chiff. et 1 f. (N.).

Id. A Paris | chez Lemoine, libraire, | Palais-Royal, à côté de l'ancienne bourse | 1826 (N.).

VIII et 156 pp. Impression en petits caractères (*Bibliothèque en miniature*).

Id. Paris, Le Fuel, s. d. In-18.

B). THÉATRE

Genséric, | tragédie | par madame *** | A Paris, | chez Claude Barbin, au Palais, | sur le second Perron de la | Sainte Chapelle. | M.DC.LXXX (1680). | Avec privilège du Roy. In-12 (N.).

2 ff. et 80 pp.

Id., id. (A la Sphère). Jouxte la copie imprimée. | A Paris. | M.DC.LXXXI (1681). In-12 de 66 pp. (A).

C). ŒUVRES CHOISIES

Choix des meilleures pièces de madame Des Houlières et de l'abbé de Chaulieu. Berlin, 1777. In-8 (British Museum).

Œuvres choisies de madame et de mademoiselle Deshoulières. A Genève (Cazin). M.DCC.LXXVII (1777). In-12 en deux parties.

Portrait de madame Deshoulières en médaillon.

Œuvres | choisies | de madame | et de mademoiselle | Deshoulières. | A Londres (Cazin). M.DCC.LXXX (1780). In-12 (N.).

XII et 108 pp. chiffr.; 107 pp. chiffr. Les poésies de mademoiselle Deshoulières commencent à la p. 31 de la seconde partie et finissent à la p. 52.
Il existe une contrefaçon de cette édition sous la date de 1788.

Œuvres choisies de madame Deshoulières, ornées de figures gravées par les soins des citoyens Ponce et Regnault. Paris, de l'imprimerie de P. Didot l'aîné, l'an IIIe de la République, 1795. In-12.

3 figures de Marillier et portrait par Rochard. Tiré à 100 expl. sur grand papier vélin.

Œuvres | choisies | de madame et mademoiselle Deshoulières. | Paris, Ménard et Desenne fils, 1823. In-12 (N.).

Portrait, XV et 281 pp., chiffr. *Bibliothèque françoise.* Les Œuvres choisies de mademoiselle Deshoulières commencent à la p. 206.

Œuvres choisies de Mme Des Houllières avec une préface par M. de Lescure. Frontispice gravé par Lalauze. Paris, Librairie des Bibliophiles, rue Saint-Honoré, 338. M.DCCC.LXXXII (1882). In-8 (N.).

3 ff. dont le frontispice et le titre, XXIV, 152 pp. chiffr. et 2 ff. *Bibliothèque des Dames.*

Madame Deshoulières. Les amours de Grisette, suivis de la mort de Cochon par Mlle Deshoulières. Avec une notice sur Madame Deshoulières par E. Sansot-Orland. A Paris, chez Sansot, libraire, rue Saint-André-des-Arts, 53, près le départ des carrosses d'Orléans. MCMVI (1906). In-12 (N.).

102 pp. chiffr. *Petite Bibliothèque surannée.*

D). PIÈCES PUBLIÉES SÉPARÉMENT

Pour | la naissance | de | monsieur | le duc de Bourgogne | Idylle | de Madame Des Houlières. In-4 (N.).

Titre de départ, 4 ff. n. chiff. dont le premier blanc. Voici le premier vers de cette pièce : *L'Amour percé d'une douleur amère.*

Idyle | de madame Deshoulières | Sur le retour de la santé du Roy. In-4 (N.).

Titre de départ, 4 ff. chiffr. A la fin : *De l'imprimerie de Jean-Baptiste Coignard, Imprimeur du Roy, ruë Saint-Jacques, à la Bible d'or. Avec permission, 1686.* Voici le premier vers de cette pièce : *Peuples qui gémissez au pied de nos Autels.*

Louis. | églogue (sic) | de madame Deshoulières. | In-4 (N.).

Titre de départ, 4 ff. paginés 1 à 7. A la fin, *de l'imprimerie de Jean-Baptiste Coignard, Imprimeur du Roy, ruë Saint-Jacques, à la Bible d'or 1686. Avec permission.* Voici le premier vers de cette pièce : *Dans les vastes jardins de ce charmant Palais.*

Epitre | de | madame Deshoulierres | à monsieur | le duc | de Montausier. In-4 (N.).

Titre de départ, 4 ff. n. chiffr. A la fin : *A Paris, par la veuve de Sébastien Mabre-Cramoisy, Imprimeur du roy et Directeur de son Imprimerie Royale, M.DC.LXXXVIII (1688).* Voici le premier vers de cette pièce : *Le Dieu couronné de pavots.*

Extrait de l'ode | dédiée à Monseigneur | le duc de Bourgogne, | sur la prise de Mons, | par madame Des Houliers. | Loüange indirecte de Monsieur le Marquis de Louvois. In-4. (N.).

Titre de départ. 1 f.

Idile | de | madame | Deshoulierres | sur la mort de monsieur le duc de | Montausier. In-4 (N.).

Titre de départ, 6 pp. chiffr. et 1 f. Voici le premier vers de cette pièce : *Sur le bord d'un ruisseau paisible.*

Epistre | de madame | Des Houlierres | à monseigneur | le duc | de Bourgogne. In-4 (N.).

Titre de départ, 8 pp. chiffr. A la fin : *A Paris de l'Imprimerie de Jean-Baptiste Coignard, Imprimeur ordinaire du Roy et de l'Académie Françoise, 1691.* Voici le premier vers de cette pièce : *Toy chez qui la raison devance les années.*

Id. Même édition sans la mention du nom de l'imprimeur (N.).

Epitre | de madame | Des Houlierres | à | la goutte. In-4 (N.).

Titre de départ. 4 ff. pag. 1 à 6, le dernier blanc. A la fin : *A Paris, chez Jean Villette, ruë Saint-Jacques à la Croix d'or, 1692.* Voici le premier vers de cette pièce : *Fille des plaisirs, triste Goutte.*

Réflexions morales | de madame | Deshoulierres | sur | l'envie immodérée | qu'on a de faire passer son nom | à la postérité. In-4 (N.).

Titre de départ, 6 ff., le premier blanc, les suivants paginés 1 à 9. A la fin : *A Paris, chez Jean Villette, ruë Saint-Jacques à la Croix d'or 1693, Avec privilège du roi.* Voici le premier vers de cette pièce : *La sçavante Chéron par son divin pinceau.*

Nous ne relevons pas comme pièces imprimées séparément, l'idylle *Les Moutons,* et les *Vers allégoriques de Madame Deshoulières à ses enfants* qui figurent dans les *Spécimens typographiques de l'Imprimerie nationale* (N.).

Lettre de Mme Deshoulières au prince de Condé (publiée par H. de Chateaugiron). Paris, imp. de A. Firmin-Didot, 1829. In-8 (N.).

5 pp. dans les *Mélanges* publiés par la *Société des Bibliophiles français* VI-14.

De la Correspondance de Fléchier avec Mme Des Houlières et sa fille. Par A. Fabre, docteur ès lettres, professeur de seconde au petit séminaire de Paris. Paris, Didier et Cie, 1872. In-8.

2 ff., VI et 371 pp.

Pour les poésies de madame Deshoulières publiées avant 1700, consulter notre *Bibliographie des recueils collectifs de poésies publiés de 1597 à 1700*, T. III.

Le Mercure galant a publié deux pièces de Madame Deshoulières.

Le Nouveau Mercure galant en renferme un assez grand nombre. Voici une liste très incomplète des numéros où ces pièces se trouvent.

Juillet, octobre, novembre, décembre 1677; mai, octobre, VIIIe Extr., 1679; sept. (I et II p.) 1682; janvier, février, mars, mai, octobre 1684; sept. 1690; février, mars, juin, août, septembre 1692; février, avril, mai, octobre, novembre 1693; janvier 1694.

Les recueils collectifs du XVIIIe siècle renferment presque tous des poésies de madame Deshoulières, nous citerons les principaux :

Le Parterre du Parnasse françois, 1710; Nouveau choix de pièces de poésie, 1715; Le Nouveau Parterre du Parnasse françois, 1737: Bibliothèque poétique de Lefort de La Morinière, 1745; Elite de poésies fugitives, 1764; Le Portefeuille d'un homme de goût, 1765; Le Nouveau Trésor du Parnasse, 1772; Choix de poésies morales et chrétiennes, 1779. Annales poétiques, T.XXVIII.

Nous n'avons pas relevé les pièces de madame Deshoulières insérées dans les Anthologies du XIXe siècle.

*

Voici maintenant un ouvrage (prose et vers) qui a été dédié à « madame Des Houllières » :

La | *promenade* | de | *Livry.* | *Première (et deuxième) partie.* | *A Lyon,* | *chez Thomas Amaulry,* | *Rue Mercière, à la Victoire.* | *M.D.C.LXXVIII* (*1678*). | *Avec privilège du Roy.* In-12 de 6 ff. et 140 pp. chiffr. et 2 ff. blancs pour la Ire partie; — 144 pp. chiffr., y compris le titre, pour la IIe partie. — Le privilège pour six années est donné à Claude Barbin et daté du.. d'avril 1678.

Nous donnons le texte de l'épitre dédicatoire :

Madame, il y a tant d'honneur à faire sçavoir dans le monde qu'on a celuy d'estre connu de vous et cela est si capable de prévenir le Lecteur, que si la bagatelle que je vous dédie peut avoir quelque approbation, je suis persuadé que je vous la devray toute entière. Je puis vous asseurer pourtant que ce n'est

pas tout à fait ce qui m'y oblige; car quand on me reprocheroit que j'aurois
augmenté le nombre des méchants livres, je ne croirois pas estre deshonoré
pour cela. C'est Madame, qu'il faut s'assujettir à la coûtume qui veut qu'on
se fasse un Mécène dans les formes, et que j'ay cru ne pouvoir faire un
meilleur choix que de Vous; puis qu'outre les belles qualitez dont les
charmes de vostre personne et la beauté de vostre esprit sont des preuves
que personne ne conteste, vous avez encore celle d'estre la meilleure Amie
du monde, et que je suis avec autant d'inclination que de respect, Madame,
vostre très humble.... signé L. C.

CHAULIEU

CHAULIEU

La famille Anffrie de Chaulieu était-elle de vieille noblesse?
D'Hozier répond négativement; il en fait remonter l'origine à
Guillaume Anffrie, seigneur de Chaulieu, conseiller au Parlement de Rouen en 1592[1]. Saint-Simon va plus loin : « Cette
noblesse était pour le moins obscure et le bien de la famille
fort court[2] ». L'abbé d'Estrées a professé une opinion contraire[3]. Selon lui, les Anffrie, originaires d'Angleterre, avaient
été d'épée avant d'être de robe. Roulph (ou Raoul) Anffrie, le
plus ancien membre connu, au service du roi Charles VII,
alors dauphin, possédait des biens dans la paroisse de Saint-
Martin de Talvende, vicomté de Vire, qui furent saisis par les
Anglais. Charles VII, victorieux, en les restituant à son fils,
lui assigna comme dédommagement des rentes à prendre sur
le domaine royal de la ville de Vire et lui donna le château
pour sa demeure.

Nous ne ferons pas l'historique de cette famille. Notons
seulement que Julien Anffrie, écuyer, sieur de Reculey, laissa
trois enfants qui formèrent chacun une branche. Jean, l'aîné,
à la mort de son père, emporta les principaux domaines suivant la coutume de Normandie ; la terre de Chaulieu fut dévolue
au second, Louis ; et Thomas eut probablement celle de Clermont[4].

Louis vendit la terre de Chaulieu et laissa peu de chose à ses
fils : Guillaume et Jean. Guillaume ayant épousé, le 7 mai 1587,
Marie Arondel, fille d'un haut magistrat de Rouen, embrassa

1. D'Hozier. *Armorial général.*
2. *Mémoires de Saint-Simon*, éd. Chéruel, t. XI, p. 301.
3. *Extrait d'une lettre de M. l'abbé d'Estrées, prieur de Neuville à M. le chevalier
de la Roque... sur la noblesse de la maison de Chaulieu* (Ed. Saint-Marc des *OEuvres
de l'abbé de Chaulieu*, t. I).
4. Le satirique Thomas Sonnet, sieur de Courval, avait épousé une Anffrie de
Clermont.

le parti de la robe et devint, nous l'avons dit, conseiller au
Parlement de Normandie. Il acheta alors la terre de Beauregard à Fontenay, près des Andelys, dans le Vexin normand.
De son mariage il eut un fils, Jacques Paul Anffrie, seigneur
de Beauregard.

De l'union de Jacques Paul Anffrie et de Marie Brétinières
naquirent deux enfants : Jacques et Guillaume, dit l'abbé de
Chaulieu. Ce dernier vit le jour au château de Beauregard en
1636, si on en croit son acte de décès.

On ne sait rien de précis sur son enfance. Son père l'envoya
faire ses humanités à Paris, au collège de Navarre ; il y manifesta
d'heureuses dispositions et en sortit vers 1652 au moment où
la Fronde expirait. Cette période de 1648 à 1652 a dû avoir
une fâcheuse influence sur sa mentalité. Le spectacle du
désordre et de l'anarchie est toujours malsain pour les jeunes
intelligences. L'incroyable licence que l'on relève dans les
couplets des chansonniers de la Fronde, particulièrement dans
ceux si spirituels de Claude de Chouvigny, baron de Blot[1], a
eu certainement un écho parmi les écoliers du collège de
Navarre de l'âge de Chaulieu, et on sait combien sont vivaces
et persistantes les impressions de l'adolescence.

L'affermissement progressif du pouvoir royal, le rétablisse-
ment de l'ordre dans la rue d'abord, et dans les esprits ensuite,
atténuèrent ces impressions malsaines sans les effacer complètement. C'est de leur persistance que Chaulieu a gardé une
sorte de scepticisme, voisin de l'incrédulité. Et puis son tempérament naturellement voluptueux a joué son rôle ; il n'a
guère essayé de réagir un seul instant et s'est laissé aller toute
sa vie à satisfaire la douce Nature. Chez lui, la raison a été à
la remorque des sens.

Le duc de La Rochefoucauld et le futur abbé de Marsillac,
ses condisciples au collège de Navarre, lui ouvrirent les
portes de la maison de leur père, l'auteur des *Maximes*. Il prit
ainsi contact avec la meilleure compagnie. Une circonstance
favorable, en lui permettant de montrer ses qualités aimables,
lui donna, plus tard, accès dans la maison de Bouillon. Le Duc
faisait alors travailler aux plans des beaux jardins du parc de

---

1. Voir la notice placée en tête de : *Le Libertinage au XVIIe siècle (Disciples et
successeurs de Théophile de Viau). Les chansons libertines de Claude de Chouvigny,
baron de Blot l'Eglise (1605-1655)...* 1919, in-8.

Navarre ; il eut besoin, pour sa convenance, d'un fief et d'une maison de messieurs de Chaulieu, Guillaume, avec un grand désintéressement, se montra favorable à cette cession. Le duc et la duchesse de Bouillon y répondirent de telle sorte qu'on ne sait, dit Camusat, à qui demeura l'avantage du procédé.

Cette complaisance, cette aménité, jointes aux agréments de l'esprit, firent de Chaulieu un hôte agréable et recherché. Nommer les grands seigneurs et les nobles dames qui se lièrent avec lui serait fastidieux, et sans intérêt. Il compta au nombre des amis de Ninon de Lenclos en compagnie d'autres abbés : Courtin, Regnier-Desmarais, Gédoyn, de Châteauneuf, Fragnier, etc. On le vit souvent à l'hôtel de Ninon de la rue des Tournelles, d'autant qu'il sympathisait vraiment avec la maîtresse du logis.

En 1675 l'ambition le travaille ; il accompagne le marquis de Béthune, envoyé extraordinaire de France près de l'illustre Sobieski, élu roi de Pologne. La reine, une d'Arquien, était française. M. de Béthune en ayant épousé la sœur se trouvait ainsi le beau-frère du souverain auprès duquel Louis XIV l'avait accrédité. Chaulieu, dans les meilleurs termes avec M. de Béthune, eut le désir d'être nommé Résident de Pologne à Paris. Cette espérance légitime fut déçue : la reine protégeait un M. Letrens qui remplissait déjà ce poste sans le titre et sans les qualités requises. Nous avons l'expression du dépit de Chaulieu dans une lettre à sa belle-sœur[1] :

« Tout le monde va à son intérêt, sans songer à ceux des autres ; et les services et les bienfaits ne sont, ma belle dame, que de fort méchants titres pour obliger les gens à faire quelque chose qui choque, de fort loin seulement, le moindre de leurs desseins. Je voudrois bien avoir trois ans de moins et avoir été aussi instruit que je le suis présentement des choses du monde. Je vois bien que je n'avois vécu jusque-là que dans l'état d'innocence, et j'avois cru à tout le monde le cœur fait comme moi ; je me suis bien trompé, mais je ne sçaurois me repentir de l'avoir été pour n'avoir jugé de l'âme des hommes que parce que je sentois. Voilà une affaire manquée ; c'est la troisième depuis six mois. Il n'importe ! la fortune et mes amis feront mieux quand il leur plaira. Je deviens de jour en jour philosophe, et pourvu que j'aie le plaisir de vous retrouver et de vous décharger mon cœur, je ne compte pour rien tout le reste. Je ne sçaurois pas vous dissimuler qu'il est gros de beaucoup de choses qu'il ne serviroit rien d'écrire, et que je ne veux pas confier à du papier ».

1. Lettre du 2 mai 1675.

Cependant notre abbé ne rentra pas en France tout-à-fait les mains vides. Sobieski, avant son départ, détacha une bague d'un de ses doigts pour la lui donner! Maigre consolation dont le souvenir s'effaça vite dans les beuveries à la polonaise du retour.

Que devenir à Paris avec de nombreuses amitiés, mais sans protecteur attitré? Chaulieu réussit, sous les auspices de la duchesse de Bouillon, à se faire présenter aux Vendôme. Invité au château d'Anet, il y rencontra le poète Chapelle[1], son aîné de quinze ans, qui le prit en amitié et l'initia à la prosodie :

> Chapelle, par malheur, rencontré dans Anet,
> S'en vint infecter ma jeunesse
> De ce poison fatal qui coule du Permesse,
> Et cache le mal qu'il nous fait
> En plongeant l'amour-propre en une douce yvresse.
> Cet Esprit délicat, comme moi libertin,
> Entre les Amours et le Vin,
> M'apprit, sans rabot et sans lime,
> L'Art d'attraper facilement,
> Sans être esclave de la rime,
> Ce tour aisé, cet enjouement,
> Qui seul peut faire le sublime.
> Que ne m'ont point coûté ces funestes talens[2]?

Chaulieu consacra ses premiers vers à madame de Montespan en prenant son parti contre une favorite dont l'aube commençait à poindre : mademoiselle de Ludre. Louis XIV avait prêté les presses de l'Imprimerie royale à Benserade pour sa magnifique édition, publiée en juin 1676, des *Métamorphoses d'Ovide en rondeaux*[3], ornée d'un frontispice de Le Brun et de nombreuses eaux-fortes de Sébastien Le Clerc, Chauveau, etc. Chaulieu y lut à la page 33 un ron-

---

1. Claude Emmanuel Luillier de La Chapelle, dit Chapelle, était fils adultérin de François Luillier, conseiller au Parlement de Metz, et de Marie Chanut, sœur de Pierre Chanut qui fut ambassadeur de France en Suède. Le jeune Chapelle ne fut légitimé que le 3 janvier 1642.

2. Epître à M. de La Fare qui m'avait demandé mon portrait.

3. *Métamorphoses d'Ovide en rondeaux imprimez et enrichis de figures par ordre de Sa Majesté, et dédiez à Monseigneur le Dauphin. A Paris, de l'Imprimerie royale. M.DC.LXXVI (1676).* In-4 de 7 ff. dont le frontispice, 463 pp. chiff. et 4 ff. pour la table et le privilège général accordé à Sébastien Mabre-Cramoisy, imprimeur et directeur de l'Imprimerie Royale (le titre de l'ouvrage n'est pas mentionné), daté du 19 juin 1676.

deau annonçant l'avènement prochain de mademoiselle de
Ludre et rappelant les persécutions dont elle avait été déjà
l'objet de la part de madame de Montespan :

Io[1] EN DÉESSE.

N'est-ce pas l'ordre, après tant de chagrins
De voir un peu le malheur sur ses fins
Et que d'Io la misère finisse?
Hélas! faut-il toûjours qu'elle mugisse
Et paisse l'herbe aux lieux circonvoisins ?

Elle essuya tous les mauvais destins,
Et de Junon tous les efforts malins,
Reprit sa forme, et ne fut plus génisse,
    N'est-ce pas l'ordre?

L'on parsema de fleurs tous ses chemins,
Et dans l'Egypte, ou devers ses confins
Journellement on luy fait sacrifice;
Au plus puissant des Dieux rendant service
Elle parvient à des honneurs divins
    N'est-ce pas l'ordre?

Ce rondeau était complété par trois autres rondeaux a crostiches : deux sur le nom de madame de Ludre et un sur celui
de Louis XIV. Placés dans les derniers feuillets et précédés
d'une note énigmatique[2], ils précisaient l'intention de Benserade et expliquaient l'intervention du roi.

Madame de Montespan n'entendait pas céder la place sans se
défendre. Benserade est violemment attaqué par les amis de la
maîtresse encore en titre : c'est à qui s'acharnera sur les *Méta*
morphoses. Chaulieu a-t-il brûlé tout de suite ses vaisseaux ?
On hésite à le croire. En tout cas, on doit à Prépetit de Grammont le plus spirituel des rondeaux qui virent le jour à cette
occasion :

    A la fontaine où l'on puise cette eau
    Qui fait rimer et Racine et Boileau,

---

1. Madame de Montespan.

2. « Chiffre. Les lettres capitales de chaque vers du Rondeau qui suit (*Ma passion*
est que ton nom chanté), composent un sens mystérieux, et qui porte ailleurs que sur
Monseigneur le Dauphin : les Lecteurs tâcheront, s'il leur plaist, à le trouver, et
l'Auteur est trop discret, pour oser l'expliquer luy-mesme ». A la suite de ce sonnet,
au milieu du feuillet : *Suite du même chiffre*, et, au verso, le second sonnet acrostiche sur le nom de madame de Ludre (*Moy n'ay-je pas de quoy le disputer*).
Le sonnet acrostiche sur le nom du Roi est précédé également d'un avis sans intérêt.

> *Je ne bois point ou bien je ne bois guère.*
> *Dans un besoin, si j'en avois affaire*
> *J'en boirois moins que ne fait un Moineau.*
>
> *Je tirerai pourtant de mon cerveau*
> *Plus aisément, s'il le faut, un Rondeau,*
> *Que je n'avale un plein verre d'eau claire*
> *　　　A la fontaine.*
>
> *De ces Rondeaux un Livre tout nouveau*
> *A bien des gens n'a pas eu l'heur de plaire :*
> *Mais quant à moi, j'en trouve tout fort beau*
> *Papier, Dorure, Images, Caractère,*
> *Hormis les Vers qu'il fallait laisser faire*
> *　　　A La Fontaine.*

Les trois rondeaux de Chaulieu sont assez cruels, ne citons que le premier :

> Pour des Rondeaux, Chant-Royal et Balade,
> Le temps n'est plus; avec la Vertugade
> On a perdu la veine de Clément :
> C'étoit un Maître ; il rimoit aisément ;
> Point ne donnoit à ses Vers l'estrapade.
>
> Il ne faut point de brillante tirade,
> De jeu de mots, ni d'équivoque fade,
> Mais un facile et simple arrangement
> 　　Pour des Rondeaux.
>
> Cela posé, notre ami Benserade,
> N'eût-il pas fait beaucoup plus sagement
> De s'en tenir à la pantalonade,
> Que de donner au Public hardiment
> Maint quolibet, mainte turlupinade,
> 　　Pour des Rondeaux?

Benserade fut puni d'avoir joué la mauvaise carte. Le triomphe de mademoiselle de Ludre aurait certainement changé toutes les critiques en éloges !

Les Vendôme : le Duc et son frère le Grand Prieur, ne pouvaient, comme tant d'autres, se soustraire au charme qui se dégageait de Chaulieu. Cet épicurien avait tout ce qu'il fallait pour plaire à de jeunes princes qui réunissaient en eux le sang de Henri IV et celui de Gabrielle d'Estrées, et combinaient, dit Sainte-Beuve, au plus haut degré leurs qualités et leurs vices.

Le désordre des affaires de la maison de Vendôme, causé par le jeu et de folles dépenses, engagea les deux frères à le choisir comme intendant. En cette qualité, il accompagna le Duc prenant possession de son gouvernement de Provence (1680). Nous en avons la preuve dans la réponse du poète[1] à l'épître adressée par le duc de Nevers à M. de Vendôme. Chaulieu prit-il au sérieux son rôle et fut-il un administrateur scrupuleux? Nous éviterons de nous prononcer. Il fut congédié en 1699 sur l'ordre du roi, ému de la détresse financière de MM. de Vendôme, et non par ses maîtres qui, *au contraire*, lui firent une pension de 6.000 livres. Il eut pour successeur Crozat l'aîné, beau-frère du comte d'Evreux, mais n'en resta pas moins le commensal et l'intime du Grand Prieur.

Pendant le règne de Chaulieu le Temple, c'est-à-dire l'Hôtel Boisboudran et le château d'Anet, devinrent le rendez-vous de tout ce qu'il y avait d'aimable et de distingué à la Cour et dans le monde de la finance et des lettres. La société du Temple, dont il a été le poète préféré, fut un des îlots où l'épicurisme régnait sans partage, un épicurisme nullement agressif, tourné plutôt vers les excès de table que vers les audaces de la pensée. La grivoiserie habituelle frisait exceptionnellement l'obscénité. Dans une lettre de Chaulieu au marquis de La Fare, datée de Fontainebleau le 13 octobre 1701, il est parlé du Temple :

« Depuis que vous êtes party, une suite de bons et de grands repas m'a bien laissé le temps de penser à vous, mais non pas celuy de vous écrire : vous croyez peut-être que parce que nous ne vous avions point, vous qui depuis la destruction du Paganisme avés pris la place de Comus, et vous faites adorer sous le nom de La Fare, il ne nous était pas permis de faire quelques soupers : Nous en avons pourtant fait, ne vous en déplaise, de merveilleux chez monsieur de Mesme, nous en avons fait chez monsieur le duc de Nevers où nous avons rejoint les grâces de la maison de Mortemart, à l'imagination et à l'esprit de toute la maison de Mancini : vous croyés aisément que les ennuis n'ont point volé autour de la table; le luxe et la magnificence ont brillé partout, mais vous sçavez que j'en suis si ennemy qu'il a fallu tout l'esprit et le goût des convives pour m'empescher de sentir le dégoust de l'abondance; au milieu même de tout cela, je n'ay pû m'empêcher de m'écrier :

Ah ! cher amy
Quand verray-je ma pauvreté
Honorable, et voluptueuse,

1. Réponse à M. le duc de Nevers : *Excuse, grand Nevers, la lenteur de ma veine.*

Te donner avec liberté
Un souper où la propreté
Fait, loin d'une foule ennuieuse,
Une chair délicieuse
De beaucoup de frugalité?

Là le nombre et l'éclat de cent verres bien nets
Répare par les yeux la disette des mets,
          Et la mousse pétillante
          D'un vin délicat et frais,
          D'une fortune brillante
Cache à mon souvenir les fragiles attraits.
          Quelle injure à l'Abondance,
Lors qu'avec volupté ton appétit glouton
          Borne son intempérance
          A l'épaule de Mouton ;
          Et qu'avec des cris de joye
          On voit toujours sur le tard
          Venir l'omelette au lard,
Qu'au secours de ta faim le Ciel propice envoye !
          Alors l'imagination
          Par ce nouveau mets éguisée,
          De mainte nouvelle pensée
          Orne la conversation.
          A des maximes de sagesse
          On mêle de joyeux propos,
          Et l'on jette sur quelques mots
          Ce sel que produisoit la Grèce,
          Qui nous fait la terreur des sots.

Mais, hélas ! le Temps fuit avec tant de vitesse,
Que parmy ces discours de Morale et d'Amour,
Nous attrapons bientost la naissance du jour.
L'Aurore, pour nous voir, prend sa face riante ;
Elle rougit, de peur de troubler nos plaisirs,
Et, pour nous plaire mieux, met sa robe éclatante
Faite des mains de Flore et des jeunes Zéphirs.
          Pour honorer la Déesse
Nons n'allons point semer des fleurs sur son chemin ;
          Mais chacun avec allégresse
          Court pour y répandre du vin :
          On voit ces jours-là le Soleil
          Sortir plus brillant de l'onde ;
          Et la rose aux yeux du monde
          En a le teint plus vermeil ;
          Le lis quitte sa face blème ;
          La violette elle-même

> En a perdu sa pâleur;
> Et cette liqueur divine
> Ne fait plus germer de fleur
> Que de couleur purpurine.

» N'est-il pas vray que cela se passe ainsy souvent au Temple? Messieurs les Poètes de la Cour, vous devriez répondre à des pauvres poètes de la ville ; voilà un cartel que je vous envoye de la part de tous mes confrères. Adieu, monsieur le marquis, aymez-moi toujours et ne me faites pas de réponse si vous ne voulez.... »

D'ailleurs on rencontrait les Vendôme autre part qu'à l'Hôtel Boisboudran ou à Anet ; rappelons la campagne de Provence, 1694, et celle de Catalogne, 1695-1696. Plus tard Saint-Simon a prêté au duc de Vendôme des goûts scatologiques. Sans nier la véracité de Saint-Simon, l'attitude de Vendôme recevant sur sa chaise percée est facilement explicable. Voici ce que dit Saint-Simon de la santé du Duc en 1699 :

« Le Roi.... l'avoit pressé de penser à sa santé que ses débauches avoient mise en fort mauvais état... Il prit publiquement congé du roi, de Monseigneur, des Princesses et de tout le monde pour s'en aller se mettre entre les mains des chirurgiens qui l'avaient déjà manqué une fois... Au lieu d'Anet il fut à Clichy, chez Crozat pour être plus à portée de tous les secours de Paris. Il fut près de trois mois entre les mains des plus habiles qui y échouèrent. Il revint à la Cour avec la moitié de son nez ordinaire, ses dents plombées... »

Vendôme était donc syphilitique. Or cette affection détermine, chez certains sujets, une diarrhée soudaine et incoercible à laquelle le malade ne peut résister. Vendôme s'y soustrayait par le moyen qu'on lui a reproché. Il y avait là simple débilité intestinale masquée, nous le reconnaissons, grâce à un certain cynisme.

On a donc bien à tort représenté ce salon — le Temple n'était autre chose qu'un salon — comme une antichambre de la libre-pensée. Que des propos libertins y aient été tenus, il serait ridicule de le contester ; il n'y a pas de bonne compagnie où ne fusent dans la conversation des traits de ce genre, mais entre ceux-ci et la parlotte des Homais, il y a un abîme. L'ironie et la raillerie sont deux armes de l'esprit français, dont il use et abuse. Chaulieu fit assaut de rimes plus que légères avec le chevalier de Bouillon, le comte d'Hamilton, le duc de Nevers, les marquis de Saint-Aignan, de Dangeau,

etc., tous grands seigneurs que la Muse avait touchés. Il a
été, comme eux, un aimable épicurien chantant la volupté et
la bonne chère avec une pointe de grivoiserie qui est dans
les mœurs du temps. Dès 1700, il incline franchement vers le
libertinage. Ses poésies nous permettent de suivre l'évolution
de son esprit. A tous les voluptueux, la pensée de la mort est
insupportable et empoisonne leurs plaisirs[1]. Chaulieu a traité
ce sujet capital en trois épîtres : la première écrite en 1695, la
seconde en 1700 et la dernière en 1708.

La première, celle de 1695, a l'accent d'un déiste chrétien qui
garde les formes extérieures du christianisme ; la seconde, de
1700, n'est ni d'une orthodoxie parfaite, ni d'un incrédule ; la
dernière de 1708 est d'un panthéiste : tout en reconnaissant
l'existence de Dieu, il nie la Providence[2].

Entre temps Chaulieu, après le décès de Charles Perrault,
eut l'espoir d'entrer à l'Académie française. Les sollicitations du
duc de Vendôme avaient réussi à lui en entr'ouvrir les portes
lorsqu'à l'instigation de Tourreil, poussé par quelques prélats
hostiles au poète, le premier président de Lamoignon fut élu.
Vendôme, furieux de la volte-face de ses amis, alla trouver
Lamoignon et obtint de lui la promesse de refuser l'honneur
qui venait de lui être fait. Cet incident décida l'Académie à
n'admettre désormais à l'élection que des personnes présen-
tant leur candidature. Nous avons là l'origine de la visite obli-
gatoire. Chaulieu comptait triompher au prochain scrutin,
mais Louis XIV, auquel on avait parlé des opinions libertines
de Chaulieu, ordonna à son grand aumônier, Armand Gaston
de Rohan, de se mettre sur les rangs. *La Belle Eminence*,
comme on appelait ce dernier, se trouva académicien par obéis-
sance.

Grassement renté : près de 30.000 livres, ayant obtenu de
nombreux bénéfices : l'abbaye d'Aumale, les prieurés d'Oléron,
de Poitiers, de Chenel et de Saint-Etienne, Chaulieu se partagea
entre le Temple, résidence du Grand-Prieur, Saint-Maur au
Duc, son frère, et Sceaux où la duchesse du Maine tenait sa cour,
et resta jusqu'à la fin de sa vie ce qu'il avait toujours été :
empressé et galant avec les femmes, spirituel avec les hommes.

---

1. Voyez les sonnets de Des Barreaux. *Le Libertinage au XVIIe siècle. Disciples et
successeurs de Théophile : Des Barreaux (1599-1673) et Saint-Pavin (1595-1670).*
2. On trouvera ces trois épîtres, pp. 145, 150 et 170.

Il eut de nombreuses amitiés féminines, plus que des amitiés.
Parmi les femmes qu'il a aimées, citons madame d'Aligre et
mademoiselle Rochois. Cruellement tourmenté par la goutte,
atteint d'une affection des yeux qui devait aboutir à la cécité,
il conserva sa belle humeur et sa gaîté. A soixante-quinze ans,
aveugle, il offrit à mademoiselle de Launai (madame de Staal),
dit Lemontey, sa table, son carrosse, ses cheveux blancs, sa
goutte et ses serments d'amour écrits par son petit laquais.
L'ingénieuse soubrette qui accepta tout s'est tue sur les conditions. Malheureusement pour cette idylle, mademoiselle de
Launai, impliquée dans la conspiration de Cellamare, fut
enfermée à la Bastille et, quand elle en sortit, elle trouva Chaulieu mourant qui la reconnut à peine. « Et je remarquai,
dit-elle, combien dans cet état, ce qui nous est inutile nous
devient indifférent[1]. »

Peu de jours après, le 27 juin 1720, Chaulieu, comme tous
les libertins, fit une fin chrétienne. Voltaire — il n'est pas
suspect en la matière — nous en apporte le témoignage,
confirmé d'ailleurs par l'acte de décès[2] et le testament de
notre épicurien :

> *Peut-être, les larmes aux yeux,*
> *Je vous apprendrai pour nouvelle*
> *Le trépas de ce vieux Goutteux,*
> *Qu'anima l'esprit de Chapelle.*
> *L'éternel Abbé de Chaulieu*
> *Paroîtra bientôt devant Dieu ;*
> *Et si d'une Muse féconde*
> *Les Vers aimables et polis*
> *Sauvent une âme en l'autre monde,*
> *Il ira droit en Paradis.*
> *L'autre jour, à son agonie,*
> *Son Curé vint de grand matin*
> *Lui donner en cérémonie,*
> *Avec son huile et son latin,*

1. Sainte-Beuve a trouvé que Lemontey était trop sévère ; il a insisté sur les lettres
de Chaulieu adressées à mademoiselle de Launai « pleines de sentiment, de grâce et
de vive estime. »

2. « L'an mil sept cent vingt, le 28 juin, le corps de Messire Guillaume Anffrie de
Chaulieu, abbé commendataire de l'abbaye d'Aumale, prieur d'Oleron, de Poitiers,
de Chenel et de Saint-Estienne, décédé le jour d'hier en son hostel, âgé d'environ
quatre vingt-quatre ans, muni des SS. sacrements de l'église, a été transporté de
cette paroisse en la paroisse de Fontenay, sa terre, en présence des soussignés :
Louis-Joseph Anffrie de Chaulieu, chevalier de Saint-Louis et lieutenant aux gardes
françoises du Roy, son neveu (Signé :) Fr. Armand Jean-Baptiste Durrest, prieur et
curé. »

Un passeport pour l'autre vie.
Il vit tous ses péchés lavés
D'un petit mot de pénitence,
Et reçut ce que vous savez
Avec beaucoup de bienfaisance.
Il fit même un très-beau sermon,
Qui satisfit tout l'Auditoire;
Tout haut il demanda pardon
D'avoir eu trop de vaine gloire.
C'étoit là, dit-il, le péché
Dont il fut le plus entiché;
Car on sait qu'il étoit Poëte,
Et que sur ce point tout Auteur,
Ainsi que tout Prédicateur,
N'a jamais eu l'âme bien nette.
Il sera pourtant regretté
Comme s'il eût été modeste.
Sa perte au Parnasse est funeste :
Presque seul il étoit resté
D'un siècle plein de politesse.
On dit qu'aujourd'hui la Jeunesse
A fait à la délicatesse
Succéder la grossièreté,
La débauche à la volupté,
Et la vaine et lâche paresse
A cette sage oisiveté
Que l'étude occupoit sans cesse[1].

1. Cette oraison funèbre si désinvolte est extraite d'une épître au duc de Sully datée de Paris, du 18 août 1720; il est curieux de la rapprocher de la lettre suivante, écrite par Voltaire « à son maître » quatre années auparavant (20 juillet 1716) :

« Vous avez beau vous défendre d'être mon maître, vous le serez, quoi que vous en disiez. Je sens trop le besoin que j'ai de vos conseils; et d'ailleurs les Maîtres ont toujours aimé leurs disciples, et ce n'est pas là une des moindres raisons qui m'engagent à être le vôtre. Je sens qu'on ne peut guère réussir dans les grands ouvrages sans un peu de conseils et beaucoup de docilité. Je me souviens bien des critiques que M. le Grand Prieur et vous, vous me fîtes en un certain soupé chez M. l'abbé de Bussy. Ce soupé-là fit beaucoup de bien à ma Tragédie; et je crois qu'il me suffiroit pour faire un bon ouvrage de boire quatre ou cinq fois avec vous. Socrate donnoit ses leçons au lit, et vous les donnez à table; cela fait que vos leçons sont sans doute plus gaies que les siennes. Je vous remercie infiniment de celles que vous m'avez données sur mon Epître à Son Altesse M. le Duc d'Orléans; et quoique vous me conseilliez de louer, je ne laisserai pas de vous obéir.

> Malgré le penchant de mon cœur,
> A vos conseils je m'abandonne.
> Quoi! je vais devenir Flatteur?
> Et c'est Chaulieu qui me l'ordonne!

» Je ne puis vous en dire davantage, car cela me sourit.
» Je suis, avec une reconnaissance infinie, Monsieur, Votre, etc. sig. Arouet ».

*_**

Avant de mourir, Chaulieu avait préparé une édition de ses
OEuvres dont la *Préface* est curieuse. Il ne semble pas, au
moment où elle a été écrite, que nous soyons sous la Régence.
On en jugera par l'extrait suivant :

«.... Je n'ai pas voulu qu'ils (les honnêtes gens) pussent être choqués
d'un manquement apparent de bienséance dont j'ai toujours été esclave,
ou qu'ils soupçonnassent de libertinage, des choses que la chaleur d'une
imagination trop vive m'a dictées, et que je n'ay jamais pensées. Ce que
j'ai fait ne s'appelle point des Ouvrages ; il m'en a trop peu coûté pour
cela ; c'est un amas confus des sentimens de mon cœur, quand les différentes passions les ont fait naître, ou des caprices de mon imagination,
quand elle s'allumoit par mon enjouement naturel, l'occasion, la gaieté de
la table, la galanterie, et plus que tout cela, par l'envie de plaire à des
Princes, à tant d'illustresamis que j'ai eus, plus distingués par leur agré -
ment et par leur esprit que par leur naissance et leur dignité, et tous ensemble
aussi libertins que moi. L'applaudissement de tant de gens d'esprit, et le
malheureux amour-propre, dont il est impossible de se défendre, qui
rehausse le prix de ce que nous possédons, me persuada alors que je
pouvois tenter tout ce que l'étendue d'une imagination brillante et féconde
pouvoit mettre au jour : cette pensée me flatta. Je crus posséder quelque
partie de ce trésor inestimable : séduit par ces erreurs plutôt que guidé
par la raison, je voulus faire quelque chose de singulier ; je m'abandonnai
tout entier à mon génie. Je pensai que l'imagination portée à un certain
degré, pouvoit égayer ce qu'il y a de plus triste, conserver les ornemens
de la Poésie parmi ce qu'il y a de plus sérieux, et jetter des fleurs sur ce
qu'il y a de plus sec et de plus aride, C'est dans cette idée que j'ai composé les *Trois façons de penser sur la Mort.* Il faut plaire aux esprits bien
faits, disoit monsieur Pascal, et je les conjure de ne pas me condamner
sur les apparences, et de n'aller pas prendre pour mes Opinions, ce qui
n'étoit en effet que des Essais de Poésie. J'ai fait *la première façon de
penser sur la Mort* dans les principes du Christianisme et de toute l'étendue de la miséricorde de Dieu, seul asyle des Pécheurs comme nous ; et
je l'ay faite sans être, par malheur, dévot. J'ai fait *la seconde* dans les principes du pur Déisme sans être Socinien ; *la troisième* dans les principes
d'Epicure, sans être impie ni athée. C'est ainsi que j'ai chanté les Amours
et le Vin, toujours voluptueux et jamais débauché. Ferme dans les principes de ma Religion, je n'ai jamais prétendu dogmatiser le libertinage ;
j'ai cherché seulement à faire voir jusqu'où l'abondance de la rime, la
fécondité de l'imagination et la facilité du génie pouvoient aller.... »

L'explication de Chaulieu de ses *Trois façons de penser sur
la mort* prouve que le diable s'était fait hermite. Les dates
qu'il a mises à ces trois pièces écartent toute idée d'un simple
exercice littéraire ; il a simplement exprimé son état d'esprit
à des époques différentes.

****

Par son testament en date du 1er juin 1720 passé par devant Me Brunet et son confrère, notaires à Paris, Chaulieu léguait à l'église de Fontenay « une somme de quatre mille livres une fois payée, sur laquelle somme » néanmoins il entend être prélevés les frais funéraires[1] et que le surplus » appartienne à ladite fabrique à la condition de faire dire un service » solennel pour chacun an à perpétuité en ladite église à pareil jour que » celui du décès dudit sieur testateur tant pour le repos de son âme que » de celui de ses ancêtres ». Son domestique Pierre Hebeot, dit Denis, recevait deux mille livres.

Voici un document qui nous fait connaître une partie de son mobilier et de sa fortune :

L'inventaire des biens et effets découvers après le deceds de M. Guillaume Anffrie, abbé de Chaulieu, datté au commencement du trois juillet qb11c vingt a esté fait par Pierre Porlier, Escr, sieur de Rubelle, bailly général du Temple de Paris, à la requeste de M. Jacques Anffrie, Chevalier, Marquis de Chaulieu, seul habil à se dire et porter herr dudit S. abbé de Chaulieu, son frère, duquel invre a esté extrait et collationné ce qui suit :

Ensuit la vaisselle d'argent.

Item trois bassins à potage dont un challe et deux octogones, deux jattes longues, deux saucissières godronnées, douze manches de couteaux, dix-huit assiettes godronnées, douze plats dont quatre d'entrées et huit d'entremets, deux cullières à potage, douze cullières et douze fourchettes, six cullières à caffé, le tout d'argent blanc, poinçon de Paris, avec cent jettons aussi d'argent le tout pesant ensemble cent dix sept marcs sept onces prisé à raison de quatre vingt cinq livres le marc à juste valeur et sans crue comme vaisselle platte revenant lad. quantité au prix de dix mille dix-huit livres dix sols, cy.

Xm XVIIIlt Xs

Item, quatre flambeaux, deux sallières, un petit gril, une boeste à savonnette le tout d'argent blanc, poinçon de Paris, pesant ensemble onze marcs quatre gros, prisé à raison de quatre vingt trois livres quinze sols le marc à sa juste valeur et sans crue comme vaisselle montée revenant lad. quantité aud. prix à la somme de neuf cent vingt et une livres, cinq sols cy.   . IXc XXIlt Vs

Item, cinq billets de la Banque royalle de dix mille livres chacun faisant ensemble, cinqte mil livres, cy. . . . . Lmlt

Item, vingt six billets de la Banque royalle de mil livres chacun revenant ensemble à vingt-six mil livres, cy. . . . . XXVImlt

Item, vingt-deux actions de la Compagnie des Indes.

Et par le procès verbal de vente fait par Dargent, Comre priseur au Chlet de Paris, datté au commencement du neuf juillet mil sept cent vingt des meubles et effets contenus aud. invre.

Appert le prix de la vente monter à la somme de vingt cinq mil sept cent soixte huit livres dix sols, déduction faitte des frais de lad. vente et autres mentionnez and. procès verbal, cy. . . . . XXVm VIIc LXVIIIlt Xs

---

1. Les frais s'élevèrent à 1.645 liv. 10 s. ce qui réduisit à 2.355 liv. 10 sols la somme revenant à la fabrique de l'église de Fontenay.

Extrait et collationné par les com^res du Roy no^res au Chlet de Paris ce jourd'huy vingt deux jour d'avril mil sept cent vingt deux et sur la grosse desd. inventaire et procès-verbal de vente à l'instant rendus.

sig. Brunet, Meny[1].

1. Bibl. nat. Pièces originales, 60.

POÉSIES LIBERTINES DE CHAULIEU

I. — PIÈCES DATÉES

A M. LE MARQUIS DE LA FARE (1695)

J'ai vu de près le Styx, j'ai vu les Euménides ;
Déjà venoient frapper mes oreilles timides
Les affreux cris du chien de l'Empire des Morts ;
Et les noires vapeurs, et les brûlans transports
Alloient de ma raison offusquer la lumière ;
C'est lors que j'ai senti mon âme toute entière
Se ramenant en soi, faire un dernier effort
Pour braver les erreurs que l'on joint à la mort :
Ma Raison m'a montré (tant qu'elle a pu paroître),
Que rien n'est en effet de ce qui ne peut être ;
Que ces fantômes vains sont enfans de la peur,
Q'une foible nourrice imprime en notre cœur,
Lorsque de loups-garoux, qu'elle-même elle pense,
De Démons et d'Enfer elle endort notre enfance.

Dans ce pénible état mon esprit abattu
Tâchoit de rappeller sa force et sa vertu ;
Quand du bord de mon lit une voix menaçante,
Des volontés du Ciel interprète effrayante,
Tremble, m'a-t-elle dit, redoute, malheureux,
Redoute un Dieu vengeur, un Juge rigoureux ;
Tes crimes ont déjà lassé sa patience ;
Mais ce Dieu vient enfin[1], et tes égaremens,
    Mis dans son austère balance,
Vont bientôt éprouver, sans grâce et sans clémence,
    La rigueur de ses jugemens.

Mon cœur à ce portrait ne connoît pas encore
Le Dieu que je chéris, ni celui que j'adore,
Ai-je dit : Eh ! mon Dieu n'est point un Dieu cruel ;
On ne voit point de sang ruisseler son Autel ;
C'est un Dieu bienfaisant, c'est un Dieu pitoyable,
Qui jamais à mes cris ne fut inexorable.
Pardonne alors, Seigneur, si, plein de tes bontés,
Je n'ai pu concevoir que mes fragilités,

1. Var. 1733 : Il vient enfin ce Juge.

Ni tous ces vains plaisirs qui passent comme un songe,
Pussent être l'objet de tes sévérités;
Et si j'ai pu penser que tant de cruautés
Puniroient un peu trop la douceur d'un mensonge.

Eh quoi, disois-je, hélas! au fort de mes misères,
Ce Dieu dont on me peint les jugemens sévères,
C'est le Dieu d'Israël, c'est le Dieu de nos pères,
Qui, toujours envers eux si prodigue en bienfaits,
A pour les secourir oublié leurs forfaits;
C'est ce Dieu qui pour eux renversa la Nature,
  Et qui pour leurs soulagemens,
  Força même les élémens
  A rompre cet ordre qui dure
  Depuis la naissance des Temps;
Et c'est ce même Dieu de qui la main puissante
De ma frêle machine ajusta les ressorts,
  Et, dès lors qu'elle est chancelante,
Rallume mon esprit, et ranime mon corps :
Son souffle m'a tiré du sein de la matière;
C'est lui qui chaque jour me prête sa lumière;
Lui, dont, malgré mes maux, et l'état où je suis,
Je compte les bienfaits par les jours que je vis :
En ce Dieu de pitié j'ai mis ma confiance; —
Trop sûr[1] de ses bontés, je vis en asseurance
Qu'un Dieu, qui par son choix au jour m'a destiné[1],
A des feux éternels ne m'a point condamné.

Voilà par quels secours mon âme défendue
A banni les terreurs dont on l'a prévenue,
Et, sans vouloir braver le céleste pouvoir,
A fait céder la crainte aux douceurs de l'espoir.

Ami, de qui pour moi l'amitié tendre et sûre
Fit que pour toi mon cœur n'eût jamais de détours,
J'ai voulu te tracer la fidelle peinture
  Des mouvements de la Nature
Au moment que j'ai cru voir terminer mes jours :
A ne rien déguiser cet instant nous convie :
Et j'ai cru que c'étoit, Ami, te faire tort,
Si, ne t'ayant jamais rien caché de ma Vie,
J'avois pu te cacher mes pensers sur la Mort.

1. 1733 : Certain.

SUR 'LA PREMIÈRE ATTAQUE DE GOUTTE QUE J'EUS (1695)

Le destructeur impitoyable[1]
Des marbres et de l'airain,
Le Temps, ce tyran souverain[2]
De la chose[3] la plus durable,
Sappe sans bruit[4] le fondement
De notre fragile[5] machine ;
Et[6] je ne vis plus un moment
Sans sentir quelque[7] changement
Qui m'avertit[8] de sa ruine.

Je touche aux derniers momens[9]
De mes plus belles années ;
Et déjà de mon printemps
Toutes les fleurs sont fanées.
Je regarde, et n'envisage
Pour mon arrière-saison[10],
Que le malheur d'être sage
Et l'inutile avantage
De connoître la Raison.

Autrefois mon ignorance
Me fournissoit des plaisirs ;
Les erreurs de l'Espérance
Faisoient naître mes désirs
A présent l'Expérience
M'apprend que la joüissance
De nos biens les plus parfaits
Ne vaut pas l'impatience,
Ni l'ardeur de nos souhaits.

La Fortune à ma jeunesse
Offrit l'éclat des grandeurs :
Comme un autre avec souplesse
J'aurois brigué ses faveurs ;
Mais, sur le peu de mérite
De ceux qu'elle a bien traités,
J'eus honte de la poursuite

1. *Nouv. choix de pièces de poésie*, 1715, 1ʳᵉ p. : Var : Destructeur impitoyable.
2. 1715 : Le Temps, tyran souverain.
3. Id. : De l'œuvre. — 1724 : Du monument.
4. Id. : Sapera le fondement.
5. Id. : frêle.
6. Id. : Je ne vis...
7. Id. : un.
8. Id. : m'annonce.
9. Id. : instants.
10. Id. : Pour mon arrière-saison | Je ne vois et n'envisage.

De ses aveugles bontés ;
Et je passai, quoi que donne
D'éclat, de pourpre et couronne[1],
Du mépris de la personne
Aux mépris des dignités.

Aux ardeurs de mon bel âge
L'Amour joignit son flambeau ;
Les Ans, de ce Dieu volage
M'ont arraché le bandeau[2] :
J'ai vu toutes mes foiblesses,
Et connu qu'entre les bras
Des plus fidelles Maîtresses,
Enivré de leurs caresses,
Je ne les possédois pas.

Mais quoi ! ma goutte est passée ;
Mes chagrins sont écartés ;
Pourquoi noircir[3] ma pensée
De ces tristes vérités ?
Laissons revenir en foule
Mensonge, erreurs, passions :
Sur ce peu de temps qui coule,
Faut-il des réflexions ?
Que sage est qui s'en défie !
J'en connois la vanité :
Bonne ou mauvaise santé
Font[4] notre philosophie.

LA RETRAITE (1698)

La foule de Paris à présent m'importune,
Les Ans m'ont détrompé des manéges[5] de Cour ;
Je vois bien que j'y suis dupe de la Fortune,
Autant que je le fus autrefois de l'Amour[6].

Je rends grâces au Ciel que l'esprit de retraite
Me presse chaque jour d'aller bientôt chercher
Celle que mes Aïeux plus sages s'étoient faite,
D'où mes folles Erreurs avoient su m'arracher.

1. 1715 : Je passai, quoiqu'elle donne | Et la pourpre et la Couronne.
2. Id. : Ont fait tomber le bandeau.
3. 1724 : nourrir.
4. 1715 : Change.
5. 1724 : du manége.
6. Id. : Et je vois que je suis dupe de la Fortune | Comme je l'étois de l'Amour.

C'est là, que jouissant de mon indépendance,
Je serai mon Héros, mon Souverain, mon Roi ;
Et de ce que je vaux la flatteuse ignorance
Ne me laissera voir rien au dessus de moi.

Tout respire à la Cour l'erreur et l'imposture :
Le Sage avant sa mort doit voir la vérité.
Allons chercher des lieux où la simple Nature
Riche de ses biens seuls fait toute la beauté[1].

Là, pour ne point des Ans ignorer les injures,
Je consulte souvent le crystal d'un ruisseau ;
Mes rides s'y font voir : par ces vérités dures
J'accoutume mes sens à l'horreur du tombeau.

Cependant quelquefois un reste de foiblesse
Rappellant à mon cœur quelques tendres désirs[2],
En dépit des leçons que me fait la Vieillesse[3],
Me laisse encore joüir de l'ombre des plaisirs.

Nos champs du siècle d'or conservent l'innocence :
Nous ne la devons point à la rigueur des Loix ;
La seule bonne foi nous met en asseurance,
Et le guet ne fait point le calme de nos bois.

Ni le marbre, ni l'or n'embellit nos fontaines ;
De la mousse et des fleurs en font les ornemens ;
Mais sur ces bords heureux, loin des soins et des peines,
Amarylle et Daphnis de leur sort sont contens.

Ma retraite aux neuf Sœurs est toujours consacrée ;
Elles m'y font encor entrevoir quelquefois
Vénus dansant au frais, des Grâces entourée,
Les Faunes, les Sylvains, et les Nymphes des bois[4].

Mais je commence à voir[5] que ma veine glacée
Doit enfin de la rime éviter la prison,
Cette foule d'esprits dont brilloit ma pensée
Fait au plus maintenant un reste de raison[6].

---

1. 1724 : Se montre avec naïveté.
2. Id. : Malgré moi cependant un reste de foiblesse | Rappellant quelquefois de tendres souvenirs.
3. 1724 : Sagesse.
4. Id. : Cette strophe et les deux précédentes *manquent*.
5. Id. · Je commence à sentir.
6. Id. : Var. des trois derniers vers :
    N'ose plus de la rime hasarder la prison,
    Ce brillant, cet esprit, ce feu de ma pensée
    N'est plus que du bon sens et qu'un peu de raison.

Ainsi pour éloigner[1] ces vaines rêveries,
J'examine le cours et l'ordre des Saisons ;
Et comment tous les ans à l'émail des prairies
Succèdent les trésors des fruits et des moissons[2].

Je contemple à loisir cet amas de lumière,
Ce brillant tourbillon, ce globe radieux ;
Et cherche s'il parcourt en effet sa carrière,
Ou si, sans se mouvoir, il éclaire les Cieux.

Puis delà tout à coup élevant ma pensée
Vers cet Etre, du monde et Maître et Créateur,
Je me ris des erreurs d'une Secte insensée
Qui croit que le Hazard en peut[3] être l'Auteur.

Ainsi coulent mes jours, sans soin, loin de l'Envie,
Je les vois commencer et je les vois finir.
Nul remords du passé n'empoisonne ma vie ;
Satisfait du présent, je crains peu l'avenir.

Heureux, qui méprisant[4] l'opinion commune
Que notre vanité peut seule autoriser,
Croit, comme moi, que c'est avoir fait sa fortune,
Que d'avoir, comme moi, bien su la mépriser !

A MADAME LA DUCHESSE DE BOUILLON (1700)

Princesse, en qui l'art de plaire
Est un talent naturel ;
Toi, dont le nom immortel
Dans le Temple de Cythère
Aura toujours un Autel,
Tant qu'on y célèbrera
L'esprit, la grâce et les charmes
Et qu'Ovide y chantera
Les Beautés à qui Rome avoit rendu les armes.

Bouillon, je veux que ma Muse,
Philosophe en ses Chansons,
De ses morales leçons
Et t'instruise et t'amuse ;
Sur-tout que leur vérité,
Quoique parfois renfrognée
Semble pourtant être née
Du sein de la Volupté.

---

1. 1724 : Pour bannir loin de moi.
2. Id. : ... les Trésors et les fruits des moissons.
3. Id. : doit.
4. Id. : négligeant.

Apprends à mépriser le néant de la vie.
  Songe qu'au moment que je veux
  Enseigner l'art de vivre heureux,
  Elle s'en va m'être ravie.
Les Dieux sans m'appeller ont commencé son cours :
Ils ont fixé sans moi le nombre de mes jours ;
  Et quand leur haine m'a fait naître,
  Leur pitié[1] ne me laissa maître
Que de l'instant présent dont j'ai le droit de jouir[2].
Tandis que je m'en plains, il va s'évanouir ;
  Mais bien loin que la vitesse
  Dont s'écoulent nos beaux ans,
  Soit un sujet de tristesse ;
  Il faut que notre sagesse
  Tire de la suite du Temps,
De la Mort, de nos maux, et de notre foiblesse,
  Les raisons de nous réjouir[3].

Aux pensers de la mort accoutume ton âme ;
Hors son nom seulement, elle n'a rien d'affreux.
Détachez-en l'horreur d'un séjour ténébreux,
  De Démons, d'Enfer et de flamme,
  Qu'aura-t-elle de douloureux ?
La mort est simplement le terme de la vie ;
De peines ni de biens elle n'est point suivie :
C'est un asyle sûr, c'est la fin de nos maux,
C'est le commencement d'un éternel repos ;
Et pour s'en faire encore une plus douce image,
  Ce n'est qu'un paisible sommeil,
  Que, par une conduite sage,
  La Loi de l'Univers engage
  A n'avoir jamais de réveil.

Nous sortons sans effort du sein de la Nature ;
Par le même chemin retournons sur nos pas :
Eh ! pourquoi s'aller faire une affreuse peinture
D'un mal qu'aseurément on ne sent point là-bas ?

  Que ces sages réflexions
  Soient le principe de ta joie ;
  Goûte l'erreur des passions,
  Mais n'en deviens jamais la proie.
  Prends-les pour des amusemens,
  Dont il faut égayer le temps

---

1. 1733 : bonté.
2. Id. : ... dont je puisse jouir.
3. Id. : Des raisons pour être contens.

Que nous demeurons sur la terre :
Ce sont de secrets ennemis
Que la Nature en nous a mis
Exprès pour nous faire la guerre ;
Défendons-nous sans la finir :
Ce sont des Sujets peu fidelles ;
Mais ce sont des Sujets rebelles
Que le bien de l'Etat empêche de punir.
    Tranquille, attends que la Parque
    Tranche, d'un coup de ciseau,
    Le fil du même fuseau
Qui dévide les jours du Peuple et du Monarque.
Alors contens[1] du temps que nous aurons vécu,
    Rendons grâces à la Nature,
    Et remettons-lui sans murmure
    Ce que nous en avons reçu.

    Cependant jettons des roses,
    Je les vois avec les lis
    Briller fraîchement écloses
    Sur le teint de ma Phylis.

Viens, Phylis, avec moi, viens passer la soirée ;
Qu'à table les Amours nous couronnent de fleurs ;
De myrte, comme toi, que leur Mère parée
Vienne de mon esprit effacer les noirceurs ;
    Et toi, Père de l'Allégresse,
    Viens, à l'ardeur de ma tendresse,
    Bacchus, joindre ton enjouement ;
    Viens, sur moy, d'une double yvresse
    Répandre tout l'enchantement.

A l'envi de tes yeux, vois comme ce vin brille :
Verse-m'en, ma Phylis, et noie de ta main
    Dans sa mousse qui pétille,
    Les soucis du lendemain.

Ainsi l'on peut passer avec tranquillité
Les ans que nous départ l'aveugle Destinée,
Et goûter sagement la molle oisiveté
    D'une paresse raisonnée[2]

1. 1733 : Lors satisfaits.
2. Id. : Var. des vers qui précèdent (20) depuis : Cependant jettons des roses :
    Cependant jette des roses,
    Je les vois, avec les lys,
    Briller, fraîchement écloses
    Sur le teint de ma Phylis :

Princesse, puissiez-vous comprendre par ma voix
    Un léger crayon des Loix
    Que la prudente Nature
    Dictoit en Grèce autrefois
    Par la bouche d'Epicure ;
Cet Esprit élevé, qui, dans sa noble ardeur,
S'envola par delà les murailles du Monde,
Affranchit les mortels d'une indigne terreur,
Et bannit, le premier, de la Machine ronde,
Les Enfans de la Peur : le Mensonge et l'Erreur[1].

APOLOGIE DE L'INCONSTANCE (1700)

Ode.

Loin de la route ordinaire,
Et du Pays des Romans,
Je chante, aux bords de Cythère,
Les seuls volages Amans ;
Et viens, plein de confiance,
Annoncer la vérité
Des charmes de l'Inconstance
Et de l'Infidélité.

Fuyez donc[2], Pasteurs fidèles,
Qui, sur le ton langoureux,
Verrez radoter[3] vos Belles,
Plus indolens qu'amoureux :

    Elle vient. Dieux, qu'elle est belle !
    Que de charmes et d'appas !
    L'Amour voltige autour d'elle ;
    Les Grâces suivent ses pas.

    A l'ardeur de ma tendresse ;
    Bacchus, joins ton enjoûment ;
    Sur moi d'une double yvresse
    Répands tout l'enchantement.

A l'envi de tes yeux, vois comme ce vin brille !
Verse-m'en, ma Phylis : viens noyer de ta main,
    Dans sa mousse qui pétille,
    Les soucis du lendemain.

Ainsi l'on doit passer avec tranquillité
Les ans que nous départ l'aveugle destinée,
Et goûter sagement la molle oisiveté.
    D'une paresse raisonnée.

1. 1733 : Les Dieux, le Mensonge et l'Erreur.
2. 1724 : Loin d'ici.
3. Id. : ennuier.

Venez, Troupe libertine
De Fripponnes, de Frippons,
A ma Lyre, qui badine
Inspirer de nouveaux sons.

Vous seuls faites la puissance
De l'Empire de l'Amour ;
Sans vous bientôt la Constance
Auroit dépeuplé sa Cour ;
Et si la Friponnerie
N'y mêloit son enjouement,
Dans peu la Galanterie
Deviendroit un Sacrement,

Que serviroit l'art de plaire,
Sans le plaisir de changer ?
Et que peut-on dire et faire
Toujours au même Berger ?
Pour les Beautés infidelles
Est fait le don de charmer ;
Et ce ne fut que pour elles
Qu'Ovide fit l'*Art d'aimer.*

Lors que l'on voit Cythérée,
Des voûtes du Firmament[1],
Sortir brillante et parée,
Est-ce pour Mars seulement ?
Non, la volage Déesse,
Lasse des amours des Dieux,
Cherche, en l'ardeur qui la presse,
Adonis en ces bas lieux.

Si Nature, mère sage
De tous ces êtres divers,
Dans ces goûts n'étoit volage,
Que deviendroit l'Univers ?
La plus tendre Tourterelle
Change d'amour en un an ;
Et le Coq le plus fidèle
De cent Poules est l'Amant.

La Beauté qui vous fait naître,
Amour, passe en un moment ;
Pourquoi voudriez-vous être
Moins sujet au changement ?

1. 1724 : De grâces et d'agrément.

C'est souhaiter que la Rose
Ait, pendant tout un Eté,
De l'instant qu'elle est éclose,
La fraîcheur et la beauté[1].

Un Arc, des Traits et des Ailes,
Qu'on t'a donnés sagement,
Du Dieu des Amours nouvelles
Sont le fatal ornement.
Qui, voyant cet équipage,
Ne croira facilement
Qu'il ne faut pas qu'on s'engage
D'aimer éternellement ?

Aimons donc, changeons sans cesse,
Chaque jour nouveaux désirs ;
C'est assez que la tendresse
Dure autant que les plaisirs.
Dieux ! Ce soir qu'Iris est belle !
Son cœur, dit-elle, est à moi ;
Passons la nuit avec elle
Mais comptons peu sur sa foi.

COUPLETS DE CHANSON

aits à un souper chez M. Sonning, sur un air des *Fragmens* de Lully

(1703)

Que ce réduit est agréable !
Mille plaisirs, nulle façon ;
L'Hôtesse en est toujours aimable ;
     Et le nom
De notre cher Architriclin
     Rime au bon vin

Amis, buvons à la Nature,
Dont nous suivons les douces loix
Disciple aimable d'Epicure,
     Duc de Foix,
Bois, Anacréon de nos jours,
     A tes Amours.

1. 1724 : Var. des trois derniers vers :

     C'est à l'éclat de la Rose
     Vouloir la solidité,
     Au vent qui la rend éclose
     Oter la légèreté.

Périgny, bois à ta Maîtresse;
Porte, au sortir de ce repas,
Les faveurs d'une double yvresse
    Dans ses bras;
Imprime aux roses de son teint
    L'odeur du vin.

Pour toi, Père de la mollesse,
Arbitre de la volupté,
La Fare, Elève de Lucrèce,
    Ta santé
Vole aux deux bouts de l'Univers,
    Avec tes vers.

Avec la mine et le courage,
Grand Prieur, du Dieu des combats,
Qu'il est doux d'avoir en partage
    Les appas
De celle de qui les beaux yeux
    Charment les Dieux!

Mais ce qui te rend plus aimable,
C'est ton amitié pour le vin;
Et que, toujours charmant à table,
    Le matin
Te trouve entre les Ris, les Jeux,
    Plus badin qu'eux.

ÉPITRE DE L'ABBÉ COURTIN A L'ABBÉ DE CHAULIEU (1703)

Tu veux, Chaulieu, que je fasse des vers,
Pour mieux parler, qu'en prose je rimaille;
J'en vais donc faire ici, vaille que vaille,
Non, comme toi, qui voles dans les airs;
Mais puisqu'enfin en ton nom je travaille,
J'en ferai mieux que le Duc de Nevers[1] :
Ma Muse, holà! ne sois point satyrique[2].
Trop jeune encor pour faire la Critique,
N'attaque point un enfant d'Apollon,
Frère d'ailleurs de l'aimable Bouillon,
Chante plutôt son esprit et sa grâce;
C'est le chemin pour monter au Parnasse :
Jamais Phébus ne fut sourd à ce nom;
Mais pour chanter cette charmante Sœur,
Je suis encor trop indigne Rimeur :

1. 1733 : Je marcherai sur les pas de Nevers.
2. 1733 : ironique.

A toi, Chaulieu, en appartient la gloire,
Son nom par toi transmis à la mémoire,
Par tes beaux Vers célébré mille fois,
Dédaigneroit une si foible voix.
Partout la tienne emporte la victoire :
Qui mieux que toi d'un vol audacieux
Peut célébrer nos Héros et nos Dieux?
Qui mieux que toi peut chanter une Belle?
Te souvient-il, Abbé, de ces beaux yeux
Dont trop long-temps tu fus Amant fidelle?
C'étoit pourtant une simple mortelle,
Et par tes vers tu l'élevois aux Cieux.
Libre à présent, et sans inquiétude,
Tu vis content, et tu fais ton étude
De la tranquille et sage Volupté.
Heureux Abbé, jouis de ta sagesse ;
Et d'un ami si tu plains la foiblesse,
N'insulte pas à sa fragilité.
Par les conseils de la Philosophie,
Aide plutôt cet ami malheureux;
Tends-lui la main, quand sa raison s'oublie,
Pour le sauver d'un écueil dangereux
Qu'il a trouvé dans les yeux de Silvie.
Quand tu verras, cher Abbé, ses beaux yeux,
Prends garde alors qu'imitant ma folie
Malgré toi, mon Rival, tu n'en sois amoureux,
Mais non, je connois la droiture
De ton esprit et de ton cœur.
Fidèle ami, fidèle à ton Maître Epicure,
Dans le parfait repos mettant tout ton bonheur,
Tu suis les Loix de la sage Nature,
Et braves les périls sans connoître la peur :
Ainsi tu la verras, Abbé, d'un œil tranquille ;
Et ta seule raison te servira d'asyle
Pour te sauver d'un regard enchanteur[1].
C'est de cette raison que j'attends mon secours.
Dis-moi cent fois que dans mes plus beaux jours,
Dans ma plus brillante jeunesse,
Je ne trouvois dans ma Maîtresse
Que des dehors trompeurs, que de lâches détours ;
Qu'après en avoir fait le triste apprentissage,
Pourquoi d'un faux espoir me flattant à mon âge,
De nouveau m'embarquer dans de folles amours?
Je suis à peine échappé d'un naufrage
Que je cherche à courir à de nouveaux dangers[2],

1. 1733 : Pour te sauver d'un regard enchanteur; | La raison sera ton azile.
2. Id. : Quand je cherche à courir sur de nouvelles mers.

A peine encor sorti de l'esclavage
Dont l'infidelle Iris avec d'indignes fers
Avoit asservi mon courage :
C'est trop voyager sur ces mers[1];
La Raison m'en défend l'usage.
Sans cesse, je l'entends me crier « tu te perds ».
C'est par toi, cher Abbé, par ta voix secourable
Qu'elle vient éclairer mes esprits égarés[2].
Ah ! fuyons désormais ces volages Beautés;
Et dans un doux loisir, dans un repos durable,
Cherchons d'autres félicités.
Heureux d'aimer tous deux le plaisir de la table!
Où mêlant à ton gré l'utile au délectable[3],
Tu rends de tes propos tes amis enchantés :
Là, dès ce soir. de ta douce morale,
Philosophe voluptueux,
Qu'en mots choisis ton éloquence étale,
Viens nous développer les trésors précieux.
Périgny s'y rendra plein de propos joyeux;
La Fare t'attendra tranquille dans sa chaise;
Et, pour moraliser tous ensemble à notre aise,
Sonning nous fera boire un vin délicieux.

ÉPITRE DE L'ABBÉ COURTIN EN VIEUX LANGAGE

A bien parler nul plus que vous n'excelle;
Nul ne sait mieux étaler en beaux dits,
Discours moraux et propos de ruelle,
Et mieux encor mêler dans vos Ecrits
Le sérieux avec la bagatelle;
Tout est enfin chez vous au plus haut prix :
Vous possédez vieux et nouveau langage.
Veut-on parler comme au temps d'Amadis ?
Qui mieux que vous en sait le badinage?
Maître Clément[4] ne parloit mieux jadis;
Mais vous parlez si peu, que c'est dommage.

Or me direz, à quoi tend ce discours ?
Voudrois-je point, avec ce préambule,
Faire avec vous la patte de velours,
Et, comme on dit, vous dorer la pillule?

1. 1733 : Ces trois vers sont remplacés par le suivant : Que je reprends de nouveaux fers.
2. 1733 : Qu'elle vient rallier mes esprits écartés.
3. Id. : Ce vers manque.
4. Clément Marot.

De moy n'ayez un pareil sentiment;
Et je ferois par trop mauvaise affaire,
Picard grossier, contre matois Normand.
Point ne me frotte à si fort Adversaire.
Venons au fait; parlons confidemment,
Car entre amis, on parle avec franchise,
Vertu sans prix, dont l'usage perdu
Peut se trouver encor parmi l'Eglise;
Non pas en tous, le zèle est morfondu
Dans bien des cœurs; on ne voit que grimace;
Plus d'amitié; feinte règne en sa place,
Discours trompeurs. Le monde est aujourd'hui
Rempli de fraude; et la Vertu bannie
Ne trouvant plus d'asyle ni d'appui,
Bien qu'à regret, d'ici-bas est partie.
Toi, qui toujours confiant, naturel,
Malgré les lieux d'où tu pris la naissance,
N'as point sucé dans le lait maternel
Ce triste abus qui flétrit l'innocence;
    Apprends-moi quel heureux secours
    D'une si maligne influence
    A jusqu'ici sauvé tes jours.
    Si tu fus sage en ta jeunesse,
    Parmi l'éclat et les grandeurs;
    Avec une égale sagesse
    On te vit, Abbé, sans bassesse,
    Mépriser les appas trompeurs
    De cette volage Déesse,
    Qui sembla t'offrir ses faveurs;
    Et tu vis sage en ta vieillesse.
Heureux qui tôt ou tard peut s'en désabuser;
Et qui, de son esprit fixant l'inquiétude,
    Fait sa première et principale étude
Du peu qui reste à vivre, et sait bien en user!
    Mais, sans pousser plus avant la morale,
Profitons du présent; peut-être dès demain
Nous descendrons tous deux sur la rive infernale,
Et passerons tous deux sans peur l'onde fatale.
    De là, par le plus court chemin,
    Mercure, avec son Caducée,
    Nous prenant tous deux par la main,
    Nous conduira dans l'Elysée,
    Où déjà ta place est marquée
    Auprès de ce fameux Romain
    Qui chanta les travaux d'Enée.

RÉPONSE AUX DEUX ÉPITRES DE L'ABBÉ COURTIN

Abbé, dont le discours flatteur,
Qu'avec grâce ta Muse étale,
Vient par un murmure enchanteur
Tâcher d'endormir ma morale,
Tu crois qu'avec avidité
Déjà l'Amour-propre enchanté
Avale[1] la délicatesse
D'un poison si bien apprêté :
Je sens, malgré ma vanité,
Que je dois à ta politesse
Beaucoup plus qu'à la vérité.
Il faut avoüer sa foiblesse,
J'en conviens, puisque tu le veux.
Né sensible et voluptueux,
Source où tous mes défauts ont pris leur origine,
Soit bien traité, soit malheureux[2],
J'ai vécu souvent amoureux;
Toujours d'humeur si libertine
Dans l'engagement que j'ai pris,
Qu'au mépris des Pasteurs fidelles
Mon amour eut toujours des ailes
Aussi bonnes du moins que celui de Cloris.
Ovide, que je pris pour Maître,
M'apprit qu'il faut être frippon;
Abbé, c'est le seul moyen d'être
Autant aimé que fut Nason :
Catulle m'en fit la leçon.
Pour Tibulle, il étoit si bon
Que je crois qu'il auroit dù naître
Sur les rivages du Lignon;
Et là, qu'on l'eût placé peut-être
Entre la Fare et Céladon.
L'Amour fut-il jamais fait pour être durable ?
C'est le feu d'un éclair, un peu solide bien;
C'est un songe enchanteur, un fragile lien
Que ne forme et ne rompt rien qui soit raisonnable.
Le Père des Héros, ce Dieu si redoutable
Que la Victoire suit par-tout dans les combats,
Avoit beau paroître estimable,
Sa Maîtresse ne laissa pas
De découvrir à nud[3] ses plus secrets appas

---

1. 1724 : Savoure.
2. Id. : Tantôt trompé, tantôt heureux.
3. Id. : à nud *manque.*

Au berger qui parut aimable
A la femme de Ménélas.
Chez moi tous les amusemens
Ont encor une libre entrée[1];
Mais fut-ce une chaîne dorée,
J'en hais tous les attachemens.
Pour toi, qu'un teint vif et fleuri,
Et la perruque bien poudrée,
Flattent d'être le favori
Encor de quelque migeorée;
Goûte l'erreur des passions,
Etends tout au plus loin les bornes du bel âge :
La moindre de tes actions
Vaudra bien mieux que la plus sage
De toutes mes réflexions.
Moi, qui sens qu'à grands pas la Vieillesse s'avance,
Et qui, par mille changemens,
Connois déjà la décadence
Qu'apporte le nombre des ans,
Dans une douce nonchalance
Je joüis du printemps, du soleil, d'un beau jour;
Je vis pour moi, content que ma seule indolence
Me tienne lieu de biens, de fortune et de Cour.
Si j'ai du goût pour quelque Belle[2],
J'y trouve du plaisir, et n'en crains point de maux;
Je ne veux que boire avec elle,
Et me moquer de mes Rivaux.
Revenu des erreurs, après de longs détours,
Comme moi, vous aurez recours
Quelque jour aux leçons de la philosophie,
Qui ne déçut jamais le Sage qui s'y fie,
Et dont j'ai si souvent éprouvé le secours.
C'est elle qui me fait avec tranquillité
Regarder fixement le terme de la vie,
Occupé seulement du soin de ma santé,
De goûter à longs traits ma chère liberté
Qu'une foule d'Erreurs m'a si long-temps ravie[3];
L'Avenir sur mon front n'excite aucun nuage,
Et bien loin de craindre la mort,
Tant de fois battu par l'orage,
Je la regarde comme un port
Où je n'essuierai plus tempête ni naufrage.

1. 1724 : Je permets une libre entrée | Dans mon cœur aux amusemens.
2. Id. . Si je vois encor quelques belles.
3. Id. : Jaloux jusques à la folie | Des douceurs de ma liberté.

ÉPITRE A M. LE CHEVALIER DE BOUILLON (1704)

Toi qui, né Philosophe au milieu des grandeurs,
As secoué le joug des vulgaires erreurs ;
Et gai dans tes discours, et simple en ta parure,
Connois pour toutes loix, les loix de la Nature[1] ;
    Chevalier, reçois ces Vers
    D'une Muse libertine :
Qu'ils aillent, sous ton nom, de popine en popine[2],
    Apprendre à tout l'Univers
    Que Fite et La Morillière[3],
    Pour n'avoir point de Césars,
    Ont pourtant, sous leur bannière,
    Leurs Héros, ainsi que Mars ;
Que ceux qui, comme Toi, ont des talens de plaire,
    De l'esprit, de la beauté,
    Doivent, d'une main ménagère,
Mettre à profit le Temps qui, d'une aile légère,
Emporte nos plaisirs avec rapidité ;
    Et que la seule joüissance
    D'un instant si précieux
Est l'unique présent que, dans leur bienveillance,
    Puissent nous faire les Dieux.

    Sur ce principe de Sagesse,
Affranchi des devoirs, en pleine liberté,
Goûte tous les plaisirs que t'offre la Jeunesse
    Dans les bras de l'Oisiveté.

Je sais qu'une façon de penser folle et vaine,
    Etablit qu'il est glorieux
De porter sur les pas de ton oncle Turenne
Le bruit de ses exploits en mille et mille lieux ;
Que sorti, comme Toi, d'une illustre origine,
    Avec ton port, ta bonne mine,
Une jambe de bois te siéroit assez bien ;
    Et qu'après nos guerres finies,
Tu viendrois avec grâce encore aux Tuilleries,
Eborgné, clopinant, nous servir d'entretien.

Que te reviendroit-il de tant de renommée ?
    Rien que la chétive lueur,
    Et quelque peu de fumée
    D'une lampe en ton honneur

1. 1724 : Ne connois d'autres Loix que les Loix de Nature.
2. Popine, cabaret, taverne.
3. Deux fameux traiteurs.

Sur ton cercueil allumée;
Et le touchant plaisir[1], aux pieds du grand Louis,
Enterré près Guesclin, d'infecter Saint-Denis.

Va, que cette folle idée[2]
Ne trouble pas tes beaux jours.
Vois-tu, près de la Guinguette,
Folâtrer, dessus l'herbette,
Vénus avec les Amours?
Elle attend, sous cette treille
Où tu vois mainte bouteille,
Nolet[3] au sortir du Cours.
Joins ce que ton cœur adore
A ce couple libertin :
Qu'en ouvrant les Cieux, l'Aurore
Vous trouve tous quatre encore
Yvres d'amour et de vin;
Et grondez cette Pleureuse,
Qui, pour Troupe si joyeuse,
S'éveille un peu trop matin.

Mais, hélas! ô loi trop dure!
Cependant que je te fais
De cette aimable aventure,
Cher Chevalier, les portraits;
Je ne verrai désormais
Tous ces plaisirs qu'en peinture.

Qu'importe que la Vieillesse
Vers moi s'avance à grands pas,
Quand Epicure et Lucrèce
M'ont appris que la Sagesse
Veut qu'au sortir d'un repas,
Ou des bras[4] de sa Maîtresse,
Content l'on aille là-bas?

Pour moi, qui crois telles choses
Conformes à la Raison,
Sur les pas d'Anacréon,
Je veux, couronné de roses,
Rendre visite à Pluton;
Je vois d'un œil sec la Parque[5]
Qui commence à se lasser,

1. 1724 : Et qu'après des faits inoüis.
2. Id. : Va, qu'une si folle idée.
3. Nolet, capitaine aux gardes.
4. 1724 : du lit.
5. Id. : J'aperçois déjà la Parque.

Et Caron frêter la Barque
Qui va bientôt me passer.

ÉPITRE DE L'ABBÉ COURTIN A L'ABBÉ DE CHAULIEU

Le premier jour de l'an mil sept cent sept,
Salut en vers un tien ami t'envoie.
Puissent tes jours, filés d'or et de soie,
Dans celui-ci couler à ton souhait,
Sans qu'on te paie en billets de monnoie !
Cela posé, je te dirai, tout net,
Ce que de toi je veux par ce billet :
De virgouleuse une demi-douzaine,
Nombre pareil du plus beau saint-germain :
Fais mieux encore; une corbeille pleine
De fruits choisis, et rangés de ta main,
Fort à propos me viendroit pour demain,
Et devers moi te tiendroit lieu d'étrenne.
Tu me diras, sans doute, avec raison :
« Mes fruits sont bons, les vers ne valent guère ».
Or ne va point le prendre sur ce ton;
J'en suis d'accord, et voudrois en mieux faire.
Que si par là ne puis te satisfaire,
Faut essayer de quelqu'autre façon.
A te mander chose qui puisse plaire;
Et le voici. Me vint hier un dindon
Du bon pays d'où trois fois la semaine
Les coquetiers arrivent à foison
Sur certain quai, près la Samaritaine.
A ce dindon sont jointes deux perdrix,
Rouges s'entend, et d'un fumet exquis.
Pour les manger, prends jour avec la Fare.
Quatre serons, sans plus; tu m'entends bien?
Lors fusses-tu de tes fruits plus avare,
Tu conviendras qu'il y va plus du mien,
Car bien je sçais quel sort je me prépare,
Et qu'en tel cas, tous deux ne valez rien.

RÉPONSE DE CHAULIEU A L'ABBÉ COURTIN

Reçois mes fruits, qu'avec toi je partage,
Pour régaler ces petits Dieux badins
Qui, dans tes vers, viennent me rendre hommage,
En me prenant pour le Dieu des Jardins.

Et plût à Dieu que ta gente pucelle,
Ainsi comme eux, me prit pour ce Dieu-là !

Point ne réponds lors de t'être fidèle ;
Car sçais trop bien qu'Amour même en rira.

Jamais ce Dieu ne connut de morale :
Ce qui me plaît peut me rendre frippon,
Des gens d'honneur petite est la cabale,
Depuis la mort du pauvre Céladon.

Or en ce point tout ce qui me console,
Et qui me doit excuser près de toi,
C'est que, du moins, si ne vaux une obole,
La Fare encor certes vaut moins que moi.

INVITATION DE L'ABBÉ COURTIN A L'ABBÉ DE CHAULIEU
pour le prier à le venir voir dans sa nouvelle maison.

Abbé très cher, quand viendras-tu chez moi
Faire un essai de ta convalescence ?
Choisis le jour ; je te jure ma foi,
Que je l'attends avec impatience ;
Pour t'éprouver de plus d'une façon,
Ami, j'aurai de quoi te satisfaire,
Et sur ce point n'ai besoin de leçon ;
Viens à choisir Brunes faites pour plaire,
Au doux parler, au maintien gracieux,
Propres sur-tout à l'amoureux mystère,
Même un peu trop, Abbé, pour un goutteux ;
Plus n'en dirai, le reste est ton affaire.

RÉPONSE DE L'ABBÉ DE CHAULIEU EN MÊME STYLE

Bien connoissois d'officieux talens,
Que sur ta bonne et facile nature
Avoit enté, dès tes plus jeunes ans,
Ce gentil Dieu qu'on appelle Mercure ;
Dieu des fripons, des ribleurs et ribauds,
Dieu, qui mieux est, d'autres Rimes en *aux*,
Dont je faisois autrefois grande mise ;
Mais qu'entre Abbés je n'ose plus nommer,
Tant par respect que l'on doit à l'Eglise
Que pour raison que de leur entremise
N'ai le besoin qui me les fit aimer[1].
Ce Dieu qui sait que tu cherches à plaire
A tes amis, t'a montré la façon

____

1. 1724 : Ces sept vers depuis : Dieu des fripons... manquent.

Dont convenoit de meubler ta maison,
Et tout ainsi qu'on les meuble à Cythère ;
Canapé large, amples et bons carreaux,
Sophas douïllets, force lits de repos,
Dont plût à Dieu que pusse faire usage
Aussi fréquent que le voudroit mon cœur !
Que si n'ai plus ma première vigueur,
Ce qui m'en reste, et beaucoup de courage
Me peut encor tirer avec honneur
D'un mauvais pas, où mon penchant m'engage.
De plus, en moi l'Amour est beau parleur ;
Maître passé je suis en son langage[1],
Et sais très bien d'un tendre badinage
L'amusement et le tour enchanteur :
Parquoi bien loin, dans le penchant de l'âge,
D'en éviter la fatale douceur,
Puissé-je encor trouver quelque charme vainqueur
Dont le pouvoir me rattache à la vie,
Et, malgré moi, remette dans mon cœur
Ce battement, cette douce chaleur
Qui sans pitié par les Ans m'est ravie[2].
Malheureux, qui bannit une si douce erreur,
Et que la peur du ridicule
Asservit aux leçons d'un triste raisonneur,
Dont tout le beau sermon[3] d'un moment ne recule
L'instant où[4] l'Achéron nous attend sur ses bords ;
Et qui de ses plaisirs se faisant un scrupule,
Meurt déchiré de cent remords[5].

Ah ! que Desyveteaux la gloire de notre âge,
Et l'Epicure de son temps,
Connut bien mieux quel est l'usage
Que doit faire de ses momens
Le parfait Philosophe, et l'homme vraiment sage !
Jusques au dernier de ses jours.
Il porta constamment panetière et houlette,
Et, dans les bras de ses Amours,
Expira mollement au son de la musette.
Cherchant parmi ses doux accords,
Prêt à descendre chez les Morts,
A se faire une route aisée.
Voluptueux, même en sa fin,

1. 1724 : Maître je suis encor en son langage.
2. Id. : Ces cinq vers sont remplacés par trois : Je veux chercher quelque charme vainqueur | Pour renouer une trame désunie | Et m'inspirer une nouvelle ardeur.
3. 1724 : De qui tout le jargon.
4. Id. : Que, au lieu de : où.
5. Cette pièce finit ici dans les éditions de 1724 et de 1731.

Il sema de fleurs le chemin
Qui le mena dans l'Elysée[1].

Mais sans vouloir tant raisonner,
Quand trouverai corps gentil et cœur tendre
Qui voudra bien la goutte me donner,
Je suis, Abbé, tout prêt à la reprendre.

ODE CONTRE L'ESPRIT (1708)

Source intarissable d'erreurs,
Poison qui corromps la droiture
Des sentimens de la Nature,
Et la vérité de nos cœurs;
Feu follet, qui brille pour nuire[2],
Charme des Mortels insensés,
Esprit, je viens ici détruire
Les autels que l'on t'a dressés.

Et toi, fatale Poésie,
C'est lui, sous un nom spécieux,
Qui nomma *Langage des Dieux*
Les accès de ta frénésie;
Lui, dont tu pris l'autorité
D'aller consacrant le mensonge,
Et de traiter de vérité
La vaine illusion d'un songe.

Encor, si telle qu'autrefois
Toujours modeste en sa parure,
L'Eglogue faisoit la peinture
Des Bergers, des prés et des bois[3];

1. Le texte de cette stance est celui de 1733 ; il a été transformé dans l'éd. de 1750 :
> Ah ! que ce fameux personnage,
> Qui ne connut de loix que celles du bon sens, ·
> Des Yveteaux, en notre temps,
> Pensa d'une manière et plus haute et plus sage !
> Jusques à la fin de ses jours,
> Il porta constamment panetière et houlette ;
> Et, dans les bras de ses amours,
> Expira mollement au son de la musette.
> C'est lui qui, par de doux accords,
> Pour descendre chez les morts,
> Sçût se faire une route aisée ;
> Et, sensible aux plaisirs, à son dernier soupir,
> Fit d'un affreux moment un moment de plaisir,
> Qui le mena dans l'Elysée.

2. 1724 : Ces deux vers manquent.

3. Id. : Suivant pas à pas la Nature | Dans une naïve peinture | Tu chantois les Prez et les Bois.

Ou qu'au bon siècle de Catulle,
Simple dans ses expressions,
Et de Virgile, et de Tibulle
Elle chantoit[1] les passions.

Mais non, de quelque rime rare,
De pointes, de rafinemens,
Tu cherches les vains ornemens
Dont une Coquette se pare;
Et suivant les égaremens
Où jette une verve insensée[2],
Tu négliges les sentimens
Pour faire briller la pensée,

Tel ne chantoit au bord des flots
Du Mincius, l'heureux Tityre,
Mais simplement faisoit redire
Le nom d'Amarylle aux Echos;
Et les Naiades attentives
Quittoient leurs joncs et leurs roseaux
Pour venir danser sur ses rives
Au doux son de ses chalumeaux.

Esprit, tu séduis; on t'admire;
Mais rarement on t'aimera;
Ce qui sûrement touchera,
C'est ce que le cœur nous fait[3] dire:
C'est ce langage de nos cœurs
Qui saisit l'âme et qui l'agite;
Et de faire couler nos pleurs
Tu n'auras jamais le mérite.

Mais sur ces frivoles sujets
Pourquoi s'amuser à se plaindre,
Quand de toi l'on a tout[4] à craindre
Sur de plus importants objets?
Dans les choses les plus sacrées,
Tu te plais à nous faire voir
Que, plus elles sont révérées,
Et plus y brille ton pouvoir.

Dans la vérité simple et pure
D'une sainte Religion,
De quelle superstition
N'y mêles-tu point l'imposture[5]?

1. 1724 : Tu soupirois, au lieu de : Elle chantoit.
2. Id. : D'une Muse trop peu sensée.
3. Id. : fera, au lieu de : nous fait.
4. Id. : tant, au lieu de : tout.
5. Id. : Est-il de superstition, | Dont tu ne glisses l'imposture.

Le moyen de te pardonner
Ce que tu veux tirer de gloire
De nous apprendre à raisonner,
Quand il n'est question que de croire?

Que d'inutiles questions !
Que de distinctions frivoles !
Et combien, des mêmes paroles,
De contraires inductions !
Ah ! que le Docteur Angélique
Nous eût épargné d'embarras,
De la *Somme Théologique*
S'il n'eût compilé[1] le fatras !

Mais je veux que l'on t'abandonne
L'Empire des opinions :
Respecte au moins les passions
Et les goûts que Nature donne.
Pourquoi troubles-tu nos désirs
Par mille craintes ridicules,
Et de nos innocens plaisirs
Viens-tu nous faire des scrupules ?

Demande aux Hôtes de ces bois
Si la guide la plus fidelle
N'est pas la pente naturelle,
Plus sage que toutes les Loix;
Et si jamais dans leurs tanières
Ils eurent la démangeaison
De venir chercher tes lumières,
Ou t'emprunter de la raison ?

Toi seul, auteur de ces caprices[2]
Par qui Vénus soutient sa Cour,
Tu viens sophistiquer l'amour
Par un attirail d'artifices[3].
Qui jamais ouït les oiseaux,
Accablés de fers et de chaînes,
Etourdir rochers et ruisseaux
Du triste récit de leurs peines?

C'est toi qui fais ces beaux Romans
Qui, toujours loin de la Nature,
Par leur vaine et folle lecture
Fait tourner la tête aux Amans[4] :

---

1. 1721 : composé, au lieu de : compiler.
2. Id. : De toi naissent tous les caprices.
3. Id. : Et cet attirail d'artifices | Dont tu sophistiques l'Amour.
4. Id. : Les quatre derniers vers de la strophe précédente et les quatre premiers de celle-ci manquent.

Les pigeons et les tourterelles
Savent se plaire et se charmer ;
Fut-il quelque Ovide pour elles
Qui fit jamais un *Art d'aimer*?

C'est dans ce Livre détestable
Où paraît ta corruption
Qui, d'une douce passion,
A fait un Art abominable ;
Art d'où nous vint en sa fureur
Ce monstre de Coquetterie,
Et ce métier faux et trompeur
Qu'on appelle Galanterie.

Mais hélas[1] ! insensiblement
Je suis un charme qui m'entraîne ;
Je sens que j'oublierai ma haine[2],
Si j'écris encore un moment.
Esprit, que je hais et qu'on aime,
Avec douleur je m'apperçoi,
Pour écrire contre toi-même,
Qu'on ne peut se passer de toi !

A M. LE MARQUIS DE LA FARE (1708)

Plus j'approche du terme, et moins je le redoute ;
Sur des principes sûrs mon esprit affermi,
Content, persuadé, ne connoît plus de doute :
Je ne suis libertin, ni dévot à demi[3].

Exempt des préjugés, j'affronte l'imposture
Des vaines superstitions,
Et me ris des préventions
De ces foibles Esprits dont la triste censure
Fait un crime à la Créature
De l'usage des biens que lui fit son Auteur,
Et dont la pieuse fureur
Ose traiter de chose impure
Le remède que la Nature
Offre à l'ardeur des passions,
Quand d'une amoureuse piqûre
Nous sentons les émotions[4]

---

1. 1724 : Finissons, au lieu de : Mais hélas !
2. Id. : Et j'oublierai toute ma haine.
3. 1733 et 1740 : Des suites de ma fin je n'ai jamais frémi.
4. 1733 : Ces douze vers *manquent*.

D'un Dieu, Maître de tout, j'adore la puissance[1] ;—
La Foudre est en sa main, la Terre est à ses pieds :
    Les Elémens humiliés
M'annoncent sa grandeur et sa magnificence[2].
      Mer vaste, vous fuyez !
Et toi, Jourdain, pourquoi dans tes grottes profondes,
Retournant sur tes pas, vas-tu cacher tes ondes ?
Tu frémis à l'aspect, tu fuis devant les yeux
D'un Dieu qui sous ses pas[3] fait abaisser les Cieux[4] !

Mais, s'il est aux Mortels un Maître redoutable,
Est-il pour ses Enfans de Père plus aimable[5] ?
C'est lui qui, se cachant sous cent noms différens, —
S'insinuant partout, anime la Nature ; —
    Et dont la bonté sans mesure
Fait un cercle de biens de la course des ans[6] ;
    Lui, de qui la féconde haleine
Sous le nom des Zéphyrs rappelle le Printemps,
Ressuscite les Fleurs, et dans nos bois ramène
Le ramage et l'amour de cent Oiseaux divers ;
Qui de Chantres nouveaux repeuple l'Univers.

De Mercure, tantôt empruntant le symbole,
    Il dicte en ses instructions
    L'art d'entraîner les nations
    Par le charme de la parole,
Sous le nom d'Apollon, il enseigne les Arts ;
Pour assurer nos Biens, et défendre nos Villes,
Il emprunte celui de Bellone et de Mars ;
    Et pour rendre nos Champs fertiles
    Et faire jaunir les Guérets,
Il se sert des présens et du nom de Cérès.

Après tant de bienfaits, quoi ! j'aurai l'insolence,
Dans une mer d'erreurs plongé dès mon enfance
Par l'imbécille amas[7] de Femmes, de Dévots,
A cet Etre parfait d'imputer mes défauts ;
D'en faire un Dieu cruel, vindicatif, colère,
Capable de fureur, et même sanguinaire ;

1. 1733 : l'existence, au lieu de : la puissance.
2. Id. :   Tout m'annonce son être, et la terre et les Cieux
      Mais sa bonté frappe mes yeux,
      Autant au moins que sa puissance.
3. 1750 : devant lui, au lieu de : sous tes pas.
4. 1733 : Les quatre derniers vers de cette stance *manquent.*
5. Id. : Ces deux vers *manquent.*
6. Id. : Et qui, sans borne et sans mesure, | En un cercle de biens partage tous les ans.
7. 1733 : Par un peuple égaré.

Changeant de volonté; réprouvant aujourd'hui
Ce Peuple qui jadis seul par lui fut chéri[1]!
Je forme de cet Etre une plus noble idée;
Sur le front du Soleil lui-même il l'a gravée[2];
Immense, tout-puissant, équitable[3], éternel,
Maître de tout, a-t-il besoin de mon autel?
S'il est juste, faut-il pour le rendre propice,
        Que j'aille teindre les ruisseaux,
        Dans l'offrande d'un sacrifice,
        Du sang innocent des Taureaux?

Dans le fond de mon cœur je lui bâtis un Temple;
Prosterné devant lui, j'adore sa bonté,
        Et ne vas pas suivre l'exemple
Des mortels insensés, de qui la vanité
Croit rendre assez d'honneurs à la Divinité
Dans ces grands monumens de leur magnificence,
        Témoins de leur extravagance
        Bien plus que de leur piété.

        Un esprit constant d'équité
        Bannit loin de moi l'injustice;
        Et jamais ma noire malice
        N'a fait pâlir la Vérité,
        Ou par quelqu'indigne artifice
Rompu les doux liens de la Société.

Ainsi je ne crains point qu'un Dieu dans sa colère
Me demande les biens ou le sang de mon Frère,
Me reproche la Veuve, ou l'Orphelin pillé,
Le Pauvre par ma main de son champ dépouillé,
Le viol du dépôt, ou l'amitié trahie,
Ou par quelques forfaits la fortune envahie.

Aussi dans ce moment qui finira mes jours,
Qu'il faudra te quitter, La Fare, et mes amours,
Mon âme n'ira point flottante, épouvantée,
        Peu sûre de sa destinée[4],
D'Arnaud ou d'Escobar mendier le secours;

1. 1733 : Ces quatre vers manquent. Voici le texte de 1750.
        D'en faire un Dieu plein de colère,
        Un Dieu cruel et sanguinaire,
    Qui ne nous a formés d'après ses propres traits
        Que pour l'offenser, lui déplaire.
        Et pour nous punir à jamais.
2. Id. : Je me fais de cet Estre une image plus juste, | Sur le front du Soleil,
j'en vois l'empreinte auguste.
3. 1733 : immuable.
4. Id. : Les trente vers qui précèdent celui-ci manquent. — On ignore où Saint-

Mais, plein d'une douce espérance,
Je mourrai dans la confiance
De trouver, au sortir de ce funeste lieu,
Un asyle assuré dans le sein de mon Dieu[1].

ÉPITRE AU CHEVALIER DE BOUILLON (1713)

Elève que j'ai fait en la loi d'Epicure ;
Disciple, qui suit pas à pas
D'une doctrine saine et pure
Et les leçons et les appas ;
Philosophe formé des mains de la Nature,
Qui, sans rien emprunter de tes réflexions,
Prend pour guide les passions,
Et les satisfait sans mesure[2] ;
Qui ne fit jamais de projets
Que pour l'instant présent, qui coule à l'aventure ;
Et, sachant au plaisir borner tous ses souhaits,
Foule aux pieds la Fortune, et ris de son empire :
Heureux Libertin, qui ne fait
Jamais rien que ce qu'il désire
Et désire tout ce qu'il fait !
Chevalier, c'est peu qu'au Temple
Je t'aie appris comment, dans la belle saison,
Avec des talens de plaire,
Un homme sage doit faire
D'amour et de plaisirs une douce moisson :
Mais il faut que mon exemple,
Mieux qu'une stoïque leçon,
T'apprenne à supporter le faix de la Vieillesse ;
A braver l'injure des Ans ;
Te montre comme il faut, par des amusemens,
Arrêter, dans ces derniers temps[3],
La Volupté qui fuit, le Plaisir qui nous laisse.

En vain la Nature épuisée
Tâche à prolonger sagement,
Par le secours d'un vif et fort tempérament,
La trame de mes jours que les Ans ont usée ;

Marc a pris cette variante : Tu ne me verras point à la fin de nos jours | Incertain de ma destinée | Pour calmer mon âme étonnée.

1. 1733 : Au sortir de ce triste lieu, | De trouver un azile, une retraite sure, | Ou dans le sein de la Nature, | Ou bien dans les bras de mon Dieu. — Cette pièce dans 1733 se continue par plus de cent vers qui, n'ayant aucun rapport avec les précédents, appartiennent à une autre poésie.

2. 1724 : Et tous les plaisirs sans mesure.

3. 1731 : Arrêter pour quelques momens.

Je m'apperçois, à tout moment,
Que cette Mère bienfaisante
Ne fait plus, d'une main tremblante,
Qu'étayer le vieux bâtiment
D'une Machine chancelante.
Tantôt un déluge d'humeurs
De sucs empoisonnés inonde ma paupière ;
Mais ce n'est pas assèz d'en perdre la lumière,
Il faut encor que son aigreur,
Dans d'inutiles yeux me forme une douleur,
Qui serve à ma Vertu de plus ample matière.

La Goutte, d'un autre côté,
Me fait, depuis vingt ans, un tissu de souffrance.
Que fais-je à cette extrémité ?
J'oppose encor plus de constance
A cette longue adversité,
Qu'elle n'a de persévérance :
Car ma triste expérience,
En m'apprenant à souffrir[1],
M'apprend que la patience
Rend plus légers les maux que l'on ne peut guérir.

Au milieu cependant de ces peines cruelles,
De notre triste Hyver compagnes trop fidelles,
Je suis tranquille et gai. Quel bien plus précieux
Puis-je espérer jamais de la bonté des Dieux ?
Tel qu'un rocher, dont la tête
Egale le mont Athos,
Voit, à ses pieds, la tempête
Troubler le calme des flots :
La mer autour bruit et gronde ;
Malgré ses émotions,
Sur son front élevé règne une paix profonde,
Que tant d'agitations,
Et que les fureurs de l'onde
Respectent à l'égal des nids des Alcions.

Heureux, qui, se livrant à la Philosophie,
A trouvé dans son sein un asyle assuré
Contre ces préjugés, dont l'esprit enyvré
De sa propre raison lui-même se défie ;
Et, sortant des erreurs où le Peuple est livré,
Démêle, autant qu'il peut, les principes des choses ;
Connoit les nœuds secrets des effets et des causes ;

---

1. 1731 : Ces deux vers sont remplacés par le suivant : Et m'accoutûmant à souffrir.

Regarde avec mépris et la Parque et Caron,
Et foule aux pieds le bruit de l'avare Achéron !

Mais c'est pousser trop loin peut-être la Sagesse.
J'aime mieux me prêter à l'humaine foiblesse ;
Et, de l'opinion respectant le bandeau,
Croire voir les Enfers, mais ne les voir qu'en beau.
Je laisse là Minos et son Urne fatale,
Le rocher de Sisiphe ; et la soif de Tantale ;
Et, sans m'aller noircir de cent tourmens divers,
    Tout ce qui s'offre à ma pensée
Ce ne sont que des fleurs, des berceaux toujours verds,
Et les champs fortunés de la plaine Elysée.

Là, dans l'instant fatal où le Sort m'a remis[1],
J'espère retrouver mes illustres amis,
La Fare avec Ovide, et Catulle et Lesbie,
Voulant plaire à Corinne, ou cajoler[2] Julie ;
Chapelle au milieu d'eux, ce Maître qui m'apprit,
Au son harmonieux des rimes redoublées,
L'art de charmer l'oreille et d'amuser l'esprit,
Par la diversité de cent nobles idées.

Quel spectacle à mes yeux, et quel plaisir nouveau !
Dans un bois d'orangers, qu'arrose un clair ruisseau,
Je revois Seignelai, je retrouve Béthune,
Esprits supérieurs, en qui la volupté
Ne déroba jamais rien à l'habileté ;
Dignes de plus de vie et de plus de fortune.

Avec Gaston de Foix quelle Ombre se promène !
Ah ! je la reconnois ; c'est le jeune Turenne,
    Présent rare et précieux,
    Que l'avare main des Dieux
    Ne fit que montrer à la Terre.
Digne Héritier du nom de ce foudre de guerre,
    A quel point de gloire et d'honneur
Ne t'eussent point porté tes vastes[3] destinées,
    Si Mars, jaloux de ta valeur,
A la fleur de tes ans ne les eût terminées ?
Que vois-je près de moi ? c'est ta Mère éperdue,
Tout à coup aux Enfers depuis peu descendue,
Qui, conservant pour toi ses tendres sentimens,
De ce fils si chéri vole aux embrassemens.

1. 1724 : m'aura mis, au lieu de : m'a remis.
2. Id. : caresser, au lieu de : cajoler.
3. Id. : vastes *manque*.

Marianne, est-ce vous? Le Ciel impitoyable
A-t'il voulu si-tôt dérober aux Mortels
Ce qu'il leur a donné jamais de plus aimable;
Et qui pouvoit aux Dieux disputer des Autels,
Si la Grâce et l'Esprit, comme eux, est adorable?
Quoi donc! quand j'espérois qu'à mon heure fatale,
Tu recevrois mon âme à nos derniers adieux;
Et que ton Amitié, pour moi toujours égale,
Peut-être, en soupirant, me fermeroit les yeux;
C'est moi qui te suivis; et ma douleur profonde
N'a, pour me consoler dans l'excès de mon deuil,
Que de porter ton Nom jusques au bout du monde,
De jetter tous les jours des fleurs sur ton cercueil,
Chanter tes agrémens, et célébrer tes charmes,
Dans ces Vers mille fois effacés[1] par mes larmes.

> Dans une foule de guerriers,
> Vendôme, sur une éminence,
> Paroît couronné de lauriers :
> Vendôme, de qui la vaillance
> Fait avoüer aux Scipions
> Que le sac de Carthage et celui de Numance
> N'obscurcit pas ses actions;
> Et laisse juger à l'Espagne,
> Si son bras n'y fit pas plus en une campagne,
> Qu'ils n'y firent en dix avec vingt légions.

Dans le fond des jardins de ce séjour tranquille :
Mais quel est ce Héros issu du sang des Dieux?
C'est ce Prince adorable à qui les Destinées
Donnèrent à Saint-Maur mes dernières années[2];
C'est d'Enghien qui s'offre à mes yeux,
Sur Nervinde et Stinkerque entretenant Achille.
Je vois ce Vainqueur d'Ilion
Frémir que tout son courage,
Aux bord du Simoïs, n'eut pas fait davantage,
Que dans ces deux combats fit ce jeune lion.
Plus loin, dans le fond d'un Bocage,
Je vois Catinat et Caton
A tous les gens de bien faisant une leçon.

Ainsi, libre du joug des paniques terreurs,
Parmi l'émail des prairies,
Je promène les erreurs
De mes douces rêveries;

1. 1724 : arrosez, au lieu de : effacez.
2. Id. : Ces deux vers *manquent.*

Et, ne pouvant former que d'impuissans désirs,
Je sais mettre, en dépit de l'âge qui me glace,
  Mes souvenirs à la place
  De l'ardeur de mes plaisirs.

  Avec quel contentement
Ces Fontaines, ces Bois, où j'adorai Sylvie,
Rappellent à mon cœur son amoureux tourment.
Bien loin que ce plaisir, qui ne peut revenir,
De regrets inutiles empoisonne ma vie,
J'en savoure à longs traits l'aimable souvenir.
Que de fois j'ai grossi ce Ruisseau de mes larmes,
C'est sur ce Lit de fleurs que le premier baiser,
Pour gage de sa foi, dissipa mes alarmes ;
Et que bientôt après, vainqueur de tant de charmes,
Sous ce Tilleul, au frais je vins me reposer.
Cet arbre porte encor le tendre caractère
Des Vers que j'y gravai pour l'aimable Bergère.
Arbre, croissez, disois-je, où nos chiffres tracés
Consacrent à l'Amour nos noms entrelassés :
Puissent[1] croître avec vous nos ardeurs mutelles ;
  Et que de si tendres Amours
Que la rigueur du sort défend d'être éternelles,
N'aient au moins de fin que la fin de nos jours.
Ami, voilà comment, sans chagrin, sans noirceurs,
De la fin de nos jours poison lent et funeste,
  Je sème encor de quelques fleurs
  Le peu de chemin qui me reste.

ÉPITRE AU MARQUIS DE LA FARE QUI M'AVOIT DEMANDÉ MON PORTRAIT

O toi, qui de mon âme es la chère moitié,
  Toi, qui joins la délicatesse
  Des sentimens de ma[2] Maîtresse
A la solidité d'une sûre amitié ;
La Fare, il faut bientôt que la Parque cruelle
  Vienne rompre de si doux nœuds ;
  Et malgré nos cris et nos vœux,
Bientôt nous essuierons une absence éternelle.
  Chaque jour je sens qu'à grands pas
J'entre dans ce sentier obscur et difficile,
  Par où j'irai dans peu là-bas
  Rejoindre Catulle et Virgile[3].

1. 1724 : Faites.
2. Id. : d'une.
3. Id. : Qui me va conduire là-bas | Près de Catulle et de Virgile.

Là, sous des berceaux toujours verds,
Assis à côté de Lesbie,
Je leur parlerai de tes Vers
Et de ton aimable génie.
Je leur raconterai comment
Tu recueillis si galamment
La Muse qu'ils avoient laissée;
Et comme elle sut[1] sagement,
Par ta paresse autorisée,
Préférer avec agrément
Au tour brillant de la pensée
La vérité du sentiment;
Et l'exprimer si tendrement,
Que Tibulle encor maintenant
En est jaloux dans l'Elysée.

Mais avant que de mon flambeau
La lumière me soit ravie,
Je veux te crayonner un fantasque tableau
De ce que je fus en ma vie.
Puisse à ce fidèle portrait
Ta tendre amitié reconnaître,
Dans un homme très imparfait,
Un homme aimé de toi, qui mérita de l'être!

Avec quelques vertusj'eus maint et maint défaut.
Glorieux, inquiet, impatient, colère,
Entreprenant, hardi, très-souvent[2] téméraire;
Libre dans mes discours, peut-être un peu trop haut,
Confiant, naturel, et ne pouvant me taire
Des erreurs qui blessoient devant moi la raison;
J'ai toujours traité de chimère
Et les dignités et le nom.
Ainsi je pardonne à l'Envie
De s'élever contre un Mortel
Qui ne respecta dans sa vie[3]
Que le mérite personnel.
Quels maux ne m'a point fait cette sage folie
Qui mériteroit un Autel?

Pour réparer ces torts la prudente Nature
En moi par bonheur avoit mis
L'art de me faire des amis,
Dont le mérite avec usure

1. 1724 : sçût.
2. Id. : quelquefois.
3. Id. : Qui dans ce Monde eut la manie | De ne respecter de sa vie.

Me dédommagea de l'injure
Que me fit un fatras d'indignes ennemis,
Qui n'employa jamais contre moi qu'imposture.

Malgré tous mes défauts, qui ne m'auroit aimé ?
J'étois pour mes amis, l'ami le plus fidèle
    Que Nature eût jamais formé ;
Plein, pour leurs intérêts, et d'ardeur et de zèle [1],
Je n'épargnai pour eux périls, peines ni soins ;
J'écoutai leurs Conseils avecque déférence,
Et je n'eus rien à moi dont ils eurent besoin :
    Avec même condescendance,
Je partageai leurs goûts, j'entrai dans leurs plaisirs ;
    Et mon aveugle complaisance
Fut toujours au devant de leurs moindres désirs.
Aucun d'eux n'eut de moi la moindre défiance,
En affaire, en amour également discret,
J'ai de tous mes Amis sceu garder le secret ;
    Car fut-ce une chose frivole,
    Dès qu'il a fallu la cacher,
    La Mort n'auroit pû m'arracher
    La moindre indiscrète parole.
    Je prêtai, je donnai mon bien [2]
Mais l'obligation en étoit fort légère ;
Je ne l'ai de mes jours encor compté pour rien ;
Et les trésors qu'on croit chose si nécessaire
    N'ont jamais fait ma passion :
    Content d'avoir une ressource
Dans la fertilité de mon invention,
    Pour pouvoir remettre à ma bourse
Ce qu'en avoit ôté ma dissipation.
    Ainsi, rempli de confiance
    Que rarement je pris en vain,
J'ai cru que c'est assez donner à la Prudence
    De garder pour le lendemain
Un peu de savoir-faire, et beaucoup d'espérance.
Ajoutez [3] à cela beaucoup de fermeté ;

---

1. 1724 : Toujours plein d'ardeur et de zèle.

2. Id. : Les quatorze vers ci-dessus depuis : *Je n'épargnai* ont été supprimés plus tard par Chaulieu, et remplacés par les six suivants :
    Je n'épargnai pour eux, périls, peines ni soins ;
    J'entrai dans leurs projets, j'épousai leur querelle,
    Et je n'eus rien à moi dont ils eurent besoin.
    Toujours hors de l'état de la triste indigence,
    Je n'ai jamais connu celui de l'abondance.
    J'ai prêté cependant, et j'ai donné mon bien...

3. Les 15 vers qui suivent, de l'édition de 1724, sont remplacés par les 14 suivants dans l'édition de 1733 :
    Tout cela soutenu d'assez de fermeté
    A fait, sur la simple apparence,

Et prêt d'affronter la souffrance
De la plus dure extrémité;
Bravant avecque insolence
Les rigueurs de l'Adversité;
Aussi prêt à souffrir avecque patience
Les besoins de la Pauvreté,
Que de joüir de l'Abondance
Dans les bras de la Volupté,

A ma stoïque indifférence
Qui tient, je l'avoûrai, de la férocité,
Je joignis, tu le sais, quelque talent de plaire.
Libertin et voluptueux,
Vif par tempérament, par raison paresseux,
Plongé dans les plaisirs, mais capable d'affaire,
Accort, insinuant, et quelquefois flatteur,
J'ai sceu d'un discours enchanteur
Tout l'usage que pouvoit faire
Beaucoup d'imagination,
Qui rejoignît avec adresse,
Au tour précis, à la justesse,
Le charme de la Fiction[1].
Heureux, si, détrompé d'une erreur qui m'abuse,
J'avois pu résister au séducteur plaisir
De pouvoir quelquefois occuper[2] le loisir
Des Héros que souvent a diverti ma Muse[3]!

Chapelle, par malheur, rencontré dans Anet,
S'en vint infecter ma jeunesse
De ce poison fatal qui coule du Permesse;
Et cache le mal qu'il nous fait,
En plongeant l'amour-propre en une douce yvresse.
Cet Esprit délicat, comme moi libertin,
Entre les Amours[4] et le Vin,

Que ma stoïque indifférence
Passa chez quelques gens souvent pour dureté.
C'est à cette férocité
Que je dois, tu le sais, le calme de ma vie,
Et cette longanimité
Dont j'ai lutté contre l'Envie,
Et su braver l'Adversité.
Ta tendre amitié m'a flatté
Que j'eus en mes beaux jours quelques talens de plaire.
Libertin et voluptueux;
Avide de projets, cependant paresseux;
Noyé dans les plaisirs, mais capable d'affaire.

1. 1724 : Le tour précis et la justesse, | Aux charmes de la fiction.
2. Id. : enchanter.
3. Id. : Des Héros qu'à S. Maur entretenoit ma Muse.
4. Id. : Entre le Tabac...

M'apprit, sans rabot et sans lime,
L'Art d'attraper facilement,
Sans être esclave de la rime,
Ce tour aisé, cet enjouement,
Qui seul peut faire le sublime.
Que ne m'ont point coûté ces funestes talens !
Dès que j'eus bien ou mal rimé quelques sornettes,
Je me vis, tout en même temps,
Affublé du nom de Poëte.
Dès lors on ne fit de Chanson
On ne lâcha de Vaudeville,
Que sans rime ni sans raison
On ne me donnât par la Ville.
Sur la foi d'un ricanement,
Qui n'étoit que l'effet d'un gai tempérament,
Dont je fis, j'en conviens, assez peu de scrupule,
Les Fats crurent qu'impunément
Personne devant moi ne seroit ridicule.
Ils m'ont fait là dessus mille injustes Procès :
J'eus beau les souffrir et me taire,
On m'imputa des Vers que je n'ai jamais faits ;
C'est assez que j'en susse faire.
Pourquoi ne pas donner pouvoir aux d'Argensons,
Qui règlent la Police et corrigent la France,
De mettre les Rimeurs aux Petites-Maisons,
Et détruire par là cette maudite engeance [1] ?
Cet ordre salutaire eût en moi réprimé
Cette démangeaison que Calliope inspire ;
Et je n'eusse jamais rimé.

Cependant, quoi qu'on puisse dire,
J'atteste ta sincérité,
Que toujours partisan de la simplicité,
Jamais d'un indigne artifice
Je n'ai fardé la vérité ;
Et jamais ma noire malice [2]
N'a fait injure à la bonté.
Tu sais bien, malgré l'injustice
De la commune opinion,
Que mon cœur ne fut point complice
Ni des erreurs, ni du caprice
De mon imagination.

Il est un autre endroit d'une moindre importance,
Toutefois sensible à mon cœur,

1. Les vingt vers ci-dessus manquent dans 1724 et 1731.
2. 1724 : Et jamais de ma part une noire malice.

Où j'ai bien pu par imprudence
Jetter les gens de bien quelquefois en erreur,
Qui, trompés par la vraisemblance,
Assez souvent m'ont reproché,
Que, galant, sans être touché,
Je n'avois de l'Amour que la seule apparence ;
Qu'avec l'esprit d'Hylas j'eus sa légèreté ;
Et que, dans mes Ecrits, avec trop de licence,
J'ai dogmatisé l'Inconstance,
Et prêché l'Infidélité.
C'est ici que mon innocence
A besoin que ton assistance
Favorise la vérité,
Et vienne prendre la défense
De mes vrais sentimens et de ma loyauté.
J'étois né vertueux ; j'eusse été plus fidèle
Que ne fut jamais Céladon,
Que j'avois pris pour mon modèle ;
Mais qui ne deviendroit frippon
Parmi ce peuple d'infidelles
A qui l'Amour prête ses ailes
En lui donnant ses agrémens ;
Qui même de ses changemens
Sait tirer des grâces nouvelles ?

Marquis, à qui le fond de mon âme est connu,
Tu sais que mon cœur, prévenu
Long-temps pour un objet aimable,
Ne pouvant se résoudre à le trouver coupable,
Malgré son infidélité,
Chercha, dans la nécessité
D'un changement inévitable,
Des raisons pour rendre excusable
Parmi tant d'agrémens, tant de légèreté.

L'Amour a ses Casuistes
D'avis fort différens dans sa Religion :
Il a ses Escobars, il a ses Jansénistes,
Dont l'austère opinion
Bannit tout libertinage
Et fait un dur esclavage
D'une douce passion.
Pour moi qui fus toujours ami des Jésuistes,
Raisonnable en mes sentimens,
En faveur d'une longue et sincère tendresse,
Je passe à l'humaine foiblesse,
Quelquefois les égaremens

D'une amoureuse frénésie ;
Mais sans aller plus loin pousser l'Apologie,
Il est, il est encor un ascendant vainqueur,
Qui de tous ses défauts a corrigé mon cœur.
    Devenu constant et fidèle,
Il brûle d'une ardeur désormais éternelle ;
Et livré tout entier à qui l'a sceu charmer,
Il sert encor un Dieu qu'il n'ose plus nommer[1].

    Ami[2], si la complaisance
Qu'on a pour ses défauts fit ce portrait trop beau,
    Songe avec quelle violence
Il faut de l'amour-propre arracher le bandeau.
Souviens-toi que celui qui traça[3] ce tableau
A de ton amitié mérité l'indulgence :
Parles-en quelquefois ; et que la Médisance
Devant toi n'ose pas, avec son noir pinceau,
    Par malice ou par ignorance,
D'un caustique Quatrain barbouiller mon tombeau.

II. — PIÈCES NON DATÉES

RÉFLEXIONS SUR LA MAXIME D'ÉPICURE :
SAPIENS NON ACCEDAT AD REPUBLICAM

A DAMON

Je sais que Partisan d'une austère sagesse,
Que nourri de l'esprit d'Epicure et Lucrèce,
Tu penses que le Sage avec tranquillité
Laisse couler en paix cette suite d'années
Dont nous font en naissant présent les Destinées ;
Qu'il ne doit, occupé de son oisiveté,
S'embarrasser des soins de la Chose publique,
Mais goûter à longs traits la molle Volupté
    Loin du tourbillon politique.

---

1. La première version de 1724 présente une variante pour les quatre derniers vers :
    Qui sçait si devenu fidèle
    Il ne brûlera point d'une ardeur éternelle,
    Et se livrant entier à qui sçût le charmer,
    Il ne sert point un Dieu qu'il n'ose plus nommer.
2. 1724 : Ainsi. — 1731 : Cher ami.
3. Id. : t'a fait, au lieu de : traça.

Souffre, mon cher Damon, qu'à tes préventions
J'ose opposer ici quelques réflexions,
Et que mon amitié, contraire à ton système,
          T'impose une espèce de loi,
En te faisant sentir ce que doit à soi-même,
Ce que doit à l'Etat un homme tel que toi [1].

          Dés-lors que né sous d'heureux temps [2]
          Où le mérite et les talens
          Ont une sûre récompense,
          Sans qu'il en coûte d'innocence,
          De manége ni de détour,
Sans l'indigne métier d'aller faire sa cour ;
          Un doux regard de la Fortune,
          Après un long aveuglement,
          D'une condition commune
          Vous appelle au Gouvernement :
On ne doit plus souffrir que la Raison réplique [3],
Il faut pour son Pays un entier dévouement,
          Et l'on doit rigoureusement
Compte de ses talens à la Chose publique.

Adieu donc pour jamais [4], Calme, Tranquillité,
          Enfans de mon indépendance,
Ne goûterai-je plus ma chère Liberté
          Dans les bras de la Nonchalance ?

Quitte, quitte, Damon, d'inutiles regrets [5]
          Qui doivent au plus être faits
Pour ces Esprits bornés qui ne font rien sans peine,
Et qui sur leurs bureaux attachés à la chaîne,
          Abymés dans un vil détail,
Mais privés des clartés que le Ciel leur dénie,
          Croient que la peine et le travail
          Peuvent tenir lieu de génie [6].

Pour toi de qui l'esprit dans sa vaste étendue
Découvre tout d'un coup la fin et les moyens,
          Et fertile en expédiens,
          En voir cent d'une seule vue ;
          Chaque jour tes heureux talens
          Aux Gens d'Etat si nécessaires,

1. Ces deux stances ont paru pour la première fois dans l'édition de 1774.
2. 1733 : A moins, mon cher Damon, que né sous d'heureux temps.
3. Id. : Alors ne souffre pas que la raison réplique.
4. Id. : diras-tu, au lieu de : pour jamais.
5. Id. : Laisse, laisse Damon, ces frivoles regrets.
6. Id. : Attendent d'un âpre travail | Ce qu'on ne tient que du génie.

Des plus épineuses affaires
Te feront des amusemens[1] :
Ainsi parmi les mouvemens
Dont l'embarras paroît extrême,
Le Sage trouve des momens
Pour habiter avec lui-même.

Surtout que la grandeur n'enfle point ton courage;
Avec un esprit haut mêle un accueil si doux
Que, qui de ta fortune auroit été jaloux,
Te pardonne tout l'avantage
De ton odieuse splendeur,
En faveur du modeste usage
Que tu feras de ta grandeur.
Mais hélas! quoi qu'on puisse faire,
La Prudence ne sert de rien :
La Fortune est femme et légère, —
Son caprice seul la retient[2].
Des plus aimables maîtresses
Elle a l'empressement et la vivacité;
Mais ses infidelles caresses
Tiennent de leur légèreté.
Tremble donc au milieu de ta prospérité,
Quand du battement[3] de ses ailes
La volage Divinité
Portera ses faveurs nouvelles
Chez un bien moins digne que toi.
Prêt à lui pardonner son manquement de foi,
Remets-lui les trésors dont ses mains infidelles
T'avoient si richement doté;
Et foulant aux pieds ses largesses,
Préfère à l'éclat des richesses
Une honorable pauvreté.

C'est lors que tu verras la Troupe fugitive
De tous tes Complaisans disparoître à tes yeux,
Et leur amitié trop craintive,
Qui te cherchoit partout, t'éviter en tous lieux.

---

1. 1733 : Voici la var. des huit premiers vers de cette stance :
    Pour toi, de qui l'esprit, et délicat et fin,
    Prompt en expédiens, en ressources fertile,
    Découvre d'un coup d'œil les moyens et la fin,
    Tu ne trouveras rien qui ne te soit facile;
    Et tu verras tes agrémens
    Rares aux gens d'Etat, et pourtant nécessaires.
    Des plus épineuses affaires
    Te faire des amusemens.
2. Id. : Son caprice est son seul lien.
3. Id. : d'un mouvement.

A ces adversités oppose un front d'airain ;
  Reçois d'un visage serein
  La nouvelle de ta défaite :
  Fais une honorable retraite ;
Ne va point par des cris exhaler ta douleur ;
D'aucun emportement qu'elle ne soit suspecte[1].
  Et que ton silence respecte
  L'injustice de ton malheur.
Etouffe dans ton cœur tout retour de tendresse
Vers un objet ingrat de ta tendre amitié.
  Et chasse, comme une foiblesse,
  L'indigne sentiment d'aller faire pitié ;
  Va plutôt, d'une âme hardie,
  Suivre le sentier peu battu
De ceux qui, comme moi, bravent la perfidie
  D'amis dont le cœur abattu
  Laisse le Mensonge et l'Envie
  Attaquer la plus belle vie,
  Et faire injure à la Vertu.

JOUISSANCE[2]

Amour, qu'injustement j'ai blâmé ton empire !
Des maux que j'ai soufferts ai-je dû m'offenser,
  Quand tu viens de récompenser
D'un moment de plaisir un siècle de martyre ?
J'ai fléchi mon Iris après de longs soupirs.
  Ce cher objet de mes désirs,
Cette insensible Iris, cette Iris si farouche,
Dans mille ardens baisers vient de plonger mes feux :
Pour goûter à longs traits ce nectar amoureux,
Mon âme tout entière a volé sur ma bouche.
  J'ai savouré la fraîcheur
  De ses lèvres demi-closes :
  Sa bouche avoit la couleur,
  Son haleine avoit l'odeur
  Et le doux parfum des roses.
Je ressentis alors une douce langueur
S'emparer de mes sens, et couler dans mon cœur.
D'amour et de plaisir nos yeux étincelèrent ;
Mon cœur en tressaillit, nos esprits s'allumèrent ;
Et, livrés l'un à l'autre à nos emportemens,
Nous cherchâmes le sort des plus heureux Amans.

1. 1733 : Qu'elle soit sage, et circonspecte.
2. Cette pièce avec quelques variantes, et moins les huit vers qui la terminent et qui sont les plus libertins, a été insérée dans la fable : La Perfection d'Amour : *Grand Prince, mais plus aimable.*

Sans voix, sans mouvement, mon Iris éperdue
Laissoit mille beautés en proie à mon ardeur :
    Comme elle oublioit sa pudeur,
    J'oubliois lors ma retenue ;
    Et je me souviens seulement
    Que, dans ce bienheureux moment,
Par l'excès du plaisir, nos forces suspendues,
Nos corps entrelassés, nos âmes confondues,
Nous laissèrent livrés aux transports les plus doux,
Inconnus aux Mortels moins amoureux que nous.
Puissions-nous, mon Iris, dans ces ravissemens
Passer ces jours heureux que donne la Jeunesse !
N'envions point aux Dieux leur immortalité[1], ...
    Puisque, dans la brièveté
De ces jours malheureux que leur bonté nous laisse,
    L'Amour y fournit des momens
    Dont les transports et la vitesse
    Valent mieux que l'Eternité.

ODE[2]

    Dieux ! quelle étrangère flamme
    Vient embraser mes esprits !
    Des feux que ressent mon âme
    Furent autrefois épris
    Ceux dont la délicatesse
    A rendu fameux ce lieu,
    Où tout brûla pour la fesse
    De deux beaux Anges de Dieu[3].

1. Théophile de Viau a été autrement catégorique que Chaulieu :

Il est vray que nous sommes mis	Nostre destin est assez doux
Tost ou tard dans la sépulture,	Et pour n'estre pas immortelle
Mais c'est un repos de Nature	Nostre nature est assez belle
Qui ne leur fust jamais permis !	Si nous sçavons joüir de nous.
En tout temps le plus misérable	Rien que nous-mesme ne nous blesse,
Trouve son sort si favorable	Nostre mal c'est nostre foiblesse ;
Que luy-mesme il se peut guérir,	Le sot glisse sur les plaisirs,
Les Dieux, esclaves de leur vie,	Mais le sage y demeure ferme
Ne sçauroient se faire mourir	En attendant que ses désirs
Quand mesme ils en auroient envie !...	Ou ses jours finissent leur terme.

(Voir *Disciples et successeurs de Théophile de Viau : La vie et les poésies libertines de Des Barreaux et de Saint-Pavin*, p. 57).

2. 1757 : Sous le titre « Portrait ». Cette pièce n'avait jamais été imprimée. On le tient de madame D** elle-même, pour qui elle avait été faite (Lefèvre de Saint-Marc).

3. 1757 : Variante :

Dieux ! quelle nouvelle flamme	Ces peuples dont la mollesse
S'élève dans mes esprits ?	Dans un déplorable lieu,
Je sens naître dans mon âme	Quitta le... pour la...
Les feux dont furent épris	De deux beaux Anges de Dieu.

Lully[1], sors de l'Elysée
Et pour un projet nouveau[2],
Du brillant de ta pensée
Viens enrichir[3] mon cerveau ;
Favorise la peinture
Que je veux faire en ces vers
Du plus beau c.. que Nature
Ait formé dans l'Univers.

C.. charmant, dont la souplesse
Et le flatteur mouvement,
Sait ranimer la foiblesse
Du plus langoureux Amant !
Dieux ! qu'une coutume sage
Cache à nos yeux tes attraits[4],
Sans cela, qui d'un visage,
Auroit regardé les traits ?

Tes beautés sont naturelles ;
Tu n'empruntes point de l'art
Cette blancheur que nos Belles
Doivent au secours du fard ;
Avec quel plaisir s'amuse
L'Amour à te caresser,
Sûr que plâtre ni céruse
Ne souillent point son baiser !

Ton embonpoint est la base
Et l'aimant de nos désirs ;
C'est toi qui mêles l'extase
A nos amoureux plaisirs :
Tu fais que dans ma Maîtresse
Je trouve mon Agathon ;
Ce n'est qu'au tour de sa fesse
Qu'elle doit un si beau nom.

J'entends que le sot vulgaire
Me dit que rien sous les Cieux
Ne peut avoir l'art de plaire,
Quand il est privé des yeux :
Tout ne rend-il pas les armes,
Tout ne suit-il pas la loi
D'un Dieu, qui tout plein de charmes
Est aveugle comme toi ?

1. Lully le musicien passait pour pratiquer la sodomie. Son épitaphe en vers,
composée par Pavillon, ne permet pas d'en douter un seul instant.
2. 1757 : Viens, par un projet nouveau.
3. Id. : Echauffer.
4. Id. : Cache aux yeux tous ces attraits !

Ainsi, comme on vit la Grèce
Bâtir un Temple à l'honneur
De la Vénus belle-fesse,
Non de Vénus dompte-cœur,
C'est au c.. de ma Climène
Qu'en ces Vers ma passion
Fonde un Temple, où La Fontaine
Auroit eu dévotion[1].

Pardon, si de ton derrière
J'ai mis au jour les appas,
Que le Dieu de la lumière
Lui-même ne connoît pas :
Ma Muse est une indiscrette[2],
Mais est-il rien de parfait?
Est-il un sage Poète?
Est-il un Amant muet?

L'IMAGINATION, AVEC L'ADIEU AUX MUSES

Quel éclair perce la nuë !
Quelle est la Divinité
Qui vient offrir à ma vue
Tant de grâce et de beauté?
Qui, comme elle, peut paroître?
Sa main sème plus de fleurs
Que l'Aurore n'en fait naître,
Et qu'Iris n'a de couleurs.

Son art forme sa coëffure :
L'or, les perles, les saphirs,
Et sa riche chevelure
Est le joüet des Zéphyrs :
Ce beau feu qui l'environne
Tient de sa vivacité;
Et tout l'air de sa personne
Marque sa légèreté.

Devant elle la Richesse
Marche avec l'Invention :
A l'entour volent sans cesse
Le Charme et la Fiction[3];

1. 1757 : Var. des six derniers vers :
 Non de Vénus dompte cœur,   Consacre au c... de Climène
 Mais de Vénus belle-fesse,   Un temple à qui La Fontaine
 Aujourd'hui ma passion   Auroit eu dévotion.
2. 1757 : Si ma verve est indiscrète | Je la condamne en effet.
3. 1724 : Les charmes de la fiction.

Qu'à ses traits, sa gentillesse,
Et qu'à mon émotion
Je reconnois ma Déesse !
C'est l'Imagination.

Reine aimable des mensonges,
Viens-tu, Mère des erreurs,
De l'yvresse où tu nous plonges,
Me rappeler les douceurs ?
Ton brillant et ta jeunesse
Pour moi sont hors de saison :
Laisse en repos ma Vieillesse
Suivre à la fin la Raison.

Non, Déesse ; je m'égare :
Reste toujours avec moi.
Quoi que le Sort nous prépare,
Nous le bravons avec toi.
L'amertume du Calice
Par toi se change en douceurs ;
Et les bords du précipice
Par toi sont semés de fleurs.

Tu peux, quand la Destinée
Nous réduit au désespoir,
Prêter à l'âme étonnée
Ta façon de concevoir,
Qui du courage héroïque
Fait le généreux effort
Et dans une âme stoïque [1]
Fait le mépris de la mort.

C'est par toi, divine Fée,
Qu'au sein même du repos [2]
L'essor seul de la pensée
Fait éclore les Héros,
C'est toi qui les illumines
Par la beauté des objets ;
Et seule les détermines
A tous leurs vastes projets.

Ta divine frénésie
Pouvoit seule [3] enfler le cœur
De ce Grec, qui de l'Asie
Osa devenir Vainqueur.

1. 1724 : Et dans l'âme du stoïque.
2. Id. : Que dans le sein du repos.
3. Id. : A pu seule... au lieu de : Pouvoit seule.

Eut-il entrepris la guerre,
Si ton magique miroir
N'avoit pas fait voir la terre
Tremblante sous son pouvoir?

Si tu m'avois montré Rome,
Et son Sénat orgueilleux,
Soumis aux loix d'un seul homme,
Les eût-il domptés tous deux?
Sans une si douce amorce
Cet Ennemi de Caton
N'auroit jamais eu la force
De passer le Rubicon.

Tu sais les talens de plaire ;
Et par toi Pâris trouva
L'art de rendre moins sévère
La Beauté qu'il enleva.
Dans ce temps sec et stérile,
Heureux à qui tes faveurs
Sans travail rendent facile
Le commerce des neuf Sœurs!

Jamais loin de ta présence
Ne sont les Ris et les Jeux :
Ferrand tient de ta puissance
L'empire qu'il a sur eux.
Lorsque ton beau feu s'allume[1]
Veut-il écrire d'aimer,
Vénus vient tailler sa plume ;
Les Grâces le font rimer[2].

Feu divin, que Prométhée
Alla prendre dans les Cieux,
Vive image de Prothée,
Rare et cher présent des Dieux,
Céleste et brillante flamme,
Je renonce à vos clartés :
Il faut occuper mon âme
De plus solides beautés.

Muses, que j'ai tant chéries,
Je vous quitte désormais :
Adieu, douces rêveries,
Vous ne reviendrez jamais.

1. 1733 : Dès que ton beau feu l'allume.
2. Cette strophe manque dans 1724 ; elle a paru dans 1733.

Adieu Pinde ; adieu fontaine ;
Adieu, lauriers toujours verds ;
Lieux sacrés, où Melpomène
M'apprit à faire des Vers.

Aussi bien de ma carrière
Je touche au bout ; et les Dieux
Commencent de la lumière
A priver mes tristes yeux.
Disparoissez, songe aimable,
Que l'affreuse Vérité
Dans le malheur qui m'accable
M'offre au moins sa dureté[1].

Mais qu'a donc tant à se plaindre
Qui sçait mépriser la mort ;
Et qui, bien loin de la craindre
La regarde comme un port?
C'est comme je l'envisage,
Et l'attends tranquillement.
Tout ce qui fait l'homme sage
N'est que le dernier moment[2].

Je sens qu'un Dieu se retire :
C'est ce Dieu qui présenta
A ma Jeunesse la Lyre
Que Chapelle me prêta.
Je vais Déesse, à ta gloire[3],
A l'honneur de tes bienfaits,
Pendre au Temple de Mémoire
Les derniers Vers que j'ai faits.

COUPLETS

faits à un souper chez madame de La Sablière.

Le beau duc de Foix nous réveille :
Chantons Vénus et Cupidon ;
Chantons l'Iris et la bouteille
Du disciple d'Anacréon.

Vénus l'accompagne sans cesse,
Les Grâces, les Ris et les Jeux.

1. 1733 : Je veux de la vérité | Dans le malheur qui m'accable | Voir du moins
l'austérité.

2. Chaulieu a supprimé cette strophe dans les derniers manuscrits de ses poésies
qu'il destinait à l'impression.

3. 1724 : Il faut Déesse, à ta gloire | En l'honneur...

Qu'il est doux d'être la Maîtresse
De ce jeune voluptueux !

Verse du vin, jette des roses,
Ne songeons qu'à nous réjouir,
Et laissons-là le soin des choses
Que nous cache un long Avenir [1].

CHANSON

Sur l'Air : *des Flons, des Flons*.

Ne sortons pas encore
D'un repas si charmant ;
Que la naissante Aurore
Nous retrouve chantant
Flon, Flon.

Profitons de la vie :
Ça verse moi du vin ;
Et qui sait, ma Silvie,
Si nous serons demain
Flon, Flon ?

COUPLETS DE MALÉZIEUX

(sur la dispute de l'*Ame des bêtes* [2]).

Je l'affirme sans remords,
Cette divine substance,
Qui veut, qui prévoit, qui pense,
Ne peut jamais être un corps ;
Pour m'attirer les suffrages
Je ne veux que les Chansons ;
Chaulieu, tes moindres Ouvrages
Valent mieux que mes raisons.

Le plus subtil mouvement,
La matière la plus pure,
La plus parfaite figure,
Le plus bel arrangement,
Bref un Etre périssable
Ne peut avoir fait tes Vers,
Il faut une âme semblable
A celle de l'Univers.

---

1. Publiée pour la première fois dans l'édition de 1774.

2. Voici ce que nous apprend à ce sujet le manuscrit dont nous venons de parler. Il porte en titre ce qui suit : « Le lendemain s'étant élevé une grande dispute sur l'âme ou la machine des bêtes, M. de Malézieux fit la Réponse suivante sur ce bel Air de Fontainebleau fait par M. de Lully » (Ed. de 1774).

RÉPONSE AUX COUPLETS DE MALÉZIEUX
envoyée de Paris, Chaulieu n'ayant pu la faire à Sceaux
d'où il partait (extrait)[1].

I

Tu débrouilles dans tes Vers
Si bien la Machine ronde,
Et la Sagesse profonde
Qui régit cet Univers,
Qu'il faut, si je ne m'abuse,
Que tous les jours Malézieux
Et sa philosophe Muse
Assiste au Conseil des Dieux.

II

Pour répondre à tes Chansons,
Il faudroit de la Nature,
De Lucrèce ou d'Epicure
Emprunter quelques raisons ;
Mais sur l'Essence divine
Je hais leur témérité,
Et je n'aime leur doctrine
Que touchant la Volupté.

III

Je suis cet attrait vainqueur,
Ce doux penchant de mon âme,
Que grava d'un trait de flamme
Nature au fond de mon cœur ;
Dans une sainte mollesse
J'écoute tous mes désirs ;
Et je crois que la Sagesse
Est le chemin des plaisirs

A MADAME D**
pour la prier de venir passer la soirée avec lui[2].

Viens ce soir, viens joüir du pouvoir de charmer :
Rends grâces au Ciel qui te donne,

1. Voici ce que nous trouvons dans le même manuscrit : « M. l'abbé de Chaulieu
n'ayant pas répondu sur-le-champ, parce qu'il partit de Sceaux, en y retournant
trois jours après... fit une réponse, sur le même Air, à M. de Malézieux, en trois
couplets de chansons qu'il mit dans un paquet avec cette adresse dessus : *Au plus
docte, au plus gracieux...* » (Ed. de 1774).
2. Madame d'Aligre de Bois-Landri (?) Cette pièce et la suivante n'en font qu'une

     Avec l'art d'être fripponne,
     Celui de te faire aimer.
Je t'aimerois bien moins si tu m'étois fidèle ;
Moins de conformité nous uniroit tous deux :
Le Ciel, entre frippons, forme d'aimables nœuds,
     Dont la durée est éternelle.
     L'Amour, cet enfant libertin,
     Hait tout ce qui sent le ménage[1],
     Sa mère, pour être volage,
     Ne perd rien de son air divin.
Ce Dieu, qui sur mon cœur n'employa d'autres armes
     Que les traits de ta beauté,
     Parmi la foule de tes charmes
Prendra soin de cacher ton infidélité,
Qui n'a pu jusqu'ici te rendre moins aimable.
Ah ! sur-tout dans les yeux porte ce trait vainqueur,
Qui cent fois sous tes loix a ramené mon cœur ;
Et ne crains pas ainsi de paroître coupable[2].

A MADAME D**

Raccommodement.

     C'est dans le Palais de l'Amour
     Qu'il faut finir notre querelle ;
     Le Lit d'une paix éternelle
     Est le voluptueux séjour.
Là n'habitent jamais la Discorde et la Guerre ;
C'est le lieu que Vénus choisit pour ses ébats ;
C'est le champ fortuné de mille doux combats,
     Qui ne dépeuplent point la Terre :
On n'y voit voltiger que les Ris et les Jeux ;
     Même, cet Enfant dangereux,
     En qui toute malice abonde,
     Pour n'y porter que ses attraits,
     Trempe la pointe de ses traits
     Dont il désole tout le monde,

---

dans l'édition de 1731 et dans le ms. des libraires, mais elles en font deux dans l'édition de 1733, et la suivante se trouve seule dans le ms. du Prince d'Auvergne. Les deux pièces réunies ont pour titre dans l'édition de 1731 : A une maistresse peu fidèle et dans le ms. des libraires : Raccommodement à madame de B.

1. 1731 : Hait tout ce qui sent l'esclavage.

2. Voici les six derniers vers de l'éd. de 1731 qui remplacent les huit de 1774 :
     Ainsi, sans chercher d'autres armes
     Que tes grâces et ta beauté,
     Tu cacheras ce soir ton infidélité,
     Parmi la foule de tes charmes ;
Et, pour me rengager, prends le charme vainqueur
Qui, cent fois sous tes loix, a ramené mon cœur.

> Dans un Nectar que la Beauté
> Fait couler mollement d'une source féconde,
> Comme un torrent de volupté.
> C'est là que dans tes bras j'adorerai ces charmes
> Qui font ton infidélité.
> Ah ! s'ils sont quelquefois[1] la source de mes larmes,
> Ils le sont en ce lieu de ma félicité.
> Sûre de ton impunité,
> Viens, Lesbie, avec confiance
> Que tes grâces et ta beauté
> Te vont tenir lieu d'innocence ;
> Et tu verras mon indulgence
> Trancher nos éclaircissemens ;
> Et bientôt mes emportemens[2]
> N'exiger d'autre pénitence
> Que la douce fureur de tes embrassemens,

A MADEMOISELLE DE LAUNAI

> Launai, qui souverainement
> Possèdes le talent de plaire ;
> Qui sçais de tes défauts te faire un agrément ;
> Et des plaisirs du changement
> Joüir, sans paroître légère,
> Même au yeux d'un fidèle Amant ;
> Coquette, libertine, et peut-être fripponne ;
> Quelque nom odieux qu'en ces vers je te donne,
> Je sens, dans le moment que l'on doit t'abhorrer,
> Que mon cœur, hormis toi, ne trouve rien d'aimable ;
> Et, par un charme inconcevable,
> Avec ce qui rendroit une autre abominable,
> Tu trouves le moyen de te faire adorer.

> Que ne te dois-je point? Sans toi dans l'indolence
> Couloient mes derniers jours à la Nuit destinés,
> Par la Nature condamnés
> Aux langueurs de l'indifférence.
> Toi seule ranimant par d'inconnus efforts,
> D'une machine presqu'usée
> Les mouvemens et les ressorts,
> As fait revivre encor dans une âme glacée
> Les fureurs de l'Amour et mes premiers transports ;

> Mais que n'ai-je point fait pour vaincre ma tendresse,
> Et combattre un penchant qui n'est plus de saison ?

1. 1731 : Autre part.
2. Id. : Empressemens.

Il n'en étoit plus temps; et déjà ton adresse
M'avoit fait avaler ce funeste poison,
Que tu sçais préparer avec délicatesse;
Et j'étois hors d'état d'écouter la Raison,
Quand elle m'a voulu reprocher ma foiblesse.

Comment te résister? Même avant de te voir,
D'un penchant inconnu j'ai senti le pouvoir :
Je louois ton esprit avant de te connoître.
          Ta seule réputation
Formoit l'intelligence et l'inclination
          Qu'une aveugle prévention,
Sans m'en appercevoir, malgré moi, faisoit naître :
Je te cherchois par-tout, quand tu vins à paroître
Un charme, plus puissant cent fois que la beauté,
Forma les nœuds secrets tout-à-coup d'une chaîne
          Si forte en sa légèreté,
          Que je sacrifiai sans peine
          A ce doux penchant, qui m'entraîne,
          Mon repos et ma liberté.
Qui jamais, comme toi, du charme de l'esprit
          Fit sentir toute la puissance?
          De tout ce que l'étude apprit,
Il semble que tu veux affecter l'ignorance;
          Et sçais avec discernement
D'un esprit cultivé ménager l'abondance;
          Le tout avec tant d'agrément,
          Qu'à la plus abstraite Science
          Tu conserves tout l'enjoûment
          De la plus simple connoissance.
Sur tes moindres discours, l'Imagination
          Jette des fleurs avec largesse,
          Sans rien ôter à la justesse
          Du charme de l'invention.
Ce brillant de l'esprit sur toute ta personne
Répand cet agrément qu'on ne peut exprimer ;
          Ces grâces que Nature donne
Et qui se font sentir à qui te sçait aimer.

N'étoit-ce pas assez? Un son de voix flatteur
Portoit à tout momens dans mon âme embrasée
          D'une délicate pensée
La douce illusion, et le tour enchanteur.

Jours sereins, jours heureux, qu'êtes-vous devenus?
          Où jadis plus d'une conquête
De myrte et de laurier vint couronner ma tête?
Jeunesse des Plaisirs, beaux jours, vous n'êtes plus :

Et déjà l'âge qui s'avance,
D'un amour mutuel me ravit l'espérance :
Dans cette juste défiance,
Je ne voulus jamais devenir ton Vainqueur,
Et ne comptant pour rien, dans l'ardeur de te plaire, —
Du plaisir d'être aimé la douceur étrangère, —
Au seul plaisir d'aimer j'abandonnai mon cœur ; —
Je te parlois d'amour ; tu te plus à m'entendre :
Les jours étoient trop courts pour nos doux entretiens ;
Et je connois peu de vrais biens
Dont on puisse jamais attendre
Le plaisir que me fit la fausseté des miens.

Heureux à qui le Ciel donne un cœur assez tendre
Pour pouvoir aisément comprendre
D'un amour malheureux quel étoit le bonheur ;
Tel que je crois qu'il devoit rendre
Les plus heureux Amans jaloux de mon erreur !

BIBLIOGRAPHIE
DES ŒUVRES DE CHAULIEU

Poesies | de monsieur | l'abbé de Chaulieu | et de monsieur | le marquis | de La Fare. | A Amsterdam, | chez Etienne Roger, qui vend un | Assortiment de toute sorte de Musique. | M. DCC. XXIV (1724). In-8 (N.).

2 ff., 176 pp. chiffr. et 4 ff. dont 1 bl.

Cette édition contient 110 pièces environ dont 93 environ attribuées à Chaulieu, et 14 à La Fare; le reste est d'Hamilton, Saint-Evremond et Lully.

Voici la curieuse note du *Catalogue Rochebilière* (IIe p., 1884, n° 1497) sur un exemp. qui contenait un supplément manuscrit de 37 pp. : « On lit sur la garde de l'exemplaire une note manuscrite du temps que nous transcrivons textuellement à cause de l'intérêt qu'elle présente pour l'histoire littéraire : « Cette édition a été faite à Rouen; le sieur Thieriot fournit le manuscrit. On » saisit presque tous les exemplaires, mais enfin on consentit à les relâcher à » la condition qu'on ôteroit tout ce qu'il y avoit de trop libre et l'on substi- » tua d'autres pièces de différens auteurs. On trouvera à la fin de ce volume » les morceaux retranchez et marquez d'un chiffre qui répond aux pages où » ils avaient été imprimez ». — On trouve en effet, à la suite de l'imprimé, un cahier de 37 pp. manuscrites d'une bonne écriture du xviiie siècle, contenant le texte des pièces supprimées. — Thieriot qui fournit le manuscrit doit être le même que celui que l'on appelle généralement Thiriot et qui publia aussi à Rouen, en 1726, les *Lettres de Madame de Sévigné*. »

Ajoutons que c'est ce Thieriot qui procurait à Voltaire toutes les publications interdites en France.

Poesies | de monsieur | l'abbé de Chaulieu | et de monsieur | le marquis | de La Fare. | Nouvelle Edition | corrigée, et considérablement augmentée. | A La Haye, | Chez C. de Rogissart et Sœurs. | M. DCC. XXXI (1731). In-8.

LXVI pp., 191 pp. chiff. et 3 ff. pour le *Catalogue des Livres, imprimez chez C. de Rogissart et sœurs*. Cette édition est due à Camusat. Les feuillets prél. contiennent, en dehors du titre : l'Avis des Libraires et la lettre de Monsieur*** à M. D'Orville, Professeur en Histoire et en Belles-Lettres dans l'Ecole illustre d'Amsterdam, datée à la fin : A Amsterdam le 12 de septembre 1721.

Œuvres | diverses | de M. L. | de Chaulieu. | Tome I (et II). A Amsterdam, | Chez Zacharie Chatelain. | MCCXXXIII (sic) (1733). In-8.

10 ff. dont 1 bl., pp. 1 à 223 pour le T. I; titre et 284 pp. (par erreur la

dernière 384) pour le T. II. Cette édition serait due, d'après Lefèvre de Saint-Marc, à Jean François Jorre qui l'imprima à Rouen sous la rubrique Amsterdam et, d'après Quérard, à Delaunay. Les ff. prél. contiennent un Avertissement. Des exemplaires invendus furent remis en circulation, en 1740, sous la rubrique, *Londres, Jean Nours,* et sous celle de *Amsterdam : Zacharie Chatelain.*

ŒEuvres | diverses | de monsieur l'abbé | de Chaulieu. | Nouvelle édition. | Tome I (et II). | A Trévoux. | De l'Imprimerie de S. A. S. | M. DCC. XL (1740). In-8.

10 ff. dont 1 bl. et 223 pp. chiffr. pour le T. I; titre et 284 pp. chiff. (la dernière par erreur 384). C'est une copie textuelle de l'éd. de 1733.

ŒEuvres | de l'Abbé | de Chaulieu. | Nouvelle édition, | Augmentée d'un grand nombre de Pièces qui n'étoient | point dans les précédentes, et corrigée dans une | infinité d'endroits sur des Copies autentiques. | Par M. de Saint-Marc. | Tome premier (et second). A Amsterdam, et se vend | A Paris, | chez David rue Saint-Jacques à la Plume d'or | Prault fils, Quai Conti. | Durand, rue Saint-Jacques, à S. Landry. | M. DCCL (1750). In-12.

2 ff. n. chiff. pour le fr. gravé et le titre, CXXXIj pp., pp. 1 à 159 y compris la table pour le T. I; 2 ff. non chiff. pour le faux-titre et le titre, 357 pp. chiffr. y compris la table.

Id.. id., id. A Amsterdam, et se vend.... MDCCLVII (1757). In-12.

3 ff. dont le fr. gravé, CXLVI pp. chiff., titre et 151 pp. chiffr. pour le T. I; 2 ff. et 360 pp. chiffr. pour le T. II.

ŒEuvres | de | Chaulieu, | d'après les manuscrits de l'Auteur | Tome premier (et second). | A La Haye, | Et se trouve à Paris, | Chez Claude Bleuet, Libraire, sur le Pont | Saint-Michel | M. DCC. LXXIV (1774). In-8.

XII pp. et 360 pp. chiffr. pour le T. I; portrait d'après de Troy, gravé par Hubert; 2 ff. et 376 pp. chiff. — Cette édition, due à Fouquet, est la plus complète et la meilleure des poésies de Chaulieu.

ŒEuvres | de | Chaulieu | d'après les manuscrits | de l'Auteur. | Tome premier (et second). | A La Haye, | Chez Gosse Junior, Libraire, | M. DCC. LXXVII (1777). Petit in-12.

XII pp. et 288 pp. chiffr. pour le T. I. — 311 pp. chiffr. pour le T. II. Cette édition copie celle de 1774, moins les notes.

Id. A La Haye. Chez.... (1777). In-16.

310 pp. chiffr. pour le T. I, et portrait, 357 pp. chiffr. (257 par err.) pour le T. II.

Id. Tome premier (et second). A La Haye. Et se trouve à Paris. Chez Pissot, Libraire, rue du Hurepoix. MDCC. LXXVII (1777). In-12.

XII pp. et 358 pp. chiffr. pour le T. I; 378 pp. chiffr. pour le T. II.

Poésies | de | Chaulieu | Paris | Stéréotype d'Herhan | XI = 1803. |
Au bas du faux titre : Poésies de Chaulieu et du marquis de La Fare, on
lit : Cette édition stéréotype se vend à Paris, Chez Antoine-Auguste
Renouard, libraire, rue Saint-André-des-Arcs, n° 42. In-18.

XXIV pp. et 299 pp. chiffr. pour les poésies de Chaulieu et 57 pp. chiffr. pour
les poésies de La Fare. Texte de 1774 et 1777 pour Chaulieu. Portrait de
Chaulieu par Saint-Aubin. Un choix seulement des pièces de La Fare. La
notice est de Fauriel. Cette édition a été réimprimée en 1812, 1813, 1819 et
1824.

Poètes françois ou Collection de Poètes de premier ordre.... Poésies de
second ordre : Chaulieu et Lafare. Paris, Veuve Dabo, 1821, in-16.

Bibliothèque Française. Poésies de Chaulieu et du marquis de La Fare.
Paris, Ménard et Desenne, fils, 1822. In-12.

273 pp. chiffr. pour les Poésies de Chaulieu et 59 pp. chiffr. pour celles de
La Fare.

Poésies de Chaulieu suivies de poésies choisies de La Fare. T. I (et II).
Paris, Froment, quai des Augustins, n° 37. M. DCCC. XXV (1825). Petit
in-12.

XIV pp. et portrait, 232 pp. chiffr. pour le T. I; 2 ff. et 238 pp. chiffr. pour
le T. II. Les poésies de La Fare commencent à la p. 165. Notice de Hourdon.

Poésies de Chaulieu précédées d'une notice biographique et littéraire
par M. Lemontey, de l'Académie française. Paris, Froment, quai des
Augustins, n° 37; Dauvin, rue du Carrousel, n° 4. M. DCCCXXV (1825).
In-8.

XV pp., portrait et 365 pp. chiffr. Les poésies de La Fare commencent à la
p. 305.

Quelques poésies de Chaulieu avaient été publiées dans les recueils
suivants :

Recueil | *de* | *poésies galantes* | *du chevalier de*** | *Et de quelques Pièces
fugitives de l'Abbé de Chaulieu, et autres.* (Marque : Une main tenant une
sphère). *Au Parnasse,* | *Chez les Héritiers d'Apollon.* | *M. DCCXLIV (1744).*
In-8.
91 pp. chiffr., de la p. 39 à la p. 57. *Pièces échappées de l'abbé de Chaulieu,*
15 pièces reproduites dans les éditions de 1750 et 1774.

*Choix des meilleures pièces de madame Des Houlières et de l'abbé de
Chaulieu. Berlin, 1777.* In-8 (British Museum).

Pour les poésies de Chaulieu publiées avant 1700, consulter notre
Bibliographie des recueils collectifs de poésies publiés de 1597 à 1700,
4 vol. in-4, T. III.

Les recueils collectifs du xviii° siècle ont reproduit des pièces de Chaulieu. Citons :

Le Parterre du Parnasse françois, 1710; Nouveau choix de pièces de poésie,

1715; Le Nouveau Parterre du Parnasse françois, 1737; Bibliothèque poétique,
de Lefort de La Morinière, 1745; Elite de poésies fugitives, 1764; Le Porte-
feuille d'un homme de goût, 1765; Annales poétiques, T. XXIX; Poésies
anciennes et modernes, 1781, etc.

Nous n'avons pas relevé les poésies de Chaulieu reproduites dans les
anthologies du xixe siècle.

Recueil | de lettres | de | Mlle Delaunai | (Mme de Staal) | au cheva-
lier de Menil, | au marquis de Silly, | et | à M. D'Héricourt. | Auxquelles
on a joint celles de M. de | Chaulieu à Mademoiselle de Launai, et | le
Portrait de Mme la duchesse du Maine. | Tome premier (et second). | A
Paris, | Chez Bernard, Libraire de l'Ecole Poly- | technique, Quai des
Augustins, près la rue | Gît-le-Cœur. Porte cochère, n° 31, au Ier | An IX.
In-12. (Bibl. nat.).

LXVIII et 309 pp. chiffr. pour le T. I. — 2 ff. et 428 pp. chiff. pour le T. II.
— Les lettres de Chaulieu occupent les pp. 275 à 373 du T. II.

Même édition sous le titre : Lettres de Mlle Delaunai.... A Paris, chez
Léopold Collin, Libraire, rue Gît-le-Cœur. N° 4, 1806. In-12.

Lettres inédites de l'abbé de Chaulieu, précédées d'une notice par M. le
marquis de Berenger. A Paris, au Comptoir des imprimeurs-unis Comon,
éditeur..... 1850. In-8.

2 ff. et 164 pp. chiffr.

LA FARE

LA FARE

D'après les généalogies la famille de La Fare remonterait au
xiie siècle. Le plus ancien membre connu : Béringuier Ier
épousa Elise de Saint-Germain et il vivait encore en 1206.
Nous ne le suivrons pas dans sa descendance; notons seulement
que le 8 avril 1348, Bernard de La Fare, damoiseau, seigneur
et châtelain de la Fare, de la paroisse de Saint-André de Valgorge, au diocèse de Nîmes, fit aveu et dénombrement à
Jean d'Armagnac, vicomte de Fezensaguet, baron de Monclar,
pour raison des choses qu'il tenait de la mouvance de la
baronnie de Roquefeuille, et que Jacques II de La Fare, mort
le 30 août 1661, obtint en 1646 l'érection de la baronnie de
La Fare en marquisat. Arrivons tout de suite au père de notre
libertin, digne rejeton d'une lignée de vaillants soldats :

Charles de La Fare, marquis de Montclar, né à Cavillargues
le 17 janvier 1613, entra au service en 1636 comme enseigne-
colonel du régiment de Normandie et assista en 1637 à la
conquête de la Franche-Comté. Cornette dans le régiment de
cavalerie du cardinal de La Valette en 1638, il fit la campagne
d'Italie de 1639 et participa à la délivrance de Casal. Capitaine
en 1640, on le trouve présent successivement au siège de Turin,
1640, au secours de Chivasso et à la prise de Coni (1641), aux
sièges de Collioure, de Perpignan et de Salces (1642), à ceux
de Trino et de la citadelle d'Asti (1643). Capitaine-lieutenant
de la Compagnie des gendarmes du cardinal Mazarin en 1644,
il est, la même année, au siège de Fribourg, et, en 1645, à
ceux de Bourbourg et de Menin. Nommé gouverneur du fort
Brescou, de Hautpoul et de Balaguer en 1646, maréchal de
camp le 15 novembre 1647, pourvu en 1648 de la charge de
mestre de camp lieutenant du régiment de cavalerie de Sainte-
Cécile, il va à l'armée de Catalogne, assiste au siège de Tortose,

et défend Roses avec succès. Nommé mestre de camp en chef
du régiment de Sainte-Cécile en 1649, puis lieutenant-général
des armées du roi le 10 juillet 1652, il rejoint en 1653 l'armée
de Catalogne et reçoit au siège de Girone des blessures dont
il meurt le 18 février 1654.

De son mariage, contracté le 8 février 1643 avec Jacqueline
de Borne[1], fille et héritière de Charles de Borne, seigneur de
Laugère, baron de Balazac, et de Gabrielle de Beauvoir du
Roure, il eut quatre enfants : une fille et trois fils dont l'aîné
est notre La Fare; le second se fit jésuite et le dernier mourut
capitaine des gardes du roi[2].

Charles Auguste de La Fare, le poète, naquit au château de
Valgorge, en 1644, et reçut une brillante instruction. Un extérieur agréable, quoiqu'il ne fut pas « du premier ordre des
gens bien faits », une figure avenante, une tournure d'esprit
aimable, un caractère où dominait l'aménité et la douceur
« faisait un tout qui plaisait assez au monde ». En décembre
1662, le roi l'accueillit aimablement à sa présentation à la Cour,
et M. de Montausier lui conserva l'amitié qu'il avait témoignée
à son père. L'avenir lui souriait. Il obtint « sans peine et sans
les demander, toutes les petites distinctions et tous les agréments que d'autres n'auraient pas eu, même en les sollici-
tant[3] ». La bienveillance de Louis XIV envers La Fare se
modéra assez vite et disparut bientôt par la faute de ce dernier.
Il ne nous a pas dit à quel propos. Désillusionné de ce côté,
La Fare entra au service en 1664 comme mestre de camp du
régiment d'infanterie de La Fare et partit en qualité de volontaire dans le renfort de six mille hommes que Louis XIV
envoyait à l'Empereur engagé dans une guerre contre les Turcs.
Il assista à la défaite des Turcs au passage de Raab. Deux de
ses parents qui servaient en même temps que lui profitèrent de
leur rencontre en pays étranger pour vider une querelle de
famille. La Fare, témoin et second à ce duel, y fut atteint de

---

1. Après la mort de Charles de La Fare, Jacqueline de Borne, épousa en secondes
noces, son oncle maternel, Scipion de Beauvoir-Grimoard, comte du Roure, chevalier des Ordres du roi, lieutenant général en Languedoc ; veuve à nouveau, en 1669,
sans avoir eu d'enfants de Scipion, elle mourut en 1710.

2. Consulter sur la famille La Fare et sur les frères du libertin, l'article de M. Louis
Farges dans la *Grande Encyclopédie* : Fare.

3. *Mémoires et Réflexions sur les principaux événemens du règne de Louis XIV*
par La Fare.

deux blessures qui l'obligèrent à rester quelque temps à Vienne.

Rassuré, avant son retour en France, sur les suites de cet incident, il reparut à la Cour. Entré comme guidon à la compagnie des gendarmes du Dauphin, nommé successivement enseigne et sous-lieutenant de cette Compagnie, il prit part à la campagne de Hollande en 1671. Celle de Flandre, sous le grand Condé, lui donna l'occasion de se distinguer, particulièrement à la bataille de Senef (1674).

Il se fit ensuite remarquer en Alsace par le maréchal de Turenne. Le maréchal de Luxembourg, sous les ordres duquel il était passé à la fin de cette guerre, demanda pour La Fare le grade de brigadier, légitime récompense due à ses services. Louvois refusa et l'intéressé s'en est vengé en exposant la cause de sa disgrâce, tout à fait étrangère à sa valeur militaire :

« Le marquis de Rochefort, capitaine des gardes du corps du roi depuis quelques années, le seul des amis de Louvois pour qui il avait une véritable considération, homme d'esprit et de courage, mais général timide, incertain et peu capable, fut fait maréchal de France à cette promotion (celle du duc de Navailles, du comte de Schomberg, du duc de Duras, du duc de Vivonne, du duc de La Feuillade, du duc de Luxembourg). L'on ne sait si de son vivant Louvois n'était pas amoureux de sa femme. Mais il est certain qu'il le fut après sa mort et que cette passion dura autant que la vie de Louvois. On prétend que le vieux Le Tellier avait été aussi amoureux d'elle dans les premiers temps de son mariage, et bien des gens ont attribué l'aversion du père et du fils pour moi à cette passion, car ils s'imaginèrent tous deux que j'en étais amoureux, et mieux traité que je ne l'étais effectivement. Il y avait plus de coquetterie de ma part et de la sienne que de véritable attachement. Quoiqu'il en soit, ça a été là l'écueil de ma fortune, ce qui m'attira la persécution de Louvois, qui me contraignit enfin de quitter le service. Mais qu'on est rarement jeune et sage tout à la fois. J'avoue que je ne l'ai pas été en cette occasion ni en bien d'autres[1]. »

Ecœuré, La Fare vendit sa charge de lieutenant des gendarmes du Dauphin, en 1677, au marquis de Sévigné qui la paya 90.000 livres. C'est à partir de cette époque qu'il se lia avec lés Vendôme et surtout avec Chaulieu, et fit partie de la Société du Temple. Sa vie se confondra désormais avec celle de son ami.

---

1. *Mémoires et réflexions sur les principaux événements du règne de Louis XIV.*

La Fare épousa en 1684 mademoiselle de Ventelet, fille d'une ancienne suivante de mademoiselle de La Vallière. Il acquit avec la dot de sa femme une des deux charges de capitaine aux gardes de Monsieur, charge qu'il devait garder jusqu'à sa mort, le duc d'Orléans-l'ayant maintenu en fonctions et gratifié, en 1705, d'un brevet de 60.000 livres.

Arraché à une vie active, La Fare se laissa aller à son tempérament voluptueux; il sacrifia tout ce qu'il y avait chez lui de courage et de fermeté pour s'abandonner à la paresse. Nous ne nous attarderons pas à nommer ses maîtresses, citons seulement madame de La Sablière et madame de Caylus à laquelle il s'attacha autant que sa nature volage le lui permettait. Madame de Sévigné a raconté ses amours avec madame de La Sablière : elles se terminèrent par la trahison de La Fare; l'amie de La Fontaine se retira aux Incurables où elle mourut. Insensiblement l'aspect physique de notre épicurien se mit à l'unisson de ses goûts. Saint-Simon le représente, dans son hôtel de la Butte Saint-Roch, ayant atteint une grosseur démesurée due à sa goinfrerie et à son inaction.

Est-ce à dire que La Fare ne se ressaisissait pas dans certaines circonstances? Certainement, en voici pour preuve l'épître qu'il a adressée au duc de Vendôme au lendemain de la disgrâce de ce dernier en 1709 quand Louis XIV sur les instances du duc de Bourgogne, son petit-fils, retira au vaillant général le commandement d'une de ses armées. Cette épître (inédite), un vieux et vrai courtisan ne l'aurait jamais écrite :

> Vendôme j'avois crû que l'éclat de ta vie
> T'avoit mis pour toûjours au dessus de l'envie,
> Qu'exempt comme tu l'es d'intérest et d'orgueil
> La Cour, même pour toy, n'étoit point un écueil,
> La Cour qui par honneur feint du moins qu'elle t'ayme,
> Et d'où tu prends le soin de t'exiler toy même
> Pour jouir dans Anet de la tranquillité, ——
> Qui des premiers héros fit la félicité.
> Par mon amour pour toy, par tes faits échauffée
> Ma Muse à tes vertus préparoit un trophée,
> Et n'eut jamais pensé devoir t'entretenir
> Que du prix qui t'attend aux siècles à venir;
> Je ne soupçonnois pas l'injustice du nôtre,
> Je ne pouvois prévoir, lors que mieux qu'aucun autre
> Ta valeur a servy ta patrie et ton Roy,
> Que ton païs ingrat se priveroit de toy,

Et qu'il aimeroit mieux renoncer à sa gloire
Que risquer de devoir à ton bras la victoire;
C'est sur quoy je me sens forcé de te parler:
De tes propres malheurs aide à me consoler,
Que j'apprenne de toy, çomme avec patience,
Pour le prix d'un bienfait tu supportes l'offence;
Permets que ta valeur dont je sçay le pouvoir
Suspende mes frayeurs, relève mon espoir.
Laisse-moy me flatter, qu'encor que ton courage
Du monde conjuré sçaura dompter la rage,
Et que dans son besoin cet Empire abatu
Se résoudra d'avoir recours à ta vertu;
Tout me paroît d'ailleurs d'un sinistre présage,
Tout d'un Etat penchant me présente l'image;
Mais quand par le désir du repos amollis
Nous abandonnons tous l'honneur des fleurs de lys,
Toy, qui de ton ayeul renouvelant l'histoire,
Sçeus, au delà des monts, si loin porter leur gloire,
D'une orageuse cour, songe à dompter les flots,
Garde-toy de céder à de lâches complots
Qu'a formés contre toy l'intrigue et la cabale
Qui fut dans tous les temps à tes pareils fatale.
Aux yeux d'un prince aymable, en pleine liberté,
Il n'appartient qu'à toy d'offrir la vérité;
Tu connois son pouvoir, c'est à cette Déesse
Que tu sacrifias dès ta tendre jeunesse,
Elle a seule le droit de faire à tous la loy,
Et ne peut triompher aujourd'huy que par toy.
Assez l'on a gémi sous l'empire des femmes,
Il nous faut désormais quelqu'une de ces âmes
Incapables d'effroy, qui verroient sans trembler
De tout cet Univers la masse s'ébranler;
Tel, au milieu des feux et de l'airain qui tonne,
Tu forças une armée à rendre Barcelone;
Tel, de nos ennemis réprimant la fureur,
Tu fis passer chez eux le trouble et la terreur,
Quand la foudre à la main et conduit par Bellone
Tu tiras tes soldats des remparts de Crémone
Pour aller à leur tour assiéger dans leur fort
Ceux qui leur destinoient l'esclavage et la mort:
Tel, au pont de Cassan, ramenant la victoire,
Tu sçus couvrir ton front d'une nouvelle gloire:
Tel, cet Eugène enfin, qui nous met aux abois
T'éprouva dans le champ de Mars toutes les fois
Que notre sûreté, que notre destinée,
A toy seul par bonheur s'est veuë abandonnée.
Ton bras eût surmonté les derniers accidents
Si l'Envie au teint blême, aux venimeuses dents,

Infectant les esprits de son affreuse haleine,
N'eût soufflé dans les cœurs la discorde et la haine ;
Mais quel homme a jamais prisé de bonne foy
En autruy les talens qu'il ne sent point en soy ?
Notre siècle a produit des Condés, des Turennes,
Dont les âmes n'étoient ni jalouses ny vaines,
Qui se rendoient justice, et dans la même cour,
Admirables tous deux, s'admiroient tour à tour.
Grand et simple comme eux, à tes devoirs fidèle,
Vendôme, tu t'étois formé sur ce modèle,
Mais, seul du bon party, tu n'as pu te tirer
Des piéges que l'Envie a sçeu te préparer ;
Je sçay bien que ton âme et tranquille et hautaine
Sur le tort qu'on te fait jette un regard à peine,
Ce sont les cœurs touchés du bien de leur pays,
Nous tous qu'en t'éloignant ces méchants ont trahis,
Qui devrons démasquer ces âmes hipocrites,
Et faire rendre enfin justice à tes mérites.
Mais non, j'espère plus de ta soumission
Que de tous les efforts de notre affection :
Dans le fond de son cœur, ton Roy t'estime et t'ayme ;
Son fils depuis longtemps te connoit par lui-même,
Songe à leur inspirer des projets dignes d'eux.
Ne te rebute point, c'est à ces malheureux
Qui n'excellent qu'en l'art de séduire et de feindre,
Que près ces demi-Dieux, il est permis de craindre,
Non à toy, qu'aux vertus, aux allarmes nourry,
Ne désavouera pas l'âme du grand Henry [1] !

Malheureusement ces éclairs de dignité s'éteignaient vite.
Quel portrait lamentable de La Fare a été fait par le chevalier
de Bouillon [2] dans les premiers mois de 1711 !

« Je fus voir hier, à quatre heures, après-midi, M. le marquis de La Fare,
en son nom de guerre M. de La Cochonnière, croyant que c'étoit une
heure propre à rendre une visite sérieuse, mais je fus bien étonné d'entendre dès la cour, des ris immodérés et toutes les marques d'une Baccha-
nale complète. Je poussai jusqu'à son cabinet, et je le trouvai en chemise,
sans bonnet, entre son *Remora* [3] et une autre personne de quinze ans, son
fils l'Abbé versant des razades à deux inconnus, des verres cassés, plusieurs cervelats sur la table, et lui assez chaud de vin. Je voulus, comme
son serviteur, lui en faire quelque remontrance ; je n'en tirai d'autre
réponse que, ou buvez avec nous, ou allez vous promener. Il ne parla pas

1. Ms. de la Bibl. nat. fr. 15029. Cette pièce est, nous le répétons, inédite.
2. Lettre de M. le chevalier de Bouillon, en 1711.
3. Appareil de chirurgie qui sert à contenir une hernie.

tout à fait si modestement. J'acceptai le premier parti, et j'en sortis à
six heures du soir quasy yvre mort. Si vous l'aimez, vous reviendrez
incessamment voir s'il n'y a pas moyen d'y mettre quelqu'ordre ; entre vous
et moi je le crois totalement perdu... ! »

Peu de temps après, La Fare tombait gravement malade et
sa convalescence en fit un nouvel homme : madame de Maintenon écrivait le 16 novembre 1711 à la princesse des Ursins :

« M. le marquis de La Fare revient de l'agonie et montre autant de
piété qu'il avait montré de libertinage ; il avoue qu'il a toujours cru,
mais qu'il faisait semblant de ne rien croire pour faire le grand homme[1] .»

Six mois après, le 28 mai 1712, La Fare mourait, âgé de
soixante-huit ans, d'une... indigestion de morue !
Le plus bel éloge de La Fare est dû à Chaulieu, son intime :

> *La Fare n'est donc plus ! la Parque impitoyable*
> *A ravi de mon cœur cette chère moitié.*
> *Pourquoi, cruelle, par pitié,*
> *A tous mes vœux inexorable,*
> *Me laisses-tu traîner ici de tristes jours ?*
> *Etranger dans le monde, il m'est insupportable.*
> *J'y languis, privé de secours,*
> *Et de ce charme inexplicable[2]*
> *Dont depuis quarante ans jouit mon amitié.*
>
> *Je te perds pour jamais, ami tendre et fidelle,*
> *Toi, dont le cœur toujours conforme à mes désirs*
> *Goûtoit avec le mien la douceur mutuelle*
> *De partager nos maux ainsi que nos plaisirs :*
> *Flatté que ta bonté ne me fît point un crime*
> *De mes vices, de mes défauts,*
> *Je te les confiois, sans perdre ton estime*
> *Ni que cela m'ôtât rien de ce que je vaux.*
>
> *La trame de nos jours ne fut point assortie*
> *Par raison d'intérêt, ou par réflexion ;*
> *D'un aimant mutuel la douce sympathie*
> *Forma seule notre union :*
> *Dans le sein de la complaisance*
> *Se nourrit cette affection*
> *Dont en très peu de temps l'aveugle confiance*
> *Fit une forte passion.*

1. Rec. Bossange. T. II, 241.
2. 1733. Ces six vers se réduisent à deux : *Etranger dans le monde, il m'est insup-
portable,* | *Je n'y goûterai plus ce charme inexprimable.*

On te pleure au Parnasse, on te pleure à Cythère ;
En longs habits de deuil, les Muses, les Amours,
Et ces Divinités qui donnent l'art de plaire,
De ta pompe funèbre ont indiqué les jours :
  Apollon veut qu'avec Catulle
  Horace conduise le deuil,
Ovide y jettera des fleurs sur ton cercueil,
Comme il fit autrefois au bûcher de Tibulle.

  Puisse la fidelle Histoire,
  Cher La Fare, des honneurs
  Que t'ont rendu les neuf Sœurs
Aux siècles à venir faire passer ta gloire !
J'espère, et cet espoir seul console mon cœur,
  Qu'en éternisant ta mémoire
  J'éterniserai ma douleur.

J'appelle à mon secours, Raison, Philosophie,
Je n'en reçois, hélas ! aucun soulagement.
A leurs belles leçons Insensé qui se fie !
Elles ne peuvent rien contre le Sentiment.—
J'entends que la Raison me dit que vainement
Je m'afflige d'un mal qui n'a point de remède,
Mais je verse des pleurs dans le même moment,
Et sens qu'à ma douleur toute ma vertu cède. [1]

O Mort ! faut-il en vain que je vous sollicite ?
  L'ordre que la Nature a mis,
Veut que j'aille bientôt rejoindre mes amis :
Tout ce qui me fut cher a passé le Cocyte.
En vain je cherche encore ici quelque agrément [2];
Mes jours sont un tissu de douleur et de peine :
Chaque heure, chaque instant m'apporte un changement,
Me dérobe un plaisir, ou me fait un tourment [3].
Pourquoi n'osai-je rompre une fatale chaîne
Qui m'attache à la vie, et m'éloigne du Port ?
  Il faudroit au moins que le Sage,
  Quand il le veut, eût l'avantage
  D'être le Maître de son sort.

---

1. 1733 : il vaut mieux que je cède.
2. Id. : ce vers manque.
3. Id. : ces deux vers manquent.

POÉSIES LIBERTINES ET PHILOSOPHIQUES
(EN PARTIE INÉDITES)

DE LA FARE

1° ODES, STANCES, ÉPITRES, ETC.

A L'AMOUR

Puissant et premier Génie,
Par qui tout fut animé,
Toi, qui maintiens l'harmonie
Du monde par toi formé :
Amour, d'un trait de ta flamme
Pénètre aujourd'hui mon âme,
Et fais couler dans mes sens,
Le feu dont brûla Catulle,
Et qui, du jeune Tibulle,
Forma les tendres accens.

Ni les Nymphes du Parnasse,
Ni les faveurs d'Apollon
Ne me donneroient l'audace
De célébrer ton saint nom.
C'est toi qui près d'une eau pure,
Au fond d'une grotte obscure,
Peux seul, enseignant ta loi,
Inspirer aux cœurs fidèles,
Dans leurs ardeurs mutuelles,
Des chansons dignes de toi.

Mais je sens que ma prière
A trouvé grâce à tes yeux;
Une nouvelle lumière
Rend mon esprit radieux.
Mes vers vont servir de guides,
A ces âmes trop timides,
Qui, de peur de tes rigueurs,
Fuyant tes faveurs divines,
N'osent, pour quelques épines,
Cueillir les plus belles fleurs.

Publions donc à ta gloire,
Que, plus fort que tous les Dieux,
Pour la plus grande victoire,
Tu n'armes que deux beaux yeux :
Et que ta douceur est telle,
Que, dans la guerre mortelle

Que tu déclares aux cœurs,
Aimable jusqu'en tes peines,
Tu fais adorer tes chaînes
Aux vaincus comme aux vainqueurs.

Loin de toi, loin de ton Temple,
Ces jeunes présomptueux,
Qui donnent l'indigne exemple
D'un amour faux, fastueux ;
Qui, dans leurs humeurs hautaines,
Veulent imposer des chaînes,
Et garder leur liberté,
Et prétendent n'introduire
Dans le sein de ton Empire
Que mensonge et vanité.

Non, ce n'est que la souffrance,
Que l'ardeur de nos désirs,
Qui mettent la différence
Et le prix à tes plaisirs.
Toi-même n'a pu connoître,
Les douceurs que tu fais naître,
Que quand ton cœur fut touché :
Et, pour goûter tes délices,
Il fallut que tu gémisses
Dans les fers de ta Psiché.

Ah ! que ta chaîne est légère !
Que ton joug a de douceur
Pour l'âme simple et sincère
Qui t'abandonne son cœur !
C'est pour elle que sont faites
Ces félicités parfaites,
Qu'au monde on ne connoît plus ;
Mais que, pour leur récompense,
Tu verses en abondance
Dans le sein de tes élus.

Je sais bien qu'à tes caprices
On impute tes faveurs ;
On dit que tes injustices
Font répandre mille pleurs ;
Mais c'est avec les caresses,
Et les trompeuses tendresses
D'une volage beauté,
Confondre les biens durables
Et les plaisirs ineffables
Qu'on doit à la vérité.

Ce n'est point toi qui présides
A ce honteux abandon,
A ces commerces sordides
Qui deshonorent ton nom.
Ce n'est que des belles âmes
Que ta main file les trames ;
Tu tiens le vice abattu ;
Ton choix toujours légitime
Ne donna jamais au crime
Les prix dus à la vertu.

Quoique nous conte la Fable,
Tes yeux sont toujours ouverts ;
Tu veilles, Dieu favorable,
Au bonheur de l'Univers :
Nos vœux par ton assistance,
Parviennent jusqu'à l'essence
Qui maintient l'ordre des Cieux ;
Et, brûlans d'ardeurs fidelles,
Nos cœurs portés sur tes ailes,
Vont s'unir avec les Dieux.

A LA VOLUPTÉ

(Inédit).

Ame de toute la Nature,
Reine de la terre et des Cieux,
Par qui la foible créature
S'élève jusqu'au sort des Dieux ;
Fin où tend tout ce qui respire,
Volupté, répans sur ma Lyre
Le doux charme de tes attraits,
Viens favoriser mon audace,
Et fais-moy chanter avec grâce
L'aimable pouvoir de tes traits.

Unie à l'essence divine
Tu mérites tous nos amours,
Eternelle en ton origine,
Ton règne durera toujours,
Toujours sur la machine ronde
Entretenant la paix profonde,
Par un invisible lien,
Tu passeras dans tous les âges,
Et dans l'esprit de tous les sages
Pour le seul véritable bien.

Si tost que tu te rends sensible
Tous les cœurs d'amour transportés,
Par une puissance invincible,
Vers toy se sentent emportés ;
Et lorsque par la joüissance
Mettant fin à leur espérance
Tu mets le comble à leurs désirs,
O qu'heureuse est la destinée
De l'âme avec force entraînée
Par le torrent de tes plaisirs !

Aussi c'est toy que la Déesse
Mère des Ris et des Amours,
Et les Grâces suivent sans cesse,
C'est toy qui fais leurs plus beaux jours :
En toy seule est toute leur force,
Et cette précieuse amorce,
Après quoy court avidement
Tout ce qui dans le sein des ondes,
Et dans les cavernes profondes
Est capable de sentiment.

Oüy, partout on sent la puissance
De tes inévitables traits,
Mais l'homme a seul la connoissance
De tout le prix de tes bienfaits :
Digne objet de ta complaisance,
Seul, il a l'heureuse science
De goûter tes divins présens
Alors qu'enyvré de tes charmes
Son esprit, qui te rend les armes, —
Ajoute au bonheur de ses sens. —

Loin de moy tous ces fanatiques
Rebelles à tes sentimens,
Dont les humeurs mélancoliques
Résistent à tes mouvemens :
Qui loin d'accepter avec joye
Le bien que le Ciel leur envoye,
Comme un remède à leurs malheurs,
Estiment que ce soit sagesse,
Que se livrer à la tristesse,
Et se plaire dans les douleurs.

Loin de moy ces timides âmes,
Qui se chargeant d'indignes fers,
Pensent que d'éternelles flames
Les doivent punir aux Enfers,

D'avoir sans crainte et sans envie
Joui des plaisirs de la vie,
Comme de la clarté des Cieux,
Et traitent de libertinage
Le digne et légitime usage
Des plus nobles présens des Dieux !

Non, c'est par toy que je révère,
Bienfaisante Divinité,
Que quelque jour mon âme espère
Atteindre à la félicité;
Par toy j'auray la joüissance,
Aussi bien que la connoissance
De la véritable beauté,
Conduit par des douceurs légères
Et des voluptés passagères
A l'Eternelle Volupté.

ODE

Venez échauffer ma veine,
Venez Amours, Ris et Jeux;
Disparoissez trouble et peine,
Respectez ce jour heureux,
Où mon âme transportée
Demeure comme enchantée
Au comble de ses désirs.
Que sans cesse ma mémoire,
De ce jour si plein de gloire
Me retrace les plaisirs!

Ainsi, fier de sa conquête,
Enivré d'un doux moment,
Parle, en sa joie indiscrète,
Un jeune et crédule amant :
Mais bientôt la frénésie
De la sombre jalousie
Agite son triste cœur,
Lui fait sentir ses alarmes,
Et payer de mille larmes,
Un instant de son bonheur.

Il est des âmes mieux nées,
A qui le Dieu des Amours
A, malgré les destinées,
Filé de plus heureux jours :
Mais en vain leur confiance
Les flatte de l'espérance

De s'aimer jusqu'au tombeau ;
Leur cœur, par expérience,
Sent même, en la jouissance,
Eteindre un désir si beau.

Est-ce donc dans les batailles,
Qu'un héros toujours vainqueur,
Au milieu des funérailles,
Trouve un solide bonheur ?
Non, d'un peu de renommée —
La trop légère fumée —
S'achète par trop de soins. —
Le hasard l'ôte et la donne,
Et bien souvent l'abandonne
A qui la mérite moins.

Donc un vain désir m'excite
A parvenir au séjour
Que le vrai bonheur habite ;
Car, le chercher à la Cour,
Parmi tant de misérables,
Et d'infortunés coupables
Qui gémissent dans les fers,
C'est du Monde en son enfance,
Vouloir trouver l'innocence,
Et le vrai calme aux Enfers.

Ah, quel sentier solitaire
Me présente tant d'appas !
L'amitié simple et sincère —
Vient y conduire mes pas.
Suivons cette aimable guide
Pour arriver où réside
La pure félicité,
Mon sort sera doux et rare ;
Mais la trompeuse m'égare.
Dieux ! que d'infidélité !

Dans le sein de l'indolence —
Cherchons du moins le repos —
Et que mon indifférence
Me mette à l'abri des maux.
Mais quoi ! c'est sur ma paupière,
De peur de voir la lumière,
Mettre un funeste bandeau ;
C'est, d'une triste manie
Eprouvant la tyrannie,
Entrer vivant au tombeau.

Prenons moins de soin d'éteindre
Que de régler nos désirs ;
Livrons nos cœurs, sans rien craindre,
Aux plus sensibles plaisirs.
Goûtons-les, tels que les donne
La Nature sage et bonne
Dont les souveraines lois,
Eternelles, nécessaires,
Sont pour nous plus salutaires,
Que ne seroit notre choix.

Mortel, ose-tu prétendre
Un bien qui dure à jamais,
Et si peu parfait attendre
Des plaisirs purs et parfaits ?
Quand ton âme, possédée
D'une trop flatteuse idée,
Croit jouir des Cieux ouverts ;
Pour courre après des chimères
Et des biens imaginaires,
Ce sont les vrais que tu perds.

Heureux, heureux l'homme sage,
A qui ces réflexions
Ont appris à faire usage,
Tour à tour, des passions ;
Qui, conducteur intrépide,
Sait et leur lâcher la bride,
Et, s'il faut, les retenir ;
Qui, sensible et raisonnable,
Saisit l'instant favorable,
Peu certain de l'avenir.

ODE

Esprit et corps, tout m'afflige,
L'un languit sans mouvement :
L'autre en vrai pédant s'érige,
Et veut penser tristement.

Reviens avec tous tes charmes
Et dissipe mes noirceurs,
Amour : toi qui, jusqu'aux larmes,
Sais tout changer en douceurs.

Je rentre dans ta milice,
Et comme ton vieux soldat,
Je prétends à ton service
Expirer dans le combat.

On écrira mon histoire,
Dans les fastes de Vénus,
Comme on chantera ma gloire,
Dans les fastes de Bacchus.

Là, dès que le bon Silène,
Chatouillé par les Amours
Présentera sa bedaine,
Riant et buvant toujours :

En mémoire de la mienne,
Dans le Bacchique transport,
Chacun, à perte d'haleine,
Voudra boire un rouge-bord.

SUR LA PARESSE. A L'ABBÉ DE CHAULIEU[1]

Pour avoir secoué le joug de quelque vice,
Qu'avec peu de raison l'homme s'énorgueillit !
Il vit frugalement ; mais c'est par avarice ;
S'il fuit les voluptés, hélas, c'est qu'il vieillit.

Pour moi, par une longue et triste expérience,
De cette illusion j'ai reconnu l'abus ;
Je sais, sans me flatter d'une vaine apparence,
Que c'est à mes défauts que je dois mes vertus.

Je chante tes bienfaits, favorable Paresse,
Toi seule dans mon cœur as rétabli la paix :
C'est par toi que j'espère une heureuse[2] vieillesse ;
Tu vas me devenir plus chère que jamais.

Ah ! de combien d'erreurs et de fausses idées,
Détrompes-tu celui qui s'abandonne à toi !
De l'amour du repos les âmes possédées,
Ne peuvent reconnoître et suivre une autre[3] loi.

Tu fais régner le calme au milieu de l'orage,
Tu mets un juste frein aux plus folles ardeurs ;
Tu peux même élever le plus ferme[4] courage,
Par le digne mépris que tu fais des grandeurs.

1. Cette pièce a paru pour la première fois dans le *Nouveau choix de pièces de poésie*, I p., 1715 ; elle a été insérée, par Fouquet, dans l'édition de 1774 des Œuvres de Chaulieu.
2. Var. 1774 : douce.
3. Var. Id. : d'autre.
4. Var. Id. : noble.

Le nom de ce Romain qui vainquit Mithridate,
Par ses travaux guerriers a bien moins éclaté,
Que par la volupté tranquille et délicate,
Que lui fit savourer la molle oisiveté.

Rome eût toujours été la maîtresse du monde,
Si son sein n'eût produit que de pareils enfans,
Satisfaits de vieillir dans une paix profonde,
Après avoir été tant de fois triomphans.

Que Jules eût épargné de pleurs à sa Patrie,
Si, vainqueur des Gaulois, par d'injustes projets,
De ses rares vertus la gloire il n'eût flétrie,
Et qu'il eût aux travaux su préférer la paix[1].

De la Tranquillité compagne inséparable,
Paresse, nécessaire au bonheur des mortels,
Le besoin que l'Europe a d'un repos durable,
Te devroit attirer un Temple et des Autels.

Ainsi l'on vit jadis le Chantre d'Epicure,
Demander à Vénus qu'avec tous ses appas,
Elle amollit de Mars l'humeur farouche et dure,
Lorsqu'elle le tiendroit enchanté dans ses bras.

L'ardeur des vains désirs n'est jamais satisfaite :
Leur vol rapide et prompt ne se peut arrêter;
Celui qui[2] dans son sein porte une âme inquiète,
Au milieu des plaisirs ne sauroit les goûter.

Ami, dont le cœur haut, les talens, l'espérance,
Le don d'imaginer avec facilité,
Pourroient encor, malgré ta propre expérience,
Rallumer les désirs et la vivacité[3] :

Laisse-toi gouverner par cette enchanteresse,
Qui seule peut du cœur calmer l'émotion,
Et préfère, crois-moi, les dons de la Paresse
Aux offres d'une vaine et folle Ambition.

LES BÉATITUDES DE CE MONDE
Stances irrégulières.

Inédit.

Heureux qui s'affranchit de cette crainte vaine
Qu'excite en nous l'horreur de l'éternelle nuit,

---

1. Cette strophe manque dans le *Nouveau choix...*, 1715, Ire p.
2. *Nouv. choix...*, Ire p., 1715 : Var. *Quiconque...*
3.   Id.   Id.   : *Rallumer tes désirs et ta vivacité.*

Qui marchant d'un pas ferme va où son sort le mène ;
S'il n'a que peu de jours, du moins il en jouit.

Heureux qui sage et jeune encor
Sçait goûter ses beaux jours sans en hâter le terme,
Et qui, mettant le juste prix à l'or
Ne le prodigue ny l'enferme.

Heureux qui sçait sans murmurer
Soumettre son esprit aux mœurs de sa patrie,
Qui peut, exempt d'orgueil, exempt de flatterie,
Plaire aux Grands sans les admirer.

Heureux qui n'a d'autres désirs
Que ceux qu'il peut sans trouble aisément satisfaire ;
La Fortune et l'Amour ne récompensent guère
Notre attente ny nos soûpirs.

Heureux qui des beaux yeux dont il est enchanté,
Fait couler les premières larmes,
Et qui d'une jeune beauté
Voit croistre en même temps et l'amour et les charmes.

Heureux qui joint aux grands talens
Un esprit doux, un cœur tendre et sincère,
C'est le plus rare des présens
Qu'aux mortels les Dieux puissent faire.

Heureux celuy dont le goût se renferme,
Dans peu d'amis tendres et vertueux,
Qui, sain de corps, d'esprit tranquille et ferme,
Dans les plaisirs peut vieillir avec eux.

Heureux à sa raison qui soumet ses désirs,
Jamais dans ses besoins le Ciel ne l'abandonne,
La Volupté le sert, le calme l'environne
Et toute la Nature a soin de ses plaisirs.

RÉPONSE A UNE BALLADE DE MADAME DESHOULIÈRES
dont le refrain étoit :
On n'aime plus comme on aimoit jadis [1]

Dans les siècles passés, quand l'amoureuse flamme
Avec quelque vivacité
Pressoit une jeune Beauté
L'Amant qui lui plaisoit en faisoit une femme.

1. Cette pièce a paru pour la première fois dans le *Nouv. choix de pièces de poésie*, 1715, Ire p., sous la signature de La Fare ; elle se lit également dans les *OEuvres
de Pavillon.* — Voir à la p. 52 de la notice biographique de madame Deshoulières.

C'est ainsi qu'on aimoit dans le temps d'Amadis :
    D'une manière si commode
    Nous n'avons pas perdu la mode :
On aime encor comme on aimoit jadis.

Le beau sexe autrefois pour la galanterie,
Prenoit la fine fleur de la Chevalerie ;
    Il lui falloit des Paladins ;
    Aujourd'hui ce n'est pas de même ;
Il met tout en usage, et jusqu'aux Baladins :
    On n'a jamais tant aimé que l'on aime.

Nos Pères qui vivoient dans un siècle peu fin,
    Ne vouloient qu'amour et simplesse,
    Et sur le fait de la tendresse
    Alloient toujours leur grand chemin.
    Ils cherchoient à se satisfaire ;
    Et sans toucher au bien d'autrui
    Se contentoient de l'ordinaire :
On n'aimoit point comme on aime aujourd'hui.

    Jadis du moment qu'une Belle,
Avoit subi le joug de quelque bon Gaulois,
    Dût-elle enrager de son choix,
    Il falloit qu'elle fût fidelle.
A présent on fait grâce à leurs divins attraits.
    Les femmes sur cette matière
    Ayant indulgence plénière,
    En usent toutes de manière
Qu'on aime plus que l'on aima jamais.

    Au bon vieux temps, Dieux! quels supplices!
    L'Amour ne trouvoit que rigueur ;
    On payoit la moindre faveur
    D'une éternité de services.
Aujourd'hui nul en vain ne paroît enflammé.
    On n'attend point la récompense
    D'une triste persévérance ;
On est payé comptant, et souvent par avance :
    On aime mieux qu'on n'a jamais aimé.

    Sous l'antique et triste esclavage
    D'un honneur sottement placé,
    Un pauvre cœur, le temps passé,
    Etoit, à la fleur de son âge,
    Impitoyablement forcé
    De s'en tenir au mariage.
Nous sommes aujourd'hui sous de plus douces loix ;
Nous suivons nos désirs ; et sans pudeur aucune,

> Chacun, comme il lui plaît, vit avec sa chacune :
> On aime plus qu'on aimoit autrefois.
>
> On aime à droite, on aime à gauche ;
> Par-tout en liberté l'on conte ses raisons.
> Rien chez nous aujourd'hui ne s'appelle débauche,
> Et l'Amour est enfin de toutes les saisons.
> Chacun en prend sans se contraindre ;
> Et je ne vois que les maris,
> Qui puissent justement se plaindre :
> Qu'on aime plus que l'on aimoit jadis.
>
> Vivez, heureux Sujets de l'amoureux Empire ;
> Dans ces jours fortunés où tout vous est permis ;
> Suivez les mouvements que le temps vous inspire,
> Et soyez à l'Amour sans réserve soumis.
> Et vous, jeunes Beautés, il est de votre gloire
> De faire ici mentir vos plus grands ennemis.
> Commencez chaque jour quelque galante histoire ;
> Et par le nombre enfin de vos tendres amis,
> Confondez les rêveurs, qui veulent faire croire
> Qu'on aime moins que l'on aimoit jadis.

LA SAGESSE COMMODE [1]

> Non, non, je ne viens point sur les bords du Permesse,
> Phœbus, te demander ta poëtique [2] ivresse.
> Sur d'autres vas tenter [3] les savantes fureurs ;
> La Vérité n'a point besoin de tes faveurs.
> Il me faut cet éclat, cette lumière pure,
> Qui fait sentir le vrai ; ton feu le défigure.
> Minerve, inspire-moi ; j'oserai te chanter :
> Il y va de ta gloire, et tu dois m'écouter.
>
> Où suis-je? quels Jardins! En ces lieux la Nature
> A-t-elle pris pour moi sa plus belle parure?
> Jamais un Ciel si beau n'éclaira l'Univers :
> Que ce Zéphire est doux! Que ces côteaux sont verds!
> Où m'as-tu transporté séduisante Sagesse?
> — Ici la Volupté règne avec la Paresse :
> Que dis-je? C'est ici le tranquille séjour,
> Où de Sages heureux tu composes ta Cour.
> Tu m'avois donc trompé, ridicule Stoïque?
> Charmé d'une vertu superbe et chimérique,

1. Cette pièce a paru pour la première fois dans le *Nouveau choix de pièces de poésie*, 1715, I⁰ p.

2. *Nouv. choix*, 1715, var. : frénétique.

3. Id. var. : verser.

Tu disois que, toujours insensible à nos vœux,
La Sagesse fuyoit sur des rochers affreux ;
Tu nous la dépeignois triste, sèche et cruelle ;
Tu la connoissois mal : vois combien elle est belle !
Un ris majestueux, mais mêlé de douceur,
Permet à ses beaux yeux une douce langueur,
Ainsi souvent les Ris, ennuyés à Cythère,
Pour la suivre en ces lieux abandonnent leur mère.
Qu'as-tu donc de sauvage? et pourquoi les Mortels,
Déesse, laissent-ils sans encens tes Autels?
Toujours à leurs besoins sensible, favorable,
Tu tends à ces ingrats une main secourable ;
Tu leur permets encor les craintes, les désirs,
Tu sais que c'est par eux qu'on arrive aux plaisirs

Oui, Sagesse, et voilà de ta bonté le gage,
Jamais des passions tu n'interdis l'usage.
Tel que le Souverain des vents tumultueux
Asservit à son gré leur souffle impétueux ;
Il ne les tient pas tous esclaves dans la chaîne ;
On en voit quelquefois s'échapper dans la plaine :
Mais ils sont ménagers de leurs souffles divers ;
Un sage mouvement anime l'Univers :
Borée en vain frémit; son Maître le resserre :
Un vent de trop suffit pour ravager la Terre.
De la Sagesse ainsi la redoutable voix,
Impose aux Passions d'impérieuses loix.
Ne nous en plaignons point : sa facile puissance
Ne veut que réprimer leur fougueuse insolence ;
Son zèle à nous servir et ses soins généreux,
Nous en laissent toujours assez pour être heureux.
Hélas! quelle seroit, Humains votre misère,
Si, possesseurs d'un cœur qui n'auroit rien à faire,
A vous-mêmes toujours vous vous trouviez rendus?
Grands Dieux! tous les plaisirs pour vous seroient perdus,
Mais nous l'éprouvons tous; une heureuse foiblesse
Charme un Amant ravi même de sa tristesse ;
De vifs et doux transports, une timide ardeur
L'élèvent quelquefois au comble du bonheur.
Oui, quand l'Amour d'un cœur est une fois le maître,
Il le fait agiter autant qu'il le doit être.
Au gré de deux beaux yeux laissons-nous donc charmer ;
On ne sçauroit assez ni trop souvent aimer.
Faisons plus, livrons-nous à d'aimables chimères,
La Sagesse le veut, elles sont nécessaires ;
C'est par elles qu'un bien que l'on n'obtiendroit pas,
Se laissant espérer, brille de mille appas ;

Sans elles, malheureux, pleins de notre indigence
Nous n'avons du plaisir que la seule apparence;
A nos besoins encor par elles ajusté,
Le jeu de la Nature a toute sa beauté :
Ce désir orgueilleux, cette fureur de gloire,
Que ne peut assouvir la plus belle victoire;
Cette soif de l'honneur par qui l'homme abusé,
Prodigue de ses soins se croit éternisé:
C'est la mère des Arts, n'en faisons point mystère,
De toutes les vertus elle est aussi la mère;
Mais quoi! des passions l'excès trop dangereux
Jamais à l'Univers ne fut-il onéreux?
Non, ne redoutons point leur utile ravage;
L'air pour se corriger veut souvent de l'orage.
O! toi, que les humains doivent seuls implorer,
Sagesse, vois leurs cœurs, et viens t'en emparer.
Qu'avec toi le plaisir incessamment habite,
Déesse, l'Univers par moi t'en sollicite.
Tu le peux, tu n'es point cette triste Raison,
Dont un mortel heureux craint le fatal poison.
Non, non, ce n'est point toi qui veux nous faire entendre,—
Que faits pour le plaisir nous n'en devons point prendre._
Sensible à nos désirs, tu sais nous servir mieux._
Tu fais, et de tes dons c'est le plus précieux,
Qu'une douce folie en tout temps nous possède,
Que pour nous épuisée, une autre lui succède.

ODE MORALE

Inédit.

Souvenir des plaisirs de mes jeunes années
    Me suivras-tu toujours?
Cessons de murmurer contre les destinées
    Qui les firent si courts.

Pourquoy de quelques jours perdre le peu qui reste
    A quereller le sort?
Ou saisi de l'horreur de mon heure funeste,
    Mourir avant ma mort?

Livreray-je aux erreurs d'une vaine espérance
    Mon cœur et mon esprit?
Malheureux insensé, qui n'a la joüissance
    Que de l'instant qui fuit!

Au pigeon amoureux, la tourterelle unie
        Sçait le mettre à profit ;
Sensible aux tons plaintifs d'une tendre harmonie,
        Philomèle en joüit,

L'homme seul sçait se faire une triste habitude
        De gémir, de pleurer ;
Et dans le choix des biens sa sotte inquiétude
        Ne sert qu'à l'égarer !

C'est en vain que la mer, et la terre équitable,
        D'accord avec les Cieux,
Remplissent ses greniers, et fournissent sa table
        De mets délicieux.

Si dédaignant les biens que sa bonne fortune
        Fait trouver sous ses pas,
Semblable au chien d'Esope, il court après la lune
        Qu'il n'attrapera pas.

Tel un torrent fougueux, des paisibles rivages
        Quitte les verds roseaux,
Impatient d'aller dans les rochers sauvages
        Précipiter ses eaux.

Ainsi le nautonnier, en dépit de l'orage,
        Par l'espoir du butin,
Va chercher follement les horreurs du naufrage
        En un climat lointain.

Il préfère aux présens que luy fait la Nature
        Les seuls qu'elle a cachez,
Qui par quelque corsaire ou quelque ami parjure
        Luy seront arrachez !

Il entre-ouvre le sein d'une terre étrangère
        Pour y trouver de l'or ;
Et néglige le champ que labouroit son père
        Où gist son vray trésor.

Dégoûté des plaisirs qu'il peut avoir sans peine,
        Ennuyé d'en joüir,
Il poursuit d'une ardeur insatiable et vaine
        Ceux qui semblent le fuir.

Puisse avec mes beaux jours, de cette étrange yvresse
        Finir l'illusion,
Puissay-je exempt d'erreur, du moins, en ma vieillesse —
        Joüir de ma raison. _

RÉFLEXIONS D'UN PHILOSOPHE SUR UNE BELLE CAMPAGNE[1]

ODE

Plus on observe ces Retraites,
Plus l'aspect en est gracieux ;
Est-ce pour l'esprit, pour les yeux,
Ou pour le cœur qu'elles sont faites?
Je n'y vois rien de toutes parts,
Qui ne m'arrête, et ne m'enchante;
Tout y retient, tout y contente
Mon goût, mon choix et mes regards.

Quand je regarde ces prairies,
Et ces bocages renaissans,
J'y mêle aux plaisirs de mes sens,
Le charme de mes rêveries;
J'y laisse couler mon esprit,
Comme cette onde gazouillante,
Qui suit le chemin de sa pente,
Qu'aucune loi ne lui prescrit.

Je vois sur des coteaux fertiles,
Des troupeaux riches et nombreux,
Ceux qui les gardent sont heureux,
Et ceux qui les ont sont tranquilles.
S'ils ont à redouter les loups,
Et si l'hiver vient les contraindre;
Ce sont là tous les maux à craindre;
Il en est d'autres parmi nous.

Nous ne sçavons plus nous connoître,
Nous contenir encore moins.
Heureux, nous faisons par nos soins,
Tout ce qu'il faut pour ne pas l'être.
Notre cœur soumet notre esprit
Aux caprices de notre vie.
En vain la Raison se récrie,
L'abus parle, tout y souscrit.

Ici je rêve à quoi nos Pères
Se bornoient dans les premiers temps :
Sages, modestes, et contens,
Ils se refusoient aux chimères.

1. Cette pièce a paru pour la première fois dans le *Nouv. choix de pièces de poésie*, 1715, II. p.

Leurs besoins étoient leurs objets;
Leur travail étoit leur ressource;
Et le repos toujours la source
De leurs soins et de leurs projets.

A l'abri de nos soins profanes,
Ils élevoient, religieux,
De superbes Temples aux Dieux,
Et pour eux de simples cabanes.
Renfermés tous dans leur état,
Et contens de leur destinée,
Ils la croyoient plus fortunée,
Par le repos que par l'éclat.

Ils sçavoient à quoi la Nature
A condamné tous les humains.
Ils ne devoient tous qu'à leurs mains
Leur vêtement, leur nourriture.
Ils ignoroient la volupté,—
Et la fausse délicatesse,
Dont aujourd'hui notre mollesse
Se fait une félicité.

L'intérêt, ni la vaine gloire,
Ne dérangeoient pas leur repos;
Il aimoient plus dans leurs Héros,
Une vertu, qu'une victoire.
Ils ne connoissoient d'autre rang
Que celui que la vertu donne;
Le mérite de la personne
Passoit devant les droits du sang.

Dès qu'ils songeoient à l'Hyménée,
Leur penchant conduisoit leur choix,
Et l'Amour soumettoit ses loix
Aux devoirs de la foi donnée.
L'ardeur de leurs plus doux souhaits
Se bornoit au bonheur de plaire;
Leurs plaisirs ne leur coûtoient guère,
Les saisons en faisoient les frais.

En amitié, quelle constance!—
Quels soins! quelle fidélité!
Ils étoient en sincérité,
Ce qu'on est en fausse apparence[1].
S'étoient-ils donnés, ou promis?
Leurs cœurs jaloux de leurs promesses,

---

1. 1715 : Ce que nous sommes en apparence.

Voloient au devant des foiblesses
Et des besoins de leurs amis.

Quel fut ce temps! quel est le nôtre!
Entre deux Amis aujourd'hui,
Quand l'un a besoin d'un appui,
Le trouve-t-il toujours dans l'autre?
Esclaves de tous nos abus,
Victimes de tous nos caprices,
Nous ne donnons plus qu'à des vices,
Les noms des premières vertus.

Dégoûtés des anciens usages,
Entêtés de nos goûts nouveaux,
Loin de songer à nos troupeaux,
Nous détruisons nos pâturages :
Nous changeons nos prés en jardins,
En parterres nos champs fertiles,
Nos arbres fruitiers en stériles,
Et nos vergers en boulingrins.

Heureux habitans de ces plaines,
Qui vous bornez dans vos désirs,
Si vous ignorez nos plaisirs,
Vous ne connoissez pas nos peines,
Vous goûtez un repos si doux,
Qu'il rappelle le temps d'Astrée.
Enchanté de cette contrée,
J'y reviendrai vivre avec vous.

LA VIEILLESSE D'UN PHILOSOPHE VOLUPTUEUX[1] (1703)

ODE

Nectar, qu'on avale à longs traits,
Baume que répand la Nature
Sur les maux qu'elle nous a faits,
Maîtresse aimable d'Epicure,
Volupté, prête ton[2] secours,
Et viens défendre ma vieillesse
Des langueurs et de la tristesse[3]
Qui noircit la fin de mes jours.

1. Cette pièce, publiée sous le nom de La Fare dans le *Nouv. choix de pièces de poésie*, 1715, IIᵉ p., figure dans les *Poésies de Chaulieu* depuis 1724, où elle est beaucoup plus importante, 14 strophes au lieu de six, mais l'édition de 1755 des *Poésies de La Farre* la reproduit ainsi que le Manuscrit 15029 de la Bibliothèque nationale qui, suivant nous, renferme les poésies de La Fare.
2. Var. 1776 : viens à mon.
3.   Id.   : Toi seule peux de ma vieillesse | Bannir la fatale tristesse.

Viens donc, non telle qu'avec bruit [1]
Parmi la débauche égarée,
Tu m'accompagnois jour et nuit [2],
De pampre et de myrte parée :
Mais sage et sans emportement,
Fais aux fureurs de la [3] jeunesse
Succéder la délicatesse
D'un voluptueux sentiment.

Que sensible au goût des plaisirs,
Eloigné de l'intempérance,
Je forme encor quelques désirs,
Sans sortir de la bienséance.
Que recherché des jeunes gens,
Je leur marque de l'indulgence [4],
Et [5] tolère leur imprudence
En faveur de leurs agrémens.

Mais prends bien garde que l'Amour,
Qui n'en feroit pas grand scrupule,
Chez moi n'aille entrer en plein jour
Sous une forme ridicule ;
Libertin et voluptueux,
Laissons folâtrer et rire :
Le plus sage n'en peut médire ;
Il est bon, tant qu'il est heureux [6].

Que toujours cher à mes amis,
Mêlant l'utile au délectable,
Leur amitié tendre et durable
Me tienne ce qu'ils m'ont promis :
Qu'à leurs yeux toujours agréable,
Le sel que la Nature a mis
Sur ma langue et dans mes écrits
Leur serve de propos de table [7].

Ainsi puissai-je mollement,
Et d'une âme toujours égale,

---

1. Var. 1776 : qu'autrefois.
2. Id. : Tu me suivis en mille endroits.
3. Id. : ma.
4. Id. : Que recherché par les jeunes gens | Pour leurs erreurs plein d'indulgence.
5. Id. : Je.
6. Cette strophe manque dans le *Nouv. choix de pièces de poésie*, 1715, II° p., et dans l'édition de La Fare de 1755.
7. Var. 1776 : Je trouve ce que m'a promis | Leur amitié tendre et durable : | Qu'à ces Libertins si chéris | Ma Muse quelquefois aimable | Fasse encor des propos de table | De quelques traits de mes Écrits !

Profitant de chaque moment,
Attraper[1] mon heure fatale,
Où, content de ne plus souffrir
Cent maux dont elle nous délivre,
Je cesse seulement de vivre,
Sans sentir[2] l'horreur de mourir !

TRADUCTION DE L'ODE D'HORACE
Eheu ! fugaces, Postume, etc.

Des ans, Postume, hélas ! que la fuite est légère[3] !
Que la mort indomptée, et la vieillesse austère,
     Avancent vers nous à grands pas !
L'éclat de ta vertu, que dans Rome on révère,
     Ne les touchera pas.

Vainement tes désirs pieux et légitimes,
Tâcheroient de fléchir par cent mille victimes
     Du Dieu des Morts le cœur d'airain :
Géryon et Tytie au fond des noirs abîmes
     Le réclament en vain.

Il les tient enfermés par cette eau détestable,
Dont à chaque mortel, innocent ou coupable,
     Né Berger, ou du sang des Rois,
Le passage terrible autant qu'inévitable,
     N'est permis qu'une fois,

On a beau fuir de Mars la main ensanglantée[4]
Et des vents du Midi la vapeur empestée,
     Il faut descendre chez les Morts ;
Du Cocyte il faut voir l'eau noire et détestée,
     Et les funestes bords.

Il faut te séparer de ton Epouse aimable,
Et de cette maison, de ce Bois agréable
     Que les Siècles firent exprès,
Tu n'en emporteras, possesseur peu durable,
     Qu'un funèbre Cyprès.

Un héritier alors plus heureux et plus sage,
Fera de tes trésors un magnifique usage,
     Répandra des flots de vin vieux,
Qu'avoit sous cent verroux conservé d'âge en âge,
     Le soin de tes ayeux.

1. Var. 1776 : Rencontrer.
2. Id. avoir.
3. Var. 1715 : Posthume, de nos ans que...
4. Id. : En vain on suit de Mars...

ODE XI DU PREMIER LIVRE D'HORACE
Tu ne quaesieris...

Crois-moi, Leuconoé, garde-toi de chercher
    Dans la connoissance des nombres,
Ce que la nuit des Temps a droit de nous cacher
    Dans les plis de ses voiles sombres ;
Soit que le Roi des Dieux t'accorde cent hyvers,
    Soit que l'hyver qui nous ennuie,
Et qui glace à présent et la terre et les airs,
    Soit le terme mis à ta vie.
Es-tu Sage ? avec moi viens goûter de ce vin,
    Ferme ton cœur à l'espérance,
Qui n'a presque jamais de raison ni de fin ;
    Ne pense qu'à la jouissance.
Le Temps, cet envieux, par qui tout est détruit,
    Pendant que je parle, s'envole,
Prêt à rentrer demain dans l'éternelle nuit :
    Qu'un moment heureux t'en console.

    Malheur, beauté trop inconstante,
Malheur à qui tu parois si charmante !
    Pour moi, dans le port arrivé,
    Je suis à l'abri de l'orage,
Et j'offre de bon cœur aux Dieux qui m'ont sauvé
    Tout le débris de mon naufrage,

ODE XI DU SECOND LIVRE D'HORACE
Quid bellicosus Cantaber

    Crois-moi, du Scythe et de l'Ibère,
    Hirpinus, crains peu les desseins,
    Songe à l'usage qu'il faut faire
    Du Temps, qui t'échappe des mains.
    Sa rapidité nous engage
    A mieux profiter de notre âge, —
    Sans charger d'inutiles soins
    Une courte et légère vie,
    Dont la douceur nous est ravie
    Lors que nous y pensons le moins.

    Le feu brillant de la jeunesse,
    Le vif éclat de la beauté,
    Cèdent à l'affreuse vieillesse,
    Qui bannit toute volupté ;

Des amours la troupe éperdue
S'enfuira bien-tôt à la vue
De la neige de tes cheveux :
Et dans la nuit la plus tranquille,
Pour un sommeil doux et facile,
Tu feras d'inutiles vœux.

Les fleurs, honneur de la Nature,
Ne sont pas belles en tout temps,
Et leur agréable peinture
 Ne se découvre qu'au printemps ;
La Lune en son cours inégale,
A souvent le visage pâle,
Comme nous elle a son déclin ;
A quoi bon remplir une vie,
Dont la course est si-tôt finie,
De desseins qui n'ont point de fin ?

Que plutôt couronnés de roses,
A l'ombre couchés au hazard,
Ne quittons-nous le soin des choses,
Où nous avons si peu de part?
Que des soucis et de la gloire,
Dans le vin noyant la mémoire,
N'usons-nous du temps précieux ?
Bacchus de tous plaisirs le père,
Dissipe la douleur amère,
C'est le plus aimable des Dieux.

Qui de vous, enfans, de mon verre
Est prêt à rafraîchir les bords :
Qui de la beauté de Glycère
Me livrera tous les trésors ?
Qui de ma part ira lui dire,
Que tout à l'heure avec sa lyre,
Elle apporte son enjouement ;
Qu'elle relève pour parure
D'un simple nœud sa chevelure,
Assez belle sans ornement.

ÉPITRE SATIRIQUE
A MONSIEUR L'ABBÉ DE CHAULIEU

Inédit.

Je ne me connois plus, moy dont l'âme tranquille
Estoit inaccessible aux noirceurs de la bile,
Devenu misantrope à toute heure, en tous lieux,
Je n'aperçois plus rien qui ne blesse mes yeux.

Ma Muse, qui féconde en riantes peintures,
Venoit m'entretenir de douces aventures,
Peignoit Flore, Vénus, les charmes d'un beau jour,
Dont les tendres chansons n'inspiroient que l'amour,
N'offre plus à mon cœur que de tristes images,
Et remplit mon esprit de funestes présages ;
Je n'ay que du dégoût pour tout ce que je voy,
Et l'avenir encor est plus affreux pour moy ;
D'un si grand changement quelle est donc l'origine ?
Dois-je l'attribuer à ma seule machine ?
Dont les yeux affoiblis et privés de clarté[1]
Ne peuvent des objets discerner la beauté ;
Ou bien est-ce qu'enfin ma raison épurée,
Aux erreurs de mes sens ne laissant plus d'entrée,
Ne sçauroit sans dégoût, sans des frémissemens
Du monde corrompu voir les égaremens.
Et qui pourroit souffrir ce honteux esclavage
Que volontairement s'impose un homme sage,
Qui, devenu flatteur, laschement asservit
Aux sottises d'autruy jusques à son esprit.
Qui pourroit sans frémir voir la raison plaintive
Demeurer dans les fers indignement captive ?
Ce rayon immortel de la Divinité,
Dont Dieu même a fondé l'heureuse liberté,
N'ose plus au grand jour exposer sa lumière,
Et presqu'en tous les cœurs, souffre une éclipse entière.
Dans une épaisse nuict tout semble enseveli,
Des solides vertus l'exemple est aboli ;
Où régnoit le bon sens, commande le caprice,
Et la vérité cède à l'indigne artifice.
De probité, de gloire et de religion,
En ce siècle on n'a plus retenu que le nom,
Sous lequel, de son cœur déguisant la malice,
Le plus grand scélérat met à l'abri son vice.
Mais où m'emportes-tu, Muse, dans ta fureur ?
Prétens-tu donc de moy faire un déclamateur ?
Dont les descriptions et les phrases usées
D'un jeune courtisan excitent les risées.
Je sçay trop de quel œil on regarde un censeur ;
Eh bien, dira quelqu'un, quel est ce grand malheur
Qu'en vers pompeux icy déplore votre veine ?
Telle fut de tout temps la destinée humaine ;
Depuis que dans le ciel Astrée a remonté
Sur la terre tout est mensonge et vanité,

1. On sait que Chaulieu était devenu aveugle dans les dernières années de sa vie ;
on n'a jamais parlé de cette infirmité, pour La Fare, faut il croire qu'il en a été
également atteint ?

Ainsi l'a prononcé la divine Sagesse,
Qui fait à ses desseins servir notre foiblesse
Et veut que sous l'erreur, le grand nombre abattu,
Luy serve à rehausser le prix de la Vertu.
Oüy, vous m'ouvrez les yeux, je vois que le mélange
Des bons et des méchants n'a rien qui soit étrange ;
Aussi je ne veux point corriger l'Univers,
Ce n'est point au public que s'adressent mes vers ;
C'est à ces Dieux du monde, à qui la Providence,
A daigné faire part de sa toute-puissance,
Qui loin d'estre pour nous de sages conducteurs,
Ont sçeu se faire un art de corrompre les cœurs.
Ils s'adressent, mes vers, à ceux dont la manie
Est d'avilir en eux le plus noble génie ;
Pour plaire à des esprits d'un ordre inférieur,
Ils éteignent exprès les lumières du leur ;
Ils sont nés généreux et deviennent timides,
Vertueux par nature, et par leur art perfides.
Voilà, voilà quel est, Ami, ce grand malheur,
Qu'un cœur comme le mien ne peut voir sans douleur.
Des véritables biens la source est corrompüe,
A la teste est monté le poison qui nous tue ;
Du monde tout entier l'air en est infecté,
Sans qu'on ose former des vœux pour la santé :
Se plaindre de tels maux est réputé un crime ;
On riroit des efforts d'une âme plus sublime,
Qui suivroit avec force et d'un courage altier
De la pure vertu le pénible sentier.
En vain la Vérité s'efforce de paroistre
Aux lieux où l'hypocrite a sçeu se rendre maistre,
Dont l'esprit agité d'un inquiet ennui
Sçait prendre dans le Ciel des armes contre luy.
Ainsi dès qu'un prélat d'une conduite pure,
A tâché d'élever notre foible nature,
Jusqu'à des sentimens qui soient dignes de Dieu,
Il ne luy restera d'azile en aucun lieu :
Rome malgré les Saints luy deviendra contraire,
Il ne trouvera plus en elle un cœur de mère,
Contrainte en dépit d'elle à le sacrifier,
Elle n'osera l'admettre à se justifier.
Ainsi de nos Cagots la trop humble grimace
Cache un sombre orgüeil, une coupable audace ;
Il n'est rien qu'ils ne soient résolus de tenter,
Rien que l'homme de bien ne doive redouter ;
Que si, comme autrefois, honteuse de paroistre
L'hypocrisie encor se renfermoit au cloistre ;
Mais sous les toicts dorés, au milieu des salons,
A Tartuffe une femme en feroit des leçons,

Sous un dehors flatteur, sous une humble parure,
Ce n'est qu'ambition, que haine, qu'imposture;
Elles se priveront de spectacles, de fard,
Mais non de la douceur de médire avec art.
Vous les verrez, suivant leurs pieuses maximes,
Renoncer aux plaisirs pour commettre des crimes.
Eh, quel astre ennemi! quelle fatalité,
M'a fait naistre au milieu de tant de fausseté?
Sans cesse environné d'une foule servile,
Je n'ose qu'en tremblant évaporer ma bile;
Trop heureux de pouvoir, ami, te confier,
Dans mon juste dépit ce périlleux papier.

ODE A L'HONNEUR DE LA RELIGION

Inédit.

Quel spectacle nouveau tient mon âme enchantée?
Par quel pouvoir est-elle aujourd'huy transportée
Loin du globe connu qu'elle avoit habité?
Elle a franchi les murs qui terminent le Monde,
Elle arrive, où des biens est la source féconde,
Et le trône éternel de la Divinité.

Quel éclat se répand dans cet espace immense!
Quelle tranquillité! Quel ordre! Quel silence
Règne dans ce séjour de la félicité!
Là, l'on ne connoit point la fuite des années;
Là, celuy qui du Monde a fait la destinée,
Seul faisant tout mouvoir, n'est jamais agité.

Mais que vois-je? à ses pieds humblement prosternée,
D'une troupe innombrable elle est environnée,
Dont elle offre l'encens et présente les vœux;
C'est la Religion, de la race mortelle
Auprès du Créateur, protectrice fidelle,
Qui de leur alliance a sçeu former les nœuds.

Accourons, je l'entends, c'est sa voix qui m'appelle,
Viens, favori du Ciel, approche, me dit-elle,
Et tu seras instruit de toute vérité.
Assez et trop longtemps mon cœur en vain soûpire,
De voir que la discorde entrant dans mon empire,
En a du Culte pur banni la sainteté.

Que pensent les mortels? quelle fureur les guide?
L'un pour mes intérests devient cruel, perfide,
L'autre par piété renverse des autels;
Il semble qu'agité d'une noire manie

Chacun avec malice à son prochain envie
Le droit de rendre à Dieu des honneurs immortels.

Cet Etre universel, qui du rivage môre
Promène ses regards aux climats de l'Aurore,
Qui, de l'Ourse au midy fait sentir ses bienfaits,
Ne veut point qu'à son culte on donne des limites ;
Il prétend qu'il s'étende autant que ses mérites,
Et qu'au lieu de la guerre, il apporte la paix.

De tant d'Etres, vois-tu la divine structure ?
Les divers mouvemens qui sont dans la Nature,
Depuis le fond des mers jusqu'aux célestes corps,
De leur variété, qu'on peut dire infinie,
Il se forme un concert dont l'heureuse harmonie
Jusqu'au trône divin porte ses doux accords.

Ainsi quand les mortels remplis d'intelligence,
Qui diffèrent de culte et non de dépendance,
S'adressent à celuy qui gouverne les Cieux,
Des soupirs enflamés de leurs âmes brûlantes,
Du mélange confus de leurs voix différentes,
Il se forme un concert encore plus précieux.

Tout hommage est reçeu pourveu qu'il soit sincère,
Les hommes sont nés tous enfans du même père ;
Dès que leur cœur luy parle, ils en sont écoutés.
Le Ciel verra plutost éteindre ses lumières,
Et la Terre tarir le cours de ses rivières,
Qu'ils ne verront la fin des divines bontés.

Mais comme le Soleil dans le centre du Monde
Animant les ressorts de la machine ronde,
En fait toute la gloire et toute la beauté ;
De même la raison, qui les hommes éclaire,
A la Divinité les rend dignes de plaire :
Elle est le fondement de leur félicité.

Loin de moy ces esprits foibles ou fanatiques,
Sectateurs malheureux de vertus chimériques,
Sur qui le vray ne fait aucune impression,
Qui pensent que ce sont les choses impossibles
Et les événemens les moins compréhensibles,
Qui font le digne objet de la Religion.

Chacun a dans son sein une vive lumière,
Qui de l'Esprit divin porte le caractère ;
Tout ainsi que Dieu même il la doit révérer ;
Que sans cesse à ses pas elle serve de guide,

Qu'à tous ses mouvemens elle seule préside,
Elle luy montrera ce qu'il faut adorer.

Les Cieux, la mer, la terre et tout ce qu'elle enferme,
Et la fuite du temps qui les porte à leur terme,
D'un Dieu, maître de tout, montrent la Majesté.
L'abondance des fruits, l'eau qui court des fontaines,
Le doux jus des coteaux, la richesse des plaines,
De ce Dieu bienfaisant annoncent la bonté.

Il n'a point de ses dons enrichi la Nature,
Pour en priver l'espoir de l'humble créature,
Qui n'a d'autre désir que de suivre ses loix ;
Servez-vous de ses biens, c'est luy qui vous l'ordonne ;
Sa libéralité qui vous les abandonne,
Vous en donnant le goût, vous en permet le choix.

Que si quelqu'un prenant une injuste licence,
Abuse des présens de sa magnificence,
Ou qu'il ose en joüir sans en chérir l'autheur ;
Luy même devenu le martyr de son vice,
Jusques dans ses plaisirs rencontrant son supplice,
Il n'en recüeillera que trouble et que douleur.

Heureux, qui respectant la Majesté Suprême,
Se livrant tout entier aux mains d'un Dieu qu'il ayme
Aux loix de sa raison accorde ses désirs ;
Jamais dans ses besoins le Ciel ne l'abandonne,
La Volupté le sert, le calme l'environne,
Et toute la Nature a soin de ses plaisirs.

Va, retourne aux mortels révéler ces mystères
Fais qu'ils soient annoncés dans les deux hémisphères,
Bannis-en, s'il se peut, l'esprit d'illusion,
Et publie en tous lieux d'une voix redoutable,
Que de tous les abus, l'abus le plus coupable
C'est celuy que l'on fait de la Religion.

2° PIÈCES DIVERSES

VÉRITÉ ÉGAYÉE[1]

De l'homme, voici la chimère :
Pour lui tout naît, pour lui tout se détruit ;

1. Cette pièce a paru pour la première fois dans le *Nouv. choix de pièces de poésie*, 1715, I° p.

C'est pour lui que tourne la Sphère ;
Tout l'Univers pour lui seul est construit.
Sur un tel fait les argumens plausibles
　Ne me sont pas sensibles :
　　Mais je m'aperçois
　Que ce vin est fait pour moi,
　　Lorsque je le bois.

POUR MADAME DE CAYLUS

Madrigal.

Au fond d'un bois, au bord d'une fontaine,
Dans des lieux sacrés à l'Amour,
L'insensible Iris se promène ;
O toy qui voles à l'entour,
Dieu que méprise l'inhumaine,
Force-la d'aimer à son tour ;
Son orgueil te fait trop d'injure,
Et si tu ne peux l'enflammer,
De quoi te sert-il d'animer
Tout le reste de la Nature ?

POUR LA MÊME

Il est vray, je suis pas à pas
La secte du bon Epicure,
Iris, je ne m'en deffens pas
Car c'est la loi de la Nature ;
Fidèle à tous ses mouvemens
J'aime en vous son plus bel ouvrage,
Et c'est par là que je prétens
Mériter le titre de Sage.

MADRIGAL

De Vénus Uranie, en ma verte jeunesse,
　Avec respect j'encensai les Autels,
Et je donnai l'exemple au reste des mortels
　De la plus parfaite tendresse.

Cette commune loi qui veut que notre cœur
　De son bonheur même s'ennuie
　Me fit tomber dans la langueur
　Qu'apporte une insipide vie.

Amour, viens, vole à mon secours,
M'écriais-je, dans ma souffrance ;
Prends pitié de mes tristes jours.
Il m'entendit, et par reconnaissance,
Pour mes services assidus,
Il m'envoya l'autre Vénus,
Et d'Amours libertins une troupe volage,
Qui me fit à son badinage.

Heureux si de mes ans, je puis finir le cours
Avec ces folâtres Amours !

ÉTRENNES

Inédit.

Vous avez joint à toutes les beautés
Le charme de toutes les grâces,
Par vos premiers regards les cœurs sont enchantés
Les Ris et les Amours suivent partout vos traces ;
Au corps le plus parfait que Nature ait formé
Le Ciel voulut donner votre esprit en partage :
Que peut donc en ce jour un cœur bien enflammé
Souhaiter pour vous davantage ?
Rien, divine Cloris, si vous le demandez,
Si non que vous fassiez usage
Des trésors que vous possédez.

MADRIGAL

Inédit.

Vos lèvres qu'Amour a formées,
Et que les Grâces prennent soin
De tenir en tout temps semées
De fleurs qui ne s'effacent point,
Estoient par ce Dieu destinées
A mieux employer leurs attraits,
Et croyez-moi, Philis, ce n'est pas estre sage
Que laisser à de si beaux traits
Ignorer plus longtemps leur véritable usage.

Inédit.

Lors que livrés tous deux à notre ardeur extrême
Nous goûtons de concert la volupté suprême,
Dont l'excès nous égale aux Dieux :
Oüy, je te jure, Iris, qu'attaché sur tes yeux,
Occupé de Toy seule, et m'oubliant moy-même,
Ton plaisir est celui que je ressens le mieux.

HUITAIN

Inédit.

J'avois voulu profiter de l'absence
Pour m'affranchir des peines que je sens,
Le Dieu d'amour a pris pour une offence
D'un foible cœur les efforts impuissans.
J'éprouve, hélas! sa cruelle vengeance,
Je sens qu'il m'a percé de tous ses traits,
Et qu'il ne reste à mon cœur désormais
Aucun espoir qu'en sa persévérance.

HUITAIN

Inédit.

Consumé d'une ardeur qui ne se peut éteindre,
Malgré les maux que de toy j'ay soufferts
Amour, le croiras-tu, je ne sçaurois me plaindre
De la douleur ny du poids de tes fers?
D'un objet si parfait mon âme est possédée,
Que, méprisant tous tes autres plaisirs,
J'aime mieux en souffrant joüir de mon idée
Que contenter ailleurs tous mes désirs.

DIXAIN

Inédit.

Dieu des Amours, père des vrays plaisirs,
Unique autheur des douces destinées,
Est-ce donc toy, qui par d'ardens désirs
Viens ranimer mes dernières années?
Ouy, je les sens ces traits qui m'ont dompté,
Disparoissez soins de ma liberté.
Venez, Iris, apportez-moy des chaisnes,
Mais avec vous menez la Volupté,
Et réservez les langueurs et les peines
Pour quelque amant qui vous ait résisté.

MADRIGAL

Inédit.

Un nouveau feu vient d'allumer mes sens,
Une douce langueur s'empare de mon âme,
Amour, je reconnois à tout ce que je sens,
Les vertiges secrets de ma première flamme;

Iris, vous qui prestez à ce Dieu tous les traits,
Qui de mon cœur le rendent maistre,
Ah! ne dédaignez pas d'employer vos attraits
A redoubler l'ardeur que vous avez fait naistre.

RONDEAU

Inédit.

Au temps jadis une jeune beauté
Se laissoit prendre à la fidélité,
Aux tendres soins d'un cœur vrayment sincère;
A quarante ans n'estoit cru téméraire
Quiconque avoit amour et loyauté;
Mais l'homme aimoit jeunesse et nouveauté,
Et présumoit qu'un objet édenté
Estoit malpropre à l'amoureux mystère;
        Au temps jadis.

Or maintenant le seul jeune éventé
Charme en dépit de sa légèreté,
Et d'autre part une Sexagénaire
A son amant trouve mieux l'art de plaire,
Malgré des ans l'injuste cruauté,
        Qu'au temps jadis.

CHANSON A BOIRE

Inédit.

La Fortune a ses injustices,
La Raison trop d'austérité,
Et d'une jeune beauté
Qui ne connoit les caprices?
Bacchus exerce sur nous
Le seul Empire qui soit doux.

AUTRE CHANSON A BOIRE

Inédit.

Qu'Amour et Bacchus
Que Flore et Vénus
Me préparent une couronne.
Je vais à table en même temps
Goûter le nectar de l'Automne
Et cueillir les fleurs du Printemps
Sur des lèvres qu'Amour me donne.

FABLE

INÉDIT.

Chez Saturne, au premier âge,
Le Dieu d'amour fut tenté
De goûter au mariage
Et fit choix de la beauté.
Qui n'eût crû tel assemblage
Durable à l'Eternité?
Mais non, le libertinage
Eût bientost déconcerté
Cet hymen honneste et sage.
Le goût pour la liberté
Revint à l'enfant volage;
Et l'orgueil de la beauté
Traita bientost d'esclavage
La permise volupté.
De quoy le Dieu dépité
Voulût que l'humain lignage
Fût pour toujours dégoûté
De ce qui sent le ménage.
Et dès lors la nouveauté
En tous lieux eût l'avantage
Sur l'éclat de la beauté,
Laquelle de son costé
Devint souvent le partage
Non du plus amoureux, mais du plus effronté.

ÉPITAPHE DU ROY GUILLAUME D'ANGLETERRE[1]

INÉDIT.

Cy gist le destructeur d'un pouvoir légitime,
Jusqu'à son dernier jour favorisé des Cieux,
Dont les vertus méritoient mieux
Qu'un Sceptre acquis par le crime.
Par quel destin faut-il? par quelle loy?
Qu'à ceux que leur naissance a placés sur le trône,
Ce soit l'Usurpateur qui donne
L'exemple des talents que doit avoir un Roy.

---

1. Guillaume III, roi d'Angleterre, successeur de Jacques II, né le 14 novembre 1650, de Guillaume II de Nassau, prince d'Orange, et Stathouder des Provinces-Unies, et de Henriette-Marie Stuart, fille de Charles I, roi d'Angleterre, élu stathouder en 1672, proclamé roi d'Angleterre en 1689, mort le 19 mars 1702.

TABLE DES POÉSIES LIBERTINES ET PHILOSOPHIQUES EN PARTIE INÉDITES DE LA FARE

BIBLIOGRAPHIE DES ŒUVRES DE LA FARE

A. POÉSIES

1). Imprimés.

Nous ne nous occupons pas des éditions où les poésies de La Fare sont placées à la suite de celles de Chaulieu (voir Bibliographie des œuvres de Chaulieu). *Nous ne relevons que les éditions consacrées à La Fare; nous ne citons pas non plus les anthologies où figurent des poésies de La Fare* (voir Chaulieu).

Poësies | de | monsieur le marquis | de la Farre (sic) | Nouvelle Edition considérablement | augmentée | . A Amsterdam. | Chez J. F. Bernard. | M. DCC. LV (1755). In-16.

2 ff. et 284 pp. chiff.

Poésies | de | monsieur le marquis | de La Farre. | A Genève. | M. DCC. LXXVII (1777). In-16.

2 ff., 1 fig. de Marillier gravée par Delaunay et 192 pp. chiff.

Poésies | de | monsieur le marquis | de La Farre. | Nouvelle Edition considérablement augmentée. | A Londres. | M. DCC. LXXXI (1781). | In-16.

2 ff., 1 fig., 246 pp. chiff. et 1 f. pour le *Catalogue de petits formats* (Cazin).

Poésie (*sic*) de M. le marquis de la Fare. Nouvelle édition considérablement augmentée. A Londres, 1781. In-16.

Contrefaçon de l'édition ci-dessus.

B). Manuscrits.

Bibliothèque nationale, fr. 15029. *Poésies diverses* (sans nom d'auteur). Ce Ms. comprend, suivant nous, les poésies de La Fare, dont une petite partie seulement a été imprimée, quelques pièces de Chaulieu, et un sonnet de Malézieux. Voici la liste des pièces inédites de La Fare contenues dans ce Ms. :

Ode à la Volupté (8 st. de 10 v.) : *Ame de toute la Nature* (reproduit).

Les Béatitudes de ce Monde (stances irrégulières, 8 de 4 v.) : *Heureux qui s'affranchit de cette crainte vaine* (reproduit).

Ode à madame de Montbazon (10 st. de 4 v.) : *Par qui, comment, dans mon esprit.*

Ode morale (13 st. de 4 v.) : *Souvenir des plaisirs de mes jeunes années* (reproduit).

Epître satirique à monsieur l'abbé de Chaulieu (108 v.) : *Je ne me connois plus, moy dont l'âme tranquille* (id).

Léandre et Héro, cantate (104 v.) : *L'Amour sçait surmonter les plus puissants obstacles.*

Fable (31 v.) : *La beauté, la jeunesse et les grâces un jour.*

Etreines (11 v.) : *Vous avez joint à toutes les beautés* (reproduit).

Fable (24 v.) : *Chez Saturne au premier âge* (id.).

Dixain : *Dieu des Amours, père des vrays plaisirs* (id.).

Dixain. Sur ce que dans un soupé on m'avoit demandé de faire des vers sur madame la duchesse de Bourgogne : *Vous fistes hier quelque chose d'étrange.*

Envoy à Madame la Princesse de Conty d'un sonnet en bouts-rimés fait par M. le Duc, où il y avait quelque chose d'un peu licencieux (4 v.) : *Princesse trouvez-vous quelque chose d'étrange.*

Epitaphe du roy Guillaume d'Angleterre : *Cy gist le destructeur d'un pouvoir légitime* (reproduit).

Portrait (21 v.) : *Un regard enchanteur, une bouche animée.*

Madrigal (8 v.) : *Un nouveau feu vient d'allumer mes sens* (reproduit).

Rondeau : *Au temps jadis une jeune beauté* (id.).

Madrigal (10 v.) : *Tout ce qui peut rendre estimable.*

   —   (16 v.) : *Avant qu'Iris sceut mon amour extrême.*

   —   (15 v.) : *Allez mes vers, allez trouver Sylvie.*

   —   (10 v.) : *Tant qu'a duré la cruelle rigueur.*

   —   (8 v.) : *Je ne vous vois que rarement.*

   —   (8 v.) : *J'avois voulu profiter de l'absence.*

   —   (9 v.) : *Vos lèvres qu'Amour a formées* (reproduit).

   —   (8 v.) : *Consumé d'une ardeur qui ne se peut éteindre* (id.).

   —   (6 v.) : *Lors que livrés tous deux à notre ardeur extrême* (id.).

Chanson (6 v.) : *Des yeux vous faites le plaisir.*

Id. (2 st. de 6 v.) : *Tout aime en ce mois.*

Id. à boire (6 v.) : *La Fortune a ses injustices* (reproduit).

Id., id. (7 v.) : *Qu'Amour et Bacchus* (id.).

A son Altesse Royale Mgr le duc d'Orléans, sur la prise de Lérida (11 v.) : *La Fortune de tout temps.*

S. t. (26 v.) : *Tourmenté des vapeurs de la mélancolie.*

Ode à l'honneur de la Religion (17 st. de 6 v.) : *Quel spectacle nouveau tient mon âme enchantée* (reproduit).

Ode. A la Muse lyrique (14 st. de 4 v.) : *Muse, douce enchanteresse.*

A monsieur le Duc de Vendôme (92 v.) : *Vendôme, j'avois crû que l'éclat de ta vie* (reproduit).

Epithalame pour le mariage de Mgr le duc de Berry avec Mademoiselle (6 st. de 10 v.) : *Quand les enfans de la Terre.*

Pour madame la duchesse du Maine (12 v.) : *Si les vers qu'inspire Apollon.*

A madame de Courcillon (11 v.) : *Que le délicat assemblage.*

La Métempsycose. Fable (54 v.) : *Dans les temps fortunés de l'enfance du monde.*

Lettre (A Neuilly, mardy 19 juillet 1707 (22 v.) : *Du bord paisible où la Seine.*

Madrigal (16 v.) : *Que le précieux moment.*
Id. (10 v.) : *Dès ma première jeunesse.*
Ode en réponse aux vers de M. l'abbé Courtin (5 st. de 8 v.) : *Faut-il, ne rimant qu'avec peine.*
Réponse à M. d'Hamilton (vers et prose) : *De quelques vers mal polis.*
Rép. à une autre lettre de l'abbé Courtin (73 v.) : *Il est vray, ces immortelles.*

C). Mémoires.

Mémoires | et | réflexions | sur les principaux | événements du | règne de Louis XIV, | et sur le caractère | de ceux qui y ont eu la | principale part. | Par Mr L. M. D. L. F. | A Rotterdam. | Aux dépens de Gaspar Fritsch. | M. DCC. XVI (1716). In-8.

271 pp. chiff., titre noir et rouge.

Id., id., id. M.DCCXVI (1716). Avec un fleuron au lieu de la marque du libraire. In-12.

Titre en noir. C'est probablement une contrefaçon de l'édition ci-dessus.

Id., id., id. M. DCC. XVI. (1716). In-12.

Titre en noir, fleuron différent de l'édition ci-dessus.

Id., et sur le caractère | de ceux qui y ont eu | la principale part. | Par Mr L. M. D. L. F. | Nouvelle édition, où l'on a ajouté | quelques remarques. | A Amsterdam, | chez J. F. Bernard | M. DCC. XXXIV (1734). In-12.

247 pp. chiff., titre rouge et noir.

Id., id. A Amsterdam.... M. DCC. XXXIV (1734). In-12.

2 ff. et 344 pp. chiffr. Titre en noir.

Mémoires | et | réflexions | sur les | principaux événemens | du règne | de | Louis XIV. | Et sur le caractère de ceux qui y ont | eu la princi-pale part. | Par Mr L. M. D. L. F. | Nouvelle édition, où l'on a ajoûté quelques | Remarques. | A Amsterdam, | chez J. F. Bernard. | M. DCC. XL (1740). In-12.

2 ff. et 344 pp. chiffr. (N). Titre rouge et noir.

Mémoires | et | réflexions | sur les principaux | événemens du | règne de Louis XIV, | et sur le caractère | de ceux qui y ont eu | la principale part. | Par Mr L. M. D. L. F. | Nouvelle Edition, où l'on a ajoûté | quel-ques Remarques. | A Amsterdam, | chez J. F. Bernard. | M. DCC.XLIX (1749). In-12.

2 ff. et 344 pp.

Mémoires | et | réflexions | Sur les principaux événemens du | Règne de Louis XIV, | et sur le caractère de ceux qui y | ont eu la principale

part. | Par Mr L. M. D. L. F. | Nouvelle Edition, où l'on a ajoûté quel-
ques | Remarques. | A Amsterdam, | chez J. F. Bernard. | M. DCC. LV
(1755). In-16.

2 ff. et 352 pp.

APPENDICE

LES LETTRES LIBERTINES EN VERS

DE

CLAUDE DE CHAULNE

PRÉSIDENT DU BUREAU DES FINANCES DE DAUPHINÉ

ÉCHANGÉES AVEC

LES FOUCQUET, HUGUES DE LIONNE, DE NIERT, etc.
MESDAMES DE CLÉRIEU, POTEL, REVEL, etc.
(1644-1659)

LE MANUSCRIT DES LETTRES EN VERS
DE CLAUDE DE CHAULNE

C'est Ch. Nodier qui, par une spirituelle notice insérée au *Bulletin du Bibliophile*, année 1836, a fait connaître l'existence du manuscrit des lettres en vers de Claude de Chaulne :

« On lira bien des bibliographies sans y trouver le moindre renseignement sur le poète dont je parle. Tout ce qu'il est possible d'en dire avec quelque certitude, c'est qu'il était de l'illustre famille de Chaulne et probablement cousin du maréchal Honoré d'Albert, duc de Chaulne, et du connétable de Luynes ; qu'il florissait vers le milieu du xvii siècle, et qu'il faisait des vers pour son plaisir sans y attacher d'autre importance. Ce qui m'étonne, ce n'est pas qu'on ait oublié un poète de ce caractère ; mais qu'on sache si peu de chose d'un homme de cette qualité qui a daigné se mêler de poésie c'est jouer de malheur. L'obscurité totale dans laquelle il est tombé, est d'autant plus extraordinaire, qu'il paraît avoir joui, de son vivant, d'une certaine réputation dans un monde fait pour l'apprécier. Du fond du Dauphiné, où il faisait son séjour, Claude de Chaulne correspondait avec la duchesse de Chaulne, le duc de Saint-Aignan, Hugues de Lyonne et le surintendant Foucquet, gens, comme on sait, de fort bonne compagnie, auprès desquels il était sur le pied de la privauté la plus familière. Le manuscrit singulier dont je suis chargé de vous entretenir est le dépôt de cette correspondance rimée qui n'a vraiment rien de diplomatique ; il contient des lettres de notre poète, et nombre de réponses de ses nobles amis qui luttent avec lui de verve et de bouffonnerie dans ce commerce d'esprit. On n'ignore pas que François de Beauvillier, duc de Saint-Aignan, l'homme le plus poli et le plus galant de France, faisait la cour aux Muses avec quelque succès, et que c'est lui qui inspira au grand roi l'idée de donner des récompenses aux gens de lettres. Ils lui doivent bien quelque souvenir, ne fût-ce que pour la rareté du fait. Les grands seigneurs ou les grands citoyens de notre époque (c'est absolument la même chose) ne lui envieront pas cette illustration ; mais les pauvres auteurs et les auteurs pauvres lui savent gré de l'avoir méritée. Or on trouve ici deux ou trois cents vers du duc de Saint-Aignan qui n'ont jamais été imprimés. Cette découverte aurait certainement fait sensation dans le siècle de Louis XIV : le nôtre est plus avancé, je n'en parle que pour mémoire.

17

» Si je m'en rapporte au goût des amateurs, qui paient au poids de l'or, et quelquefois davantage, de petites rimailles vermoulues dont la seule recommandation est d'être imprimées en lettres sales et bancroches, par Philippe Pigouchet, Simon Vostre, Alain Lotrian, ou Jehan de Channey, et dont je partage, d'ailleurs bien sincèrement, l'innocente manie, le mérite littéraire de Claude de Chaulne n'a pas grand'chose à faire dans mon article. Ce qui leur importe de savoir, c'est qu'on ne connaît pas deux copies de son livre, et qu'il n'a pas, que je sache, figuré jamais dans une vente publique. C'est cela qui est un titre d'honneur pour un poète. Il faut cependant que je dise deux mots du mien, sous le rapport littéraire, pour l'acquit de mon ancienne profession de critique, qui ne m'a jamais rapporté, autant de plaisir, tant s'en faut, que mes fantaisies de Bibliomane. Cela sera bientôt fait, et je suis d'autant plus à mon aise, cette fois, pour prendre le ton tranchant du feuilleton, qu'il m'est positivement démontré que je n'aurai point de contradicteurs.

» Le siècle de Louis XIV est un siècle de grande poësie, quoiqu'on en dise ; les tragédies et les comédies n'étaient pas trop mauvaises pour le temps. Il n'en est pas tout-à-fait de même de la poësie familière et pédestre. En exceptant La Fontaine, le poète par excellence, elle y a été fort mesquine. C'était bien pis encore vingt ou trente ans avant lui, c'est-à-dire dans la période de Claude de Chaulne et de Saint-Aignan. La mauvaise école de Scarron, qui a son côté séduisant, avait alors tout gâté. Le burlesque qui était le romantique de ce temps-là, comme le romantique est le burlesque du nôtre, avait gagné les meilleurs esprits : car Sarrazin et Voiture n'en sont pas complètement exempts. La province ne manquait pas d'enchérir, suivant son usage, et il serait bien possible que notre Claude de Chaulne n'eût été que le Scarron de la province comme Saint-Aignan était le Scarron de la cour. Le propriétaire à venir du manuscrit en jugera selon son goût et fort à son aise. Je ne suppose pas, du moins, qu'on le fasse imprimer. Oh ! ce serait une étrange publication aujourd'hui que celle des *Poésies de Claude de Chaulne*, poésies *intimes*, pourtant, s'il en fut jamais, mais non pas de ce genre *intime* qu'on exploite pour les autres, et dans le seul but de leur faire croire qu'on est infiniment sensible, infiniment triste et infiniment chrétien. Il m'est bien démontré que le poète dauphinois n'était rien de tout cela. Je ne dis pas non plus qu'il fût poète.

» Claude de Chaulne était un homme de beaucoup d'esprit, qui faisait des vers avec une incroyable facilité, comme un avocat fait de la prose. On peut supposer qu'il avait à peu près le genre de vie d'Anacréon, dont il est loin d'avoir la grâce. Tout entier au vin et à l'amour, il ne parle ni de l'un ni de l'autre en épicurien délicat. Son ivresse est celle d'un Suisse, et sa volupté celle d'un mousquetaire ; ses qualités seules peuvent faire passer ses défauts ; elles feraient, de nos jours, la fortune d'un auteur comique, s'il en revenait quelques-uns. Il est naturel, quelquefois jusqu'à la trivialité ; il est gai, souvent jusqu'à la folie, mais il y a là deux points reconnus qui me semblent d'importance : il est naturel et gai.

» Ce qu'il y a de plus piquant dans les poésies de Claude de Chaulne, c'est l'idée qu'elles donnent de la société au milieu de laquelle il vivait, et, sous ce rapport, elles formeraient un appendice fort curieux aux *Mémoires* de Tallemant des Réaux. Théophile, Sigogne et Motin ne sont pas plus cyniques, pas plus effrontés en paroles que Claude de Chaulne, et Claude de Chaulne s'adresse à des gens de cour qui lui répondent sur le même ton. Chose plus bizarre encore! il libelle une épître à la belle madame de Revel, et cette épître est d'un style qui ferait jeter les hauts cris aux figurantes dans les coulisses d'un petit théâtre. Vous croyez que madame de Revel va se fâcher, se mettre en fureur? pas du tout! madame de Revel, qui rime aussi, et fort agréablement, je vous en réponds, riposte à cette boutade facétieuse par une épître encore plus grivoise. Il est impossible de mieux prendre la plaisanterie. Voici une lettre en vers à madame la duchesse de Chaulne, la maréchale de Chaulne, la grande parente de la branche aînée. Vous attendez du sérieux : erreur; il s'agit d'intéresser madame de Chaulne aux amours de son cousin Claude pour une servante à elle, une servante dont il est fou, une servante, c'est le mot; et on comprend assez, sans qu'on le dise, le but de l'amour de Claude de Chaulne pour une servante. En vérité, nous nous targuons un peu légèrement de notre perfectibilité. Les mauvaises mœurs ne sont pas un progrès. On ne peut pas tout faire à la fois.

» Un travers plus rare, au siècle de Claude de Chaulne, que le libertinage de mœurs ou la débauche, c'était le libertinage d'esprit ou l'incrédulité; mais Claude de Chaulne n'était pas homme à s'arrêter à moitié chemin. Sceptique moqueur de cette école de Des Barreaux et de Saint-Pavin, qui est devenue celle de Fontenelle et de Saint-Evremont, d'où est sortie celle de Voltaire, il a toute croyance en dédain, et ne parle de Dieu et de ses saints que pour les tourner en ridicule par des persifflages qui auraient fait envie à Parny. Il ne manque donc rien à son bouquin, si longtemps inconnu, de ce qui peut piquer la curiosité des amateurs de vieilleries prohibées ; car si le Ciel n'avait pas voulu qu'il restât ce qu'il est, selon toute apparence, un livre *unique*, il ne serait jamais sorti de la classe des livres *rares*, où le bon sens de nos aïeux retenait prudemment les mauvais livres. Je dois déclarer, cependant, que ces débauches d'imagination ne vont jamais jusqu'à la grossièreté ni jusqu'au blasphème, et qu'elles ne passent guère les limites d'un badinage indécent. Je me ferais scrupule de trop promettre.

» Je viens de dire que le manuscrit de Claude de Chaulne était probablement unique, et j'en suis, quant à moi, fort convaincu. Il n'est pas toutefois autographe, et l'auteur déclare lui-même qu'il est d'une autre main que la sienne; c'est-à-dire, si je ne me trompe, de celle d'un domestique peu lettré qui écrivait sous la dictée, au courant de l'improvisation, et dont Claude de Chaulne se souciait peu de revoir la besogne, quand sa veine était tarie. L'écriture en est parfaitement lisible, et l'orthographe correcte; mais le texte est souvent gâté par les fautes d'intelligence d'un scribe qui entend mal et qui met un mot pour un autre sur la foi d'une consonnance. Ce genre de distraction, qui ne peut se confondre avec les fautes d'un copiste, atteste la manière dont ce volume est composé. Il demande donc une bonne page d'*errata*, ou quelques douzaines de corrections interlinéaires; mais ce ne serait là ni un travail difficile ni un travail ennuyeux ; car aux scrupules près qu'il faut vaincre pour y prendre plaisir, la lecture en est fort divertissante.

» Cet in-folio, de cent feuillets tout juste, est parfaitement conservé, quoiqu'il n'ait jamais été protégé par une reliure de bonne mine, et qu'il soit encore vêtu du parchemin natif qui l'habilla jadis chez un papetier de Grenoble. Depuis qu'il est tombé sous mes yeux, il aurait déjà revêtu un maroquin bleu du Levant, dont son insigne rareté le rend bien digne, si la majesté de son format ne l'excluait pas irrévocablement des six tablettes de ma petite tannerie (c'est ainsi que La Bruyère appelle nos bibliothèques). Il ira grossir les rangs d'une autre collection, son propriétaire actuel étant un homme positif, qui se trouverait fort heureux s'il avait par devers lui, de vendre toute la poésie de second ordre du dix-septième siècle à un sou le vers, et on aurait dans le nombre les six vers de Colletet, que Richelieu paya six cents livres. C'est à ce tarif d'un sou qu'il a taxé modestement les deux mille cinq cents vers de Claude de Chaulne, du duc de Saint-Aignan, de M. de Lionne, et du surintendant Foucquet qui ouvre le volume par une pièce assez bien tournée. Je lui ai promis que leurs noms seraient, pour son manuscrit, un meilleur passe-port que mon article. »

Ce Ms. est déposé aujourd'hui à la Bibliothèque de Grenoble. Il n'est pas certain qu'il soit autographe. Claude a dû laisser le soin d'écrire ses rimes sous sa dictée ou de les faire recopier à un secrétaire à qui la prosodie était certainement étrangère : on y constate des omissions de mots, des fautes d'orthographe, des vers faux, etc., etc. Cependant à la page 92 on lit : « Cette lettre me valust les suivantes, je les ay jointes icy » d'une autre main que la mienne et j'en useray de mesme pour » quantité d'autres de quelques amis particuliers qui m'ont es-» cript pour d'autres motifs ». Une lettre autographe du duc[1] de Saint-Aignan, datée du 18 août 1648, a été insérée dans ce Ms.

Il renferme environ 4.700 vers en quarante-six lettres ou pièces qui se décomposent ainsi :

1 pièce de Nicolas Foucquet, alors intendant de Dauphiné, et 9 pièces ou lettres à lui adressées par Claude, soit dix pièces dont une gazette.

2 lettres en vers adressées à Basile Foucquet.

2 lettres de Mr de Lionne et 3 réponses de Claude, soit cinq lettres.

2 lettres adressées à Mr de Niert.

1 lettre de Mr de Nord avec rép. de Claude, soit deux lettres.

1 lettre adressée à Pellisson.

1   id.   à Ricouart.

---

1. C'est une erreur : en 1648, Saint-Aignan n'était que comte. Cette note est postérieure à 1663.

3 lettres du comte de Saint-Aignan dont une lettre en prose et 2 réponses de Claude, soit cinq lettres.

1 lettre adressée à Mr de Saint-Firmin.

1 lettre   id.   au comte de Tournon.

1 lettre de l'Inconnu avec réponse de Claude, soit deux lettres.

1 lettre adressée à la présidente de Chevrières.

1 lettre   id.   à madame de Clérieu.

1 lettre   id.   à madame de La Baume-Chasteaudouble.

1 lettre   id.   à la duchesse de Lesdiguières.

2 lettres adressées à madame Potel.

1 lettre de madame de Revel et 5 rép. de Claude, soit six lettres.

2 lettres adressées à la comtesse de Tournon, duchesse de Chaulne.

Voici d'ailleurs la collation du Ms. :

f. 2. Impromptu de l'illustre M. F. (5 st. de 6 v.) : *Claude vous avez bien fait faute* (reproduit). Cette pièce est datée de 1644.

Impromptu responsif s'il en fut jamais (20 v.): *Grand Génie de l'Intendance* (id.).

f. 3. Sonnet. *Quand Phœbus à ce jour qu'on dédie à la Lune* (reproduit).

p. 4. Lettre au mesme (110 v.) : *Depuis longtemps je Claude que voicy* (id.).

p. 9. A madame la présidente de Chevrières (78 v.) : *Charmante, rare et divine Ornacieux* (id.).

p. 12. A monsieur de Niert (108 v.) : *Dans ce climat où la fièvre à la Fronde* (id.).

p. 16. A madame la duchesse de Lesdiguières (112 v.) : *Ung piteux cas, ô très illustre dame.*

p. 21. A madame la comtesse de Tournon, madame la duchesse de Chaulne (84 v.) : *Dame de qui bouche vermeille esclatte* (reproduit).

p. 24. A monsieur Foucquet, maistre des requestes. Gazette (16 v.). *Puisqu'il vous plaist, Domine, sieur Messire.* — (p. 25). De Saumur, cabaret (36 v.). *Ici les vins qui font nostre campagne.* — (p. 27). Du jardin (74 v.) *L'on voit icy la blonde et la brunette* (extraits, 36 v.). — p. 30. De la belle messe (114 v.) : *Icy*** vient dire son bréviaire* (extrait, 35 v.), plus un post-scriptum de 8 v. : *Très obéissant fait grimace.*

p. 35. Responce à monsieur l'abbé Foucquet (94 v.) : *Des sentimens plus nobles que les vostres.*

p. 39. A madame de Revel (102 v.) : *Charmante Revel dont la lire.*

p. 44. A madame de La Baume-Chasteaudouble, responce (16 st. de 4 v.) : *Je, des Barbons le plus caduc* (reproduit).

p. 47. A monsieur Foucquet la veille des Roys (106 v.) : *Phœbé, pour qui? c'est pour monsieur Foucquet* (id.).

p. 52. A madame de Revel (122 v.) : *Vif esguillon de mon peu de soucy* (reproduit).

p. 57. Pour mesdames de Revel et de Rochefort (84 v.) : *Dame illustre bis, dame illustre.*

p. 61. A madame de Clérieu sur le nombre quatre qu'elle aymoit extrêmement (64 v.) : *Deux fois un deux et deux fois deux font quatre* (reproduit).

p. 64. A un ecclésiastique (M^r. de Saint-Firmin), qui m'avoit escrit des douceurs en vers (92 v.) : *D'une rougeur omnino pudibonde* (reproduit) ; à la suite à un post-scriptum de 6 v.

p. 68. A madame Potel (13 st. de 4 v.) : *Trop belle et charmante Catin* (reproduit).

p. 71. A monsieur Foucquet, maistre des requestes (94 v.) : *En vérité je suis et quoi bien aise.*

p. 75. A madame Potel. Responce (90 v., plus quelques lignes en prose) : *Belle Catin, des Catins la merveille* (reproduit).

p. 79. A madame la duchesse de Chaulne (78 v.) : *Dame qu'on ne peut trop aymer* (id.).

p. 82. A monsieur Foucquet, maistre des requestes (116 v.) : *En ce saint temps que l'on nomme Caresme* (id.).

p. 86. A madame de Revel à Paris et resp. à une de ses lettres en vers (114 v.) : *Je ne cuidois qu'onc eust esté possible* (reproduit), (A la suite, p. 92) : « Cette lettre me valust les suivantes, je les ay jointes icy d'une » autre main que la mienne, et j'en useray de mesme pour quantité d'autres » de quelques amis particuliers qui m'ont escript pour d'autres motifs. »

p. 92. Responce de monsieur de Lionne, secrétaire d'Estat à cette lettre et à deux ou trois autres dont j'ay perdu les minutes (143 v.) : *Grand président à teste raze* (extrait, 30 v.) : *Jugez donc du Parnasse, illustre Connestable* (extrait, 33 v.). — p. 98 (86 v.) : *Vous mandez au comte ou marquis* ; — p. 101 (172 v.) : *Possible, direz-vous, par argumens sublimes.*

p. 108. Lettre de monsieur le duc de Saint-Aignan (112 v.) : *Illustre amy de dame incorruptible* (extrait, 16 v.).

p. 113. Autre lettre du mesme seigneur (126 v.) : *Après cent tours et cent retours divers* (reproduit).

p. 118. Lettre en prose du comte de Saint-Aignan datée du 18 août 1648 (id.).

p. 119. Lettre de monsieur de Nord (112 v.) : *C'est trop resver, la pierre en est jettée* (id.).

p. 123. Lettre d'un Inconnu (90 v.) : *Esprit de tout le Dauphiné.*

p. 127. Responce à la lettre de Mr de Lionne (212 v.) : *De tels ragoûts et de si friands mets* (extrait, 50 v.).

p. 136. Resp. à la lettre de l'Inconnu qui a donné lieu à une partie de celles qu'on m'a écrites, notamment à celle de Mr de Lionne (94 v.) : *Brave baron, comte ou marquis* (extrait, 9 v.).

p. 140. Resp. à une des lettres de Mr de Saint-Aignan (114 v.) : *Charmant monsieur, esprit perçant et clair* (reproduit).

p. 145. Autre resp. à une des lettres de Mr de Saint-Aignan (114 v.) : *Comte adorable et qui croiés peut-estre* (id.).

p. 149. Resp. à la lettre de Mr de Nord (100 v.) : *Illustre Nord, de qui la Renommée* (id.).

p. 154. Pour Mr de Nyert (116 v.). *Bons bons truffés de jou Niert beau sire* (id.).

p. 159. A M^r le comte de Tournon (124 v.) : *Grand Comte de qui la mémoire* (id.).

p. 165. A Mr de Lionne rencontré près de Tain en revenant de Grenoble (98 v.) : *Depuis Sidon jusqu'aux portes de Tyr* (extraits, 43 v.).

p. 169. A Mr de Lionne sur la grossesse de madame sa femme (112 v.) : *Par Saint-Victor, voire par Saint-Marceau* (id.).

p. 174. Lettre de madame de Revel (90 v.) : *Original de bonne grâce* (id.).

p. 178. A M^r le Surintendant Foucquet (94 v.) : *Depuis longtemps vostre bonté le sçait* (id.).

p. 182. Resp. d'Entonnéna (Claude de Chaulne) aux vers de Mr Pellisson qu'on a perdus (116 v.) : *Le billet signé de mon maistre.*

p. 187. Resp. à la lettre de Mr Ricouart sur ce qu'il m'avoit escript d'Entonnéna (88 v.) : *De vous, Monsieur, la très humble servante* (extrait, 8 v.).

p. 190. A M^r le Surintendant (148 v.) : *Ma Muse en deuil de voir que ses pensées* (reproduit).

p. 196. A M^r l'Abbé Foucquet (114 v.) : *Abbé sans pair, cher ami des vertus* (id.).

p. 201. A madame de Revel (60 v.) : *Ce terme est long de six semaines* (id.).

CLAUDE DE CHAULNE

L'existence du manuscrit reproduisant les lettres en vers de Claude de Chaulne, composées de 1644 à 1659, est une véritable bonne fortune. Ce manuscrit nous permet de saisir sur le vif les manifestations du libertinage des esprits areligieux tel qu'il a existé au XVIIe siècle dans les classes cultivées. La forme et l'expression seules varient suivant les époques. Ce libertinage-là n'a ni importance, ni conséquence fâcheuse au point de vue social quand les personnages qui s'y livrent forment une petite minorité. Ils n'ont eu, au XVIIe siècle, d'autre intention que d'amuser leurs interlocuteurs ou leurs correspondants, en laissant fuser des traits plus ou moins spirituels. Le peu de cas qu'ils ont fait de leurs boutades les distinguent d'un Théophile de Viau, d'un Des Barreaux, d'un Blot, etc. Ces derniers, sans être plus convaincus de la valeur de leurs idées, tenaient à ce qu'on les prît au sérieux. Se jugeant des esprits « déniaisés », ils étaient heureux d'avoir des auditeurs. Ne faisant pas de prosélytisme au sens étroit de ce mot, ils cherchaient à scandaliser pour se distinguer du commun des mortels. Chez les uns comme chez les autres, nous constatons des mœurs dissolues, qui sont la résultante d'un déséquilibre mental se traduisant par le rejet de toute discipline.

Prenons donc la correspondance de Claude de Chaulne pour ce qu'elle est : un amusement de grand seigneur un peu frotté de lettres. Évitons le ridicule de ceux qui, par exemple, sur une anecdote, rapportée par Tallemant Des Réaux, jugent un homme. Retenons également que ces rimes ont commencé à être échangées pendant la régence d'Anne d'Autriche, à la veille de la Fronde, à un moment où la liberté de langage ne rencontrait aucune entrave. D'ailleurs Claude de Chaulne appartenait à la génération dont la mentalité s'était formée dans les dernières années du règne de Henri IV et sous la régence de Marie de Médicis, époque où régnait une grande licence.

Il est probable que Claude a fini chrétiennement, sans même se souvenir un instant de ses bons mots sadiques ou irréligieux.

Les Chaulne de Dauphiné étaient un rameau des Chaulne de Picardie qui tirent leur nom de l'ancienne baronnie de Chaulne près de Noyon. Ce rameau se fixa à Tonnerre d'où il se divisa en deux branches ; l'une résida à Paris au xvie siècle avec Antoine de Chaulne ; l'autre avec Pierre de Chaulne, procureur du roi dans l'élection de Tonnerre, émigra à Grenoble vers 1558. Pierre eut pour fils Antoine de Chaulne, sieur de Veurey, trésorier général des fortifications, puis maître ordinaire de la Chambre des comptes de Dauphiné, par lettres de Paris du 17 septembre 1611, en remplacement et sur la résignation d'Antoine de Rives. Reçu seulement le 31 janvier 1613, Antoine céda sa charge deux ans après, le 15 juillet 1615, à Étienne Empereur, sieur de La Croix. Vers 1620 il fit partie du Bureau des finances de Dauphiné dont il devint en 1628 un des quatre présidents. En 1624 il fut nommé conseiller d'Etat. Cet Antoine, marié à Madeleine Benoist, a été le père de Claude.

Claude naquit à Grenoble vers la fin du xvie siècle. Il fit ses études au collège de Tournon où il eut pour condisciple le futur ambassadeur Ennemond Servien [1], frère du Surintendant de ce nom. Son intelligence, sa vivacité le firent distinguer par ses maîtres si bien que ceux-ci le choisirent pour remplir un rôle dans une pièce représentée au collège de Tournon à la suite du service solennel célébré dans cette ville à la mémoire de Henri IV, assassiné par Ravaillac. Claude avait comme interlocuteurs Imbert Le Blanc, Ennemond Servien [1], tous deux de Grenoble, et Esprit La Selve, de Vivarez. Il succéda en 1629 à son père dans sa charge de président du Bureau des finances [2] et y fut reçu le premier mai de l'année suivante. Peu de temps après, le Roi le nomma conseiller d'Etat. Il épousa alors Marguerite, fille de Joachim de Chissé, seigneur de La Marcousse et de Diane de Lestang [3], dont il eut cinq enfants : deux fils et trois filles. L'aîné Joseph,

---

1. Ennemond Servien, né vers 1596, mort le 3 juin 1679, a été ambassadeur de France à Turin, de 1648 à 1676.

2. Au commencement du xviie siècle, il existait deux charges de trésoriers-généraux de Dauphiné; sous Louis XIII sept furent créées, puis six autres (édit de décembre 1627) et encore deux (édit de 1628). Après la réception de Claude de Chaulne, elles furent encore augmentées de cinq (1633 et 1635), soit en tout vingt-quatre. De sorte qu'en 1645 le Bureau des finances de Dauphiné se composait de quatre présidents, vingt trésoriers-généraux, un procureur du roi, un avocat du roi et quatre huissiers.

3. Joachim de Chissé, seigneur de La Marcousse, était fils de Michel de Chissé, seigneur de La Marcousse, enseigne de la Compagnie de cent hommes d'armes du sieur de Maugiron, et gouverneur de Gap, et de Joachine de Guiffrey de Boutières, fille du lieutenant général, et arrière-nièce du chevalier Bayard. Il avait épousé Diane de Lestang le 18 juillet 1609.

marquis de Chaulne, par suite de l'érection de la seigneurie
de Noyarey en marquisat sous le nom de Chaulne, par lettres du mois de mars 1684, registrées au Parlement de Dauphiné le 19 août suivant, fut président du Bureau des finances sur la résignation de son père et mourut sans postérité;
le second, Paul, abbé de Chaulne, « le plus beau garçon de son temps », devint évêque de Sarlat, puis de Grenoble. Ses allures par trop coquettes, ses airs de muguet, motivèrent, dit Mr Roux, les blâmes du cardinal Le Camus, évêque de Grenoble, mais elles ne l'empêchèrent pas, avec le temps, de se transformer au point d'être considéré par Saint-François de Sales comme une demi-vertu. De ses trois filles : l'aînée seulement se maria, Diane qui épousa François Ferrand Teste, sieur de Grumetière; les deux autres entrèrent en religion : Jeanne à Montfleury en 1647 et Clotilde à la Visitation Sainte-Marie en 1651.

Claude de Chaulne fut chargé de diverses missions : Par lettre du 15 août 1630, Louis XIII le nomma intendant des finances de l'armée occupée au siège de Montauban sous le maréchal de Chastillon, après qu'il eût été « commis » à Embrun pour y procéder à la préparation des ordres (28 juin 1630); en 1647, il est intendant des troupes pour en faire la revue en Dauphiné (25 mars 1647).

Il mourut vers 1675, à soixante dix-huit ans.

Nous avons le portrait de Claude, tracé par Chorier en 1679 :

« Claude de Chaulne excellait vraiment parmi les poètes dans ce genre de vers (familiers). Il tenait la première présidence du Bureau des finances de France et brillait par l'intelligence. La source de la plaisanterie coulait limpide de sa bouche. Il dissertait sur l'heure de quelque sujet que ce fût. Pour s'amuser il se moquait des choses les plus sérieuses, simplement, par la manière dont il en parlait, mais sur un ton qui, tout en plaisant aux plus graves, ne pouvait offenser personne. Sa conversation était émaillée de traits si imprévus que, pour n'en pas sourire, il aurait fallu être de pierre. Il improvisait des vers très spirituels dans la langue des honnêtes gens, aussi bien que dans celle du terroir ou de la plèbe. Souvent il jouait seul tous les rôles des comédies et variait sa diction selon les personnages et selon le genre de vers. A la fois, il incarnait le poète, le comédien et le spectateur.

Il surpassait tout le monde en courtoisie. Sa raillerie ne portait pas seulement sur la forme mais sur le fond des choses. Celui qui rassemblerait les traits d'esprit et les bons mots qu'on rapporte de lui et en donnerait une édition destinée au public ferait, à mon avis, une œuvre remarquable et goûtée des connaisseurs. D'ailleurs sans méchanceté, incapable de blesser ou de rudoyer personne, il était apprécié et bien vu de tout le monde. Toute sa vie, qui se prolongea jusqu'à sa soixante-dix-huitième année, il garda cette réputation d'aménité et de bonté. Il était expert en boutades, en jeux de mots et en facéties. Les gens d'esprit le louaient, les autres qui ne comprenaient pas ses plaisanteries, restaient surpris et hésitants. Tous cependant le jugeaient favorablement et, lorsqu'il critiquait, l'applaudissaient. Avec Chaulne, les Muses dansaient en douleur et, s'il riait, alors s'esclaffaient, oubliant leur deuil[1]. »

Il confirme celui qu'il avait esquissé huit années auparavant :

« Il est un des plus beaux esprits de la Province (de Dauphiné). On ne peut lui contester qu'il ait sceu donner de l'enjouement aux Muses sans leur oster rien de leur honnesteté. Ses jeux tout spirituels sont libres et ensemble retenus, et la vertu ne craint point qu'on la voye rire avec un si honneste homme » (*Chorier : L'Estat politique de la Province de Dauphiné, 1671*).

L'opinion de quelques contemporains n'est pas moins favorable :

« Il avait un esprit délicat, sublime et éclairé et une facilité admirable à faire des vers français. Jamais génie ne fut plus naturellement tourné à dire des mots agréables, comme estoit le sien, et jamais personne n'a esté plus propre à bien remplir une conversation de quelque nature qu'elle fût, comme il a esté » (*Guy Allard : Bibliothèque du Dauphiné*).

« Claude de Chaulne a également brillé dans la conversation et dans les vers qu'il faisoit avec une facilité admirable. Ses bons mots ont esté recueillis avec soin » (*Philibert Brun : Eclaircissements historiques*).

Voici maintenant une appréciation récente de l'homme et de son œuvre :

« Quelle est cette curieuse figure (celle de Claude de Chaulne) ? cependant pourquoi jusqu'ici fut-elle en quelque sorte insaisissable ? Peut-être parce qu'elle appartient trop à son siècle et à son milieu; que tout le présent l'absorba ; ne vivant bien, lui, que pour ce présent, peu jaloux d'une gloire posthume, avide seulement d'amoureuses victoires et satisfait du vin et de l'amour; il demeure toutefois épicurien encore que raffiné; amoureux plus rêveur que passionné. Si René Le Pays a poussé son art de plaire jusqu'à devenir une sorte de Don Juan, Claude de Chaulne s'en est tenu à cette satisfaction que l'on goûte à aimer, pour rendre heureux l'objet aimé. Parfois, il est vrai, son ivresse est celle d'un

---

1. *Chorier : Vie de Pierre de Boissat (en latin), Grenoble, 1680, in-12.*

Suisse, et sa volupté celle d'un mousquetaire, mais toujours ses qualités rachètent amplement ses défauts. Naturel, jusqu'à la trivialité, il eût été rangé de nos jours parmi nos poètes réalistes en ce qui touche à certaines de ses poésies et certaines de ses expressions » (*Emile Roux : Les Précieuses à Grenoble au XVII⁰ siècle, Claude de Chaulne*).

*_**

Claude de Chaulne a tenu, de 1630 à 1675, une grande place dans la société grenobloise[1], place qu'il a due beaucoup à son esprit, à sa belle humeur, un peu à la noblesse de sa famille et à sa qualité de président du Bureau des finances de Dauphiné. Lui-même a dit ce qu'il pensait de sa charge, peut-être pour avoir l'occasion de placer une gauloiserie :

> Mais ces Messieurs les Trésoriers de France,
> Sont Trésoriers sans argent, sans finance,
> Et Dieu merci je suis leur Président;
> Si quelqu'un a besoin d'un curedent,
> J'entends de ceux qui viennent de Provence,
> Qu'il vienne au corps des Trésoriers de France.
> Là j'ay encor l'honneur de présider,
> Et ne croy pas de leur devoir céder
> Au Parlement, ni mesmes à la Chambre;
> Si de ces corps je me fusse veu membre,
> J'aurois été le membre du milieu,
> Car la vertu seule occupe en ce lieu
> Comme croyoit la reyne Marguerite;
> Mais ma vertu dans ces lieux est petite
> Et néantmoins ayant petit mercier
> Je ne sçaurois trouver petit panier[2]...

La gauloiserie, c'est tout Claude de Chaulne, elle est son unique souci Il n'hésite pas à nous faire sourire à ses dépens, à avouer par exemple que Vénus l'a maltraité, en précisant non

---

1. Dès 1631, il est au nombre des acteurs d'un ballet dansé à Grenoble le dimanche gras. Voici le titre de ce ballet dont l'auteur est Louis Videl, secrétaire du connétable de Lesdiguières : « *Almanach ou prédictions véritables, contenant les divers changemens qui doivent arriver durant le cours des douze mois de la présente année 1631...., par l'illust. et sereniss. seigneur Tychobraé, astrologue, prince Danois et très exact observateur des causes secondes. Balet dansé à Grenoble le dimanche gras de ladite année 1631. S. l. n. d.* (Grenoble, P. Verdier), in-4 de 45 pp. Les principaux acteurs, en dehors de Claude de Chaulne, étaient : le comte de Rochefort, de Manissy, Roux, Coste, de La Colombinière, le comte de Grignan, Crolles, etc. (*Ed. Magnien, Bibliographie grenobloise*).

2. A monsieur de Lionne, rencontré près de Tain en revenant de Grenoble : *Depuis Sidon jusqu'aux portes de Tyr.*

seulement l'année, mais les conséquences pour sa chevelure :

> Me tondre seroit difficile,
> Car dès l'an seize cent dix-et-neuf,
> Poison de vérole subtile
> Me rendit plus chauve qu'un œuf[1].

et il adresse cette confidence à une femme, la baronne de La Baume-Chasteaudouble. Comme il a vécu jusqu'à soixante dix-huit ans, la Déesse s'est montrée clémente envers lui, plus clémente qu'elle ne l'est ordinairement. Elle a moins ménagé ce pauvre Cyrano de Bergerac, lui assurant cependant une compensation : l'immortalité, qu'elle a refusée à notre grenoblois, celle qui s'attache aux contempteurs de la société de leur temps[2] !

Claude tient à se mettre en scène, toute digression lui est bonne pour cela. Cette préoccupation de son moi, on la constate dans la plupart de ses lettres. Il se plait à se portraiturer en insistant sur les imperfections de son visage et de sa personne[3].

Il ne dissimule ni ses goûts ni ses préférences ; la franchise est sa qualité maîtresse :

> Mes passions sont à peu près les vostres.
> Le jeu, le bal, la musique, les vers,
> Tournois, ballets, comédies, et concerts,
> Chasse, chevaux, chiens, chants et chansonnettes,
> Joieux devis, amoureuses sornettes,
> Furent jadis tous mes amusemens[4]...

Et il éprouve un malin plaisir à mêler le sacré au profane, en y ajoutant souvent une petite pointe d'obscénité. Il faut croire que Mr Ricouart à qui il écrivait n'était pas insensible à ce genre de plaisanterie... facile :

> Vous estes bon, vous avez l'âme bonne,
> Bien peu vous chaut de tierce, sexte et none,

---

1. Rép. à madame de La Baume-Chasteaudouble : *Je, des Barbons le plus caduc* (reproduite).

2. Voir la préface placée en tête des *OEuvres libertines de Cyrano de Bergerac.* T. I, p. VII.

3. Voir sa lettre au comte de Saint-Aignan : *Charmant Monsieur, esprit perçant et clair* (reproduite) et d'autres lettres rimées dans le même esprit.

4. Lettre au duc de Saint-Aignan : *Comte adorable et qui croiés peut-estre* (reproduite).

> Mais vous allez à prime avec rigueur,
> Et la tirez quand il ne faut qu'un cœur;
> Vous voudriez voir Iris à complie;
> Pour cet office, il faut que rien ne plie,
> Que tout soit ferme, et vous l'estes aussy :
> Les vrais amis doivent bien l'estre ainsy [1]...

non plus que Hugues de Lionne.

Claude ayant communiqué à ce dernier une lettre qu'il avait reçue d'un « Inconnu » dans laquelle madame de Revel était comparée au Soleil, et sa réponse où Josué était mis en cause :

> Mais il me semble qu'il doit faire
> Un tour dessus nostre hémisphère
> Et nous soulager des ennuis
> De nos longues et froides nuits.
> Voudrez-vous arrester sa course?
> Je ne le crois pas, pourquoy? Pour ce
> Que vous seriez possible hüé
> De vous mocquer de Josué,
> Et de le pouvoir contrefaire [2]...

Lionne saisit ce prétexte pour prendre la défense du système de Copernic [3] :

> *Ce Soleil a bien autre affaire*
> *Qu'à visiter nostre hémisphère.*
> *D'ailleurs nous suivons ric à ric,*
> *L'opinion de Copernic*

---

1. Réponse à la lettre de Mr Ricouart sur ce qu'il m'avait écrit d'Entonnéna : *De vous, Monsieur, la très humble servante.* Ce Ricouart est Antoine de Ricouart, sieur, puis comte d'Hérouville, maître des requêtes et conseiller d'Etat, dont parle Tallemant dans ses *Historiettes* : « Cet homme trouva un jour un pot de chambre dans l'antichambre de madame de Saint-Ange (femme du premier maître d'hôtel de la Reine); il crut faire une belle galanterie en faisant des vers sur cela. Je vous laisse à penser s'il oublie d'y parler d'*Eau d'Ange.* Il y avoit bien des choses plus délicates, car il disoit en un endroit, en parlant de cette eau qu'il vuideroit volontiers
>   . . . . . . sa bourse
>   Pour en puiser à la source.
Il luy envoya ces beaux vers, et pour appaiser la belle, il fallut après faire l'amende honorable. »
Entonnéna, c'est le pseudonyme pris par Claude de Chaulne dans sa correspondance versifiée avec Pellisson, le commis de Foucquet.

2. Response à la lettre de l'Inconnu : *Brave Baron, Comte ou Marquis* qui a donné lieu à une partie de celles qu'on m'a escrites notamment à celles de monsieur de Lionne.

3. Cette discussion sur le mouvement de la terre permet de dater cette lettre qui doit être de 1652. *Les Œuvres poétiques du sieur Dalibray. Paris, 1653,* contiennent trente sonnets de Dalibray sur ce sujet et une longue réponse en vers du mathématicien Le Pailleur qui ne prend partie ni pour Ptolémée ni pour Copernic!

Qui établit son domicile
Au centre du monde immobile;
Et de vrai, dites-vous un peu,
Vous qui avez bonne caboche,
Et qui jamais n'eustes taloche,
Trouveriez mieux que le feu
Roulast à l'entour de la broche
Et rencontrant quelque anicroche,
Que lors que sur son propre essieu
La broche tourne auprès du feu[1]....
La Terre ainsy sur son pivot,
Comme quand on fouette un sabot,
A plutost descouvert au Soleil ses surfaces
Qu'Astre si grand et lourd n'auroit changé de place,
Et n'auroit parcouru tant d'immenses espaces
Quand même il marcheroit au trot,
Et qu'il seroit sur des eschasses.
En vain donc on ne s'est tué
Comme prouve nostre système
De contrefaire Josué,
Mais le bon Josué luy-mesme
A pris Carnaval pour Caresme,
Et pour lavement aposème...
Il n'avoit qu'à dire à la Terre :
« Terre ne va pas si grand erre,
» Ne te sabote pas si dru,
» Afin que j'aye temps congru
» Pour occir l'ost Gabaonite
» Qui refuse nostre eau bénite[2]....

A quoi Claude répond sur un ton de bouffonnerie encore
plus osé :

L'opinion de vostre Copernic
Me fait capot après un grand repic,
Mais, cher Monsieur, apprenez-moy de grâce,
Comment il peut fixer en mesme place,
Sans qu'il s'esbranle ou meuve tant soit peu
Ce corps brillant, ce beau globe de feu;
Ce point de flamme où la clarté première
Se concentra pour faire la lumière,
Dont la chaleur n'a que le mouvement
Pour son appuy et pour son fondement.
En vain ce corps nous paroistroit en boule
Si l'on ne veut ou qu'il roule ou qu'il coule,

1. Voir les *OEuvres libertines de Cyrano de Bergerac*, t. I, p. 12.
2. Réponse de M. de Lionne : *Jugez donc du Parnasse, illustre Connestable.*

Et ce seroit nous damer le pion
S'il s'attachoit ainsi qu'un morpion.
En vérité je ne vois point de signe
Qui peut prétendre cette faveur insigne ;
Il destruiroit tout l'ordre des saisons,
Et ne pourroit briller qu'en deux maisons
Ou chez la Vierge ou chez le Sagittaire ;
Mais depuis peu le drôle s'est fait raire,
La Vierge sent un peu le *galbanum*
Et l'*unguentum napolitanum* ;
Vous m'eslevez jusqu'au séjour des Gruës,
Cela s'entend dessus le lict des Nuës ;
Quand j'y serai, j'employeray mon nez
Pour y flairer ces belles vérités,
Et vous diray, sans détour ny bricole,
Si c'est pour morpions ou pour vérole.
Mais ce Soleil, à propos de l'archet,
Seroit-il pas bien pris au trébuchet
Si dans le bal des estoilles errantes
Il ne pouvoit danser quelques courantes,
Ou quelque gigue, ou bien des tricotels[1] ?
Ce Dieu brillant n'auroit point tant d'autels,
Et passeroit pour Dieu de trique-nique
S'il pouvoit estre creu paralytique ;
Luy dont le feu fait germer les mestaux
Qui donne l'estre à tous les végétaux,
Qui cuit nos vins, qui fait jaunir nos gerbes,
Dont la chaleur fait la vertu des herbes ;
Cet œil de qui l'ardeur et les clartez
Font leurs pouvoirs et leurs propriétez.
S'il n'en pouvoit prétendre un manipule
Pour se guérir seroit bien ridicule.
Comment, bons Dieux, peut Copernic songer
D'oster son cours à un corps si léger
Pour le donner à une masse lourde ?
Il se vouloit masquer en pierregourde,
En arzilliers de la Coste Moirans,
Il est menteur fieffé jusques aux dents[2],..

Souvent il glisse jusqu'à l'obscénité :

L'on voit icy la blonde et la brunette
Prendre le frais, s'ériger en coquette,
Et le galand se cloue à leurs costez
En débitant *floret* à pas comptez.

1. Tricotels pour tricotets, ancienne danse qui s'exécutait en remuant les pieds et aussi vite que les mains d'une femme qui tricote.
2. Réponse à la lettre de M. de Lionne : *De tels ragoûts et de si friands mets.*

Là maint Niert, mais de La Buisserade,
M'espanouyt un lopin de la rate,
Lopin petit, et par quelques chansons
Des Rossignols imite les leçons;
J'entends de ceux qui viennent d'Arcadie
Dont la fillette ayme la mélodie,
Et croit le chantre aymable et plein d'appas
S'il est oiseau de la ceinture en bas [1]...

Rarement il s'attaque aux personnes [2]; c'est dans le but de plaire à Foucquet, alors intendant de Dauphiné, qu'il dénigre Pierre Yvon, sieur de Lozières, son successeur, et encore ses méchancetés sont bien anodines [3]. Avait-il un grief contre le prince-évêque de Grenoble : Pierre Scarron [4], ou le savait-il en mauvais termes avec Foucquet pour en dire autant de mal? C'est probable :

DE LA BELLE MESSE.

Icy XXX vient dire son bréviaire,
Pour mieux parler, usons du mot de braire;
Or chacun sait que son attention
N'a rien d'égal que sa dévotion,
Qui vraiement est si sainte et si bonne
Qu'elle ne fait de chagrin à personne.
Ce grand Prélat éloquent et sçavant
Pour ne mentir presche très peu souvent!
La charité luy fait tant de fatigue
Qu'il se voudroit fourrer en chaque intrigue.
Quand il auroit mille fois moins de bien
Il est si bon qu'il ne refuse rien;
Bien entendu qu'il donne tout de mesme;
Des prometteurs, c'est la perle et la cresme.
Mais brisons-là, laissons ses qualités,
Et revenons à d'autres vérités :

1. A M. Foucquet, maître des Requestes. — Gazette. Du jardin.

2. Voyez plus loin sa lettre à l'abbé Foucquet (contre Servien, surintendant) : *Abbé sans peur, cher amy des vertus.*

3. Voyez plus loin sa lettre à M. Foucquet maistre des requétes : *En ce saint temps que l'on nomme Caresme.*

4. Pierre Scarron, évêque et prince de Grenoble, cousin du poète burlesque, était fils de Jean Scarron, seigneur de Mandiné, de Lorgues et de Boislarcher, conseiller au Parlement de Paris, et de Marie Boyer. Ce Jean était frère de François Scarron, seigneur de Privas.

Pierre Scarron eut un seul frère : Jean, conseiller à la Grand Chambre, prévôt des marchands à Paris en 1644, mort en 1646, qui avait épousé Marguerite Marron (morte en juin 1653), fille de René Marron, sieur de Chastelier, secrétaire du roi, et de Marguerite Rousseau, et deux sœurs : Ysabelle, femme de Nicolas Poussepin, sieur de Montbrun et de Bel Air, conseiller au Châtelet de Paris, et Marie, religieuse à Soissons.

> L'on voit icy mainte dame vieillotte
> Jouer des yeux tandis qu'elle marmotte
> Le chapelet ou le livre en la main
> Avec un tas de mouches sur le sein,
> Il fait la roue ainsy qu'un vieux coq d'inde,
> Et l'approchant et faisant le nez doux
> Luy dit : « Après disner, que ferez-vous,
> » Que vous portez un rare point de Gesne?
> » Il tient pourtant mon esprit à la gesne;
> » Je ne vous puis celer qu'il me desplaist;
> » Tout beau, tout fin et tout charmant qu'il est,
> » Il m'importune, il desrobe à ma veue
> » Tous les appas dont vous estes pourveue.
> » Si ce n'estoit qu'il vous sert depuis peu
> » Ce criminel mériteroit le feu. »
> Un bon frater d'un coin de sacristie
> A beau prescher qu'on va lever l'hostie,
> L'on continue et pour n'ouïr tel bruit
> Je croy, pour moy, que le bon Dieu s'enfuit[1]!...

Arrêtons ici nos citations. En reproduisant intégralement un certain nombre des lettres échangées entre Claude et ses amis[2] : Nicolas et Basile Foucquet, le comte de Tournon, Hugues de Lionne, Pierre de Niert, premier valet de chambre du roi, Antoine de Nord, conseiller du roi et son avocat général au Bureau des finances de Guyenne, François de Beauvillier, comte de Saint-Aignan, Alphonse de Simiane, abbé de Saint-Firmin, etc., on se rendra mieux compte de sa tournure d'esprit. On verra qu'il a trouvé des partenaires dignes de lui, même parmi ses relations féminines si nous en jugeons par les réponses de madame de Revel.

En dehors de son Ms., on ne connaît de Claude de Chaulne que trois petites pièces laudatives qu'il a mises en tête des *Amitiez, Amours et Amourettes (Grenoble, 1664)*, de René Le Pays.

---

1. A M. Foucquet, maistre des requestes. Gazette. Cette gazette est datée de Saumur. Nous ne connaissons pas le motif qui avait amené Claude de Chaulne dans cette ville d'où il écrit au comte de Tournon.

2. Nous ne donnons qu'une partie — importante d'ailleurs — du Ms. de Claude de Chaulne, soit 3.000 vers environ sur 4.700. Nous ajouterons que nos citations laissent au travail préparé par M. Emile Roux tout son intérêt. Nous ne nous occupons pas des poésies de Claude au point de vue, si curieux, d'un tableau de la société grenobloise au xviie siècle, mais simplement au point de vue du libertinage du président du Bureau des finances, c'est-à-dire de sa débauche d'esprit.

POUR Mr LE PAYS, SUR SON LIVRE *AMÏTIEZ*....

Dans l'Empire d'Amour, on tient cette maxime,
Pour les heureux succez de garder le secret,
Autrement on s'expose au reproche d'un crime,
  Et l'on passe pour indiscret :
Mais l'illustre *Pays* a fait un tour de Maistre,
Il nous monstre ses fers sans qu'on puisse connoistre
Par quelle main son cœur en souffre le tourment,
  Et le public se plaindroit justement,
Si par un vain scrupule il eût tenu secrettes
  Ses Amours et ses Amourettes.

SUR LE MESME SUJET

Celuy dont nous tenons cet agréable ouvrage,
  En souffrant qu'on le mette au jour,
Parmy les beaux Esprits acquiert cet avantage,
Qu'en donnant ses *Amours*, il gagne leur amour.

AU LECTEUR

  Cy gist, bien qu'il ne soit pas mort,
Le merveilleux Esprit, qui te donne ce Livre,
  Lecteur, chacun est demeuré d'accord,
Que ses productions le feront toûjours vivre,
Et tu dois avoüer que jamais un tombeau,
  Ne fust plus riche ny plus beau.

LES LETTRES LIBERTINES EN VERS

DE

CLAUDE DE CHAULNE

ÉCHANGÉES AVEC SES AMIS :

NICOLAS FOUCQUET
BASILE FOUCQUET
HUGUES DE LIONNE
PIERRE DE NIERT
ANTOINE DE NORD
COMTE DE SAINT-AIGNAN
ABBÉ DE SAINT-FIRMIN
COMTE DE TOURNON

COMTESSE DE TOURNON, DU-
CHESSE DE CHAULNE
PRÉSIDENTE DE CHEVRIÈRES
MADAME DE CLÉRIEU
MADAME DE LA BAUME-CHAS-
TEAUDOUBLE
MADAME POTEL
MADAME DE REVEL

Les pièces marquées d'un astérisque mentionnées à la suite des notices ont été reproduites entièrement, et partiellement celles avec un double astérisque.

Comme nous ne reproduisons qu'en partie le manuscrit de Claude de Chaulne (3.000 v. environ sur 4.700), nous ne nous sommes pas asservi à suivre l'ordre dans lequel les lettres se lisent dans ce Ms.. D'ailleurs Claude les a réparties arbitrairement et sans aucun souci de leurs dates. Il a voulu faire honneur à Nicolas Foucquet en plaçant l'Impromptu de l'Intendant de Dauphiné, de 1644, en tête de sa correspondance rimée. On ne sait d'ailleurs à quelle époque il s'est livré à ce travail de reconstitution de son passé. A en juger par le titre de duc donné à François de Beauvillier, il doit être postérieur à 1663, année de l'érection en Duché-pairie du Comté de Saint-Aignan, mais cependant il est certain qu'aucune des lettres du Ms. n'a été écrite après la disgrâce du Surintendant (1660).

NICOLAS FOUCQUET

Foucquet[1] tout en ne faisant, pour ainsi dire, que passer à Grenoble en 1644 au titre d'intendant de justice et de police de Dauphiné, a eu le temps de connaître et d'apprécier Claude de Chaulne, président du Bureau des finances. Nicolas venait de partir pour assister à la prise de possession de l'évêché d'Agde, par son frère François, quand une émeute éclata soudainement dans la province ; à Moirans notamment le peuple soulevé s'empara des états de taxe et les brûla. A cette nouvelle, le chancelier Séguier, accueillant les dénonciations qui accusaient Foucquet d'avoir fui devant les mutins, le remplaça immédiatement par Pierre Yvon, sieur de Lozières.

Se rendant à Paris, Foucquet quitta Grenoble le 11 août 1644, accompagné jusqu'à Valence de Claude de Chaulne, de Ducros, de Coste et d'autres personnages de marque appartenant au Parlement de Dauphiné qui avaient tenu à honneur de lui marquer ainsi leur estime dans sa disgrâce imméritée. Au sortir de cette ville, en se dirigeant sur Tournon, l'ex-intendant manqua d'être assommé par la populace ainsi que Coste ; le conseiller Ducros fut tué. Cette tragique sortie de Dauphiné, Foucquet ne l'oublia pas : elle explique la sympathie qu'il a témoignée à Claude de Chaulne et la correspondance rimée échangée entre eux.

Cette correspondance, dont il reste peu de chose, s'est espacée au fur et à mesure que la puissance de Foucquet grandissait au point d'en faire presque le premier personnage de l'Etat, aussi Claude a-t-il pris contact avec Pellisson, son premier commis, tout aussi féru de poésie que son maître. Pourquoi alors s'est-il servi du pseudonyme d'*Entonnéna*? Serait-ce simplement pour se distinguer de la foule des innombrables solliciteurs qui gravitaient autour du Surintendant? C'est possible.

Ajoutons que notre Président du Bureau des finances de Grenoble quoique étant le subordonné de Foucquet, n'en avait rien à craindre, ce dernier ayant supprimé tout contrôle des trésoriers et cela pour des motifs personnels. Si, avec la dot de sa première femme et son apport, Nicolas était entré en ménage ayant personnellement près de deux millions de

---

1. Nicolas Foucquet, né le 27 janvier 1615, était fils de François Foucquet, conseiller au Parlement et commissaire des requêtes du Palais à Paris, et de Marie de Maupeou. Il épousa en premières noces Louise Fouché, morte le 11 avril 1641, et, en secondes noces, le 5 février 1651, mademoiselle de Castille qui lui apportait en dot cent mille livres tournois, etc.

notre monnaie d'avant guerre, sa fortune dépassait en 1658 les prévisions les plus optimistes. Le Surintendant n'avait pas réuni ces immenses richesses sans laisser des sommes importantes aux mains des trésoriers de l'épargne, grâce à des procédés condamnables. Leur simple exposé montrera les complicités qu'il avait dû s'assurer :

« On connaît très exactement de quelle façon le Surintendant avait fait sa grande fortune. Il n'avait pas, il est vrai, le maniement des fonds publics : il donnait aux trésoriers-d'Epargne des ordres de paiement assignés sur telle ou telle recette expressément désignée (gabelles, aides, taille, etc.), ceux-ci payaient et devaient garder les assignations pour les produire à la Chambre des Comptes et obtenir décharge. Le vol consistait à assigner des paiements sur des fonds déjà épuisés : les porteurs pressés d'argent vendaient à vil prix leur titre à des financiers qui avaient le crédit d'obtenir des réassignations sur les fonds disponibles, *moyennant pot de vin attribué au Surintendant*. D'autre part les impôts indirects qu'il était d'usage d'affermer étaient souvent l'objet d'adjudications irrégulières dans lesquelles le secret des enchères n'était pas observé et où les noms mêmes des fermiers étaient supposés. Enfin les emprunts fournissaient encore un champ plus vaste aux spéculations malhonnêtes. Le taux légal, admis comme *maximum* par la Chambre des Comptes était de 5 5/9 0/0. Mais le Trésor était souvent contraint par les circonstances à donner jusqu'à 20 et 25 0/0. Pour dissimuler l'irrégularité, le Surintendant majorait le capital encaissé, puis, pour rétablir la balance entre les recettes et les dépenses, il faisait porter sur les registres des Trésoriers de l'Epargne, et avec leur complicité, des dépenses imaginaires. Plus de registres de fonds versés depuis 1654 : les contrôleurs des finances avaient été alors dispensés de les tenir. Ministres et commis, sous des noms supposés, prêtaient à l'Etat à des taux usuraires ou même supposaient des prêts. Bref, le mécanisme des institutions financières était détestable, et le crédit mal assuré ; un honnête homme n'était jamais certain de ne pas passer pour un voleur, et un voleur avare, sans ostentation, pouvait être tenu pour un honnête homme : c'est l'ostentation qui perdit Foucquet. »

Claude, hâtons-nous de le dire, est resté l'honnête homme au sens qu'on donnait à ce mot au xviie siècle. Ne voyons, dans ses manifestations enthousiastes à l'égard de Foucquet, que l'expression de sa profonde amitié pour l'homme et non pour le financier. En réunissant ses lettres en vers, au lendemain peut-être de la condamnation de son malheureux ami, Claude a placé en tête l'*impromptu* de l'intendant de Dauphiné en qualifiant son auteur d'*Illustre*. Il y a eu là un noble geste à l'adresse d'une grande infortune.

Foucquet a composé peu de vers français :

1° Le | Chrestien | des-abusé | du monde. | A Paris. | Chez la veuve Denis Thierry | ruë saint-Jacques, à l'image saint | Denis, près saint-Yves. | M.DC. LXVII (1667). | Avec privilège du Roy. | In-12 de 33 pp. chiffr. (B.N., Ye 9981).

En voici le premier vers : *Trompeuses vanitez où mon âme abusée.*

2° Une traduction en vers du Ps. CXIII (29 st. de 4 v.) : *Venez, accourez tous, peuples de l'Univers*, publiée par P. Clément.

3º Et quelques pièces éparses dans des manuscrits de la Bibl. nationale :
S. t. (104 v.) : *Mourray-je sans parler et ma reconnoissance.* (Ms. fr. 20862).
C'est une épître dans laquelle Foucquet remercie une grande dame qui s'était
intéressée à son sort.

Sur le portrait bien fait d'un homme qui avoit manqué à sa parole (3 st. de
4 v.) : *Ce portrait est fait d'une sorte* (Ms. fr. 22559).

Sur ce qu'on a osté la feste de saint Nicolas du diocèse de Paris (déc. 1666) :
Escoliers, mariniers et toute femme enceinte (id.).

Enigme (5 st. de 6 v.) : *Nous estions autrefois un grand nombre de sœurs.*
Avec cette note à la fin qui est suivie de remarques : « Le sujet de cette
énigme est le papier sur lequel est écrit : *Papier que j'ai fait dans ma prison
avec de vieilles chemises de Hollande* » (id.).

Le Ms. de Chaulne contient 10 pièces en vers : une de Foucquet et neuf
qui lui sont adressées :

*Impromptu de l'illustre Mʳ Foucquet : *Claude vous avez bien fait faute.*

*Impromptu responsif de Mʳ de Chaulne : *Grand Génie de l'Intendance.*

*Sonnet à Foucquet : *Quand Phœbus à ce jour qu'on dédie à la Lune.*

*Lettre à Foucquet: *Depuis longtemps, je Claude que voicy.*

A Mʳ Foucquet, maistre des requêtes : Gazette (246 v.) : *Puisqu'il vous plaist,
Domine, sieur Messire.*

A Mʳ Foucquet le jour des Roys (106 v.) : *Phœbé pour qui? c'est pour monsieur Foucquet.*

A Mʳ Foucquet, maistre des requestes (94 v.) : *En vérité je suis et quoi bien
aise.*

*Id. (116 v.) : *En ce saint temps que l'on nomme caresme.*

A M. le surintendant Foucquet (94 v.) : *Depuis longtemps vostre bonté le sçait.*

*Id. (148 v.) : *La Muse en deuil de voir que ses pensées.*

DE L'ILLUSTRE M. FOUCQUET

(IMPROMPTU).

*Claude, vous avez bien fait faute
D'avoir oublié Monsieur Coste[1]
Qui ne vous avoit oublié,
Alors que dessous sa bannière
Nous allasmes à La Ferrière,
N'y fustes-vous pas convié ?*

*Là, vous promistes en présence
De gens d'honneur et conscience,
S'il en est parmy les humains,
Que si vous escriviés au Comte
Vous lui manderiez sans mesconte
Tous ceux qui luy baisoient les mains.*

---

1. Jacques Coste, comte de Charmes, sieur de Saint-Donat et de Batarnay, fils de
François Coste, maître des comptes de Dauphiné en 1592, et d'Anne de Rostaing ; il
avait épousé Marie-Françoise de Simiane, fils de Louis, seigneur de Truchenu, et de
Louise de Monteynard. Il mourut président au Parlement de Dauphiné le 26 mars
1676. Le roi l'avait anobli le 1ᵉʳ novembre 1658.

Pour vous punir on vous ordonne
Comparoistre en propre personne
Pour estre oüi sur certains faits,
Et respondre par vostre bouche,
Et comme la chose nous touche
Nous voulons estre satisfaits !

Mandons au premier nostre garde,
Armé d'espée, de halebarde,
Sy de faire il en est requis,
Qu'il aille adjourner ledit Clode
En quel lieu du monde qu'il rode
Et sans prendre aucun parentis[1].

Fait à Romans pour nous esbattre
L'an mil six cens quarante-quatre,
Un dimanche ou bien un lundy,
Lequel des deux il ne m'importe,
Mais seulement qu'on fasse en sorte
Qu'il s'y rende le samedy.

Nil mihi rescribas, attamen veni.

IMPROMPTU RESPONSIF S'IL EN FUT JAMAIS

Grand Génie de l'Intendance
Que le Ciel nous avoit promis,
Dont la Fable a mis l'abstinence
Dans le rang de nos Ennemis,
Que ta santé soit éternelle,
Qu'elle soit si douce et si belle
Que les Destins en soient jaloux,
Et que les Parques soient gênées
A ne plus filer tes années
Qu'avecques du poil de velous !
On nous dit que ces vieilles dames,
Car on leur peint ridés museaux,
Filent la trame de nos ames
Sujette aux coups de leurs cizeaux ;
Ceux qui croiront telles sornettes
Mériteroient porter sonnettes
Sur la creste de leur bonnet :
Tout beau, Muse, je m'incommode,
Je voy que je commence une ode
Et je ne veux faire qu'un pet.

[1]. Parentage.

SONNET

Quand Phœbus à ce jour qu'on dédie à la Lune
Attellera son char de son cheval grison,
En ce mesme moment que dans nostre horizon
Il renflera ses feux sur les flots de Neptune.

Si je ne suis gesné par bizarre fortune,
Vous verrés à Romans, dedans vostre maison,
L'esclat majestueux de nostre poil grison
Si ce n'est le matin, ce sera sur la brune.

Là je prétends respondre à vostre adjournement ;
Mais quoy, je dois finir et je ne sçay comment,
Ce sonnet est sans pointe et je n'y prends pas garde !

Ah ! qu'inutilement je m'en mets en soucy :
Vostre Garde m'exploite avec sa hallebarde,
J'en emprunte la pointe et je la mets icy.

LETTRE AU MESME

Depuis longtemps, je Claude que voicy,
Pour vous gaudir en vers *nihil feci*,
Et de gaudir estoit bien peu capable
Un malheureux, ou bien un misérable
A qui malheur entassé sur malheur
A bigué joie en amère douleur ;
A qui plaisirs ne viennent qu'en litière,
Et qui ne fait un brin de chère entière,
Qui n'a peu voir un seul heureux moment
Suivre celuy de vostre éloignement,
Dont maintenant ne vous escriray mie
Qu'en lamentant, ainsy que Jérémie,
Qui le premier a treuvé la façon
De se douloir et dire une chanson,
Qui pitous cas et douloureuse peine
Mist le premier sur le ton de Birène
Lors qu'on chantoit au bonheur endormy :
Où estes-vous, Birène, mon amy[1] ?
Pour exprimer l'excès de mon martyre
De mots pareils ne conviendroit le dire,

1. C'est une allusion à une célèbre chanson de cette époque dont ce vers était le refrain. Cette chanson exprimait les larmes d'Olimpie, abandonnée par Birène (*Orlando Furioso, canto X*). L'air s'en retrouve noté, dans la seconde partie, p. 127 de *La Pieuse aloüette avec son tirelire ; le petit cors et plume de nostre aloüette sont chansons spirituelles qui luy font prendre son vol....* Valenciennes, 1661.

Si le respect qui doit m'humilier,
N'avoit jugé cet amy familier.
Donc pour tirer ce respect de la gesne
Je vous diray, sans vous nommer Birène,
Laissant n'agir ce respect qu'à demy,
« Où estes-vous, Monsieur et cher Amy?
» En quel pays, en quel lieu de la terre?
» De quelles eaux rincez-vous vostre verre?
» En quelle Eglise oïés-vous le sermon?
» De soubs quel air danse vostre poulmon?
» Quel marchepied supporte vos galoches?
» De quels clochers entendez-vous les cloches?
» Bref, sous quel Ciel, quel air ou quel climat
» Conjuguez-vous *amo, amas, amat?* »
Conjugaison plus nécessaire à l'estre
Que de pinter, de dormir ou de paistre,
Lors qu'un objet, par l'organe des sens,
En fait souffrir les mouvemens pressants,
Qu'une beauté vous inspire dans l'âme
Des vœux de feu et des désirs de flame,
Lors que nos cœurs obsédés par l'amour
Veulent quitter le lieu de leur séjour.
Or, revenons au vostre et que je sçache
Dessoubs quel toit vostre pourpoint se cache;
Mais à quoy sert de me mettre en soucy
Que soïés là puisque je suis icy
Embarrassé dedans ma chacunière,
Où Fortuna me laissa dans l'ornière,
Où je n'ay pas seulement de l'espoir,
Où j'ay des yeux et ne puis vous revoir,
Et que fléaux qui fessent la Provence[1]
Font tel obstacle à mon impatience.
Que ne voudrois que fussiez en chemin,
De male peur que vostre parchemin
Ne s'exposast à ce poison funeste
Que Médecins ont appelé la peste;
Si qu'il faudroit pour estre en Languedoc,
Avec seurté mener monsieur Saint-Roc[2].
Or ce bon Saint est dans un lieu sans doute,
Dont pour sortir clair-voyant ne voit goutte;
Pour l'en tirer les vœux des bonnes gens,
Tous les exploits que donnent les sergents,
Voire un arrêt nous seroit inutile
Tant Paradis est une bonne ville,

---

1. Cette lettre est probablement de 1650, et du mois de février : à cette époque
la peste était signalée comme sévissant en Dauphiné et en Languedoc.
2. Ce Saint est invoqué pour se protéger des épidémies.

Où le plaisir attache tellement
Qu'aucun ne sort sans bien sçavoir comment;
Puis le portier soit qu'on entre ou qu'on sorte
Très rarement en ose ouvrir la porte;
Le bruit des gonds possible hors de propos
Des bienheureux troubleroit le repos;
Il en pourroit estre mis à l'amende
Et s'exposer à quelque réprimande;
Ainsi je crois et crains avec raison
Que ne pourrez quitter vostre maison.
Voilà les maux dont mon âme oppressée
Ne peut qu'à peine exprimer la pensée.
Oui, sans mentir, je connois que ce mal
De mon burlesque estouffe le canal;
Mes vers en ont pris la mine sévère,
Le groin estroit comme Père Macaire[1],
Cela soit dit sans luy faire d'affront,
Carmes et vers la mesme chose sont,
Et ne voudrois, Monsieur, pour bonne chose
Avoir esté si familier en prose,
Mais l'on permet de semblables rébus
Et poetis et Pic Pictoribus.
Si *pic* deux fois en cet endroit j'allègue,
C'est que ma Muse estoit tant soit peu bègue :
Bien lui a pris de l'estre en cet endroit,
Car autrement syllabe en vers faudroit;
Vers ont des pieds autant que les chenilles,
Faute de pieds on leur met des chevilles :
Carmes aussi pieds et chevilles ont.
Mais revenons, Monsieur, à celuy dont
Est question, il a pour vous l'estime
Qu'on ne sçauroit vous refuser sans crime;
En me parlant de vous, son seul abord
M'auroit tiré des griffes de la mort,
Tant j'ay plaisir de treuver qui me conte
De vos bontés le nombre qui surmonte
Stellas cœli vel arenas maris,
Et la caverne immense des maris
Qui, front cornu portent comme Moïse,
Comme Vulcain ou son rival Anchise
Et leurs pareils, que prude Antiquité
A décorés de cornéicité.
Or Dieu nous gard de telle expérience,
Et vous de vers dont la longueur offence,

---

1. Il est question du Père Macaire à la date de novembre 1650 dans le *Journal des Guerres civiles de Dubuisson-Aubenay.* C'était un carme déchaussé « homme en réputation de mérite ».

> Et que je sois bœuf, cerf, bouc ou bélier,
> Plustost que veoir que puissiez oublier
>
> Vostre très...

A MONSIEUR FOUCQUET, LA VEILLE DES ROYS

> Phœbé, pour qui? C'est pour Monsieur Foucquet,
> Muse, reprens ta verve et ton caquet,
> Prosne cent vers, sois un peu moins rétive,
> Inspire-moy, Rondeau, Sonnet, Missive,
> Bien peu me chaut quelque ce soit des trois,
> Rien ne te force et tu en as le choix.
> Ah! je voy bien que tu ne peux rien faire
> Sans le secours de Monseigneur ton Frère[1],
> Brillant Phœbus, toy que Copernicus
> Faisant rouler le théâtre des cocus
> Rend immobile ainsy qu'une statuë.
> C'est un menteur ou le Diable me tuë.
> Je sçay fort bien où tu vas te coucher
> Pour donner tresve au mestier de Cocher;
> L'alme Thétis te reçoit dans sa couche.
> Moites baisers tu reçois de sa bouche.
> Mesme l'on dit que pour la mettre en rut
> Elle consent que tu portes ton lut.
> Quand je seray comme toy las de boire,
> Je te promets d'en escrire l'histoire
> D'un styl si haut, si fort, si relevé,
> Que l'on croira que ma veine a crevé.
> Mais maintenant la pauvre est espuisée,
> Fais la grossir de la sainte rosée
> Qui te produit, par ces douces vapeurs,
> Un beau vallon que cultivent tes Sœurs.
> Je ne sçaurois boire de leur Fontaine
> Et ce nom seul me maltraite et malmène :
> Estre de feu dans ce moite élément
> Il n'appartient qu'à toy tant seulement.
> Mais sans mentir, je t'en croirois indigne
> Si tu n'avois au Parnasse une vigne;
> C'est de son jus et non pas de son eau
> Que je prétends m'eschauffer le cerveau.
> Ce suc divin fait produire en mon âme
> Des vers de feu et des pensers de flame,

---

1. François Foucquet, né le 22 juillet 1612, conseiller au Grand-conseil en 1632, et au Parlement en 1633, abbé de Saint-Sever en 1641, évêque de Bayonne en 1637, d'Agde en 1643, de Narbonne en survivance en 1656, titulaire en 1659 et relégué à Alençon en 1661.

J'en ay tant bu que j'en ay le hocquet.
Laissons Phœbus, revenons à Foucquet :
Rare Monsieur, et si je t'incommode
C'est par ces vers fagottés à ma mode,
Que tu verras que ton esloignement
Fust de mes jours le plus fascheux moment.
J'ay veu cent fois ma constance abattue
Par ce malheur dont le penser me tue.
Depuis ce temps cent maux m'ont assailli,
J'en ay l'esprit déconfit et vieilli.
L'on ne dit plus à Vaux[1] quand on me raille
Que j'ay le groin barbouillé de grisaille,
Certainement on le dit tout de bon.
Moy qui jadis fut plus noir qu'un charbon,
Qui suis plus gris que n'est la cendre esteinte,
J'ay bien raison de former cette plainte;
Chacun me chasse et me dit : « Hors d'icy,
» Vieillard chagrin, triste, morne, transy, »
Et plust au Ciel qu'on m'eust chassé encore
Jusques aux lieux où se lève l'Aurore,
Et que le sort peust permettre en ces lieux
Le doux plaisir de vous voir à mes yeux;
Je reprendrois cette couleur vermeille
Et cet éclat brillant de la bouteille
Qu'on t'apportoit pleine de vin lucquois;
Piteuse mort de son fatal carquois
En décochant une maligne flesche
Dedans le cœur de ton maistre a fait bresche :
Disons pour luy Messe de *requiem*,
Car Dieu mercy son vin se porte bien ;
Mais le plaisir d'en humer ne me touche :
Estant sans vous, je ne suis qu'une souche ;
Osté l'espoir que j'ay de vous revoir,
Rien ne me plaist, rien ne peut m'esmouvoir.
Ah! que ce bien où je n'ose prétendre
Pour mon malheur se fera bien attendre!
Tous mes amis que je ne nomme pas,
Qu'on peut nommer amis de Gigondas,
Vont languissant dans une mesme attente.
Se peut-il pas qu'un bon démon vous tente?
Que vous soyez encor nostre intendant,
Car maistre Yvon[2] passe pour curedent;

---

1. Foucquet fit travailler à Vaux dès 1640, mais les grands travaux du château ne commencèrent qu'en 1656.

2. Pierre Yvon, sieur de Lozières, le plus jeune fils de Paul Yvon, sieur de La Leu, l'Hommeau, le Plomb, Saint-Maurice et Lozières, marié à Marie Tallemant, fille de François Tallemant.

Ce Pierre Yvon, conseiller au Parlement le 18 janvier 1636, avait été nommé, en

Au nom d'Yvon l'on peut dire sans doute
Un qui vous quille ou bien un qui vous f...,
Quand je dirois ce mot tout aujourd'huy
Ce ne seroit, sur ma foy, que pour luy.
Telle antienne ou bien telle prière
Convient fort bien à monsieur Saint-Lozière ;
N'en faisons plus commémoration,
Il treuve icy peu de dévotion :
Il se trémousse, il traite et quoy qu'il fasse,
Il ne fait rien que de mauvaise grâce,
Les compliments sont parfois dans l'excez,
Et bien souvent il n'en fait pas assez [1] ;
Considérant ses mœurs et sa personne,
Dans cet employ ce mauvais choix m'estonne,
Voire il me sucre, un autre auroit dit f...,
Mais en ce temps on n'ose dire tout.
Quoy qu'il en soit ou quoy qu'il en puisse estre,
Soïons d'accord que c'est un pauvre prestre [2] ;
Souhaitons-luy que durant tout cet an
Je n'aye point d'autre amy que Jourdan [3],
Que la Louvat [4] luy soit toûjours farouche,
Qu'il ait son cul lorsqu'il voudra sa bouche,
Et que Brûlon [5] luy coupe son outil.
Amen trois fois, *amen*, ainsi soit-il.
Le brave Coste [6] enrage, peste, jure,
Le luy nommer, c'est luy faire une injure.
De tous les biens aucun ne nous est doux
Que d'estre seuls et de parler de vous.

1645, intendant de justice et de police de Dauphiné, à la suite de la disgrâce de Nicolas Foucquet.

Il est longuement question de Pierre Yvon dans l'*Historiette* de Tallemant : *La Leu et Lozières et madame de Lalane.*

1. « Il cajolloit partout et cajolloit d'une façon pitoyable : vous eussiez dit qu'il prononçoit un arrest : il estoit pesant à la main. C'estoit un grand homme tout d'une pièce ; jamais homme n'eut tant de besoing de sacrifier aux Grâces... » (Tallemant).

2. « Il prit tout d'un coup (dans sa jeunesse) le petit collet après s'être fait catholique ; mais il ne portoit point la soutane et n'avoit point de bénéfices.... Lozières se remet à estudier le latin et se fait recevoir conseiller d'Eglise au Parlement de Paris... (Tallemant).

3. Ce Jourdan ne serait-il pas le père de Gaspard Jourdan, baron de Saint-Lagier, conseiller du roi et trésorier de la Généralité de Provence en 1706 ?

4. Anne, fille de Jacques Louvat, sieur de Barberon, et de Angèle de Ponchon. Mademoiselle de Louvat, eut en 1641, avec M. de Valencin une aventure qui n'aboutit pas à un mariage. En 1662, elle est l'objet d'un quatrain cynique dans une satire contre les dames de Grenoble : *Galanteries grenobloises* :

Si vos actions sont sans crainte
Vos plaisirs seront sans profit,
Si d'hazard, vous estes enceinte,
C'est plutost d'un doigt que d'un....

5. Jean Déageant, sieur de Bruslon, fils de Gaspard Déageant. Il mourut le 1er juillet 1650.

6. Voir sur Coste, p. 281, note 1.

A MONSIEUR FOUCQUET, MAISTRE DES REQUESTES

En ce saint temps que l'on nomme Caresme,
Où l'on deffend chair, œufs, fromage et cresme,
Où le poisson est mon seul aliment,
Je ne vous fais qu'un maigre compliment;
Ces dures loix de qui la tyrannie
Destruit le corps, affoiblit le génie,
Et je ne puis croire qu'un affamé
Quoy que poëte ait jamais bien rimé!
Ces bons seigneurs s'eschauffent la bedaine
Par l'hypocras mieux que par l'Hipocresne.
Certain autheur que j'ay, filetté d'or,
Fait de l'esprit le ventre largitor[1],
Ventre autant plein, car personne ne cuide
Qu'oncques Nature ait pu souffrir le vide,
Qui se remplit plustost d'air et de vent,
En cet estat réduit très peu souvent;
Mais maintenant ce temps de pénitence,
Malgré mes dents me force à l'abstinence,
D'où je me sens si foible et si flouet
Qu'en vous parlant je demeure arouet[2].
Muse, m'amour, mets ta verve en campagne,
Eschauffe-toi d'un doigt de vin d'Espagne,
Mets sur ta peau cette peau de vautour
A qui je fais assez souvent ma cour.
Ah! je ressens une chaleur nouvelle,
A mon secours, à moy, Jean de Nivelle!
Sus petit doigt, Guéridon, Pont-breton,
De vostre style je veux pour un teston[3]
Dont maistre Yvon[4] fournira la matière,
Autant ou plus que cette ville entière,
Car ce Monsieur depuis qu'il est icy
De cent muzeaux est l'amoureux transy;
C'est l'Intendant de toutes nos coquettes;
Il change moins d'habits que d'amourettes;
Son secrétaire et messieurs ses valets
Escrivent moins en procès qu'en poulets;
Avec amour il ne fait point de tresve :
Après la femme, il veut avoir la vesve,
Et puis la fille, et, surprise, en ce choix
Il n'en a point, les voulant toutes trois!

1. Généreux (?). Dans l'ancienne langue Largiteur signifiait celui qui donne largement.
2. Arouet, pour enroué.
3. Guéridon, chansons nouvelles.
4. Pierre Yvon, sieur de Lozières, voir p. 287, note 2.

« Mes fuseliers[1] pour garder mes conquestes
» Auront toujours, dit-il, les armes prestes ;
» Quelques bijoux et quelques diamants
» M'érigeront en Phénix des Amants.
» Pour les beaux pas, pour la mine et la grâce,
» Dans tous les bals, j'ay la première place,
» Si l'on m'avoit frotté de Tripoli
» Je ne serois plus net ny plus poli.
» En mots nouveaux, en contes, en sornettes,
» En quolibets, rébus et chansonnettes,
» En bouts rimez je suis, mon doux Jésus,
» Une autre fois plus riche que Crésus.
» Des vrais amants, je suis le prototype,
» Et le jardin de dame Rhétorique
» N'a pas de fleur dont le mignard bouquet
» N'ait adouci le bruit de mon caquet.
» Je sçay par cœur six tomes de *Cassandre*[2],
» J'ay le gousset aussi doux qu'Alexandre ;
» Bref, devant moy, je croy, sans me flatter,
» Qu'il n'est beauté qui puisse résister. »
A tout cela Jourdan[3], le véridique,
Ayant toussé, puis craché, luy réplique :
» Mervoiés[4]-vous et vous croirez un fou,
» Je veux, Monsieur, qu'on me casse le cou
» Si vos discours n'ont trop de modestie,
» Je m'en rapporte à Coste, à la Bâtie[5],
» Vos qualitez peuvent pour leurs tesmoins
» Produire ceux qui vous aiment le moins.
» Mais, brisons-là, car vous faites la moüe
» A qui vous dit du bien, à qui vous loüe ; »
Ainsy ces gens, se flattant à crédit,
Croiront tout seuls aux douceurs qu'ils ont dit.
Ce bon prélat[6] toujours l'autre cajolle
Qui craint, dit-on, d'en prendre la vérolle ;
Qu'elle leur vienne, et que ce doux printemps
Dessus leur front cent boutons esclatants
D'un chapelet, pour le dire à ses festes,
Puisse parer leurs héroïques testes ;
Qu'ils soient toujours esloignez de ces lieux,
Qu'ils soient l'horreur et des cœurs et des yeux,

1. Pour fusilier, soldat d'infanterie porteur d'un fusil.
2. *Cassandre*, roman publié en dix volumes de 1643 à 1645, de Gautier de Coste, seigneur de La Calprenède, et réimprimé plusieurs fois.
3. Jourdan, voir p. 288, note 3.
4. Mervoier ou marvoier, dans l'ancienne langue, signifiait entrer dans une mauvaise voie, s'égarer dans ses paroles, extravaguer, etc.
5. La Bâtie de Chaulne : Claude de Chaulne : Pour Coste, voir note 1, p. 281.
6. Pierre Scarron, évêque de Grenoble.

Qu'ils soient l'objet des fines médisances
Et l'ornement des plus hautes potences,
Ou que, du moins, ils soient tousjours couverts
De beaux béguins et francs chaperons verts;
Que cet oiseau qui roussine à merveilles
De qui Midas emprunta les oreilles,
De cent baisers les aille caressant,
Et que ce bien aille toûjours croissant.
Que direz-vous de l'ardeur qui m'emporte?
Je ne sçaurois en parler d'autre sorte,
Et ne croy pas devoir d'autre douceur
A vostre indigne et lasche successeur;
Que si pourtant vostre bonté se pique
De ce discours semi-panégyrique,
Quand Jupiter devroit sur moy tonner,
Je vous promets de n'y plus retourner.
Grand Jupiter, toy qui as formé l'homme
Ou n'en fais plus ou bien fais-nous les comme
Nostre Foucquet; fais qu'il nous soit rendu.
Dans ce moment que nous l'avons perdu,
Coste, Daubi[1], Bruslon et La Bâtie,
Ont bien senti ta main appesantie;
Il n'est point d'homme, hors quelque beuveur d'eau
Qui n'ait senti la rigueur du fléau,
Pire cent fois, et cent fois plus funeste,
Que n'est la faim et la guerre et la peste.
Finir par là, certes c'est mal finir;
Mais je ne puis plus vous entretenir :
Maistre Apollon dont je suis secrétaire
M'a commandé de finir et me taire.
J'aimerois mieux voir mon mestier noié,
Que le faisant vous avoir ennuié,
    Au mois de Mars auquel les hirondelles
    Des pays chauds apportent des nouvelles,
    Le vingt-et-neuf, ainsy que je le crois.
    Si j'ay failli, comptez-le par vos doigts.

A MONSIEUR LE SURINTENDANT FOUCQUET

Depuis longtemps, vostre bonté le sçait,
Ma triste Muse a tenu le *lacet*,
De vos concerts se connoissant indigne,
Entonné n'a pour vous verset ni ligne;

---

1. Coste, Bruslon (Déageant), La Bâtie (Ch. de Chaulne) ont déjà été cités. Il
s'agit probablement d'un Dauby, conseiller au Parlement de Grenoble, à moins que
ce ne soit Barthélemy Dauby, écuyer ordinaire de la Grande Écurie du Roi, lieutenant de la Compagnie du duc de Lesdiguières à Grenoble.

Puisqu'aucun nom de Parnasse elle n'a
Souffrez que je la nomme *Entonnéna* ;
Entonnéna donc gardant le silence,
S'est fait, Seigneur, beaucoup de violence,
Et le respect qu'on doit à vos emplois
A retenu sa plume dans mes doigts.
Les soins divers où l'Estat vous appelle
Ne peuvent plus souffrir la bagatelle,
Et quand un Saint prest à canoniser
Auroit osé vous bagateliser,
Sa sainteté dans ce moment ternie
L'auroit banni de toute litanie,
L'auroit banni de tout droit *d'oremus*,
Le Saint enfin seroit resté camus.
Quand nous sçaurions mesme que son image
Des autres nez pourroient prétendre hommage ;
Pour moy qui ne suis pas des plus hardis,
Qui suis des moindres Saints du Paradis,
J'ay deub tout craindre et n'oser vous escrire,
Mais quel malheur pourroit m'arriver pire
Que veoir mon nom dans vostre souvenir
Hors de ce rang qu'il y souloit[1] tenir.
Mille jaloux riroient de ma disgrâce
Et dans l'espoir de m'y ravir la place,
Dans ce silence honteux et criminel
Me noirciroient d'un opprobre éternel.
J'aymerois mieux qu'*Entonnéna* fut more,
Et, s'il se peut, mesme plus brune encore.
Quand vostre accueil eust fait sa vanité
Elle se crut Muse de qualité :
Elle faisoit la brune et la gentille,
Et débitoit des rimes par la Ville ;
L'on disoit bien : « Il est bien de besoin,
» Ces vers ne sont que l'essence du foin
» Dont se nourrit celuy qui les compose » ;
Dans ce rebut je reprenois ma prose,
Et me faisant la grâce de m'aimer
Vous m'ordonniez encore de rimer.
Mais maintenant, Seigneur, par parenthèse,
Il est esgal qu'on chante ou qu'on se taise ;
Quand mes chansons feroient vostre plaisir
Mille desseins tueroient vostre loisir.
Vos deux emplois[2] n'en n'ont jamais de reste,
Chacun des deux au loisir est funeste ;

---

1. Avait coutume, du verbe *souloir*, avoir coutume.
2. Foucquet avait la charge de procureur général au Parlement depuis 1650 et celle de surintendant des finances avec Servien, depuis 1653.

Seul ennemy de vos nobles travaux
Il va chercher soubs les arbres de Vaux,
Ne pouvant plus vous aborder en ville,
Un lieu secret qui luy serve d'azile.
Il me souvient que le bruit importun
De Messeigneurs les Tambours de Melun,
Ne croyant pas de pouvoir le surprendre,
S'en vint un jour le sommer de se rendre,
Le menaçant de luy donner assaut ;
Mais il traita le drôle comme il faut :
Sans se troubler, sans se mettre en deffence,
Il luy fit veoir le calme et le silence,
Qui reposoient soubs l'ombre d'un Ormeau
Victorieux du murmure de l'eau ;
Le bruit resta confus de son audace
Et le loisir seul maistre de la place,
Qui, toutefois, n'est pas bien volontiers
D'intelligence avec vos ouvriers ;
Mais il prétend, malgré leur entreprise,
De les chasser comme péteurs d'Eglise,
Par un secours que luy promet le temps ;
Alors, Seigneur, mes vœux seront contens.
Lors sans troubler le cristal des coulettes
Nos colibets, nos chansons, nos sornettes,
Et mon rebec, si je sçay l'accorder,
Ne craindront plus de vous incommoder.
En attendant, permettez-moy de grâce
Que je consulte avecque le Parnasse,
Et qu'aprenant de nouvelles douceurs
Dans les concerts de ses sçavantes Sœurs,
J'ose espérer, sans estre téméraire,
Le bien charmant qu'il y a de vous plaire :
C'est le seul but de mon ambition !
Quand je devrois être comme Ixion,
Par Jupiter cloué sur une rouë,
Je m'en rirois, et luy ferois la mouë.
Dans ce dessein, rien ne peut m'arrester,
Et mon respect aura beau contester,
Je seray sourd et je luy feray niche.
De vos pareils la Nature est peu riche,
Un siècle entier à peine en peut donner ;
Quand il les donne, il les faut mittonner.
Pour ne pas témoigner un sentiment contraire,
      Pour éviter tout accident,
Il faut finir, Seigneur, vous bénir et me taire,
Bien que l'on n'ait jamais béni Surintendant.

A MONSIEUR LE SURINTENDANT

Ma Muse en deüil de veoir que ses pensées
Sont par le faix de mes jours abaissées,
Que son Phœbus n'estant plus jouvenceau
Ses vers ont peu de l'esclat du ponceau,
Qu'ils n'en ont plus qu'une foible teinture,
Que sa rimaille en changeant de nature
L'expose encor pourtant à rimailler;
Hélas! Seigneur que vous allez bailler
Si vous lisez cette ennuyante lettre;
Il vaudroit mieux beaucoup n'y plus rien mettre,
Et sans produire un si fascheux effet
La terminer par un « Ma foy, c'est fait. »
Mais qu'en diroient les amis de Voiture?
De son rondeau gaster l'architecture,
Luy desrober et la base et le front,
Seroit luy faire un trop sensible affront[1].
Monsieur Costart[2] prenant la défensive
Seroit petit escrivain de missive,
Et feroit tant de bruit pour ce larcin
Qu'il vaudroit mieux que j'eusse le farcin.
Farcin pourtant maladie est mortelle
Pour tout cheval alezan, isabelle,
Aubère, blanc, rouan, noir, gris et bai.
Donc tout cheval farcineux n'est point gai.
C'est une peste étrange et dangereuse.
Faisons du moins ma lettre farcineuse,
C'est le moyen de luy donner le feu
Et de ne vous ennuyer que bien peu.
Mon cher Seigneur, si ma lettre vous blesse,
Supprimez tout, n'en lisez que l'adresse,
Vous y verrez un nom qui sçait charmer,
Un nom qui touche et qui se fait aymer;
Mais *ut octo* huict lettres qu'on rassemble,
Font ce beau nom quand elles sont ensemble,
Et quitteroient volontiers l'Alphabet
Pour ne servir désormais que Foucquet :
F fuiroit jusques au bout du monde,
O rouleroit sur la terre et sur l'onde,
S'il n'estoit point à ce nom attaché,
U ne vit plus, s'il en est arraché,

1. Il s'agit du célèbre rondeau de Voiture : « Ma foi, c'est fait de moy, car Isabeau », qui avait paru anonyme dans le *Recueil de divers Rondeaux de 1639* et ensuite dans les *OEuvres de Voiture*, 1650, in-4.

2. Costar, chanoine du Mans, qui venait de publier : *La défense des OEuvres de Voiture*, 1653.

C court toûjours de crainte qu'il n'eschappe,
Le **Q** sans bruit s'assied comme un satrape,
U qui s'y voit une seconde fois,
En est plus fier qu'aux noms des derniers Roys,
E sans ce nom nous dit qu'il veut point estre,
T qui tient tout des autres se croit maistre,
Et se riant et se mocquant de tout,
« Enfin, dit-il, j'ay tenu le bon bout! »
Teint, Taille, Traits, qui faites qu'on souspire,
Sans qui l'Amour se verroit sans Empire,
Je ne veux plus servir en si bas lieu,
Et je vous dis un éternel adieu!
Quelques beautés qui m'en fassent la mine,
Je suis trop fier du nom que je termine :
Vénus souloit, qui m'avoit emprunté,
Me veoir encor soustenir sa beauté
Dont elle craint la juste décadence,
Et j'en suis mesme avec elle en instance;
Mais par faveur l'on m'a mis au parquet
Où l'on conclut que je serve à Foucquet;
Mais si quelqu'un désormais se propose
De m'employer soit en vers, soit en prose,
Ce ne sera que pour luy seulement,
Pour ses bontés et non pas autrement,
Pour sa vertu, car sa vertu m'employe,
Dont j'ay beaucoup et de gloire et de joye,
Et sans avoir l'honneur d'estre mandé
Je sers au Saint de monsieur Saint-Mandé[1].
Pour Vaux du moins j'en enrichis les plaines
Par le cristal dont brille ses fontaines,
C'est moy qui fais esclater leur argent
Qui sonneroit assez mal autrement,
Qui rend ce lieu si beau, si délectable;
Il m'a donné le haut bout de sa table,
De ses tableaux j'ay formé chaque trait,
Je le sers mesme en son divin portrait ;
Je suis charmé de l'employ qu'il me donne,
Et l'aime plus cent fois qu'une couronne
Dont la puissance et toute la grandeur
Ne m'a rien plus touché que sa rondeur.
Monsieur le **T**[2] ma Muse est offensée
De tout rouler sur la mesme pensée,
Vous sermonés du matin jusqu'au soir,
Vous la mettrez enfin au désespoir;

1. Maison de campagne de Foucquet.
2. Il s'agit certainement de la lettre T, citée ci-dessus, qui termine le nom du surintendant Nicolas Foucquet.

Vous avez trop prosné vostre louange :
Le désespoir est une chose estrange,
Le désespoir a fait mille pendus
Mal à propos dessus l'air estendus.
Lors que Didon l'amante infortunée
Vit le talon et le gigot d'Enée,
Car les talons sont bien près du gigot,
De son beau corps elle fit un fagot,
Et, dans sa cendre, elle estouffa la flame
Du feu secret qui dévoroit son âme ;
Le désespoir la prenant à tel point
Qu'elle en brûla le moule du pourpoint,
Si vous voulez celuy de la chemise ;
Le désespoir de la belle Arthémise
Luy fit gober de cendres un boisseau
De son mary mort jaloux et rousseau,
L'Histoire dit qu'il avoit nom Mausole ;
Quand Marc-Anthoine eut perdu la parole,
Cléopâtra qui n'avoit pas le tic
Se fit piquer d'un venimeux aspic ;
Lors que Tarquin tarquinisa Lucrèce,
Et qu'il en eust la dernière caresse,
Le désespoir de ce brutal dessein
Exécuté, luy mit le fer au sein ;
La vertu lors se vist estre victime
Par cette mort de l'ordure et du crime,
Qu'un autre siècle eust fait voir abattu
Dessoubs les pieds d'une haute vertu.
Certain romain nous apprend qu'Aristote,
Qui n'avoit pu fourrer dans sa calotte
Le mouvement du flus et du reflus,
Luy dit « Adieu ! je ne te verray plus ».
Le désespoir avoit esmeu sa bile,
Il se jetta dans l'eau comme une anguille,
Sans doubte il creut de recevoir leçon
Sur ce sujet de quelque vieux poisson ;
Il y périt et fut poisson luy-mesme,
Et l'on permet de le lire en caresme.
Remémorer ces tragiques effets,
Vous les sçavez. Dieux ! qu'est-ce que je fais
De m'amuser à vous citer l'histoire ?
Le désespoir est chose affreuse et noire,
Et d'en avoir l'esprit embarrassé
Mieux me vaudroit un nez de trépassé,
Quand il seroit comme un bec de bécasse.
Mais ce discours impertinent vous lasse
Et vos bienfaits pourroient me reprocher
D'avoir esté facile à vous fascher.

C'est un faux pas que je ne dois point faire,
Ma passion m'ordonne de me taire,
Et mon respect qui ne peut la quitter
Luy tient la bride et me fait arrester.
Lors qu'un désir pressant me sollicite
De rendre hommage aux vertus, au mérite,
Le vostre seul ose se présenter,
Dieu sait, Seigneur, si je puis contester.
Mais dans ce grand sujet qui se propose,
Un autre mais, un timide, je n'ose,
Et qui pourtant sçait me donner des loix
Saisit ma plume et me l'oste des doigts :
N'en ayant plus, je ne sçaurois escrire.
Aussy, Seigneur, rien ne me reste à dire
Qu'un grand : « Je suis » avec son compliment
Mais qui n'est vray que pour vous seulement.

BASILE FOUCQUET

Basile Foucquet, baron de Dannemarie, frère du surintendant Nicolas Foucquet, né le 22 août 1623, fut, sans être prêtre, trésorier de la basilique de Saint-Martin de Tours, abbé de Rigny (1646), de Nouaillé (1651), de Barbeaux (1652), et chancelier des Ordres en 1656.

Ame damnée de Mazarin pendant la Fronde, procureur général à Metz, intendant de la police à Paris en 1656, il se brouilla avec le Surintendant dans les derniers mois de 1657 et contribua à sa chute. Exilé a Tulle, à Bazas et à Mâcon, il revint à Barbeaux en 1678 et mourut deux ans après.

Nanteuil acheva son portrait et le fit tirer en 1658.

Chéruel a porté sur Basile Foucquet le jugement suivant :

« Activité, souplesse d'esprit, fécondité de ressources, intrépidité dans la lutte, zèle et ardeur poussés jusqu'à la témérité, telles sont les qualités que déploie d'abord l'abbé Foucquet. Après la victoire, ses vices apparurent et le rendirent odieux ; ambitieux, avide, insolent, s'adonnant aux plaisirs avec une scandaleuse effronterie, il provoqua la haine publique et contribua à la chute de son frère ».

Le Ms. de Chaulne contient deux lettres adressées à l'abbé Foucquet :

Réponse : *Des sentiments plus nobles que les vôtres.*
* A l'abbé Foucquet : *Abbé sans pair, cher ami des vertus.*
Cette dernière lettre que nous reproduisons, écrite vers 1654, est curieuse; elle s'étend longuement sur les armes de la famille Foucquet et sur sa devise: *Quo non ascendam* qui n'était pas, comme on l'a dit, particulière à Nicolas; elle se termine par des médisances à l'adresse de Servien, surintendant des finances en même temps que Nicolas.

A MONSIEUR L'ABBÉ FOUCQUET (1652)

Abbé sans pair, cher amy des vertus,
Tristis hiems et tarde senectus
Engourdissant la veine poétique,
L'avoient enfin rendue paralytique,
Et le respect mesme que je vous dois,
L'avoit saisi, jusques au bout des doigts.

Ses dures loix me faisoient croire un crime
La liberté de vous escrire en rime,
Et que mes vers pourroient blesser vos yeux
Faute d'avoir un minois sérieux;
A qui voudroit s'attacher à la lettre
Icy minois ne se devroit point mettre,
Car on n'a veu minois qu'aux vers suivants
Depuis cinq mille et six cens vingt sept ans[1],
Id est depuis que Phœbus fait la ronde
Et dans le Vieux et dans le Nouveau Monde.
Mais si mes vers enfin ne brillent pas
De mots pompeux, de grâces et d'appas,
Bref, s'ils ne sont que chétive rimaille,
Pour abréger s'ils ne sont rien qui vaille,
Ils ont cela de commun avec ceux
Qui sont rampans, s'ils ne sont lumineux;
Estre rampans n'est pas estre sans charmes :
Lions rampans font maintes belles armes,
Lions rampans ou non ont autrefois
Des animaux esté choisis pour Rois,
Lorsque Noé, le vineux patriarche,
Les eut cachés au déluge dans l'Arche,
Quand la fureur en eust fait des tyrans,
Vostre Escureuil y eust ses partisans;
Si j'eusse eu voix dans la belle Assemblée
Il auroit eu la couronne d'emblée;
Un animal qui n'estoit pas baudet,
En le voiant dit *quo non ascendet*,
Dont l'Escureuil conçeut des espérances
Que vous avez changé en assurances,
Son sort estant et plus grand et plus doux
Ayant l'honneur, comme il a, d'estre à vous.
Cet honneur mit les lions en colère,
Pour se venger ils osèrent tout faire,
L'un d'eux pressé d'un généreux orgueil,
Jaloux de l'heur du fameux Escureuil,
N'osant prétendre à si hautes brisées,
Prist de dépit des armes opposées,
Dans un escu où l'on le voit encor
Lion issant parmy l'azur et l'or[2];
Ce beau métal qui sert à la finance
Le fist songer à la Surintendance,
Se proposant d'y donner seul des loix
Comme au pays où les borgnes sont Rois;

1. Cette année 1627 n'est certainement pas celle dans laquelle cette lettre a été
écrite.

2. Armes de Servien : D'azur à trois bandes d'or, au chef d'argent, chargé d'un
Lion regardant de gueules.

Les Quinze-vingts qui luy faisoient escorte
Pour ce dessein luy prestèrent main-forte,
Et l'on vit bien que leur aveuglement
Fust la raison qui fit leur mouvement.
A telles gens chaut fort peu que lunettes
Soient de cristal ou que vitres soient nettes,
Et que miroirs qu'ils prisent encor moins
De leurs deffauts soient ou ne soient tesmoins.
Leurs soins ne sont qu'à remplir de finances
Certains vaisseaux qu'ils tiennent par les anses,
Importunant le Ciel en attendant
Qu'un borgne seul en soit surintendant[1].
Or l'Escureuil ne voulant pas permettre
Telle entreprise, on dit qu'il se fist mettre
Diligemment, le cas estant urgent,
Tout enflamé dans un escu d'argent[2].
D'argent *autem* car soubs telle parole,
L'or du Péru, tous les flots du Pactole,
Ou pour le moins ses beaux sablons dorés
De la plupart des hommes adorés,
Sont entendus, mesme lorsqu'on demande
Une partie, une debte, une amende,
Que pour cela l'on envoye un Sergent,
L'on dit tousjours : « Donnez-moy de l'argent? »
Lorsque l'on veut parler d'un homme chiche,
Que chicheté fait avare et puis riche,
Du cent pour cent qu'il prend de l'indigent,
Ne dit-on pas : « Cet homme a de l'argent? »
Par ces raisons, voire d'autres encore,
L'on réduisit l'orgueilleuse Pécore
A faire bas, non pas de Saint-Marceau,
Mais de lion on le fit lionceau,
Sans que l'on pust porter les destinées
A le remettre en ses jeunes années :
Il en pleura, mais d'un œil seulement ;
Ne l'ayant point voulu faire autrement :
Bien justement le royal quadrupède
Pleura d'un mal qu'il voyoit sans remède
Qui, depuis peu, pleura amèrement
Pour uriner un peu trop chaudement.
Les médecins qui en sçavent les causes
Disent qu'ayant trop avalé de roses,
Il en pissa les épines et qu'il
En eust grand mal aux lobes du pénil,

1. Abel Servien était borgne. Il avait été nommé surintendant en même temps que Foucquet.

2. Les armes de Foucquet étaient d'argent à un écureuil rampant de gueules.

Fust qu'il tomba deffluction si chaude
Qu'elle en sortit verte comme émeraude!
Or Dieu nous gard de l'appréhension
Que doit causer pareille fluxion.
Fuions, Monsieur, fuions toutes ces choses!
A ce Printemps, dans le retour des roses,
Qu'en nos repas on ne lasse jamais
Nostre appétit par de semblables mets!
Vous sçavez bien que *Mets*[1] est en Lorraine,
   Pour moy qui le sçait bien aussy
   Je veux finir ma lettre icy.
   L'amy lecteur a trop de peine.
Ce qui me reste à dire et tout ce que je puis
   Vous le sçavez, c'est que je suis
A l'Escureuil tout ce que l'on peut mettre
   A la fin d'une lettre,
Et que je le seray, fut-il des millions
   De rois faits comme les lions.

1. Basile Foucquet était procureur général à Metz.

HUGUES DE LIONNE

Hugues de Lionne, fils d'Artus de Lionne et d'Isabeau de Servien, naquit à Grenoble le 11 octobre 1611 et mourut à Paris le 1er septembre 1671. Il fit ses premières armes diplomatiques auprès de son oncle Abel de Servien. Au lendemain de la disgrâce de ce dernier, il entreprit un voyage à Rome où il rencontra Mazarin qui, séduit par ses brillantes qualités, l'emmena en 1641 à Munster en qualité de secrétaire d'ambassade. Devenu premier ministre, le Cardinal le chargea en 1642 d'aller en Italie pacifier le différend entre le pape Urbain VIII et le duc de Parme. Ayant réussi dans cette mission, il fut nommé conseiller d'Etat le 15 août 1643. Secrétaire des Commandements de la Reine en 1646, membre du Conseil de conscience en 1651, prévôt et grand maître des Ordres du roi en 1653, il assista en 1654, en qualité d'ambassadeur de France, au conclave qui élut à Rome le pape Alexandre VII, et en 1656, il négocia avec l'Espagne. Envoyé en 1657 à la Diète de Francfort, il contribua puissamment à la formation de la Ligue du Rhin qui divisait l'Allemagne en deux parts et empêchait l'Autriche de porter secours aux Espagnols dans les Flandres. En récompense de ses services, le roi le nomma le 23 juin 1659, ministre d'Etat, etc., etc.

Cette simple énumération des services rendus à la France par ce bon serviteur de la monarchie jusqu'au moment où se termine ce que nous connaissons de sa correspondance rimée avec Claude de Chaulne, donne un certain piquant à sa verve parfois plus que gauloise[1].

Le Ms. de Claude de Chaulne contient une lettre de Lionne et trois lettres de Claude :

Rép. de Lionne à la lettre de Claude de Chaulne qui répondait à la lettre de Madame de Revel. (*Je ne cuidois...*) : ** *Grand Président à teste raze* (cette lettre paraît formée de quatre lettres) : ** *Jugez donc du Parnasse, illustre Connestable; Vous mandez au comte ou Marquis; Possible, direz-vous, par arguments sublimes.*

Rép. à la lettre de M. de Lionne : ** *De tels ragoûts et de si friands mets.*

A Mr de Lionne rencontré près de Tain en revenant de Grenoble. ** *Depuis Sidon jusqu'aux portes de Tyr.*

A Mr de Lionne sur la grossesse de madame sa femme : * *Par Saint-Victor, voire par Saint-Marceau.*

---

1. Voir en dehors des lettres qui suivent, une longue citation (p. 271) d'une lettre de Hugues de Lionne que nous n'avons pas reproduite.

M^r DE LIONNE, SECRÉTAIRE D'ESTAT

A CLAUDE DE CHAULNE[1]

Grand Président à teste raze
Du choix d'Apollon digne vaze;
Et son premier Gonfalonnier
Maistre de chambre et Aumosnier,
Bien que par humble périphrase,
Vous vouliez vous calomnier
Vous qualifiant de Pégase
Le très humble palfrenier,
Et du Parnasse le dernier.
Vous en estes pourtant la baze
Et l'inépuisable grenier....
A vous dont le sçavoir tout plein de feu l'embrase,
A vous, de qui la Muse jase
Avec tant de force et d'emphase,
Que personne ne peut nier
Si ce n'est quelque Lanternier,
Que ne puissiez en selle raze
Dompter le farouche destrier
Avec un simple mors de gaze,
Et quand vous le voulez manier
Ravit tout le peuple en exlase.
Pourquoi doncque, ô casanier,
Id est joueur de tour incase,
Les bras croisés en safranier
Vous reposer comme un viédase[2]?

A MONSIEUR DE LIONNE SUR LA GROSSESSE
DE MADAME SA FEMME[3]

Par Saint-Victor, voire par Saint-Marceau,
Onc Appellès de son fameux pinceau

1. Réponse de M. de Lionne, secrétaire d'Etat, à cette lettre (celle de Claude de Chaulne adressée à madame de Revel : *Je ne cuidois qu'onc eust esté possible*) et à deux ou trois autres dont j'ay perdu la minute.

2. Viédase, imbécile. — Nous avons arrêté ici notre citation de cette lettre qui est très longue et dont le texte est souvent peu intelligible, par la maladresse du copiste.

3. Paule Payen, née en 1630, de Paul Payen et de Marguerite de Rives, épousa en 1645 Hugues de Lionne. Elle était jolie mais fort petite. Sa conduite, dans la seconde moitié de sa vie, fut scandaleuse; ses amours avec le comte de Fiesque et les amours de sa fille ont fait le sujet du premier chapitre des *Vieilles amoureuses* dans *La France galante : Les Amours de madame de Lionne.* Elle mourut en 1704.

Madame de Lionne devait être grosse de Madeleine de Lionne qui se maria le

Ne peut ouvrer fors qu'en plate peinture,
Mais vous, Monsieur, travaillez en sculpture.
Homme jamais en bonne foy pust-il
Se louanger d'avoir un tel outil?
Fama volat qu'en avez mis en bosse
Une beauté qui, de vostre fait grosse,
Nous doit bientost donner un Lionceau,
Et tout cela par un coup de pinceau
Qui aux pinceaux d'Appellès fait la nique.
Vrayment on doit escrire sa chronique :
Comme il est grand, plus que n'est pied de Roy.
Car pied petit, le Roy, comme je croy,
A maintenant chose mal entenduë ;
Car longues mains et de longue estendue,
Princes et Rois, à ce que l'on dit, ont.
En bonne foy, je ne sçay comme ils font,
Mais ne voudrois au bon jour des Estreines
Leur fournir gants encore moins que Mitaines,
Et si leurs pieds estoient tels et si grands
Ne leur voudrois fournir sabots ni gants :
Sabots ne sont pour gens de telle sorte,
Disons souliers de peau de beste morte.
Mais revenons à ce fameux pinceau
Qui tant parut sain, vigoureux et beau,
Que, par amour, dans la ruë Dauphine
Fut mitonné par fillette peu fine,
Dans un endroit que je n'ose nommer,
Endroit salé comme l'eau de la mer ;
Bref endroit tel que chacun le convoite
Pour au pinceau sien en faire une boiste ;
Fors vieilles gens qui ont beau convoiter
Et qui pinceau ne peuvent emboîter.
De telles gens lassée est la nature,
Et leurs pinceaux sont pour plate peinture
Bons seulement, en sorte qu'on peut les
Comparer à ceux du bon Appellès.
Enfin l'on doit pour sa célèbre histoire
Ne laisser goutte d'encre en l'escritoire.
C'est ce pinceau qui vous a fait papa,
Et lors, Monsieur, que ceste aimable Pa-
Role issira de l'enfantine bouche,
Si ce plaisir sensible ne vous touche,
Je veux estre embroché comme un gigot,
Et plus cornu que n'est un Escargot ;

10 février 1670 à François Annibal III, marquis de Cœuvres, fils aîné de François Annibal, deuxième du nom, duc d'Estrées. Madeleine de Lionne ne fut jamais duchesse d'Estrées, car elle mourut en 1684, et son beau-père vécut jusqu'en 1687. Sa réputation a été aussi mauvaise que celle de sa mère.

Car Escargots tirent de leurs coquilles
Grands cornillons et petites cornilles,
Quand les enfants jurent leur faire veoir
Soubs le portail de l'infernal Manoir
De leurs parents la Généalogie,
Et tout cela, Dieu grâces, sans magie.
Lors qu'Abraham chargea d'un grand bissac
Plein de cotrets, Monsieur son fils Isac,
On luy promit, pour toute récompense,
Qu'avant sa mort il verroit sa semence
Multiplier comme *Arenas Maris*,
Cela s'accorde encor aux bons maris.
Vous commencez, Monsieur, de si bonne heure,
Que bon mary estes ou que je meure,
Et tout de bon si n'estiez bon mary
Nous vous ferions un tel charivary
Qu'on l'entendroit de Rome à Pampelune
Où chiens, dit-on, abboient à la Lune,
Qui ne s'esmeut non plus de leurs abois
Que vous de veoir lettre de Dauphinois.
J'en puis parler par certaine science,
Car de tels cas j'ay fait l'expérience,
Et n'en serois aucunement honteux
Quand la ferois encor trois fois ou deux.
Il me suffit que me fassiez la grâce
De recevoir mes lettres sans grimace,
Que mon escrit vous soit moins importun
Qu'à nos matous la fumée de petun[1].
D'escrits pareils jamais chaires percées
Ne furent onc et ne seront lassées,
Et je ne tiens à mespris et rebut
Que celuy-cy leur serve de tribut.
Quand me convient empaumer l'escritoire,
Jà ne prétends de moy laisser mémoire,
Et peu me chaut de la postérité ;
Mais vostre oubly, Monsieur, en vérité,
A supporter me seroit chose dure ;
Ce coup mettroit mon âme à la torture,
Et le destin d'un plus cuisant revers
Ne peut bouter ma constance à l'envers !
Cela n'est pas dont je vous remercie
Et suis plus fier que l'Asne du Messie,
Car fier il fut quand son Seigneur porta
Et qu'*Hosanna* Hierusalem chanta ;

1. Ancien nom du tabac que Jean Nicot avait le premier importé en France.
L'impôt sur cette plante remonte au 17 novembre 1629.

Si qu'à son prix chevaux de beaux carrosses
Et grands coursiers eussent passé pour rosses.
Depuis ce temps quand on nomme un baudet
Tout bon chrestien met la main au bonnet,
'Et certain Roy rechignoit à merveille
De ne se veoir baudet que par l'oreille.
Mais à propos il avoit nom Midas.
S'il l'eust esté soubs la ceinture en bas,
S'il eust eu du baudet sous la ceinture,
On l'auroit cru le Roy de la Nature!
Ains là toujours en puissiez-vous avoir,
Moy quelques jours l'honneur de vous reveoir.
Ce désir seul fait mon impatience
Et je n'en ai que bien peu d'espérance;
Pour mon malheur le destin m'a craché
Dans ce pays où je suis attaché;
Mais attaché est estrainte si forte
Que pour sortir je ne vois point de porte,
Porte qu'on peut autrement nommer huis.
Adieu, Monsieur : Le tout vostre, je suis.
Bref je vous suis tout ce qui peut se mettre
      Au dessoubs d'une lettre.

PIERRE DE NIERT

Tallemant a consacré une historiette à Pierre de Niert :

« De Niert, car c'est ainsy qu'il se nomme, quoyque tout le monde die *Denière* ou *Deniele*, est de Bayonne : il dit que son grand-père estant maire, du temps de la Saint-Barthélemy, empescha qu'on ne fist le massacre dans Bayonne. Il s'adonna dez sa jeunesse à la musique ; M. de Créquy le prit en qualité de suivant. Il a tousjours chanté, de façon qu'on ne pouvoit pas dire qu'il fist le chanteur[1]. M. de Créquy le traittoit fort bien et ne luy disoit jamais : « chantez », ny le menoit en aucun lieu en luy disant que c'estoit pour chanter ; mais de Niert luy disoit : « Monsieur, porteray-je mon théorbe[2] ? — Ce que tu voudras », répondoit M. de Créquy.

» Je croy que de Niert fut amoureux autrefois de Mme Aubry[3], qui chantoit fort bien, mais, malgré tout cela, parce qu'elle avoit fait venir l'ambassadeur de Venise à un souper où il avoit promis de chanter devant le marquis Pompeo Frangipani, il n'y voulut jamais aller et elle eut bien de la peine à faire la paix.

» Quand M. de Créquy fut à Rome pour l'ambassade de l'obédience du feu Roy (1633), de Niert prit ce que les Italiens avoient de bon dans leur manière de chanter, et le meslant avec ce que nostre manière avoit aussy de bon, il fit cette nouvelle méthode de chanter que Lambert[4] pratique aujourd'huy, et à laquelle peut-estre il a adjousté quelque chose. Avant eux on ne sçavoit guères ce que c'estoit que de prononcer bien les paroles. Au retour, le feu Roy le voulut avoir ; M. de Créquy ne laissa pas de luy continuer les mesmes appointemens : le feu Roy luy donna une charge de premier valet de garde-robe, à la charge de donner douze mille livres de récompense[5]. Il n'avoit pas un sou, mais comme il estoit de bonne réputation et qu'on voyoit bien que le Roy l'affectionnoit, il trouva cent mille escus avant que de sortir de la chambre de Sa Majesté ; de là il alla dans la chambre de la Reyne, où il dit le don que le Roy luy venoit de faire : « Mais », adjousta-t-il « je suis bien empesché, car il me faut trouver quatre mille escus ». Une jeune veuve, femme de chambre de la Reyne, luy offrit de la meilleure grâce du monde de les luy prester ; cela le charma, et dans ce moment il en devint amoureux. C'estoit la fille d'un ministre de Languedoc que l'on avoit convertie ; je croy

---

1. C'est-à-dire qu'il était chanteur par goût, non par métier.
2. Luth à deux manches.
3. Claude de Préteval, femme de Robert Aubry, sieur de Brévannes, président à la Chambre des Comptes en 1620, morte veuve le 29 septembre 1657.
4. Michel Lambert, musicien, né en 1610, mort en 1696. Tallemant lui a consacré une *Historiette*.
5. De dédommagement à celui qu'il remplaçait.

que ce fut elle qui appela la reyne « Siresse ». Il en fut amoureux douze ans.
Cette amour a furieusement nuy à de Niert ; car le feu Roy, qui haïssoit la
Reyne, et qui ne vouloit qu'il n'y eust aucune correspondance entre ses gens
et ceux de sa femme, n'approuvoit nullement cette affection, et il eust fait
sans cela toute autre chose pour nostre homme qu'il ne fist. Il luy disoit :
« Vous n'attendez que ma mort pour vous marier. »

» Quand le cardinal de Richelieu, qui vouloit que les officiers qui appro-
choient le Roy de fort près ne luy voulussent point de mal, fit faire compliment à de Niert sur cette charge, de Niert le dit au Roy, et luy demanda
s'il ne trouveroit pas bon qu'il en remerciast le Cardinal ; le Roy le luy per-
mit. On ne sçauroit croire combien il estoit chatoüilleux pour les charges de
sa maison ; il ne vouloit pas souffrir que le Cardinal s'en meslast. Durant la
grande faveur de Monsieur le Grand, tous les premiers valets de chambre et
tous les premiers valets de garde-robbe estoient comme de petits favoris.

» Le feu Roy mort, de Niert espousa cette femme. Elle est adroitte et
mesme un peu escrocque, s'il faut ainsy dire, car elle n'a jamais rien perdu
faute de demander, et elle a obligé parfois telles gens à luy donner qui n'en
avoient nullement envie ; d'ailleurs elle est fort avare, luy est prodigue : elle
l'appelle *Panier percé*, et le ragotte[1] sans cesse sur sa dépense. Il dit qu'une
fois elle voulut avoir un carrosse : la nuict elle entendoit du bruit dans l'escu-
rie, elle resveille son mary. « Ce sont », luy dit-il, « les chevaux qui mangent.
— Quoy ? reprit-elle « nourrir des animaux qui mangent la nuict ! Dieu m'en
garde ! » Elle les vendit dez le lendemain.

» Luy et sa femme se tourmentèrent tant qu'ils obtinrent pour leur filz,
qui est le seul enfant qu'ils ayent, la survivance de cette charge de premier
valet de garde-robbe. Le Roy tesmoigna assez de bonté en cette rencontre,
car il se mit à genoux afin que cet enfant, qui n'avoit que cinq ans, luy pust
donner sa chemise pour entrer en possession. Le pauvre de Niert pleuroit
de joye quand il racontoit cela : depuis il fut fait premier valet de chambre,
et, l'année passée, comme sa femme poursuivoit chaudement la survivance,
le Roy luy dit : « Qui te donneroit quatre doigts de parchemin te feroit bien
aise ? — En vérité, oüy, Sire », dit-elle. « — Et bien ! » adjousta le Roy en
riant, « ce sera dans douze ans ». Le Cardinal la trouva ensuite à la messe,
et luy dit : « Que demandes-tu encore à Dieu ? ta chienne est retrouvée et
ton filz a la survivance ». Elle luy saute au cou tout devant la Reyne, en luy
disant : « Madame », excusez, s'il vous plaist, mon transport ».

La femme de Pierre de Niert, demoiselle Jehane de Falguerolles, était
déjà au service d'Anne d'Autriche en 1633, et elle s'était mariée avant
1644.

La présidente de Périgny qui était poète comme son mari[2], a composé
contre de Niert, une parodie de la 1re scène de l'opéra de *Thésée* (de Quinault). Cette parodie se lit dans les Mss. de Tallemant des Réaux qui sont
à La Rochelle et dans nombre de manuscrits de chansons du XVIIe siècle.

Claude de Chaulne aimait beaucoup de Niert et il le cite avec éloge

---

1. Ragotter, grogner.
2. Voir sur le Président de Périgny, notre *Bibliographie des recueils collectifs de
poésies publiées de 1597 à 1700*, t. III.

dans plusieurs de ses lettres. En voici un exemple pris dans une lettre
adressée à Mr de Lionne :

. . . .

Mais j'écris plus qu'une rogue Cigale
Ne chanteroit dessus un arbre sec,
C'est que parfois je m'arrose le bec,
Bec dont usoit un homme incomparable ;
De qui la voix n'eust jamais de semblable,
Nommé Niert, mais hélas ! il est mort.
Non est, non est, non est, non est qu'il dort.
Il ne dort point, je jugerois qu'il veille ;
Qu'en ce moment il vous tient par l'oreille,
Et vous pronés qu'on ne sçauroit nier,
Qu'onc ait esté si fameux chansonnier :
J'en dis de mesme, et s'il est vray qu'il m'aime,
Je tiens mon sort dans un bonheur extresme.
Il m'aimera, si vous y consentez ;
S'il obéit, c'est à vos volontez ;
Qu'il m'aime donc, que dame Anne d'Autriche
De ses bienfaits ne luy soit jamais chiche ;
Je sais vraiment que vous Niertisés,
Mais on m'écrit que vous Varennisés[1],
Et que flambeau de torche nuptiale
Brusle son cœur d'une ardeur conjugale ;
J'en suis ravy, car cet amy m'est cher
Bien plus qu'à vous le péché de la chair ;
J'entends Phœbus qui doucement m'annonce,
Que chair et cher n'ont pas mesme prononce,
Mais vous voiés comme comparaison,
Cy cloche en rime et non pas en raison[2].

Le Ms. de Chaulne contient les deux lettres suivantes adressées à
Pierre de Niert :

A MONSIEUR DE NIERT

Dans ce climat où la fiebvre à la Fronde
A fustigé près des deux tiers du monde
Que Saturnus menace de la hart
Par un malin et funeste regard,
Où chaque jour mainte nouvelle bière
Gaste la taille au dos du cimetière ;

1. Si nous comprenons la pensée de Claude, il dit que Mr de Lionne courtisait
une des femmes de chambre de la Reine : Anne Andrieu, devenue dame de Varennes,
avant 1644.

2. A M. de Lionne rencontré près de Tain en revenant de Rome : *Depuis Sidon
jusqu'aux portes de Tyr.*

Bref dans cet air par le pourpré[1] infecté
Je n'ose vivre et boire à ta santé ;
Car comme escrit Déjanire à Hercule,
Pourpre n'est pas un mal trop ridicule.
Je sçay qu'on rit quelquefois en pétant,
Mais dans le pourpre on n'en peut faire autant ;
Que sy quelqu'un s'aventure d'y rire,
C'est dans la rage ou bien dans le délire ;
Or quand debvrois en délire tomber,
Et soubs la faux de la Mort succomber,
A ta santé de double chopinette
J'humecteray la gaie chansonnette,
Puisque il est vray qu'un diapentason
Est sec et plat sans le jus d'un flacon.
Que pour treuver plus de creus en la basse
Il faut premier voire celuy du Tasse,
Et que l'on fait de plus justes accords
Lorsque l'on a bien aviné le corps.
Maistre Apollon, ce grand flusteur des Muses,
Dieu des rebecs, fifres et cornemuses,
Onc ne chanta, ne fifra ny flusta,
Que leur santé premier il ne pinta.
Ainsy sa voix n'avoit rien de timide,
Son instrument estoit toujours humide,
Et le nectar aussy de nouveaux sons
Donnoit la grâce à toutes ses chansons.
Or voudrois bien, mon amy dous et tendre,
Que du nectar quelque Dieu voulust vendre ;
Mais à deffault de ce piot divin.
Pauvre mortel j'auray recours au vin
Pour entonner un *Ciglio stravagante,*
En el medes en el medesmo instante ;
J'ay maintefois cet endroit essayé,
Et dans le vers mesme j'ay bégaié
Bien à propos pour trouver sa mesure.
Mon cher Monsieur, enfin le temps me dure,
Puisque mon sort veut que j'en use ainsy,
De ne te pas escrire un grand mercy
De ta si charmante lettre, que je regarde
Bien mieux qu'un Roy ne l'est par halebarde
D'homme portant braiette en un endroit
Qui dans ma grègue à peine est jamais droit.
Le mois de may y perd souvent les frimes[2],
Pour te monstrer à quel point je l'estime

1. La petite vérole. Les épidémies, comme on le verra plus loin, de « pourpre »
et de peste étaient très fréquentes alors dans le midi de la France.
2. Frimas.

Je veux, n'osant l'espérer autrement,
T'en faire feste au jour du jugement,
Et si ma voix y peut être escoutée
En divertir la gent ressuscitée ;
En faire rire avec tout son malheur
Quelque chétif damné de bonne humeur.
Enfin je veux qu'elle fasse la nique
A tout vieux titre et à vieille chronique,
Mais conviendroit pour mieux y réussir
De mots nouveaux ce volume grossir,
M'escrire encore et dessus cette lettre
Une, deux, trois, quatre, cinq, six en mettre.
Bref, si tu veux, tant que ton bras lassé
M'envoie au diable et me mette *in pace*.
Mais me souvient que chaste Pénélope
Qui n'escrivit jamais sans enveloppe
Pour Ulissés, pourchassoit de le voir
Plus ardemment que sa réponse avoir.
Sa passion sans doubte estoit extresme,
Ferois-je mal si j'en faisois de mesme ?
Elle fit tant que d'Itaque il sortit,
Qu'il prit la botte et qu'enfin il partit,
Et la trouvant et seule et demy nue,
Luy en coula, dit-on, quelque venue.
Je ne crois pas que me traitter ainsy
Fut bien séant en arrivant icy.
Quant à tes yeux mes chastes triquebilles[1]
S'exposeroient, sans lambeaux et guenilles,
En vain raison fixeroit d'un *hardo*
Les mouvements que donne *libido*,
Et mon honneur ne courroit point de risque
Quand tu aurois gobé toute une bisque.
Le plus lascif, encor qu'empistaché,
N'oseroit onc songer à tel péché,
Bien qu'on m'ait dit que pour tels cas énormes
Quelques frians n'observent pas les formes,
Qu'on ne croit pas en ce plaisir brutal
Commettre un crime en ne faisant pas mal ;
Seurté pourtant se trouveroit entière
En ton devant pour mon pauvre derrière,
Et nous n'avons jamais esté si fous
Que de songer à boucher pareils trous.
Lisant ces vers tu diras La Bastie[2]
Sur ces vieux jours manque de modestie ;

---

1. Ce mot est l'équivalent du mot *mentula*, en latin ; *cazzo* en italien et *carajo* en espagnol.
2. Claude de Chaulne.

Quelque Pédant dira *Claudo Claudi*
Dabis poesias tu t'es trop esbaudi,
Et le respect qu'on doit à la Régence
Très à propos m'inspirera silence.
Ma Muse estant au bout de son rolet,
Je finis donc ce fastasque poulet.
Pour le finir il ne faut plus escrire,
Il me suffit donc, amy, de te dire
Que je te suis soit gros, soit gris, soit gras,
En peu de mots tout ce que tu voudras;
Que voir Niert feroit toute ma joie.
Viens donc bientost, fais que je le revoie;
Et que Paris qui l'a pris à la glue
Pour mon malheur ne le retienne plus,
Ou je diray de luy comme d'estrenne
S'il s'y treuve bien, qu'il s'y tienne.

POUR M. DE NIERT

Bons bons truffés de jou Niert beau sire
Boyant mes bers, bous ne faites que rire,
Vien qu'ils soient lus par le Diou des Comnas
Vonnet en main et le genouil en vas.
Mon Apollon est de la Vuisseratte;
Et ne doit pas espanouir la ratte,
Luy qui jamais n'est trouvé en deffault
Et qui ne peut cheminer que par hault.
Son styl enflé tout ainsy que des boiles.
A qui le bent fait raiser les estoiles
Mérite bien bostre admiration,
Et pour le mouens respect, attention;
Cela soit dit en passant, tout ce reste
N'est plus du styl du baron de Foeneste[1],
Et je ne sçay pourquoy, j'ay pris ce ton
En escrivant sur un accent gascon,
Moy qui me voy triste, pensif et morne,
Comme jaloux à qui nouvelle corne
Au fond de l'âme imprime le martel;
Grâces à Dieu nous n'avons rien de tel.
Moy qui resvois sur la maladventure
Qui mes plaisirs mit dans la sépulture,
Lors que le Sort, ce vieux fils de putain,
Mit entre nous un trajet si lointain.

1. *Les Aventures du Baron de Foeneste* par Agrippa d'Aubigné dont l'édition complète (4 parties) avait paru en 1630. Les deux premières parties avaient été publiées sous la rubrique : *A Maillé*, en 1617.

Ne croiés pas, cher amy, que la rime
En le nommant ainsy fasse mon crime,
Mais je ne puis m'empescher aujourd'huy
Que je ne gronde et peste contre luy.
Ce vieux Magot pour me faire la guerre
Me laisse à peine un bon poulce de terre;
Et cependant entre nous il en met,
Sauf le surplus, un Million tout net.
Si des courriers on voit bottes et malles,
Il y en a cent millions de sales,
Ce seul penser irrite ma douleur,
Et je n'en puis surmonter le malheur.
Pourquoy faut-il que le mont de Tarare
Loire, Boisdroit et long boiau sépare,
Des gens qui, pour approcher leurs boiaux,
Voudroient donner et bagues et joiaux;
Oui des joiaux, ces choses ne sont fausses,
Et long boiau feroit mieux dans nos chausses,
Il y seroit placé plus à propos
Et jouiroit d'un plus ferme repos;
Ny vous ny moy ne courons plus les filles
Que sur coureurs qu'on appelle béquilles,
Et tels coureurs sans qu'on en prenne soin
L'ont toujours gras sans avoine et sans foin,
Mais si rétif que bien que je les presse
Ils ne m'ont pu porter jusqu'à Lutèce,
Ains m'ont laissé dans ce pays icy
Où le désir de vous veoir m'a transy;
Où, plein d'ennuis, je fais l'expérience
De tous les maux que fait l'impatience;
Je me soubmets pour ouyr vos chansons
A tourner broche et servir les maçons,
Sauf du mortier qui jaunit leur chemise;
Onc tel mortier ne m'a semblé de mise
Ne croiant pas que jamais caleçon
Ne soit blanchi par un pet de maçon.
Pour vous pourtant j'empaume la truelle,
Jà sur mon groin est grisaille nouvelle;
Si groin vous choque appellons-le museau
Je mets mon dos soubs le faix de Loiseau.
Bref il n'est rien que je ne peusse faire
Pour vous ouyr, et la divine Hilaire[1]
Dont volontiers serois l'Hilarion
Si j'entendois l'art du Salpéterion[2] :

1. Comédienne et chanteuse célèbre du temps.
2. Psaltérion, instrument de musique très ancien à plusieurs cordes que l'on tou-
chait avec une petite barre d'acier.

Cet art pour moy est chose un peu nouvelle,
Mais qui pourroit me rendre digne d'elle
Et non de Cuisse[1], et je ne plaindrois pas
Pour vous ouyr de devenir Midas.
Midas avoit cent qualités exquises,
Dans son sérail il avoit cent marquises,
Plus il avoit de l'asne, ce dit-on,
Quelque chosette au dessoubs du menton,
Et si l'on croit à la Métamorphose
Ce n'estoit point chosette, mais bien chose,
Mais en laissant cette chose qui pend,
Il avoit bien d'oreilles un arpend :
C'est là, mon cher, ce qui fait cette envie
Qui vient troubler le repos de ma vie,
C'est là l'unique objet de tous mes vœux,
Car aussy bien je n'ay point de cheveux,
Et sur mon chef de semblables oreilles
Paroistroient mieux que deux mille merveilles,
Et serviroient pour toutes vos chansons,
De véhicule à leurs aymables sons.
Que si jamais je suis sur véhicule
De corps marchant, fut-il baudet ou mule,
Non pas celuy sur lequel Cordeliers,
Fouettent pays en usant leurs souliers ;
Tels animaux ont le pas un peu rude
Et servent peu contre la lassitude,
Mais si jamais je me voy sur bateau,
Coche, brancart, brouette, tombereau,
Qui s'achemine au pays où vous estes,
Ce jour sera parmy mes bonnes festes,
Et festes sont lors que l'on ne fait rien :
Or de cela je m'acquitte si bien
Que mes amis peuvent faire leur compte,
Qu'ils n'en auront ny reproche ny honte.
Il ne faut plus que mettre en mon gousset
De ce métal que tout le monde sçait,
Et que pourtant très peu de monde treuve,
Et de cela je sers encor de preuve,
Et sans avoir des sentiments altiers
En vérité j'en sers peu volontiers.
En attendant que mon sort se repente,
Que sa rigueur modère un peu sa pente,
Qu'il soit lassé de me persécuter,
Toutes les fois que vous voudrez chanter,

---

1. Nous n'avons rien trouvé sur la vie de ce musicien qui n'est cité dans aucun
des dictionnaires biographiques consacrés aux musiciens. Peut-être découvrira-t-on
un jour ou l'autre un document le concernant ?

Souvenez-vous qu'il n'est femme ny homme
Depuis Paris jusqu'aux portes de Rome
Qui vous donna si grande attention,
Ni qui pour vous n'eust plus de passion,
      Monsieur, que...

ANTOINE DE NORD

Antoine de Nord ou Nort, conseiller du roi et son avocat général au Bureau des finances de Guyenne.

Le Ms. de Chaulne ne contient qu'une lettre d'Antoine de Nord suivie de la réponse de Claude.

LETTRE DE M. DE NORD

C'est trop resver, la pierre en est jettée,
Allez, ma Muse, en donzelle crottée,
En suppliante offrir de nostre part,
Mais attendez, vous courez trop d'hazard ;
Affront sanglant suivroit vostre message
Et paroistroit moult peu prudent et sage,
Que d'envoyer carmes impertinens
A cil qui vient d'avoir des Saint-Aignans,
Par la mort-bieu on ne fut tant en doute,
Mais quoy, Gascon, quelque chose redoute,
Ha ! je fais tort au pays d'Adiousias,
Allez mes vers, allez, mais de ce pas
Sans d'un moment différer la partie,
Allez trouver l'illustre La Bâtie[1],
Et paroissez plus hardiment au jour
Qu'un Escolier ou qu'un page de Cour.
Que si de vous il ne faisoit pas compte
Parce que vers n'estes beaux ny d'un Comte,
S'il vous laissoit par mépris choir des doigts,
Renommez-vous de par dame la Croix[2].
Dites : « Par loy qu'elle-même a prescripte :
» Sommes mandez pour vous rendre visite. »
A ce beau nom il se radoucira,
Et bon accueil sans doute il vous fera,
Ayant appris que la belle Angélique
Avec vous quelquefois communique,

1. Claude de Chaulne.
2. Madame de Revel, née Jeanne Angélique de La Croix de Chevrières.

Qu'esclave suis de cet objet charmant,
Et qu'il croira volontiers aisément,
Car quand n'auroit la dame, aimable et gente,
Divins appas plus de deux mille et trente,
Ny point d'esprit, toujours je l'aimeroy
Estant Gascon à cause de la Croix,
De celle gent est tant si tost aymée
Que partout grande en est la renommée.
Que ne fait-elle affin de l'attraper
Dont quelques-uns ne peuvent eschapper?
Malheur à ceux qui par destin tragique
Sont croix en main morts en place publique;
De telle mort ne crains point de finir,
Mais bien de mort dont amour sçait punir
Esprits qui sont langoureux pour la belle
Dont Paris a une grande séquelle.
Ceste Croix-là feroit bien des larrons,
En bonne foy d'autres que de Gascons.
Mais le Diable est, qu'en vain est l'adventure,
On n'y fait rien que de l'eau toute pure,
Et pour sy peu qu'on hazarde une fois
C'est qu'on y peut, dès lors, faire la Croix.
Il n'est Arien, Luthérien, Calviniste,
Gens dont la foy suit fort mauvaise piste,
Bref ne connoist ny le quart ny le tiers
Qui ceste Croix n'embrassast volontiers.
Mais laissons-là et la croix et la pille,
Et nous dirons en un mot comme en mille :
C'est peu pourtant de ne dire qu'un mot,
Je finiroy ma légende trop tost.
Bien, m'a-t-on dit, mainte fois en ma vie
« Que meilleure est la plus courte folie : »
Et sans mentir folie est bien à moy
D'escrire vers à tel autheur que toy.
Quel rimailleur du moins à la douzaine
Qui ne beut onc de cette eau d'Hipocresne,
Par qui l'esprit humain se rend divin,
Douce et claire eau qui vault du petit vin.
Ce, diras-tu, me viens rompre la teste,
Ces Gascons-là se font toujours de feste,
Ne fumetis car nous ne sommes pas,
Graces à Dieu, tant mangez par les rats;
Pour cest effet voiés nostre peinture :
Gresle de corps, d'assez haute stature,
Nez un peu court ce qui nous fait grand tort,
Et le proverbe en a menty très fort.
Au demeurant pour nos deux luminaires
A leurs regards Dames n'eschappent guères,

De couleur bleue, et gros et bien fendus,
Enfin je crois qu'ils en valent bien deux ;
D'humeur active et qui toûjours trémousse.
Cheveux châtains et la barbe un peu rousse,
Et ce de poil dictum n'est pas nouveau,
Qu'on en voit peu qui se couche dans l'eau.
Ma bouche n'est ny trop peu ny trop grande,
Tranchantes dents et la langue friande.
Bref, tout en gros je tiens à mon advis
Et du guerrier et du camp pour Philis.
Vingt-et-sept ans durant je fus ingambe,
Mais depuis trois je boîte d'une jambe ;
Veux-tu sçavoir et comment et pourquoy :
C'est que Neptune enragé contre moy,
De voir qu'un jour parmy les canonades
Je fisse encor doux yeux à ses nayades,
Tout furibond marqua la chasse au pied,
Et du depuis je suis estropié.
En peu de mots je te trace l'image
D'un cap de dious qui te rend son hommage,
Que si tu veux sçavoir plus amplement
Et qui je suis et mon tempérament,
Si ton esprit à l'apprendre je pousse,
Un chevalier nommé de La Marcousse
Dont tu connois si privément sa sœur [1],
Que quand tu veux tu t'en donnes au cœur,
Joie s'entend, tesmoing grande lignée ;
Le touilleau [2], dis-je, amy de mainte année,
T'assurera que suis bon pellerin
De qui l'esprit n'engendre point chagrin :
Buveur, joueur, friand de la mignonne.
Bref Vallemaud et Rochefort de Bonne [3],
T'attesteront de nostre bonne humeur
Au tribunal du céleste Sauveur ;
En attendant d'y faire les Eloges,
De t'establir le chef des Allobroges,
Jusques au jour du jugement final
Le verre en main, en propre original.

1. Il fait allusion ici à la femme de Claude de Chaulne, fille de Joachim de Chissé, seigneur de La Marcousse et de Diane de Lestang. Le chevalier est donc un de ses beaux-frères et il en avait cinq : Pierre, mort jeune ; Joachim qui mourut, en 1683, célibataire, laissant tous ses biens à l'Hôpital général de Grenoble ; Octavian, mestre de camp d'un régiment de cavalerie ; Christophle, mort à Casal, et Joseph, mestre de camp de cavalerie étrangère.

2. Touilleau, nous n'avons pas trouvé le sens exact de ce mot. Dans Richelet, touillaud signifie gaillard, éveillé, celui qui aime les femmes et les sert vigoureusement.

3. Nous ignorons qui est ce Vallemaud ; Rochefort, c'est le comte de Rochefort de La Baume de La Suze ; de Bonne est mis ici pour de Baume.

RESPONSE A LA LETTRE DE M. DE NORD

Illustre Nord de qui la Renommée
Fait plus de bruit qu'un attirail d'armée,
Et dont l'éclat à peine a de pareil
Mesme en celuy dont brille le Soleil;
Si les momens où ta rare présence
S'est fait l'objet de ma concupiscence,
Et si tous ceux qui m'ont veu convoitant,
De t'embrasser, marchant droit ou boîtant,
Estoient comptés, ils feroient, ce me semble,
Un siècle entier s'ils estoient mis ensemble.
Tu me diras, sans doubte, que je mens,
Que siècle entier a beaucoup de momens,
Mais je soustiens qu'il est permis de feindre
A qui prétend de rimer et de peindre,
D'où je concluds hardiment que tu feints,
Car dans tes vers tu rimes et tu peints,
Dans cet *ergo*, j'ay bien un peu de honte
De n'y treuver entièrement mon compte,
Mais c'est bien plus que je n'espérois pas
D'estre estimé du plus aymable gas
Onc que le Ciel aye dessoubs sa cape,
Et qui puisse onc estre béni du Pape,
Le Pape, autour, ainsy comme je crois
Quand il bénit fait un signe de croix;
Et je ne voy personne qui soit digne
Comme tu l'es de cet aymable signe,
Signe plus blanc qu'un cygne ne l'est pas,
Signe remply de charmes et d'appas,
Et qui seroit aux Cieux signe céleste
S'il eust eu en moins l'influence funeste.
Tout doux, beau signe, ah ! n'en rougissez point,
Vous embrassez le moule du pourpoint.
L'on peut sçavoir du bon Claude de Chaulne
Quels sont vos feux et combien en vault l'aune,
Et ne sçauriés cuider qu'à Paris,
Vous embrassiez mesme vos favoris
D'un feu si beau qu'ils ne peuvent se plaindre,
Et qu'en pissant vous n'oseriez esteindre;
Mais le respect dans un front sérieux,
Hochant la teste et clignotant des yeux,
Avec un chut de sa sévère bouche,
Me rend muet ainsy comme une souche.
Ce point icy me semble curieux,
Il a beau front, belle bouche, beaux yeux,
Mais chacun dit, et ce n'est pas merveille,
Qu'il est gascon puisqu'il n'a qu'une oreille,

Qui n'est qu'ouverte aux discours innocens,
Et qui n'en peut souffrir à double sens;
Fols entretiens, mots un peu gras, sornettes,
Carmes lascifs, et libres chansonnettes,
Jamais de luy n'ont favorable aspect;
Mais laissons-là ce monsieur le Respect :
Bien peu me chaut qu'il gronde, qu'il se fasche,
Que contre moy sa colère s'attache,
Puisqu'aussy bien de bon cœur je le perds,
Si tu ne crois que j'adore tes vers;
Quand, cap de dious, puisqu'ainsy tu te nommes
Homme divin, parmy les autres hommes,
Car qui mettroit icy, homme divin,
Rimeroit moins sur homme que sur vin.
Cher Desbauché, de la plus haulte estime
Qui ne t'adore est coupable d'un crime,
Que mille muids ne sçauroient pas laver,
Quand on boiroit au delà d'en crever.
Bien mieux qu'aux vers où tu me l'as dépeinte,
Dedans mon cœur ta figure est empreinte,
Tes yeux fendus et ton nez raccourcy,
Que je ne vois pourtant point trop ainsy;
Tes cheveux d'or et ta langue friande,
De mes amours recevront mainte offrande :
Or, mes amours, pour te dire le fait,
Sont très souvent l'ornement du buffet;
Et quelquefois sur le dos de Neptune,
Je fus ravy en lisant ta fortune,
Que nos amours eussent foulé ce dos,
Cet inconstant, sans calme et sans repos,
Et qui du vin n'auroit jamais l'usage
Sans les vaisseaux qu'ensevelit sa rage.
Il estoit saoul lors que tu fus blessé;
Dans le bon sens il n'y eût pas pensé;
Voyant ton bras, ses escailles timides
Pour t'appaiser t'offroient cent héroïdes,
Ou bien possible il voulut s'arrester
A voir un Mars comme là Jupiter,
Porter aux Cieux ses mâts, et de ses voiles
Envelopper la clarté des Estoiles;
Mais ce dessein coupable ou innocent
Est un malheur puisque Nord s'en ressent;
Et le Destin l'a voulu de la sorte.
De cent beautés l'amoureuse cohorte,
Si ce boulet eust porté autrement
L'auroit couru sans doubte vainement,
L'auroit cherché et par mer et par terre.
Il seroit plus à l'amour qu'à la guerre,

Où maintenant il tient à mon advis
Et du guerrier et du camp de Philis.
Mais je prétends, amy, cet advantage
D'avoir ma part à ce fameux partage,
Et d'eschauffer avec toy les bras nuds
De Cupidon et sa mère Vénus;
De ce beau feu qui brille dans la tasse,
Au cabaret qu'un bon sort nous y place.
Amen, ou si tu voulois un autre styl
Au lieu d'*Amen*, dirons : Ainsy soit-il.

COMTE DE SAINT-AIGNAN

François de Beauvillier, comte puis duc de Saint-Aignan, naquit en 1610, et mourut à Paris le 16 juin 1687. Capitaine d'une compagnie de chevau-légers, il fit la campagne d'Allemagne sous le cardinal de La Valette (1634-1635). Blessé à la bataille de Vaudrevange, il se distingua pendant la retraite de Mayence. En 1636 il est encore blessé au siège de Dôle, sert en Flandre en 1637, fait la campagne de 1639 avec le grade de mestre de camp de cavalerie, et est mis à la Bastille à la suite de la perte de la bataille de Thionville. Il en sort le 28 janvier 1640 et en 1644, il assiste au siège de Gravelines. Pendant la Fronde, Saint-Aignan prend le parti de la Cour, aussi Mazarin le nomme-t-il premier gentilhomme de la Chambre du roi le 2 décembre 1649. En 1650, il a le commandement du Berry; le 30 avril 1656 le gouvernement de Touraine et le 12 août 1661 celui de Loches et de Beaulieu. En décembre 1663 le comté de Saint-Aignan est érigé en Duché-pairie. Le duc de Saint-Aignan est reçu membre de l'Académie française le 8 juillet 1663. Il fonde en 1669 l'Académie royale d'Arles.

Le comte de Saint-Aignan avait épousé, en premières noces (1633), Antoinette Servien, fille de Nicolas Servien, seigneur de Montigny, conseiller du roi en ses conseils d'Etat et privé et trésorier de ses parties casuelles, et de Marie Groulart de La Cour, et en secondes noces, le 9 juillet 1680, Françoise Géré de Rancé, dite mademoiselle de Lucé, fille de Jacques Géré, et de Claude de Nevers.

Voici le portrait du comte de Saint-Aignan tracé par lui-même :

Je ne fus onc ny gras comme un chanoine,
Ny rubicond ainsy qu'un jeune moine,
Je ne suis point beau comme feu Médor,
Et mes cheveux sont moins blonds que de l'or ;
De traits d'argent j'ay peine à les deffendre,
Mais la plus part sont de couleur de cendre
Si ce n'est lors qu'ils sont enfarinés,
Et j'ay toujours un demy-pied de nez,
Sans que cela me rende plus superbe :
Car moult souvent a menty le proverbe....
Mais retournons encore à mon muzeau
Presqu'aussy long mais plus gros qu'un fuzeau,
Peur de mentir je luy fais une offense,
Mais il faut dire un mot à sa deffence,

> *Et soustenir mesme à toute rigueur*
> *Qu'en certains cas très bonne est la longueur*[1]....

Madame de Sévigné nous apprend que MM. de Saint-Aignan et Dangeau apprenaient à Louis XIV à faire des vers et avec quel succès ! On en jugera par l'extrait qui suit de sa lettre du 1ᵉʳ décembre 1664 à Mʳ de Pompoune :

« Il faut que je vous conte une petite historiette, qui est très vraie et qui vous divertira. Le Roi se mêle depuis peu de faire des vers ; MM. de Saint-Aignan et Dangeau[2] lui apprennent comment il faut s'y prendre. Il fit l'autre jour un petit madrigal que lui-même ne trouva pas trop joli. Un matin il dit au maréchal de Gramont : « Monsieur le Maréchal, je vous prie, lisez ce petit madrigal, et voyez si vous en avez jamais vu un si impertinent. Parce qu'on sait que depuis peu j'aime les vers, on m'en apporte de toutes les façons ». Le maréchal, après avoir lu, dit au Roi : « Sire, Votre Majesté juge divinement bien de toutes choses : il est vrai que voilà le plus sot et le plus ridicule madrigal que j'aie jamais lu ». Le Roi se mit à rire, et lui dit : « N'est-il pas vrai que celui qui l'a fait est bien fat? — Sire, il n'y a pas moyen de lui donner un autre nom. — Oh bien : dit le Roi, je suis ravi que vous m'en ayez parlé si bonnement; c'est moi qui l'ai fait. — Ah ! Sire, quelle trahison ! Que Votre Majesté me le rende ; je l'ai lu trop brusquement. — Non, monsieur le Maréchal : les premiers sentiments sont toujours les plus naturels. » Le Roi a fort ri de cette folie, et tout le monde trouve que voilà la plus cruelle petite chose que l'on puisse faire à un vieux courtisan ».

La lettre suivante du comte de Saint-Aignan adressée à Claude de Chaulne et datée de Saint-Aignan, le 18 août 1648 donne la note exacte des relations qui les unissaient :

« Monsieur,
» Permettez que je sorte un peu du burlesque pour vous assurer très sérieusement qu'après avoir admiré tout ce qui vient de vous jusques à le lire à genoux et crier après *vivat* en battant des mains, après avoir pleuré de rire en lisant vos merveilleuses rimes, enfin je pleureray de douleur si je ne trouve une fois en ma vie quelque occasion essentielle où je puisse vous donner des marques de mon estime, de mon inclination et de mon respect et vous témoigner à quel point je suis, Monsieur, votre très humble et très obéissant serviteur. » Signé « St Aignan ».

Le Ms, de Chaulne contient trois lettres du comte de Saint-Aignan dont celle en prose ci-dessus et deux réponses de Claude :

Lettre du comte de Saint-Aignan : ** *Illustre amy de dame incorruptible.*
Id. : * *Après cent tours et cent retours divers.*
Rép. de Claude : * *Charmant Monsieur, esprit perçant et clair.*
Id. : * *Comte adorable et qui croiez peut-estre.*

---

1. Lettre du comte de Saint-Aignan à de Chaulne : *Illustre amy de dame incorruptible* (Madame de Revel).
2. Philippe de Courcillon, marquis de Dangeau, membre de l'Académie française en 1688, connu par le *Journal* qui porte son nom.

RESPONSE A UNE DES LETTRES DE M. DE SAINT-AIGNAN

Charmant Monsieur, Esprit perçant et clair
Comme la foudre, et bien plus que l'esclair,
Dans le présent désir qui me consume
Si Pégasus, destrier porte-plume,
Parmy les airs soubs mon fessier estoit,
Ou bien l'oiseau du gentil Ganimède,
Ou les engins du subtil Archimède,
Ou que cela y fut tout à la fois,
Je fais serment par Jeanne de la Croix[1],
Que si voulés juron plus authentique,
Je fais serment, par la belle Angélique,
Que tous leurs pas, leur vol et leurs ressorts,
Ne serviront qu'à voiturer mon corps
Jusques aux lieux qui reçoivent la grâce
De vous fournir et d'espace et de place,
Tant suis espris de vos haults faits, et dis
Que de tels lieux feroient mon paradis ;
Bien aurois dit *paracent, paramile*,
Mais Paradis se treuve en l'Evangile,
Or *paramile* est plus capricieux
Et Paradis bien plus délicieux.
De vostre los ai l'âme si férüe
Que si j'estois cygne, et ne fusse grüe,
Mes vers ornez d'un *acumen*[2] subtil
A l'Univers en chanteroient le bril[3] ;
Mais grües onc n'eurent la voix sonore,
Et toutefois pour garder le décore,
Mes sentiments par vos bontés forcés
S'offrent à vous en carmes deschaussés,
En mendiants, en porteurs de besace,
Enfin en vers qui n'ont ni goût, ni grâce,
Et qui pourtant auroient maints partisans
S'ils vous pouvoient paroistre vers luisans.
Estre barbon comme suis, ce me semble,
Et faire vers conviennent mal ensemble.
Il faut briller et de fougue et de feu
Dont en charbon il se rencontre peu.
Ce qu'ils en ont n'est plus qu'un peu de cendre
Qui, presque esteint, au tumbeau va descendre,
Qu'en moy vos vers ont peu seuls rallumer,
Et je m'en sers maintenant à rimer.

1. Madame de Revel.
2. Mot latin qui signifie : pointe, aiguillon, dard.
3. Dans le sens de briller, ce qui excite l'admiration. Dans l'ancienne langue, *bril*
signifiait piège.

Le grand mercy que doit à la peinture
Dont ils ont fait l'aymable pourtraiture,
Onc Apollo de son biceps rocher
Ne produira rien qui me soit si cher.
Ce beau portrait dont mon âme est ravie
Me fait mourir et d'amour et d'envie,
Et vos longueurs ont des proportions
Qui font agir toutes mes passions.
Du Thracien[1], pour mieux le pouvoir dire,
Me conviendroit et le los et la lire,
Mais mon destin ne creut pas à propos
Que, comme luy, j'eusse Lire ny Los[2].
Comme il l'avoit, j'ay barbe semy grise,
Les yeux bordés de couleur de cerise ;
J'ai six cheveux qui sont poil d'estourneau,
Les lieux cachés aussy noirs qu'un pruneau ;
Le chef d'un œuf couvert d'une perruque,
Le teint pareil aux olives de Luque ;
J'ay sur le front quelques compartiments,
Et pour mon peu de bien trop bonnes dents ;
Beaucoup de paste au nez mal estendue ;
La bouche assés et non pas trop fendue ;
Quant à mon corps, hors un chétif endroit,
Grâces aux Dieux est assés long et droit ;
Bref pris seroit pour le chantre de Thrace
Si, comme luy, j'avois faconde et grâce
A m'expliquer par le charmant caquet
Qui l'érigea en Divin perroquet.
Mais je me tais, crainte qu'on ne me die,
Non Thracien, mais chantre d'Arcadie,
Et je tiendrois à espèce d'affront
D'estre d'un lieu en chantres si fécond,
Oncques n'auroy ny lenteur ny paresse
A me tirer de cette griffe presse,
De qui les tons et les rudes accents
Touchent bien moins qu'ils n'irritent les sens.
Je ne sçaurois pourtant sans violence
Me proposer de m'imposer silence :
Le doux plaisir de vous entretenir
Ne peut souffrir que je puisse finir.
Que de bon cœur dirois mes patenostres
Si ce plaisir ne chocquoit point les vostres ;
Sur ce propos un moment ne voudrois
En les disant m'arrester sur les croix.

1. Orphée qui jouait si bien de la lyre, que les arbres et les rochers se déplaçaient,
et les bêtes féroces s'attroupaient, autour de lui, pour l'entendre.
2. Louange.

Un certain bruit icy nous persuade
Que prenez goust à prescher la croisade,
Et de dépit à n'ouïr tel sermon,
Je suis muet comme carpe ou saumon,
Comme turbot, maquereau frais, barbue,
Plie, esperlan, raie, thon ou morue;
Huîtres par moy ne sont icy cités
Faisant grand bruit dans toutes les cités.
Enfin j'en suis muet comme une sole,
J'en pers la liberté de la parolle,
Et je dirois si j'estois allemand,
« Moy, perds la liberté du Parlement. »
Dans le chagrin du sort qui nous esloigne,
Tous les objets me font faire la troigne,
Et loing de vous, ils ont trop peu d'appas
Pour m'empescher de ne la faire pas.
Si je pouvois humilier mes pattes
Jusques aux lieux que couvrent vos savattes,
Vous tesmoigner que rien ne m'est si dous
Que le plaisir de me donner à vous.
Bref si l'honneur que j'ay de vous l'escrire
Estoit changé en celuy de le dire;
En vérité, je ne changerois point
Manteau Royal à mon chétif pourpoint.
En attendant ce bien que je souhaite
Que vous voyez mon inuzeau de chouette,
Conservés-moy dans vostre souvenir.
Arreste, Muse, il est temps de finir.

LETTRE DE M. DE SAINT-AIGNAN

Après cent tours et cent retours divers,
Vers ma personne, ignare des bons vers,
Qui voit Phœbus, mais couvert d'une nue,
Votre missive est enfin parvenue.
Je dis enfin, car par chemins tortus
Moynes bottés, asnes, pigeons pattus,
Testudines, chenilles, vers de terre,
Et limaçons vont encor plus grand erre;
Souffrez ici, sçavant inter omnes;
La liberté du mot Testudines,
A qui se sert de biceps et décore
Testudines *doit paraître sonore,*
Et mots latins de temps en temps loger
En vers françois n'est pas crime léger.
Or cette lettre aux champs moult paresseuse,
Mais dans la ville une franche coureuse.

Ceste coquette à blanche et douce peau
Que fit issir vostre noble cerveau
Comme Jupin fit madame Minerve,
Pour mon grand nez n'estoit pas sans réserve.
Puisqu'avant d'estre en ces lieux escartez
Tant a voulu trotter par les citez,
Là, dans les mains de gens qui ne sont grues
Plus d'une fois elle a couru les rues.
Si qu'à bon droit vos carmes harassez
Avez nommé des carmes deschaussez,
Puisqu'ils ont tant promené leurs savattes.
Qu'à la parfin on en eut veu les pattes,
Si par des mains de neige empacquetez
Au messager n'eussent esté portez.
Ne pensez pas pourtant (homme adorable
Archi-divin, Rimeur incomparable)
Que cette fille aux discours enchanteurs,
Pour s'estre acquis de tels adorateurs,
Pour avoir fait cent amants dans la ville,
Que dis-je cent, pour en avoir fait mille,
Et pour avoir porté de toutes parts
Tant de beauté jusque sur des remparts,
Dans mon esprit en soit plus diffamée,
Ny par les gens d'honneur moins estimée.
Je n'estois pas assez gent damoiseau
Pour de tels mets engraisser mon museau,
Pour gouster seul chose si ravissante,
Ni pour cueillir chose si florissante;
Aussi dès lors qu'elle nous apparut
Si grande ardeur tous mes os parcourut,
Que sans juger trop commune ou tardive
Ton admirable et charmante missive,
J'en prisay tant et la cause et l'effet,
Que je m'en vis cent fois plus satisfait.
Que si jadis d'une botte subtile[1]
J'eusse battu La Frette et Bouteville,
Que si j'avois pris dix sangliers, vingt cerfs,
Fait six balets, entendu huict concerts,
Donné cent bals, veu trente Comédies,
Puis au piquet gaigné six vingt parties,

---

1. Le marquis de La Frette, ami de Bouteville-Montmorency. Ayant reproché à celui-ci de ne pas l'avoir pris pour second dans sa rencontre avec le comte de Thorigny (1626), ils se battirent en duel et La Frette fut blessé. L'année suivante Bouteville et le comte Des Chapelles eurent la tête tranchée pour leur duel, sur la place Royale, avec le marquis de Beuvron, où Bussy d'Amboise, second de Beuvron, fut tué par Des Chapelles, et La Berthe, second de Bouteville, blessé grièvement par Buquet, écuyer de Beuvron. Sur ces deux duels, le *Mercure François*, tomes XII et XIII, années 1626 et 1627, apporte de très intéressantes précisions.

Pris trente-et-un contre Monsieur Tubeuf[1]
Livré quarante-un, fait quinze sur neuf,
Que si j'avois en secrette Musique
Pu de mes doigts toucher une Angélique[2],
Bel instrument duquel viendroit à bout
Clef de nature et B mol point du tout;
Mais il est fait d'un bois incorruptible
A tout chacun par trop inaccessible.
On auroit beau pour venir à ce point
Cordes bander, il n'accorderoit point,
N'estant pas moins à monter difficille
Que nostre Croix à mettre sur la pille,
Que d'un métal très pur Dieu façonna
Et qu'onc joueur sur le dos ne tourna,
Hors celuy seul à qui fortune exquise
Fit que ce tour permis fut par l'Eglise,
Ne soyez donc muet comme un Saumon
De pur dépit de n'ouïr mon sermon.
En tel parti, c'est à moy de me taire;
A beau prescher qui n'a soin de bien faire;
Si de sa part bien faire elle vouloit,
Du costé nostre assez bien l'on feroit,
Mais en laissant le faire et le non faire,
Puis qu'en tel cas ne gist point nostre affaire,
Si vous va faire un serment par Elio,
Par Ericine et son charmant Trio,
Qui nous fait veoir bien souvent en peinture
Face sans nez d'agréable structure;
Que vostre esprit et si grand et subtil
Au prix du mien tout bas et tout reptil,
Qui se montrant si fort inimitable,
N'estant point Dieu faut que vous soyez Diable;
J'entends de ceux dont sans confusion
Chacun peut bien en avoir la raison.
Trois fois heureux qui verra dans sa vie
L'Original dont j'ay receu copie :
Qui baisera ce front emperruqué
Que rides n'ont pourtant point attaqué,
Ces yeux exemps de couleur de cerise,
Ces pieds, ces mains, cette barbe peu grise,
Ou, pour parler plus correct, ce barbon,
Ces lieux secrets aussy noirs qu'un charbon
(Similitude en ce lieu moins estrange
Que le pruneau qu'en caresme l'on mange),

1. Le président Tubeuf que Mazarin appelait M. Toubouf. Les Tubeuf passaient pour tirer leur origine de bouchers de Paris.
2. Madame de Revel, voir plus loin sa notice.

Enfin ce corps, et mesme cet endroit
Que vous criez n'estre ny long ny droit,
Ce qui doit bien garder qu'on ne vous die
Avec raison un chantre d'Arcadie ;
Car vostre voix a d'ailleurs tant d'appas
Qu'il est certain qu'on ne le dira pas.
Illustre amy, rare et charmant génie,
Puisque le sort avec sa tirannie,
Si loin de vous se plaist à me tenir
Que toûjours sois en vostre souvenir ;
Comme je veux de bon cœur vous promettre
D'avoir présent et le los[1] et la lettre,
Don de qui l'heur méritoit estant joinct
Manteau royal couvrant vostre pourpoint.
Si, de ma part, j'avois heur sans mérite
Bien fort chez moy, bouilliroit la marmite ;
Je diroy plus, ma foy, qui m'en croiroit,
Manteau ducal mon pourpoint couvriroit ;
Mais des manteaux nous pouvons faire trève
La canicule encor qu'elle s'achève.
D'un air si vain a le temps eschaudé
Qu'il suffira d'un pourpoint tailladé,
Le rattachant, pour sembler plus modeste,
De ruban bleu, couleur toute céleste,
Lequel puissiez, exempt de tout soucy,
  Veoir de bien près dans cinquante ans d'icy.

RESPONSE A UNE DES LETTRES DE M. DE SAINT-AIGNAN

Comte adorable, et qui croiés peut-être,
Que serf ne doit répliquer à son maistre,
Que répliquer quand il est corrigé
Luy fait donner châtiment ou congé.
Si vos bontés dans vos carmes tracées
Des miens chétifs ne se trouvent lassées,
Si vostre goût n'en est attédié,
Après avoir le secours mendié
De vostre Muse, afin qu'elle m'inspire,
Permettez-moi, cher Seigneur, de vous dire
Ou pour user de ce mot répliquer,
Qu'il n'en est point qui puissent expliquer
Les sentiments qu'en mon âme a peu mettre
Vostre obligeante et trop charmante lettre.
Après avoir sur ce cas ruminé
J'en dis *confussatus est Domine.*

1. Louange.

L'honneur que m'avez fait de me respondre
Sçait bien charmer, mais il sçait mieux confondre,
Et mon respect, par mes yeux abaissés,
Vous dit pour moy *Domine*, c'est assés.
Vous me parez avec bien trop d'usure,
Et vos bienfaits sans sujet, sans mesure,
Par leur excès et leur profusion
En les lisant font ma confusion.
Dans cette gloire à peine puis-je dire
En rimaillant un chétif mot pour rire,
Et nostre Muse en a tant d'embonpoint
Qu'elle est sans nez et ne se connoit point.
Muse camuse, ou bien Muse camarde,
Cours vistement et ne sois plus musarde,
Ne cherche plus de secours pour t'offrir
Puisqu'on te fait l'honneur de te souffrir,
Ton vieux patois, ton latin, ton tudesque,
Ne choque point la licence burlesque.
De quelque aloy que tes vers soient forgez,
Ils sont traités en carmes mitigés,
Et nostre Comte en a fait tant d'estime
Que ta rougeur passeroit pour un crime.
Ton cuir, dit-il, est plus doux qu'un satin
De la Gournay[1], tu portes le patin,
Tu as son teint, sa bouche, sa prunelle,
Dans tes beaux jours on te prendroit pour elle,
Et le troupeau des nœuf Sœurs ou Sœurs neuf,
T'a fait l'employ des farceurs du Pont-neuf.
A nous n'appartient tant de braveries,
En tout cela possible est raillerie,
N'importe ! Il faut soubmis à ses bontés
En révérer toutes les volontés ;
S'il veut des vers il faut lui en escrire,
Sans façonner, sans se le faire dire.
Je connois bien que cet abaissement
Bien qu'il soit juste, et que mon compliment
Dont la longueur est sans doute excessive,
Desrogeront à burlesque missive ;
Mais vérité me force et je ne puis
Vous escrivant taire ce que je suis :
A mon regret ne suis que peu de chose ;
J'escris mal en vers, pirement en prose,
Ne laissant pas néantmoins d'estimer
Qui fait bien prose et qui sçait bien rimer,
Et sans jacter les amourettes nostres,
Mes passions sont à peu près les vostres,

---

1. Mademoiselle de Gournay : Marie Le Jars, la fille d'alliance de Montaigne.

Le jeu, le bal, la musique, les vers,
Tournois, ballets, comédies et concerts,
Chasse, chevaux, chiens, chants, et chansonnettes,
Joieux devis, amoureuses sornettes,
Furent jadis tous mes amusemens ;
Et maintenant mes plaisirs plus charmans
Sont d'adorer, dedans vostre escriture,
De vostre esprit, l'aimable portraicture,
Il est si doux, si fécond, et si net
Que ne m'en puis distraire un tantinet ;
Qui le feroit me rendroit misérable,
J'en souffrirois autant qu'un pauvre diable,
Mais en taisant ma joie et mes ennuis,
Examinons un peu si je le suis :
Diables, dit-on, ont la teste cornue,
Hommes d'Enfer ont leur fesse tondüe,
Ils ont l'ergot et le pied comme un coq,
Les mains sans doigts, et faites comme un croc,
L'œil de souris, le nez d'une guenuche,
Le trou puant aussy noir qu'une autruche,
Car tapissier et peintre nous font veoir
Que tels oiseaux ont le trou du cul noir,
Et si d'ailleurs les choses ne sont fausses,
Ces beaux Messieurs ont grand'queues à leurs chausses,
Et qu'on pourroit traiter d'honnestes gens,
N'estoit qu'on dit « Ces diables de sergens, »
Ils ont le corps pareil à des Harpies
D'autres les font blanc et noir comme Pies,
Les Indiens les blanchissent ainsy,
Nous, aussy noir que du noir à noircy.
Ils sont tous bien et, cecy n'est point fable,
On dit : « Il boit et mange comme un diable »,
Et lorsqu'on veut gratifier l'amy :
« Il fit cela comme un diable et demy ».
Bref cette gent a grande renommée
Selon le goût ou soufferte ou blasmée ;
Ils craignent l'eau béniste et ne voudrois
Ainsy qu'ils font fuir devant la Croix.
Bien qu'en vos vers me nommiez de la sorte,
Que je sois diable ou non, peu vous importe
Que si de nous comme le croit chacun
De tels suivants en a pour le moins un,
Que sois le vostre et que parfois vous tente
Par mauvais vers et par lettres ennuyantes,
Vous respondant de charmer le soucy
Des diablotins de ce pays icy,
Ou je veux bien qu'autre lutin me tonde
Si l'on a peine à trouver que répondre,

C'est grand hazard et fameux accident,
Quand on y peut trouver le respondant,
Puisque pour nous avez daigné de l'estre
Soyez toûjours monseigneur et mon maistre,
Et accordez à ma soumission
L'honneur de vostre affection....

ABBÉ DE SAINT-FIRMIN

Alphonse de Simiane, abbé de Saint-Firmin et de St-Signant, mort à Paris en 1681, était fils de Claude de Simiane de La Coste, seigneur de Montbidos, [1] conseiller, premier président au Parlement de Dauphiné, et de Louise Du Faure, fille de François, seigneur de la Rivière et de Tencin, président au même Parlement, et de Justine Dalphas. Il a passé pour un esprit délicat. Ses vers, dit son contemporain Philibert Brun, ont un tour fin et spirituel. En même temps qu'il convertissait le protestant Samuel Dalliez, receveur général, Saint-Firmin écrivait à Le Pays le madrigal suivant sur son ouvrage : *Amitiez. amours et amourettes (Grenoble, 1664).*

L'Amour à l'Auteur.

Du prix de ce galant Ouvrage,
Où ma gloire s'estalle avec tant d'ornement,
Je rends moy-mesme icy ce fameux tesmoignage
Pour donner à la tienne un digne fondement.
De son charme secret on ne se peut deffendre :
Rien de plus délicat, de plus doux, de plus tendre,
Ne fit jamais connoistre un amoureux Auteur ;
Les Grâces, les Amours s'occupent à te lire
Enfin toute ma Cour, tout mon charmant Empire,
Te veut sçavoir par cœur.

L'abbé de Saint-Firmin n'a pas été épargné par les médisants. Une petite pièce les « Galanteries grenobloises » écrite vers 1662 lui consacre ce couplet :

Que Saint-Firmin se promène,
Tous les soirs, avec Juston,
Que souvent il se démène
Pour manier son téton,
Qu'il donne de l'exercice
A l'écolier, au novice,
Je me ris de leur destin
Pourvu que j'aie du vin.

---

1. Claude de Simiane s'était marié le 15 septembre 1621, et il eut douze enfants dont dix filles ; il testa le 29 mars 1652.

Ces insinuations valent probablement tout autant — c'est-à-dire moins que rien — que celles de Blot sur les mœurs des pages de la maison de Gaston d'Orléans[1].

Dans le recueil de *Poésies dauphinoises*, publié par Mr de Terrebasse, on trouve un : *Dialogue (en vers) de l'Amour et de l'Hymen sur le Zapate*[2] *de S. A. R. (son altesse royale)*, par l'abbé de Saint-Firmin.

Le Ms. de Chaulne ne contient qu'une lettre en vers adressée à Alphonse de Simiane.

A UN ECCLÉSIASTIQUE
qui m'avoit escrit des douceurs en vers

D'une rougeur *omnino* pudibonde,
Parnassien le plus charmant du monde
Ton doux pinceau en los[3] indufécond
M'a fait monter le coloris au front ;
De tes escrits je me vois si peu digne
Que n'en crois pas mériter une ligne ;
Ton rare esprit pour moy trop libéral
Du double mont met à sec le canal.
Mais à tel point que les neuf doctes Filles,
Sans pied mouiller y peschent aux dormilles[4],
Et ce plaisir les occupe si fort
Que leur secours pour moy semble estre mort ;
Quand j'ai cuidé l'avoir pour te respondre,
Elles m'ont dit de m'aller faire tondre,
Et veu me suis, en dépit de mes vœux,
Chauve de vers autant que de cheveux !
Quand je pourrois gober à tasse pleine
Cette liqueur qui coule d'Hypocrène,
Pour en sentir les vapeurs au cerveau
Me conviendroit devenir buveur d'eau ;
L'horreur que j'ay de ce mot dans ma bouche,
Me rend cent fois plus muet qu'une souche,
Souches pourtant dodonnoises[5] jadis
De beaux propos ont chanté plus de dix,
Et n'eussent peu pour le moins sans miracle,
Et, ce faisant, prononcer un oracle.

---

1. Voir *Les Chansons libertines de Blot*, p. xvii.
2. Cadeau, en forme de surprise déposé. à l'occasion de la fête de Saint-Nicolas, dans un soulier ou dans une pantoufle et fort en usage dans quelques coins d'Italie.
3. Nous ignorons le titre de la poésie laudative adressée à Claude de Chaulne par l'abbé de Saint-Firmin à laquelle il est fait allusion ici. Elle n'est pas dans le Ms.
4. Vers à soie en mue.
5. Forêt de Dodone où les chênes rendaient des oracles.

Mais l'on m'a dit que la langue en ces bois
Est ores feuilles et n'a ni son ni voix;
Sans te mentir en cette répartie
Je croy la mienne en feuille convertie,
Et ne voudrois pour un bon quart d'escu,
Qu'homme brenu s'en fist son torche-cu!
Ainçois retiens à faveur non pareille
Si l'on n'en fait un bouchon de bouteille;
Par son moyen l'on peut me consoler
Dans le chagrin de ne pouvoir parler,
Et mainte fois je me suis laissé dire
Que sa liqueur joyeux devis inspire,
Que ses vapeurs qui vont jusqu'aux bonnets
Nous font jaser ainsi que sansonnets,
Et certain est que tout sansonnet jase;
Mais de tes vers je me treuve en extase,
Et ne crois pas m'en pouvoir relever
Si je ne bois et ne pinte à crever.
Or en crevant je crains que ma bedaine
Me fist crever par sa mauvaise haleine.
Je ne voudrois estre en mauvaise odeur
A gens mitrés comme est vostre Grandeur,
Mitré vrayment, mais à si juste tiltre
Qu'oncques mortel de mortier, ou de mitre,
Si dignement n'a affublé son chef;
Mériteriez certes le couvrechef
Pontifical, à qui gent non barbare,
Ainçois romaine, a donné nom de Tiare!
Que je serois un drosle *esperlucat*
Durant le temps de ce pontifical;
Que je nourris de douces espérances
Pour grands pardons et belles indulgences,
Pour jubilés et jubilations.
Lors quatre-temps, jeusnes, rogations,
Voyant *fesset* la moitié du Caresme
Prendroient le teint et le visage blesme,
Et ce seroit seulement par pitié
Que les dévots en feroient la moitié.
Tous ces désirs que la vertu m'inspire
Ne souffrent pas les bornes d'un empire,
Et quelque esclat qu'elle porte à mes yeux
Dans ce haut lieu elle esclatteroit mieux.
En attendant qu'à tel point elle esclatte,
Je luy souhaite un béguin d'escarlate,
Ou si trop chaud est ores tel béguin,
Il me suffit qu'il soit d'escarlatin.
Je sens en moy forte concupiscence
De te servir d'un lopin d'Eminence,

Et me paroist, certes, que tel lopin
Vaut un levraut ou du moins un lapin.
Mais en laissant lapin et lapinière,
Rentrons chacun dans nostre chacunière.
Pour de Fortune éviter le revers,
Contentons-nous de rimaille et de vers;
Mais de fort peu, car d'en donner grand somme
Je pourrois bien t'ennuier, autant comme
Suis ennuié de voir que la raison
Ne peut tirer les beaux jours de prison,
Que le Printemps a la barbe de glace,
Que l'Esté gueuse et porte la besace,
Et que l'Automne imitant ses voisins
Ne pourra pas colorer nos raisins,
Cérès à peine aura des Espis jaunes.
Je suis ton serviteur, Claude de Chaulnes.

COMTE DE TOURNON

Just-Louis, comte de Tournon et de Roussillon, bailli du Vivarais, maréchal de camp, fils de Just-Henri, seigneur de Tournon, comte de Roussillon, et de Catherine de Lévis-Ventadour, épousa Françoise de Neuville-Villeroy[1], dont il n'eut pas d'enfants. Le 8 juillet 1642 il fut pourvu, par lettres de Louis XIII données à Lyon, de la Lieutenance générale de Dauphiné en remplacement du duc de Lesdiguières nommé gouverneur. Deux ans après, il fut tué au siège de Philipsbourg[2].

Le Ms. de Chaulne ne contient qu'une lettre adressée au comte de Tournon :

A MONSIEUR LE COMTE DE TOURNON

Grand Comte de qui la mémoire
M'a provoqué cent fois à boire,
Héros illustre soubs qui Mars
A soumis tant de braquemars;
Depuis le jour que vostre absence
Mist à l'épreuve ma constance,
Et que feu Monsieur de Chasé[3]
Avec son visage posé
Receut de vous l'adieu funeste,
J'ay cent fois souhaité la peste;
Ce mal m'estant beaucoup plus doux
Que celuy d'estre loing de vous,
Vous sans lequel on ne peut dire
Ce *Quirie* Tantirelire,
Que vous nous faisiez entonner
Après un excellent disner;
Ce *Quirie*, je le confesse,
Bien que l'ornement de la Messe
Qui, lors que vous me l'eustes dit,
Me fust plus cher que le crédit,

1. Nous donnons plus loin la lettre adressée par Claude de Chaulne à la veuve du comte de Tournon, alors duchesse de Chaulne.
2. Le duc de Sully, par lettres données à Paris le 27 décembre 1644, remplaça le comte de Tournon dans la lieutenance générale de Dauphiné.
3. Henry de La Guette, sieur de Chasey où Chassé, maître des requêtes, intendant de justice et de police de Dauphiné.

De mes malheurs n'est pas le pire :
Je ne puis ny chanter, ny rire,
J'en suis aussi sot qu'un Oison,
Je n'ay ny rime ny raison,
Et mon pauvre esprit à la gesne
Ne peut rien produire sans peine,
Je vois plus de glace en mes vers
Que sur la barbe des hivers,
Enfin je n'ay plus de pensées
Qui ne soyent froides ou forcées;
Sitost que j'appelle Apollon
Il prend les mules au talon,
Et pour moy le cheval Pégase
Est cent fois plus rétif qu'un Ase.
Prions le destin qu'il nous gard
Des chansons de Monthélimart,
Cela soit dit par parenthèse.
Quand les tétons seront sans fraise,
Lors que la dame de Revel [1]
Suivra les plaisirs du bordel,
Quand Jordan [2] dira son office,
Ou qu'il sera sans chaudepisse,
Quand Boissac [3] sera sans caquet
Et Féraucourt [4] sans son hoquet,
Lors que Bruslon [5] sera pécore,
Quand L'Enclos [6] et monsieur Du Faure [7],
Passeront pour des buveurs d'eau,
Lors que le tactac du couteau
Importunera leurs oreilles,
Quand ils haïront les bouteilles,
Lors que mon Prince [8] et nostre amy
Sera sans madame Remi [9],
Son éloquence sans emphase,
Qu'il portera la barbe rase,
Qu'il croira que son cabinet
N'est pas des mains de Fréminet [10],

1. Voir p. 359 la notice sur madame de Revel.
2. Jordan ou Jourdan (?) voir p. 288, note 3. Si ce n'est pas le même personnage,
ce Jordan serait peut-être un ecclésiastique.
3. Boissac, probablement Pierre de Boissat, dit l'Esprit.
4. Nous n'avons trouvé aucun renseignement sur Féraucourt.
5. Bruslon, c'est Jean Déageant, sieur de Bruslon.
6. Est-ce Henry de L'Enclos, le père de Ninon, qui tua en duel le baron de Chabans?
7. Pierre Du Faure, de Colombinières, conseiller au Parlement de Grenoble.
8. Probablement Gaston d'Orléans.
9. Nous n'avons aucun renseignement sur cette maîtresse de Gaston d'Orléans.
10. L'un des fils du célèbre peintre Fréminet (1567-1629). Ce fils qui s'appelait
Martin comme son père est cité par Félibien, comme un peintre habile.

Qu'il souffrira la raillerie,
Que l'on fait de sa pierrerie,
Bref quand le sieur de Saint-Sauveur[1]
Ne sera cocu ni menteur;
Alors vrayment vous pourrez dire
Que personne ne vous désire,
Qu'on a dans vostre esloignement
Plus de plaisir que de tourment.
Enfants de ma commère l'Oie,
Tristes ennemis de ma joie,
Qui pour moy seul estes mutins,
Je n'ay pas mon comte d'Estins[2].
Sans luy, ny vous, ny la Fortune,
N'avez rien qui ne m'importune.
La Gloire a-t-elle tant d'appas
Que par tout il suive ses pas?
Qu'elle le charme et le cajole.
Je voudrois qu'elle eust la vérole,
Il n'oseroit en approcher,
Et s'en reviendroit nous chercher.
Lors qu'un de nos amis nous donne
Du fameux Coral[3] de Bayonne,
Je médite à chaque morceau
Un panégiricq du ponceau,
Mais ma pensée est combattue
Par le souvenir qui me tuë
De celuy qui chez vous parfois
Mettoit la rougeur dans vos doigts,
Et dont vos bontés excessives
Nous faisoient rougir les gencives;
Jamais esperonnier ne fait
Tels esperons pour le buffet.
Ce penser me pique et me touche,
L'eau m'en vient encor à la bouche,
Oui, car je n'y en mettrois pas,
Que si vostre vin de Cornas[4],

---

1. S'agit-il de M. de Saint-Sauveur, intendant de M. de Chavigny?. Nous ne savons.
2. Est-ce Joachim, comte d'Estaing, né vers 1617, mort en 1688, qui épousera plus tard le 11 août 1650, Claude Catherine Le Goux, fille du premier président du Parlement de Dauphiné (4 août 1644), décédé à Grenoble, en 1653?

Joachim avait employé ses loisirs à composer une histoire généalogique de sa famille, et c'est à lui que Boileau a fait allusion dans sa satire contre la Noblesse :

> *Je veux que la valeur de ses aïeux antiques*
> *Ait fourni de matière aux plus vieilles chroniques,*
> *Et que l'un des Capets, pour honorer son nom,*
> *Ait de trois fleurs de lys doté son écusson.*

3. Corail.
4. Petit village à 2 kilom. de Saint-Peray, renommé par ses vins.

Par la vertu de ses parolles
Faisoient de telles capriolles,
Jambons vous seriez seulement,
De tous mes discours l'ornement;
Comte, quittez le pays où vous estes,
Lassez-vous de casser des testes,
Laissez le service du Roy,
Pour Justine de Villeroy[1].
Le commandement d'une armée
Tout l'esclat de la Renommée,
Dont nos ennemis sont battus
Est au dessoubs de vos vertus.
Monsieur de S. XX[2] se lasse,
De veoir Ridel[3] en vostre place,
Et moy je suis au désespoir
D'estre si longtemps sans vous veoir :
Moy qui ai nom Claude de Chaulne,
Dont le teint violet et jaune,
N'a plus que ce faux vermillon
Qu'ont les carpes au court-bouillon,
Ou qu'on voit sur une omelette;
Moy qui ne suis plus qu'un squelette,
Et qui seray toujours ainsy
Si vous n'estes bientost icy;
Nostre Intendant[4] que Dieu bénisse,
Pour me guérir de ma jaunisse,
Fait des prières chaque jour
Pour celui de vostre retour.
Si le Seigneur ne les exauce
Je quitte Saumur[5] et sa saulce
Et jure par feu Saint-Hubert
De ne boire que du vin vert.

---

1. Françoise de Neuville, fille aînée du maréchal de Villeroy, sa femme.
2. Est-ce M. de Saint-Sauveur dont il a déjà été question? voir p. 339, note 1.
3. Nous ignorons tout sur Ridel.
4. Est-ce Yvon, sieur de Lozières?
5. Nous ne connaissons pas la raison pour laquelle Claude de Chaulne se trouvait à Saumur; c'est de cette ville qu'il envoya une « gazette » à Foucquet.

DUCHESSE DE CHAULNE

Françoise de Neuville, fille aînée du maréchal de Villeroy, et veuve de
Juste-Louis de Tournon, avait épousé en secondes noces, le 3 mai 1646,
Henry-Louis d'Albert, vidame d'Amiens, puis duc de Chaulne, mort le
21 mai 1653, laissant deux filles. La duchesse de Chaulne ne mourut
qu'en 1701, âgée de soixante-seize ans.

Madame de Chaulne aimait les lettres, elle fut une des quatre grandes
dames qui intercédèrent, à la demande de Benserade, près de Mr de Chas-
teauneuf, nommé en 1650 garde des Sceaux pour la seconde fois, dans le
but de faire rétablir la pension attribuée au vieux poète Jean Ogier de
Gombauld.

Le Ms. de Chaulne contient les deux lettres suivantes adressées à
Françoise de Neuville :

A MADAME LA COMTESSE DE TOURNON,
MADAME LA DUCHESSE DE CHAULNE

Dame de qui bouche vermeille esclatte
Autant ou plus que ne fait l'escarlatte
Dessus le dos du guerrier jouvenceau
Quand il en porte ou roquet ou manteau ;
De qui le sein, plus blanc que n'est l'albastre,
Se rit du fard et se mocque du plastre ;
De qui le teint sans soin mais ravissant
A la frescheur du plus beau jour naissant ;
Dont les cheveux aussy noirs que l'ébène
Ont fait cent fois et ma joie et ma peine ;
Dont le beau corps qui fait tant d'envieux
Est le plaisir et le charme des yeux ;
De qui les yeux plus doux que cassonade
Font mon esprit inquiet et malade,
Quand ces tyrans d'un regard irrité
Donnent le fouet à ma témérité.
La Renommée en chantant leurs louanges
En a conté des choses bien estranges :
Elle publie hautement que chez eux
L'on peut trouver toutes sortes de feux ;

Qu'ils ont le feu des esclairs de la foudre ;
Qu'avec ces feux ils mettent l'âme en poudre ;
Qu'ils ont des feux brillants dont la beauté
Fait papillon le cœur plus révolté ;
Qu'ils ont le feu dont le Dieu de lumière
Rend les objets à toutes les visières,
Et ce feu doux dont les embrasements
Font des brèches dans les cœurs des amants ;
Qu'Amour parfois par un heureux caprice
Y fait brûler quelque feu d'artifice,
Des feux de joie, alors que ses beaux yeux
L'ont, à son gré, rendu victorieux.
Messieurs les yeux, mais qu'il ne vous desplaise
Que vous soyez ou de flame ou de braise,
Que vous soyez ou chandelle ou flambeau,
Ce n'est pas vous qui creusez mon tombeau ;
C'est vostre pied, Dame, pour qui souspire [1]
Mon triste cœur et qui n'ose le dire,
Et c'est à luy tout seul que sont offerts
Ces vers en prose et cette prose en vers :
Pied merveilleux, prendrez-vous point envie
D'un mouvement moins fatal à ma vie,
Et voulez-vous avancer mon trépas
En m'esloignant des traces de vos pas.
Mon cœur seroit en fine sépulture
S'il ne portoit vostre aymable peinture,

---

1. Dans sa gazette (Du Jardin : *L'on voit icy la blonde et la brunette*) à Foucquet,
Cl. de Chaulne revient longuement sur le pied de la comtesse de Tournon :
> Ce que je puis, pressé de ma disgrâce,
> C'est de baiser de son beau pied la trace,
> Pied merveilleux que la Nature a fait
> De la couleur des roses et du lait.
> Quand j'escriray ceste gazette en prose
> Monsieur le lait précèdera la rose,
> Pied dont la pointe est toujours en dehors,
> Pied le soutien d'un trop aimable corps,
> Pied dont mon cœur, sera, je vous assure.
> S'il plaist aux Dieux l'éternelle chaussure ;
> Quand il feroit effort pour en sortir
> Ma passion n'y sçauroit consentir.
> Il m'a permis de l'aymer et le dire,
> C'est pour ce pied que mon âme souspire.
> Si tous mes vers estoient faits de tels pieds
> L'on n'en verroit jamais d'estropiez ;
> Car un beau pied, soit qu'il marche ou qu'il danse,
> Ne peut quitter la grâce et la cadence.
> Les autres pieds que l'on voit en ces lieux
> Sont tous pieds plats, qui font horreur aux yeux,
> Dont la vapeur parfois les nez assiége,
> Qui font les grands sur un amas de liége,
> Et qui pourtant semblent dire aux calçons :
> « Hélas, Messieurs, changez-nous en chaussons »....

Et ne seroit sans doubte à trépasser
Sy l'oubli vostre avoit peu l'effacer.
Ah! pied mignon, pied mignart, pied d'ivoire,
Que ne peux-tu passer de ma mémoire
Jusqu'à ma bouche, et mes maux appaiser
Par les transports d'un amoureux baiser!
Que la colère icy ne vous eschappe,
L'on baise bien la pantoufle du Pape,
De qui les pieds saints et canonisés
N'en ont jamais été scandalisés.
Je n'ay pas moins de respect pour le vostre,
Que pour les pieds d'un successeur d'Apostre,
Et je diray jusqu'à mon dernier jour
Que vostre pied m'a donné de l'amour,
Qu'il est l'objet de toutes mes pensées;
Un autre objet les rend tristes, forcées,
Il n'en est pas un autre assez charmant
Pour les pouvoir occuper un moment.
Sans la blancheur qui brille en ce beau membre,
Je le croirois tout de musc ou tout d'ambre;
Sans cette odeur je croirois qu'il est fait
Avec l'ivoire et la neige et le lait.
Ce composé de tant d'aymables choses
N'est qu'un amas de jasmins et de roses,
Mais mon destin ne veut pas consentir
Que je le puisse ou baiser ou sentir.
Que mon amour a de la deffiance:
Il est jaloux quand il suit la cadence,
Et quelque part que le portent ses pas,
Il meurt d'ennuy de ne le suivre pas.
Je suis confus d'estre en estat de vivre,
Et n'estre pas en estat de le suivre.
Que tout l'encens qu'on doit aux Immortels
Embaume l'air aux pieds de leurs autels,
Ma passion sans scrupule et sans crime
Veut autrement immoler sa victime,
Et je vous offre en vers estropiés
Un los brûlant sur l'autel de vos pieds.

A MADAME LA DUCHESSE DE CHAULNE

Dame qu'on ne peut trop aymer,
Que l'art de plaire et de rimer
Se treuvent rarement ensemble,
Heureux celuy qui les assemble!
Et que mon destin seroit doux
Si je les avois joints pour vous!

Parnasse abonde en fleurs divines,
Et pourtant n'est pas sans espines,
Et bien souvent on n'y fait don
Que d'une ronce ou d'un chardon.
Je sçay que vostre esprit s'abaisse
Mesmes jusques à la foiblesse,
Que tout grand et tout haut qu'il est,
Ce qu'on peut est ce qui luy plaist.
Autrement qui pourroit prétendre,
Divine Duchesse, à vous rendre,
Soit en parlant, soit par escrit,
Ce que l'on doit à vostre esprit?
N'imaginez pas que j'entame
Un discours sur vostre belle âme;
Je n'ay rien à dire aujourd'huy
Sinon qu'elle est dans un estuy
Qui est la merveille des choses.
Un corps fait de lis et de roses,
Et qui tout seul a les odeurs
Qu'ont ensemble toutes les fleurs,
Sert à cette âme de retraite;
Que le bon Seigneur qui l'a faite
Sçait qu'il n'a rien fait de pareil
En lumière que le Soleil,
Et je la tiens mesme plus claire
Qu'il eust de plaisir à la faire!
J'en croy tant que je vous promets
Qu'il ne la deffera jamais :
C'est son chef-d'œuvre et son image,
C'est enfin son plus bel ouvrage;
Mais je suis bien outrecuidé,
J'en dis plus que n'avois cuidé.
Excusez! Sans ce terme antique
Ma Muse estoit paralytique,
Et ce fut un jour de Sabbat
Que le miracle du grabat
Qu'un perclus porta sur sa teste;
Ledit sabbat veut dire feste,
Festes les jours qu'on ne fait rien!
Je croy qu'il auroit esté bien
Pour cette missive damnée
Qu'on eust festé cette journée.
Pour ma rime un jour de repos
M'auroit semblé plus à propos,
Elle ne courroit pas fortune
D'ennuier et d'estre importune;
Elle seroit dans le néant,
Et j'aurois esté fainéant

Une fois à mon advantage.
J'en pourrois dire davantage,
Mais j'en troublerois le plaisir
Abusant de vostre loisir.
Il suffit, charmante personne,
Qu'un moment ma lettre vous donne
Un peu de souvenir pour moy;
J'oublie bien, je ne sçay quoy,
Ah! c'est une jeune servante
Qui est chez vous qui me tourmente,
Qui boute mon cœur en amour
Sur le ton de Suzanne un jour.
Faites-m'en s'il vous plaist justice,
Qu'elle m'aime ou qu'on la bannisse
Du royaume de ma raison
Dont elle a bruslé la maison.
J'ai grand peur que cet incendie
Ne se termine en tragédie,
Et qu'il ne me fiche au tombeau
Ce qui ne seroit guère beau;
Car maux font piteuse grimace
Madame, accordez-moi la grâce
D'oublier ce fol entretien
Et s'il vous en souvient, du moins, n'en dites rien!

LA PRÉSIDENTE DE CHEVRIÈRES

Marie, fille unique de Jacques de Sayve, président au Parlement de Dijon, et de Barbe Giroud, épousa le 29 avril 1642, Jean de La Croix, seigneur de Chevrières, baron de Serves et de Clérieu, comte de Saint-Vallier et de Vals, marquis d'Ornaison.

Ce Jean de La Croix, docteur en droit, avocat au Parlement de Paris, conseiller au Parlement de Grenoble en 1642, ambassadeur à Rome en 1644, conseiller d'Etat (1645-1648), et président au Parlement de Grenoble en 1650, mourut en 1680. De son mariage avec Marie de Sayve, il eut dix enfants.

Le Ms. de Chaulne contient la lettre suivante adressée à Marie de Sayve :

A MADAME LA PRÉSIDENTE DE CHEVRIÈRES

Charmante, rare et divine Ornacieus,
Que le Ciel fist pour le plaisir des yeux :
Foy de cousin, je ne puis m'en dédire,
Un mal pressant me force de vous dire
Que vostre absence et vostre éloignement
Ont déconfit tout mon contentement.
Depuis le temps que vivez en Bourgogne
Mon pauvre groin fait si piteuse trogne,
Si toutefois trogne nommer je dois
Le noir chagrin qui gist sur mon minois,
Qui, chaque jour, tout noir qu'il est travaille
A barbouiller ma barbe de grisaille,
Qui, sans cela, seroit possible encor
Teinte en ébène ou jaune comme l'or,
Car chacun sçait qu'il n'est point d'homme au mond,
Qui ne soit noir, rousseau, châtain ou blond.
De tout cela si le voulez sçavoir,
Certainement Nature me fit noir ;
Mais je vois bien, n'en déplaise à Nature,
Qu'elle eut pour moy très mauvaise teinture,
Puisque ce noir devient déjà plus gris
Qu'un cordelier froqué dans ses habits ;

Car cordeliers sans froc et sans chemise
N'eurent jamais un lopin de chair grise,
Et cordeliers bien que de gris couverts
Sont volontiers sous la chemise verts,
Dont vous direz, madame et douce amie,
Qu'en ce point là cordelier ne suis mie,
Tant je me trouve interdit et perclus
Depuis le temps que je ne vous vois plus.
Nos cabarets ont fermé leurs boutiques,
Nos violons, presque paralytiques,
Ne donnent pas un pauvre coup d'archet :
Bref le plaisir est pris au trébuchet,
Et nos prescheurs qui seuls osoient médire
Contre nos mœurs n'ont plus ce mot pour rire.
Dame Pandore a sa boiste crevé
Si que douleur tient le hault du pavé[1],
Et l'on ne voit jamais gueule qui rie
Qu'incontinent elle n'en soit marrie.
En bonne foy vous pouvez bien juger,
Si ce n'estoit pour boire ou pour manger,
Qu'on ne verroit jamais la mienne ouverte
Tant je me vois sensible à vostre perte.
Tous nos soufflés désormais de relais
N'ont plus l'employ qu'ils auroient aux palais,
Nos plats portés, nos ragousts et nos sauces
N'offrent au goût que des délices fausses.
Dans ce malheur nos chansons seulement
Pourroient servir pour un enterrement.
Il faut pourtant que vostre fille sçache
Que sa naissance a donné du relasche
A nostre ennuy, qui ne seroit si grand
Si la fillette avoit autre devant;
Si elle avoit une autre pissotière
Nostre douleur seroit au cymetière,
Tant il est vray que ce morceau de chair
A tous les yeux est précieux et cher.
Pour moy, je tiens l'opinion douteuse
De ceux qui l'ont nommé partie honteuse[1];
Et n'en déplaise à celuy qui premier
L'osa couvrir de feuille de figuier :
Figue pour lui, il fit une sottise
Car il devoit d'un coin de sa chemise
Cacher l'endroit par lequel il pécha;
Aussy, fust-il après telle mesprise
Bouté dehors comme un péteur d'Eglise

1, Voir *Les OEuvres libertines de Cyrano de Bergerac*, t. I, p. 88.

D'un lieu dont plus ne trouva le chemin
Ainsy que dit un livre en parchemin.
Une autre fois vous ferez autre chose
Et vous mettrez l'espine où est la rose;
Puisque le Ciel veut l'ordonner ainsy,
Je vous en dis un piteux grand mercy,
Mais Marion si vous estes sensible
A nostre ennuy, et qu'il vous soit possible,
Faites que les moments de vostre éloignement
    Coulent plus vistement.

MADAME DE CLÉRIEU

Madame de Clérieu doit être la veuve de François Octavien de La Croix de Chevrière, baron de Clérieu, enseigne de la mestre de camp du régiment des gardes du roi, mort au siège d'Arras en 1640 et enterré à Amiens.

Le Ms. de Chaulne contient une lettre adressée à madame de Clérieu.

A MADAME DE CLÉRIEU
sur le nombre quatre qu'elle aymoit extrêmement.

Deux fois un, deux, et deux fois deux font quatre,
Tel numéro pristes pour nous esbattre;
Ce quatuor dans vos vers accomply
Paroist si beau qu'il ne fait pas un ply;
Mais pardonnez si je dis qu'il me semble
Qu'en vous un vaut mieux que dix mille ensemble,
Et ne croy pas qu'il se trouve *Nissun*
Qui n'ait estime et de l'amour pour l'un.
Des numéros jadis il fut l'unique,
Mais tant l'aima la dame Arithmétique
Que ce bel un elle multiplia
En millions ou *multa millia;*
Bien entendu qu'en solennelle feste
Il marcheroit premier, seul, à la teste,
Et vous voyez encores aujourd'huy
Selon leur rang les autres après luy.
Aussy fust-il dans cet honneur extresme
Digne tout seul du faix du Diadesme,
Et tout l'Estat seroit en désarroy,
Près de périr, si un n'estoit pas Roy !
Bien qu'aujourd'huy madame Epiphanie
En fasse trois, c'est par cérémonie,
Qui, retranchés de ce nombre importun,
Ne furent rien quand ils en virent un
Qui, lors qu'il fist cette machine ronde,
Ou pour mieux dire alors qu'il fist le monde,

Qui, estant fait, luy parust bon et beau,
Pour l'esclairer ne luy fit qu'un flambeau !
Le plus parfait oyseau de la nature,
Le beau Phœnix qui dans sa sépulture
A ce qu'on dit, voit naistre son berceau
Et de Phœnix se refait Phœniceau,
Que je pourrois bien nommer Phœnicelle,
Car on ne sçait s'il est masle ou femelle,
Si Pline au moins ne nous a point menti,
Est fils unique et mesme bon parti.
Nature aussy ne voulust estre avare
Qu'en cela seul qui est parfait et rare,
L'estre imparfait ne vient qu'à millions
Des excréments de ses productions :
Rats, Moucherons, Puces, Crapauds, Grenouilles,
Les animaux, ceux qu'on appelle Andouilles,
Punaises, Poüx, Lézards, et Scorpions,
Oyseaux du Nil qu'on nomme Morpions,
Sont les seuls biens dont cette dame riche
Ne fust jamais et ne peut estre chiche !
Mais quand il faut produire le Phœnix,
Un nez pareil au nez de Monsieur Nix,
Elle en donne un, puis elle se repose.
Laissons Nature, et parlons d'autre chose :
Vous qui sçavez, dame, que le bon Dieu
Ne fist jamais qu'une seule Clérieu
Qui, ne souffrant qu'un cul dans sa chemise,
Selon mon sens, ce discours authorise :
Pouvez-vous bien estre d'un autre advis,
Et vous gaber[1] par burlesque devis?
De quatre Hélas, il ne doit son estime
A mon égard qu'à vostre aimable rime,
Mais vous l'avez si hautement prisé
Qu'il peut passer pour nombre authorisé,
Et mes Livrets doivent tout à ce nombre;
Ils sont entrés près de vous à son ombre;
Un seul pourtant a fait mille jaloux
Dedans vos mains par l'honneur d'estre à vous.

---

1. Vieux mot : se moquer, railler

MADAME DE LA BAUME CHASTEAUDOUBLE

Pernette Scarron, femme de Pierre de La Baume, seigneur de La Rochette, Panaray et Chasteaudouble, conseiller au Parlement de Grenoble en 1630 sur la requeste de son père, et conseiller d'Etat en 1653. Pierre de La Baume était le second fils de Jean Pierre de La Baume et de Catherine de La Croix, fille de Jean de La Croix qui fut plus tard évêque de Grenoble.

Pernette, cousine du poète Scarron, fille de François Scarron, sieur de Privas, receveur général des Finances à Lyon, qui avait épousé Catherine Lempereur, eut pour frères : Jean Scarron, chanoine et Chamarier de l'Isle Barbe, et Antoine Scarron, seigneur de Privas.

Le Ms. de Chaulne contient la lettre suivante adressée à madame de La Baume Chasteaudouble.

A MADAME DE LA BAUME CHASTEAUDOUBLE

Je, des Barbons le plus caduc,
Dont le dos se courbe en diphtongue,
Dont la passion est plus longue
Que celle de monsieur Saint-Luc :

Qu'on vient de charger de respondre
Aux lettres que vous avez fait,
J'ayme mieux m'aller faire tondre
Que d'entreprendre tel prix fait.

Me tondre seroit difficile,
Car dès l'an six cens dix et neuf
Poison de vérole subtile
Me rendist plus chauve qu'un œuf.

Depuis ce temps ma noire nuque,
Qu'un mal si violent troubla
Ou s'affubla d'une Perruque,
Ou de Perruque s'affubla.

Mais la fausse plaisanterie,
Et que j'ay l'esprit de travers!
Je parle de ma chauverie
Au lieu de respondre à vos vers.

Par mon âme, dame Pernette
Plus belle cent fois que le jour,
Et de qui l'endroit que l'on tette
Feroit un amoureux tambour;

Si vous en vouliez la baguette,
Je fais serment par vos beaux yeux,
Qu'on verroit Claude sans trompette
Desloger bientost de ces lieux.

Mais hélas! je n'ose prétendre
A vous servir de la façon,
Et d'ailleurs j'ay beaucoup de tendre,
Et dans l'âme et dans le calçon.

Que si ce mot vous scandalise,
Du moins ne le tesmoignez pas,
En faveur de ma barbe grise
Qui pour vous a fait tant de pas.

Dans ce souvenir qui me trouble,
Et qui me suit incessamment,
Je me deffends de Chasteaudouble,
Mais c'est un peu bien faiblement.

Je songe en faisant cette lettre
A vos bons vins, à vos melons,
Et je voudrois me pouvoir mettre
Ce qu'avoit Mercure aux talons.

Le cheval du brave Persée,
Celuy du gentil Paccolet,
Vont en prose dans ma pensée
Plus viste qu'un Esprit folet.

Et bien que je ne sois pas digne,
Je puis le dire sans mentir,
Vos perdreaux m'ont déjà fait signe
De déloger et de partir.

Je pars, ils ont trop bonne grâce,
Le bon Dieu les puisse bénir,
Les charmes de la belle race
Ne sçauroient plus me retenir.

Icy tout ce qu'on me propose
Ne satisfait point mon désir,
Et mon cœur ne veut qu'une chose
Mourir auprès de vous de joye et de plaisir.

Vos yeux, ces fameux conquérants
Dont les Amours ont fait leurs trosnes,
Ne voyent point de soupirants
Qui soient plus à vous que Chaulnes.

MADAME POTEL

Madame Potel doit être la femme de Sébastien Potel, frère de Potel, sieur du Parquet, dit Potel Romain. Tous deux étaient fils de Jean Potel, secrétaire ou greffier du Conseil.

Madame Sébastien Potel mourut vers 1652, dit Paulin Paris, au moment de la vogue du *Ballet des Romans* qui a été imprimé avec une curieuse relation adressée à Scarron de la façon dont il fut plusieurs fois demandé et joué devant le Roi au Louvre, chez Monsieur au Luxembourg, chez la duchesse de Chevreuse à la place Royale et chez madame de Launay-Gravé. Potel, le frère aîné de du Parquet, devoit y jouer, mais ne put le faire, dit Loret, à cause du malheur qui venoit de lui arriver :

> *On conduisit nostre équipage....*
> *Dix carrosses et davantage,*
> *Pour tous les danseurs du balet*
> *Dont le nombre n'estoit complet,*
> *Car la mort qui ne fut onc bonne,*
> *Et qui jà n'espargne personne,*
> *Par un rhumatisme tel quel*
> *Enleva Madame Potel,*
> *Qui gist sous marbre, plomb ou bronze.*
> *Sans cette mort ils étaient onze :*
> *Car Monsieur son filz y manquoit,*
> *Non pas le seigneur du Parquet,*
> *Mais celuy que partout on nomme*
> *L'aisné Potel, ce galant homme,*
> *Qui croyoit danser en effet :*
> *Car despense grande avoit fait*
> *Pour paroistre dans cette danse...*
> *Car il dansoit dans ces romans*
> *Un des Aymons, un des amans...*

Le Ms. de Chaulne contient deux lettres adressées à madame Potel :

A MADAME POTEL

Trop belle et charmante Catin,
Plus belle mille fois que celle

Dont les songes chaque matin
Font la peinture en ma ruelle.

Loing de vous j'ay le groin plus blesme,
Que celuy qui premier osa
Chanter sur le ton du caresme
Stabat mater dolorosa.

Vostre incomparable Potel,
Ne pouvant souffrir son veufvage,
M'a fait coucher dessus l'autel
Où mourut vostre pucelage !

Je l'y cherchay, je vous l'avoue,
Amour, tapy soubs le rideau,
Riait, ou me faisoit la mouë,
Et le couvroit de son bandeau.

Moy, pauvre niais, que ce lutin
A fait l'objet de sa malice,
Je m'en allay dès le matin
De crainte d'un nouveau supplice.

Depuis, il m'a rendu visite,
Et soubs un minois contrefait,
Par une douleur hypocrite
M'a dit l'affront qu'il m'avoit fait.

Je luy juray par ces beaux yeux
Dont de Sève[1] a fait la peinture,
Que si j'avois même adventure,
Malgré ces soins jaloux, j'en userois bien mieux.

Le drôle qui fait ses plaisirs
Des obstacles qu'ont mes désirs,
Sans vouloir avec moy raisonner davantage,
Me jura son âme et sa foy,
Que vous aviez un nouveau Pucelage,
Mais qu'il ne seroit point pour moy !

Je fus sensible à cette injure,
J'en perdis le pouls et la voix,
Le respect estouffa les désirs que j'avois
De vous solliciter de le rendre parjure.

---

1. Le peintre Gilbert de Sève; ce portrait de madame Potel ne paraît pas avoir
été gravé.

Voyez en quel estat mon âme pouvoit estre,
    Jugez de l'excez de mes maux,
L'amour et le respect y paroissoient esgaux,
Et chacun d'eux pour vous vouloit régner en maistre.

    L'un m'ordonne que je souspire
L'autre me le deffend, et ce commandement
    Me gesne si cruellement
    Qu'à peine ay-je peu vous le dire.

    Tous deux me parlent de vos loix
Et je ne sçay quel party je dois suivre ;
    Si vous n'en faites pas le choix
    Ordonnez-moy de ne plus vivre.

Que si tout ce discours vous a mis en colère
    Et que vous m'en donniez le tort,
    Sçachez Catin qu'après ma mort,
    Je seray forcé de me taire,
    De la cruauté de mon sort.

A MADAME POTEL. RESPONSE

Belle Catin, des Catins la merveille,
De qui la bouche est riante et vermeille,
Et dont les yeux plus brillants qu'un beau jour
M'ont tant de fois fait redouter l'Amour,
Ne croyez pas que par ce mot je boute,
Ou mette Amour dedans une redoute.
Jà n'est mestier de le fortifier.
Dans vos beaux yeux, il est fort, il est fier.
Pour se parer des coups de la Fortune
De bastions, remparts ou demy-lune
Peu luy chaudroit, et selon mon advis
L'ingénieur feroit autre devis :
Il ne voudroit que quelque ouvrage à corne ;
Mais le respect est une estrange borne,
Et l'amitié qu'on doit au cher Potel,
Ni vous, Catin, ne voulez rien de tel !
Pour mon bonheur c'est assez que je voie
Un souvenir qui fait toute ma joie.
C'est trop pour moy de la belle moitié
De vous servir du terme d'amitié,
Ainsy qu'appert par là vostre Missive
En doux propos, en bonté excessive,
J'en ay compté pour le moins cinq ou six
Dont je vous dis autant de grands mercis

Que dans les Cieux on voit briller d'estoiles,
Que sur les mers on voit blanchir de voiles,
Autant qu'on voit de feuilles dans nos bois,
Plus que le lait ne fait couler de pois ;
Car pois en pot dessoubs les cheminées
Roulent nombreux auprès des eschinées ;
Plus que Rozier[1], par la grâce de Dieu,
Grand chansonnier, et seigneur de Beaulieu,
N'a fait noter dedans ses chansonnettes
De mots nouveaux, quolibets et sornettes ;
Plus qu'il ne sort de latin et de grec
De Marcassus[2] dont la musique a bec ;
Plus qu'il ne rend de visites au signe
Nommé *Mouton*[3], son cabaret insigne ;
Bref plus encor que nostre cher Bastien[4],
Appréhendant messe de *Requiem*,
N'a souspiré par l'éclipse fatale
De la boisson dont il est le Tantale !
Quelle bonté dont m'a peu retenir
Chère Catin, dans vostre souvenir ;
Quel sentiment y conserve une loge
Au malheureux et chétif allobroge ;
Le sentiment est vrayment généreux,
Puisqu'il est vray que je suis malheureux,
Digne de vous, sur qui lointaine absence,
Qui me forçoit à garder le silence,
N'a jamais fait aucune impression
Au détriment de mon affection.
Ah ! que souvent les yeux de ma pensée
Ont veu souvent ma peinture effacée,
Et, sans mentir, je l'ay justement craint,
Je n'y estois que légèrement peint,
Et je craignois mesme que la desbauche
Seule en eust fait en destrempe l'esbauche ;
Mais je voy bien maintenant que ma peur
N'estoit qu'un songe, qu'une noire vapeur,
Dont ma raison, de soucis accablée,
Avoit la veuë ou trop faible ou troublée.

1. Ce musicien a publié plusieurs recueils de chansons sous le titre : *Les Libertez de André de Rosiers, sieur de Beaulieu* (1634-1638 et 1651-1654). Un amphigouri : *Le Galimatias du sieur Deroziers-Beaulieu, tragi-comédie* (en 5 actes, et en vers). Paris, Toussainct Quinet, 1639, ne doit pas être d'André de Rosiers.

2. Pierre de Marcassus, poète, romancier et traducteur, né en 1584 à Gimont, petite ville de Gascogne, régent de collège, professeur, historiographe. Il mourut en 1664.

3. Le cabaret du « Mouton ». Il y avait, à cette époque, deux cabarets du « Mouton » : le premier était situé près du cimetière Saint-Jean ; l'autre dans l'Ile du Palais. Voir les *OEuvres libertines de Claude Le Petit*, pp., 223, 226 et 227.

4. Nous ignorons qui est ce Bastien.

Grâces au Ciel il en est autrement :
Vous m'escrivez que l'illustre Clément[1]
Que la charmante et douce Philomèle
Sainte Chouart[2], mais moins sainte que belle,
Daignoient pour moy chanter auprès de vous :
« Où estes-vous ? Allez mon amy doux, »
Et je responds sans leur conter fleurettes,
« Où estes-vous ? mes belles amourettes, »
Que Dieu les garde de tout mal encombrier
De nul engin et de mauvais destrier ;
Que leurs amants soient de la vieille roche
Et chevaliers sans peur et sans reproche ;
Que leurs beaux yeux soient toujours conquérants,
Mais qu'ils soient Rois et ne soient pas Tyrans !
Ce n'est pas tout, vostre cochon m'invite,
Et sans esgard à mon peu de mérite,
A visiter son alcove, salé,
Et luy dedans proprement embalé.
Je le veux bien, mais avant qu'il m'advienne
Je veux savoir s'il a fait fin chrestienne,
S'il a promis, avec un sens rassis,
D'estre l'horreur des Peuples circoncis,
Car autrement ma douce et chère amie
Vostre cochon ne me grondera mie,
C'est son langage et le mien aujourd'huy
Est que je suis à vous bien plus qu'à lui

Il serait bien, ce me semble, d'ajouster un peu de prose à de meschants
vers et finir le burlesque par le sérieux, en vous rendant, Madame, un
million de grâces de votre obligeante lettre, mais comme ce style n'est
peut-estre pas de vostre goust, que le mien n'est que de vous plaire, que
vos plaisirs sont d'une autre nature, que vostre nature est moins acces-
sible que l'Isle d'Alcidiane, qu'Alcidiane[3] étoit moins aymable et moins
charmante que vous, je suis, Madame, vostre très humble....

---

1. Nous n'avons pas rencontré de renseignements sur ce chanteur.
2. Etait-ce une chanteuse du temps ? Nous ne croyons pas qu'il s'agisse de la
femme de François Choart, trésorier et receveur général des Ponts-et-Chaussées de
France, cousin germain maternel de Lignières qui passait pour être tout à fait « dé-
niaisée », en un mot : une libre penseuse.
3. Allusion au roman de Marin Le Roy de Gomberville : *La jeune Alcidiane*. Pa-
ris, Courbé, 1651, in-8.

MADAME DE REVEL

Jeanne Angélique, fille de Félix de La Croix de Chevrières et de Claudine de Chissé, la deuxième de neuf enfants, était née à Grenoble le 19 février 1613. Elle avait épousé, le 23 juillet 1626, Félicien III de Boffin, seigneur de Revel, conseiller du roi et son premier avocat général au parlement de Dauphiné, dont elle devint veuve en 1643.

De ses deux frères, l'un Octavien mourut vers 1640, l'autre Jean II, dit le président de Chevrières, eut deux filles qui entrèrent en religion; un de ses fils fut évêque de Québec. L'aînée de ses sœurs, Catherine, épousa Annet de La Baume de Suze, comte de Rochefort; les autres se firent religieuses.

Madame de Revel eut de Félicien III de Boffin un fils et plusieurs filles qui entrèrent au couvent.

Veuve jeune encore (elle avait à peine trente ans), alliée aux plus grandes familles de Dauphiné, nièce de l'évêque de Grenoble Jean de La Croix[1], et recherchée par les membres les plus distingués de la noblesse et du clergé, madame de Revel, aimable, spirituelle, eut de nombreux admirateurs et adorateurs. Nous citerons, entre autres, Scarron qui lui a dédié une épître, Le Pays, Arnauld le carabin, Etienne Roux de Grenoble, Claude de Chaulne, etc.... Amie des Muses, rimant avec facilité, elle rivalisait, le cas échéant, de gauloiserie avec ses correspondants, ce qui ne l'empêchait pas de s'intéresser aux œuvres pieuses : Dès 1648 elle fondait dans la rue Saint-Jacques, à Grenoble, la Maison de la Propagation de la Foi, dont elle s'occupa toute sa vie avec le plus grand zèle. Plus tard elle eut, dit Guy Allard, un soin particulier de l'éducation et de la conduite des protestants nouveaux convertis. Le contraste entre sa vie mondaine et son attitude religieuse dans la seconde moitié de son existence a été chansonnée par Etienne Roux :

> *Qu'est devenu cet agréable temps*
> *Où l'on voyoit La Chevrière*
> *Gagner des cœurs et faire plus d'amants*
> *Que feu la belle race entière.*
> *L'on ne la voit qu'au pied de nos autels,*
> *Et ses yeux, la source des flammes,*
> *N'allument plus que des feux immortels*
> *Et n'en veulent qu'aux belles âmes.*

1. Jean de La Croix, évêque de Grenoble, mort à Paris le 8 mars 1619.

Madame de Revel s'est portraiturée elle-même dans sa lettre à Pierre Arnauld[1], maître de camp général des Carabins, gouverneur de Dijon, qui mourut en octobre 1661 :

Démon qui viens pour me tenter
Contre qui je veux contester
Mais que je ne veux rebuter ;

Dis-moy qui te donne l'envie,
Ou plustost cette maladie
De savoir l'estat de ma vie ?

Bien, puisque tu le veux savoir,
Je vays donc faire mon devoir,
Et trois mots te le feront voir :

Mon nom, dans le Martyrologe,
Est une chétive allobroge
Et ce nom comprend mon éloge[2].

L'on me donne dedans Paris
Six humeurs ou bien six esprits :
L'on s'est de la moitié mépris.

J'en ay trois : l'une est sérieuse
L'autre est très badine et rieuse,
Et l'autre est souvent rimailleuse.

A ces esprits un corps est joint
Que vostre moule de pourpoint
S'il l'avoit vu, n'en voudroit point.

Vostre signorie me pardonne,
Car ce n'est pas que j'abandonne
Ainsi ma chétive personne.

Mais j'estime la vanité
De bien dire la vérité
Plus que de prétendre en beauté.

C'est tout ce que je puis vous dire
Sur mon sujet et vous écrire
Pour ma gloire ou pour ma satyre[3]...

1. Voici ce que dit Loret, dans sa *Gazette* du 21 octobre 1651 :
Arnaud est mort, ce cavalier
Qui fut jadis poète et guerrier :
Et les Déesses du Parnasse
Pour pleurer de ceste disgrâce
N'eurent aucun besoin d'ognons
Car c'estoit un de leurs mignons.
2. Jeanne.
3. Voici le premier vers de cette pièce : *Ange, homme ou plustost lutin.*

Il reste peu de chose des rimes de madame de Revel (en dehors du Ms. de Claude de Chaulne).

1º Rec. Conrart. T. IX in-4. Responce à la lettre précédente (Vers de Mr Arnaud à madame de Revel : *Divine Revel dont j'admire*) par madame de Revel avant qu'elle sceust que Mr Arnaud l'eust faite : *Ange, homme ou plustost lutin.*

Id. Autre responce de la mesme dame, après avoir veu Mr Arnaud, sans se faire connoistre à luy, et après avoir sceu qu'il avoit fait la lettre à laquelle la précédente sert de responce : *Ce n'est point dans un lieu si sombre.*

Id. A madame la duchesse de Lesdiguières pour luy demander son portrait : *Dame de qui la Majesté.*

Id. T. XIX, in-4. Responce de madame de Revel (aux vers de M. Conrart reçus le lendemain d'une visite qu'elle luy avoit faite, pendant qu'il estoit malade : *Bien qu'en tous lieux on vous admire*) : *Par un sentiment d'amitié.*

2º Rec. Sercy, IIIᵉ p., 1653. Sonnet en bouts rimés : *C'est en vain, ma vertu qu'ainsi tu me.... chicanes.*

Id. Apostrophe à l'eau, la rivière débordée de Grenoble : *Quel spectacle s'offre à mes yeux.*

Le Ms. de Chaulne contient une lettre de madame de Revel et cinq réponses de Claude :

A madame de Revel : *Charmante Revel dont la lyre.*

Id. : **Vif esguillon de mon peu de soucy.*

Id. à Paris et resp. à une de ses lettres en vers : **Je ne cuidois qu'onc eust esté possible,*

De madame de Revel : **Original de bonne grâce.*

A madame de Revel : **Ce terme est long de six semaines.*

A MADAME DE REVEL

Vif esguillon de mon peu de soucy,
Mieux me vaudroit estre deffunt, que sy
Je n'estois plus dans vostre souvenance ;
Ma passion en perdroit contenance,
Bien qu'elle eût fait à ce changement d'an
L'Olibrius et le Vespasian.
Loin de vos yeux pourtant peine excessive
Force les miens à piteuse lessive ;
Si que je voy sur mon vidé museau
Divers canaux qui n'ont plus besoin d'eau.
Un éloquent auroit mis dans ses carmes,
Que de ses yeux issent torrent de larmes,
Ou chanteroit sur un ton plus nouveau
Que, loing de vous, il pleure comme un veau,
Ou comme deux, comme trois, comme quatre,
Sans en vouloir ny pouvoir rien rabattre.
Mais n'estant pas assez authorisé
Si vous avois amphiboligisé,

Vous traiteriez mon âme d'inconnue,
Bien que jamais ne l'ayez veue que nüe,
Et que verriez tout nud le corps aussy
S'il vous plaisoit de l'agréer ainsy :
Or, en ce cas, estes peu prude Dame
De séparer ainsi le corps de l'âme,
Et les vouloir traiter différemment
C'est en user un peu sévèrement :
Des empereurs me paroist que Commode
Estoit plus doux et plus propre à la mode,
Et que Sévère estoit plus importun,
Que celuy-cy faisoit peur à chacun.
Vous qui du sexe estes digne empérière
A ses rigueurs ne soyez coustumière ;
Pour vostre empire il sera beaucoup mieux
Qu'ayez l'esprit aussy doux que les yeux,
Mais leurs douceurs, par d'autres possédées,
Forcent les miens à de tristes ondées ;
La gaieté ne peut les retenir
Dans ce pressant et fascheux souvenir.
Vostre procès, et Monsieur de la Palme
De mon esprit bertaudent[1] tout le calme,
Et je crains bien pour ma peine et vos frais
Que ce palmier ne se change en cyprès.
Je sens desjà combien il m'est funeste,
Et dans mes maux, cet espoir seul me reste
Que nous verrons bientost ce beau marmot
Estre réduit à n'oser dire mot :
Cessez pour luy d'estre bonne et divine,
S'il est palmier devenez son espine,
Soyez sa ronce et percez jusqu'aux os
Cet abrisseau qui destruit mon repos.
Non occides, dit Dame conscience,
Et puis Paris est lieu de patience
Où des longueurs que rencontre un procès
L'on se résould de bon cœur au succès.

1. Allusion à un chanteur de la Chapelle de la Musique du Roi, nommé Bertaud ou Berthod et qu'on appelait l'*Incommodé* parce qu'il aurait été châtré. Loret en parle dans sa gazette de mai 1658 à propos d'un service en musique chanté par Molinier en mémoire de son père :

> Cette perle de nos amis,
> Monsieur Berthod, doit estre mis
> Au rang des susdites femelles ;
> Car, chantant doux et clair comme elles,
> Certainement tout auditeur
> Pense et croit de belle hauteur,
> Entendant sa voix éclatante
> Que c'est une vierge qui chante.

Mais de bon cœur ne puis plus vous attendre,
Tant j'ay le cœur plein de douleur et tendre,
Je dis bien plus, sans estre un brin mocqueur,
Que suis ailleurs bien plus tendre qu'au cœur.
Qui l'auroit cru qu'en ce temps de régence
De duretés l'on souffrît indigence ?
Que si parfois l'on est en dureté
Que ce ne soit qu'excès de pauvreté.
Dans vostre lettre, elle est si cointe et belle,
Que treuve laide abondance auprès d'elle.
Bien qu'Abondance ait le front couronné
Ou, pour le moins, le front de corne orné,
Mespris me suis d'en parler de la sorte :
Cornes en main dame Abondance porte,
Et Cupidon, des Dieux le plus humain,
Les met au front et les prend de sa main.
Ainsi l'on voit qu'il est peu d'amants chiches,
Peu de cornus qui ne soient hommes riches,
Et nous n'avons dans la nécessité
Plus prompt secours que cornéicité.
Le seul croissant que monsieur le Turc porte
Fait tout l'esclat des grandeurs de la Porte ;
Dame Phœbé, la déesse des bois,
D'argent cornu se pare tous les mois
Et néantmoins on ne parle point d'elle ;
Ainsi que vous elle est chaste, elle est belle,
Et ne croy pas qu'il soit des médisants
Qui jusqu'à elle osent porter les dents.
Devriez avoir grand regret, ce me semble,
A cette nuict où nos deux culs ensemble
Dans de beaux draps de toile de fin lin
Pouvoient fester monsieur Saint-Marcelin.
Le mien dès lors vit bien que vostre teste
En cas pareil estoit un trouble-feste ;
Elle avoit beau tourmenter et pester
Vostre fessier se fut laissé tenter !
Je ne sçaurois oublier son silence,
Mais vostre teste eust trop de violence,
Les vrais Amours ne marchent que la nuict
Pour éviter le désordre et le bruit ;
Aussy le mien, prévoyant sa deffaite,
Prist la sourdine et sonna la retraite,
Et sans espoir de succès du combat,
Me rembuscha dans mon chétif grabat.
En vain *illec* je mis ses mains aux armes,
Le pauvre enfant n'eust recours que des larmes,
Et je me vis si confus, si honteus,
Que je ne croy qu'oncques fust si piteus ;

Or piteus cas dans cette doléance
Me semble avoir besoin de remembrance,
Et chaque fois Dame que vous verray
Certainement je me remembreray;
Mais las! ce temps, et qu'il ne vous déplaise,
Loin de voler a l'aile bien mauvaise,
Vous le tenez, vous arrestez son cours,
J'arreste aussi celuy de ce discours.
Vous jugerez bien mieux par mon silence
De mes ennuis et de leur violence,
Et puis les morts parlent très rarement,
Et je suis mort par vostre esloignement;
Dur à souffrir sa dureté me presse,
Et qui pourtant fait toute ma tendresse,
Dont me paroist que la cause et l'effet
N'ont pas le groin bien semblable en ce fait.
Ne mettez plus Dame, je vous en prie,
Pareil désordre en ma philosophie;
Revenez tost, c'est tout ce que je veux,
Et redonnez Angélique à mes vœux!

LETTRE DE MADAME DE REVEL

Original de bonne grâce,
Génie de la belle race,
De qui l'esprit est plus poli
Que si, avec du tripoli,
On l'auroit frotté une année,
Puisque la fière destinée
M'a esloigné d'auprès de vous,
Et que le Ciel paroît jaloux
De cet entretien délectable
Que nous avions souvent à table,
Et parfois mesme dans le lict
Sans aucun crime ny délit :
Tesmoin fut ceste nuit plaisante
Ou vostre Seigneurie errante,
Au logis de Saint-Marcelin
Pensa, tentée par le Malin,
Me faire recevoir un blasme,
Me prenant lors pour vostre femme,
Vous servant de l'obscurité
Pour vous glisser à mon costé.
Mais, passe, je vous le pardonne
Et la pièce fut assez bonne;
Plust à Dieu y feussé-je encor,
Je dis dans ce lieu là, or

Du grand péril où vous me mistes,
Quand mon lit d'homme vous garnistes ;
Garniture qu'il ne faut pas
A femme à qui le sieur Trépas
A osté ce meuble mobile
Qui s'en sert au champ, à la ville !
Mais quittons ce discours plaisant
Pour vous souhaiter le bon an,
Et vous demander mon Estreine
Qui sera, que la tasse pleine
Vous vouliez boire quelquefois
Pour Angélique de La Croix !
Elle voudroit à la pareille
De croistre pour vous la bouteille ;
Mais sçachez que femme ne doit
Boire de vin plus haut d'un doigt,
Que nos grand'pères. nos grand'mères
Prescrivirent ces loix sévères,
Et que le sexe masculin
A conservé pour soy le vin,
Ne nous donnant pour tout partage
Que le pouvoir de cocuage ;
Vous protestant, en cet endroit,
Que peu se servent de ce droit,
Et je n'ay jamais veu de femme
Qui n'en ait juré sur son âme !
Il ne faut pas les condamner,
Quoi ! se voudroient-elles damner
De se parjurer de la sorte ?
Car pour le reste, peu n'importe ;
Mais il n'importe peu aussy
De ce que je débatz icy,
Car vous sçavez que pauvre veufve
A ce privilège a fait treuve ;
Je le devrois bien faire aussy
A ce présent discours icy,
Puisque mes rimes, mes pensées,
Sont plates et fort émoussées.
Il est vray qu'en cette saison
Trésors ne donnent à foison,
Que mesme au Parnasse on est chiche
De ce pitoiable acrostiche
D'où le pauvre poète crotté[1]
Soulageoit sa nécessité.
Jugez, après cette misère,
Si j'ay de quoy vous satisfaire

1. Allusion à la satire « Le Poète crotté » de Saint-Amant qui vise le poète Maillet.

En vers héroïque et pompeux.
Certes, mon esprit est honteux
De sentir pareille indigence,
Mais c'est ores la mode en France
De faire veoir sa pauvreté,
Dont mesme Dame Royauté
Sent parfois les rudes atteintes.
Bref partout l'on n'entend que plaintes
De la Déité des haillons :
Là, elle amaigrit les bouillons;
Icy, elle trouble les festes;
Là, elle empesche les conquestes.
Enfin dans ce vaste Univers
Soit sur la terre ou sur les mers
Chacun se plaint de son Empire :
Il n'est mortel qui n'en soupire.
Nous suivons, malgré nous, ses loix.
Mais c'est assez pour cette fois
Pour la cervelle d'Angélique,
Et voilà trop de politique!

A MADAME DE REVEL, A PARIS

Response à une de ses lettres en vers.

Je me cuidois qu'onc eust esté possible
D'engendrer vers à dame incorruptible,
Et pour qui vers auront certainement
Crainte et respect mesme au monument.
Bien me paroist difficile à comprendre
Comment a pu que veufve chaste engendre,
Qui, néantmoins, à tas et à monceaux
Enfante, engendre et vers et vermiceaux.
Ceux ont bien eu l'âme peu caute et fine
Qui nos dictons ont appelés vermine,
Et bien avoient cent engins de travers
Qui ont nommé chair corrompüe, vers;
Engin icy n'est pas mot équivoque,
Et ne croy pas qu'oncques engin vous choque,
Et trop avez bel engin et subtil
Pour en estre choquée. Ainsi soit-il.
Ouy, telles gens en sainte poésie
Sont infectés d'erreurs et d'hérésie.
Oncques ne vit de pauvre extravagant
Mériter mieux les soins d'un propagant.
Quoy! nommer vers le pus, la pourriture!
Eux qui font vivre après la sépulture,

Et qui ont fait élever tant d'autels
A cent héros qu'ils ont fait immortels !
Onc de tel cas n'auray l'âme noircie,
De vos dictons doncques vous remercie
Très humblement, et ne vois plus qu'après
Moy tel, jadis féru de vos attrais
Qui le serois encor, n'estoit que l'âge
Ne peut souffrir mon pauvre cœur en cage,
Dire : « Je meurs d'amour » à quelque sot,
La Mort viendroit qui me prendroit au mot.
De vieilles gens cette dame friande
A peine peut souffrir d'autre viande,
Et ne croy pas que jamais jouvenceau
A sa dent creuse ait paru bon morceau.
De jouvenceau la chair plus ferme et dure,
De coups de dents bien plus de nombre endure,
Où vieilles gens ont tout tendre et pliant
Au grand regret du pauvre suppliant ;
Oui, suppliant, ce suis-je, et vous supplie,
Dame de corps et d'esprit accomplie,
Qu'en attendant le bien de vous revoir,
Vous vous veuilliez de moy ramentevoir,
De Cupido le brasier dans mon âme
Vivra pour vous dessous la froide lame,
Et dans mon sein vostre charmant portrait
Fait sa retraite et non pas son retrait.
Mais à propos de portrait, il me semble
Que m'en offrez un qui peu vous ressemble
Qui a de l'air d'Astrée, en vers d'Urfé,
Tant il est peu modernement coiffé.
Je tiens pourtant à grâce très insigne
Ce beau présent dont je ne suis pas digne,
Mais vous feriez possible moins de mal
De me donner le propre original.
Muse, tout beau, ou Muse toute belle,
Ne boute point tel cas dans ma cervelle
Qui n'en pourroit facilement issir,
Bien qu'hors d'espoir de pouvoir réussir,
Contente-toy que j'aye sa copie ;
Sur ce sujet cause comme une pie,
Fais esclater à tort et à travers
Un grand mercy par cent sortes de vers ;
Que, dans ce nombre, il en soit un qui pique
Les sentiments de la belle Angélique,
Et que son cœur s'impose cette loy
De n'avoir point plus de durtés que moy,
Mais en laissant, et le dur et la dure,
Parlons encore un peu de la peinture :

J'en fais le pied et vous dis grand mercy;
Mais il me semble et il vous semble aussy
Que j'en avois une saine et entière
D'une duchesse, en vertu singulière,
Qui toutefois les possède en plurier,
Et vous sçavez combien j'en étois fier!
Cette beauté que chacun idolastre,
Que certains vers nomment acariastre,
De ma peinture à un autre fit don.
Que le bon Dieu lui en fasse pardon,
Ou que plustost jamais ne luy pardonne
Jusques à tant qu'une autre elle m'en donne.
Si les Destins n'estoient mes ennemis
Ils luy diroient qu'elle me l'a promis,
Et que, suivant la coustume ancienne,
Qu'elle a promis, mais il faut qu'elle tienne!
Que si jamais je l'ay sur ma paroy
Je me croiray plus heureux que le Roy,
Mais ce bonheur dont je flatte ma peine
Marche à pas lents avec des pieds de laine.
J'ai mesme craint une fois, voire deux,
Que ce bonheur ne fut un peu goutteux;
Par Jupiter guérissez-le des gouttes
Et résolvez cet embarras de doutes,
Mais que ce soit à mon contentement
Gé ne puis plus espérer bainement[1],
Et mon désir, impatient d'attendre,
Dit à l'Espoir de s'aller faire pendre;
Mais mon espoir qui n'a pas tant de feu
Dit au Désir d'attendre encor un peu.
Pour modérer leur juste inquiétude,
Faites six vers avec un peu d'estude,
Et demandez cette grâce pour moy.
Je prévoy bien que me direz pourquoy
Je ne fais pas moy-mesme ma prière,
C'est que ma Muse est dessous la litière,
Qu'elle n'a plus de corde à son rebec,
Qu'elle a perdu le caquet et le bec,
Et désormais elle ne se propose
Que le *tacet* pour les vers et la prose,
Loutemps ly dare neiant que non sias,
Ansin commele au pais d'Adjousias[2].
Cet Adjousias finiroit bien ma lettre
Mais j'ay encor quelque chose à y mettre :

1. En gascon (note du Ms.).
2. En provençal (note du Ms.).

Pour une sœur[1] qui vaut plus qu'un trésor,
Fût-il d'acier, d'argent ou de fin or.
Si cette sœur à métal je compare
C'est que métal est chez moy chose rare,
Et je connois cette Dame au corps gent
Comme la Lune avec un front d'argent.
Son cœur d'acier que rien ne peut abattre
Dont la durté, des galands dix et quatre
Mit au cercueil, hélas!, j'en tremble encor,
Et ses vertus ressemblent au fin or,
Tant sa vertu est éclatante et fine,
Faites donc veoir à cette Catherine
Qui en signant adjouste de la Croix,
Que je l'honore au moins autant que trois,
Je dirois bien quatorze, quinze ou seize;
Mais un beau trois, et qu'il ne leur déplaise,
Est plus parfait, et sans estre bravé
D'un autre nombre a le hault du pavé.
L'un et le deux ont bien la préséance
Mais comme huissiers, ainsy, comme je pense,
Ces deux messieurs furent faits tout exprès
Car autrement ils marcheroient après.
Si dessus trois quelque nombre se vante,
Certainement ce n'est qu'en fonds de rente;
Mais tout cela ne vault pas le parler
Et nostre trois ne s'en peut ravaler.
Les niais pourtant croient en cette ville
Vingt mille francs valoir plus que trois mille;
Or sur ce nombre un adieu je vous dis
Mille fois trois et trois mille fois dis.

A MADAME DE REVEL

Ce terme est long de six semaines,
Et, dans les calendes romaines,
Autre terme auriez trouvé, si
L'eussiez voulu plus raccourci!
Pourveu que vous teniez parole
Ce vieux pendart de temps qui vole
Malgré mes dents trop vistement
S'écoulera joyeusement;
Que si quelque lutin vous tente,
De me priver de mon attente,

1. Madame la comtesse de Rochefort (note du Ms.): Catherine de La Croix de Chevrières, fille de Félix de La Croix et de Claude de Chissé avait épousé Annet de la Baume de Suze, comte de Rochefort.

Que Belzébuth dans les Enfers,
L'accable soubs de nouveaux fers,
Et que cent diablesses de filles,
Luy berlaudent[1] les triquebilles !
Car Diables triquebilles ont,
Tesmoin les cornes qu'ont au front,
Ceux qui là-bas souffrent la rage,
Du supplice du mariage :
Ce supplice est, en ces bas lieux,
Ce qui fait le plaisir des Dieux !
Ainsi les bonnes mesnagères,
Les tripières, les harengères,
Maudissent en communs devis
Leurs pauvres diables de maris !
De ce cas, ores ne se treuve,
Une plus authentique preuve,
Et puis, je sçay que sçavez tout.
Revenez donc, Madame, au bout
De ces six semaines promises,
Montrer ce cul que vos chemises
Nous ont assez longtemps caché.
Le Diable au mien eust-il craché
Et que jà, dans La Buisserate,
M'eussiez espanoui la rate,
Avec un baiser savoureux,
Un baiser, j'en prendray bien deux
Si vostre bouche ne recule,
Ce qui seroit très ridicule,
Car oncque bouche ne recula !
Je suis, Madame, *in sæcula*,
Vous le verrez à l'autre page,
Un peu trop grand pour vostre page,
Mais vostre Suisse ou qui va là,
In sæculorum sæcula,
Si toutefois Suisses pour chausse,
Dont quelquefois Dame se gausse ;
Je seray donc *in sæcula*
Vostre très humble Quinola[2] !
Si lors Niert a de l'envie
Pour ce doux moment de ma vie
Qu'il chante *Ut re mi fa sol la*
In sæculorum sæcula.
Hélas ! la Cour me le dérobe,
Maudite soit la garde-robe[3],

1. Voir p. 362, note 1.
2. Nom du valet de cœur au jeu de reversi, au figuré valet de chambre.
3. De Niert était valet de chambre du roi. Voir sa notice p. 307.

Diable soit qui l'a bouté-là,
In sæculorum sæcula.
Revenons à vostre personne
Dieu la conserve et me la donne,
Tant que cecy que pour cela
In sæculorum sæcula.

TABLE DES LETTRES LIBERTINES EN VERS
DE CLAUDE DE CHAULNE
ET DE SES AMIS

classées dans l'ordre alphabétique du premier vers.

REMERCIEMENT AUX CRITIQUES

qui ont rendu compte de quelques-uns des ouvrages
de cette histoire documentaire des libertins du XVIIᵉ siècle,

———

Notre histoire documentaire des libertins du XVIIᵉ siècle, aujourd'hui terminée, comprend onze ouvrages et quatorze volumes; elle nous crée le devoir et le plaisir d'apporter aux éminents critiques qui nous ont sinon encouragé, tout au moins soutenu dans ce laborieux travail, l'expression de notre gratitude : Le regretté Paul Bonnefon, MM. Michaut, Georges Montorgueil, Roustan, Ernest Jovy, C. Vergniol, pour ne citer que les principaux, en rendant hommage à la conscience et la probité de nos recherches, se sont uniquement attachés à la partie biographique; la thèse générale qui nous paraissait ressortir des œuvres des libertins, vues à la lumière de leurs vies, a été volontairement laissée de côté. Leur silence à cet égard s'explique par le fait qu'ils ont probablement jugé notre thèse exagérée ou erronée. Ils se sont refusés à affaiblir leurs éloges de détail par une censure de l'ensemble. Nous sommes profondément touché de leur délicatesse.

Il serait cependant injuste de passer sous silence les critiques qui, ayant reçu nos livres, n'en ont jamais parlé, soit qu'ils ne les aient pas parcourus, soit qu'ils aient préféré s'abstenir qu'exprimer une opinion défavorable. La liste serait trop longue et notre mémoire trop infidèle pour rappeler ici leurs noms. Cependant nous ferons une exception en faveur de M. André Beaunier qui, aujourd'hui, a en mains le sceptre qu'ont brillamment tenu les Lemaître, les Brunetière, les Faguet, etc. Chacun est à même d'apprécier son indépendance et son admirable compréhension. M. Beaunier, avant d'avoir lu nos livres, nous avait promis d'en donner un compte-rendu. Il ne l'a pas fait — on sait maintenant pourquoi — et sa décision a été infiniment regrettable. Il a ainsi privé les lettrés d'une étude remarquable sur l'histoire de la Libre-pensée au XVIIᵉ siècle, histoire qui n'a jamais été abordée en ayant sous la main une documentation sérieuse. Peut-être un jour, et nous le souhaitons prochain, M. Beaunier reviendra-t-il sur sa décision? Nul plus que nous n'y applaudira. Avec sa parfaite courtoisie, les vérités les plus dures seront toujours acceptées, et il y aurait pour tout le monde profit à les entendre!

RÉPONSES A QUELQUES OBJECTIONS QUI NOUS ONT ÉTÉ FAITES

I. — MÉLANGES

A) Mr Georges Mongrédien a fait dans le Carnet-critique *du 21 août 1921 un compte-rendu de nos « Mélanges ». Nous le reproduisons plus loin en le faisant suivre de la rectification à laquelle il a donné lieu.*

Pour apprécier comme il convient ce compte-rendu, nous croyons nécessaire de reproduire les dernières lignes de l'article de Mr Mongrédien. « Une vieille querelle : Racine et Pradon[1] » publié dans la Revue bleue, *en 1921.*

» .... Je ne vois aucune excuse possible pour un aussi pauvre auteur et un si » malhonnête homme (Pradon). Il est bon quelquefois de remuer la boue. Et » pour dernier mot, au jugement de J. Lemaître qui l'estimait « un parfait im- » bécile » j'ajouterai — et ce que j'ai raconté m'y autorise bien — un grief » plus grave : il ne recula jamais devant le mensonge et la calomnie. »

Carnet-critique, n° 21, août 1921.

« Avec ses *Mélanges*, Mr F. Lachèvre nous offre le septième ouvrage de la grande étude qu'il poursuit depuis dix ans sur « Le Libertinage au xviie siècle ». Tous ceux qui ont eu affaire avec les petits poètes de cette époque connaissent ses bibliographies précieuses; quant à ceux qu'il a étudiés lui-même, Théophile, Cl. le Petit, Des Barreaux, Saint-Pavin, il n'y a plus à y revenir. Les bibliothèques de France et de l'étranger, les Archives Nationales et tous les dépôts de documents publics ou privés n'ont plus de secrets pour lui. Le lecteur curieux qui se réfère à un de ses ouvrages a la certitude de trouver tous les documents qui peuvent l'intéresser. Ce qu'il écrit est définitif, — dans la mesure où l'histoire peut être définitive.

« Lorsque, par exemple, il recherche l'auteur des *Exercices de ce temps* ou des *Quatrains du Déiste*, son érudition est sûre, son raisonnement serré, ses conclusions toujours logiques. A part quelques articles déjà parus dans des revues, une étude sur *Voltaire et le curé Meslier*, dirigée aussi bien contre Voltaire que contre un de nos plus grands universitaires, et quelques documents pour compléter ses études précédentes sur Théophile, Des Barreaux et Saint-Pavin, le plat de résistance

---

1. Voir p. 51, note 4.

de ces *Mélanges* est constitué par les dossiers de trois nouveaux libertins : Geoffroy Vallée, Fontanier et l'auteur de l'*École des Filles*.

» J'ai dit : dossiers. Ce mot, en effet, est cher à Mr Lachèvre ; il
l'emploie volontiers et, se défendant de faire de la « littérature », il se
flatte de soumettre au public les *dossiers* de ces libertins du xviie siècle
qu'il connaît si bien et qu'il déteste si fort. Malheureusement, les pièces
du dossier, accumulées et classées avec grand soin, sont reliées par un
commentaire qui transforme ce dossier en plaidoyer. Mr Lachèvre fait de
l'érudition intéressée. Défenseur de l'ancien régime (ce qui est son droit),
il se sert de ses livres pour exprimer toute sa haine contre l'esprit philosophique du xviiie siècle, contre Voltaire en particulier, ce « farouche
démolisseur » qui nous a amené au grand désastre qu'est la Révolution
française !

» L'érudition est une chose, la politique en est une autre. Et, tous les
lecteurs de Mr Lachèvre le savent bien ; s'il a consacré son activité à
l'étude du libertinage au xviiie siècle, c'est qu'il voit dans les libertins
« des déistes ou plutôt des athées », des philosophes avant l'heure et des
précurseurs de Voltaire. En faisant leur procès, c'est celui du xviiie siècle
qu'il fait et nous ne pouvons que regretter qu'un si grand talent. — car,
sachez-le bien, la bibliographie et l'érudition exigent du talent — se
mette au service d'une cause ingagnable. »

G. M.

Carnet-critique, n° 22, novembre 1921.

« Nous recevons de M. F. Lachèvre la lettre suivante :

5 septembre 1921.

Monsieur le Directeur,

Je viens seulement de lire l'article du *Carnet-Critique* que Mr Georges
Mongrédien a consacré à mon livre *Mélanges* (sur le libertinage au
xviie siècle).

Il va de soi que je n'entends nullement discuter l'appréciation qu'en
fait Mr Mongrédien, mais je tiens à protester contre son allégation encore
plus fausse que malveillante relative au but que je poursuivrais dans mes
études sur le libertinage au xviie siècle, et aussi contre son affirmation
« que les pièces des dossiers des libertins accumulées et classées (par
moi) avec grand soin sont reliées par un commentaire qui transforme ces
dossiers en plaidoyers ».

J'ai été amené à m'occuper des libertins du Grand Siècle en travaillant à la *Bibliographie des recueils collectifs de poésies* publiés de 1597 à
1700. Ayant identifié les poésies anonymes si curieuses de Des Barreaux,
j'ai cherché à reconstituer la vie du personnage intimement liée à celle de
Théophile, et de Théophile j'ai passé à Saint-Pavin, etc. Il n'y a donc pas
eu là d' « érudition intéressée », c'est-à-dire d'érudition au service de
« la politique », comme l'insinue ouvertement Mr Mongrédien. Je me suis
fait une opinion sur les libertins simplement en écrivant leurs vies et en
réimprimant leurs œuvres !

Il est également faux de dire que mes commentaires des pièces des dossiers des libertins transforment ces dossiers en plaidoyers. J'ai évité, au contraire, toute interprétation tendancieuse des documents; mes biographies de Geoffroy Vallée, Théophile, Des Barreaux, Claude Le Petit, Blot, Cyrano de Bergerac, le prouvent surabondamment. M. Henri Hauser, par exemple, dans la *Revue historique* de M. Monod, au sujet du *Procès de Théophile*, a reconnu cette impartialité. Je n'ai exprimé d'opinion personnelle que dans des préfaces, et personne n'est obligé de les parcourir (on les néglige ordinairement). De la sorte, je permets au lecteur d'en juger par lui-même; chacun est libre de conclure à sa guise.

Enfin Mʳ Mongrédien dépasse encore la mesure quand il met en cause ma notice sur le curé Meslier « dirigée contre un de nos plus grands universitaires ». Nous avons, Mʳ Lanson et moi, des vues différentes sur le libertinage, c'est son droit et le mien. En tout cas, j'ai toujours dit et répété que je considère Mʳ Lanson comme le rénovateur de l'histoire de la littérature française; je professe la plus grande admiration pour ses ouvrages, sans être obligé pour cela de souscrire à toutes ses conclusions et de m'interdire tout sujet traité par lui.

Je vous demande, Monsieur le Directeur, d'insérer cette réponse à Mʳ Mongrédien dans le plus prochain numéro du *Carnet-Critique* et et vous prie d'agréer l'expression de mes sentiments très distingués.

Frédéric LACHÈVRE.

N. B. — Mes ouvrages serviraient à des desseins politiques alors qu'ils sont tirés, le *Claude Le Petit* à 200 exemplaires; les *Mélanges* à 225; le *Blot* à 270, etc.!!

« Dans mon article, je n'ai pas dit (ni insinué) que Mʳ Lachèvre fût « au service de *la* politique », mais que ses opinions sur les libertins du xviiᵉ siècle étaient influencées par *ses* idées politiques, à lui, ce qui est très différent (cf. p. 142, ligne 16); j'ai d'ailleurs eu soin d'ajouter que *c'était son droit*. C'est aussi le nôtre de penser différemment et de le lui dire, sans méconnaître la grande valeur de ses travaux, auxquels nous avons nous-mêmes recours quotidiennement.

« Quant à la notice sur le curé Meslier, elle est bien « dirigée contre un de nos plus grands universitaires », puisque Mʳ Lachèvre, à tort ou à raison — je ne connais pas assez la question pour me permettre de la trancher, — arrive à des conclusions opposées à celles de Mʳ Lanson. Ce n'est pas, que je sache, « dépasser la mesure » que de *constater* la divergence d'opinions de deux érudits.

« Non, croyez-moi, monsieur Lachèvre, cet article ne méritait pas votre trop vif courroux. »   G. M.

Carnet critique, n° 23 (1ᵉʳ juin 1922).

Nous avons reçu la lettre suivante de Mʳ Frédéric Lachèvre que nous laissons, volontiers, selon son désir, sans commentaires :

29 novembre 1921.

Monsieur le Directeur,

Ma réponse à Mʳ Mongrédien ne comportait pas de commentaires.

Il en a jugé autrement, ce qui m'oblige encore une fois à user de mon droit de réponse.

Mes opinions politiques ne regardent pas Mr Mongrédien; ce qu'il a pu en connaître dans mes conversations avec lui ne lui appartient pas; le plus élémentaire savoir-vivre lui interdisait d'y faire allusion.

L'accusation qu'il a portée contre moi de relier les pièces des dossiers des libertins par un commentaire qui transforme ces dossiers en plaidoyers est outrageante : c'est dire que j'essaie de falsifier l'histoire au profit de mes idées politiques. Ou Mr Mongrédien calomnie délibérément ou il ignore la portée de ses expressions. J'en vois d'ailleurs la preuve quand il persiste à affirmer que la notice sur le curé Meslier est bien dirigée « contre un de nos plus grands universitaires ». Je cite textuellement.

Or différer d'avis avec quelqu'un sur un sujet quelconque n'est pas se poser en adversaire de ce quelqu'un. J'ajoute que ma notice sur le curé Meslier met au jour des documents ignorés de Mr Lanson et qui modifient complètement la physionomie du personnage. Dans ces conditions, mon appréciation ne pouvait se rencontrer avec celle de Mr Lanson !

Est-ce clair?

J'espère que Mr Mongrédien cette fois se tiendra coi.

Veuillez agréer, Monsieur, l'assurance de ma considération la plus distinguée.

F. LACHÈVRE.

B.) M. L'ABBÉ BUSSON ET GEOFFROY VALLÉE

L'article des Mélanges : *L'Ancêtre des libertins du XVIIe siècle, Geoffroy Vallée et* La Béatitude des Chrestiens (1573), *a été contredit par M. l'abbé Henri Busson, dans sa thèse :* Les Sources et le développement du Rationalisme dans la littérature française de la Renaissance (1533-1601)[1]. *Nous sommes heureux de reproduire sa réfutation, non parce qu'elle nous a convaincu — Geoffroy Vallée, incapable même d'écrire à peu près correctement dans sa propre langue, reste, à nos yeux, un pauvre d'esprit, dominé par une idée fixe*[2] *— mais parce que cette réfutation est curieuse et intéressante dans ses développements. C'est une véritable bonne fortune de rencontrer un tel opposant. La haute valeur du travail de M. Busson a été reconnue par la Sorbonne; l'auteur a été reçu docteur ès lettres avec la mention « très honorable ».*

« Il reste à classer Geoffroy Vallée dans une des séries d'incrédules dont on a suivi jusqu'ici la genèse et le développement. M. Lachèvre explique l'incrédulité de G. Vallée par l'excentricité du personnage : « Un beau ma-

---

1. Paris, 1922. In-8.

2. Ses réponses aux questions des Commissaires au Parlement chargés de l'interroger prouvent que le malheureux Geoffroy Vallée était un inconscient; il méritait non d'être brûlé, mais d'être interné dans la maison du genre de celle de Saint-Lazare qui, au xviie siècle, recevait les demi-fous.

tin, sans cause déterminée sauf ces sautes d'humeur dont il était coutumier, G. Vallée changea sa manière de vivre, qui avait été jusque-là celle de tout le monde ». Mʳ Lachèvre rapporte les fantaisies mystérieuses dont on a lu le récit plus haut dans Garasse et conclut que notre héros entendait par là « se distinguer du commun des mortels autant par son genre de vie que par ses doctrines ». Il est possible, évidemment. G. Vallée est un esprit assez mal équilibré : il a une idée fixe (l'opposition de la science et de la foi) ; il n'est pas étonnant qu'il proclame cette trouvaille et se livre à des excentricités. Prenons garde pourtant que cette explication si simple soit trop simple, car l'idée fixe de G. Vallée est celle de tout un système, et, si elle est courante de nos jours, si même elle était très répandue à la fin du xvıᵉ siècle, elle ne l'était que dans certains milieux, et pour l'avoir dit trop haut G. Vallée a été brûlé. Ses excentricités, d'autre part, ne sont pas des actes de folie (le livre de Vallée montre bien qu'il n'était point fou) ; elles ont un sens. Si donc je démontre que le système intellectuel (si le mot n'est pas trop gros pour G. Vallée), et les mœurs, même les plus curieuses, de ce personnage, le rattachent à un courant puissant de ce libertinage, il faudra bien conclure que ce n'est pas par une subite fantaisie ni sans cause qu'il a changé son genre de vie.

» J'avais d'abord songé à voir en lui un disciple des Padouans. Leur dogme fondamental est le sien : opposition de la philosophie et de la foi. Mais il apparaît tout d'abord qu'ils ne se ressemblent point. Les Padouans sont savants. Tahureau, Pontus de Tyard, Montaigne, le Bodin du *Théâtre de la nature*, sont des intelligences d'une autre envergure que celle de Vallée. Ils ont étudié les philosophes, Aristote et ses commentateurs ; ils ont pris parti pour l'un d'eux, Averroès, Pomponazzi et Cardan. Leur scepticisme porte sur des points de dogme précis : immortalité, création, déterminisme. Leurs arguments même — on l'a assez vu — sont stéréotypés et se transmettent invariablement répétés. Le livre de G. Vallée ne fait pas la moindre allusion à ces arguments ni à ces doctrines. Il est inutile d'y chercher une idée, même secondaire, en dehors de l'idée fondamentale : celui qui sait ne croit plus. L'auteur est manifestement un esprit vide qui n'a rien étudié, si tant est qu'il fut capable de quelque étude. Enfin il parle rarement de la raison. Ce n'est pas elle qu'il oppose à la foi c'est la « *science* », et la « *cognoissance* ».

« Mais j'ai déjà noté qu'à ce point de vue le mysticisme des libertins spirituels rejoignait le rationalisme péripatéticien. G. Vallée a toute l'allure d'un libertin. D'abord on aura remarqué l'étrange manie que Garasse prête à G. Vallée d'envoyer blanchir son linge en Flandre. Je ne sais si la chose a quelque véracité, mais on peut en retenir, du moins, que G. Vallée a des relations avec les Flandres. Or on sait que les Flandres sont le boulevard des libertins spirituels et le lieu préféré du gnosticisme. Il soutenait, dit toujours Garasse, que la seule religion c'est de garder son corps pur, et il étoit vierge. Les vers de Sainte-Marthe insinuent plus encore. Mʳ Lachèvre rappelle que Louis D'Orléans l'appelle la dame de Fronize et conclut que « cette préoccupation de la pureté et de la chasteté est empruntée au christianisme ». Mais non ! Le mépris de la chair poussé à ce point n'est pas chrétien : il est une des conséquences du manichéisme.

Les disciples de Saturnin et de Marcion principalement prêchent à leurs adhérents la haine de la chair, élément mauvais du dualisme manichéen, et repoussent le mariage et la procréation comme une coopération à l'œuvre du principe mauvais. Ce sont ces mêmes principes manichéens qui ont conduit certaines sectes du moyen-âge (les Béghards, les Ortlibiens) à chercher dans l'ascétisme rigoureux l'oubli de la chair. Au xvie siècle il n'est pas douteux que des familles des libertins spirituels n'aient conservé cette discipline. Calvin affirme que la doctrine des spirituels n'est au fond que le manichéisme. Farel, quand il annonce à Calvin l'arrestation de l'anabaptiste normand Du Val (1540), dit positivement : « J'entends dire que ce garnement condamne le mariage ». Il est vrai, que selon la rumeur recueillie par Farel, il se dédommageait. Ce n'est pas impossible. Peut-être aussi n'est-ce qu'une calomnie. Florimond de Ræmond classe parmi les anabaptistes une secte des Purs. Calvin reproche aux nouveaux manichéens d'avoir des jours fixés pour la mortification, et à ce propos lés rapproche même d'une façon assez inattendue des Jésuites. Il semble donc naturel d'expliquer cette affectation de chasteté, chez un incrédule par des rapports avec ces sectes plutôt que par l'influence chrétienne.

» Sa doctrine prête aux mêmes assimilations. Au cours de son procès, on lui reproche d'avoir mal parlé du baptême. Le baptême est un sacrement contre lequel s'exercent les anabaptistes.

» Dans le premier interrogatoire on lui reproche « qu'il a escrit en la Bible où il appelle Moyse meschant et deslyé, enchanteur », et dans le second interrogatoire il avoue qu'il a pris cette doctrine « de costé et d'aultre ». Cette thèse, en effet, n'est pas spéciale aux disciples d'Evhémère; elle leur est commune avec les libertins de l'école padouane, avec les disciples de Celse et les libertins spirituels. Tous s'accordent pour faire de Moyse un politicien ambitieux qui s'est servi de la Religion pour imposer son autorité. J'ai moi-même relevé cette théorie chez les libertins spirituels, chez Postel, chez Celse et chez Tahureau.

» Vallée a dit aussi « que le filz n'est de Dieu ». C'est à cette affirmation qu'aboutit la christologie de toutes les sectes gnostiques et au xvie siècle celle des libertins spirituels. Jésus, pour eux, n'est qu'un fantôme. Il a l'apparence du Christ, mais la divinité l'a quitté avant la passion selon les uns; selon d'autres il n'est qu'un composé de « l'esprit de Dieu qui est en nous tous et de ce qu'ils appellent cuider ou le monde ». Il est vrai que la négation de la divinité de Jésus-Christ n'est pas spéciale aux gnostiques. Mais on remarquera cependant que l'interrogatoire dit que G. Vallée soutenait que le « le filz n'est de Dieu », et non pas que Jésus n'est pas Dieu, ce qui trahit à mon avis, une formule théologique et non philosophique. Enfin on lui reproche d'avoir dit « que l'oraison dominicale n'est instituée par le fils de Dieu, mais par le diable ». Il nie, et à l'interrogatoire suivant « a dict qu'il ne pense pas l'avoir dit ainsy ». Non, il ne l'a pas dit ainsi, mais il a dit quelque chose d'approchant. Les libertins spirituels ne condamnaient pas tout le *Pater*; ils condamnaient seulement un article du *Pater* : Pardonnez-nous nos offenses. Parvenu à la vie spirituelle, régénéré par la purification et illuminé par l'Esprit, le « pneumatique » ne peut plus pécher. Il n'agit plus qu'en

union et sous l'influence de l'Esprit. Tout ce qu'il fait c'est Dieu qui le
fait. Il n'a donc plus à demander pardon et il a rayé cette demande de la
« patenostre. »

» L'esprit enfin de Vallée offrait à ces doctrines étranges un terrain
tout naturel. La gnose est la science des âmes simples et se concilie très
bien avec l'ignorance philosophique. On se souvient peut-être de ce libertin de 1527, dont j'ai dit le supplice, qui niait la divinité de Jésus-Christ,
dont le chroniqueur dit avec étonnement qu'il « ne sçavoit A ne B ». Ce
que les autres apprennent par une longue étude, le gnostique l'acquiert
par la révélation personnelle. Son imagination, surexcitée par l'ascèse
gnostique, lui fait croire à des visions et à une infusion directe de
l'Esprit. Il y a même au xvie siècle toute une secte qui s'appelle les
Ravis, « lesquels relevés de leur extase racontent mille merveilles de ce
qu'ils ont veu en Paradis ou en Enfer ». G. Vallée n'en était pas là. On le
crut un moment, tellement il affirmait qu'il avait une connaissance spéciale de Dieu. Il connaît Dieu « depuis l'âge de neuf ans, par le ciel et la
terre », comme tout le monde. Mais depuis quelques années, il le connaît
mieux, par les » docteurs » qui le lui ont révélé. On lui demande alors
s'il a lu des ouvrages de théologie : il répond que non, pas même ceux
de Luther ou de Calvin; « s'il a veu Dieu? »; Il répond négativement.
Mais s'il n'a pas « veu Dieu », il n'a point pâti sur les livres non plus.
Cette doctrine mystérieuse, « il l'a apprise des sages et des docteurs, en
voyage ». Un jour, il a rencontré quelque libertin qui lui a révélé le
secret des « spirituels ». Depuis lors, dans sa pauvre cervelle échauffée,
il prend ses accès de délire pour des révélations : il a « ung battement de
cœur; quand ce battement cesse, cela luy monte en sa teste et luy est de
là venue ceste grande cognoissance qu'il a de Dieu ». De là cette certitude
qui lui donne le courage d'affronter même la mort. Un pareil entêtement
dans les rêveries suppose une foi absolue, telle qu'une révélation directe
la peut seule produire, ou une initiation. Les gnostiques anciens prati-
quaient l'initiation. J'imagine que leurs descendants du xvie siècle avaient
pareillement des rites secrets destinés à éblouir les initiés. Le vrai que les
autres hommes trouvent à force de recherches, le gnostique l'apprend
sans chercher : l'intuition personnelle et l'initiation remplacent la raison;
les autres sont « apprins de sophisterie », ou, « apprins de la Bible », lui
il est « apprins de Dieu »; les autres croient ou cherchent à savoir : le
« spirituel » sait. « Heureux qui sçait, au sçavoir repos », telle est la
sentence que G. Vallée a mise en sous-titre à son livre. Mais sa science,
ce n'est pas la philosophie, c'est la gnose. G. Vallée n'est donc pas l'ancêtre des libertins du xviie siècle; il est l'un des derniers fils des libertins
spirituels du xvie siècle : ce n'est pas un rationaliste, c'est un gnostique. »

C) Mr ÉMILE MAGNE

ET LE PROCÈS DE « L'ESCOLE DES FILLES »
(la gazette burlesque de Scarron)

La gazette burlesque de Scarron (14 janvier-22 juin 1655) dont *nous avons retracé l'historique[1] est rarissime. Elle n'a jamais été réunie à ses œuvres et il n'en existe, à notre connaissance, que trois exemplaires : deux dans des bibliothèques publiques (Nationale et Arsenal) et un dans une collection particulière. La cause de l'interruption subite de la publication de cette gazette que nous avions fait connaître, a été nettement déniée par M*r* Emile Magne dans son ouvrage : Scarron et son milieu[2]. Les nombreux travaux de cet érudit consacrés au XVIIᵉ siècle dans lequel il s'est, en quelque sorte, spécialisé, nous engagent à examiner son argumentation afin d'en terminer avec ce petit problème d'histoire littéraire d'ailleurs curieux et intéressant, comme on va le voir, pour la biographie du mari de la jeune Indienne.*

Présentons d'abord notre texte :

« ... Cependant le numéro 7 (des *Epîtres*), 2 mars, n'a pas de retard, mais les 8 et 9 (8 avril et 12 mai) sont séparés chacun par un intervalle de plus d'un mois. Disons tout de suite, à la décharge de Scarron, que ses souffrances seules l'ont empêché de fournir régulièrement sa copie. Les numéros 10 à 15 paraissent presque à leurs dates, mais l'Epître du n° 16 ne sera plus signée Scarron, il a définitivement déserté l'imprimerie de Lesselin. Pourquoi? La crainte d'être impliqué dans les poursuites intentées par le Procureur du Roi aux deux auteurs présumés : Michel Millot l'aîné, payeur des Suisses, et Jean L'Ange, gentilhomme servant du Roi, d'un livre obscène, faisant directement appel aux sens, répandu clandestinement : *L'Escole des Filles*[3]. Le numéro 15 (22 juin 1655) était mis en vente le jour où Claude Hourlier, bailli du Palais, faisait écrouer définitivement à la Conciergerie Jean L'Ange, arrêté dès le 12 juin. A l'annonce de cette incarcération et de la publication dans Paris, à son de trompe, le 25 juin, d'une ordonnance assignant Millot — en fuite — à comparaître devant le Bailli du Palais, Scarron ressentit une violente émotion; sa prochaine gazette, même à court de nouvelles, ne pouvait recueillir ces deux informations! Il était l'ami le plus favorisé de Jean L'Ange, ayant reçu de celui-ci les huit ou neuf premiers exemplaires reliés de *L'Escole des Filles*. A quel titre? Comme collaborateur? Si non, pour le compte de qui? On a su depuis qu'un des exemplaires était destiné aux maîtresses de Foucquet[4]. En tout cas, cette complaisance de

---

1. *Claude Le Petit et la Muse de la Cour (1 septembre-28 octobre 1657). Avec un historique des gazettes concurrentes des « Lettres en vers » de Loret : « La Muse Héroï-comique (1654-1655) »; « La Muse Royale (1656-1660) » de Robinet de Saint-Jean; — « Les Epîtres en vers de Scarron et d'autres autheurs (1655) »; « La Muse de la Cour (1656-1658) »; — « La Muse Historique de La Gravette (1658-1659) »; — et la bio-bibliographie de leurs rimeurs. Paris, Champion, 1922.*

2. *Scarron et son milieu. Documents inédits. Paris,* 1924. C'est la seconde édition — complètement remaniée — d'un ouvrage que M*r* Magne avait publié sous le même titre, en 1905.

3. Nous avons publié toutes les pièces inédites de ce curieux procès dans notre volume : *Le Libertinage au XVIIᵉ siècle. Mélanges,* 1920. *L'Escole des Filles,* p. 95.

4. Les inventaires légaux disent « un seul petit livre : *L'Escole des Filles.* imprimé à Leyde, si sale, si impudent, et si infâme que nous avons cru devoir le faire brûler. Ce petit livre avait été saisi, en 1661, au moment de l'arrestation de Foucquet,

L'Ange à l'égard de Scarron apparaît compromettante, tant pour lui-même
que pour sa femme la jeune Indienne, Françoise d'Aubigné, plus tard
madame de Maintenon, sur laquelle il devait posséder une certaine
influence. Voilà un incident inconnu des biographes du créateur du
burlesque, et il est gros d'interprétations tendancieuses.

» Quoi qu'il en soit, Lesselin substitue le 29 juin (n° 16) aux rimes habi-
tuelles de Scarron une *Lettre à Monsieur Scarron, escrite de l'armée par
un sien amy sur le sujet de ses Epîtres qu'il donne au public toutes les
semaines*. De qui Lesselin l'a-t-il reçue? Nous l'ignorons. En tout cas,
elle ne contient aucune allusion au silence du poète, et pour cause, car
elle est sensée avoir été écrite le 15 juin dans un monastère près de
La Fère.

Pas d'*Epîtres* ni le 6, ni le 13, ni le 20, ni le 28 juillet. Pourquoi?
Lesselin était-il sans nouvelles de Scarron et hésitait-il à le remplacer?
ou, connaissant la situation équivoque et pénible dans laquelle ce dernier
se débattait, attendait-il une solution? La seconde hypothèse est vraisemblable. En réalité, l'instruction du procès de *L'Escole des Filles* chômait
presque, pour ainsi dire, et cela grâce à une haute intervention tendant à
limiter le champ de l'enquête. Autrement, la passivité du Bailli du
Palais et du Procureur du Roi serait inexplicable : ces mandataires de la
justice ne semblaient nullement pressés d'en finir. Brusquement, changement à vue : le 4 août, Lesselin reprend sa publication avec un nouveau
gazetier : Julien [1], et en trois jours, de 4 au 7 août, l'instance contre
L'Escole des Filles est terminée et le jugement rendu! Scarron, dégagé
de tout souci, se libère de sa tâche hebdomadaire.

» Son successeur, Julien, commence sa gazette du 4 août (n° 17) par une
Epître à *Monsieur Scarron par un sien amy* dans laquelle il constate que
les fidèles du « Malade de la Reine » sont sevrés de ses nouvelles, qu'il ne
leur écrit plus, etc., etc.

> D'où vient doncques, Monsieur Scarron,
> Qu'un Esprit si bel et si bon,
> Et tel que le vostre peut estre,
> Ne fait plus à présent parestre
> Quelque beau plat de son mestier?
> Depuis plus d'un mois tout entier,
> Et près de deux, que je ne mente,
> Un chacun en est dans l'attente :

dans la table du cabinet secret d'une maison, avec entrée mystérieuse, que le Surintendant des Finances avoit fait meubler pour sa maîtresse (Feuillet de Conches :
Causeries d'un curieux, t. II, p. 544).

1. On a de Julien deux ouvrages : *La suite du Virgile travesty. A Bordeaux, chez
Guillaume de la Court... M.DC.LXXIV (1674)*, in-12 et *Les Copies (en vers) de Lucien,
et la Métamorphose de Daphné. Paris, chez Denys Thierry..., M.DC.LXXXIII (1683).*
In-8. Le privilège est accordé à Julien, notre conseiller, prévost et sous-bailly de
Poissy.
Ce Julien avait été d'abord avocat au bailliage de Poissy. Nous serions assez disposé
à croire qu'il ne fait qu'un avec Saint-Julien, l'auteur des *Courriers burlesques* pu-
bliés pendant la Fronde.

Moy-mesme j'en meurs de désir,
Et peu s'en faut de desplaisir;
D'où vient donc que vostre Génie,
Oubliant sa douce manie,
Ne produit plus ces nouveautez
Par qui nous étions enchantez?
D'où vient que vos amis fidelles
N'apprennent plus de vos nouvelles,
Et que vous les laissez languir
Dedans un mortel desplaisir
Faute de leur daigner escrire?
Pour moy je n'en sçaurois que dire,
Et je ne comprends pas pourquoy
Vous négligez ce bel employ,
Veu que vostre veine féconde
Ravit et charme tout le monde,
Et que du bruit de vos beaux vers,
Vous remplissez tout l'Univers.
N'est-ce point quelque maladie
Dont vostre verve est refroidie?
Par exemple, un mal de costé
Ou quelqu'autre incommodité,
La toux, la fièvre ou la migraine.
Ou bien quelque douleur dans l'aine,
Accidens à mettre aux abois
Un plus fort que vous mille fois!
S'il est ainsi (qu'à Dieu ne plaise),
Tâchez de vous mettre à vostre aise,
Employant tout vostre pouvoir
Et tous vos soins à vous ravoir.
Après, quand vostre ardeur divine
Vous renflamera la poitrine,
Et que ce beau feu de nouveau
Vous réchauffera le cerveau,
Ou bien si c'est quelqu'autre chose
Dont nous ne sçavons pas la cause;
Lorsque vostre commodité
Pourtant avecque liberté,
Vous permettra de nous écrire,
O Dieux! que nous aurons à rire,
Et qu'après un si long désir
Nous goûterons un doux plaisir!
Au lieu qu'une morne tristesse
Nous a tenus au cœur sans cesse,
Et nous y pourra bien tenir
Si vous n'y daignez subvenir
Par quelque Epître ravissante.
Cependant, et dans cette attente,
Je vous escry, Monsieur Scarron,
Quoy que d'un style pas trop bon,
Les nouvelles que l'on m'a dites :
Les voilà cy dessous décrites.

» Cette Epître n'apporte-t-elle pas la preuve que Scarron, loin d'être rassuré sur les suites de ses relations avec Millot et L'Ange, relations assez peu avouables, se cachait depuis plus d'un mois?... »

Puis la réfutation de Mr Magne présentée dans une simple note :

« Mr Frédéric Lachèvre ayant découvert que Scarron était en relations » avec Jean Lange, complice de Michel Millot dans la publication clan- » destine d'un petit livre libertin : *L'Escole des filles*, dont ce dernier » était l'auteur, et que ledit Scarron avait reçu huit exemplaires de cet » ouvrage, assure que notre poète interrompit sa gazette burlesque dans » la crainte où il se trouva d'avoir à annoncer l'arrestation de Millot et de » son compère et aussi dans la terreur que lui causa la perspective de » partager leur sort. Il insinue qu'il a pu être leur collaborateur et que, » dans tous les cas, un des exemplaires de l'ouvrage incriminé était » destiné par Scarron à Foucquet. Jusqu'à preuve du contraire, nous » croyons que Scarron a interrompu sa gazette par pure lassitude, car » cette lassitude se traduit à chaque page de son ouvrage. Pourquoi » aurait-il été contraint, s'il avait continué sa gazette, à annoncer l'arres- » tation de Millot et de Lange? Loret, non compromis dans l'affaire de » *L'Escole des filles*, ne croit pas devoir la signaler. Les amis de Scarron » qui poursuivirent la publication de la gazette, témoignent leur éton- » nement et leur chagrin de son silence et supposent que ce silence a pour » motif la maladie. Eussent-ils manifesté publiquement ce chagrin et cet » étonnement si Scarron eût eu une raison gênante de se taire? Mr F. L. » dit ensuite qu'un exemplaire de *L'Escole des filles* fut trouvé en 1661 » dans les papiers de Foucquet. Cela indique-t-il que le Surintendant le » devait à Scarron? En 1687, après la mort du poète, ne saisit-on pas un » autre exemplaire de cet ouvrage dans la chambre des filles de Mme la » Dauphine. »

Avant d'examiner la thèse de Mr Magne, rectifions deux erreurs qu'il a commises :

La première, c'est d'attribuer à l'imprimeur Lesselin l'initiative de la création des *Epîtres* hebdomadaires de Scarron, c'est-à-dire de sa gazette [1]. Scarron en ayant obtenu le privilège s'est adressé à Lesselin pour leur mise sous presse, ce n'est qu'après la publication du troisième numéro qu'il lui a cédé son privilège comme le constate le texte suivant :

« Extrait du privilège du Roy.
« Par grâce et Privilège du Roy, il est permis au sieur Paul Scarron, d'im-

---

1. Voici le texte de Mr Magne : « Puis il cherche un autre terrain où il pût dé- couvrir le filon d'or dont il avait besoin pour subsister. L'éditeur Lesselin lui pro- posa d'écrire, à la façon de Loret, une gazette burlesque que sa verve rendrait par- ticulièrement plaisante. Scarron crut que sans peine il surpasserait son ami dans une matière où celui-ci se montrait agréable certes, mais dénué de talent... » Nous ignorons le document sur lequel Mr Magne s'appuie pour faire de Lesselin le créa- teur des *Epîtres* en vers de Scarron. En tout cas, aucune note de Mr Magne ne précise ce document et, jusqu'à preuve du contraire, nous le tenons pour inexistant.

primer ou faire imprimer par tel Imprimeur ou Libraire qu'il voudra choisir, *des Epistres en Vers*, en tel Volume, carractère et débit qu'il avisera bon estre, durant le temps et espace de cinq ans entiers et accomplis, à compter du jour que les premières seront achevées d'imprimer : Et deffenses sont faites à tous Imprimeurs, Libraires et autres de quelle qualité et condition qu'ils soient, de les imprimer ou contrefaire, sur peine de confiscation de tous les exemplaires contrefaits, et de deux mil livres d'amende, ainsi qu'il est porté plus au long audit Privilège. Donné à Paris le neufiesme de Janvier, l'an de grâce mil six cens cinquante-cinq. Signé, Par le Roy en son Conseil : Berraud : Et scellé du grand Sceau de cire jaune.

« Enregistré sur le livre de la Communauté des Imprimeurs et Libraires, le douziesme Janvier mil six cens cinquante-cinq, conformément à l'Arrest du Parlement du neufiesme Avril 1653. Signé Ballard, Syndic.

» *Le dit Sieur Scarron a ceddé et transporté le droict de sondit Privilège à Alexandre Lesselin, Maistre Imprimeur et Libraire, pour en jouir suivant l'acte dudit transport passé par devant Groyn et de Hénaut, Notaires au Chastelet de Paris, le deuxiesme Février mil six cens cinquante-cinq[1].* »

La seconde, c'est de qualifier *L'Escole des Filles* de « petit livre libertin ». Ce « petit livre » n'a rien de libertin, il ne contient, aucune attaque ni contre la religion, ni contre la monarchie ; c'est un livre obscène, exclusivement obscène, le premier livre faisant appel aux sens, écrit dans notre langue.

Maintenant discutons les arguments produits par Mr Magne :

Tout d'abord constatons qu'il ne contredit aucune de nos assertions, fondées d'ailleurs sur les pièces du procès de *L'Escole des Filles* et sur la gazette de Scarron. Il se borne à en faire table rase. Pour lui, au regard de Scarron, l'arrestation de L'Ange est sans importance, non plus d'ailleurs que les huit exemplaires qu'il a reçus de ce dernier. Pourquoi Scarron aurait-il craint d'être interrogé et impliqué dans l'instance en cours contre Millot et L'Ange ? Sa conscience, dans laquelle lit M. Magne, est blanche comme neige. Si, dit-il, Scarron cesse de publier sa gazette le 22 juin — L'Ange avait été écroué définitivement à la Conciergerie le même jour — c'est « par pure lassitude et cette lassitude se traduit à chaque page de son ouvrage ». En réalité, suivant Mr Magne, le procès de *L'Escole des Filles*, est inexistant pour Scarron.

Nous n'avons jamais affirmé que Scarron était » contraint » d'annoncer l'arrestation de L'Ange : nous nous sommes borné à préciser qu'étant donnée sa situation personnelle vis-à-vis des inculpés (il avait tout de même reçu de L'Ange huit exemplaires de *L'Escole des Filles*), il lui était difficile, à court de nouvelles, d'insérer celle-là dans sa gazette ! Où y a-t-il, dans cette hypothèse, l'ombre d'une « contrainte » ? Que Loret, non compromis dans l'affaire de *L'Escole des Filles*, se taise sur l'arrestation de L'Ange, qui s'en étonnerait, sauf Mr Magne ? Ses *Lettres en vers* n'étaient pas d'un format assez vaste pour recueillir toutes les nou-

---

1. Cet « Extrait du privilège du roy » a été publié à la fin du n° 5 des *Epîtres* du 16 février 1655.

velles. L'abstention de Loret ne signifie rien; elle ne confirme ni la quiétude de Scarron ni son inquiétude.

Il est inexact que l'ami (et non les amis) de Scarron qui a continué sa
gazette ait supposé que le silence de celui-ci se justifiait par la maladie.
La maladie — et Julien en énumère plusieurs formes — intervient seulement comme une des causes possibles de ce silence puisqu'il s'empresse
d'ajouter :

> Ou bien si c'est quelque autre chose
> Dont nous ne sçavons pas la cause.

D'ailleurs il était facile aux amis de Scarron d'être fixés sur son état de
santé. Ils n'avaient qu'à aller le voir. Malheureusement Scarron restait
introuvable :

> D'où vient que vos amis fidelles
> N'apprennent plus de vos nouvelles,
> Et que vous les laissiez languir
> Dedans un mortel desplaisir
> Faute de leur daigner escrire[1]....

Essayons d'interpréter exactement cette phrase ambiguë de Mr Magne :
« Eussent-ils (les amis de Scarron) manifesté publiquement ce chagrin et
» cet étonnement si Scarron eût eu *une raison gênante* de se taire? » Si
Scarron « eût eu une raison gênante de se taire »,il va de soi qu'il se serait
bien gardé de la faire connaître à ses amis. Probablement « cette raison
gênante », est le motif pour lequel il ne leur a pas donné signe de vie. Le
« silence » de Scarron la laisse donc supposer et les doléances des amis
confirment cette « raison gênante. » C'est exactement le contraire de ce
qu'a voulu dire Mr Magne!

Rien n'indique — nous suivons toujours Mr Magne — que l'exemplaire
de *L'Escole des Filles*, découvert en 1661 dans la maison que Foucquet
avait fait meubler pour ses maîtresses, soit celui provenant de Scarron;
mais alors, de qui le Surintendant l'aurait-il tenu, puisque seuls les huit
exemplaires remis par L'Ange à Scarron ont échappé à l'auto-dafé du
9 août 1655[2]? Le doute émis par Mr Magne est d'autant moins explicable
que bien avant le mois de juin 1655, Scarron avait reçu de nombreux
témoignages de la bienveillance de Foucquet, témoignages dont il le

---

1. Epître à Monsieur Scarron par un sien amy. N° 17 du 4 aoust 1655.

2. « L'édition avait été tirée à 300 exemplaires. Sur les trois cents, L'Ange en
avait reçu soixante-quinze, et Millot deux cent vingt-cinq. Des 75 exempl. de L'Ange,
vingt-deux furent reliés par Framery, dont huit allèrent à Scarron et deux à Chauveau. Restait douze, c'est le chiffre des exemplaires saisis chez L'Ange ; d'un autre
côté, Framery en a déposé vingt-quatre (deux douzaines) provenant de L'Ange,
chez le Syndic des Libraires, soit en tout 46. Il en reste donc vingt-neuf en feuilles
pour compléter les soixante-quinze exemplaires de L'Ange. On ignore ce qu'ils sont
devenus. Dans l'appartement de Millot. Hourlier en avait récolté une quantité telle
qu'elle aurait suffi à constituer la charge d'un crocheteur; cette quantité équivaut-
elle aux deux cent vingt-cinq formant sa part? C'est plus que douteux. — En résumé,
seuls les huit exemplaires reliés de Scarron ont échappé, sans aucun doute, à la
justice. Les vingt-neuf exemplaires en *feuilles* de L'Ange ont été vraisemblable-
ment détruits par leur détenteur, ainsi que ceux de Millot non compris dans « la
charge d'un crocheteur... »; tous les autres ont été brûlés le 9 août 1655.

remercie chaleureusement dans l'épître dédicatoire du *Gardien de soy-mesme*[1]. Coïncidence curieuse, l'achevé d'imprimer de cette comédie est du 15 juillet soit le lendemain du jour où l'instruction du procès de *L'Escole de Filles* est arrêtée subitement. Scarron avait eu une heureuse inspiration, le cœur généreux de Foucquet ne pouvait être insensible à cette marque publique de reconnaissance d'autant que l'exemplaire de *L'Escole des Filles* ne lui avait pas été, non plus, indifférent (on l'a su plus tard !) : aussi est-ce, sans aucun doute, à l'intervention du Surintendant que Scarron a dû de n'être ni interrogé ni inculpé dans le procès de *L'Escole des Filles*, que l'instruction de ce procès a chômé du 14 juillet au 3 août, qu'elle a été close sans recherches nouvelles et le jugement rendu en trois jours !

Quant à l'exemplaire de *L'Escole des Filles* saisi en 1687 dans la chambre des Filles de madame la Dauphine, il n'a rien à faire avec ceux de l'édition originale de 1655. Il s'agit certainement d'une des réimpressions exécutées à l'étranger et introduites clandestinement en France de 1665 à 1686.

Terminons en examinant l'argument décisif de Mr Magne, celui qu'il a produit, non en note mais dans le corps de son ouvrage ; il n'y est plus question « de la pure lassitude (de Scarron) qui se traduit à chaque page » de sa gazette, mais d'un mal d'oreille ayant occasionné une intervention chirurgicale. Voilà enfin une affirmation !

« En outre, la maladie le força à interrompre souvent ce travail fasti-
» dieux. Une intervention chirurgicale nécessitée par un mal d'oreille le
» contraignit pendant trois mois au silence si bien qu'après la quinzième
» gazette il abandonna une tâche où, à son dire, seul l'imprimeur trou-
» vait son compte. »

Mr Magne a pris soin d'indiquer la page 66 de la gazette de Scarron relatant l'intervention chirurgicale. Voici le texte qui figure à ladite page :

> Marquis de Molac que le Ciel,
> Pour toy tousjours doux comme miel,
> D'un œil souriant te regarde
> Et du mal d'oreille te garde :
> Depuis deux ou trois mois l'on sçait
> Que le Chirurgien Cresset,
> Des Chirurgiens la merveille,
> M'a guéry de ce mal d'oreille,
> Ce mal maudit, ce mal d'Enfer
> Pour qui Cresset usa du fer.
> Sans cette cure j'allois viste
> Dans un cercueil chercher un giste.
> Mais enfin donc, j'en suis guéry....

1. *Le Gardien de soy-mesme, comédie de M. Scarron... A Paris, chez Antoine de Sommaville, au Palais, en la Gallerie des Merciers, à l'Escu de France, M.DC.LV (1655). Avec privilège du Roy* (B., N. Yth. 7813).

Cette gazette est du 12 mai 1655, et le 12 mai Scarron se déclare complètement guéri de son mal d'oreille, c'est lui-même qui l'affirme : on peut l'en croire sur parole. Dans les trois mois que sa maladie a duré, soit depuis le 12 février, il a publié cinq gazettes au lieu de douze, soit un déchet de sept, et dans le mois qui suivra jusqu'au 22 juin, il en met cinq sous la presse, ce n'est pas là l'indice d'un état de santé fâcheux ou de « sa pure lassitude ». Jamais il n'a été plus en forme. Il est donc impossible d'admettre un seul instant que son mal d'oreille et l'intervention du chirurgien Cresset aient été pour quelque chose dans le mutisme persistant de Scarron à la fin du mois de juin !

Nous estimons n'avoir rien laissé subsister des dénégations et de la seule affirmation de Mr Magne. Reconnaissons cependant qu'elles nous ont rendu un service : celui de préciser la haute intervention qui a limité le champ de l'enquête ouverte sur la publication de *L'Escole des Filles*, c'est-à-dire le rôle capital du Surintendant qui a couvert son protégé Scarron. Que serait-il advenu de la jeune Indienne si son mari avait été inculpé et frappé par la justice d'une peine même légère ? Il est probable que Françoise d'Aubigné n'eût jamais été plus tard madame de Maintenon et que les dernières années du règne de Louis XIV se seraient présentées tout autrement que l'histoire nous les rapporte. La destinée des individus, comme celle des nations, tient vraiment à peu de chose !

II. — LES ŒUVRES DE JEAN DEHÉNAULT

L'ÉLÉGIE AU ROI SUR LA DISGRACE DE FOUCQUET EST-ELLE DE DEHÉNAULT ?

Dans le compte-rendu que M. Ascoli a fait de mon livre : *Les OEuvres libertines de Jean Dehénault*[1], il écrit :

« Ils (les lecteurs) se défieront d'autant plus que, parfois, lorsque » M. Lachèvre donne des preuves, elles n'apparaissent pas péremptoires. » Ainsi pour *l'Elégie au roi*[2] sur Foucquet. La mention qu'il y fait de » l'Arar la Saône ne suffit pas à démontrer que la pièce soit de Dehé- » nault, officier des finances à Montbrison, et le rapprochement fait avec » l'Eglogue *Amarante* ne prouve rien. Quant au vers :

Je ne suis qu'à demi *du rang* de vos sujets

» faut-il l'interpréter comme Mr Lachèvre et dire que l'auteur y affirme

---

1. *Revue d'Histoire littéraire de la France*, 1923, p. 109. Cette réponse a paru dans ladite *Revue d'Histoire littéraire...* 1924, p. 511.

2. Voici le premier vers de cette Elégie : *Muses, si de tout temps, vous fustes mon amour.*

» n'être ni grand seigneur ni plébéien? Pourquoi grands seigneurs et plé-
» béiens seraient-ils seuls à se pouvoir dire des sujets complets du roi? Je
» ne crois pas que le sens soit aussi clair que le veut Mr Lachèvre; le
» fût-il, Dehénault serait-il le seul poète du temps répondant à cette défi-
» nition sociale? Bref, de ce vers on ne saurait tirer aucune présomption
» valable pour l'attribution au « Parisien » Dehénault, bien au contraire.
» Et n'est-il pas dangereux de fonder sur le commentaire de pièces aussi
» douteuses les inductions d'une notice biographique? »

Voilà une affirmation bien catégorique. Voyons ce qu'elle vaut, en nous
bornant à examiner l'*Elégie au roi* :

Un fait est acquis à l'histoire : Dehénault a été au premier rang des
plus courageux défenseurs de Foucquet; son sonnet contre Colbert le
prouve. N'a-t-il composé que ce sonnet? C'est peu probable, et l'*Elégie
au roi* porte incontestablement la marque de son talent poétique, à ce
point qu'aucun autre poète du temps ne peut la revendiquer. C'est
quelque chose. Le fait que la Saône est mentionnée également sous le
nom de l'Arar dans l'églogue *Amarante* n'est pas non plus à dédaigner.
M. Ascoli connaît-il un autre poète du XVIIe siècle qui se soit servi de
cette appellation? Probablement non; acceptons encore cette présomption
de paternité en faveur de Dehénault, sans en grossir l'importance. Mais
c'est peut-être un peu plus qu'une présomption, l'églogue *Amarante* ne
pouvant être contestée à Dehénault. Or voici le passage en question de
l'*Eglogue* :

> Quand le Rhône et l'Arar ne joindront plus leurs ondes,
> Que Cérès dans nos champs perdra ses tresses blondes;
> Que las d'aimer Ampuis, Coindrieu, Milleri,
> Bachus transportera son règne à Montléri;
> Et quand l'heureux *Mont d'Or* n'aura plus ni d'eaux claires,
> Ni de fruits savoureux, ni de belles bergères,
> De la Seine avec toi j'irai revoir les bords...

rapproché de cet autre passage de l'*Elégie au roi* :

> Muses, si de tout temps vous fustes mon amour,
> Si pour vous mieux connoistre, inconnu de la Cour,
> Suivant les Sages Loix de la sainte Nature,
> Je choisis une vie aussi douce qu'obscure,
> Soit que nous habitions les climats tempérez,
> Que le paisible Arar fend à pas mesurez,
> Où les climats plus froids et plus voisins de l'Ourse,
> Qui du rapide Rhin bornent la longue course...

Il semble bien qu'il y ait mieux dans ces deux pièces qu'une répétition
fortuite de l' « Arar ». Cette répétition nous paraît avoir une portée plus
grande. Si Milleri est à 15 kilomètres, Ampuis à 39 et Coindrieu à 44 kilomètres au sud de Lyon, sur le Rhône, la région du Mont d'Or est baignée
par la Saône. L'auteur de l'églogue *Amarante* avait habité ou parcouru
les terres où le Rhône et la Saône joignent leurs bords, c'est-à-dire la
région du Mont d'Or et l'auteur de l'*Elégie au roi* avait l'intention d'y

retourner ou de s'établir en Hollande (les climats plus froids... qui du rapide Rhin bornent la longue course). Cette intention n'est nullement en contradiction avec la présence à Paris de Dehénault dans les derniers mois de 1661. Rappelons aussi qu'il avait visité la Hollande dans sa jeunesse et qu'il y retourna quelques années plus tard pour y rencontrer Spinoza.

Voyons, maintenant, la dernière objection de M. Ascoli.

Le sens que nous avons donné au vers :

Je ne suis qu'à demy *du rang* de vos sujets

ne le satisfait pas. Que signifie donc « à demy *du rang* »? Nous avions compris que Dehénault, bourgeois, se plaçait dans la bourgeoisie qui tenait le milieu entre la noblesse et le clergé d'une part, et le peuple de l'autre. Passons condamnation, et cherchons une explication différente. Dehénault était à demi des sujets du roi, peut-être par sa mère, originaire du Charolais ou du comté de Bourgogne (Franche-Comté), ces deux provinces n'ayant été réunies à la France qu'après 1661. Notre hypothèse est pour le moment invérifiable, n'ayant pu découvrir jusqu'ici aucun document se rapportant aux parents de Dehénault. En tout cas, le vers ci-dessus ne saurait nous obliger à retirer à Dehénault l'*Élégie au roi* ! C'est notre conclusion.

TABLE DES PRINCIPAUX NOMS CITÉS

Les noms commençant par D', Du, L', La ou Le, sont classés auxdites lettres. Les chiffres ayant un astérisque indiquent que le nom est répété dans la même page.

A

A. L., avocat au Parlement, 44.

Abraham, 305.

Adam (maître) dit le Menuisier de Nevers, 21.

Alexandre VII, pape, 302.

Allard (Guy), 268, 359.

Alleaume, v.

Amaulry (Thomas), libr. à Lyon, 123.

Anacréon, 155, 163, 192.

Anchise, 285.

Andrieu (Anne), dame de Varennes, 309.

Anffrie de Chaulieu (Guillaume I), conseiller, 127.

Id. (Guillaume II), fils de Louis, 127.

Id. (Guillaume III), voir Chaulieu.

Id. (Jacques), fils de Jacques-Paul, 128.

Id. (Jacques-Paul), seigneur de Beauregard, 128*.

Id. (Jean), fils de Julien, 127.

Id. (Jean), fils de Louis, 127.

Id. (Julien), sieur de Reculey, 127.

Id. (Louis), fils de Julien, 127*.

Id. (Louis-Joseph), 137.

Id. (Roulph), 127.

Id. (Thomas), fils de Julien, 127.

Angot (E.), 31, 32, 33.

Anne d'Autriche, reine de France, 33, 307*, 308*, 309.

Appelle, 100, 304*.

Archimède, 324.

Arioste, 56,

Aristote, 296, 381.

Arnauld (Antoine) dit le Grand, 172.

Id. (Pierre) dit le Carabin, 359, 360*, 361*.

Arondel (Marie), 127.

Arthémise, 296.

Ascoli (Georges), 391, 392, 393.

Aubry (Robert), sieur de Brévannes, 307.

Autin (Albert), ix*.

Averroès, 381.

B

B. (madame de), 195.

Ballard, syndic des libraires, 388, 389, 391.

Bar (de), gouverneur d'Amiens, 33.

Baralis, médecin, 47.

Barbin (Claude), libr., 49, 54, 120, 123.

Baron, 54.

Barré, 56.

Bastien, chanteur, 357.

Baurin, 47.

Bayard (chevalier), 266.

Beaufort (duc de), 44.

Beaunier (André), 375*.

Beauvillier (François de), voir Saint-Aignan.

Beauvoir (Gabrielle de), du Roure, 208.

Beauvoir-Grimoard (Scipion de), 208.

Belin (A.), imprimeur, 120

Bellegarde (duchesse de), 21*.

Benavidès (don Luis de), marquis de Caracène, 30, 33.

Benoist (Madeleine), femme d'Antoine II de Chaulne, 266.

Benserade, 48, 130, 131*, 132, 200, 341.

TABLE GÉNÉRALE DES MATIÈRES

APPENDICE

LES LETTRES LIBERTINES EN VERS DE CLAUDE DE CHAULNE, PRÉSIDENT DU BUREAU DES FINANCES DE DAUPHINÉ (1644-1659)

ERRATA

P. 131, lig. 20, au lieu de : ascrostiches, lire : acrostiches.

P. 131, id. 15,   id.   : devinrent le rendez-vous, lire : devint le rendez-vous.

AUTRES OUVRAGES DU MÊME AUTEUR

Bibliographie des recueils collectifs de poésies du xvie siècle, du *Jardin de plaisance*, 1502, aux *Recueils de Toussaint de Bray*, 1609, donnant : 1° La description et le contenu des recueils ; 2° Une table générale des pièces anonymes ou signées d'initiales (titre et premier vers) avec l'indication des auteurs pour celles qui ont pu être attribuées. Paris, 1922. In-4 de xiii et 613 pp. chiffr. Tiré à 350 exempl.

Prix Brunet (Académie des Inscriptions et Belles-Lettres, 1924).

Bibliographie des recueils collectifs de poésies publiés de 1597 à 1700 donnant : — 1° La description et le contenu des recueils ; — 2° Le premier vers des pièces de chaque auteur précédées d'une notice bio-bibliographique ; — 3° Une table générale des pièces anonymes avec l'indication des noms des auteurs de celles qui ont pu être attribuées ; — 4° La reproduction des pièces qui n'ont pas été relevées par les derniers éditeurs des poètes figurant dans les recueils collectifs ; — 5° Une table des noms cités, etc. Paris, 1901-1905, 4 vol. in-4 de lx et 2371 pp. Tiré à 350 exempl. numérotés.

Souscription du Ministère de l'Instruction publique. — Prix Brunet (Académie des Inscriptions et Belles-Lettres, 1906).

Robert Angot de l'Eperonnière. *Les Exercices de ce temps*, réimprimés sur l'édition in-quarto de 1631 revue et corrigée par l'auteur, et précédés d'une introduction par Frédéric Lachèvre. Paris, Librairie Hachette, 1924. In-8 de lv et 157 pp.

Société des Textes français modernes.

Le Livre d'Amour d'Estienne Durand pour Marie de Fourcy, marquise d'Effiat. *Méditations de E. D.*, réimprimées sur l'unique exemplaire connu, précédées de la vie du poète par Guillaume Colletet et d'une notice. Frontispice gravé par Manesse. Paris, 1907. In-8 de lvi et 273 pp. Tiré à 301 exempl. numérotés.

Poètes et Goinfres du xviie siècle. *La Chronique des Chapons et des Gélinottes du Mans*, d'Etienne Martin de Pinchesne, publiée sur le manuscrit original de la Bibliothèque nationale. Frontispice gravé par Manesse. Paris, 1907. In-8 de lxxxi et 259 pp. Tiré à 300 exempl. numérotés.

Le Livre d'Amour d'Hercule de Laeger. *Vers pour Iris* (Henriette de Coligny, comtesse de La Suze) publiés sur le manuscrit original inédit. Avec une notice. Paris, 1910. Portrait et fac-simile. In-12 de 142 pp.

Les *Satires de Boileau*, commentées par lui-même et publiées avec des notes. Reproduction du commentaire inédit de Pierre Le Verrier, enrichi des corrections autographes de Despréaux. Fac-simile, 1906. In-8 de xii et 163 pp. Tiré à 250 exempl. numérotés.

Voltaire mourant. Enquête faite en 1778 sur les circonstances de sa dernière maladie publiée sur le manuscrit inédit et annotée, suivie de : Le Catéchisme des Libertins du xviie siècle. *Les Quatrains du Déiste ou l'Anti-Bigot*; A propos d'une lettre inédite de l'abbé D'Olivet. Voltaire et Des Barreaux, etc. Portr. de Voltaire, Paris, 1908. In-8 de xxiii et 208 pp. Tiré à 501 exempl. numérotés.

Claude Le Petit et *La Muse de la Cour* (1er septembre-28 octobre 1657). Avec un historique des gazettes concurrentes des *Lettres en Vers* de Loret : *La Muse Héroï-Comique (1654-1655); — Les Muse Royale (1656-1660)* de Robinet de Saint-Jean. — *Les Epîtres en vers de Scarron et d'autres autheurs (1655); — La Muse de la Cour (1656-1658). — La Muse historique de la Gravette (1658-1659);* — et la bio-bibliographie de leurs rimeurs. In-8 de 104 pp. Tiré à 200 exempl.

P. Durand-Lapie et F. Lachèvre. Deux homonymes du xviie siècle : François Maynard, président d'Aurillac, et François Ménard, avocat au Parlement de Toulouse. Etude bio-bibliographique. Paris, 1899. In-8 de 136 pp.

M. Charles Drouhet et le problème des Deux Maynard. Le poème *Philandre*. Réponse. In-12 de 141 pp.

LA ROCHE-SUR-YON. — IMPRIMERIE CENTRALE DE L'OUEST

9 782329 083001